Michael Meinert

Gescheiterte Flucht

Michael Meinert

Gescheiterte FLUCHT

Hochwald-Saga Band 1

BOAS Verlag

Die Bibelzitate sind der Elberfelder Übersetzung
(Edition CSV Hückeswagen) entnommen.

Titelfotos:

Wald	© R_K_by_Erich Keppler_pixelio.de
Jäger	© Bergringfoto - Fotolia.com
Junge Frau	© dondoc-foto - Fotolia.com
Foto Coverrückseite:	© Michael Meinert, Privatfoto

Lektorat: Friedhelm von der Mark
Umschlaggestaltung und Satz:
DTP-MEDIEN.DE, Andre Dietermann, Haiger
Druck und Verarbeitung:
AALEXX Buchproduktion GmbH, Großburgwedel

Paperback:
ISBN 978-3-942258-05-0
Art.-Nr. 176.805

eBook (ePub):
ISBN 978-3-942258-55-5
Art.-Nr. 176.855

www.boas-verlag.de

Vorwort

Herzlich willkommen in Wölfelsgrund und im Schneeberger Forst! – Nie gehört? Zugegeben, ich auch nicht, bevor ich mit den Recherchen zu diesem Roman begann. Und dabei muss ich gleich gestehen, dass die Bezeichnung *Schneeberger Forst* nicht historisch überliefert ist, aber durchaus im Bereich des Möglichen liegt.

Doch der Reihe nach: Wölfelsgrund ist ein Dorf mit heute ca. 700 Einwohnern in Polen, das den klangvollen Namen Międzygórze erhalten hat. Es liegt in der Grafschaft Glatz, auch Glatzer Kessel genannt, da dieses Gebiet in den Sudeten von hohen Gebirgen umgeben ist. Der Glatzer Kessel gehört zu Schlesien, das seit seiner Eroberung durch Friedrich den Großen in der Mitte des 18. Jahrhunderts bis zum 2. Weltkrieg als preußische Provinz ein Teil Deutschlands war. Ziemlich genau in der Mitte Schlesiens liegt die Provinzhauptstadt Breslau (heute polnisch *Wrocław*) und rund 100 km südlich davon Wölfelsgrund. Die Sudeten bildeten die Grenze zu Österreich-Ungarn (heute Tschechien).

Wölfelsgrund liegt am Fuß des Glatzer Schneegebirges (1.425 m ü. NN), und das Waldgebiet, das vom Dorf zum Gebirge hochsteigt, ist der *Hochwald* oder *Schneeberger Forst*. Vom Glatzer Schneeberg kommt die Wölfel herunter, durchquert Wölfelsgrund und bildet kurz hinter dem Dorf den bekannten Wölfelsfall. Die Ruine der Altenburg, die direkt an der Wölfel liegt, verdanken Sie allerdings ebenso wie den oberhalb des Dorfes liegenden Staudamm meiner Fantasie als Autor.

Und was war 1849 / 1850 in Schlesien los? Zugegebenermaßen nicht viel. Nach dem Sieg über Frankreich und Napoleon 1815 bestand der Deutsche Bund, eine lockere Vereinigung der weitgehend souveränen deutschen Staaten, unter denen Preußen und Österreich-Ungarn die mächtigsten waren. Für ein geeintes Deutsches Reich mussten die Deutschen auf Bismarck und das Jahr 1871 warten.

1844 geistert der Name *Schlesien* plötzlich durch die Welt: der Weberaufstand, der schon nach zwei Tagen durch preußisches Militär niedergeschlagen wird. Es folgt die Revolution in Deutschland 1848, die ein Jahr später schon wieder verebbt ist. Gleichzeitig führt der Deutsche Bund 1848-1851 Krieg gegen Dänemark um die Herzogtümer Schleswig und Holstein, die am Ende zwar eigenständig, aber unter dänischer Verwaltung bleiben. Bis zu den großen historischen Ereignissen rund um die Einigungskriege (1864 gegen Dänemark, 1866 gegen Österreich, 1870/71 gegen Frankreich) passiert nicht mehr viel.

Trotzdem möchte ich Sie in die Jahre 1849 / 1850 entführen. Und Sie werden feststellen, wie faszinierend die Gebräuche jener Zeit waren, aber auch, dass die Menschen damals sich nicht von uns heute unterscheiden. Sie kämpften, trotz anderer Lebensumstände, mit ähnlichen Problemen wie wir. Und auch in der *guten, alten Zeit* war nicht alles gut, wie bereits der Prediger feststellte: *Sprich nicht: Wie kommt es, dass die früheren Tage besser waren als diese? Denn nicht aus Weisheit fragst du danach.* (Prediger 7,10)

Maße sind in den Einheiten angegeben, die um 1850 in Preußen üblich waren. Dabei ist zu beachten, dass die gleiche Maßeinheit zwar in verschiedenen Ländern genutzt wurde, aber nicht immer die gleiche Länge hatte. In Preußen galt:

1 preußische Meile = 24.000 Fuß = 7.532,5 m
1 Elle = 25,5 Zoll = 66,7 cm
1 Fuß = 12 Zoll = 31,39 cm
1 Zoll = 12 Linien = 2,62 cm
1 Linie = 2,18 mm

Bezahlt wurde in Preußen mit Talern (damals noch Thaler), Silbergroschen und Pfennigen. Dabei galt:

1 Taler = 30 Silbergroschen = 360 Pfennige

Leider ist es so gut wie unmöglich, einen konkreten Gegenwert in Euro anzugeben.

Aber nun lassen Sie sich nicht länger auf Ihrer abenteuerlichen Reise nach Wölfelsgrund aufhalten ...

Datteln, im Juni 2012 *Michael Meinert*

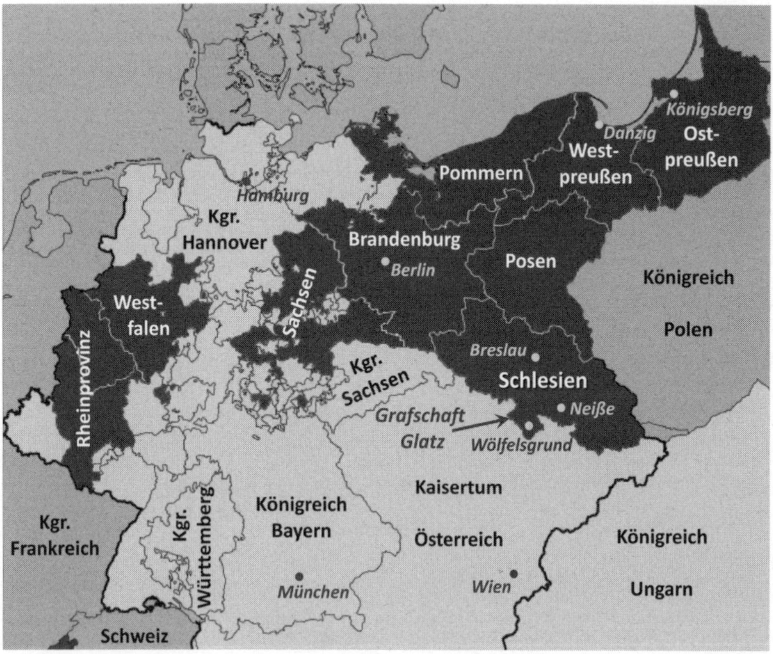

Karte: © 52 Pickup – wikipedia.org (Lizenz: CC BY-SA 3.0)

Prolog

31. Dezember 1829

Wie riesige Männer aus Schnee und Eis standen die uralten Wettertannen des Waldes rechts und links des Weges. Überhaupt bestand die Welt scheinbar nur noch aus einer eisigen Wand und der panischen Angst in ihm.

Unbarmherzig presste er seinem schnaufenden Pferd die Sporen in die Seiten. Trotzdem hatte er das Gefühl, als wären die Hufe des Tieres am Waldboden festgefroren. Aber die vorbeisausenden Bäume belehrten ihn eines anderen. Er verließ sich ganz auf den Instinkt des Pferdes, denn die Helligkeit des Schnees war machtlos gegen die zwischen den Bäumen noch finsterer wirkende Nacht. Zudem musste er wegen der dicht fallenden Schneeflocken, die wie Nadeln in sein Gesicht stachen, die Augen zu schmalen Schlitzen zusammenkneifen.

Er beugte sich weit über den Hals seines Hengstes. „Asael, heute Nacht musst du laufen, wie du noch nie in deinem Leben gelaufen bist“, keuchte er ihm ins Ohr.

Das kluge Tier schien ihn zu verstehen, denn es steigerte seinen rasenden Galopp noch weiter, sodass es mit dem Bauch fast den Boden berührte.

Er wischte sich mit dem Ärmel über die Stirn, wobei er nicht unterscheiden konnte, ob das Wasser, das ihm unablässig in die Augen lief und ihm die schlechte Sicht noch zusätzlich trübte, vom stärker werdenden Schneetreiben oder vom Schweiß kam, der trotz der grimmigen Kälte in großen Tropfen an seiner Stirn herunterfloss.

„Oh Gott!“, rief er in den eisigen Wald hinein. „Oh Gott! Lass mich sie erreichen! Du *musst* mich sie erreichen lassen!“ Was war nur in ihn gefahren, dass er sie so behandelt hatte? Er begriff sich selbst nicht mehr, und er konnte nur hoffen, dass diese Einsicht nicht zu spät kam.

Wie viele Stunden waren vergangen, seitdem er sie fortgeschickt hatte? Fünf? Sechs? Und wie viele Stunden jagte er bereits hinter ihr her? Er wusste es nicht, es kam ihm vor wie eine Ewigkeit. Jedenfalls viel zu lange für ein zu Tode erschöpftes Mädchen auf einem ebenso erschöpften Pferd.

„Oh Gott, lass mich sie finden!“, schrie er seine Verzweiflung wieder in die finstere Winternacht hinaus. War er überhaupt noch auf dem richtigen Weg? Ritt er nicht schon viel zu lange durch diesen schaurigen Wald? Wie sollte er sich auch orientieren, mitten in der Nacht, im Wald, peitschende Flocken um sich herum?

Wieder fuhr er sich mit dem Ärmel über die Augen. Täuschte er sich oder wurde es vor ihm etwas heller? Sollte dieser endlose Wald doch ein Ende nehmen?

„Lauf, Asael!“, trieb er sein Pferd an, dem die Schaumflocken um das Maul flogen. „Wenn wir sie gefunden haben, darfst du ausruhen, solange du willst.“

Doch jetzt steigerte der Hengst seine Geschwindigkeit nicht mehr, er musste dem andauernden Galopp Tribut zollen.

Stattdessen bemerkte der Reiter, dass die Bäume rechts und links von ihm zurücktraten. Er parierte das Pferd durch und versuchte, mit seinen Augen die weiße Wand vor ihm zu durchdringen. Doch die wirbelnden Flocken verschluckten alle Konturen, eine öde, grau-weiße Fläche gähnte ihn an. *Wie ein Leichentuch*, schoss es ihm durch den Kopf.

Er ließ sein Tier noch einige Ellen vorwärtsgehen, um dann kopfschüttelnd erneut anzuhalten. Eigentlich müsste er jetzt trotz der schlechten Sicht die Lichter der Stadt vor sich sehen, doch da war nichts. Ungeduldig schlug er mit der geballten Faust auf den Sattelknopf. Es konnte nicht anders sein, er musste die Weggabelung im Wald verpasst haben. Deshalb kam ihm der Weg durch den Wald auch viel zu weit vor.

Er zerbiss einen Fluch zwischen den Zähnen. Es durfte nicht wahr sein! Nun war er fast eine Meile umsonst geritten! Aber alles Schimpfen half ihm nicht. „Wir müssen zurück, Asael.“

Müde hob das Tier den Kopf, ließ sich aber willig wenden und in den Wald zurücklenken. Und erneut begann der rasende Ritt, zuerst in vollstem Galopp, doch als er glaubte, die Nähe der

Weggabelung erreicht zu haben, ließ er das Pferd in den Trab zurückfallen.

Scharf lugte er nach links, wo zwischen den grauen Schatten der Bäume, an deren Ästen die Eiszapfen wie Schwerter hingen, der schmale Weg abzweigen musste, den er vorhin verpasst hatte. Abermals wischte er sich das Wasser aus den Augen, um nur ja die Gabelung nicht noch einmal zu verfehlen.

Und dann entdeckte er am linken Wegesrand den windschiefen Wegweiser, der eigentlich den Weg zur nahen Stadt weisen sollte, jetzt aber völlig zugeschneit war. Kurz hielt er Asael noch einmal an, um den Boden nach Hufspuren abzusuchen, doch der fallende Schnee hatte alle Spuren verwischt. Also gab er seinem Tier die Sporen, dass es ein protestierendes Wiehern von sich gab, sich aber trotzdem seinem Willen beugte und wieder in Galopp fiel. Bald musste zur Rechten auf einer kleinen Lichtung das Wegkreuz stehen, an dem er sich neu orientieren konnte.

„Gott, ich weiß nicht, was ich tue, wenn ich zu spät komme“, murmelte er vor sich hin. Er hob den Kopf und schrie in die tanzenden Flocken hinein: „Du musst mich sie finden lassen! Du *musst*!“

Asael spielte erschrocken mit den Ohren, und der Reiter klopfte ihm beruhigend auf den Hals. Er durfte das überanstrengte Tier nicht auch noch ängstigen. Doch sofort kehrten seine Gedanken zu dem Mädchen zurück, das er irgendwo vor sich wusste – zumindest ahnte, hoffte. „Was ist bloß in mich gefahren?“, stöhnte er. „Warum ...?“

Als er den grauen Schatten zu seiner Rechten sah, brachte er Asael brutal zum Stehen. Er hatte das Wegkreuz erreicht. Er konnte es hinter dem Vorhang des Schneetreibens nur erahnen, aber daneben hob sich ein anderes dunkles Gebilde vom weißen Untergrund ab. Als sein Hengst ob der rüden Behandlung protestierend wieherte, antwortete diese Gestalt ebenfalls mit einem Wiehern.

Aus dem Sattel springen und auf diesen Schatten zueilen war eins. Zwar versank er bis über die Knie im Schnee, doch die Entfernung verringerte sich schneller, als er erwartet hatte: Vor ihm stand eine glänzend schwarze Stute, die ihm entgegengekommen war und ihn mit einem schwachen Schnauben begrüßte.

Voller Entsetzen starrte er auf das Pferd. Ja, es war *ihre* Stute mit dem auffallend schwarzen Fell, aber in welch erbarmungswürdigem Zustand war das Tier! Sofort erkannte er, dass es lahmte und völlig erschöpft war. Sein Blick wanderte nach oben, dorthin, wo die Reiterin sitzen musste. Doch der Sattel war leer. Ein Schmerz wie von einem Schlag in die Magengrube durchfuhr ihn.

„Katharina!", schrie er in das undurchdringliche Weiß hinein. „Katharina!" Jetzt war es ein Brüllen.

Doch es blieb alles still, so regungslos still. Nur das feine, leise Rieseln der Schneeflocken drang an sein Ohr. Mit seinen Augen versuchte er das Flockengewirbel zu durchdringen, suchend watete er über die Lichtung. Doch er sah nur trostloses Weiß und die in eisigem Schweigen dastehenden Tannen, die ihre Äste tief beugten unter der Last des Schnees.

Als er vor das Wegkreuz trat, erstarrte er plötzlich in der Bewegung. Beinahe hätte er die reglose Gestalt übersehen, die sich nur schwach vom weißen Untergrund abhob, weil sich auch über sie schon eine dünne Schneedecke gebreitet hatte.

Er warf sich in den Schnee. Da lag sie – die Mütze war ihr vom Kopf geglitten und die langen Locken lagen wie eine Kapuze um ihren Kopf. Er fasste sie an den Schultern, um sie zu wecken, denn wenn sie hier liegen blieb, würde sie noch erfrieren – doch sie reagierte nicht.

Er beugte sich zu ihr herab. „Katharina! Kannst du mir verzeihen?", flüsterte er ihr ins Ohr. Doch sie blieb stumm.

Er griff nach ihrer Hand, die in einem dünnen Lederhandschuh steckte. „Katharina, wach auf! Ich bin jetzt bei dir!" Doch sie regte sich nicht.

Er spürte die Panik wie eine Lawine über sich rollen. Hastig zog er ihr den Handschuh von den Fingern – sie waren kalt, eiskalt. Und steif. Er legte die Hand auf ihre Wangen – und zog sie erschrocken zurück. Auch die waren eiskalt.

Mit fliegenden Fingern öffnete er ihren kostbaren Mantel und legte das Ohr auf ihre Brust. Kein Herzschlag. Kein Atemzug. Nichts.

Wie ein spitzer Eiszapfen bohrte sich die Erkenntnis in seinen Kopf, dass er zu spät gekommen war.

„Warum?“, schrie er zu dem Kreuz hinauf, zu dessen Füßen das tote Mädchen lag. „Wo warst du, Gott? Habe ich dich etwa nicht genug angefleht? *Warum?*“

Doch der grausame Flockenvorhang um ihn herum verschluckte seinen Schrei.

Kapitel 1

Mai 1849

„Still, Rex!“ Energisch fasste Oberförster Albert Grüning seinen Jagdhund am Halsband. „Störst ja die Morgenstille!“

Doch das sonst so folgsame Tier warf ihm nur einen kurzen Blick zu, um dann wieder wütend in die Dämmerung zwischen den Stämmen der Buchen hineinzubellen.

Grüning schob die qualmende Tabakspfeife aus dem rechten in den linken Mundwinkel und beugte sich zu seinem treuen Begleiter hinab. „Hast du keinen Sinn für die Morgenstimmung, du dummer Hund? Übertönst sogar das Vogelkonzert mit deinem Kläffen!“

Der Hund sah ihn verständnislos an, zog an seinem Halsband und gab ein gefährliches Knurren von sich.

„Was hast du? Was soll dort zwischen den Buchen sein?“ Der Förster ließ das Halsband los, übersprang den Graben am Wegesrand und ging ein paar Schritte in den Wald hinein, was Rex sogleich zum Anlass nahm, erneut ein wütendes Bellen hören zu lassen. „Still!“, zischte Grüning. „Kann doch sonst nichts hören!“

Rex gehorchte sofort, und da vernahm der Förster zwischen den Stämmen ein leises Rascheln. Angespannt blieb er stehen und tastete nach seinem Gewehr. Der Hund schien doch nicht grundlos den ganzen Wald in Aufregung versetzen zu wollen. Aber sollte ein Mensch schon so früh am Tag hier unterwegs sein, und dann auch noch abseits der Wege? Das war ja Unfug!

„Hast wohl nur ein Reh erschreckt. Komm, Rex.“

Der Oberförster musste den Hund erneut am Halsband zerren. Endlich folgte Rex, wandte aber noch oft den Kopf zurück und knurrte grimmig vor sich hin. Grüning widmete ihm nun keine Aufmerksamkeit mehr, sondern ließ das Halsband los und betrachtete die Lichtreflexe, die die Morgensonne durch das Blätterdach zauberte. Über das leise Rauschen und Raunen, das der kühle

Morgenwind in den Zweigen und Blättern erweckte, und über das vielstimmige Konzert der Vögel drang jetzt noch ein anderer Ton an das Ohr des Försters.

„Hörst du, Rex? Dort rauscht die Wölfel und lädt uns zum Bad.“

Aber Rex schien seine Aufmerksamkeit schon wieder auf etwas anderes zu richten. Er blieb stehen und knurrte erneut, doch diesmal erkannte Grüning den Grund für Rex‘ Verhalten recht bald: Vor ihm auf dem Weg erschien ein Reiter, der sich in gemächlichem Trab näherte. Diesmal beruhigte er seinen Hund nicht, obwohl das Knurren in wütendes Bellen überging. Erst als er den Reiter im Dämmerlicht des Waldes erkennen konnte, befahl er: „Still, Rex.“

Der entgegenkommende Mann winkte und grüßte fröhlich: „Guten Morgen, Albert.“

„Morgen“, brummte Grüning, ohne die Pfeife aus dem Mund zu nehmen.

Lachend fuhr sich der Reiter mit der Hand durch das dunkle Haar. „Welch charmanter Empfang, Herr Oberförster!“

„Musst du heute nicht zum Dienst?“

„Nein, mein lieber Albert“, erwiderte er immer noch lachend und schlug dem Förster vom Pferd herab auf die Schulter. „Ich habe heute ein eminent wichtiges Rendezvous, weshalb ich mir einen Tag Urlaub erbat.“

„Dachte es mir“, entgegnete Grüning und musterte die nicht eben imposante Gestalt seines Freundes, „so wie du dich herausgeputzt hast.“

„Ja, heute musste ich mich tatsächlich in den Frack zwängen. Sieh nur, er scheint bei der letzten Reinigung eingegangen zu sein, ich vermochte kaum die Knöpfe zu schließen.“

„Verzeih, Franz, Dienst ruft. Habe keinen Urlaub.“ Ein kurzer Pfiff, der Rex an seine Seite rief, und der Oberförster marschierte davon, ohne noch einen Blick zurückzuwerfen.

„Wenn ich *den einsamen Sonderling aus dem Hochwald* nicht auch anders kennte ...“, hörte er seinen Freund Franz Marwitz noch hinter sich murmeln. Der Rest des Selbstgesprächs wurde vom lauter werdenden Rauschen der Wölfel verschluckt.

Bald bog Grüning mit seinem Hund vom Hauptweg in einen schmalen Nebenweg ab, der direkt zum Fluss führte. Schwanzwedelnd lief Rex voraus und blieb erwartungsvoll am Ufer stehen, während Grüning seine Pfeife ausklopfte und seinen Uniformrock samt seiner Flinte an eine Astgabel hängte.

Prüfend sah er auf das schäumend dahinfließende Wasser. Die Schneeschmelze im Gebirge schien jetzt, Anfang Mai, ihren Höhepunkt zu erreichen. In Kürze würde sich das harmlos scheinende Flüsschen in einen reißenden Strom verwandeln und die Straßen und Keller des Dorfes im Tal unter Wasser setzen. Er war gespannt, ob der Bau des Staudamms, der in diesem Sommer begonnen werden sollte, tatsächlich Abhilfe schaffen würde.

Freudig bellend sprang Rex an ihm hoch.

„Ist ja gut", knurrte Grüning und klopfte ihm auf die Flanke. „Komme schon!" Er entledigte sich seiner restlichen Kleidung und war mit wenigen Schritten im Wasser.

Rex zögerte noch, aber Grüning rief ihm zu: „Zier dich nicht! Brauchst nicht jeden Tag neu zu überlegen, ob das Wasser wärmer geworden ist."

Da sprang auch das Tier in den Fluss, während der Oberförster untertauchte. Grüning genoss das Prickeln auf der Haut, das das eisige Wasser in ihm auslöste. Prustend tauchte er wieder auf und leckte sich das Gebirgswasser von den Lippen – so schmeckte Reinheit und Freiheit. Mit kräftigen Zügen kämpfte er gegen die Strömung an und hielt sich dadurch warm.

Gerade wollte er erneut abtauchen, als er plötzlich kerzengerade aus dem Wasser schoss. War da nicht gerade ein Schuss gefallen!? Mit langen Sätzen sprang er ans Ufer und schüttelte sich das Wasser aus den Ohren, um besser hören zu können. Hatte er sich getäuscht? Jetzt war nur noch das Rauschen der Wölfel zu vernehmen, das selbst den Gesang der Vögel übertönte.

Als er eben einen sonnigen Platz aufsuchen wollte, um sich trocknen zu lassen, wurde die Morgenstille jäh zerrissen – nicht weit entfernt fiel erneut ein Schuss!

Während Rex sich ans Ufer kämpfte, warf sich Grüning, nass wie er war, in seine Uniform, ergriff die Büchse und stülpte die Mütze über sein kurzgeschnittenes Haar. Er hatte in diesem Jahr keine Jagderlaubnis ausgestellt, weil der Wildbestand infolge des harten Winters stark zurückgegangen war. Und während der Schonzeit durfte ohnehin nicht gejagt werden.

Mit weit ausgreifenden Schritten, den aufgeregt um ihn herumtänzelnden Rex nahe an seiner Seite, kehrte Grüning auf den Hauptweg zurück und wandte sich dann in die Richtung, aus der er die Schüsse gehört hatte. Scheinbar hatte sich Rex vorhin doch nicht grundlos so wütend gebärdet, und er hätte das Rascheln zwischen den Buchen nicht so einfach abtun sollen.

Doch wer rechnete schon mit so etwas? Beinahe zwanzig Jahre diente er jetzt im Schneeberger Forst, aber mit einem Wilderer hatte er sich noch nicht herumschlagen müssen.

Als er die Gegend erreichte, wo die Schüsse gefallen sein mussten, drückte er sich, das Gewehr schussbereit in den Händen, nahe an den mächtigen Stamm einer Eiche und bedeutete seinem Hund, sich zu setzen und Stille zu bewahren. Das Tier gehorchte augenblicklich – es schien die Anspannung seines Herrn zu spüren. Auch als der Förster vom Weg ins Unterholz vordrang, dabei stets die Deckung großer Bäume ausnutzend, blieb Rex brav sitzen und rührte sich nicht.

Mit äußerster Vorsicht arbeitete Grüning sich voran, immer darauf bedacht, sich nicht durch das Rascheln des vorjährigen Laubs oder durch das Knacken eines Astes zu verraten. Er war sicher, dass die Schüsse ganz in der Nähe gefallen waren.

Gerade wollte er sich weiter voran unter die herabhängenden Zweige einer Kiefer pirschen, als er vor sich eine Bewegung wahrnahm. Er hielt inne und umklammerte die Büchse fester. Zwar hatte er nicht die Absicht, den Wilderer über den Haufen zu schießen, aber immerhin konnte sich ein gestellter Wilddieb zu einer tödlichen Gefahr entwickeln.

Er versuchte, die Dämmerung zwischen den Bäumen tiefer im Wald zu durchdringen. Hockte dort auf dem Waldboden nicht eine Gestalt? Beugte sie sich nicht über ein Reh oder einen Hirsch? Oder gaukelte ihm seine aufgereizte Fantasie ein Trugbild vor? Er spürte, wie sein Herz heftig von innen gegen den Uniformrock pochte, während ihm – trotz der feuchten und damit kühlen Kleidung – der Schweiß am ganzen Körper aus den Poren strömte.

Nein, es war kein Trugbild. Die Gestalt richtete sich aus der gebückten Stellung auf und sah sich prüfend um. Leider konnte er sie nicht genau erkennen, da die Entfernung zu groß war und nur einzelne Strahlen der Morgensonne das dichte Blätterdach durchdrangen, die seine Sicht mehr beeinträchtigten als besserten.

Einen Augenblick zögerte Grüning noch, dann trat er, die Büchse im Anschlag, rasch aus dem Schatten der Kiefer heraus und rief mit durchdringender Stimme, die das Morgenkonzert der Vögel jäh verstummen ließ: „Halt! Stehen bleiben!"

Er stand sprungbereit, um sofort wieder Deckung hinter der Kiefer suchen zu können, falls es dem Wilderer einfallen sollte, ihn mit der Waffe zu bedrohen. Doch die Gestalt wandte sich blitzschnell um und verschwand raschelnden Schrittes im Unterholz.

„Rex!", rief Grüning und setzte dem Mann mit langen Schritten nach. Er musste diesen Gesetzesübertreter unbedingt fangen. Jahrelang hatte er den Forst vorbildlich geführt und von seinen Vorgesetzten manches Lob und auch die eine oder andere Beförderung erhalten. Das wollte er sich keinesfalls von einem Wilddieb zerstören lassen!

Er spürte, wie ihm die Zweige ins Gesicht schlugen und es zerkratzten, während er mit dem Ärmel an einem vorstehenden Ast hängen blieb; mit einem hässlichen Laut riss das Gewebe seiner Uniform. Rex lief mit hängender Zunge an ihm vorüber, und der Förster verließ sich ganz auf die Nase des Hundes, da er nicht erkennen konnte, welche Richtung der Flüchtige eingeschlagen hatte.

Er stolperte über eine unter dem Laub verborgene Baumwurzel, schlug der Länge nach hin, rappelte sich fluchend wieder auf und lief weiter. Seine schneidige Uniform war für eine Verfolgung unter den Bäumen gänzlich ungeeignet. Am Hals schloss sie viel zu eng und nahm ihm beinahe den Atem – oder waren es seine 44 Lebensjahre, die sich inzwischen bemerkbar machten?

Rex hatte schon einen bedeutenden Vorsprung, immer wieder entschwand er im Unterholz seinen Blicken. Ein tief hängender

Zweig riss Grüning die Mütze vom Kopf. Er machte sich nicht die Mühe, sie aufzuheben – nur weiter, vorwärts! Der Wilderer durfte nicht entkommen!

Wieder angelte eine verborgene Wurzel nach seinem Fuß. Mit einem dumpfen Laut geriet er in die horizontale Lage, wobei ihn ein heftiger Schmerz durchschoss, als sein Knie unsanfte Bekanntschaft mit einem dicken Ast schloss. Stöhnend rieb er das lädierte Knie, ehe er sich mühsam aufrichtete, indem er sich an einem Baum abstützte.

Mit zusammengebissenen Zähnen humpelte er noch ein paar Schritte weiter, doch dann musste er einsehen, dass eine weitere Verfolgung des Wilderers in seinem Zustand aussichtslos war. Er zischte ein Wort zwischen den Zähnen hervor, das alles andere als ein Dank oder Segenswunsch war, und stieß dann einen kurzen, durchdringenden Pfiff aus, worauf ihm aus ziemlich weiter Entfernung Rex' Bellen antwortete.

Er hinkte den Weg zurück, den er gekommen war, und eben als er den Platz erreichte, an dem er den Wilderer überrascht hatte, holte Rex ihn ein. Schnuppernd umkreiste der Hund den toten Rehbock, den der Wilddieb hatte liegen lassen müssen.

Grimmig ballte Grüning die Faust. Ein Wilderer in seinem Forst! Oftmals hatte er seine Kollegen als unfähig belächelt, die sich manchmal monatelang mit solchen Wildschützen herumgeschlagen hatten – nun war er plötzlich selbst betroffen.

Er beugte sich zu seinem Hund herab und kraulte ihm den Nacken. „Du solltest reden können, Rex, vielleicht hast du ihn erkannt." Denn Grüning hatte nur sehen können, dass der Mann von gedrungener Gestalt war. Doch der heftig hechelnde Hund sah ihn nur aus treuen Augen an, und so sagte Grüning: „Ich glaube, Rex, jetzt beginnt für uns eine turbulente Zeit."

* * *

Ministerialdirektor Hermann Wittemann blätterte immer wieder die Akte durch, auf deren Deckblatt unter dem Wappen der Provinz Schlesien in großen Buchstaben die Aufschrift *Schneeberger*

Forst prangte. Obwohl seine Entdeckung nun bereits vier Wochen zurücklag, freute er sich noch immer diebisch darüber, auf diesem Weg plötzlich Albert Grüning wiedergefunden zu haben.

Er verschränkte die Arme hinter dem Kopf und lehnte sich in seinem Sessel zurück. Scheinbar war es doch ein guter Gedanke gewesen, sich in seine alte Heimat Breslau zurückversetzen zu lassen – und das nicht nur wegen der Beförderung.

„Fräulein Jahn!“, rief er gedämpft, worauf unverzüglich seine hübsche Sekretärin das Büro betrat. Seine hohe Stellung beim Ministerium für Landwirtschaft, Domänen und Forsten brachte ihm viele Vorteile. Gewiss genossen nur wenige Beamte in preußischen Behörden den Vorzug, eine Sekretärin mit solch unverschämt langen Beinen zu haben.

Die junge Frau schenkte ihm ein freundliches Lächeln, während sie untertänig knickste. „Herr Ministerialdirektor wünschen?“

„Fräulein Jahn, ich habe etwas zu diktieren.“ *Warum nur noch niemand auf den Gedanken gekommen ist, die fußlangen Kleider der Frauen gegen kürzere auszutauschen?*

„Soll ich gleich beginnen?“

„Beginnen? Ach so, nein.“ Dieses Fräulein Jahn konnte ihn doch tatsächlich für einen Moment sogar seinen Feldzug gegen Grüning vergessen lassen. „Bitte gehen Sie vorher noch zum Kolonialwarenhändler und besorgen Sie mir eine Kiste Zigarillos – Sie wissen schon welche. Danach werde ich Ihnen diktieren.“

Das Mädchen knickste erneut und verließ das Büro, wobei der Rock um ihre Beine raschelte. Noch eine Weile starrte Wittemann die Tür an, die sie lautlos hinter sich geschlossen hatte, ehe er sich dem vor ihm liegenden Brief zuwandte, der den Posteingangsstempel des gestrigen Tages trug.

„Albert Grüning“, murmelte er vor sich hin. Als Wittemann vor fast zwanzig Jahren in die Provinzialverwaltung Pommern versetzt wurde, musste er die Suche nach diesem Schuft abbrechen. Und jetzt traf er hier in Schlesien wieder auf ihn – und passenderweise war er auch noch Oberförster in seinem Verwaltungsbereich!

Er lächelte vor sich hin und betrachtete den Brief mit Grünings viel zu akkurater Handschrift, in dem dieser der Behörde mitteilte, dass ein Wilddieb im Schneeberger Forst sein Unwesen treibe und vor wenigen Tagen einen Rehbock geschossen habe. „So so, ein Wilddieb. Du wirst schon ein passendes Antwortschreiben erhalten, Albert Grüning. – Aber nicht von mir."

Er warf den Brief auf den massigen Schreibtisch und lehnte sich erneut zurück. – Albert Grüning. – Wie viele Erinnerungen dieser Name in ihm weckte! Vergessen hatte er ihn nie, aber in Pommern hatte er schon allein der Entfernung wegen keine Gelegenheit, sich um ihn zu kümmern. Aber nun war er wieder in Schlesien – und er würde sich um diesen Kerl kümmern!

Ein dezentes Klopfen an seiner Tür weckte ihn aus seinen Gedanken. Auf sein „Herein" trat Fräulein Jahn ein, die die gewünschten Zigarillos auf seinen Schreibtisch legte und dann erwartungsvoll stehen blieb.

Es steht ihr gut, wenn ihre Wangen vom raschen Gehen gerötet sind und einige ihrer blonden Löckchen aus der Frisur heraus in die Stirn fallen, schoss es ihm durch den Kopf. Nur ungern löste er seine Augen von dem erfreulichen Anblick, als er nach den Zigarillos fingerte und sich eines davon ansteckte. Genießerisch schloss er die Augen, als er den Geschmack des aromatisierten Tabakrauchs auf der Zunge spürte.

„Danke, Fräulein Jahn." Er erhob sich aus seinem Sessel und streckte sich. *Sie ist beinahe so groß wie ich – eigentlich unverschämt von einem Mädchen.* Und es lag nicht daran, dass sie besonders hoch gewachsen war. „Bitte nehmen Sie am Schreibtisch Platz, ich werde Ihnen einen Brief an den Oberförster Albert Grüning im Schneeberger Forst diktieren. Die Adresse entnehmen Sie bitte seinem Bericht – er liegt auf dem Schreibtisch."

Duftende Wolken vor sich hin paffend trat er ans Fenster und schob den Vorhang zur Seite. Durch die Scheiben drang dumpf das Rattern der Kutschen von unten herauf, während die Domglocken soeben die Mittagsstunde verkündeten.

Er wandte sich um und lehnte sich mit dem Rücken gegen das Fensterbrett. Der Anblick der schreibenden Sekretärin war deutlich schöner als die graue Stadt mit den braunen Wassern der

Oder. Durch den zurückgeschobenen Vorhang fiel das gleißende Sonnenlicht geradewegs in die Amtsstube und auf das Mädchen. Fasziniert betrachtete er ihre kleine Hand, die der Feder viel schönere Buchstaben entlocken konnte, als es ihm selbst gelingen würde. Den Ring, der an ihrem Mittelfinger aufblitzte, hatte er ihr vor einem halben Jahr zu Weihnachten geschenkt.

Sie sah erwartungsvoll zu ihm auf. „Ich bin so weit, Herr Ministerialdirektor."

Er trat näher und warf einen Blick über ihre Schulter. „Mit Erstaunen habe ich von Ihrem Bericht Kenntnis genommen ..."

Kratzend fuhr die Feder über das Papier, während er ihr mit spitzen Fingern ein verirrtes Kirschblütenblatt aus dem Haar zupfte. Sie sah nur kurz zu ihm auf und lächelte flüchtig, um sich sogleich wieder über den Brief zu beugen.

Mit monotoner Stimme diktierte er weiter: „Sie wissen, dass mir als Ihrem Dienstvorgesetzten sehr daran gelegen ist, solch unangenehme Vorfälle rasch zu erledigen." Er trat einige Schritte zur Seite, weil er von dort ihr konzentriertes Gesicht besser betrachten konnte. Als sie die Feder ruhen ließ und ihn erwartungsvoll ansah, fragte er: „Wo waren wir stehen geblieben?"

Sie wiederholte den letzten Satz, worauf er fortfuhr: „Ich fordere Sie auf, den Wilddieb umgehend zu arretieren und dabei auf die körperliche Unversehrtheit des Delinquenten zu achten. Ich weise Sie darauf hin, dass die Arretierung umgehend – bitte unterstreichen Sie *umgehend*! – vorzunehmen ist, andernfalls viele fähige Forstleute bereitstehen, Ihren Posten als Oberförster im Schneeberger Forst zu übernehmen."

Sie hielt inne und sah mit hochgezogenen Augenbrauen zu ihm auf.

„Habe ich zu schnell diktiert?"

„Treibt dieser Wilddieb schon längere Zeit sein Unwesen im Schneeberger Forst?"

„Ist Ihnen meine Formulierung zu streng?" Er musste unwillkürlich schmunzeln, weil seine scharfen Worte offenbar genau die beabsichtigte Wirkung hatten.

„Verzeihen Sie, es steht mir nicht zu, mich dazu zu äußern."

Wittemann drückte sein Zigarillo in einen Ascher. „Es schadet nie, die Forstleute unter Druck zu setzen. Sie machen sich sonst ein schönes Leben in ihrem Wald und legen sich auf die faule Haut. Also schreiben Sie: ... Ihren Posten als Oberförster zu übernehmen."

Wieder kratzte die Feder über das Papier. Wittemann trat erneut hinter sie und bemerkte jetzt, da der Geruch seines Zigarillos sich langsam verzog, den feinen Duft ihres Rosenparfums. Sein Geschenk zu ihrem 22. Geburtstag.

„Jetzt fehlt nur noch Ihre Unterschrift, Herr Ministerialdirektor."

„Legen Sie das Schreiben bitte Herrn Regierungsrat Knauer zur Unterschrift vor, er ist der direkte Vorgesetzte Grünings."

Wittemann konnte in den Augen der Sekretärin die unausgesprochene Frage lesen, warum dann nicht Knauer den Brief diktiert habe. Aber diese Frage beantwortete er ihr nicht. Er musste vorsichtig sein, dass er sich nicht in dem Netz seines eigenen Plans verfing. Schließlich sollte dieser drohend gehaltene Brief an Grüning nur die Ouvertüre sein.

Als Fräulein Jahn mit dem Schreiben aus seinem Büro verschwand, hatte er das Gefühl, als sei die Sonne hinter einer Wolke verschwunden. Dabei schien sie doch noch so hell und warm wie zuvor.

Er nahm sich wieder die Akte mit der Aufschrift *Schneeberger Forst* vor und blätterte rückwärts. Fast zwanzig Jahre war Grüning also bereits dort, ohne sich etwas zuschulden kommen zu lassen. Im Gegenteil: Manches lobende Schreiben, das sein Vorgänger noch verfasst hatte, sprang ihm ins Auge. Offensichtlich war Grüning nicht nur ein unbescholtener, sondern ein geradezu vortrefflicher Beamter. Dann würde ihn sein Brief umso mehr treffen.

Es klopfte.

„Herein!"

Die Tür öffnete sich und Regierungsrat Knauer trat ein, gefolgt von Fräulein Jahn.

„Was gibt es, Knauer?"

„Bitte verzeihen Sie, Herr Ministerialdirektor“, stotterte der Beamte. „Fräulein Jahn legte mir soeben dieses Schreiben zur Unterschrift vor und ...“

„Was *und*? Wollen Sie mir den unterschriebenen Brief nun höchstselbst zurückbringen?“

„Nein, Herr Ministerialdirektor, ich wollte mich nur vergewissern ...“

„Hören Sie, Knauer, wenn ich einen Brief diktiere, steht es Ihnen nicht zu, ihn zu hinterfragen!“

„Nichts für ungut, Herr Ministerialdirektor, ich wunderte mich nur, weil doch der Oberförster Grüning überall den besten Leumund genießt. Er ist einer unserer fähigsten Oberförster, der seinen Forst peinlich genau im Griff hat ...“

„Soll ich mir ein Loblied auf diesen Oberförster Grüning anhören? Sie sollten den Brief schnellstens unterschreiben, Knauer.“ Seine Stimme war drohend geworden. *Immer diese unbestechlichen preußischen Beamten!*

Der Regierungsrat senkte den Blick, atmete tief durch, griff aber schließlich doch zur Feder und setzte seinen Namen unter das Schriftstück. Als er sich wieder aufrichtete, waren seine Lippen fest aufeinander gepresst. Sein Widerwille gegen diese Unterschrift stand ihm deutlich ins Gesicht geschrieben.

Also entschloss sich Wittemann zu einer freundlichen Geste. Er legte dem Mann die Hand auf die Schulter. „Sie dürfen mir schon vertrauen, Herr Knauer.“ Zu seinem Ärgernis musste er den Kopf in den Nacken legen, um seinem Untergebenen in die Augen sehen zu können. Dennoch brachte er ein mühsames Lächeln zustande. „Mir ist es ein Anliegen, mit den Wilddieben einmal gründlich aufzuräumen, und dazu müssen wir bei den Forstbeamten ein wenig härter durchgreifen.“

„Sehr wohl, Herr Ministerialdirektor.“ Knauer räusperte sich. „Wenn ich mir die Bemerkung erlauben darf: Ihr Vorgänger hat darauf nicht viel Wert gelegt.“

„Dann ist es an der Zeit, damit zu beginnen. – Fräulein Jahn, bitte tragen Sie den Brief in die Kanzlei und sorgen Sie dafür, dass er heute noch abgeht.“

Die junge Frau huschte davon und auch Regierungsrat Knauer verließ mit einem Bückling das Büro.

Wittemann ließ sich wieder in seinen Sessel plumpsen und verschränkte die Arme hinter dem Kopf. Er musste vorsichtig sein, denn dieser Knauer schien ein überkorrekter Beamter zu sein. Es galt, ihn auf seine Seite zu ziehen, da er ihn noch öfter benötigen würde. Denn so sehr er sich auch darüber freute, Grüning wiedergefunden zu haben und ihn durch diesen Brief unter Druck zu setzen – dies konnte nur der erste Schritt auf seinem langen Weg der Rache sein.

Kapitel 2

Mit lautem Krachen schlug der grüngestrichene Fensterladen mit dem herzförmigen Ausschnitt gegen die Außenmauer des Forsthauses.

„He, Trine, was soll der Lärm?“, polterte Grüning, der soeben sein Arbeitszimmer betrat. Rex lag noch vor dem Kamin und sah zu ihm auf, als sei er von dem Lärm gerade aus dem tiefsten Schlaf gerissen worden.

Die kugelige Frau öffnete auch den zweiten Laden, ehe sie sich zu dem Oberförster umwandte. „Herr Oberförster mögen verzeihen, der Laden rutschte mir aus den Händen.“

Rex legte den Kopf wieder auf die Vorderpfoten, und Grüning angelte vor sich hin brummelnd eine lange Pfeife vom Regal. Während er sie stopfte, fiel sein Blick auf den Schreibtisch, und er schüttelte unwillig den Kopf. „Trine? Was ist mit der Post?“

Hurtig eilte die kleine Frau an den wuchtigen Sekretär. „Herr Oberförster? Was soll mit der Post geschehen sein?“

Er riss ein Streichholz an und setzte den Tabak in Brand. „Haben Sie auch die erledigte Post der letzten Wochen bereitgelegt?“

Zuerst warf ihm seine Haushälterin einen verständnislosen Blick zu, ehe sie in Lachen ausbrach. „Herr Oberförster mögen verzeihen, Sie haben lange nicht mehr an Ihrem Schreibtisch gesessen. So hat sich die Post angesammelt.“

Er paffte mächtige Wolken vor sich hin. „Was hat ein Förster am Schreibtisch verloren? Gehöre in den Wald!“ Er nahm den Stapel Briefe vom Tisch und wog ihn in der Hand. Trine hatte schon recht, er war dem Schreibtisch tatsächlich viel zu lange ferngeblieben. Aber die Post von den Behörden brachte ohnehin nur Ärger.

„Eine große Tasse Kaffee, Trine.“ Er warf die Briefe wieder auf den Tisch, dass sie wie ein Fächer auseinanderfielen. „Dann keine Störung mehr.“

Trine schob sich aus dem Raum, um seinem Befehl Folge zu leisten, während er am Sekretär Platz nahm. Er verwünschte noch heute den Menschen, der den Papierkram bestimmt nur erfunden hatte, um Menschen wie ihn damit zu ärgern.

Mit einem abgrundtiefen Seufzer griff er erneut nach dem Stapel und blätterte ihn lustlos durch: Anfragen wegen Holzverkäufen, Anträge auf Jagderlaubnis – doch da sprang ihm plötzlich ein Brief entgegen, der nicht amtlich aussah. Schon der Ort des Absenders ließ ihn nichts Gutes ahnen. Neiße – das war sein Heimatort, wo er aufgewachsen war und bis zu seinem überstürzten Wegzug vor zwanzig Jahren gelebt hatte.

Als er den Namen *Rosina Grüning* las, biss er auf sein Pfeifenmundstück, dass es knirschte. Was wollte seine Schwester schon wieder von ihm? Sie kannten sich ja kaum, da sie damals nur wenige Jahre alt gewesen war und sie sich seitdem kaum einmal gesehen hatten. Warum verstand sie denn nicht, dass sie ihn einfach in Ruhe lassen sollte?

Schwere Schritte ließen ihn aufsehen: Trines massige Gestalt näherte sich. Sie trug ein riesiges Tablett.

„Herr Oberförster mögen verzeihen, aber Sie haben ja noch gar nicht gefrühstückt.“ Sie stellte das Tablett auf seinen Sekretär, und der aromatische Duft von Kaffee und frischen Brötchen stieg ihm in die Nase.

Obwohl ihm das Wasser im Mund zusammenlief, knurrte er: „Müssen Sie das Zeug mitten auf den Tisch stellen? Sehen doch, dass ich arbeite.“

Wortlos rückte Trine das Tablett ein wenig beiseite, um dann, so schnell es ihre gewichtige Gestalt zuließ, das Arbeitszimmer wieder zu verlassen.

Grüning nahm die Pfeife aus dem Mundwinkel und schlürfte an dem Kaffee. „Verflixt! Viel zu heiß gekocht!“

Er legte den Brief seiner Schwester Rosina beiseite, nahm einen tiefen Zug aus seiner Pfeife und blätterte die Post weiter durch. Ein Schreiben mit dem Siegel der Provinz Schlesien fiel ihm ins Auge – sollte das Ministerium schon auf seinen Bericht geantwortet haben? Die Behörden waren doch sonst nicht so schnell! Auch diesen Brief legte er beiseite, um dann den restlichen Stapel achtlos in einen Ablagekorb zu schmeißen.

Vorsichtig brach er das Siegel des amtlichen Schreibens und entfaltete das Blatt. Einen neuen Schreiber schienen sie zu haben. Fast konnte man meinen, die Schrift sei von einer Frau.

Er schob die Pfeife schief in den Mundwinkel und begann zu lesen. Doch schon nach den ersten Sätzen fingen die Buchstaben an, vor seinen Augen zu tanzen, und kopfschüttelnd begann er noch einmal von vorne. Doch er las nichts anderes als beim ersten Mal, und als er bis zum Ende gekommen war, krachte seine Faust donnernd auf den Sekretär, dass der Kaffee überschwappte und einen braunen Fleck auf Rosinas Brief hinterließ.

„Sind denn die Herren in Breslau verrückt geworden?“, rief er zornig.

Erschrocken fuhr Rex aus seinen Träumen auf und kam auf ihn zu, doch der Förster wies ihn ab. „Sitz!“

Was fiel diesen Herrschaften ein? Zwanzig Jahre lang hatte er sich nichts zuschulden kommen lassen, sondern den Forst vorbildlich geführt. Andere hingegen hatten beinahe jedes Jahr einen Wilddieb in ihrem Revier und saßen immer noch auf ihrem Posten. Hatte *er* es aber zum ersten Mal mit einem Wilddieb zu tun und es gelang ihm nicht sofort, ihn zu stellen – und wem gelang das schon? –, bekam er gleich ein geharnischtes Schreiben vom Ministerium! Er konnte nicht begreifen, was in Regierungsrat Knauer gefahren war, mit dem er doch oft schon zu tun hatte und immer gut zurechtgekommen war.

Er legte die Pfeife, die ihm vor Schreck ausgegangen war, in den Ascher und las den Brief erneut. „Ich fordere Sie auf, den Wilddieb umgehend zu arretieren und dabei auf die körperliche Unversehrtheit des Delinquenten zu achten. Ich weise Sie darauf hin, dass die Arretierung *umgehend* vorzunehmen ist, andernfalls viele fähige Forstleute bereitstehen, Ihren Posten als Oberförster im Schneeberger Forst zu übernehmen.“

Wie stellten sich die Herren vom grünen Tisch das eigentlich vor? Sollte er den Herrn Wilderer vielleicht noch höflich bitten, zu ihm in die Oberförsterei zu kommen und sich freundlichst zu ergeben?

Grüning sprang auf und lief mit großen Schritten im Arbeitszimmer auf und ab. Eine Frechheit, ihm so etwas zu bieten!

Er trank den mittlerweile erkalteten Kaffee in einem Zug leer und stopfte seine Pfeife neu. Ärgerlich füllte er das Zimmer mit dem blauen Qualm, als er nach Rosinas Brief griff. *Wird auch nicht viel Gutes enthalten.* Rüde zerfetzte er das zierliche Siegel und begann zu lesen, ohne dabei seine Wanderung zu unterbrechen.

Als er zu Ende gekommen war, knüllte er ihn zu einer Kugel zusammen und warf ihn erbost in eine Ecke. Sofort sprang Rex auf und sauste hinterher, um den Ball zurückzuholen und vor seine Füße zu legen. – *Dummes Tier!*

Wütend stampfte er die Papierkugel platt. *Wusste doch, dass der Brief wieder nichts taugt. Was fällt diesem Mädchen ein?* Schwer ließ er sich in seinen Sessel vor dem Schreibtisch fallen und stützte den Kopf in die Hände. Immer wieder musste die Vergangenheit aufgewärmt werden. Und immer wurden *ihm* die Vorwürfe gemacht, sogar von seiner Schwester, die damals kaum geboren war.

„Herr Oberförster mögen verzeihen, Sie haben ja gar nichts gegessen."

Er hatte Trine nicht kommen hören, so sehr hatte ihn Rosinas Brief erregt. Ohne aufzusehen, knurrte er: „Den Kaffee kochen Sie beim nächsten Mal nicht so heiß. Und die Brötchen können Sie als Wackersteine für den Bau des Staudamms verwenden."

Als er keine Antwort erhielt, das Tablett aber auch nicht entfernt wurde, sah er auf. Da stand die kleine, runde Person vor ihm, hatte die Hände in die gut gepolsterten Hüften gestemmt und die Backen aufgeblasen.

„Herr Oberförster, die Brötchen habe ich gebacken wie alle Morgen. Und Kaffee ist für gewöhnlich ein Heißgetränk. Sie wissen gar nicht, wie gut Sie es haben. Sie können nur maulen und murren. Aber dass es mit Ihrer Laune nicht zum Besten steht, sehe ich an dem zusammengeknüllten und plattgetrampelten Brief dort auf der Erde. Aber daran sind weder mein Kaffee noch meine Brötchen schuld. – Herr Oberförster mögen verzeihen."

Das war eine außerordentlich lange Rede für seine Trine. Zuerst wollte er erbost auffahren, doch trotz seiner üblen Laune musste er anerkennen, dass sie nicht so ganz Unrecht hatte.

„Ja, ja", antwortete er daher nur und winkte zum Tablett hinüber. „Wegtragen."

Mit erstaunlicher Gewandtheit nahm Trine das Tablett und verließ das Arbeitszimmer beschwingten Schrittes, dem er ihre Erleichterung entnahm, dass sie so glimpflich davongekommen war. Grüning wandte sich soeben wieder seiner Post zu, als er im Hof der Försterei Hufschlag vernahm.

* * *

Franz Marwitz schob sich aus dem Sattel und band sein Pferd an den Eisenring neben der Haustür, über der das prachtvolle Geweih eines Sechzehnenders sogleich die Bestimmung dieses abgelegenen Hauses verriet.

„Schön hat er es hier, das muss man ihm lassen, aber einsam, denkbar einsam", murmelte Marwitz vor sich hin, während er sich umsah. Rund um die Lichtung, auf der die Oberförsterei stand, dehnte sich unendlich weit der Hochwald aus.

Er trat durch die stets unverschlossene Haustür und ging zielstrebig auf das Arbeitszimmer seines Freundes zu, als plötzlich Trine von der anderen Seite in den dämmrigen Hausflur gehuscht kam.

„Holla, Sie unersetzliches Oberförsterei-Faktotum!", rief er.

Trine blieb erschrocken stehen. „Ach, Sie sind es, Herr Marwitz. Ich habe Sie gar nicht bemerkt!"

„Wo weilen Sie denn mit Ihren Gedanken? Und Sie sind ja völlig erhitzt! Hat dieser Tyrann Sie wieder über Gebühr gescheucht? Denken Sie an Ihre Hypertonie!"

„Verzeihen Sie, Herr Marwitz, an was soll ich denken?"

Er legte lachend den Arm um ihre Schultern. „An Ihren Bluthochdruck, Sie Köchin des besten Kaffees in ganz Schlesien. Ich sehe Sie eine leere Tasse auf Ihrem Tablett balancieren – sähen Sie sich imstande, mir eine gefüllte darzureichen?"

„Mit Vergnügen, Herr Marwitz, nachdem der Herr Oberförster meinen Kaffee gerade noch gescholten und sogar meine Brötchen als Wackersteine bezeichnet hat ..."

„Was hat er? Oh, dieser Rüpel!“ Marwitz wandte sich der Tür des Arbeitszimmers zu. „Warten Sie, ich werde ihn lehren, wie er Ihre deliziösen Brötchen zu titulieren hat!“

Doch die Frau hielt ihn am Arm zurück. „Nicht doch, Herr Marwitz, ich habe mir bereits ein Herz gefasst und ihm ...“

„... eine adäquate Antwort gegeben? Trine, das grenzt an Insubordination! – Und er hat Sie nicht an die frische Luft gesetzt?“

„Nein, er sagte nichts, und dann habe ich mich schnell davongemacht. Aber vorher war er schlimmster Laune. Sie kennen ihn ja, wie er ist, wenn er an seinem Schreibtisch sitzen muss.“

„Oh ja, dann ist er völlig ungenießbar. So will ich mich denn heroenhaft in die Höhle des Löwen wagen. Und Sie denken bitte an Ihren exquisiten Kaffee – und dazu gehört selbstverständlich eines dieser grandiosen Brötchen.“ Mit spitzen Fingern stibitzte er ihr eines vom Tablett und eilte beschwingt in Grünings Arbeitszimmer.

„Guten Morgen, du bärbeißiger Brummbär – ja, wo steckst du denn überhaupt?“

Grüning hatte sich so in seinen Tabaksqualm gehüllt, dass Marwitz ihn kaum hinter seinem Sekretär zu entdecken vermochte.

„Eine Luft ist das hier, man sollte nicht meinen, im gesunden Klima des Hochwaldes zu sein.“ Kurz entschlossen stieß Marwitz die Fensterflügel auf. „Du sagst ja gar nichts, Albert, bist du verstummt?“

„Redest selbst ununterbrochen.“

„Muss ich doch, wenn wir uns nicht anschweigen wollen“, entgegnete Marwitz und ließ sich in das Sofa fallen, dass es in allen Federn krachte. „Was muss ich nur für Klagen über dich hören, Albert? Warum hast du deine Trine derart malträtiert?“

„Geht‘s dich etwas an?“, brummte es vom Schreibtisch, wo immer neue Wolken erzeugt wurden, gegen die die frische Luft, die durch das geöffnete Fenster hereinströmte, vergebens ankämpfte.

„Du hast heute wirklich exzellente Laune, Albert. Da komme ich gerade recht, dich ein wenig aufzumuntern.“

„Kann mich nicht erinnern, dich eingeladen zu haben.“

Marwitz musste lachen. Dieser Förster war einfach unmöglich! „Wenn ich auf eine Invitation wartete, bekäme ich dich wahrscheinlich bis zum Sankt-Nimmerleins-Tag nicht mehr zu Gesicht. Voilà, dein Rex ist gastfreundlicher. Er wedelt mit dem Schwanz und leckt mir sogar die Hand."

„Wenn du Wert drauf legst, werde ich dir nächstens ebenfalls die Hand abschlecken."

„Danke, ich verzichte", lachte Marwitz. „Aber wie wäre es mit einem höflichen Morgengruß? Oder mit der gütigen Nachfrage nach meinem werten Wohlbefinden?"

„Was erwartest du? Hast mich selbst einen bärbeißigen Brummbär genannt. Und dein Befinden scheint, deinem altweibischen Redeschwall nach zu urteilen, ausgezeichnet zu sein."

„Albert, du steigerst dich! Das waren schon drei zusammenhängende Sätze! Und Menschenkenntnis hast du auch bewiesen, mein Befinden ist fürwahr grandios. Ich muss dir unbedingt berichten, was mich in diese frohe Stimmung versetzt hat."

„Hatte heute schon Ärger genug."

„Aber Albert, ich bringe doch gute Neuigkeiten. Gib acht ..." Marwitz hielt inne, als die Tür aufgestoßen wurde. „Ah, da kommt mein Kaffee." Er sprang auf und ließ sich von der Haushälterin die dampfende Tasse reichen. „Trine, Sie sind ein Schatz!"

„Vorsicht, verbrennst dir sonst die Zunge. Trine kocht den Kaffee heute mit besonderer Hitze", klang es hinter den Tabakswolken hervor.

„Könnte es an dem Ausdruck *kochen* liegen, Albert, dass der Kaffee so heiß ist?", stieß Marwitz hervor, während er sich vor Lachen krümmte. „Ich danke Ihnen, Trine, mir wird dieses Getränk vorzüglich munden. Schwarz wie die Nacht und bitter wie ..."

„... das Leben", brummte Grüning.

„Bitter wie das Leben? Mein lieber Albert, du bist vollkommen unwissend!"

Marwitz schob Trine mit einem aufmunternden Lächeln zur Tür hinaus und trat dann nahe an den Schreibtisch heran, um Grüning besser erkennen zu können.

Wie man mit 44 Jahren noch so unverschämt jung aussehen kann, wunderte er sich. Grünings Haar war – bis auf unscheinbare Ausnahmen an den Schläfen – noch dunkelbraun, während er bei sich selbst gleich etliche graue Strähnen gefunden hatte, obwohl er elf Jahre jünger war.

„Albert, du magst etliche Jahre älter sein als ich, aber ich weiß jetzt, wie schön das Leben sein kann."

„Wäre eine völlig neue Entdeckung."

Marwitz' Lächeln erstarb und er schaute dem Förster unverwandt in das von Wind und Wetter gebräunte Gesicht. Was für Gedanken verbargen sich hinter dieser Stirn mit den zwei tiefen Furchen über der Nasenwurzel?

„Albert, warum immer solche Worte von dir? Wie kommt es, dass du mir beinahe die Freude zu zerstören vermagst? Wenn ich zu dir komme, habe ich das Gefühl, als käme ich aus dem lachenden Sonnenschein in einen Hagelschauer."

„Warum kommst du dann?"

„Albert! Denkst du nicht mehr an Dänemark letztes Jahr? Das Gefecht auf dem Sundewitt, als du mir das Leben gerettet hast? Ich bin dein Freund!"

„Bah." Grüning machte eine abweisende Handbewegung. „Große Worte. Erzähl lieber, was dich in meine unliebsame Nähe treibt. Sehe doch, dass du kaum noch an dich halten kannst."

Marwitz zog sich einen Stuhl heran und setzte sich auf die andere Seite des Schreibtisches. Manchmal fragte er sich wirklich, warum er überhaupt noch die Freundschaft zu Grüning aufrecht hielt. Es musste wohl an dem Krieg im letzten Jahr liegen, als er den Förster so anders erlebt hatte. Er glaubte, dass hinter der grantigen Schale des *einsamen Sonderlings aus dem Hochwald* ein anderer Mensch steckte, und er wollte wissen, was den Oberförster zu diesem raubeinigen Menschen gemacht hatte.

„Albert, mir ist ein großes Glück begegnet."

„So etwas soll es geben?"

„Ja, Gott hat mir ein exquisites Geschenk bereitet. Als wir uns letztens im Wald begegneten, ritt ich nach Wilhelmsthal ..."

„Halt ein, Franz! Will es nicht in pathetischen Worten hören.

Der Frack, dein Glück – es kann sich nur um die Aneinanderkettung zweier bisher freier Menschen handeln."

Marwitz musste schmunzeln. „Wenn du mit dieser sonderbaren Deskription eine Verlobung zu benennen beliebst, dann hast du allerdings das Rechte getroffen."

„Wer sind die Leichtsinnigen, die ihre Freiheit geopfert haben? Einer scheint vor mir zu sitzen."

„Sehr wohl, der eine bin ich." Marwitz zögerte. Vor seinem inneren Auge sah er die hellblauen Augen und das von braunen Locken umrahmte Gesicht seiner Braut. Beinahe ehrfürchtig sagte er: „Und die andere ist Amanda Wertheim."

„Amanda Wertheim", wiederholte Grüning und klopfte seine Pfeife aus. „Der Name ist mir nicht unbekannt. Weiß ihn nur nicht zuzuordnen."

Da schlug Marwitz mit der flachen Hand auf die Tischplatte, dass es knallte. „Albert, ich bin konsterniert! Du kennst deine eigene Cousine nicht mehr?"

„Ach, meine Base", gab Grüning gleichmütig zurück. „Woher sollte ich sie kennen? War sie überhaupt schon geboren, als ..." Er brach ab.

Zu gern hätte Marwitz *das* erfahren, was Grüning auf der Zunge gelegen hatte. Aber er wusste, dass eine Nachfrage ihn nur noch schweigsamer machen würde.

„Zweite Chronika sechzehn Vers neun." Der Förster ließ die Worte unvermittelt in die Stille hineinfallen.

Verwirrt sah Marwitz ihn an. „Wie bitte?"

„Der einzige Bibelvers, den ich kenne."

„Und würdest du die Güte besitzen, mir den Inhalt dieses Verses mitzuteilen?"

„*Hierin hast du töricht gehandelt, denn von nun an wirst du Kriege haben*", zitierte Grüning.

„Albert, das passt nun aber überhaupt nicht zu einer Verlobung", rief Marwitz. „Wie kommst du ausgerechnet auf diesen Bibelvers?"

„Frauen haben zwei schlechte Angewohnheiten: Entweder werden sie krank oder sie wollen uns Männer herumkommandieren. Tritt das Erste ein, bricht dein Glück in Scherben. Aber das Zweite ist beinahe noch schlimmer. Musst dich immer nach ihr richten, pünktlich zum Essen erscheinen, darfst nicht so viel rauchen wie du willst, Haustiere sind auch verboten. Stattdessen musst du deinen Lohn für Kleider und Duftwässerchen ausgeben. Tust du es nicht, hast du Streit."

Marwitz schüttelte den Kopf. Er konnte den Freund nicht verstehen.

„Ich muss mir über das alles keine Gedanken machen", fuhr Grüning fort. „Ich bin frei!"

Aber glückliche Menschen sehen anders aus, dachte Marwitz, als er das düstere Gesicht vor sich betrachtete. Was ging nur in diesem Mann vor? „Albert", fragte er, „hast du eigentlich nie geliebt?"

Das harte Auflachen ging ihm durch Mark und Bein. „Was ist schon Liebe? Scher dich zu deinem Weibsbild, aber gedenke meiner Worte: Das vermeintliche Glück zerbricht, ehe du es mit Händen greifen kannst."

Marwitz erhob sich und sah kopfschüttelnd auf den Förster hinab. Er wusste nicht mehr, was er sagen sollte, und so verließ er wortlos die Oberförsterei.

Als er draußen im warmen Licht der Sonne stand, atmete er tief durch. Er wollte sich nicht von dieser bedrückenden Stimmung im Forsthaus anstecken lassen, aber er würde dennoch alles versuchen, diesen Mann aus seiner Verbitterung zu reißen.

Kapitel 3

Hermann Wittemann stand am Fenster seines Büros und sah auf die Lastkähne hinab, die sich mühsam die Oder aufwärts kämpften. Dabei trommelte er den *Yorckschen Marsch* auf das Fensterbrett, dass ihm die Finger schmerzten. Hoffentlich würde seine Sekretärin bald mit der Tagespost kommen und hoffentlich war endlich ein Antwortbrief Grünings dabei. Es wunderte ihn ohnehin, dass er nun schon zwei Wochen schwieg. Sollte sein Brief etwa spurlos an ihm vorübergegangen sein?

Als es anklopfte, fuhr er herum. „Herein!"

Fräulein Jahn trat ein, immer wieder ein erfreulicher Anblick.

„Bringen Sie die Post?", fragte er ungeduldig.

„Aber nein, Herr Ministerialdirektor. Dafür ist es doch noch zu früh am Tag."

Sie hatte recht. Seine Ungeduld ließ ihn die Zeit vergessen.

„Aber es ist Besuch für Sie gekommen", fuhr sie fort. „Soll ich ihn hereinführen?"

„Um diese Zeit? Wer ist es?"

„Ein Herr von Bredow. Er sagt, es sei äußerst wichtig."

„Mein Schwager?" Wenn er ihn hier im Ministerium aufsuchte, musste es tatsächlich etwas Dringendes sein, sahen sie sich doch allwöchentlich auf der Kegelbahn. „Führen Sie ihn herein. Und bringen Sie uns bitte Kaffee, einige Zigarren, und legen Sie auch meine Zigarillos bereit."

Fräulein Jahn eilte hinaus, während Wittemann zwei Sessel um den runden Tisch am Fenster rückte.

Als er die vom Teppich gedämpften Schritte eines Mannes hörte, wandte er sich um. „Viktor! Welch seltener Besuch in meinen heiligen Hallen!"

Der Gast legte Hut und Überzieher ab und schüttelte Wittemann die Hand. Er sah wieder aus wie der vollendete Edelmann: Frack, Zylinder – alle Details stimmten.

Wittemann wies mit dem Arm einladend auf die Sessel. „Bitte, nehmen wir doch Platz. Möchtest du dem strahlenden Kegelsieger des gestrigen Abends deine Huldigung persönlich darbringen, dass du mich gleich heute aufsuchst?"

Von Bredow lachte gezwungen. „Nein, Hermann, ich wollte dich gerne einmal allein sprechen." Unaufhörlich drehte er an einem der Knöpfe seines Fracks.

„Dann warte einen Augenblick, wir werden gleich ungestört sein. Meine Sekretärin wird uns nur noch – da ist sie schon."

Fräulein Jahn stellte den Kaffee und die Tabakwaren auf den Tisch und wollte sich unauffällig entfernen.

Wittemann hielt sie zurück. „Fräulein Jahn, bitte sorgen Sie dafür, dass wir nicht gestört werden."

Sie knickste. „Selbstverständlich, Herr Ministerialdirektor." Sie schloss die Tür hinter sich, als sie den Raum verließ.

„Donnerwetter!", entfuhr es von Bredow. „Hätte ich das gewusst, hätte ich dich bereits öfter besucht."

Wittemann lachte. Seine Leidenschaft für schöne Mädchen teilte der Mann seiner Schwester mit ihm. „Die Familie des Fräuleins war vollständig verarmt, als ihr Vater, einer meiner ehemaligen Regimentskameraden, den Freitod wählte. Da hielt ich es für meine Pflicht, mich ihrer anzunehmen."

„Eine Pflicht, die dir sicher nicht schwer geworden ist", lachte von Bredow, immer noch an dem Knopf seines Fracks drehend.

„Es gibt auch angenehme Pflichten. Sie ist ein wahrer Glücksgriff: fleißig, freundlich und ..."

„... hübsch", vollendete von Bredow.

„Jetzt ist er ab."

„Wie bitte?"

„Der Knopf."

Von Bredow betrachtete den Knopf in seiner Hand und steckte ihn dann in die Tasche. „Das Dienstmädchen wird ihn wieder annähen."

„Auch hübsch?"

„Meine Frau und meine Tochter sorgen dafür, dass das Personal nicht hübsch ist", brummte von Bredow, griff nach einer Zigarre und schnitt sie an.

„Offenbar gibt es einschlägige Erfahrungen“, lachte Wittemann. „Da lobe ich mir mein Witwerdasein.“ Er reichte seinem Gegenüber Feuer, um die Zigarre anzustecken. Hatte die Hand seines Schwagers früher schon gezittert?

Von Bredow nahm einen tiefen Zug. „Ausgezeichnete Zigarren habt ihr im Ministerium.“

Was er nur von ihm wollte? Jetzt klopfte er unaufhörlich mit dem Finger auf die Zigarre; warum diese Nervosität? Er wusste doch, dass sie gut befreundet waren. Wittemann lehnte sich in seinem Sessel zurück und verschränkte die Arme hinter dem Kopf. „Sprich dich aus, Viktor.“

Von Bredow seufzte tief auf. „Hermann, du bist mir immer wie ein Bruder gewesen.“

„Du mir ja auch. Aber bist du gekommen, mir dies unter vier Augen zu sagen?“

„Und deine einzige Schwester, meine Frau Wilhelmine, lag dir auch stets am Herzen.“

„Auch dieses, ja.“ Er sollte doch endlich ausspucken, was er von ihm wollte.

„Und Rahel, meine Tochter – ich meine, du hättest immer eine gewisse Zuneigung zu ihr empfunden.“

Aber nicht nur, weil sie meine Nichte ist, sondern insbesondere weil sie ausgesprochen hübsch ist – oder jedenfalls war, als ich sie zuletzt gesehen habe. „Ja ja“, antwortete er zerstreut.

„Wir sind in Not, Hermann.“

„Was du schon Not nennst.“ Wittemann zündete sich ein Zigarillo an und blies gekonnt blaue Kringel in die Luft.

„Es ist ernst. Hermann, ich ...“ Von Bredow sprang auf und machte einige Schritte durch das Büro. Dann blieb er mit hängenden Schultern vor Wittemann stehen. „Ich bin bankrott.“

Wittemann, der gerade die Asche von seinem Zigarillo in den Ascher streichen wollte, hielt mitten in der Bewegung inne. Zusammen mit dem schweren Ticken der Wanduhr und dem Klopfen von Bredows auf die Zigarre schwebte das unheilschwangere Wort im Raum.

In Wittemanns Kopf überschlugen sich die Gedanken. Es war

klar, dass sein Schwager ihn um Hilfe bitten wollte. Aber welcher Vorteil konnte für ihn aus dessen Misere erwachsen?

„Wie viel?“, fragte er nur.

Von Bredow trat wieder an den Tisch und stützte sich mit beiden Händen darauf ab, dass er ein lautes Knarren von sich gab. „Nächste Woche sind die Zinsen für eine Hypothek fällig, und ich habe keine Ahnung, woher ich das Geld nehmen soll.“

„Ein neuer Kredit?“

„Völlig aussichtslos. Keine Bank leiht mir Geld.“

Wittemann betrachtete den distinguiert aussehenden Mann und schüttelte den Kopf. „Wie konnte es so weit kommen?“

Von Bredow sank wieder in den Sessel und begann erneut, auf seine Zigarre zu klopfen. „Erst Wilhelmines Unfall. Ihre Behandlungen verschlingen Unsummen.“

Wittemann lehnte sich wieder in seinem Sessel zurück und nickte. Seine Schwester saß seit dem Unfall vor sieben Jahren im Rollstuhl.

„Dann der Weberaufstand anno 44. Er brachte mich an den Rand des Ruins. Ich versuchte, die Lage durch einige Investitionen zu retten. Leider erwiesen sie sich ausnahmslos als Fehlschläge. Kürzlich musste ich sogar Rahel vom Internat nehmen, weil ich die Gebühren nicht mehr aufbringen kann.“

„Und der Betrag?“

„Ich muss bis nächste Woche 8000 Taler auftreiben.“

Wittemann musste schlucken. Das war allerdings ein kleines Vermögen. Dafür konnte er schon eine entsprechende Gegenleistung verlangen. Deshalb sagte er: „Das ist auch für mich ein gewagtes Geschäft.“ In Gedanken sah er die Zahlen vor sich und wusste, dass er von Bredow mühelos helfen konnte.

„Du bist meine letzte Rettung, Hermann. Sollte ich den Betrag nicht aufbringen können, bleibt mir nur noch *ein* Ausweg.“

Wittemann kannte diesen Weg. Den gleichen Weg war auch Fräulein Jahns Vater gegangen. Aber die Verzweiflung seines Schwagers sollte ruhig grenzenlos werden – umso mehr sprang für ihn dabei heraus.

„Was ist mit Rahel?“, fragte er unvermittelt.

Von Bredow hielt kurz im steten Klopfen inne, um dann mit doppelter Geschwindigkeit fortzufahren. Durch das Qualmgewölk hindurch konnte Wittemann seinen verwirrten Gesichtsausdruck erkennen. „Willst du ihren Wert taxieren?"

Wittemann verschränkte die Arme hinter dem Kopf. „Sie ist jung, und wenn sie sich so positiv weiterentwickelt hat, wie ich denke, ließe sich aus ihrer Schönheit Kapital schlagen." Wenn er geglaubt hatte, von Bredow würde nun in die Höhe fahren und dieses Ansinnen weit von sich weisen, hatte er sich geirrt.

„So wie deine Sekretärin. Sie hat auch verstanden, ihre Reize gewinnbringend einzusetzen."

Wittemann lachte. Von dieser Seite drohte ihm also kein Widerstand. „Würde sie das tun?"

„Du kennst deine Schwester. Leider ist es ihr gelungen, ihre frommen Flausen auch in Rahels Kopf zu setzen. Morgens beten, mittags beten, abends beten, die Bibel ist ihr steter Begleiter. Und die altmodischen Moralvorstellungen hat sie ebenfalls von ihrer Mutter übernommen."

„Jungmädchen-Flausen. Die sollte man ihr austreiben können. Wie alt ist sie jetzt?"

„21 Jahre."

„Ich werde sie heiraten." Innerlich krümmte sich Wittemann vor Lachen, als er seinem Schwager in die Augen sah, die groß wurden wie Doppeltalermünzen. Sogar das notorische Klopfen auf die Zigarre hörte auf.

„Du willst sie heiraten?", krächzte er endlich. „Ihr Onkel? Du bist 23 Jahre älter als sie!"

„Höchste Zeit, mich wieder nach einer dauerhaften Gefährtin umzusehen. Und sie braucht einen starken Mann, der ihr das fromme Gehabe abgewöhnt."

Von Bredow saß in sich zusammengesunken da. Dieser Gedanke schien ihm offensichtlich nicht zu behagen. Aber das war auch nicht nötig. Denn seine Freiheit wollte Wittemann ohnehin um keinen Preis noch einmal aufgeben. Schließlich war seine kurze Ehe alles andere als glücklich gewesen. Aber dadurch, dass er Viktor eine unbequeme Lösung anbot, die dieser anzunehmen nur schwerlich bereit war, würde er bei seinem zweiten Vorschlag mit beiden Händen zugreifen. Und für ihn selbst war diese zweite Lösung auch nur von Vorteil: Er behielt seine Freiheit, und doch würde etwas für ihn abfallen.

„Ist das dein Ernst?“, klang jetzt die Frage von gegenüber.

Wittemann wiegte den Kopf. Sollte er den Druck schon von seinem Schwager nehmen? Als er dessen flatterndes Augenlid sah, entschied er sich dafür. „Ich habe einen Sohn.“

Von Bredows Gesicht hellte sich auf. „Lothar?“

„Er ist zwar ein Hallodri ...“ Wäre Grüning nicht dazwischengetreten, hätte sein Sohn nicht ohne Mutter aufwachsen müssen. „... aber vielleicht gelingt es Rahel, ihn zu erziehen.“ Dies war die Gelegenheit, Lothar, der die Schänken besser kannte als die Universität, zu einer Frau zu verhelfen, noch dazu zu einer bezaubernden Frau, die ihn wenigstens für die ersten Wochen der Ehe fesseln würde. Und wenn das Mädchen erst einmal in seinem Haus war ...

„Es ist ihr zuzutrauen, schließlich gelingt es ihr auch bei mir recht gut.“ Von Bredow brachte ein gequältes Lachen zustande.

Wittemann drückte sein Zigarillo in den Ascher. „Wirst du sie davon überzeugen können? Lothar ist ihr Cousin – wird sein Lebenswandel die heilige Jungfrau nicht abschrecken?“

„Das lass mich nur machen. Rahel ist leicht zu beeinflussen, und wenn ich ihr den Bankrott in den dunkelsten Farben ausmale, wird sie alles tun, was zu unserer Rettung dient.“

„Ich werde dir die 8000 Taler gegen einen Schuldschein auszahlen.“ Wittemann stutzte. Täuschte er sich, oder hatte er gerade ein amüsiertes Glitzern in Viktors Augen gesehen?

„Und ich werde Wilhelmine und Rahel in den nächsten Tagen von unserem Plan in Kenntnis setzen.“ Von Bredow erhob sich und streckte Wittemann die Hand entgegen, die jetzt nicht mehr zitterte. „Ich danke dir, Hermann. Du hast mich aus großer Not gerettet.“

„Schon gut.“ Wittemann winkte ab, trat wieder ans Fenster und sah auf das lebhafte Treiben der Stadt hinab.

Von Bredow räusperte sich, dann setzte das Klopfen auf die Zigarre wieder ein. „Und ... da ist noch etwas.“

Wittemann wandte sich wieder zu seinem Schwager um. „Da ist noch etwas? Findest du nicht, dass ich mit 8000 Talern schon mehr als genug für dich getan habe?"

„Natürlich ... schon ... nur ..." Von Bredow räusperte sich erneut. „Wilhelmines Gesundheitszustand ... sie braucht dringend wieder eine Kur. Aber unsere pekuniäre Situation ... ich habe es dir ja soeben dargelegt."

Schmunzelnd drehte er sich erneut zum Fenster um. Sein Schwager war einfach unersättlich. Doch so könnte er vielleicht dafür sorgen, dass er die schöne Rahel bereits in allernächster Zeit in seiner Nähe hätte. Zwar hatte er ein ungutes Gefühl, dass von Bredow ihn ausgenutzt hatte, aber Rahel war ihm nicht nur die 8000 Taler wert. „Da ließe sich sicher eine Lösung finden. Ich hatte kürzlich dienstlich in einem netten Luftkurort zu tun ..."

Dann musste es Viktor nur noch gelingen, das fromme Mädchen zu der Ehe mit seinem Sohn zu überreden. Sollte ihm das nicht gelingen, war diese Investition für ihn so etwas wie die meisten Investitionen seines Schwagers: ein Fehlschlag.

* * *

„Guten Morgen, Herr Oberförster!", klang es im Chor. Im Hof vor dem Forsthaus hatten die drei Jäger Aufstellung genommen, die dem Oberförster unterstellt waren.

Albert Grüning tippte mit der Hand an seine Mütze. „Guten Morgen." Er zog die frisch gestopfte Pfeife aus der Rocktasche, schob sie schief in den Mundwinkel und sah seine Jäger erwartungsvoll an.

„Herr Oberförster, Jäger Prussak vom Revier Friederikenwald, ich melde: keine besonderen Vorkommnisse."

„Herr Oberförster, Jäger Kisserow vom Revier Wilhelmsthal, ich melde: keine besonderen Vorkommnisse."

„Herr Oberförster, Jäger Schulze vom Revier Osterfelder Kopf, ich melde: in der Nacht zum gestrigen Tage ein Schuss gefallen, keine Abgänge festzustellen."

Grüning nickte. „Danke. Schulze, Sie hatten bereits gestern

Meldung über den Vorfall gemacht." Scharf musterte er seine drei Jäger, während er eine Streichholzschachtel aus der Hosentasche hervorkramte. „Meine Herren, Sie haben binnen zwei Wochen sechs Mal Meldung über Tätigkeiten des Wilddiebs gemacht. Einmal wurde ein toter Hase gefunden, sonst waren keine Abgänge festzustellen." Er riss ein Streichholz an und setzte seine Pfeife in Brand.

„Er scheint ein hundsmiserabler Schütze zu sein", bemerkte Prussak, dessen Gesicht beinahe vollständig von einem schwarzen Bart verhüllt war.

Grüning ignorierte diese Aussage. „Von den sechs Meldungen entfielen vier auf Ihr Revier, Schulze, zwei auf das Wilhelmsthal, Kisserow, während der Friederikenwald bisher verschont blieb."

„Woran das nur liegen mag?", stichelte Prussak mit einem giftigen Seitenblick, während der kleine Schulze schuldbewusst den Kopf senkte.

„Meine Herren, es kann so nicht weitergehen. Zwar ist der Schaden bisher gering, trotzdem müssen Maßnahmen ergriffen werden." Grüning nahm die Pfeife aus dem Mund. „Schulze, ist Ihnen am jeweiligen Tatort etwas aufgefallen?"

Der semmelblonde Jäger trat vor. „Jawohl, Herr Oberförster. Als ich den Tatort aufgrund des geschossenen Hasen genau bestimmen konnte, fand ich im Waldboden Abdrücke genagelter Schuhe. Dabei fiel mir auf, dass der rechte Schuh neun, der linke hingegen zehn Nägel aufwies."

Grüning pfiff leise durch die Zähne. „Sehr gut, Schulze. Sonst noch etwas?"

„Ich weiß nicht, ob es etwas zu bedeuten hat. Die Schüsse fielen immer, wenn ich während meines Hegeganges gerade am entgegengesetzten Ende meines Revieres war."

Grünings Gedanken arbeiteten fieberhaft. Das war allerdings auffällig! Sollte der Wilderer über die Tätigkeiten der Jäger informiert sein?

„Das wird ein Zufall sein", meinte der schwarze Prussak mit einem Achselzucken.

„In den zwei Fällen, als mein Revier betroffen war, war es ebenso“, meldete der schweigsame Kisserow.

Unablässig auf dem Mundstück seiner Pfeife kauend ging Grüning vor den Jägern auf und ab. „Führen Sie jeden Tag einen zusätzlichen Hegegang durch. Und lassen Sie auch die Forstgehilfen Hegegänge in Ihren Revieren durchführen.“

„Das wird nur schwerlich möglich sein“, erwiderte Prussak. „Die Forstgehilfen sind nicht für die Jagd nach einem Wilddieb ausgerüstet, geschweige denn ausgebildet.“

„Dann geben Sie ihnen eben die nötigen Instruktionen“, knurrte Grüning. „Werde dafür sorgen, dass die Forstgehilfen für ihren zusätzlichen Einsatz eine Gratifikation erhalten.“

Kisserow und Schulze nickten zustimmend, nur Prussak gab zu bedenken: „Ich glaube nicht, dass uns die schlecht ausgebildeten Gehilfen nutzen werden.“

Grüning spürte die Wut in sich hochkriechen. Dieser Prussak war schon immer ein schwieriger Mensch gewesen, aber heute zeigte er sich ganz besonders aufsässig. „Bitte, Prussak, Sie haben jetzt die Möglichkeit, Ihren Vorschlag vorzutragen.“

Der Jäger rückte an seiner Mütze, die sich nur mühsam an seinen überquellenden schwarzen Locken festkrallte. „Ich meine, dass wir die Angelegenheit nicht zu hoch aufhängen sollten. Vielleicht verlässt der Wilddieb unseren Forst bald und treibt anderswo sein Unwesen. Wie groß waren unsere bisherigen Verluste? Nur ein Rehbock, den der Herr Oberförster ganz zu Anfang entdeckte, und ein Hase. Wozu diese Aufregung?“

Da konnte sich Grüning kaum noch beherrschen. Er nahm die Pfeife aus dem Mundwinkel und trat dicht vor den Jäger hin. „Prussak, Ihre Dienstbeflissenheit liegt erbärmlich im Argen! Wollen Sie den Wilddieb gewähren lassen, bis er uns einen kapitalen Hirsch wegschießt? Ich habe Sie wohl nicht richtig verstanden!“

Mit beinahe gleichgültiger Stimme, von einem Achselzucken begleitet, das Grüning noch mehr in Wut versetzte, entgegnete Prussak: „Herr Oberförster, es geht Ihnen doch nur um Ihr Ansehen beim Ministerium. Mein Revier war bisher nicht vom

Wilddieb betroffen, warum also sollte ich zusätzliche Hegegänge durchführen und auch noch die Forstgehilfen einspannen?"

„Prussak, ich verlange von Ihnen, sich an der Suche nach dem Wilddieb zu beteiligen. Sie werden ebenso wie Schulze und Kisserow mit allen Mitteln daran arbeiten. Das ist ein Befehl!"

Prussak zog die Augenbrauen in die Höhe. „Der Herr Oberförster wollte nur meine Vorschläge hören."

„Grandiose Vorschläge, Prussak!", spie Grüning ihm förmlich ins Gesicht. „Wir sollen uns auf die faule Haut legen und den Wilddieb gewähren lassen! Ich werde Sie in Ihrem Revier streng kontrollieren, und bei dem kleinsten Pflichtversäumnis geht eine Meldung an das Ministerium."

Wieder zuckte der Jäger mit den Achseln. Grüning verstand ihn nicht. Fürchtete Prussak nicht um seine Stellung?

Schließlich wandte er sich wieder an alle. „Meine Herren, Sie haben meine Instruktionen vernommen. Richten Sie sich danach, ich werde Sie kontrollieren. Wer den Wilddieb fängt, erhält eine Prämie von einhundert Talern. Wegtreten."

Die Jäger legten die Hand an die Mütze, um dann den Forsthof zu verlassen. Grüning steckte schwer atmend seine Pfeife neu in Brand und sah ihnen nach. Auf Prussak sollte er ein besonderes Auge haben.

* * *

Lachend sah Viktor von Bredow auf die Geldrollen in seinen Händen. 8000 Taler in gutem Gold – wann hatte er zuletzt so viel Geld in der Hand gehalten? Jetzt machte ihm der Hypothekenzins keine Sorge mehr, und es blieb noch ein hübsches Sümmchen für ihn und seine Familie übrig.

Sein lieber Schwager hatte ihm ja blind vertraut – warum sollte er ihm dann mitteilen, dass nur 5000 Taler an Zinsen fällig waren? So konnte er nun auch einige Ehrenschulden regeln, und es wäre sogar noch genug für die Reise der Familie in den Hochwald übrig, um dort seiner Frau die dringend notwendige Kur zu ermöglichen. Doch das Geld konnte er nun anderweitig investieren, denn sein Schwager hatte sich so großzügig gezeigt, dass er ihm nicht nur dieses Luftkurdorf Wölfelsgrund als Reiseziel empfohlen hatte, das er wohl bei einer seiner letzten Reisen kennengelernt hatte, sondern ihm sogar den Aufenthalt bezahlen wollte. Nun blieb *ihm* nur noch die Aufgabe, seine Tochter auf die Ehe mit Lothar Wittemann vorzubereiten. Aber das würde ihm schon gelingen.

Einen Gassenhauer vor sich hin pfeifend, suchte er die beste Zigarre aus seiner Kiste und ging dann hinüber in den Salon seiner Frau. Diese hatte ihren Rollstuhl nahe an das Fenster schieben lassen, wo sie einen guten Blick auf den gepflegten Park ihrer Villa hatte, und stichelte an einer Stickerei.

Von Bredow deutete einen Handkuss an und setzte sich seiner Frau gegenüber. Sie hatte wirklich keine Ähnlichkeit mit ihrem gut aussehenden Bruder im Ministerium; ihr Haar war früh ergraut und das körperliche Leiden hatte Spuren in ihrem einst schönen Gesicht hinterlassen. Manchmal fragte er sich, ob er immer noch bei seiner Frau wäre, wenn sie nicht so leicht zu hintergehen wäre.

„Wilhelmine, ich habe erfreuliche Neuigkeiten für dich“, begann er.

Sie legte die Stickerei beiseite und sah ihn aufmerksam an. „Erfreuliche Neuigkeiten sind immer willkommen, Viktor.“

„Du kannst deine Zofen anweisen, die Koffer zu packen. Ich habe soeben in Wölfelsgrund im Hotel *Zum gelben Dragoner* Zimmer für uns reservieren lassen.“ Es wunderte ihn immer noch, dass sein Schwager so versessen darauf war, dass sie mit ihm ausgerechnet in dieses Wölfelsgrund fahren sollten – hatte er außer der Sorge um seine Schwester noch andere Gründe, die ihn in dieses Dorf am Fuß des Hochwaldes zogen?

„Es freut mich, dass du es möglich gemacht hast, Viktor. Du hast doch auch für Rahel reserviert?“

„Selbstverständlich wird Rahel uns begleiten“, lächelte er. „Ihre bloße Anwesenheit tut dir doch fast genauso gut wie die Höhenluft, wie viel mehr dann beides zusammen.“

Seine Frau war bisher nicht in die finanziellen Schwierigkeiten eingeweiht, aber da nun die Verheiratung ihrer Tochter anstand, blieb ihm keine andere Wahl, als auch darüber zu berichten.

„Wilhelmine“, sagte er daher tief durchatmend, „ich habe Rahel aus dem Internat nach Hause geholt, weil sie genug gelernt hat. Aber ich hatte auch noch andere Gründe.“ Er räusperte sich. Es war nicht einfach, solche Mitteilungen zu machen. „Es ist so, dass ...“

Als sie ihm begütigend die Hand auf den Arm legte, sah er sie überrascht an. „Ich weiß es, Viktor. Die Gebühren waren zu hoch.“

„Woher weißt du ...?“ Er hatte doch nie von ihrer pekuniären Krise gesprochen!

Frau Wilhelmine lächelte, was ihrem Gesicht einen Ausdruck von Güte verlieh, der ihn unangenehm berührte. „Ich ahnte es schon lange, Viktor. Deine stete Unruhe, dein häufiges Rechnen im Arbeitszimmer, die Besuche des Bankiers – das alles blieb mir nicht verborgen. Einmal, als du dich auf Reisen befandest, geriet ein Brief der Bank in meine Hände, darin wurden meine Ahnungen bestätigt.“

Von Bredow spürte, wie ihm der Schweiß auf die Stirn trat. Seine Frau war doch nicht so ahnungslos, wie er immer gedacht hatte! „Aber ist dir auch bekannt, wie weitreichend unsere Misere ist?“ Er wies mit einer ausladenden Geste auf die Pracht um sie herum. „Der Park, die Villa, die edlen Teppiche und Gemälde – alles das gehört nicht mehr uns.“

„So schlimm steht es?“, flüsterte Frau Wilhelmine und faltete die Hände.

„Schlimmer noch. Ich war in den letzten Tagen bei deinem Bruder Hermann und bat ihn um Unterstützung, weil ein Hypothekenzins fällig ist.“

Sie legte erschrocken die Hand auf den Mund. „Viktor! Er wird dir doch geholfen haben?“

„Ja, Hermann war großmütig.“ Von Bredow tupfte sich den Schweiß von der Stirn. Es war nicht leicht, seiner Frau dies alles zu eröffnen, und der entscheidende Punkt fehlte schließlich noch.

„Gott sei Dank!“

Er verzog das Gesicht, als habe er in eine Zitrone gebissen. Immer dieses fromme Gerede! „Dein Bruder verlangte allerdings einen Preis für seine Hilfe." Er bemerkte, dass er schon wieder unaufhörlich mit dem Finger auf die Zigarre tippte. Er musste diese Nervosität in den Griff bekommen.

„Einen *hohen* Preis?", fragte Frau Wilhelmine ängstlich.

Er machte eine wegwerfende Handbewegung. „Eine Kleinigkeit im Vergleich zu dem, was auf dem Spiel steht. – Rahel."

Seine Gattin machte große Augen. „Viktor? Ich verstehe nicht ..."

„Rahel und Lothar – sie sind doch ein perfektes Paar. Sie kennen sich von Kindesbeinen an, auch wenn sie sich einige Jahre nicht gesehen haben, da Rahel im Internat war und Lothar beim Militär. Rahel würde in unserer Nähe bleiben, sogar in der Familie, sie könnte dich jeden Tag besuchen ..."

Er verstummte, als er ihren seelenvollen Blick bemerkte. Warum konnte sie ihn bloß durch ihre Augen zum Schweigen bringen? Er durfte diese Frau keine Macht über sich gewinnen lassen!

Gierig sog er an seiner Zigarre, aber sie schmeckte plötzlich unangenehm bitter. „Wilhelmine, es geht nicht anders."

„Du weißt, was Lothar für ein Mensch ist?"

„Was willst du?", brauste er auf. „Du wirst keinen Engel für sie finden."

„Aber muss es gerade ein Wüstling sein?"

„Du darfst nicht so zimperlich sein. Rahel ist jung und bildhübsch, da wird er sein wildes Leben schnell um ihretwillen einschränken."

„Und wenn nicht? Dann wird sie todunglücklich mit ihm. Du weißt, wie oft er betrunken aus der Schänke kommt, und das sind nicht die schlimmsten Häuser, die er aufsucht."

„Rahel wird sich damit arrangieren. Du wirst kaum einen Mann finden, der nicht einmal alkoholisiert aus der Schänke kommt oder eines dieser Freudenhäuser aufsucht, die es dir zu erwähnen beliebte."

„Viktor!" In diesem Ausruf lag blankes Entsetzen. „Liegt dir nichts an deiner Tochter?"

„Jetzt höre mir zu, Wilhelmine." Von Bredow erhob sich und gab seiner Stimme einen gefährlichen Klang. „Wie viel mir an Rahel und auch an dir liegt, kannst du daraus ersehen, dass ich alles dafür einsetze, um unsere Existenz zu sichern. Dass Rahel dafür einen Preis zu bezahlen hat, ist nur recht und billig. Zumal es kein hoher Preis ist."

Frau Wilhelmine seufzte. „Ich fürchte, *dieser* Preis ist für Rahel zu hoch."

„Unfug! Ich werde sie rufen lassen, dann wirst du selbst sehen, dass sie vernünftiger ist als du." Von Bredow klingelte und ließ seine Tochter in den Salon bitten.

Dass diese Weiber ihm auch immer einen Strich durch seine wohldurchdachten Rechnungen machen wollten! Aber es würde ihnen nicht gelingen.

Wenig später betrat Rahel den Salon. Wohlgefällig betrachtete er sie. Aus diesem hübschen Mädchen ließ sich durchaus Kapital schlagen! Eine gute Figur, entzückend schimmerndes Blondhaar, ein bildschönes Gesicht – was konnte sich ein Mann mehr wünschen?

Er winkte sie zu sich heran. „Setze dich zu uns, Rahel, wir haben etwas mit dir zu besprechen."

Ein fragender Blick flog zur ihrer Mutter hinüber, die daraufhin ihre Hand ergriff und sie neben ihrem Rollstuhl auf ein Kanapee zog.

Von Bredow nahm einen tiefen Zug aus seiner Zigarre, stieß den Rauch durch die Zähne und begann: „Rahel, du bist nun beinahe 21 Jahre alt." Sie hatte die gleichen Augen wie ihre Mutter, ebenso blau, ebenso klar. „Ich habe die gute Nachricht, dass sich ein Bewerber für dich eingefunden hat."

In der tiefen Bläue ihrer Augen spiegelte sich ihre Verwirrung – oder war es Angst? „Du meinst, ich soll heiraten?", flüsterte sie.

„Erraten!", lachte er, doch es kam ihm selbst gezwungen vor. „Ich hatte vor wenigen Tagen ein Gespräch mit deinem Onkel Hermann. Wir sind der gemeinsamen Ansicht, dass du und Lothar ein passendes Paar bilden würdet."

Rahel drehte die Enden ihres langen Haares um den linken Mittelfinger. „Lothar? Lothar Wittemann?" Ihr Flüstern war kaum mehr als ein Hauchen.

„Was schaust du mich so entgeistert an?“ Wieder versuchte er zu lachen. „Lothar ist ein schneidiger Offizier geworden, er sieht beinahe ebenso gut aus wie sein Vater. Zudem würdest du hier bei uns in Breslau bleiben ...“

Jetzt brachte ihn auch noch der Blick seiner Tochter zum Schweigen. Augen hatten diese beiden Frauen! Er sah zum Fenster hinüber und klopfte wieder auf seine Zigarre.

„Wie kommt ihr dazu, diese Verbindung herstellen zu wollen? Lothar hat mich doch einige Jahre nicht gesehen, und auch früher war unser Verhältnis nie ein inniges.“

Von Bredow trat ans Fenster und schob einen der schweren Brokatvorhänge zurück. Wie viel sollte er Rahel von der pekuniären Misere verraten? Als Druckmittel wäre es wohl geeignet, aber es könnte auch sein, dass sie sich um des Geldes willen verkauft fühlte, und das würde nur ihren Widerstand wecken.

„Lothar scheint dich aus früheren Jahren in guter Erinnerung zu haben“, erwiderte er deshalb. „Dein Onkel erwähnte, dass er sich lebhaft an deine Wohlerzogenheit und Schönheit erinnert.“

Rahel verzog das Gesicht. „Es wäre schön, wenn er sich seiner eigenen Wohlerzogenheit befleißigt hätte. Er soll ja mehr als nur ein lustiges Soldatenleben führen.“

„Du darfst einem jungen Mann nicht jedes Vergnügen verwehren, Rahel. Er ist jung und muss sich austoben, dann wird er ein umso besserer Ehemann.“ Dieses Mädchen hatte tatsächlich die veralteten Moralvorstellungen seiner Frau übernommen.

„Das ist sicherlich nicht dein Ernst, Vater.“

Er wandte sich um und trat dicht vor seine Tochter hin. „Rahel, es ist mein bitterer Ernst. Ich gab Hermann mein Wort: Du wirst Lothar heiraten!“

„Vater!“ Sie sah ihn mit weit aufgerissenen Augen an, dann wanderte ihr Blick zu ihrer Mutter.

„Ist es wahr?“, fragte nun Frau Wilhelmine. „Du gabst Hermann dein Wort?“

„Hätte ich sonst das Geld erhalten?“, gab er zurück, bemerkte aber sogleich, dass dieser Satz ein Fehler war.

Rahel sprang auf, und ihre sonst so sanften Augen funkelten

ihn an. „Du hast mich verkauft? Das ist also der Grund! Nicht, dass Lothar mich wegen meiner Wohlerzogenheit in guter Erinnerung behielt."

„Ich meine es nur gut mit dir", versuchte von Bredow sich und seinen Plan zu retten. „Ich eröffnete soeben deiner Mutter, dass unsere finanzielle Situation bedrohlich ist. Dein Onkel Hermann war so freundlich, uns vor dem Ruin zu retten. Es ist selbstverständlich, dass wir ihm dann auch eine Gefälligkeit schuldig sind."

Nun trat Rahel ans Fenster und sah hinaus. Bewundernd stellte er fest, dass ihr Haar im Sonnenlicht in allen Blondschattierungen schimmerte. Ihre Stimme klang ruhig und gefasst, als sie antwortete: „Ich wusste nicht, Vater, dass es so schlimm um uns steht. Es ist sicherlich sehr gut von Onkel Hermann, dass er uns helfen will. Aber geht es nur zu diesem Preis?"

„Der Preis, den wir alle bezahlen, wenn ich das Angebot deines Onkels ausschlage, ist ungleich höher. Unsere Villa kommt unter den Hammer und der Erlös wird kaum ausreichen, alle Hypotheken zu decken. Das wird uns alle ins Elend stoßen. Willst du das, Rahel?"

Wieder schlang das Mädchen ihre Haarspitzen um den Finger. Der innere Kampf spiegelte sich in ihrem Gesicht, das kaum eine Regung zu verbergen vermochte. „Ich muss darüber nachdenken, Vater", klang es leise von ihren Lippen.

Es war an der Zeit, dass er seine Macht demonstrierte. Deshalb schlug er mit der flachen Hand klatschend auf den Tisch und sagte energisch: „Es gibt nichts nachzudenken. Du wirst ihn heiraten." Er warf den Stummel seiner Zigarre in einen Ascher und verließ ohne ein weiteres Wort den Raum.

Kapitel 4

Stampfend stieß Grüning den Dreck von seinen Stiefeln, während er Büchse, Hut und Uniformrock an das Zapfenbrett im Hausflur hängte. Wieder ein vergeblicher Gang. Seit Tagen revidierte er nun seine Jäger, die ihre Hegegänge gewissenhaft durchführten. Selbst Prussak, den er heute kontrolliert hatte, war vorschriftsmäßig unterwegs und hatte sogar seine Forstgehilfen herangezogen. Es gab also kaum eine Möglichkeit für den Wilddieb, dem Netz zu entkommen.

Und doch fiel immer wieder irgendwo ein Schuss, und anschließend waren in der entsprechenden Gegend die Abdrücke nägelbeschlagener Schuhe zu finden. Aber der Halunke selbst entzog sich stets geschickt ihren Blicken. Es war zum Verzweifeln! Wenn er nicht bald eine Erfolgsmeldung an das Ministerium schreiben konnte, würde er noch in ernsthafte Schwierigkeiten kommen.

„Trine!“, rief er in den dämmrigen Hausflur. Wo steckte die Frau nur wieder? Sie wusste doch, dass er hungrig war, wenn er heimkehrte.

Rex verzog sich ins Arbeitszimmer. Dort nahm er sicher sogleich seinen Stammplatz vor dem Kamin ein. Währenddessen ging Grüning hinaus in den Garten, von wo Stimmen zu hören waren. Wahrscheinlich plauderte Trine wieder mit einem der Holzknechte, der in der Oberförsterei zu tun hatte.

„Trine! Sollen den Männern nicht den Kopf verdrehen! – Wo ist mein Mittagessen?“

„Schreck lass nach, der Herr Oberförster!“, rief sie und schaukelte, so schnell ihre kurzen Beine sie zu tragen vermochten, auf ihn zu. „Herr Oberförster mögen verzeihen, ist es schon so spät?“

„Plaudertasche!“, knurrte er und sah dem Holzknecht, der so lautlos wie möglich davonhastete, mit zusammengekniffenen Augen hinterher.

Pustend blieb Trine vor ihm stehen und stemmte die Hände in die rundlichen Hüften. „Aber lieben Besuch haben Sie bekommen.“

„Besuch? Kann nicht lieb sein." Es war sicherlich wieder Marwitz, der seine Glücksgefühle mitteilen musste.

„Aber es ist doch ..."

„Interessiert mich nicht. Will essen."

„Aber sie wartet doch schon drei Stunden in Ihrem Arbeitszimmer!"

„Kann auch noch länger ..." Plötzlich wurde ihm bewusst, was Trine gerade gesagt hatte. „Eine *Frau*?"

„Ja, Ihre Schwester ist überraschend eingetroffen, Herr Oberförster. So ein liebes Mädchen!"

„Kann warten."

Grüning stampfte in die Küche. Das hatte ihm gerade noch gefehlt. Seine Schwester hier bei ihm im Hochwald! Ihr Brief hatte ihm schon gereicht.

„Essen noch nicht fertig?", grollte er, als er sah, dass die Töpfe noch auf dem Feuer standen.

„Sofort, Herr Oberförster." Trine eilte an den Herd, während er es sich auf einem Stuhl bequem machte.

Was fiel Rosina bloß ein, plötzlich in der Oberförsterei aufzutauchen? Sie hatte ihn noch nie besucht. Zuletzt hatte er sie vor fünf Jahren bei dem Begräbnis ihrer Mutter gesehen.

Endlich stellte Trine eine dampfende Mahlzeit vor ihm auf den Tisch. Unverzüglich begann er zu essen. „Verflixt! Müssen Sie so heiß kochen?"

„Herr Oberförster mögen verzeihen, aber wenn ich nicht heiß koche, wird es nicht gar."

Er pustete eine dampfende Kartoffel kalt. „Auch der Kaffee war neulich unverschämt heiß. Könnten bestimmt Unmengen Holz sparen." Erst jetzt bemerkte er, dass er ins Leere sprach, denn Trine hatte zwischenzeitlich die Küche verlassen.

Grüning zog die Zeitung zu sich heran und blätterte darin, während er weiteraß. Seine Augen sahen zwar die Buchstaben, aber sein Kopf erfasste nicht, was er las. Unablässig kreisten seine Gedanken um seine wartende Schwester. Ob sie wohl wieder gehen würde, wenn er sie lange genug warten ließ? Ihrem aufbrausenden Charakter wäre es zuzutrauen.

Schließlich schob er die Zeitung und die Reste seiner Mahlzeit von sich weg. Es half ja doch nichts. Warum sollte er vor seiner kleinen Schwester davonlaufen? Energisch erhob er sich und stapfte in sein Arbeitszimmer hinüber.

Aus dem Augenwinkel sah er Rosina in dem alten, schon etwas verschlissenen Ledersofa sitzen, doch er beachtete sie zunächst nicht, sondern langte nach einer Pfeife, die gestopft im Regal lag. Erst nach einem leisen Räuspern aus dem Ledersofa bequemte er sich, sich langsam umzuwenden.

Das Mädchen stand auf und kam ihm einen Schritt entgegen. Doch ehe sie etwas sagen konnte, fragte er: „Hast *du* die Fenster geöffnet?"

In ihrem Gesicht spiegelte sich ihre Verwirrung wider. „Ist das dein erstes Wort, wenn deine Schwester zu Besuch kommt?"

Er riss ein Streichholz an und entzündete den Tabak. „Will wissen, ob du die Fenster geöffnet hast."

„Es war eine unerträgliche Luft hier, Albert. Offenbar hast du seit Tagen nicht gelüftet, denn obwohl du, wie mir Trine versicherte, schon seit Stunden weg warst, roch es hier nach Tabaksqualm, als säßest du rauchend hinter deinem Schreibtisch."

„Geht's dich etwas an?" Geräuschvoll schloss er die Fensterflügel.

„Albert, wollen wir uns nicht wenigstens begrüßen?"

Er wandte sich um und nahm bedächtig die Pfeife aus dem Mundwinkel. „Wozu die Förmlichkeiten? Habe dich nicht eingeladen."

„Aber wir haben uns fünf Jahre lang nicht gesehen!"

Grüning zuckte die Achseln. „Habe dich nicht vermisst."

Da trat sie vor ihn hin und streckte ihm die Hand entgegen. „Albert! Ich bin deine Schwester!"

„Was verlangst du? Soll wohl diese wohlgepflegte Hand abschmatzen? Oder gar meine Arme um dich schlingen? Bedenke: Ich nutze keine Duftwässerchen wie deine Salonhelden, sondern rieche nach Waldluft und Tabaksqualm. Könnte außerdem dein Kleid zerdrücken."

Rosina ließ die Hand sinken. „So hatte ich mir deinen Willkommensgruß nicht vorgestellt."

„Hattest wohl gedacht, ich würde dir zu Füßen liegen? So wie deine geschniegelten Kavaliere in der Stadt?" Mit zusammengezogenen Brauen betrachtete er das feine Mädchen, das mit dem modischen Reifrock gar nicht in die Waldabgeschiedenheit passte. „Was willst du überhaupt?"

„Heute Abend feiert unsere Base Amanda ihre Verlobung. Zu diesem Fest bin ich geladen."

„Wusste doch, dass nicht die Liebe zu deinem Bruder Anlass zu deinem Besuch war."

„Dazu müsste mein Bruder etwas liebenswürdiger sein", gab sie zurück.

„Ist meine kleine Schwester gekommen, mich zu kritisieren?" Er trommelte mit den Fingern Jagdsignale auf die Tischplatte. Wann würde sie nur endlich wieder gehen!?

„Albert, sei doch nicht so grantig! Ich hatte mich ehrlich darauf gefreut, dich nach so langer Zeit wiederzusehen."

„Ich nicht."

„Aber an der Verlobungsfeier wirst du doch teilnehmen? Dein Freund Franz wird dich sicherlich eingeladen haben."

Hatte er ihn eingeladen? Richtig, vor einigen Tagen war ein Billett von Franz in der Post gewesen. Es musste noch ungeöffnet auf seinem Schreibtisch liegen. „Werde nicht kommen."

„Warum nicht, Albert? Franz ist dein Freund, Amanda deine Base, ich werde auch dort sein – warum sonderst du dich ab?"

Er lachte hart auf. „Dumme Frage!"

Sie trat nahe an ihn heran und legte ihm die schlanke Hand auf den Arm. „Albert, ich weiß, was damals vorgefallen ist."

„Was weißt du schon? Warst doch kaum geboren!"

„Vater und Mutter haben mir davon erzählt ..."

„Wusste doch, dass sie nicht schweigen können." Er spürte eine namenlose Wut in sich emporkriechen. Warum musste er immer wieder mit der Vergangenheit konfrontiert werden?

„Es ist immerhin ihr gutes Recht, in der Familie darüber zu sprechen. Mutter hat sehr unter deinem Weggang gelitten, Vater leidet noch heute. Willst du nicht zu uns zurückkehren – und zu deinem Gott?"

„Gott!“ Er spie das Wort beinahe aus. „Werde nie zu dem zurückkehren, der mich so gnadenlos im Stich gelassen hat!“

„Albert! Versündige dich nicht! Wie kannst du so etwas sagen!“ Er sah, wie ihre Augen zu funkeln begannen.

„Willst du junges Ding mir weise Ratschläge erteilen? Bist kaum den Kinderschuhen entwachsen!“

„Ich möchte dir doch nur helfen“, verteidigte sie sich. „Was hast du denn hier in deiner Einsamkeit? Nichts als das Schreien der Vögel. Im Dorf unten reden sie schon über dich und nennen dich *den einsamen Sonderling aus dem Hochwald.*“

„Was kümmert mich das?“

„Du hast dich so in deiner Bitterkeit vergraben, dass kein Mensch mehr etwas mit dir zu tun haben will.“ Rosinas Wangen röteten sich. „Du musst doch einsehen, dass alles, was damals geschehen ist, durch deine Schuld so gekommen ist. Bereust du denn gar nichts?“

„Willst du mich in meinem eigenen Haus mit Vorwürfen überhäufen?“

„Siehst du es denn nicht ein? Du warst es doch, der ...“

„Halt ein!“, donnerte er, dass Rex vor dem Kamin kurz aufbellte. „Will dein verdammtes Geschwätz nicht länger hören. Hast mich nicht für etwas zur Rede zu stellen, das geschah, als du noch in den Windeln lagst!“

„Du bist doch mein Bruder!“

„Bah!“ Mit einer wegwerfenden Handbewegung fegte er durch die Luft. „Wenn es darum geht, mir Vorwürfe zu machen, fällt dir diese Tatsache ein? Als Schwester solltest du zu mir halten!“

„Aber ich kann doch deine Tat nicht gutheißen!“

„Ja, hast dein Urteil schnell zur Hand. Hast du erlebt, was ich damals erlebt habe? Kennst alles nur aus den Erzählungen anderer, und das ist nichts – nichts!“ Er warf die Pfeife auf den Schreibtisch, dass die Funken stoben.

Rosina wich einige Schritte zurück. „Warum erzählst du mir dann nicht selbst, was geschehen ist?“

Er betrachtete sie einen Augenblick prüfend. Ja, sie war seine Schwester, und doch war sie innerlich so unendlich weit von ihm entfernt. Fast schmerzte es ihn, aber er war es gewohnt, seine Gefühle zu unterdrücken. Er war oft genug enttäuscht worden. „Bringt nichts."

Rosina blickte ihn an. In ihren Augen stand Zorn. „Was bist du bloß für ein bockbeiniger, verbitterter Mensch! Mit dir ist tatsächlich nicht zu reden."

„Warum versuchst du es dann?"

Seine spöttischen Worte schienen sie noch mehr in Rage zu versetzen. „Es war Zeitverschwendung, dich aufzusuchen und stundenlang auf dich zu warten. Ich schäme mich, deine Schwester zu sein. Wie ein Feigling fliehst du in diesen einsamen Erdenwinkel, nachdem du mit einer Kaltblütigkeit, die jeder Beschreibung spottet ..."

„Du solltest jetzt besser gehen." Er sprach gefährlich leise, als er sie unterbrach.

Sie stampfte mit dem Fuß auf. „Du benimmst dich wie ein halsstarriger Esel!"

„Und du wie ein beleidigtes Kind." Er öffnete die Tür zum Hausflur. „Wenn gnädiges Fräulein die Güte haben würden, mein Arbeitszimmer zu verlassen", höhnte er mit einer übertriebenen Verbeugung.

Grußlos rauschte sie an ihm vorüber.

„Willst du dich nicht verabschieden?", rief er ihr nach. „Legtest doch auch auf die Begrüßung so großen Wert."

Es kam keine Antwort mehr. Und wenige Augenblicke später fiel die Haustür krachend ins Schloss.

Albert Grüning sank in den Sessel hinter seinem Schreibtisch und stopfte seine Pfeife neu. Rosina würde so schnell nicht wiederkommen, dessen war er sich sicher – und das war auch gut so. Er hatte sich in die Tiefe des Hochwaldes zurückgezogen, um durch nichts mehr an seine Vergangenheit erinnert zu werden, also hatte auch Rosina nicht in seine Einsamkeit zu dringen.

Als an die Tür geklopft wurde, hob er unwillig den Kopf. Sollte Rosina doch noch einmal zurückgekommen sein? „Geh, scher dich zu deinen Kavalieren oder meinetwegen in deine Kirche!", rief er. „Will dich nicht mehr sehen."

Er riss gerade ein Streichholz an, um die Pfeife neu in Brand zu setzen, als sich das Klopfen wiederholte. Dann klang eine Stimme von draußen: „Verzeihen Sie, Herr Oberförster, ich bin es, der Jäger Schulze."

„Schulze? Eintreten." Grüning zündete die Pfeife an und sah dem Jäger entgegen. Schulze drehte unaufhörlich seine Kappe in den Händen, als er vor dem Schreibtisch stehen blieb.

„Sie wünschen?", fragte Grüning.

„Herr Oberförster, ich bin gekommen ...", stotterte der junge Mann.

„Sehe, dass Sie gekommen sind."

„Herr Oberförster", setzte er neu an, „bitte verzeihen Sie die Störung ..."

„Was denn nun? Haben Sie den Wilddieb?"

„Zu Befehl, nein, Herr Oberförster. Ich muss Ihnen berichten ..."

„Hat er erneut geschossen?"

„Ja, geschossen hat er auch ..."

Grüning sprang auf, dass sein Stuhl mit lautem Poltern hintenüberfiel. „Reden Sie endlich! Hat er auch getroffen?"

„Leider ja, Herr Oberförster."

„Was denn? Wieder einen Hasen? Oder ein Reh?"

„Nein, weder das eine noch das andere."

„Was denn?" Grüning packte den semmelblonden Jäger bei den Schultern und schüttelte ihn. „Machen Sie endlich das Maul auf und reden Sie! Was hat der Wilddieb geschossen?"

„Einen Hirsch."

„Sind Sie des Wahnsinns? Einen kapitalen Bock?"

Schulze ließ die Schultern hängen. „Den Platzhirsch."

Grüning entfuhr ein ellenlanger Fluch. „Etwa wieder in Ihrem Revier?"

„Ja, Herr Oberförster. Ich war wieder einmal am anderen Ende des Reviers, und die Forstgehilfen waren auch nicht in der Nähe."

„Sie unfähiges Subjekt! Warum können Sie nicht einmal am richtigen Ort sein?", tobte Grüning. „Der Platzhirsch! Der prächtige Vierzehnender!"

„Und er hat ihn nicht einmal mitgenommen."

„Wie? Schon wieder nicht?"

„Nein. Als ich den Schuss hörte, eilte ich sogleich in die Richtung, wo er gefallen war. Dort fand ich den Platzhirsch."

„Verflixt!" Grüning schlug mit der Faust auf den Schreibtisch, dass das Siegel einen erschrockenen Satz machte. „Und von dem Wilddieb war nichts zu sehen?"

„Nichts außer den üblichen Abdrücken der genagelten Schuhe." Schulze sah auf seine Stiefelspitzen hinunter. „Vielleicht wurde er gestört."

„Von wem? Sie Schlauberger waren doch meilenweit entfernt! Unfähige Jäger! Das beste Wild lassen Sie sich vor der Nase wegschießen!"

„Verzeihung, Herr Oberförster ..."

„Verzeihung, Herr Oberförster!", äffte Grüning ihn nach. „Damit machen Sie den Hirsch nicht lebendig. Sehen Sie zu, dass Sie mir aus den Augen kommen!"

„Zu Befehl, Herr Oberförster."

„Und Ihre nächste Beförderung ist gestrichen!", rief er ihm nach, als Schulze schon im Hausflur war.

Mit großen Schritten wanderte Grüning auf und ab. Heute war ein Tag, der besser gar nicht begonnen hätte. Ihm wurde schlecht, wenn er daran dachte, dass er diesen Vorfall ans Ministerium melden musste. Diese unvermögenden Jäger brachten ihn noch um seine Stellung!

Am Fenster blieb er stehen. Warum nur nahm der Wilddieb seine Beutestücke nicht mit? Schon zum zweiten Mal fand Schulze am Tatort das verendete Wild. Es handelte sich offenbar um einen außergewöhnlichen Wilddieb, der nicht aus Not wilderte, weil er Fleisch für seine Familie brauchte oder die Felle und Geweihe verkaufen wollte. Schoss dieser Wilderer nur aus Freude am Töten?

Tief durchatmend schielte er zu seinem Schreibtisch. Es blieb ihm nicht erspart, das Ministerium in Kenntnis zu setzen. Aber bevor er sich damit beschäftigte, musste er noch einmal hinaus in seinen Wald. Die Wände des Arbeitszimmers drohten ihn sonst zu erdrücken. Und irgendwie hatte er das Gefühl, als würde dieser miserable Tag noch mehr Unannehmlichkeiten bringen.

* * *

Viktor von Bredow stand am Fenster seines Salons im Hotel *Zum gelben Dragoner*. Er sah über die Wölfel hinweg zum Hochwald hinauf, der unmittelbar hinter dem Hotel begann. Er genoss die Stille des kleinen Dorfes, denn hier ratterten nicht ununterbrochen die Kutschen vorüber wie in Breslau, sondern das Rauschen des Hochwaldes mischte sich auf sonderbare Weise mit dem des stark angeschwollenen Flusses.

Es klopfte, und auf sein „Herein!" schob ein Hoteldiener den Rollstuhl seiner Frau in den Raum. Rahel folgte ihr auf dem Fuß.

Von Bredow ging ihnen entgegen. „Wie war euer Ausflug zum Wölfelsfall?"

„Es war herrlich!", sprudelte Rahel hervor. „Du hättest uns begleiten sollen, Vater. Der Wasserfall ist tatsächlich der schönste in ganz Schlesien. Und der Duft des Waldes! Er ist nicht zu vergleichen mit dem Gestank der Hauptstadt."

Von Bredow lächelte über seine Tochter. „Gefiel es dir auch, Wilhelmine? Du siehst erschöpft aus."

„Der Weg hat mich etwas angegriffen. Rahel hätte den Hochwald gerne noch weiter erkundet, musste aber auf mich Rücksicht nehmen."

Das Mädchen legte den Arm um ihre Mutter und gab ihr einen Kuss auf die Wange. „Das kann ich immer noch allein tun, Mutter. So schön hatte ich es mir hier gar nicht vorgestellt!"

„Ja, geh nur allein, wenn es dir Freude macht."

Rahels tiefblaue Augen strahlten. Als sie sich eben anschickte, den Raum zu verlassen, hielt von Bredow sie zurück. „Warte, Rahel, ich habe noch etwas mit dir zu besprechen."

Ein Schatten flog über das gerade noch so fröhliche Gesicht des Mädchens, und auch Frau Wilhelmine sah ihn fragend an. „Was gibt es, Viktor?"

„Schaut mich nicht an, als kämen von mir nur schlimme

Nachrichten!“ Das Erschrecken der beiden Damen machte ihn darauf aufmerksam, dass sein Ton eine Spur zu rau war.

„Gibt es neue pekuniäre Schwierigkeiten?“, fragte Frau Wilhelmine ängstlich.

„Solange Rahel sich meinem Willen fügt, nein.“ Er sah seine Tochter scharf an. Die liebliche Röte auf ihren Wangen wich einer wächsernen Blässe.

Frau von Bredow seufzte. „Viktor, dein Wille ist für Rahel härter als die Armut.“

„Was wisst ihr schon von Armut!“, fuhr er auf. „Ihr habt euer Leben nur in Wohlstand verbracht, ihr könnt gar nicht wissen, wie es schmeckt, arm zu sein.“

„Vater“, wagte jetzt auch Rahel das Wort zu ergreifen, „muss es unbedingt dieser Weg sein? Gibt es keinen anderen Ausweg?“

„Nein!“ Dieses Mal bedauerte er seinen rauen Ton nicht. Das Mädchen musste endlich zur Vernunft kommen! „Nur deine Heirat mit Lothar Wittemann wird uns alle vor der Armut bewahren. Deshalb wird uns Hermann einige Tage hier in Wölfelsgrund besuchen, damit wir alles Weitere besprechen können.“

„Onkel Hermann wird kommen?“

„Ja. Er war bereits heute in einer dienstlichen Angelegenheit in Wölfelsgrund, musste aber zunächst noch einmal nach Breslau zurückkehren. Während ihr zum Wölfelsfall gefahren seid, suchte er mich auf und kündigte mir seinen baldigen Urlaub hier im Hotel an. Und ich verlange, dass du dich ihm gegenüber nicht nur höflich, sondern liebenswürdig verhältst, Rahel!“

Das Mädchen tastete nach der Hand ihrer Mutter. „Du beabsichtigst also wirklich meine Verheiratung mit ...“ Rahel schluckte. „... mit Lothar Wittemann durchzusetzen, obwohl ich gar keine Zuneigung zu ihm empfinde?“

„Ich werde! Du brauchst gar nicht zu hoffen, mit deinem Starrsinn zum Ziel zu kommen.“ Er wusste schon, wie er mit seiner Tochter umzugehen hatte. Er musste sie nur ein wenig einschüchtern und jeglichen Widerstand für nutzlos erklären, dann würde sie sich seinem Willen fügen.

Offenbar zeigte seine Methode Wirkung, denn Rahel sagte

nichts mehr. Ihre Mutter strich ihr sanft über den Arm und flüsterte ihr etwas zu, was er aber nicht verstehen konnte.

„Wilhelmine“, sagte er deshalb ernst, „du tätest gut daran, meine Wünsche zu unterstützen. Dich würde unser Ruin am härtesten treffen. Dann gäbe es keine Kur mehr, keine Anwendungen und teuren Medikamente, die deine Schmerzen lindern.“

Da zog ein Lächeln über das verhärmte Antlitz seiner Frau, dem von Bredow trotz ihres Alters und ihrer Krankheit eine gewisse Schönheit nicht absprechen konnte. „Viktor, du kennst nicht das Herz einer Mutter. Für das Glück meines Kindes könnte ich alles ertragen.“

„Unsinn! Was wäre das für ein Glück, wenn wir alle an den Bettelstab kämen?“

„Lothar Wittemann ist ein größeres Unglück als die Armut.“

„Du weißt nicht, was du sprichst. Es ist immer noch besser, mit Lothar Wittemann verheiratet zu sein und so in Wohlstand zu leben und auch für ein bequemes Leben der alten Eltern sorgen zu können, als als mittellose Jungfrau verbittert das Leben zu beschließen.“

Rahel wickelte ihre Haarspitzen um den Finger. „Vater, ich will gern alles tun, was uns vor dem Ruin bewahrt. Aber dass es gerade Lothar Wittemann sein muss, dieser – ich mag die Bezeichnung gar nicht aussprechen!“

„Du heilige Jungfrau“, lachte von Bredow. „Lass deinen Worten Taten folgen. Wenn du alles zu tun bereit bist ... Du weißt, was ich von dir verlange, und du wirst dich meinen Wünschen fügen. Dein Onkel wird in den nächsten Tagen hier eintreffen. Er hat dich immer gern gemocht, also wirst du ihm mit aller Liebenswürdigkeit begegnen. Hast du mich verstanden?“

Rahel sah ihn mit einem dieser Blicke an, die denen ihrer Mutter so ähnlich waren. Mit Worten vermochte sie ihm nicht zu widerstehen, aber dieser vorwurfsvolle Blick brachte ihn jedes Mal durcheinander.

Jetzt wandte sie sich um und verließ langsam, mit hängenden Schultern den Salon.

„Ob du mich verstanden hast?“, rief er ihr noch einmal nach.

Doch es kam keine Antwort und die Tür fiel ins Schloss.

Er wollte ihr nachstürmen, seine Frau aber hielt ihn zurück. „Lass sie, Viktor."

„Habt ihr euch miteinander gegen mich verschworen?", fuhr er auf.

„Rahel geht daran zugrunde!"

„Unsinn! Sie wehrt sich jetzt etwas, aber bald wird sie sich an den Gedanken gewöhnen."

„Viktor, ich weiß, wie schwer es ist, mit einem Mann verheiratet zu sein, der den eigenen Glauben nicht teilt."

„Willst du damit sagen, du seiest unglücklich mit mir?", brauste er auf.

„Es ist nicht Gottes Wille, dass ein Gläubiger und ein Ungläubiger sich in der Ehe verbinden. Es kommt nur Unglück dabei heraus."

„Ihr mit eurem Glauben!" Bei diesem Thema spürte er regelmäßig eine unbändige Wut in sich. „Dann soll sie sich doch ihren unsinnigen Glauben abgewöhnen. Ich bin bisher bestens ohne euren Gott ausgekommen."

Frau Wilhelmine wollte noch mehr sagen, doch er winkte mit einer heftigen Handbewegung ab. „Lass das, du wirst mich nie bekehren."

Und um weiteren Auseinandersetzungen über diesen unangenehmen Gegenstand aus dem Weg zu gehen, verließ er rasch den Salon.

Kapitel 5

Franz Marwitz legte den Arm um die Schultern seiner Braut und blieb auf dem Waldweg stehen. „Vermagst du das Refugium deines sonderbaren Cousins bereits zu entdecken?“

Das Mädchen sah sich um. „Nein, ich sehe nur Bäume um mich herum.“

Marwitz lachte. „Ja, er hat sich gut versteckt. Lass uns noch einige Schritte weitergehen, dann wirst du die Residenz *des einsamen Sonderlings aus dem Hochwald* bald bemerken.“

„Glaubst du wirklich, du kannst ihn überreden, heute Abend an unserer Verlobungsfeier teilzunehmen?“, fragte Amanda. „Rosina berichtete, er wäre schlimmer denn je gewesen.“

Marwitz hob die Schultern. „Ich fürchte, Rosina hat den rechten Ton nicht gefunden. Sagtest du nicht, sie sei bisweilen ein wenig aufbrausend – wie ihr Bruder?“

„Wenn sie gereizt wird, verliert sie hin und wieder die Fassung – oder du würdest sagen: die Contenance.“

Marwitz zog sie lachend an ihren kastanienbraunen Locken. „Du Filou! Ich werde mir jedes Fremdwort abgewöhnen! Aber schau, wenn du genau rekognoszierst, vermagst du nun Alberts Märchenschloss zu erkennen.“

„Ich rekognosziere ...“, wiederholte sie mit verhaltenem Lachen.

„Ich werde den ganzen Tag kein Wort mehr sprechen!“ Er versuchte, ein möglichst böses Gesicht zu machen, doch es misslang und er stimmte in ihr Lachen ein.

Vor ihnen lag jetzt das spitzgieblige Forsthaus. Wie ein verwunschenes Schloss war es unter die hohen Wettertannen gezaubert.

„Wie kommt es eigentlich“, fragte Amanda, „dass du meinem unleidlichen Vetter immer noch die Freundschaft hältst?“

„Ich hätte allerdings Grund genug, mich von ihm zu distanzieren. Aber letztes Jahr im Krieg gab es ein Ereignis, bei dem ich ihn von einer ganz anderen Seite kennenlernte.“

„Ich bin neugierig, von einer guten Seite meines Vetters zu erfahren."

Marwitz lenkte seine Braut zu einer Bank am Wegesrand und ließ sich mit ihr darauf nieder. „Es war im Juni 48 bei Düppel[1] auf dem Sundewitt[2]. General von Wrangel hatte uns im Frühling weit nach Jütland geführt und im Mai die dänische Festung Fredericia kampflos okkupiert. Im Juni gab es zahlreiche Kämpfe auf dem Sundewitt, die ich mit Albert in derselben Kompanie bestritt."

„Ihr seid also Kriegskameraden gewesen?"

„Ja, obwohl ich ihn bereits vorher kannte, wie ihn jeder Einwohner von Wölfelsgrund kennt. Bei einem der Gefechte mussten wir uns vor den Dänen zurückziehen. Unsere Kompanie bildete die Nachhut, wir hatten also den Rückzug unserer Kameraden vor den nachdrängenden Feinden zu decken."

Marwitz sah zum Himmel hinauf, der blau zwischen den Wipfeln hindurchleuchtete. Ein Jahr war bereits vergangen, und doch waren die Erlebnisse noch so frisch, als wäre es gestern geschehen. „Das Land dort ist von zahllosen Flüssen durchzogen, und um die Dänen aufzuhalten, destruierten wir hinter uns die Brücken. Ich weiß den Namen des Flusses nicht mehr, jedenfalls musste ich mit einigen Kameraden einen mit Dynamit vollbeladenen Wagen auf eine Brücke schieben, während die letzten unserer Soldaten soeben das Ufer erreichten. Albert lag bereits am sicheren Ufer und sollte uns mit einigen Schützen Feuerschutz geben.

Wir hatten allerdings nicht erwartet, dass die Dänen uns so dicht auf den Fersen waren. Gerade hatten wir unseren Wagen mit der Sprengladung postiert, als schon die feindliche Kavallerie am jenseitigen Ufer erschien und das Feuer eröffnete. Meine Kameraden flohen unverzüglich, während ich in aller Eile noch die Zündschnur anstecken wollte."

Amanda klammerte sich an seinen Arm. „Aber Franz! Warum hast du nicht ebenfalls die Flucht ergriffen?"

Er sah die Angst in ihren hellen Augen und musste lächeln.

1 nicht zu verwechseln mit dem Sturm auf die Düppeler Schanzen im 2. Deutsch-Dänischen Krieg 1864

2 Halbinsel im Osten Nordschleswigs (bis 1920 deutsch, heute dänisch)

„Du brauchst dich nicht mehr zu fürchten, ich bin ja gesund heimgekehrt. – Aber ich wusste, dass an dieser Sprengladung das Leben vieler hundert Kameraden hing. Deshalb versuchte ich, die Lunte zu entzünden. Plötzlich verspürte ich einen Schlag und dann einen brennenden Schmerz in der Schulter. Ich wollte weglaufen, aber meine Beine versagten den Dienst und ich schlug hart auf die Bohlen der Brücke."

Marwitz spürte, wie Amandas Hand sich noch fester um seinen Arm legte. „Du wurdest getroffen?", keuchte sie.

Er drückte sie an sich. „Ja, ein Schuss in die rechte Schulter. Während Alberts Schützen die Dänen in Schach hielten, dass sie die Brücke nicht besetzen konnten, stürmte er selbst mit einer brennenden Fackel auf die Brücke. Endlos erschien mir die Zeit, bis er mich erreichte, immer erwartete ich, dass er von einer Kugel getroffen wurde. Doch glücklicherweise gelangte er unversehrt bis zu mir, wuchtete mich auf seine Schultern und rannte los. Im Laufen noch warf er die Fackel in den Sprengwagen, und während wir das Ufer erreichten, explodierte hinter uns das Dynamit und wirbelte die Brücke in die Luft. Wir aber waren gerettet."

„Gott sei Dank", entfuhr es seiner Braut.

„Ja, Gott sei Dank. Albert hat für seinen Einsatz sogar einen Orden erhalten. Kurz darauf wurde der Waffenstillstand von Malmö geschlossen und wir wurden in die Heimat entlassen. Zwar ist der Krieg inzwischen neu entbrannt, aber jetzt liegt die Führung nicht mehr bei Preußen, sondern bei den thüringischen Staaten."

„Aber wie kam es, dass Albert sein Leben für dich gewagt hat? Er kannte dich doch kaum?"

„Das fragte ich ihn auch. Seine Antwort war so kurz wie immer: *War meine Pflicht.* Danach wollte er nie wieder etwas davon hören."

„Ich werde meinem Vetter nun ganz anders begegnen. Wenn er unfreundlich ist, werde ich daran denken, dass er meinem Bräutigam das Leben gerettet hat."

„Genau das ist der Grund, weshalb ich ihm die Treue halte. Komm, wir wollen nun zu ihm gehen."

Sie erhoben sich und legten die letzten Schritte zum Forsthaus zurück.

Als sie den Hof der Oberförsterei betraten, wurden sie sogleich von wütendem Bellen begrüßt. Amanda blieb ängstlich stehen, aber Franz nahm sie in seine Arme.

„Rex wird dir nichts tun, Manda. Er ist in dieser Isolation nur keine Menschen gewohnt." Er öffnete die wie gewöhnlich nicht verschlossene Haustür und zog seine Braut mit sich. „Sei ohne Sorge, das Herrchen ist bissiger als sein Hund."

Rex kam augenblicklich durch den dämmrigen Flur herangeschossen, sodass Amanda sich hinter ihrem Bräutigam versteckte. Das Tier sprang bellend und schwanzwedelnd an Marwitz in die Höhe, der es liebevoll im Nacken kraulte.

„Von dir könnte dein Herrchen tatsächlich einiges lernen, Rex, jedenfalls was eine amikale Begrüßung ist."

Rex schnupperte nun neugierig an dem Mädchen, doch sie schien sein Gefallen zu finden, was Marwitz durchaus nachvollziehbar fand. Jetzt wagte es auch Amanda, den Hund zu kraulen. „Ich wünschte, mein unbekannter Vetter wäre nur halb so nett wie sein Hund", seufzte sie.

Aus der Küche stampfte Trine herbei. „Herr Marwitz! Ich wunderte mich schon, wen Rex so lärmend begrüßte."

Marwitz deutete eine Verbeugung an. „Trine, Sie unersetzliches Faktotum! Ich kam nur, um Ihnen meine Braut vorzustellen."

Die Haushälterin strahlte über das ganze Gesicht. „Herr Marwitz, ich gratuliere Ihnen! Ein hübsches Fräulein Braut haben Sie sich ausgesucht."

„Ich habe einen exquisiten Geschmack", lachte er. „Ist der Oberförster daheim?"

„Gehen Sie nur durch, er kehrte soeben aus dem Wald zurück."

Marwitz fasste Amandas Hand. „Komm, ich werde dir den ungehobelten Brummbären vorstellen."

Gemeinsam gingen sie durch den Hausflur, vom schwanzwedelnden Rex begleitet, bis sie vor der Tür des Arbeitszimmers standen. „Wagen wir uns in das Heiligtum des Herrn Oberförsters."

Franz stieß die Tür auf, konnte aber wie üblich zuerst nur wenig erkennen, weil sich der dunkle Kopf des Bewohners in eine Dunstglocke hüllte. Amanda begann bei so viel Qualm zu husten, doch der Mann am Schreibtisch sah nicht auf. Außer der Wanduhr, die irgendwo zwischen unzähligen Geweihen und Gehörnen tickte, war nur das Kratzen der Feder auf dem Papier zu hören. Grüning musste sie längst bemerkt haben, doch es schien ihm Spaß zu machen, seine Gäste zu ignorieren.

Marwitz zwinkerte Amanda zu und trat leise an den Schreibtisch. Unvermittelt schlug er dem Oberförster mit der Hand auf die Schulter, dass die Feder spritzend über das Papier flog.

Grüning fuhr auf. „Ungehobelter Lümmel! Sieh, was du angerichtet hast!"

Marwitz lachte. „Das liegt nur an dir, Albert. Wenn du deine Gäste wie ein kultivierter Mensch begrüßen würdest, wäre das Malheur nicht geschehen."

„Kultivierte Menschen schleichen sich nicht heimlich herein."

„Tu nicht so, als hättest du uns nicht bemerkt." Marwitz griff nach dem Brief, an dem Grüning gerade geschrieben hatte. „Was hattest du denn so eifrig zu pinseln? Ei sieh an, macht dir ein Wilddieb zu schaffen?"

„Geht dich nichts an!"

„Oh, nur für den Dienstgebrauch, ich verstehe, du unbestechlicher Beamter."

Grüning wies auf die Tintenflecke auf dem Papier. „Muss den Brief nun von vorn beginnen."

„Echauffiere dich nicht. Es ist nur die gerechte Strafe, weil du deine Gäste ignorierst. Hast du überhaupt bemerkt, dass ich nicht allein gekommen bin?"

„Ein Unglück kommt selten allein", brummte Grüning, und Marwitz musste über seinen grantigen Freund lachen. Seine stete Übellaunigkeit hatte auch ihre lustigen Seiten!

„Es wäre galant, wenn du dich vor Damenbesuch erheben würdest. Ich möchte dir gerne meine Braut vorstellen."

„Kann sie auch im Sitzen sehen."

Marwitz ließ sich nicht einschüchtern, sondern holte Amanda, die vorsichtshalber an der Tür stehen geblieben war, heran. Vor dem Schreibtisch blieb er mit ihr stehen. „Bedauerlicherweise ist es obligat, dass ich dir deine eigene Cousine vorstelle, aber bei dir bin ich Schlimmes gewohnt. Amanda, das ist dein Cousin Albert Grüning. – Amanda Wertheim."

Amanda streckte ihrem Vetter die Hand entgegen, doch dieser ungehobelte Mensch hielt es nicht für nötig, sich von seinem Stuhl zu erheben. Immerhin ergriff er flüchtig die dargebotene Hand, sagte aber nichts.

Unaufgefordert nahm Marwitz in dem verschlissenen Ledersofa Platz und zog Amanda neben sich. „Hast du unser Billett bekommen, Albert?"

„Muss irgendwo auf dem Schreibtisch liegen." Grüning wühlte in seinen unzähligen Papieren. Dabei fragte er: „Wollt ihr tatsächlich das hoffnungslose Unterfangen angehen, gemeinsam glücklich zu werden?"

Marwitz warf seiner Braut einen lachenden Blick zu. „Bis jetzt hat dieses Unterfangen sehr hoffnungsvoll begonnen."

„Wird nicht von langer Dauer sein. – Ah, hier ist es."

„Was?"

„Euer Billett."

„Aber es ist ja noch ungeöffnet!"

„Siehst doch, wie viel Schreibkram meiner wartet."

Marwitz schüttelte missbilligend den Kopf. Mehr und mehr verlor auch er die Hoffnung, diesen brummigen Waldgesellen aus seiner Einsamkeit zu reißen. Sollte er ihn doch einfach aufgeben?

Er betrachtete den Mann am Schreibtisch, betrachtete dieses harte, verschlossene Gesicht, die ernsten, braunen Augen, die zwei tiefen Kerben über der Nasenwurzel. Es war nicht das Gesicht eines glücklichen Menschen. Hinter dieser grantigen Schale jedoch wohnte ein Mensch. Ein Mensch mit einer geheimnisvollen Vergangenheit.

Ob er Rosina einmal danach fragen sollte, was damals geschehen war? Aber nein, Amanda hatte es bereits einmal vergeblich versucht, und außerdem sollte Albert selbst Vertrauen zu ihm fassen und alles berichten. Gott hatte ihm diesen sonderbaren

Menschen in den Weg geführt, also durfte er nicht vor dieser Aufgabe davonlaufen. Und Gott würde schon dafür sorgen, dass Albert Grüning irgendwann seine Seele öffnen würde.

„Dann werde ich dir verbal mitteilen, was wir dir in dem Billett geschrieben haben“, sagte Marwitz.

„Spar dir die Mühe.“

„Nein, Albert. Wir sind gekommen, dich zu unserer Verlobungsfeier abzuholen.“

„Ich sagte: Spar dir die Mühe!“

Marwitz erhob sich und trat vor den Schreibtisch. „Albert, du darfst dich hier nicht vergraben. Du musst einmal unter Menschen kommen.“

„So? Weiß allein, was ich darf und muss.“

„Du führst ein Leben wie ein mittelalterlicher Eremit. Einmal aber wird der Augenblick kommen, da du einen Menschen brauchst.“

„Bah! Wüsste nicht wozu!“

„Gott hat uns Menschen nicht als Einzelgänger kreiert.“

„Was weißt du schon von Gott.“ Grüning wies mit seinem Pfeifenmundstück auf einen Spruch, der neben seinem Schreibtisch an der Wand hing.

Marwitz musste sich etwas vorbeugen, um ihn lesen zu können. *Was weißt du denn von meiner Einsamkeit? Noch hab ich nichts aus eurer Welt vermisst.*

Er sah dem Förster in die Augen. „Wirklich nicht, Albert?“

„Bin glücklich in meiner Einsamkeit.“

„Jetzt frage ich dich: Was weißt du schon vom Glück? Du magst vielleicht frei sein von Sorgen, aber du bist auch frei von Glück.“

„Das sogenannte Glück gibt es nicht.“

„Wie kommst du zu dieser Ansicht? Albert, ich möchte gerne verstehen, warum du ein Einsiedler geworden bist. Was ist vorgefallen, das dich so verbittert hat?“

„Bist du gekommen, mich auszufragen? Scher dich zu meiner Schwester, sie wird dir alles in den glühendsten Farben zu berichten wissen.“

„Rosina wahrt die Diskretion."

Albert Grüning lachte hart auf. „Dann wäre sie das einzige Weibsbild auf Erden, das nicht sogleich jede Sensation weitertragen würde."

Marwitz schüttelte den Kopf. „Albert, du verkennst alle guten Bemühungen um dich. Ich möchte dir helfen!"

„Brauche keine Hilfe." Die Stimme des Försters verriet seinen steigenden Unmut. „Sagte bereits, dass ich glücklich bin. Halte mich an Hebbels Spruch und brauche niemanden, der in meine Einsamkeit dringt. Dich nicht, noch weniger irgendein Frauenzimmer. Lasst mir meine Ruhe!"

Ernst sah Marwitz in das bartlose Gesicht des Försters. Dabei fiel ihm auf, dass er noch nie ein Lächeln auf diesen wetterbraunen Zügen gesehen hatte. „Du willst also wirklich nicht mit uns kommen?"

„Geht, lasst mich allein!" Grüning sprang auf, dass sein Stuhl bedenklich ins Wanken geriet. „Mag euer sogenanntes Glück nicht sehen. Kommt wieder, wenn es zerbrochen ist." Er stürmte an ihnen vorbei zur Tür. „Komm Rex."

Der Hund erhob sich schwanzwedelnd und folgte seinem Herrn aus dem Haus. Krachend fiel die Haustür ins Schloss.

Marwitz ging zum Sofa und half Amanda auf. Es blieb ihnen wirklich nichts anderes, als den Förster seiner Einsamkeit zu überlassen. Er fasste seine Braut bei der Hand und verließ mit ihr die Oberförsterei.

Im Hof wandte Amanda sich noch einmal um. „Von außen wirkt es so heimelig und anziehend." In ihren Augen standen Tränen. „Aber innen ist es düster und bedrückend."

Marwitz zog sein Schnupftuch hervor und wischte ihr die Tränen ab. „Wir dürfen uns von Alberts Launen nicht beeindrucken lassen. Er ist ein armer, verbitterter Mann, dem es nicht gelingt, sich seiner Vergangenheit zu stellen."

„Und er will sich nicht helfen lassen."

„Aber gegen eines kann er sich nicht wehren: wenn wir für ihn beten."

* * *

Albert Grüning stürmte mit seinem Hund in den abendlichen Hochwald hinaus. Ihn kümmerte es nicht, dass Marwitz und seine Braut allein zurückblieben. Es hielt ihn nicht mehr in seinem Arbeitszimmer, in dem ihm heute so viel Verdruss begegnet war. Zuerst der unverhoffte und noch mehr unerwünschte Besuch seiner Schwester, die nichts als Vorwürfe für ihn hatte; dann der unfähige Jäger Schulze, der ohnehin nur schlechte Nachrichten brachte; und zu allem Überfluss auch noch Franz Marwitz in seiner seligen Verliebtheit.

Grüning beugte sich zu dem treuen Begleiter in seiner Einsamkeit herab, der brav neben ihm hertrabte. Er kraulte seinen Nacken und sagte: „Seit Jahren hat außer der alten Trine kein weiblicher Fuß mehr das Forsthaus betreten, heute aber kamen gleich zwei Weibsbilder. Das ist zu viel für uns, nicht wahr?"

Rex wedelte mit dem Schwanz, was Grüning als Zustimmung wertete.

Er wählte den Weg zur Altenburg, wo er nachsehen wollte, wie hoch die Wölfel bereits gestiegen war. Im Stillen lachte er über die Dorfbewohner, die jedes Jahr aufs Neue vom Hochwasser heimgesucht wurden. Was hockten sie auch dort unten im Tal! Ihm konnte so etwas nicht geschehen, er schwebte samt seinem Forsthaus turmhoch über den kleinlichen Sorgen der Talmenschen.

Bald erblickte er vor sich die Gemäuer der Altenburg. Kopfschüttelnd sah er auf das deutlich gestiegene Wasser der Wölfel, die bereits den Weg zu überspülen begann. Wütend stemmte sie sich gegen die alte Holzbrücke unterhalb der Burg, als wollte sie sie mit Gewalt mit sich reißen.

Er zog einen unförmigen Schlüssel aus der Tasche und ging auf den Burgfried der Altenburg zu. Er hatte den Turm vor einiger Zeit restaurieren lassen und dabei auch den unterirdischen Gang wiederentdeckt, der zu dem Verlies unter dem Turm führte. Doch zu einem Ausflug ins Erdreich verspürte er an diesem goldglänzenden Juniabend keine Lust. Stattdessen öffnete er den Zugang zum Turm, um einen Ausflug in die Lüfte über die Wipfel des Hochwaldes anzutreten.

Scheinbar endlos zog sich die Wendeltreppe, die nach oben

führte. Rex war viel schneller als sein Herr und hatte es sich schon an einem sonnigen Fleckchen bequem gemacht, als Grüning die Plattform erreichte. Er trat an die Zinnen, stützte die Arme auf und ließ seinen Blick über die bewaldeten Hügel schweifen, die sich wie ein grünes Meer zu seinen Füßen ausbreiteten. Sanft strich der Abendwind über die Wipfel, sodass eine leichte Wellenbewegung entstand und ein leises Rauschen und Raunen zu ihm heraufdrang: das uralte Lied des Hochwaldes. Tief atmete er die klare Luft ein, die rein und würzig schmeckte.

„Hier sind wir vor jeder Störung sicher, Rex. Niemand kommt hierher", sagte der Förster und steckte seine Pfeife in Brand.

Der Hund hob kurz den Kopf und spielte mit den Ohren, ehe er die Schnauze wieder auf die Vorderpfoten legte und mit seinem Schwanz unaufhörlich den Holzboden der Plattform fegte. Grüning sagte nichts mehr, er schmauchte nur sein Pfeifchen und lauschte auf die unendliche Stille.

* * *

Über den Hochwald senkte sich still der Abend. Der Himmel verlor seine tiefe Bläue und machte im Westen einem goldroten Schein Platz, der die ganze Welt in sein warmes, weiches Licht tauchte. Überall in den Zweigen saßen die gefiederten Sänger des Waldes und brachten ihrem Schöpfer ihr Abendloblied dar.

Rahel von Bredow, die den Weg von Wölfelsgrund in den Hochwald hinaufschritt, empfand diesen Abendzauber als starken Gegensatz zu ihrer eigenen Stimmung. Nach dem Disput mit ihrem Vater hatte sie das Hotel fluchtartig verlassen und suchte nun in der Waldesstille dieselbe Stille für ihr Herz.

Sie kannte ihren Vater und wusste, dass er kaum von seinem Plan abweichen würde. Zwar konnte sie sich auf ihre Mutter verlassen, die niemals ihrer Verheiratung mit Lothar Wittemann zustimmen würde, aber selbst dieser Widerstand würde ihren Vater nicht aufhalten. Und sie wusste selbst nicht, ob sie ihrem Vater widerstehen oder um des Friedens willen nachgeben sollte.

Schließlich waren ihre Eltern und sie in einer fatalen Lage.

Den Worten ihres Vaters nach zu urteilen stand ihnen das Wasser bis zum Hals, und er hatte zweifellos recht: Sie kannte die Armut nicht. Sie war nur im Prunk und Wohlstand der oberen Schicht aufgewachsen. Zwar hatte sie nie großen Wert auf Äußerlichkeiten gelegt, aber sie konnte sich auch nicht vorstellen, mit ihrer eigenen Arbeit den Lebensunterhalt zu verdienen. Sie hatte im Internat das gelernt, was man in ihrer Stellung für ausreichend hielt: Nähen, ein wenig Kochen und Backen; aber damit konnte sie sich niemals ernähren.

Hinzu kam noch, dass sie mit ihrer Entscheidung auch die Zukunft ihrer Eltern in der Hand hielt: Fügte sie sich ihrem Vater und heiratete Lothar Wittemann, wären sie aller Sorgen enthoben, was ihr insbesondere ihrer Mutter zuliebe eine große Freude wäre. Seit sie vor sieben Jahren den Unfall in der Kutsche hatte, waren ihre Beine gelähmt, aber sie klagte nie, war immer gütig, freundlich und voller Vertrauen auf ihren Gott. Sollte sie diese Frau ins Elend stürzen?

Doch dann dachte sie an den Preis, den sie zu bezahlen hatte: Lothar Wittemann. Zwar hatte sie ihn geraume Zeit nicht gesehen, dennoch hatte sie einiges über seinen Lebenswandel gehört. Die Schänken waren dabei noch der harmloseste Aufenthaltsort. Wie ihr zu Ohren gekommen war, suchte er auch die gewissen Häuser in den Vierteln der Stadt auf, die ein Mann mit Moralvorstellungen tunlichst mied.

Wenn sie daran dachte, schauderte sie. Ein Leben lang mit einem Mann verbunden zu sein, der solch ein Leben führte? Der alles, was ihr heilig war, mit Füßen trat? Sah sie doch seit frühester Kindheit das Elend, das eine Ehe ohne Liebe, und vor allem eine Ehe ohne den gemeinsamen Glauben mit sich brachte. Ihre Mutter war auch einst um des Geldes willen verheiratet worden, und es war ihr nicht gelungen, dieser Ehe zu entgehen. Und wie oft drängte die Mutter sie nun, alles zu tun, um nicht dem gleichen Schicksal entgegenzugehen.

Das Mädchen blieb stehen und sah zum Himmel empor, der wie ein rosiger Streifen zwischen den Baumwipfeln, die den Waldweg säumten, zu sehen war.

„Mein Vater im Himmel“, betete sie, „was soll ich tun? Meine Eltern dem Elend überlassen? Oder eine Ehe ohne Liebe und entgegen Deinem Willen eingehen? Nur Du kannst mir helfen, dieser Ehe zu entgehen, aber dann solltest Du auch für meine Eltern sorgen. Oder bin ich egoistisch, weil ich mein Lebensglück nicht für meine Eltern zu opfern bereit bin?“

Es kam keine Stimme vom Himmel, die Rahel unvermittelt eine Antwort gegeben hätte. Aber sie wusste, dass sie ihre Sorgen am rechten Ort abgelegt hatte: in die gütigen Hände ihres himmlischen Vaters. Der Druck war nicht von ihr genommen, aber in ihr Herz zog der Friede Gottes ein, der ihren Verstand überstieg.

Jetzt gelang es Rahel endlich, die Schönheit des zauberhaften Juniabends auf sich wirken zu lassen. Sie nahm das warme Licht wahr, das dem sonst so herben Hochwald einen weichen Schimmer gab. Und sie sah auch den etwas windschiefen Wegweiser, der links ab zur Altenburg wies.

Obwohl sie eigentlich vorgehabt hatte, bis zur Maria-Schnee-Kapelle aufzusteigen, folgte sie nun kurz entschlossen dem Rat des Wegweisers. Die längst versunkene Zeit, die in den grauen Gemäuern einer Burg wieder lebendig wurde, hatte sie schon immer fasziniert.

Der schmale Weg, dem sie nun folgte, war dämmriger als der breite Hauptweg zuvor, doch die Wipfel der Bäume waren immer noch in helles Sonnenlicht getaucht. Bald klang über das leise Säuseln des Abendwindes in den Blättern noch ein anderer, kräftigerer Ton an ihr Ohr, dessen Grund sie sehr bald erkannte: Sie näherte sich der Wölfel, die sich in einem wildromantischen Bachbett ihren Weg ins Tal suchte. Sie folgte dem Flusslauf, wobei der teilweise überspülte Uferweg ihre ganze Aufmerksamkeit erforderte, bis sich vor ihr eine Lichtung eröffnete, auf der, von bunten Blumen umgeben, die Ruinen einer Burg standen.

Rahel blieb stehen und ließ das entzückende Bild auf sich wirken. Es wäre tatsächlich zu schade gewesen, wenn sie den ganzen Abend ihren Sorgen nachgehangen und nichts von dieser Schönheit in sich aufgenommen hätte. Von der Burg standen nur noch einige Mauern, die von Bäumen überwuchert wurden. Leere Fensterhöhlen gähnten sie an. Statt der lieblichen Burgfräulein, die einst über das Land geblickt hatten, schauten nun die rosigen Federwölkchen hindurch. Im Licht der Abendsonne, das seinen Weg noch auf diese Lichtung fand, sah das altersgraue Gemäuer beinahe freundlich aus. Der massige Burgfried war noch gut erhalten, und offenbar war es möglich, ihn zu besteigen, denn oben an den Zinnen lehnte, von goldenen Glutlinien umgeben, eine hohe, schlanke Gestalt.

Entschlossen ging Rahel auf die offenstehende Eingangstür zu, um ebenfalls den Ausblick vom Turm zu genießen. Denn ein Mensch, der so hingebungsvoll den Sonnenuntergang betrachtete wie dieser dort oben, war sicherlich ein freundliches Wesen.

* * *

Mit einem bösen Knurren sprang Rex auf. Grüning drehte sich um und sah den Hund an der Öffnung der Treppe stehen. „Was denn, Rex?“

Jetzt ging das Knurren in wütendes Bellen über, und dazwischen konnte Grüning leichte Schritte auf der Treppe hören. Er wandte sich wieder um und drehte der Treppe den Rücken zu. Ärgerlich paffte er mächtige Wolken aus seiner Pfeife, die ihm plötzlich gar nicht mehr schmeckte. Mochte Rex ruhig weiterbellen, vielleicht vertrieb dies den Eindringling. Dieser Tag hatte ihm doch wirklich genug Ärger eingebracht, konnten ihm die Menschen dann nicht wenigstens am Abend seine Ruhe lassen?

Rex ließ wieder ein bedrohliches Knurren vernehmen, um dann sein Bellen zum Fortissimo zu steigern.

Da klang eine helle Stimme an sein Ohr: „Entschuldigen Sie, guter Herr, könnten Sie bitte Ihren Köter festhalten?“

Grüning wandte sich erneut der Treppe zu, recht langsam und gemächlich, während Rex weiterhin in allen Tonarten bellte und knurrte. Aus dem Dunkel der Wendeltreppe ragte ein blonder Kopf, und ein Paar leuchtend blauer Augen war ängstlich auf ihn gerichtet. Endlich nahm er die Pfeife aus dem Mund. „Wie bitte?“

Das Mädchen wich eine Stufe zurück, als Rex in ein wildes

Staccato überging. Trotzdem kehrte sie nicht um, sondern wiederholte: „Ob Sie bitte Ihren Köter festhalten könnten?“

„Rex ist kein Köter.“ Grüning wandte sich ab und stützte die Ellenbogen auf die Zinnen. „Rex, hierher. Und sei still.“

Das wütende Bellen verebbte in einem Decrescendo, stattdessen waren wieder die leichten Schritte zuerst auf den Steinstufen und dann auf den Holzbohlen zu hören, bis sie verstummten.

Demonstrativ drehte Grüning dem Mädchen den Rücken zu und sah über den Hochwald – aber der Anblick freute ihn nicht mehr. Er wusste, was gleich geschehen würde: „Ah!“ und „Oh wie schön!“ würde das Mädchen rufen und dann unaufhörlich von der Schönheit des Sonnenuntergangs schwatzen. Er kannte die Frauen schließlich gut genug, und sie waren alle gleich: Wenn der Fluss ihrer Rede einmal begann, ging er über alle Ufer wie die Wölfel dort unten.

Es war nur sonderbar, dass es so lange still blieb. Ob sie eingeschüchtert war von Rex‘ wütendem Gebaren? Er konnte sich denken, wie der Hund sprungbereit dastand und misstrauisch jede ihrer Bewegungen verfolgte. Deshalb wagte sie bestimmt nichts zu sagen.

Doch wenn Rex misstrauisch war, konnte er sich eigentlich nie eines Knurrens enthalten. Aber selbst das war nicht zu hören. Grüning fühlte sich versucht, einmal über die Schulter zurückzusehen, doch was ging ihn dieser Eindringling an? So kaute er weiter an seiner Pfeife und starrte auf den Horizont, als beobachte er einen Dampfer auf den grünen Wellen des Hochwaldes.

Leise Sorge kroch in ihm hoch. Sollte Rex das Mädchen so sehr bedrohen, dass sie die Sprache verloren hatte? Oder war sie vielleicht schon wieder hinabgestiegen, ohne dass er es bemerkt hatte?

Endlich hielt er es nicht länger aus. Er nahm die Pfeife aus dem Mundwinkel und drehte sich langsam um. Da stand das Mädchen an die Zinnen gelehnt, den Blick zum Himmel gerichtet, und träumte den Kreisen eines Adlers in den lauen Lüften nach.

Und was tat Rex? Es war unfassbar: Er lag zu ihren Füßen, als wäre sie eine alte Bekannte, und war beflissen, jedes Staubkörnchen mit seinem Schwanz von ihren Schuhen zu fegen. Irgendetwas musste dieses Mädchen an sich haben, dass Rex ihr nach dem wütenden Empfang Freundschaft bewies, und Grüning rätselte, was es wohl war.

Nur kurz sah die Fremde ihn an, ein flüchtiges Lächeln irrte über ihr – wie er widerstrebend zugeben musste – außerordentlich hübsches Gesicht, dann sah er wieder nur ihren Rücken, über den das lange Haar wie eine Goldflut herniederhing.

Er hätte schwören können, dass sie jetzt zu schwärmen beginnen würde, doch weiterhin blieb es still wie in einer Kirche. Da trat Albert Grüning einen Schritt auf sie zu. „So still, gnädiges Fräulein?"

Sie richtete ihren Blick auf ihn. Die Farbe ihrer Augen erinnerte ihn an das leuchtende Blau des Himmels an einem klaren Frühlingstag. Hatte er jemals solch sanfte Augen gesehen?

„Hier kann man nur stille werden und beten."

Sie war noch jung, er schätzte sie nicht älter als zwanzig Jahre. Und bildschön war sie mit ihrem schlicht gescheitelten Blondhaar, welches die Abendsonne mit einem goldenen Kranz krönte.

„Beten?", wiederholte er gedehnt.

„Sollten wir unserem Schöpfer nicht danken, dass Er diese Schönheit geschaffen hat?"

Grüning zuckte die Achseln. „Gnädiges Fräulein sind wohl nicht von hier?"

Ein wehmütiges Lächeln huschte über ihr Gesicht. „Leider nicht. Ich bin nur wenige Wochen zur Erholung in Wölfelsgrund, dann muss ich wieder ins graue Breslau zurückkehren."

Also eine Sommerfrischlerin. Dann war anzunehmen, dass sie aus besseren Kreisen stammte, doch die schlichte Kleidung wollte dazu nicht recht passen.

„Aber Sie sind wohl aus dieser Gegend?", fragte das Mädchen, während ihr Blick von seinem Gesicht über seine Uniform zu den Stiefeln wanderte.

Grüning wunderte sich, dass er sich plötzlich in einem Gespräch mit ihr befand, das er selbst begonnen hatte und – das war das verwunderlichste daran – dass es ihn noch nicht einmal störte.

„Dieser Wald ist meine Heimat."

„Sie glücklicher Mensch!", entfuhr es ihr. „Könnte es sein, dass ich *den einsamen Sonderling aus dem Hochwald* vor mir habe?"

Grüning verzog das Gesicht, seine sanfte Stimmung war verflogen. „Mag ich nicht hören", knurrte er und klemmte die Pfeife zwischen die Zähne.

Da trat sie rasch einen Schritt auf ihn zu. „Bitte verzeihen Sie, ich wollte Sie nicht kränken. Ich schnappte diesen Begriff nur drunten in Wölfelsgrund auf."

Was sie ihr wohl alles von ihm erzählt hatten? Sicherlich nichts Gutes. So waren die Menschen: Wenn sie über andere redeten, gaben sie doch nur Schlechtes weiter.

„Damit Sie in Zukunft wissen, wer mit dieser schmeichelhaften Bezeichnung gemeint ist: Grüning, Oberförster." Die übliche Verbeugung deutete er kaum an.

„Nun kenne ich bereits zwei Namen von Ihnen", stellte sie mit schelmischem Lächeln fest, wobei in ihren Wangen zwei Grübchen entstanden. „Aber Sie kennen noch keinen Namen von mir."

„Sind auch Sie in der bevorrechtigten Lage, zwei Namen zu tragen, gnädiges Fräulein?", fragte er mit einem Anflug von Scherz. Irgendwie gelang es ihm nicht, diesem Mädchen böse zu sein.

„Nein", antwortete sie lachend, „für meine kleine Person genügt ein Name: Rahel von Bredow. Aber bitte nennen Sie mich nicht *gnädiges Fräulein*, diese Anrede mag ich nicht leiden."

„Steht Ihnen doch zu."

Sie lehnte sich mit dem Rücken gegen die Zinnen. Sanft spielte der Wind mit ihren Haaren. „Sie mag mir zustehen, aber ich halte nichts von diesen gestelzten Anreden. Sie glauben gar nicht, welche Fantasie die Salonhelden in der Hauptstadt entwickeln, um immer neue Anreden zu erfinden! *Mein hochverehrtestes Fräulein, allergnädigstes Fräulein* – und das sind nur die einfachsten Begriffe. Sie verstehen gewiss, dass ich in dieser grünen Freiheit nicht an das Gefängnis Breslau erinnert werden möchte."

„Wie Sie befehlen, Fräulein von Bredow." Er beobachtete fasziniert, wie das immer rötlicher werdende Licht der untergehenden

Sonne ihr Haar in allen Farbnuancen schimmern ließ. Die warme Beleuchtung ließ die Züge ihres Gesichtes noch weicher erscheinen.

Plötzlich wandte er sich ruckartig ab und sah wieder über den Wald. Was ging ihn dieses Mädchen an?! Wie kam er dazu, sie mit Wohlgefallen zu betrachten? Er hatte doch wirklich genug Erfahrungen gemacht!

„Sie sind zu beneiden."

Hatte sie das wirklich gesagt? Bisher hatte ihn niemand beneidet, sondern alle wollten ihn aus seiner Einsamkeit reißen und ins Stadtleben zurückführen. „Dieser Ansicht sind nicht viele Menschen."

„Sie kennen eben diese Stunden im Walde nicht. Ich möchte diesen Sonnenuntergang nicht gegen einen Ball in der Stadt eintauschen."

„Für ein junges Mädchen eine ungewöhnliche Einstellung", antwortete er und wandte sich wieder halb zu ihr um.

Sie zuckte mit den Schultern. „Ich gebe zu, dass die meisten meiner Altersgenossinnen anders denken. Meine Mutter aber hat mich von klein auf die Liebe zur Natur gelehrt."

Er nickte nur, klopfte seine längst kalt gewordene Pfeife aus und zog den unförmigen Schlüssel aus der Rocktasche hervor. „Werde den Turm jetzt verlassen. Folgen Sie mir." Und sich an den letzten Rest von Höflichkeit erinnernd, fügte er hinzu: „Bitte."

Er sah die Enttäuschung in ihren klaren Augen. „Wollen Sie mich tatsächlich um das einzigartige Erlebnis des Sonnenunterganges über dem Hochwalde bringen?"

„Was erwarten Sie zu sehen? Die Sonne verschwindet hinter den Wipfeln, dann wird es dunkel. Wie jeden Abend."

„Ja, Sie können jeden Abend hier stehen und den Sonnenuntergang betrachten, Herr Oberförster. Für mich ist es ein einmaliges Erlebnis, das ich in der Stadt nicht genießen kann."

Er atmete tief durch. Ihre Hartnäckigkeit strafte den sanften Ausdruck ihrer Augen Lügen! „Kann nicht so lange warten, bis es dunkel wird."

„Und wenn Sie die Türe unten offen ließen?", ließ das Mädchen immer noch nicht locker.

„Ausgeschlossen. Treibt sich manchmal Gesindel im Wald herum."

„Dann bleibt wohl kein anderer Ausweg, als dass Sie mir den Schlüssel übergeben und ich ihn bei nächster Gelegenheit bei Ihnen im Forsthause abgebe."

„Sie können sehr hartnäckig sein, nicht wahr?"

Ihr Lächeln, das sie ihm schenkte, war entwaffnend. „Sie sind es nicht weniger, Herr Oberförster."

Beinahe hätte ihm ihr Lächeln ein freundliches Wort entlockt, doch die Wahrheit ihrer Worte ließ ihn verstummen. Zögernd betrachtete er den Schlüssel in seiner Hand, ehe er ihn ihr hinüberreichte. Dabei achtete er sorgsam darauf, dass ihre Finger sich nicht berührten. „Hier haben Sie den Schlüssel. Und ich meine Ruhe."

Sie nahm das unförmige Gerät entgegen. „Ich danke Ihnen."

Er tippte kurz mit dem Finger an die Mütze. „Komm, Rex."

Der Hund erhob sich, sah aber zuerst zu dem Mädchen auf, als wollte er sich von ihr verabschieden. Sie beugte sich zu ihm herab und strich ihm über den Kopf. „Du bist viel sympathischer, als es erst den Anschein hatte."

Grüning sagte nichts dazu. Das Fräulein musste ja nicht wissen, dass er Rex bewusst hatte weiterbellen lassen, um sie zu vertreiben.

„Nun geh zu deinem Herrchen", sagte sie zu dem Tier. „Lass ihn nicht warten."

Sofort gehorchte Rex und trottete hinter Grüning die Wendeltreppe hinunter. Der Förster wandte sich nicht mehr zu dem Mädchen um. Mit harten Schritten verließ er den Turm, um in den immer dämmriger werdenden Wald hineinzugehen.

Kapitel 6

Hermann Wittemann betrachtete die feingliedrigen Finger, die die Feder so geschickt zu führen vermochten. Warum sie nur heute den Ring nicht trug, den er ihr vor einem halben Jahr zu Weihnachten geschenkt hatte? Bisher hatte sie ihn immer getragen, und er liebte es nicht, wenn seine Geschenke missachtet wurden.

Ihr fragender Blick riss ihn aus seinen Gedanken. „Wo waren wir stehen geblieben?"

Fräulein Jahn lächelte. „Ich habe soeben die Anrede geschrieben."

„Ah ja, richtig." Er durfte sich durch seine bezaubernde Sekretärin nicht von seinen Plänen ablenken lassen. Der Tod des Platzhirsches im Schneeberger Forst bot ihm die perfekte Gelegenheit, Albert Grüning weiter unter Druck zu setzen.

„Ihr Bericht über die erneute Tätigkeit des Wilddiebes in Ihrem Forst, dem sogar der Platzhirsch zum Opfer gefallen ist, hat uns in nicht geringes Erstaunen versetzt."

Die Feder fuhr kratzend über das Papier, und Wittemann konnte die junge Frau erneut betrachten. Schließlich würde er ihren erfreulichen Anblick nun für mehrere Wochen entbehren müssen, da er morgen wieder nach Wölfelsgrund abreisen würde, diesmal auf länger, um seine Schwester und seinen Schwager zu besuchen. Aber dort würde ihn ein bestimmt noch schönerer Anblick erwarten: Rahel. Er lächelte vor sich hin. Zwar hatte er sie lange nicht gesehen, doch den Worten seines Schwagers nach zu urteilen musste sie eine Schönheit geworden sein. Schon allein deshalb lohnte sich die Reise in den Hochwald.

Doch gleich darauf richtete er seine Aufmerksamkeit wieder auf Fräulein Jahn. Immerhin war seine Sekretärin alles andere als spröde – was man von der heiligen Jungfrau Rahel wohl nicht behaupten konnte.

Als Emma Jahn wieder zu ihm aufsah, trat er rasch neben ihren Stuhl und fasste nach ihrer rechten Hand. „Stimmt etwas mit Ihrem Mittelfinger nicht?"

„Habe ich die Feder falsch gehalten? Oder missfällt Ihnen meine Schrift?“ Er las die Verwirrung in ihren blauen Augen.

Noch immer hielt er ihre Hand fest. Wie klein und zierlich sie war! „Ich vermisse den Ring.“

Sie errötete, machte aber keine Anstalten, ihm ihre Hand zu entziehen. „Bitte entschuldigen Sie, Herr Ministerialdirektor. Ich wollte ihn heute Morgen anstecken, aber da glitt er mir aus der Hand und rollte unter den Schrank. Um pünktlich im Büro zu sein, musste er vorerst dort verbleiben.“

„Ich fürchtete schon, er würde Ihnen nicht mehr gefallen.“

„Ich habe nie einen schöneren Ring besessen“, beeilte sie sich zu antworten. „Morgen werde ich ihn wieder tragen.“

Er setzte sich leicht auf den Schreibtisch, ohne ihre Hand loszulassen. „Sie wissen, dass ich morgen erneut verreisen werde. Aber Ihnen fällt während meiner Abwesenheit eine wichtige Aufgabe zu.“

Er strich ihr leicht über die schlanken Finger und spürte eine prickelnde Erregung in sich. „Bitte achten Sie darauf, dass aller Schriftwechsel, der den Schneeberger Forst und den Oberförster Grüning betrifft, umgehend an mich ins Hotel *Zum gelben Dragoner* in Wölfelsgrund weitergeleitet wird.“

„Es soll alles zu Ihrer Zufriedenheit erledigt werden, Herr Ministerialdirektor.“

„Meine Anweisungen werde ich zu Ihren Händen schicken. Ich weiß, dass ich mich auf Sie verlassen kann.“ Er sah ihr tief in die Augen.

„Ich werde Sie nicht enttäuschen, Herr Ministerialdirektor.“

„Gut. – Dann wollen wir im Diktat fortfahren.“ Seufzend ließ er ihre Hand los und stieß sich vom Schreibtisch ab. „Dass dies in ihrem Revier möglich ist, wirft kein gutes Licht auf Ihre Arbeit als Oberförster.“

Wittemann legte die Hände auf den Rücken und starrte aus dem Fenster. Als das Geräusch der über das Papier fliegenden Feder abbrach, fuhr er fort.

„Ich verlange von Ihnen, den Delinquenten binnen einer Frist von drei Wochen zu arretieren und so Ihre Fähigkeit unter Beweis zu stellen, dass Sie der Verantwortung eines Oberförsters weiterhin gerecht werden. Andernfalls ..." Er wandte sich zu ihr um. „Haben Sie das?"

Ihr konzentriertes Gesicht gefiel ihm. Noch nie war ihm aufgefallen, dass sie die Zunge in die rechte Backe schob, wenn sie sich konzentrierte. Aber es stand ihr gut.

„Ja, andernfalls ...?"

„Andernfalls behalte ich mir vor, Sie Ihrer Stellung zu entheben und durch eine fähigere Kraft zu ersetzen."

„Ich möchte mit diesem Oberförster nicht tauschen", lächelte Fräulein Jahn, während sie die Worte auf das Papier kratzte.

„Mit diesen faulen Beamten muss einmal gründlich aufgeräumt werden", erwiderte Wittemann und schlug mit der flachen Hand auf den Tisch. „Bitte unterstreichen Sie noch die Worte *binnen einer Frist von drei Wochen.*"

„Und was geschieht, wenn er den Wilddieb nicht in drei Wochen dingfest macht?"

Wittemann zuckte mit den Achseln. „Wichtig ist, dass Grüning den Druck vom Ministerium zu fühlen bekommt. Vielleicht aber werde ich ihn tatsächlich entlassen. Wir werden die kommende Entwicklung abwarten."

„Ist der Brief zu Ende oder wollen Sie noch etwas hinzusetzen, Herr Ministerialdirektor?"

Er trat wieder neben sie und setzte sich auf die Tischkante. „Hat Ihnen schon einmal jemand gesagt, dass Sie fantastische Augen haben?"

Eine Blutwelle schoss ihr ins Gesicht, aber sie wandte den Blick nicht ab. „Sie sind der Erste", erwiderte sie mit einem Lächeln.

„Aber sicherlich bin ich nicht der Erste, dem es aufgefallen ist. Ich werde Sie während meines Urlaubes vermissen, Fräulein Emma – Sie gestatten doch, dass ich Sie so nenne?"

„Gerne, Herr Ministerialdirektor."

„Bitte nicht. Wenn ich Sie *Fräulein Emma* nenne, lassen Sie bitte auch den umständlichen Dienstrang beiseite und nennen mich *Herr Wittemann* – freilich nur, wenn wir ungestört sind."

„Vielen Dank, Herr Wittemann."

Dieses Mädchen war tatsächlich nicht nur schön, sondern auch überhaupt nicht spröde. Schon früher, als ihr Vater noch lebte, hatte sie ihn gern gemocht, und seit er sich ihrer angenommen hatte, ließ sie beinahe alles mit sich geschehen. Hin und wieder war er sich nicht sicher, ob es nur Dankbarkeit war. Sollte sich dieses Mädchen tatsächlich in ihn verliebt haben? Manchmal hatte er den Eindruck, als habe sie mehr Gefühle für ihn als Dankbarkeit und Berechnung. – Er würde das auszunutzen wissen.

Jetzt drang ihre Stimme in seine Überlegungen: „Möchten Sie den Brief unterschreiben?"

Er stieß sich vom Schreibtisch ab. „Regierungsrat Knauer soll ihn wieder unterschreiben. Bitte holen Sie ihn her."

Während die Sekretärin das Büro verließ, zündete er sich ein Zigarillo an und sah auf den Brief mit ihrer zierlichen Handschrift. Hoffentlich hatte Knauer inzwischen seine Skrupel überwunden. Dieser überkorrekte Beamte konnte manchmal zu pedantisch sein.

Wenig später trat der Regierungsrat mit Fräulein Jahn ein. „Herr Ministerialdirektor?"

Bei dieser seiner Anrede zwinkerte Wittemann der hinter Knauer stehenden Sekretärin zu, was sie mit einem spitzbübischen Lächeln beantwortete.

„Knauer, ich musste wieder einen Bericht des Oberförsters Grüning beantworten." Er deutete auf den Schreibtisch. „Ich bitte Sie, dieses Schreiben zu unterzeichnen."

Knauer trat an den Schreibtisch und nahm den Brief auf. Wittemann sah, wie sich seine Augen verengten und er die Stirn wie eine Ziehharmonika in Falten legte. „Das soll ich unterschreiben?"

„Bitte, hier ist die Feder." Wittemann reichte ihm das Schreibgerät, doch Knauer winkte ab.

„Nichts für ungut, Herr Ministerialdirektor, für meine Begriffe ist der Ton reichlich scharf gewählt."

Wittemann nahm einen tiefen Zug aus dem Zigarillo und stieß den Rauch durch die Zähne. „Ich erklärte Ihnen bereits beim letzten Mal, dass ich diesen Wilddieben gegenüber eine härtere

Gangart zu gehen gewillt bin. Dazu benötigen unsere Oberförster scharfe Anweisungen."

Knauer machte einen Bückling. „Sehr wohl, Herr Ministerialdirektor, aber ich erlaubte mir auch darauf hinzuweisen, dass Grüning einer unserer fähigsten Beamten ist, der stets beste Beurteilungen erhielt."

„Ach, was nützen schon Beurteilungen, wenn er sich die besten Hirsche wegschießen lässt!", polterte Wittemann. Dieser so unterwürfig wirkende Beamte ließ sich nicht so leicht bereden.

„Es sind aber erst wenige Wochen, dass der Wilddieb im Schneeberger Forst aktiv ist. Ihm jetzt bereits die Amtsenthebung unter Angabe der kurzen Frist von drei Wochen anzudrohen, halte ich für überzogen."

„So." Wittemanns Stimme wurde gefährlich leise. „Sie wagen es also, das von mir verfasste Schreiben zu kritisieren."

„Nichts für ungut, Herr Ministerialdirektor. Wenn ich diesen Brief unterschreibe, werde ich bei der nächsten Revision dafür geradestehen müssen. Ich schlage vor, dass Sie selbst Ihre Unterschrift daruntersetzen."

Dieser Vorschlag passte gar nicht in seinen Plan. Schließlich sollte Grüning noch nicht wissen, wer der Urheber dieser geharnischten Briefe war. Aber wenn er Knauer nicht vollständig gegen sich aufbringen wollte, musste er eine andere Lösung finden. „Ist gut, Herr Knauer, ich werde es mir überlegen. Sie können gehen."

Mit einem Bückling verließ Knauer das Büro, während Wittemann die Faust ballte.

„Zum Kuckuck mit diesen übergenauen preußischen Beamten!" Er zerstampfte den Rest seines Zigarillos im Ascher. Knauer wurde langsam gefährlich. Er würde anderswo eine Stelle für ihn finden müssen, um ihn durch einen willfährigeren Beamten zu ersetzen. Er hatte auch schon einen passenden Nachfolger im Hinterkopf. Gustav Obermüller würde tun, was er von ihm verlangte, denn er war dafür bekannt, alles für eine glänzende Karriere zu tun. Und sollte Obermüller doch einmal nicht so wollen wie er, hatte sein Vater noch einen Haufen Ehrenschulden bei ihm ...

Fräulein Jahn tauchte die Feder in das Tintenfass und reichte sie ihm hin. „Wollen Sie selbst unterschreiben?"

Er nahm ihr die Feder aus der Hand und legte sie auf den Schreibtisch zurück. Dann trat er nahe vor sie hin. „Fräulein Emma, haben Sie Vertrauen zu mir?"

Erstaunt sah sie ihn an, und er wunderte sich wieder darüber, dass ihre Augen beinahe auf der Höhe der seinen waren, obwohl sie doch wirklich nicht groß gewachsen war. „Selbstverständlich vertraue ich Ihnen."

Er gab seiner Stimme einen ruhigen und freundlichen Klang, was ihm bei ihrem liebreizenden Anblick nahe vor ihm nicht schwerfiel. „Ich kann diesen Brief nicht unterschreiben. Bitte tun Sie es für mich."

Ihr Gesicht war ein einziges Fragezeichen. „Ich?" Sie zog das Wort unendlich in die Länge. „Der Oberförster würde sich schön wundern, einen von der Sekretärin unterschriebenen Brief zu erhalten."

„Sie unterschreiben ihn nicht als Sekretärin Jahn, sondern als Ministerialrat Jahn."

„Das ist ja Amtsanmaßung!"

„Niemand wird davon erfahren. Und sollte es diesem Oberförster einfallen, sich zu erkundigen, werde ich dafür sorgen, dass Ihnen nichts geschieht."

Ihr Blick war immer noch voller Zweifel. „Und warum wollen Sie nicht selbst Ihren Namen daruntersetzen?"

Abschätzend betrachtete er sie. Er konnte ihr unmöglich den wahren Grund nennen. Eine Mitwisserin brachte Gefahr, und da er ohnehin schon ein gewagtes Spiel spielte, musste er vorsichtig sein.

„Fräulein Emma, ich sehe, dass ich Sie einweihen muss. Aber bitte, über dieses Gespräch müssen Sie absolutes Stillschweigen bewahren."

Als sie nickte, fuhr er fort: „Der Oberförster Albert Grüning und ich kennen uns aus früherer Zeit. Aber er weiß nicht, dass ich sein Dienstvorgesetzter im Ministerium bin. Sie verstehen? Es ist ein Scherz unter alten Freunden, und ich höre ihn jetzt schon lachen, wenn ich das Geheimnis des Regierungsrates Jahn lüfte."

Fräulein Jahn lachte verstehend. „Also ein Scherz? Dann ist für mich ja keine Gefahr dabei, falls etwas ans Licht kommen sollte."

„So ist es. Sie sind also bereit?"

Sie nickte lächelnd, ging zum Schreibtisch und griff nach der Feder. Als sie schon zu schreiben ansetzte, hielt er sie noch einmal auf.

„Warten Sie. Schreiben Sie besser *Ministerialrat Doktor Jahn*. Das klingt ehrfurchtgebietender. Und verstellen Sie Ihre Schrift."

Lachend tauchte sie die Feder ein, kritzelte ein *Ministerialrat Doktor Jahn* unter das Schreiben und schüttete Streusand darauf.

Er ergriff ihre beiden Hände. „Ich danke Ihnen, Fräulein Emma."

„Ich stehe immer gern zu Diensten, Herr Wittemann. Soll ich den Brief gleich versenden?"

„Ich bitte darum, er ist eilig."

Lächelnd sah er ihr nach, als sie beschwingt das Büro verließ. Eine süße Kleine! Und dumm wie alle ihres Geschlechts. Sollte Grüning tatsächlich auf den Gedanken kommen, sich nach diesem Ministerialrat Doktor Jahn zu erkundigen, war *sie* es, die Amtsanmaßung begangen hatte. Er jedenfalls wusste von nichts und hatte mit diesem Brief und seiner Unterschrift nicht das Geringste zu tun. Aber so weit würde es hoffentlich nicht kommen, denn er brauchte Emma Jahn noch für ganz andere Dinge – privater Natur.

* * *

Befreit atmete Rahel von Bredow auf, als sie Wölfelsgrund hinter sich gelassen hatte. Durch den sonnendurchflimmerten Hochwald stieg sie nun bergan. Der Hut, den sie eigentlich zur Erhaltung ihres hellen Teints auf dem Kopf tragen sollte, hing über ihrem rechten Arm.

Wie herrlich es nach Harz roch! In den wenigen Tagen war ihr der Wald ein echter Freund geworden, und es verging kaum ein Tag, an dem sie nicht eine ausgedehnte Wanderung unternahm.

Nur den Oberförster, dem sie noch den Turmschlüssel zurückgeben musste, hatte sie dabei nie getroffen. So hatte sie sich heute vorgenommen, den Gang zur Oberförsterei anzutreten.

Aber vorher bog sie noch zur Altenburg ab, wo sie bei ihrem Turmbesuch vor wenigen Tagen die Blumenfülle bewundert hatte. Gewiss hatte der strenge Herr Oberförster nichts dagegen einzuwenden, wenn sie einige pflückte.

Schon bald hatte sie die Lichtung erreicht. Vom Glanz der Mittagssonne übergossen lag die Ruine vor ihr, und Rahel sah versonnen zum Turm hinauf. Dort oben hatte sie mit dem Oberförster gestanden. Woran lag es, dass sie noch so oft an diese Begegnung zurückdachte? Sicherlich nicht daran, dass er sie sonderlich höflich behandelt hatte!

Zuerst war sie über seine brüske Art erschrocken gewesen, hatte er ihr doch durch sein Verhalten unmissverständlich klar gemacht, dass sie unerwünscht war. Und doch sah sie seit dieser Begegnung immer wieder dieses schmale, so düster wirkende Gesicht vor sich, mit den dunkelbraunen Augen, deren Blick so ernst und finster war. War es der Ausdruck seines Gesichts und seiner Augen, der sie so fasziniert hatte?

Rahel ging zum Ufer der Wölfel, die immer noch als rauschender Strom zu Tal schoss, und ließ sich auf einem unförmigen Stein nieder. Über die von Blumen übersäte Wiese hinweg hatte sie einen freien Blick auf den Turm der Altenburg. Sie meinte, dort oben müsse wie vor wenigen Tagen die hohe, schlanke Gestalt stehen, von der Abendsonne mit Glutlinien umrahmt. Doch der Turm war leer, und auch das wütende oder freudige Bellen des Hundes ließ sich nirgendwo hören.

Was war dieser Oberförster Grüning für ein Mensch? War er einfach nur missgelaunt, weil es seine Art war? Das konnte sie kaum glauben, denn als er einige Worte mit ihr gewechselt hatte, erkannte sie unter seiner ruppigen Schale durchaus einen freundlichen Menschen. Aber warum dann sein abweisendes Verhalten?

Schon immer war Rahel von Menschen fasziniert, die sich nichts aus der gesellschaftlichen Etikette machten. Angepasste Menschen kannte sie aus der Stadt genug, die stets in der panischen Furcht lebten, nur ja nichts zu tun, was „man" eben nicht tat. Dagegen war es erfrischend, Menschen zu finden, die anders waren – und dieser Förster war ohne Frage anders! Zwar wich er in einer Weise von der Norm ab, die nicht unbedingt sympathisch war, aber sie konnte sich doch dem Zauber des Geheimnisvollen, der von ihm ausging, nicht entziehen. Bestimmt war er ein verbitterter Mann, dem sie mit einigen freundlichen Gesten und mitfühlenden Worten eine Freude machen konnte.

Gleichzeitig fürchtete sie sich ein wenig vor dem griesgrämigen Mann. Wie würde er sie empfangen, wenn sie ins Forsthaus käme? Würde er sie fühlen lassen, dass sie ungelegen käme? Vielleicht sollte sie ihm einige ihrer Blumen abgeben, um ihn freundlich zu stimmen.

Aber um ihm Blumen geben zu können, musste sie zuerst welche pflücken. Schwungvoll sprang sie von dem Stein auf, raffte ihr langes Kleid und begann, die schönsten Blumen zu sammeln. Ihren Hut missbrauchte sie dabei als Blumenkorb.

Einige Zeit später nahm sie den Weg zur Oberförsterei hinauf in Angriff, nicht nur den Hut, sondern auch den Arm voll bunter Waldblumen. Leise trällerte sie Eichendorffs Lied *O Täler weit, o Höhen, o schöner grüner Wald* vor sich hin. Ihre heimliche Furcht vor dem ruppigen Forstbeamten war verschwunden, seit sie sich während des Blumenpflückens mit ihrem himmlischen Vater über diesen Mann unterhalten hatte. Er würde dafür sorgen, dass das Richtige geschah.

Bald jedoch verging ihr das Trällern, weil sie ihre gesamte Atemluft benötigte, um den steilen Weg zu bewältigen. Gut, dass sie sich von Herrn Behrendt, dem Hotelier, den Weg hatte beschreiben lassen, denn ohne diese Hilfe hätte sie das einsame Forsthaus wohl nie gefunden. Jetzt aber lag es vor ihr, hingeduckt unter einige uralte Wettertannen. Auf den ersten Blick erschien es ihr wie verlassen, denn es lag eine Stille über der Lichtung, die beinahe zu hören war. Doch die geöffneten Schlagläden mit den herzförmigen Ausschnitten und die feine Rauchfahne, die sich aus dem Schornstein kräuselte, belehrten sie eines anderen.

Während sie mit klopfendem Herzen den Hof überquerte,

sandte sie ein Stoßgebet zum Himmel. Gerade hob sie die Hand, um an die Tür zu klopfen, als drinnen ein lauter Krach zu hören war, als würde etwas zu Boden fallen. Dem folgte ein ellenlanger Fluch des Försters mit mindestens achtundzwanzig Silben.

Rahel hatte die Hand immer noch zum Klopfen erhoben, doch wagte sie nicht, ihre Finger gegen das Holz pochen zu lassen.

Innen war jetzt eine Frauenstimme zu hören. „Das wertvolle Siegel! Wie konnte dies geschehen?"

Die Hand des Mädchens sank herab. Eine Frau. *Seine* Frau? Daran hatte sie noch nicht gedacht, aber was wäre daran so ungewöhnlich, wenn der Oberförster verheiratet war?

Jetzt drang seine Stimme durch das offenstehende Fenster links neben der Eingangstür. „Wenn Sie das Siegel nie stehen lassen, wo es hingehört! Kein Wunder, dass es herunterfiel."

Rahel stutzte. Sollte der Oberförster seine Ehefrau siezen? Das wäre denn doch ungewöhnlich.

„Herr Oberförster mögen verzeihen", lautete die Antwort, „das Siegel stand am selben Platz wie immer."

„Ist nicht wahr. Überhaupt: Was haben Sie mir heute für einen Kaffee gekocht?"

Rahel stand still vor der Tür und wagte nicht einzutreten. *Der einsame Sonderling aus dem Hochwald* schien wirklich an chronischer Übellaunigkeit zu leiden! Ob sie den Schlüssel lieber neben die Haustür legen und sich entfernen sollte? Doch sie stand wie festgewachsen und lauschte dem Gespräch.

„Was soll mit dem Kaffee sein? Ist er Ihnen wieder zu heiß?", fragte die Frau, die Rahel jetzt für die Haushälterin hielt.

„Könnte ebenso gut Regenwasser aus der Dachtraufe sein. Und am Löffel sind die Reste Ihres gestrigen Nachmittagstees zu sehen."

Rahel hielt die Luft an. Mit der Haushälterin wollte sie nicht tauschen!

„Den Kaffee koche ich seit zwanzig Jahren immer gleich", hörte sie nun deren Antwort.

„Widersprechen Sie nicht, Trine!", polterte der Forstbeamte. „Merke doch, wie die Brühe schmeckt."

„Herr Oberförster mögen verzeihen, mir scheint, Sie sitzen bereits zu lange an Ihrem Schreibtisch. Sie sollten hinaus in Ihren Wald."

„Kann ja nicht. Sehen doch, wie viel Post heute gekommen ist. Vom Ministerium ist auch wieder ein Brief dabei, mag ihn gar nicht öffnen."

Rahel konnte hören, wie die Haushälterin eine Tasse auf ein Tablett stellte. „Sollten Sie doch noch einen Kaffee wünschen, wissen Sie ja, wo die Traufe steht."

„Unverschämt! Lassen Sie mich gefälligst allein!"

Rahel hörte das Klappern von Schuhen auf der Diele und das Zuschlagen einer Tür. Dann herrschte Ruhe.

Unschlüssig stand sie da. Ihr Mut war dahin, und sie zweifelte daran, dass es ihr je gelingen würde, diesem griesgrämigen Mann Freude zu bringen. Ob sie nicht lieber umkehrte? Sicherlich würde er sie nicht freundlicher empfangen als letztens auf dem Turm.

Und überhaupt: Was ging sie dieser Oberförster an? Sollte er doch launisch und mürrisch seines Weges weitergehen, sie hatte es nicht nötig, sich von ihm unfreundlich behandeln zu lassen. Warum gab sie den Schlüssel nicht einfach bei der Haushälterin ab?

Überlegend spielte sie mit dem unförmigen Schlüssel in ihrer Tasche. Aber konnte sie das wirklich tun, da er doch persönlich anwesend war? Wäre das nicht unhöflich? Immerhin konnte sie ihm den Schlüssel zurückgeben und dann sofort wieder gehen.

Also fasste sie sich ein Herz und klopfte an die Tür. Von drinnen hörte sie Schritte, und bald öffnete ihr eine wohlbeleibte Frau.

„Guten Morgen, ich möchte zu dem Herrn Oberförster." Sie fürchtete, ihr laut pochendes Herz könnte ihre Worte übertönen.

Die Frau mit der Figur einer kleinen Tonne versperrte den schmalen Flur. Ihre kleinen Augen über den rundlichen Wangen tanzten vor Neugier, als sie das Mädchen und die riesigen Blumensträuße eingehend musterte. „Was wünschen *Sie* von dem Herrn Oberförster?"

Rahel musste sich Mühe geben, um nicht laut aufzulachen. Die Frau betonte das *Sie* so auffällig, dass sie ihre Verwunderung über den Damenbesuch deutlich heraushörte. „Ich habe einen Schlüssel bei ihm abzugeben."

Wieder fühlte sie sich versucht, ihn gleich der Haushälterin in die Hand zu drücken. Doch sie hatte es sich einmal in den Kopf gesetzt, den Oberförster selbst aufzusuchen und seine düstere Stimmung zu vertreiben. Sie war nicht bereit, nun noch den Rückzug anzutreten.

„Der Herr Oberförster hat Ihnen einen Schlüssel eingehändigt?" Die Frau zeigte ein pfiffiges Lächeln. „Sollte es doch noch einer Frau gelingen, Eindruck auf diesen eingefleischten Junggesellen zu machen?"

Rahel spürte, wie ihr die Röte ins Gesicht schoss. „Wenn Sie mir bitte sagen, wo ich den Herrn Oberförster finde?"

Die Haushälterin drückte sich an die Wand, um ihr den schmalen Flur, soweit es bei ihrer Fülle möglich war, freizugeben. „Bitte gehen Sie durch, der Herr Oberförster befindet sich in seinem Arbeitszimmer. Die Türe hinten links."

Rahel dankte und folgte dem gewiesenen Weg durch den dämmrigen Flur.

* * *

Am liebsten hätte Albert Grüning das Siegel erneut vom Tisch gestoßen, als er den großen Stapel Post zur Hand nahm. Vor allem der Brief aus dem Ministerium stierte ihn geradezu boshaft an. Aber es half nichts, er musste ihn doch öffnen. Eben wollte er das Siegel lösen, als jemand an die Tür klopfte.

„Will keinen Kaffee mehr", brummte er. „Auch nicht, wenn er diesmal stärker ist."

Dennoch wurde die Tür geöffnet.

Den Blick immer noch starr auf den Brief gerichtet, ballte er die Faust. Warum konnte Trine ihn nicht einfach in Ruhe die Post erledigen lassen? Heute war sie wirklich unausstehlich. Wenn das so weiterging würde er noch mit dem Siegel nach ihr werfen.

Doch die Schritte hörten sich ungewohnt zaghaft an, und

dann blieb sie sogar an der Tür stehen. Endlich wandte er sich mit einem Ruck in ihre Richtung.

„Fräulein von Bredow!“, rief er beinahe erschrocken und schnellte aus seinem Sessel empor.

„Schön haben Sie es hier“, sagte sie, während ihr Blick versonnen durch den Raum wanderte. „Diese ganzen Hörner an den Wänden ...“

„Sind keine Hörner!“, korrigierte er.

„Entschuldigen Sie“, lächelte sie. „Ich kann eine Berline von einem Landauer unterscheiden, aber in die Geheimnisse dieser – wie heißen sie denn?“

Er trat zu ihr heran. „Geweihe. Und Gehörne.“

„Also sind es doch Hörner?!“

„Nein. Gehörne sind keine Hörner.“

Sie warf ihm einen verwirrten Blick zu. „Jetzt verstehe ich wirklich nichts mehr.“

„Also gut, geben Sie acht.“ Er wies auf einen Teil seines Wandschmuckes und erklärte: „Hirschgeweih. – Aber die Geweihe des Rehwildes“ – er wies auf ein anderes Exemplar an seiner Wand – „heißen Gehörne.“

Er war ein wenig überrascht, dass sie seiner Erklärung so viel Aufmerksamkeit schenkte. Sie war doch ein Mädchen aus der Stadt und interessierte sich offenbar mehr für die Kutschen, die dort fuhren, als für die Jagd.

Scheinbar hatte sie seine Gedanken erraten, denn sie antwortete: „Ich möchte gerne so vieles lernen, was mit Ihrem Wald zu tun hat. Ich wüsste leider noch nicht einmal, wie die Tiere aussehen, die Ihre Geweihe und Gehörne einmal herumgetragen haben.“

„Wird mir schwerfallen, Ihnen meine Rehe und Hirsche vorzuführen. Entziehen sich neugierigen Blicken.“ Er überlegte kurz, ob er sie bitten sollte, Platz zu nehmen, aber ein Blick auf sein schon reichlich zerschlissenes Ledersofa ließ ihn davon Abstand nehmen. „Was führt Sie in mein einsames Forsthaus? Wollen wohl die Bezahlung für die gepflückten Blumen vornehmen?“

Ein erschrockener Blick aus ihren großen Augen traf ihn. „Ist es nicht erlaubt ...?“

„Schon gut. Ist erlaubt.“

„Ich fürchtete schon, ich hätte einen Waldfrevel begangen“, antwortete sie mit erleichtertem Lachen. „Aber eigentlich wollte ich Ihnen nur den Schlüssel zurückbringen.“

„Ach, der Schlüssel.“ Er hatte gar nicht mehr daran gedacht, dass sie noch einmal zu ihm kommen würde. „Geben Sie her.“

Rahel versuchte, den Schlüssel hervorzunesteln, wobei sie nicht vermeiden konnte, dass einige ihrer Blumen zu Boden fielen. „Hätten Sie freundlicherweise ein Körbchen für mich, Herr Oberförster? Sonst werde ich die Hälfte der Blumen verloren haben, ehe ich das Hotel erreiche.“

„Trine!“, rief er in den Flur. „Ein Körbchen für die Blumen des Fräuleins.“

„Ist Trine die Dame, die Ihnen Regenwasser statt Kaffee vorgesetzt hat?“

Er wandte sich erstaunt nach ihr um. „Sie haben unser – Gespräch gehört?“

„Ich stand vor der Tür und wagte nicht einzutreten.“

Grüning sah zu Boden. Was musste sie von ihm denken? Aber eigentlich konnte es ihm doch gleichgültig sein. Sie brachte ihm den Schlüssel zurück und dann würde er sie nie mehr im Leben wiedersehen. Also hatte er auch nicht nötig, sich zu entschuldigen. „Trine ist meine Haushälterin.“

Ihr Blick machte ihn unruhig. Was hatte dieses Mädchen bloß für Augen! Sie waren so blau wie der Himmel an einem klaren Frühlingstag, der Ausdruck so sanft wie der eines Rehes, und doch lag in diesem reinen Blau etwas wie ein Vorwurf. Musste er sich bei diesem fremden Mädchen für seine schlechte Laune entschuldigen? Dieser Gedanke war absurd!

In diesem Augenblick trat Trine ein und brachte ein kleines Körbchen. Sie half Rahel, die Blumen hineinzulegen, und sagte dann: „Ich brauche diesen Korb allerdings zurück. Wenn gnädiges Fräulein die Güte haben würden, ihn bei Gelegenheit zurück ins Forsthaus zu bringen?“

„Selbstverständlich gerne“, lächelte Rahel. „Hoffentlich störe ich mit meinen Besuchen den Herrn Oberförster nicht in seiner Einsamkeit."

Er schüttelte leicht den Kopf. Doch er wagte nicht zu sagen, dass ihr Besuch ihm eine willkommene Ablenkung von der Schreibarbeit war. Und noch immer lag ihm der Disput mit Trine im Magen, den sie mitbekommen hatte. Gewiss würde sie jetzt so schnell wie möglich das Weite suchen.

Als sie nun die Hände frei hatte, gelang es ihr endlich, den unförmigen Schlüssel hervorzuziehen.

Er nahm ihn schnell entgegen. „Nur deshalb haben Sie sich den weiten Weg heraufbemüht?"

„Mir ist der Weg nicht lang geworden – ich hatte ja reichlich Arbeit!" Lachend wies sie auf den gut gefüllten Blumenkorb. „Außerdem ist es keine Mühe. Ich liebe die Gänge durch den Hochwald."

Grüning gab Trine einen versteckten Wink, den Raum zu verlassen. „Offenbar gefällt es Ihnen in meinem Forst?"

Sie lächelte ihn an, und er stellte fest, dass sich ihr strahlendes Lächeln in ihren ausdrucksvollen Augen spiegelte. „Sie haben eine wunderschöne Heimat, Herr Oberförster. Nur ihr Schreibtisch sieht ein wenig traurig aus, so voller Papiere und ohne einen Gruß aus dem Wald. Aber warten Sie, dem kann abgeholfen werden."

Erschrocken sah er, wie sie sich seinem Schreibtisch näherte. Wollte sie etwa seine wohldurchdachte Unordnung beseitigen, wie es Trine immer tat, wenn sie die Aufräumwut überfiel? Er machte sich sprungbereit, um das Schlimmste zu verhindern.

Doch sie lehnte ihr Körbchen nur leicht auf die Kante und begann mit geschickten Fingern einen Strauß zu winden. „Ich habe so viele Blumen gepflückt, dass ich Ihnen einen Teil abtreten kann."

Durchatmend angelte Albert Grüning eine Pfeife vom Regal und steckte sie gedankenvoll in Brand. Sein Blick ruhte auf dem jungen Mädchen, das wie selbstverständlich an seinem Schreibtisch stand. Hatte ihm schon irgendwann einmal jemand einen Blumenstrauß gewunden? Und wann hatte zum letzten Mal eine junge Frau in seinem Arbeitszimmer gestanden, ohne dass er sie am liebsten zur Tür hinausgeworfen hätte?

Er schüttelte über sich selbst den Kopf und bedauerte dabei immer noch, dass sie seine unfreundlichen Worte gegenüber Trine gehört hatte. Ja, er ärgerte sich sogar über sich selbst, dass er es nicht fertigbrachte, sich dafür zu entschuldigen.

Sie wandte sich mit einem lieblichen Lächeln zu ihm um. „Sehen Sie, ist es nicht ein schöner Strauß?“

Er nahm die Pfeife aus dem Mundwinkel. „Wo soll er hin?“

„Als erstes benötigen wir eine Vase, die wir dann mit Wasser befüllen müssen, damit Sie nicht heute Abend schon einen Trockenstrauß haben.“

„Hmm“, brummte Grüning. „Kommen Sie mit.“

Er ging voran, ließ sich von Trine eine Vase geben und führte das Mädchen hinter das Haus in den Garten. Dort jagte Rex über den sauber geschnittenen Rasen und versuchte vergeblich, Schmetterlinge zu haschen. Als der Förster mit Rahel von Bredow aus dem Haus zur Pumpe trat, schoss er heran und sprang mit wildem Bellen an dem Mädchen in die Höhe, dass dieses erschrocken aufschrie.

„Ihr Köter – pardon! Ihr Hund!“

„Rex!“, rief Grüning barsch. „Was fällt dir ein!“

Doch offenbar hatte der Hund das Mädchen vom Turm wiedererkannt, denn er führte einen wahren Freudentanz mit ungeheuerlichen Lauten auf.

„Pfui! Du beschmutzt das Kleid des Fräuleins!“ Grüning wollte dem Tier einen leichten Schlag versetzen, doch Rahel hielt seinen Arm fest.

„Lassen Sie ihn, wenn er mir nur nichts antut. Sehen Sie, er kennt mich noch!“

Grüning stand steif wie ein Stock und starrte auf die Hand auf seinem Arm. Im ersten Reflex wollte er sie mit einer heftigen Bewegung abschütteln, aber er brachte es nicht fertig.

Doch da nahm sie sie selbst weg und begann, Rex den Nacken zu kraulen. Sofort stellte der Hund seine von freudigem Jaulen begleiteten Tänze ein und hielt still.

Auch Grüning wagte sich kaum zu bewegen, um das liebliche Bild nicht zu zerstören. Er stand da, die qualmende Pfeife schief im Mundwinkel, und mochte den Blick nicht abwenden.

Rahel von Bredow setzte sich auf den Rand des steinernen Brunnentroges, und Rex legte seinen Kopf auf ihren Schoß und ließ sich willig von ihr streicheln. Sein unablässig wedelnder Schwanz bewies, dass er die Liebkosung von Rahels sanften Mädchenhänden in vollen Zügen genoss; wahrscheinlich kraulten sie sanfter als seine eigenen rauen Jägerhände.

Das Mädchen hielt den Kopf leicht gesenkt, und einige Strähnen ihres goldblonden Haares, die sich aus der Frisur gelöst hatten, liebkosten ihre Wange. Hatte es hier im Forsthaus jemals so etwas gegeben?

Das Gleiche schien sich Rex zu fragen, denn er schaute zu seinem Herrn auf, als ob er sich nicht sicher wäre, dass diese ausgiebige Streicheleinheit durch ein weibliches Wesen dessen Zustimmung fand. Doch Grüning nickte ihm kurz zu, worauf der Hund den Kopf so legte, dass das Mädchen ihn an der Kehle kraulen konnte.

„Sie haben einen Freund fürs Leben gefunden", stellte Grüning fest. „Rex lässt sich nur von Menschen an der Kehle kraulen, die er fest in sein Hundeherz geschlossen hat."

„Deren gibt es wohl nicht viele?", fragte sie und schaute zu ihm auf.

Das Blau ihrer Augen überraschte ihn immer wieder neu. Und wie sanft ihr Blick war! Obwohl sie ihn doch bei ihrer Ankunft nicht eben charmant erlebt hatte. In seiner Stimme schwang Bitterkeit mit, als er antwortete: „Nur einen."

„Dann ist Rex wohl ebenso einsam wie sein Herrchen?"

Täuschte er sich, oder lag Mitgefühl in ihren Worten und ihrer Stimme? Plötzlich fühlte er sich verunsichert. Er wusste nicht, wie er darauf reagieren sollte. Ablehnung, Zurechtweisung, Vorwürfe, Neugierde, Unverständnis – das alles kannte er und wusste damit umzugehen. Aber Mitempfinden hatte ihm noch kein Mensch entgegengebracht. Sollte er mit einer kurzen harten Antwort reagieren? Oder doch lieber freundlich bleiben? Er wusste es nicht und zog daher vor zu schweigen.

Grüning konnte sich nicht erklären, wieso ihn eine beinahe weiche Stimmung überfiel. Lag es an dem sonnendurchflimmerten

Junitag? Oder war es das Singen der Vögel, das sich mit dem Rauschen der Bäume zu einer Sinfonie des Sommers vereinte? Oder war es dieses blonde Mädchen, das sich wie ein Sonnenstrahl in sein düsteres Forsthaus verirrt hatte?

Er wollte diese Stimmung abschütteln, wie Rex heute Morgen das Wasser aus seinem Fell geschüttelt hatte, als sie in der Wölfel ihr Bad genommen hatten, doch er brachte es nicht fertig.

Fast bedauerte er es, als Rahel sich vom Brunnentrog erhob; auch Rex wich enttäuscht zurück. „Verzeihen Sie, Herr Oberförster, ich stehle Ihnen Ihre kostbare Zeit. Wir wollten doch nur Ihre Blumen ins Wasser stellen."

Er hätte ihr am liebsten gesagt, dass er ihre Gegenwart genoss, aber wie er schon die Entschuldigung nicht über die Lippen gebracht hatte, so schwieg er auch jetzt.

Stattdessen griff er zum Wassereimer, goss Wasser in die Pumpe, um dann kräftig den Schwengel zu betätigen, bis sich ein glasklarer Strahl in den Trog ergoss. Rahel füllte die Vase, und dann kehrten sie ins Arbeitszimmer zurück, von dem schwanzwedelnden Rex begleitet, der nicht mehr von der Seite des Mädchens wich.

Rahel schob auf seinem Schreibtisch behutsam einige Papiere zur Seite, um Platz für die Blumen zu finden. Dann zog sie ein feines Messer aus ihrem Pompadour, schnitt die Stiele auf eine Länge und stellte den Strauß auf den Tisch. „So sieht es gleich viel freundlicher aus, nicht wahr?"

Grüning sah ihr versonnen zu und nickte dann. „Mag sein. Ist mir nie aufgefallen."

Sie hing sich das Körbchen mit den Blumen über den Arm. „Nun müssen Sie sich aber wieder Ihrer Arbeit widmen, Herr Oberförster. Es scheint mir, als hätten Sie noch viel zu tun."

Er seufzte. „Zu viel. Dieser Schreibtisch ist eine Tortur."

„Ich kann es mir denken. Ich bin froh, dass ich wieder hinausdarf in den Wald und mich nicht mit so viel Papierkram auseinandersetzen muss."

Grüning zog ein düsteres Gesicht. Sie war also froh, dass sie wieder hinausdurfte in den Wald. Sicherlich gefiel es ihr nicht in der Gesellschaft *des einsamen Sonderlings aus dem Hochwald*, den sie so unfreundlich erlebt hatte. Ob er sich jetzt noch für sein Verhalten entschuldigen sollte? Aber nein, nun war es zu spät. Und wozu auch, dieses Mädchen ging ihn schließlich überhaupt nichts an.

„Werde Sie zur Tür geleiten."

Glaubte sie etwa, er hätte die Haustür gemeint? Jedenfalls ging sie durch den Flur voran, kehrte aber wieder um, als sie bemerkte, dass er an der Tür seines Arbeitszimmers Halt machte.

Einen Augenblick lang schien es ihm, als ob sie ihm zum Abschied die Hand reichen wollte. Da er aber unbeweglich wie eine hundertjährige Eiche stehen blieb, sagte sie nur leise: „Ich danke Ihnen für das Körbchen."

Was läge jetzt näher, als sich für die Blumen auf seinem Schreibtisch zu bedanken? Aber wozu das, sie würden ohnehin in wenigen Tagen verwelken. So deutete er nur eine Verbeugung an, schloss die Tür und kehrte an seinen Schreibtisch zurück.

Missmutig sah er auf das trostlose Durcheinander. Sein Blick blieb an dem einzigen Farbtupfer hängen: dem Strauß Waldblumen.

Er sank in seinen Stuhl und starrte auf diesen kleinen Gruß des Fräuleins von Bredow. In einer ersten Aufwallung wollte er wie ein verliebter Jüngling die Nase in die Blüten stecken, dann wollte er sie plötzlich aus Trotz vom Tisch stoßen wie vorhin das Siegel – doch er tat weder das eine noch das andere.

Er stopfte seine Pfeife neu und starrte an die Decke. Was war nur mit ihm geschehen? Was hatte dieses Mädchen mit ihm gemacht? War sie eine gute Fee, die ihn verzaubert hatte? Doch er wollte den Zauber abschütteln. Schließlich hatte er sich schon einmal verzaubern lassen – bis es ein bitterböses Erwachen gab.

Das beste Mittel gegen Rahels Zauber schien ihm der Brief des Ministeriums zu sein. Hastig zerfetzte er das Siegel und faltete ihn auseinander, um das blonde Mädchen aus seinen Gedanken zu verbannen. Zuerst sah er nach der Unterschrift. Offenbar hatte sich ein neuer Beamter seines Falles angenommen, denn ein Ministerialrat Doktor Jahn war ihm unbekannt. *Vielleicht ist dieser etwas milder gestimmt*, hoffte er, als er zu lesen begann.

Doch diese Hoffnung zerschlug sich jäh. Der erste Brief, den er erhalten hatte, war gegen diesen ein wahrer Liebesbrief gewesen! Jetzt setzte man ihm gar eine Frist, den Wilddieb dingfest zu machen, und drohte ihm offen mit seiner Absetzung!

Er ließ das geharnischte Schreiben sinken. In der Tat weilten seine Gedanken jetzt nicht mehr bei Rahel von Bredow. Was war nur neuerdings in diese Schreibstubenhengste im Ministerium gefahren? Die verstanden doch nicht das Geringste von den wirklichen Gegebenheiten hier draußen. Aber ihm war klar, dass diese Leute das niemals einsehen würden. Er musste unbedingt einen Weg finden, diesen Wilddieb zu fangen, sonst konnte es ihm tatsächlich übel ergehen. Er ballte die Faust. Wenn er nur wüsste wie!

Kapitel 7

Verstimmt zündete sich Wittemann ein Zigarillo an. Nun war er schon seit heute Morgen im Hotel *Zum gelben Dragoner*, aber seine Nichte Rahel hatte er noch nicht zu Gesicht bekommen. Wo sich das Mädchen nur den ganzen Tag herumtrieb? Wilhelmine hatte gesagt, sie unternehme häufig lange Gänge durch den Hochwald. Aber was sollte ein junges Mädchen allein in den Wald ziehen? Sie würde sich doch nicht so rasch auf eine Liebelei eingelassen haben? Nein, das konnte er sich bei dieser heiligen Jungfrau wirklich nicht vorstellen. Aber was konnte es dann sein?

Er durchwanderte seine geräumige Suite von einem Ende zum anderen und sah dabei ständig auf die Uhr. Nun musste er gleich schon aufbrechen, um seinen Termin pünktlich wahrzunehmen, aber er wollte doch vorher seine Nichte wenigstens einmal gesehen haben. Schließlich hatte er seinem Schwager den Kuraufenthalt nicht aus reiner Menschlichkeit bezahlt, sondern um Rahel einige Wochen um sich zu haben – während er sich gleichzeitig mit angemessenem Nachdruck um Albert Grüning kümmern konnte.

Da hörte er die Stimme eines jungen Mädchens auf dem Korridor. Rasch sprang er zur Tür und öffnete sie einen Spalt weit. Ja, das musste Rahel sein. Leider sah er sie nur von hinten, aber das lange, blonde Haar und die tadellose Figur gefielen ihm ausnehmend gut. Aus seiner Nichte schien wirklich eine wunderschöne junge Frau geworden zu sein.

Jetzt verschwand sie in der Nachbarsuite, wo die Familie von Bredow ihr Domizil hatte. Wittemann schloss die Tür und pfiff leise durch die Zähne. *Nicht übel!*

Rasch machte er sich zum Ausgehen bereit, eilte, sich misstrauisch umschauend, die Treppe hinab und verließ das Hotel durch den Hinterausgang.

Während er durch einige wenig belebte Seitengassen zum Haus des Jägers Prussak ging, kreisten seine Gedanken ständig um seine hübsche Nichte. Dieses Mädchen war tatsächlich ein paar tausend Taler wert!

Bereits nach wenigen Minuten erreichte er sein Ziel. Er klopfte und sofort öffnete ihm der Jäger.

„Herr Wittemann, wie schön, dass Sie hergefunden haben. Treten Sie ein."

Schnell huschte Wittemann hinein und schloss die Tür, denn er musste vermeiden, mit Prussak gesehen zu werden. Er kannte den Jäger schon einige Zeit, aber immer noch verursachten die schwarzen Augen, der schwarze Bart, der beinahe das gesamte Gesicht verhüllte, und die unzähmbaren schwarzen Locken ein unbehagliches Gefühl in ihm. Diesen Mann durfte er nicht unterschätzen. „Herr Prussak, ich hoffe, dass sich mein Gang zu Ihnen lohnt."

„Wenigstens in dieser Hoffnung sind wir uns einig", erwiderte der Jäger.

„Alles Weitere hängt ganz von Ihren Diensten ab", gab Wittemann zur Antwort und setzte sich in den einzigen Sessel, der in der winzigen Wohnstube Platz fand. „Bisher war ich jedenfalls recht zufrieden mit Ihnen." Er entnahm seiner Börse einige Goldstücke und reichte sie dem Jäger. „Eine Gratifikation für den Platzhirsch – der kurze Ausflug hat sich gelohnt."

Prussak zählte blitzschnell und zuckte dann die Achseln. „Für die Gefahr, in die ich mich begeben habe, ein Hungerlohn."

Wittemann nahm einen tiefen Zug aus seinem Zigarillo. Dieser Mann war nicht bescheiden, obwohl er zugeben musste, dass er tatsächlich einiges für ihn getan hatte. Schließlich hatte er daran mitgewirkt, dass er als Wilddieb ungestört sein Unwesen treiben konnte und hatte ihn sogar teilweise vertreten, wenn er dazu auch nur manchmal einen Schuss in die Luft abgegeben hatte.

In seine Gedanken hinein klang wieder die Stimme des Jägers. „In Ihrer Position könnten Sie mehr für mich tun."

Dieser Mann war gefährlich, aber er musste ihn weiter für seine Ziele ausnutzen. „Das könnte ich sicher", erwiderte er. „Aber sind *Sie* auch bereit, weiter für mich zu arbeiten?"

„Das hängt vom Lohn ab."

„Sie werden zufrieden sein."

„Nein, nicht so. Ich weiß nicht, warum Sie den Oberförster hassen, aber es ist mir nur recht, denn auch ich hasse ihn, und Sie kennen den Grund."

Den kannte er allerdings, schließlich hatte er Prussak kurz nach einem Disput mit Grüning kennengelernt, als der Oberförster seinem Jäger eine längst ausstehende Beförderung brüsk abgelehnt hatte. Damals hatte er gerade entdeckt, dass Grüning Oberförster im Schneeberger Forst war, und hatte daraufhin dem Hochwald einen Besuch abgestattet.

„Grüning wird nicht mehr lange Ihr Vorgesetzter sein, Herr Prussak. Nur soll er erst noch ein Weilchen versuchen, sich zu wehren – Sie verstehen."

Unter dem Bartgestrüpp Prussaks ließ sich ein Grinsen erahnen. „Sie werden Grüning also weiterhin unter Druck setzen?"

„Solange ich hier im Urlaub bin, werde ich das wieder selbst übernehmen. Vielleicht können Sie mir dazu noch einige ertragreiche Stellen im Schneeberger Forst zeigen. Wenn ich dann wieder nach Breslau zurückkehre, muss ich Sie bitten, erneut meine Stelle einzunehmen."

Prussak kratzte sich seinen buschigen Bart. „Das also erwarten Sie von mir. Dann ist es mir bestimmt erlaubt, auch meine Wünsche vorzubringen."

Wittemann fühlte sich unbehaglich. Selbstverständlich würde Prussak eine Gegenleistung verlangen, die nicht eben geringfügig war. „Bitte", sagte er kurz.

„Wenn Grüning aus dem Dienst entfernt wird, werde ich der neue Oberförster", antwortete der Jäger ohne Umschweife.

Wittemann kniff die Lippen zusammen. So etwas hatte er geahnt. Das hatte er nun davon, dass er sich mit solchem Gesindel einließ. „Wie stellen Sie sich das vor? Sie sind ein einfacher Jäger, Sie haben nicht studiert, Ihnen fehlt das nötige Wissen ..."

„Ich werde diesen Posten als Oberförster erhalten, Herr Wittemann. Sonst können Sie unser Geschäft vergessen."

„Es scheint Ihnen entfallen zu sein, Prussak, dass es mir ein Leichtes ist, auch Sie aus dem Dienst zu entfernen."

Doch diese Drohung schien auf den Jäger keinen Eindruck zu machen. Lachend antwortete er: „Herr Wittemann, *Ihnen* scheint entfallen zu sein, dass ich um Ihre Verbrechen weiß. Was hindert mich, gleich, wenn Sie mich verlassen haben, zur Gendarmerie zu gehen?"

Jetzt war es an Wittemann, ein mitleidiges Lachen hören zu lassen. Er durfte sich keine Blöße geben. „Dazu bräuchten Sie einen Zeugen, wenn ich Sie daran erinnern darf."

In diesem Augenblick stand für ihn fest, dass Prussak nie Oberförster werden würde. Jetzt brauchte er ihn noch als Werkzeug gegen Grüning. Doch wenn dieser einmal entfernt war, war auch Prussak überflüssig.

„Sie würden schneller in eine Falle tappen, als Ihnen lieb ist, *Herr Ministerialdirektor*." Es schien dem Jäger Spaß zu machen, die Amtsbezeichnung besonders zu betonen.

„Leeres Geschwätz", konterte Wittemann.

„Fühlen Sie sich nicht zu sicher. Der Herr Oberförster hat bereits Spuren gefunden. Es ist nur ein kleiner Hinweis erforderlich, und der dümmste Gendarm könnte den Wilddieb überführen."

Sollte das stimmen? Oder sprach Prussak nur eine leere Drohung aus? Wie dem auch sei, versprechen konnte er immerhin alles; wie viel er davon einhielt, lag schließlich in seinem Ermessen. Also lenkte er ein: „Herr Prussak, wir wollen nicht streiten und uns auch nicht gegenseitig drohen. Vielleicht ließe sich tatsächlich etwas für Sie tun."

„Nicht *vielleicht*! Ich will die gewisse Zusage, dass ich Oberförster werde, wenn Grüning entlassen ist."

„Und dafür weisen Sie mich im Schneeberger Forst ein und vertreten mich, wenn ich in Breslau sein muss?"

„Wenn ich Oberförster werde – ja."

„Nun gut." Wittemann streckte ihm die Hand entgegen. „Die Sache ist abgemacht."

Doch Prussak schlug nicht ein. „So überrumpeln Sie mich nicht. Ich muss auch leben, bis ich Oberförster werde. Deshalb werden Sie meinen Lohn um monatlich zehn Taler erhöhen."

„Prussak, sind Sie verrückt? Wie soll ich das möglich machen?"

„Und wenn Sie es aus ihrer eigenen Tasche bezahlen, mir ist es gleichgültig. Ich will nicht nur von der Hoffnung auf meine Beförderung leben, ich will auch jetzt schon etwas davon haben."

„Und wenn ich einwillige, stellen Sie gleich noch eine weitere Forderung hinterher, Sie unersättlicher Schuft!" Beinahe bereute Wittemann, diesen Mann engagiert zu haben.

„Sie können ohne Sorge sein. Bewilligen Sie mir die zehn Taler im Monat, dann sollen Sie mit mir vollauf zufrieden sein." Jetzt war es Prussak, der ihm die Hand entgegenstreckte.

Wittemann zögerte einen Augenblick, ehe er einschlug. Ihm gefiel es überhaupt nicht, dass er diesem Jäger so weit nachgab, aber wenn er weiterhin Nutzen von ihm haben wollte, musste er zunächst seine Forderungen erfüllen. „Wann sind Sie bereit, mich zu empfangen, um mir den Forst zu zeigen?"

„In der nächsten Woche habe ich Nachtdienst, sodass ich tagsüber Zeit für Sie habe. Es gibt im Hochwald einen gut versteckten Hochsitz, dort können wir ungesehen zusammentreffen."

„Tagsüber im Hochwald?" Wittemann sah seinen Komplizen kritisch an. „Was, wenn wir dem Oberförster oder den anderen Jägern begegnen?"

„Wir treffen erst am Hochsitz zusammen. Und der liegt in Schulzes Revier, der ohnehin nichts bemerkt, selbst wenn es vor seiner Nase geschieht." Prussak lachte.

Vielleicht war es tatsächlich gut, wenn sie nicht im Dorf zusammentrafen. Ein Treffen des reichen Ministerialdirektors mit dem einfachen Jäger könnte für unangenehmen Gesprächsstoff sorgen. „Es ist gut. Bitte beschreiben Sie mir den Weg."

Sich dieses Mannes zu bedienen, war ein Spiel mit dem Feuer. Aber er hatte das Abenteuer immer geliebt, und er würde auch mit diesem Jäger Prussak fertig werden.

* * *

Tage- und nächtelang marschierte Albert Grüning durch den Hochwald. Täglich kontrollierte er seine Jäger und deren Jagdgehilfen und fand sie stets auf ihren Posten. Nur das eigentliche

Objekt seiner Suche, den Wilddieb, fand er nirgends, nicht einmal eine Spur von ihm. Und doch war er da, denn fast jeden Tag fiel irgendwo ein Schuss, ohne dass aber ein Abgang festgestellt werden konnte. Sollte der Wilderer ein so hundsmiserabler Schütze sein? Das passte doch nicht dazu, dass er es sogar geschafft hatte, den Platzhirsch zu schießen. Irgendetwas stimmte nicht mit diesem Wilddieb.

Soeben saß der Oberförster auf einer Mauerruine der Altenburg, die noch von den letzten Sonnenstrahlen erreicht wurde, und wickelte ein Brot, das Trine ihm eingepackt hatte, aus dem Papier. „Hätte mehr Käse sein können“, murrte er, biss aber mit Behagen hinein.

Rex lag neben ihm im Gras und ließ sich das Fell von der Sonne wärmen. Plötzlich hob er den Kopf und begann leise zu knurren.

Auch Grüning sah auf. Sollte es möglich sein, dass ihm an diesem Ort wieder Rahel von Bredow begegnete? Seitdem sie vor einigen Tagen den Schlüssel ins Forsthaus gebracht hatte, hatte er sie nicht mehr gesehen, obwohl er den ganzen Tag im Hochwald unterwegs war. Zwar war der Wilddieb das Ziel seiner Suche, aber hin und wieder musste er sich eingestehen, dass er auch nach diesem Mädchen Ausschau hielt, an das er immer wieder denken musste, wiewohl er es nicht wollte.

Nun legte Rex den Kopf wieder auf die Vorderpfoten. Es war wohl nur ein Tier in der Nähe gewesen, das er angeknurrt hatte. Enttäuscht kaute Albert Grüning wieder sein Brot. *Sollte vielmehr überlegen, wie ich des Wilddiebs habhaft werde*, wies er sich selbst zurecht.

Dieser Wilddieb gab ihm viele Rätsel auf. Was war das für ein merkwürdiger Jäger, der seine Beutestücke nicht mitnahm? Mal war er eine ungewöhnlich lange Zeit überhaupt nicht tätig, dann fielen gleich mehrere Schüsse in wenigen Tagen. Und wie es dem Wilddieb gelang, trotz aller aufgebotenen Jagdkräfte seine Tätigkeit weiterhin auszuüben ohne entdeckt zu werden, war ihm ebenfalls ein Rätsel. Und wenn er dieses Rätsel nicht binnen kurzer Zeit löste, war er die längste Zeit Oberförster gewesen.

Als Rex erneut zu knurren begann, legte er ihm die Hand auf den Kopf. „Still, Rex. Deine Freundin genießt lieber im Hotelgarten den Sonnenschein, als dass sie in den schattigen Wald kommt."

Doch der Hund ließ sich nicht beruhigen, sondern stellte sich auf die Beine. Alarmiert sah Grüning auf – sollte Rahel von Bredow doch in der Nähe sein? Er spürte, wie sein Herz zu rasen begann. Unwillig über sich selbst schüttelte er den Kopf. Es wäre besser, wenn es irgendjemand anders wäre. Sein Leben war seit dem Auftauchen des Wilddiebs ohnehin durcheinander genug.

Tatsächlich näherten sich Schritte, doch es war kein helles Sommerkleid, in das die nahende Person gekleidet war, sondern die grüne Uniform eines Jägers. Enttäuschung und Erleichterung stritten in ihm um die Oberhand. Grüning hieß Rex schweigen und erhob sich von seinem Mauerrest.

Nun bemerkte ihn auch der Jäger und kam eiligen Schrittes auf ihn zu. „Herr Oberförster, welch glücklicher Zufall, Sie hier zu treffen."

„Hoffe, Sie bringen glückliche Nachricht, Schulze", erwiderte Grüning. „Wohl auf Revisionsgang?"

„Jawohl, Herr Oberförster."

„Gut. – Was bringen Sie? Haben Sie den Wilddieb?"

„Verzeihen Sie, Herr Oberförster, leider nein."

„Ist Ihnen wohl wieder entwischt, wie?"

Schulze fingerte an seinem Gewehrriemen. „Ich habe eine Spur entdeckt."

„Was soll das schon heißen. Wohl wieder der Abdruck genagelter Schuhe? Wären meine Jäger nicht derart unfähig, wäre der Wilddieb längst gefangen!"

Der schmächtige Schulze senkte den Kopf, ohne eine Antwort zu geben. Grüning ging einige Schritte auf und ab, ehe er vor dem Jäger stehen blieb und auf ihn herabsah. „Was also wollen Sie berichten? Kann ja nicht viel sein."

„Ich erlauschte ein Gespräch."

„Ah! Klingt vielversprechend. Wer sprach?"

„Ich weiß es nicht, Herr Oberförster."

„Wie?" Dieser Schulze war aber auch zu dumm! „Sie wollen

mir von einem Gespräch berichten und wissen noch nicht einmal, wer gesprochen hat?"

„Ich – ich vermute", stotterte der Jäger, „dass einer der beiden der Wilddieb war."

Grüning wurde aufmerksam. Sollte dem biederen Schulze ein Erfolg beschieden sein? „Reden Sie! Was wurde gesprochen?"

Schulze zog die Schultern hoch. „Ich habe nicht alles verstanden."

„Himmeldonnerwetter!" Grüning trat gegen einen Stein, dass er ellenweit davonflog. „Schulze! Was soll ich davon halten? Sie erlauschen ein Gespräch, von dem Sie weder den Inhalt noch die beteiligten Personen kennen?"

„Verzeihen Sie, Herr Oberförster. Ich hörte die Stimmen, als ich in meiner dienstfreien Zeit einen zusätzlichen Revisionsgang auf dem Osterfelder Kopf durchführte. Zwei Personen saßen auf dem Hochsitz, und ich schlich mich so nah wie möglich heran, um einige Worte zu erlauschen, ohne aber entdeckt zu werden."

„So. – Sie erkannten die Männer also nicht?"

„Der Hochsitz liegt recht verborgen zwischen den Ästen, Sie kennen ihn doch, wenn Sie von der Jagdhütte ..."

„Schulze!" Am liebsten hätte Grüning den Jäger bei den Schultern gepackt und geschüttelt. „Will präzise wissen, ob Sie die Männer wenigstens beschreiben können!"

„Nein, ich konnte sie gar nicht sehen."

„So."

„Aber es schien mir, als würde der eine dem anderen die Gegebenheiten des Forstes erklären."

„Was soll ich darunter verstehen?"

„Er sprach von den Wildwechseln, die am häufigsten begangen werden. Er kannte auch die Aufteilung der Reviere und welche Wege wir Jäger und unsere Gehilfen nehmen, wenn wir revidieren."

„Und Sie erkannten noch nicht einmal die Stimme?"

„Leider nein. Wegen des Rauschens der Blätter konnte ich nur Bruchstücke verstehen."

„Dann hätten Sie sich näher anschleichen sollen!", polterte

Grüning. Schulze mochte ja ein lieber Mensch sein, aber seine Unbeholfenheit konnte ihn wahnsinnig machen. „Was genau haben Sie mitbekommen?“ Diesem Jäger musste er tatsächlich jede Kleinigkeit einzeln entlocken.

„Es soll in der nächsten Woche in der Morgendämmerung zu einem weiteren Treffen dieser beiden Männer kommen.“

„Der Ort?“

„Ich glaube verstanden zu haben, hier an der Altenburg.“

„Wann?“

„Sie sprachen etwas von Donnerstag. Ich weiß aber nicht, ob es sich bei dieser Tagesangabe um das geplante Treffen handelte, weil ich vorher einiges nicht verstehen konnte.“

Grüning nickte. Das war immerhin eine Aussage, die er brauchen konnte, obwohl sie noch dürftig genug war. „Schulze, wir werden ab morgen jeden Tag zur Zeit der Morgendämmerung die Altenburg bewachen. Falls ihre Tagesangabe nicht korrekt ist, werden wir die Ganoven trotzdem erwischen.“

„Sollten wir nicht Prussak und Kisserow mit hinzunehmen?“

Überlegend ging Grüning auf und ab. Einerseits wäre es bestimmt gut, mehrere Männer zur Hand zu haben, um den Wilddieb und seinen Komplizen zu überwältigen. Aber dann wäre der komplette Forst ohne jede weitere Bewachung – und was wäre, wenn die beiden Schufte den lauschenden Schulze entdeckt hatten und ihn bewusst falsche Pläne erlauschen ließen, um ungestört im ganzen Forst zu wildern?

Außerdem schien einer der beiden Männer sich bestens im Schneeberger Forst und den dienstlichen Gepflogenheiten auszukennen – sollte einer seiner Jäger oder Jagdgehilfen ein schwarzes Schaf sein? Dann könnte die Falle, die er dem Wilddieb stellen wollte, verraten werden. Oder wollte vielleicht gar Schulze selbst ihn auf eine falsche Fährte locken? Aber nein, für solch eine Intrige war der Jäger zu bieder.

Es war besser, den Kreis der Mitwisser möglichst klein zu halten, damit kein Hinweis auf seinen Plan an den Wilddieb und dessen Komplizen kommen konnte.

„Nein, Schulze“, antwortete er schließlich, „werden es allein unternehmen. Kisserow, Prussak und die Jagdgehilfen sollen die Reviere wie immer bewachen. *Sie* allein begleiten mich. Wenn die Schufte tatsächlich erscheinen, haben wir die Überraschung auf unserer Seite und machen sie dingfest."

Schulze nickte. „Wie Sie befehlen, Herr Oberförster."

„Die Altenburg liegt günstig. Gibt nur einen Zugang, die anderen Seiten sichert die Wölfel. Wir zwei sind genug."

„Sehr wohl, Herr Oberförster."

„Gut. Sie kommen morgen früh um drei Uhr in die Oberförsterei. Gehen dann gemeinsam zur Altenburg." Mit einer knappen Handbewegung entließ Grüning den Jäger.

Dann machte er sich auf den Weg zurück zum Forsthaus. Immerhin wusste er nun, dass der Wilddieb nicht allein war, sondern einen Komplizen hatte. Aber die Angaben über das Treffen an der Altenburg waren zu dürftig, um eine todsichere Falle aufzubauen. Zu dumm, dass Schulze nicht mehr gewagt hatte! Nun musste er das Risiko eingehen, dass die beiden Ganoven ihm erneut entwischten – oder dass er selbst und Schulze in Lebensgefahr gerieten.

Kapitel 8

Die Lichtung, auf der die Oberförsterei stand, lag noch im Dunkeln, als Schulze an die Tür klopfte. Grüning beruhigte Rex, der seinen Unmut über die frühe Störung durch wütendes Bellen kundgab, und öffnete.

„Morgen, Schulze." Er setzte die Mütze auf und warf das Gewehr über die Schulter. Als der Hund sich anschickte, ihm hinauszufolgen, wies er ihn zurück. „Musst hierbleiben, Rex. Kennst es doch von den letzten Tagen."

Mit hängendem Schwanz trottete der Hund zurück ins Arbeitszimmer, während Grüning die Haustür hinter sich zuzog.

„Heute ist der besagte Donnerstag, Schulze."

„Sehr wohl, Herr Oberförster."

„Wenn Sie recht gelauscht haben, treffen wir heute auf die Halunken."

Schulze erwiderte nichts. *Sicherlich hat er ein mulmiges Gefühl*, vermutete Grüning. Er selbst hatte keine Angst, er vertraute seinem sorgfältig geladenen Doppelgewehr und seiner sicheren Hand – er hatte noch selten einen Fehlschuss getan. Es wurde nur Zeit, dass dem Wilddieb endlich das Handwerk gelegt wurde, viel zu lange schon sorgte er für Unruhe in seinem Forst und damit in seinem Leben.

Der Oberförster und sein Jäger eilten über heimliche Nebenwege, die nur den Forstbeamten bekannt waren. So kamen sie bereits bei der Altenburg an, als es noch fast dunkel war. Grüning kannte den Platz, der ein perfektes Schussfeld für die Wilddiebe bot. Schließlich hatte er hier oft genug selbst einen guten Schuss getan, die Geweihe und Gehörne an den Wänden seines Arbeitszimmers bewiesen es zur Genüge.

Grüning und Schulze wählten – wie auch an den vergangen Tagen – ein Versteck, von dem aus sie den vermuteten Stand der Wilddiebe einsehen konnten. Überdies hatten sie hier freie Sicht und freies Schussfeld auf den einzigen Weg, der zur Altenburg führte, falls die Ganoven flüchten wollten. Von hier aus konnten sie sogar die alte Holzbrücke sehen, die etwas unterhalb der Burg die Wölfel überquerte, zu der ein Flüchtender aber erst gelangen konnte, nachdem er an ihnen vorbeigeschlüpft war. Noch einmal kontrollierten sie ihre Gewehre, ehe sie sich niederließen, um reglos zu verharren.

* * *

Nur ein feiner Streifen kündigte im Nordosten den nahenden Morgen an, als Hermann Wittemann auf versteckten Jägerpfaden, die Prussak ihm gewiesen hatte, in den Hochwald hinaufstieg. Den grünen Hut hatte er tief in die Stirn gezogen, damit man ihn nicht erkannte, falls ihm trotz der frühen Morgenstunde jemand begegnen sollte.

Immer wieder sah er auf seine Uhr und steckte sie dann erfolglos wieder ein, da es noch zu dunkel war, um sie lesen zu können. Hoffentlich war Prussak pünktlich! Und hoffentlich lief ihnen ein ordentliches Stück Wild vor die Flinte. Prussak hatte versprochen, dass die Altenburg ein ertragreicher Ort sei, weil die Lichtung eine saftige Wiese zum Äsen bot und die Wölfel dort das Getränk zur Morgenmahlzeit lieferte.

Mit vor Erregung zitternden Fingern zündete Wittemann sich ein Zigarillo an. Das Jagdfieber hatte ihn wieder einmal gepackt. Er liebte dieses Kribbeln in sich, wenn er auf die Jagd ging. Ihm fehlte nur noch das Gewehr über der Schulter, aber das würde Prussak ihm mitbringen. Er hatte es von dem Jäger in einer Jagdhütte unterbringen lassen, um nicht auf offener Straße mit der Waffe gesehen zu werden.

Mühsam suchte sich Wittemann seinen Weg über die dunklen Waldpfade. Gut, dass er mit Prussak die Strecke schon einmal abgegangen war, sonst hätte er sich hoffnungslos verirrt. So aber sah er bald im ersten Morgenlicht die alte Holzbrücke, die unterhalb der Altenburg über die Wölfel führte, als schwarzen Umriss zu seiner Linken liegen.

Sich immer im Schatten der Bäume haltend, wohin noch

kein Licht des erwachenden Tages drang, pirschte er zu dem vereinbarten Treffpunkt unter der hohen Wettertanne neben den Resten der Ringmauer der Altenburg. Erst im letzten Augenblick gewahrte er die dunkle Gestalt und sprang rasch einen Schritt zurück.

„Sie scheinen ungeheure Angst vor einer Entdeckung zu haben.“ Prussak ließ ein leises Lachen hören.

Wittemann atmete erleichtert aus und trat zu dem Jäger unter die Tanne. „Sie sollten in meiner Haut stecken, Prussak! Hätte der Oberförster hier gestanden, erginge es mir schlecht.“

„Der Oberförster!“ Prussak lachte. „Der liegt in seinem warmen Federbett und denkt noch nicht ans Aufstehen. Nur wir Jäger müssen mitten in der Nacht unsere Reviere revidieren – seltsamerweise verdient er aber einen Haufen mehr Geld als wir.“

„Seien Sie still, ich will jetzt nicht über Ihre Gehaltsvorstellungen diskutieren. Haben Sie mein Gewehr?“

Prussak reichte ihm die Waffe. „Waidmannsheil!“

„Waidmannsdank“, erwiderte Wittemann und griff nach der Waffe wie der Ertrinkende nach einem Rettungsring. Liebevoll strich er mit den Fingern über den kalten Stahl des Laufs, der in der Dämmerung matt schimmerte. Endlich hatte er wieder ein Gewehr in der Hand, lange genug hatte er darauf verzichten müssen. „Kommen Sie, suchen wir den Stand auf, den Sie mir gezeigt haben.“

„Erst die Masken.“ Prussak zog zwei schwarze Sturmhauben hervor und reichte Wittemann eine herüber. „So sind wir gegen Erkennen geschützt.“

Rasch zogen sich die beiden Männer die Masken über den Kopf, dass nur noch die Augen zu sehen waren. Dann huschten sie lautlos unter den Bäumen dahin, bis sie einen Platz erreichten, von dem aus sie die ganze Lichtung der Altenburg übersehen und auch die Stelle, wo das Wild an der Wölfel zu trinken pflegte, beobachten konnten.

Sie ließen sich nieder und Wittemann lud rasch seine Waffe. Jetzt zitterten seine Finger nicht mehr, das Gewehr in seiner Hand gab ihm ein Gefühl der Sicherheit. Nun hieß es in absoluter

Stille warten und hoffen, dass ihnen ein kapitales Tier vor den Lauf kam.

* * *

Auf leisen Sohlen zog die Dämmerung in den Hochwald ein und ließ die grauen Mauern der Altenburg aus dem Schleier der Dunkelheit treten. Ringsumher erwachten die Vögel und belebten mit ihrem Gesang den schlafenden Wald. Grüning wollte sich eben in die Betrachtung des erwachenden Morgens verlieren, als er plötzlich von Schulze in die Seite gestoßen wurde.

„Herr Oberförster!"

Grüning schrak auf und versuchte die Dämmerung zu durchdringen. Zuerst konnte er nichts erkennen, doch dann wies ihm das feine Rascheln des Laubes die richtige Blickrichtung. Zwar hoben sich die beiden Gestalten kaum von den Stämmen ab, doch die Bewegung verriet sie den aufmerksamen Augen der Forstbeamten.

„Kein Laut!", zischte Grüning und duckte seinen Kopf noch tiefer zwischen die Farne, die den Waldboden bedeckten.

Es lief alles nach Plan. Unter den Bäumen am Rand der Lichtung schlichen die beiden entlang, um dann genau den Platz einzunehmen, den Grüning vermutet hatte. Nun waren sie etwa siebzig Ellen von ihnen entfernt, doch er vermochte sie zwischen dem Unterholz kaum noch auszumachen.

„Wollen wir sie fangen?", wisperte Schulze.

„Wohl verrückt?", fauchte Grüning zurück. „Noch haben sie nichts getan. Müssen sie in flagranti erwischen."

„Und wenn kein Wild erscheint?"

„Muss einfach!" An die Möglichkeit, dass sie vergeblich warteten, mochte Grüning gar nicht denken. Welchen Grund sollte er dann haben, die beiden Männer zu arretieren? Eine Gelegenheit wie die heutige würde sich so schnell nicht wieder ergeben.

Grüning nahm die Mütze ab und schob den Kopf Linie für Linie in die Höhe. Dabei war er froh, dass sein Haar nur an den Schläfen ein wenig ergraut war, denn sein braunes Haar würde sich nicht von der Umgebung abheben.

Trotzdem vermochte er kaum etwas von den beiden Männern zu erkennen, und weiter wagte er den Kopf nicht zu heben. Er konnte nur erkennen, dass einer der beiden von gedrungener Gestalt war, was ihn an die Person erinnerte, die er schon einmal erfolglos verfolgt hatte. Der andere war größer und kräftiger. Aber mehr war wegen der Dämmerung nicht zu erkennen.

Grüning spürte, wie die morgendliche Kälte aus dem feuchten Untergrund durch den Stoff seiner Uniform drang. Gleichzeitig drückte ihn eine Wurzel, auf der er mit dem Bauch lag. Aber er wollte keine andere Position einnehmen, um sich nicht durch ein Rascheln oder das Bewegen von Zweigen zu verraten. Vorsichtig schielte er zu Schulze hinüber. Hoffentlich würde der ungeschickte Jäger nicht die Nerven verlieren. Doch auch er lag still wie ein Baumstamm und ließ nur seine Blicke zwischen der Lichtung und den Wilderern hin- und herschweifen.

Die Minuten schienen sich zu Stunden zu dehnen. Das Licht der Morgensonne kämpfte sich immer höher in den Hochwald hinauf und versuchte die Dämmerung zu vertreiben. Zwischen den Stämmen war dieser Kampf noch vergeblich, hier behauptete die Nacht noch ihr Revier, doch die Spitze des Burgfrieds erglänzte bereits golden im ersten Sonnenlicht.

Grüning zog sachte seine Uhr hervor und ließ sie geräuschlos aufspringen. Wenn nicht bald ein Stück Wild die Bühne betreten würde, wäre die günstige Zeit vorüber und alles Warten umsonst.

Plötzlich raschelte es im Unterholz. Ruckartig fuhren die Köpfe der beiden Forstbeamten ein Stück in die Höhe. Grüning umklammerte den Lauf seiner Büchse, dass die Knöchel unter seiner gebräunten Haut weiß hervortraten. Sollte der entscheidende Augenblick gekommen sein?

Gebannt starrte er zum Waldrand, wo das verräterische Knacken von Ästen zu hören war. Die Kälte des frühen Morgens war vergessen, ihm trat sogar Schweiß auf die Stirn.

Und dann teilte sich das Unterholz, und vorsichtig sichernd, sich aber seiner Majestät bewusst seiend, trat ein mächtiger Hirsch auf die Lichtung.

„Verflixt! Hätte auch ein kleinerer Hirsch sein können!“, zischte Grüning.

Am liebsten hätte er die Wilderer am Schuss gehindert, denn es war ein gewaltiges Tier, das gerade ein prächtiges Geweih ausbildete. Nur ungern würde er dessen Abgang verzeichnen. Doch er musste die Wilderer auf frischer Tat stellen, sonst konnten sie sich als harmlose Waldspaziergänger ausgeben und entgingen ihrer verdienten Strafe. Also wartete er zähneknirschend ab, was geschehen würde. Immerhin konnten die Wilderer auch einen Fehlschuss tun.

Der Hirsch hatte das Gehölz nun vollständig verlassen, hob witternd den Kopf und sah sich vorsichtig um. Das Geweih war noch nicht vollständig ausgewachsen und vom Bast umgeben, trotzdem konnte Grüning erkennen, dass er einen auffälligen Kopfschmuck produzierte. Es wäre tatsächlich sehr schade um dieses Tier. Doch wenn dies der Preis war, um die Wilderer zu fangen, musste er ihn bezahlen.

Noch stand der Hirsch so, dass nur schwierig ein guter Schuss anzubringen war. Doch jetzt drehte er sich etwas, um zum Fluss zu gehen, wo er wohl seinen morgendlichen Durst stillen wollte. Gemächlichen Schrittes ging er genau auf die Stelle zu, wo die Wilderer unter den Bäumen lagen und sicherlich die Büchsen im Anschlag hielten.

Grüning hielt den Atem an. Jeden Augenblick musste der Schuss fallen, der für ihn und Schulze das Signal war, die beiden Delinquenten zu arretieren.

Alle Muskeln hatte Grüning angespannt, um sogleich aufspringen zu können. Seine Faust umklammerte das Gewehr. Wann wollten sie denn endlich schießen? Wenn der Hirsch zum Wasser abbog, war es zu spät, um einen platzierten Schuss anzubringen. Worauf warteten sie also noch?

Jetzt wäre der günstigste Moment, denn der Hirsch blieb stehen und verhoffte. Hatte er bemerkt, dass ihm aufgelauert wurde? Dann würde er augenblicklich mit einem einzigen eleganten Sprung im Dickicht verschwinden und die Möglichkeit, den Wilddieb zu fangen, wäre dahin.

Wie ein Kanonendonner zerriss ein Schuss die Morgenstille

und ließ die Vögel verstummen. Dem Hirsch blieb keine Zeit mehr, den eleganten Sprung zu tun. Der Knall des Schusses rollte noch zwischen den Abhängen des Schneegebirges, als er schon zusammenbrach. Der Schütze musste direkt aufs Blatt gezielt und getroffen haben. Ein meisterlicher Schuss.

Da wurden von der Stelle, wo die Wilderer gelauert hatten, Stimmen laut, und zwei Männer, mit Sturmhauben getarnt, traten auf die Lichtung.

Nun sprang auch Grüning auf. Mit einem Satz war er auf der Lichtung. Er hörte, wie Schulze ihm folgte.

„Halt, stehen bleiben!“, donnerte Grüning.

Das Gewehr im Anschlag musterte er die Männer. Wer verbarg sich hinter den Masken? Als er eine rasche Bewegung des Größeren wahrnahm, ließ er sich blitzschnell in das hohe Gras fallen. Er griff nach Schulze, um ihn mit sich zu ziehen, doch er bekam nur dessen Uniformzipfel zu fassen.

„Runter!“, schrie er, doch das Wort wurde vom Hall des Schusses übertönt.

Schulze knickte langsam in den Knien ein, die Augen starr und weit aufgerissen. Er griff sich mit den Händen an die Brust, wo sich auf dem grünen Uniformrock ein roter Fleck bildete, dann sackte er zur Seite und blieb reglos liegen.

Aus den Augenwinkeln sah Grüning, dass die beiden Ganoven zum Waldrand sprangen. Fassungslos starrte er auf den neben ihm liegenden Jäger. Wie schwer es Schulze erwischt hatte, konnte er nicht feststellen, da er kaum den Kopf zu heben wagte.

Niemals hätte er damit gerechnet, dass ein Wilddieb mit solcher Kaltblütigkeit auf einen Menschen schießen würde. Er hatte selbst den Finger am Abzug gehabt, als er sah, dass der Wilderer die Waffe hob, aber ehe er schoss, hatte er lieber durch das Hinwerfen Schutz gesucht. Es war doch ein großer Unterschied, auf einen Hirsch zu schießen oder auf einen Menschen – selbst dann, wenn man schon an etlichen Gefechten teilgenommen hatte.

Und jetzt saßen die beiden Männer in sicherer Deckung und

konnten ruhig abwarten, was er tun würde. Zudem gab es noch den unterirdischen Gang am Turm der Altenburg, der für die Verbrecher der perfekte Rückzugsort war, weil sie von dort die Lichtung überblicken konnten, selbst aber wie in einem Schützengraben geschützt waren.

Dennoch war es für die Wilderer äußerst schwierig zu entkommen, da die Wölfel rund um die Altenburg einen Bogen machte, sodass sie jedenfalls an ihm vorüber mussten, um den Ort zu verlassen. Doch einen Fluchtversuch mussten sie bald unternehmen, da die Schüsse sicherlich seine Jäger und Jagdgehilfen alarmiert hatten.

Und er würde alles daran setzen, dass die Wilddiebe nicht entkommen konnten, um sie dann mit Hilfe seiner Untergebenen zu fangen. Dazu musste er sich nur einen geeigneteren und sichereren Platz unter den schützenden Bäumen suchen.

Schulze konnte er unter diesen Umständen nicht helfen ohne selbst zur Zielscheibe zu werden, also begann er, sich Zoll um Zoll durch das Gras der Lichtung zum Waldrand hinüberzuschieben. Dabei könnte ihn die Bewegung des Grases verraten – und wie kaltblütig er dann abgeschossen würde, hatte er eben erlebt. Doch er hatte keine Wahl und so robbte er weiter auf das rettende Dickicht zu.

Gleichzeitig hielt er die Ohren offen, um die Schritte der beiden Männer zu hören, falls sie sich an ihm vorüberschleichen wollten. Aber offenbar wagten sie es nicht, weil sie nun selbst damit rechnen mussten, dass Grüning unvermittelt schießen würde, sollte er sie vor die Büchse bekommen – und dazu war er in der Tat fest entschlossen.

* * *

„Sie Dummkopf!“, schimpfte Wittemann verhalten, als sie die Bäume erreicht hatten. „Was fällt Ihnen ein! Jetzt werden wir nicht mehr lebend hier herauskommen!“

Prussak warf die noch rauchende Büchse über die Schulter. „Es gibt hier ein sicheres Versteck. Kommen Sie mit.“

Eilig lief er unter dem Schatten der Bäume voraus, und Wittemann folgte ihm, sah aber immer wieder zur Lichtung hinüber, jederzeit einen Schuss des Oberförsters erwartend. Doch offenbar war dieser noch zu überrascht von dem plötzlichen Angriff oder er konnte sie hier zwischen den Bäumen nicht wahrnehmen.

„Warum haben Sie das getan?" Wittemann kochte vor Wut.

„Es war der schnellste Weg, uns vor Entdeckung zu schützen", gab Prussak über die Schulter zurück. „Oder wollten Sie gerne vom Oberförster erkannt werden?"

„Jedenfalls will ich nicht von ihm erschossen werden. Er wird kein Pardon mehr kennen."

„Dafür lassen Sie mich sorgen. Überhaupt zu dumm, dass ich den Falschen getroffen habe."

„Denken Sie an unsere Abmachung! Grüning soll noch nicht sterben!"

„Wenn es nach mir ginge, wäre es schon geschehen! Aber Grüning hat sich schneller hingeworfen, als ich abdrücken konnte."

Mit vor Wut geballten Fäusten folgte Wittemann dem Jäger, und bald waren sie nahe am Burgfried der Altenburg angekommen. Prussak blieb unter einer weit ausladenden Kiefer stehen und wies auf den Turm.

„Es gibt hier ein unterirdisches Verlies, das durch einen Gang zu erreichen ist. Der Eingang liegt dort vorne auf dem Hügel und bietet uns ausreichend Schutz und beste Möglichkeit zur Verteidigung. Kommen Sie."

Prussak huschte voran und verschwand etwa vierzig Ellen vor dem Burgfried in einem Gebüsch. Dies schien der Einstieg zu dem Gang zu sein.

Es blieb Wittemann nichts anderes übrig, als ihm zu folgen, obwohl er sich am liebsten auf eigene Faust davongemacht hätte. Aber er wusste, dass er dazu die Schusslinie Grünings durchqueren musste, und der Oberförster würde ganz sicher nicht zögern, ohne Vorwarnung auf ihn zu schießen. Nach einem prüfenden Blick über die Lichtung, bei dem er Grüning nirgendwo entdecken konnte, huschte er nun ebenfalls ins Gebüsch.

Prussak grinste ihm entgegen. „Ein perfektes Versteck."

„Mir wäre lieber, wir kämen ohne ein solches Versteck aus."

„Was wollen Sie denn? Sich etwa widerstandslos festnehmen lassen?"

„Es gab genug andere Möglichkeiten als einen Mord! Wir hätten uns hinfallen lassen sollen! In dem hohen Gras wären wir sofort unsichtbar gewesen."

„Und dann? Er hätte uns ordnungsgemäß ein zweites Mal angerufen und uns dann abgeschossen wie die Kaninchen. Glauben Sie mir, ich kenne die Regeln."

Wittemann sah sich in dem Versteck um. Dieses war tatsächlich perfekt gewählt. Da es auf einem kleinen Hügel lag, konnten sie durch die Büsche die gesamte Lichtung übersehen, waren aber gegen Angriffe hervorragend geschützt, weil sie sich bis zu den Schultern im Erdreich befanden. Hinter ihnen begann ein finsterer Gang, dessen Ende Wittemann nicht zu sehen vermochte.

„Der Gang ist etwa fünfzig Ellen lang", sagte Prussak, der seine beobachtenden Blicke offenbar bemerkt hatte. „Dann kommen Sie an eine eiserne Tür, die in das Verlies führt."

Wittemann nickte. Dieses Verlies interessierte ihn wenig, ihm war es vielmehr darum zu tun, mit heiler Haut und möglichst unerkannt diesen Platz zu verlassen. Er schob den Kopf vorsichtig ins Gebüsch und sah über die Lichtung, die ausgestorben und leer vor ihm lag. Nur das Geweih des geschossenen Hirsches ragte ein wenig aus dem Gras, aber weder der erschossene Jäger noch der Oberförster waren zu sehen.

Aus dem Augenwinkel bemerkte Wittemann, wie Prussak sein Gewehr neu lud. „Ich will nicht, dass Sie auch den Oberförster erschießen."

„Möchten Sie lieber von ihm erschossen werden?", gab Prussak kalt zurück.

„Grüning wird uns nicht ewig auflauern. Früher oder später wird er glauben, es sei uns gelungen, an ihm vorbeizuschleichen. Und spätestens in der Dunkelheit wird uns genau dieses gelingen."

Prussak ließ ein hartes Auflachen hören. „Wollen Sie den ganzen Tag hier verbringen? Die Sonne ist gerade aufgegangen, und Sie reden von der Dunkelheit? Außerdem wird Grüning in Kürze

Unterstützung von meinen Kollegen erhalten, dann ist es um uns geschehen."

„Pah! Es mag ja sein, dass einige Jäger durch die Schüsse angelockt werden, aber wie wollen sie uns hier fangen? Wir sind bewaffnet, haben Munition und sind hervorragend gedeckt. Spätestens in der Dunkelheit schleichen wir uns davon."

„So lange kann und will ich nicht warten."

„Hören Sie zu, Prussak: Ich hasse Grüning wahrscheinlich noch mehr als Sie. Und ich stimme Ihnen zu, dass er sterben muss, aber noch nicht jetzt und nicht so leicht."

„Und darüber gehen wir selber drauf."

Wittemann schüttelte den Kopf. „Grüning lauert uns auf, da gebe ich Ihnen Recht. Und Grüning wird auch Verstärkung erhalten, sehr wohl. Aber er wird sich auch um Schulze kümmern wollen, denn wer weiß, ob dieser überhaupt tot ist – vielleicht ist er nur verletzt. Also kann sich Grüning nicht auf eine lange Belagerung einlassen, wenn er nicht das Leben seines Jägers riskieren will."

„Sie glauben doch nicht, dass er uns laufen lassen wird, nur um Schulze zu retten? Da kennen Sie den Oberförster schlecht!"

„Dummkopf! So gut kenne ich ihn auch! Aber die Rettungsaktion wird die Aufmerksamkeit der Männer in Anspruch nehmen und gibt uns Gelegenheit zu entkommen. Schließlich müssen sie den Verletzten aus unserem Schussfeld retten."

„Aber Sie steigen zuerst aus dem Gang. Ich habe keine Lust, auf mich ein Scheibenschießen veranstalten zu lassen."

„Sie sind ein Feigling, Prussak."

Von nun an schwiegen sie beide und beobachteten mit gespannter Aufmerksamkeit die vor ihnen liegende Lichtung. Prussak hatte den Lauf seiner Büchse in das Gebüsch geschoben, während Wittemann sein Gewehr neben sich gelehnt hatte.

Grüning würde sich hüten, sich ihnen zu nähern, weil sie ihn dann ohne weiteres abschießen konnten. Da half ihm auch die Unterstützung durch seine Jäger nicht, weil sie ihnen immer ein Ziel bieten würden. Blieb also die Frage, wo Grüning war. Irgendwo musste er sich unter den Bäumen versteckt haben und nun die Lichtung beobachten.

Langsam krochen die Minuten dahin. Die Sonne war inzwischen vollends aufgegangen und übergoss die Lichtung mit ihrem rötlichen Morgenlicht. Aber für Wittemann stand zu viel auf dem Spiel, als dass er den Sonnenaufgang im Hochwald hätte genießen können.

Mit der Angst um sein Leben und seine Stellung ging jedoch auch die Freude am Abenteuer einher. Er genoss das prickelnde Gefühl, das die Gefahr in ihm entfachte, und er liebte die Herausforderung, diese Gefahr zu überwinden. Solange nur Prussak ihm keinen Strich durch die Rechnung machte! Mit Sorge betrachtete er das Gewehr in dessen Hand. Mit diesem Mann war nicht zu spaßen!

Überhaupt stellte er sich die Frage, auf welcher Seite Prussak stand. Wieso hatte Grüning hier auf der Lauer gelegen? Woher konnte er Uhrzeit und Ort wissen, wenn nicht von Prussak? Konnte es nicht sein, dass dies alles ein ausgeklügeltes Theater war, um ihn zu fangen? Hatte Prussak sich in sein Vertrauen geschlichen, um ihn nun ans Messer zu liefern? Womit konnte er sich schließlich besser eine Beförderung, vielleicht sogar einen Orden verdienen? Dann wäre der Schuss auf Schulze nur eine Finte gewesen, und Prussak hätte ihn in eine Falle gelockt, aus der es kein Entrinnen gab. Aber hätte Prussak es dann nicht auch einfacher haben können? Läge er dann nicht längst gefesselt auf dem Waldboden?

Ehe Wittemann diese Überlegungen weiterspinnen konnte, erregte drüben am Waldrand etwas seine Aufmerksamkeit. Dort war eine Bewegung zu sehen gewesen, zwar nur leicht, aber er hatte sie doch wahrgenommen. Scharf sah er hinüber. Wenn der Oberförster tatsächlich unbemerkt dort drüben den Waldrand erreicht hatte, dann hatte er sich allerdings mit meisterhafter Tarnung von der Wiese zurückgezogen.

Ein kurzes Aufblitzen bestätigte Wittemann, dass er richtig gesehen hatte: der Lauf eines Gewehres, der hinter dem dicken Stamm einer Eiche hervorlugte. Jetzt schob sich auch die Mütze einer Jägeruniform langsam hinter dem Stamm hervor.

Also doch. Dieser Albert Grüning war zäh. Er kümmerte sich nicht um den angeschossenen Jäger, er spekulierte auch nicht darauf, dass seine Feinde ihm entwischt waren, sondern er wollte sie in der Falle halten und unschädlich machen.

Wittemann atmete tief durch. Würde sich Grüning nicht anders verhalten, wenn Prussak ihn in diese Falle gelockt hätte? Und wären dann die anderen Jäger nicht längst zur Stelle? Doch Prussak war ein durchtriebener Mensch. Ihm wäre auch jetzt noch alles zuzutrauen.

Ob Prussak ihren Feind auch entdeckt hatte? Jedenfalls ließ er sich nichts anmerken. Er hielt die Waffe noch wie zuvor schussbereit, aber Wittemann konnte nicht feststellen, dass er die Stelle, wo Grüning hinter der Eiche stand, unter besonderer Beobachtung hatte. Vielleicht war der Oberförster seiner Aufmerksamkeit entgangen. Oder aber er hatte sich gut im Griff und ließ ihn nicht merken, was er vorhatte. Er musste also auch Prussak im Auge behalten, damit dieser nicht abermals eine Dummheit beging – oder ihn doch noch an Grüning verriet.

Wieder zogen sich die Minuten unendlich. Wittemanns Nerven waren zum Zerreißen gespannt. Sollte Prussak etwas Unüberlegtes tun oder gar Verrat üben wollen, musste er dies verhindern, ohne die Blicke des Oberförsters auf sich zu ziehen. Mittlerweile bereute er, dass er sein Gewehr nach dem Schuss auf den Hirsch nicht wieder geladen hatte – wenn er es jetzt täte, würde er nur unnötig Prussaks Argwohn wecken.

Täuschte er sich, oder fasste der Mann neben ihm die Waffe fester? Richtete er seinen Blick schärfer in die Richtung, wo Grüning stand? Hatte er ihn auch entdeckt und lauerte auf eine Gelegenheit zum Schuss, wartete nur darauf, dass der Oberförster etwas hinter dem Stamm hervorkam oder seinen Standort wechselte?

Eigentlich wäre es um Albert Grüning nicht schade, aber so leichten Kaufs sollte er ihm nicht davonkommen. Schließlich litten er und sein Sohn auch ihr Leben lang unter der Gemeinheit Grünings. Und er hatte sich nicht diesen hervorragenden Plan ausgedacht, Grüning Stück für Stück auszuschalten, nur um sich diesen Plan von einem jähzornigen Prussak zerstören zu lassen.

Aber Grüning schien sich keine Blöße geben zu wollen. Offenbar vermutete er sie hier im Eingang des unterirdischen Ganges, denn er stand so hinter dem Baum, dass er von hier aus nur zu erahnen war. Und wenn es ihm gefiel, den ganzen Tag dort stehen zu bleiben, saßen sie stundenlang in diesem engen Loch fest.

Gerade wollte er sich auf diese unangenehme Aussicht einstellen, als Prussak blitzschnell die Waffe hochriss und dabei einen lauten Schrei ausstieß.

Ruckartig brachte auch Grüning sein Gewehr in Anschlag – und trat dabei nur einen winzigen Schritt zur Seite. Vielleicht war es ein Reflex, vielleicht wollte er bessere Sicht haben – jedenfalls nutzte Prussak diesen Schritt aus.

Wittemann sprang vor und wollte ihm das Gewehr wegschlagen, doch es war zu spät. Laut krachte der Schuss und hallte als Echo im Gebirge wider. Die Gestalt drüben am Waldrand war verschwunden.

„Sie Schwachkopf!“, schrie Wittemann mit sich überschlagender Stimme.

Der Jäger zuckte nur die Achseln. „Ich möchte heute noch nach Hause kommen.“

„Mensch, wissen Sie, was Sie getan haben? Wenn Sie sich nicht nach meinen Anweisungen richten, brauchen Sie nicht zu erwarten, dass ich Sie zum Oberförster mache!“ Das abgeschossene Gewehr Prussaks gab ihm den Mut, ihn so anzufahren, sonst hätte er befürchten müssen, dass ihm das gleiche Schicksal blühte wie den beiden Forstbeamten.

Doch Prussak nahm die Drohung offenbar nicht ernst. „Sie werden schon müssen. Ich weiß genug über Sie.“

Wittemann deutete mit dem Arm auf die Lichtung. „Und ich viel mehr über Sie.“

„Das lassen Sie nur meine Sorge sein.“ Prussak lachte. „Wir sollten jetzt diesen Ort verlassen. Die anderen Jäger können jeden Augenblick eintreffen.“

Wittemann schluckte seinen Ärger hinunter. „Sind Sie sicher, dass Sie Grüning getroffen haben?“

„Ganz sicher. Ich sah ihn stürzen.“

„Wenn Sie so sicher sind – steigen Sie zuerst hinaus.“ Er traute Prussak nicht, und wer wusste schon, ob Grüning sich nicht nur hatte fallen lassen, ohne wirklich verletzt zu sein. Diesem ausgefuchsten Oberförster war jede Finte zuzutrauen.

Prussak sah ihn mit einem verächtlichen Blick an und schwang sich dann aus dem Schacht. Er schien sich seiner Sache sicher zu sein, denn er suchte keinerlei Deckung, sondern strebte unverzüglich dem verborgenen Jägerpfad zu, über den sie heute Morgen gekommen waren.

Wittemann zögerte. Konnte er Prussak wirklich trauen? Wenn er doch gemeinsame Sache mit Grüning machte, war es selbstverständlich, dass nicht auf ihn geschossen wurde. Dann würde er jetzt das Opfer sein.

Aber schließlich konnte er nicht endlos in dem Versteck hocken und auf die Verstärkung für den Oberförster warten. Mit rasendem Herzen wagte er sich aus der Deckung und folgte Prussak mit eiligen Schritten. Jederzeit erwartete er den tödlichen Schuss, doch nichts geschah.

Unbeschadet erreichte er den Jäger und übergab ihm sein Gewehr und die Sturmhaube. Er meinte, Prussak müsse den Stein auf den Boden plumpsen hören, der ihm vom Herzen fiel.

„Nichts für ungut, Prussak." Er bemühte sich freundlich zu sprechen, denn schließlich durfte er es sich nicht mit dem Jäger verderben. „Ich werde sehen, was ich für Sie tun kann, nachdem nun offenbar die Stelle des Oberförsters freigeworden ist."

Der Jäger antwortete nichts. Er warf sich nur die Gewehre über die Schulter, zog die Maske ab und verschwand im Wald.

Kapitel 9

Sie hatte das Körbchen aus dem Forsthaus über den rechten Arm gehängt und stieg mit raschen Schritten, soweit ihr langes Kleid dies zuließ, in den Hochwald hinauf.

Es war noch früh am Tag, und im Hotel *Zum gelben Dragoner* schlief noch alles. Aber da Rahel die Läden für gewöhnlich nicht schloss, hatten die ersten Strahlen der Morgensonne sie bereits aus dem Schlaf geweckt. Was lag da näher, als vor dem Frühstück einen Gang durch den erwachenden Hochwald zu tun? Und da sie ohnehin das Körbchen im Forsthaus abgeben musste, lenkte sie ihre Schritte in diese Richtung.

Tief sog sie die nach Harz duftende Waldluft in ihre Lungen und dachte schon mit Wehmut daran, dass sie über kurz oder lang wieder in Breslau die verqualmte und verstaubte Stadtluft würde atmen müssen. Aber glücklicherweise war von der Heimreise noch nicht die Rede, da ihre Mutter noch weiter der Erholung bedurfte.

Bald schon sah sie die Mauern des Forsthauses durch die Stämme leuchten. Sie blieb einen Augenblick stehen und presste die Hand auf ihr hämmerndes Herz. Sie war schnell gegangen und ein wenig außer Atem geraten, aber Rahel war ehrlich genug zu sich selbst, um zu erkennen, dass nicht nur der schnelle Gang ihren Herzschlag beschleunigt hatte.

Dieser *einsame Sonderling aus dem Hochwald* hatte sie irgendwie vom ersten Augenblick an, als sie ihn auf dem Turm getroffen hatte, fasziniert. Einem Mann wie diesem war sie in ihrem Leben noch nicht begegnet. Sie kannte nur die jungen und älteren Herren der Gesellschaft, die nichts anderes als Süßholz raspelten und sie mit ihren Schmeicheleien überschütteten. Zwar fand sie die knappe, unfreundliche Art des Oberförsters nicht eben angenehm, doch sie glaubte, dass hinter dieser rauen Fassade ein ganz anderer Mensch steckte. Und diesen Menschen hinter der Fassade wollte sie gern kennenlernen – den Oberförster Grüning, den wahrscheinlich niemand kannte. Ob es ihr gelingen würde, ihn aus seiner düsteren Stimmung zu reißen?

Sie war sich bewusst, dass sie dies nicht allein konnte, deshalb betete sie jeden Tag zu ihrem himmlischen Vater für diesen einsamen und – wie sie vermutete – unglücklichen Mann. Sie war nur ein unerfahrenes Mädchen, er aber ein gereifter Mann mittleren Alters. Obwohl er so unzugänglich war, hatte sie doch den Eindruck, dass sie mit Herzlichkeit durch seine harte Schale dringen und ihm freundliche Empfindungen entlocken könnte. Aber sicher würde er trotzdem bemüht sein, alle Gefühle hinter seiner Maske zu verbergen. Was es nur war, das ihn zu dem Mann gemacht hatte, der er war? Sie konnte sich kaum denken, dass er schon zeit seines Lebens dieser grantige Mann war, sondern sie war überzeugt, dass irgendein furchtbares Erlebnis ihn verändert hatte.

Doch jetzt schüttelte sie ihre Gedanken ab und legte entschlossen die letzten Schritte zur Oberförsterei zurück. Wie bei ihrem ersten Besuch stand das Haus verschlafen unter den hohen Wettertannen. Auf dem Dachfirst spazierte gurrend eine Taube umher und aus dem Schornstein kringelte sich eine dünne Rauchfahne – sonst war alles still.

Doch die Stille wurde jäh von dem Hall eines Schusses zerrissen. Lauschend blieb Rahel stehen. Aufgrund des Echos zwischen den Bergen war es ihr unmöglich, die Richtung festzustellen, aus der der Schuss kam. Noch nie hatte sie darüber nachgedacht, dass im Wald auch gejagt wurde. War das nicht gefährlich für Wanderer wie sie? Und durfte jetzt überhaupt geschossen werden oder war nicht gerade so etwas wie Schonzeit? Zu dumm, dass sie sich so wenig damit auskannte! Sie musste den Oberförster unbedingt danach fragen.

Als sie weiterging und sich der Haustür näherte, wurde ihr Schritt immer zögerlicher. Ehe sie die Hand hob und klopfte, atmete sie noch einmal tief ein. Der Geschmack der würzigen Waldluft gab ihr Kraft, und sie ließ ihre Finger gegen das Holz der Tür pochen.

Schon glaubte sie, Trine habe das zaghafte Geräusch nicht vernommen, doch dann wurde die Tür geöffnet und das runde

Gesicht lachte ihr entgegen. „Oh, das gnädige Fräulein! Und schon so früh am Tag! Konnten Sie etwa nicht schlafen?"

Rahel lachte. „Nein, die gute Luft lässt mich wunderbar schlafen, aber der Sonnenschein lockte mich hinaus. Ich störe doch hoffentlich den Herrn Oberförster nicht in seinem Morgenschlummer?"

„Aber wo denken Sie hin! Der Herr Oberförster hat bereits vor Sonnenaufgang das Haus verlassen", antwortete Trine und sah auf das Körbchen hinab. „Aber sagen Sie: Haben Sie sich nur wegen des Körbchens den weiten Weg heraufbemüht? Das wäre doch nicht nötig gewesen!"

Rahel wusste nicht, ob sie erleichtert oder enttäuscht sein sollte, als sie hörte, dass Grüning nicht daheim war. Sie reichte der Haushälterin das Körbchen. „Ich liebe die Gänge durch den Hochwald, es war also keine Mühe."

„Dann danke ich Ihnen herzlich." Trine lächelte sie an, doch plötzlich wurde ihr Gesicht ernst. „Sie haben nicht vielleicht unterwegs Rex gesehen, gnädiges Fräulein?"

„Rex? Ist er nicht mit dem Oberförster unterwegs?"

„Nein", jammerte Trine, „er hat ihn nicht mitgenommen. Und als ich heute Morgen die Hühner fütterte, ließ ich die Haustüre offen. Da ist mir dieser ungezogene Hund entwischt. Es ist mir schon einmal passiert, dass Rex sein Herrchen im Wald gesucht hat. Der Herr Oberförster hat nachher furchtbar mit mir geschimpft."

„Ist es denn so schlimm, wenn Rex sein Herrchen sucht?"

„Ich hoffe nicht, dass er ihn in Schwierigkeiten bringt. Der Herr Oberförster ließ ihn daheim, weil er dem Wilddieb auflauern wollte."

Rahel starrte die rundliche Frau erschrocken an. „Dem Wilddieb auflauern? Es gibt einen Wilddieb hier im Forst?" Sie hatte nie geglaubt, dass in diesem romantischen Hochwald Verbrechen geschehen könnten.

„Schon seit Wochen treibt er sein Unwesen. Wenn nun Rex den Herrn Oberförster in seinem Versteck verrät – nicht auszudenken, was dann geschehen könnte!"

„Oh nein, Trine! Der Wilddieb wird doch nicht gefährlich sein?"

„Ich fürchte schon. Auf das Wildern stehen harte Strafen, da kann es geschehen, dass er sich mit Gewalt der Verhaftung entziehen will. Und ein Wilddieb ist nun einmal bewaffnet ..."

Rahel musste sich an den Türrahmen lehnen, so sehr war sie erschrocken. Plötzlich war es ihr, als hörte sie noch das Rollen des Schusses zwischen den Abhängen des Schneegebirges.

„In den letzten Tagen war der Oberförster um diese Zeit längst zurück", fuhr Trine fort. „Heute bleibt er länger aus als gewöhnlich."

„Trine!" Rahel legte die Hand auf ihr laut wummerndes Herz. „Haben Sie denn den Schuss vor wenigen Minuten nicht gehört?"

„Einen Schuss?" Trines Augen kullerten beinahe über ihre runden Wangen. „Ich war die ganze Zeit im Hause und habe den Boden der Küche geschrubbt. Es ist wirklich ein Schuss gefallen?"

„Ja, gerade als ich den Forsthof erreichte." Atemlos starrte Rahel die Haushälterin an. „Wissen Sie denn wenigstens, wo der Oberförster dem Wilddieb auflauern wollte?"

„Nein. Sie wissen doch, wie wenig mitteilsam der Herr Oberförster ist."

Rahel nickte. Doch es gefiel ihr gar nicht, nun wieder zu gehen, ohne etwas über das Schicksal Grünings zu erfahren. Vielleicht lag er irgendwo im Wald, blutend, angeschossen – vielleicht sogar tot ... Sie mochte gar nicht weiterdenken! „Was sollen wir bloß tun?"

Trine zuckte mit den Achseln. „Sie sollten nach Hause gehen, gnädiges Fräulein. Begeben Sie sich nicht unnötig in Gefahr."

Das Mädchen schüttelte den Kopf. „Und wenn ihm etwas zugestoßen ist? Dann ist kein Mensch da, der ihm hilft!"

„Er ist in Begleitung eines Jägers."

Es beruhigte Rahel schon ein wenig, dass Grüning nicht ganz allein war. Und dennoch wurde sie von einer unerklärlichen Angst erfasst. *Was soll ich bloß tun?*, fragte sie zum Himmel hinauf. *Soll ich einfach ins Hotel zurückkehren und mich an den Frühstückstisch setzen?*

„Machen Sie sich keine Sorgen, gnädiges Fräulein", versuchte Trine sie zu beruhigen. „Der Herr Oberförster ist es gewohnt, alles allein zu meistern. Es wird ihm auch dieses Mal nichts geschehen."

„Trine, können sie beten?“

Die Frau seufzte. „In diesem Hause kommt man in Gefahr, es zu verlernen. Aber ich werde beten, gnädiges Fräulein.“

„Tun Sie das. Ich werde in den nächsten Tagen wiederkommen und mich erkundigen.“ Langsam wandte Rahel sich um und kehrte über den Hof zurück auf den Waldweg.

Gerade wollte sie sich umdrehen und Trine noch einmal zuwinken, als plötzlich etwas aus dem Zwielicht des Waldes auf sie zuschoss. Sie wich einen Schritt zurück und stieß einen spitzen Schrei aus. Doch schon ließ das Tier etwas vor ihr auf die Erde fallen und sprang freudig aufheulend an ihr hoch.

„Rex!“, stammelte Rahel fassungslos.

Sie wollte seinen Kopf umfassen, doch der Hund gebärdete sich wie toll. Er sprang und jaulte und bellte und knurrte in einem fort, dann nahm er das Stück Stoff wieder zwischen die Zähne, das er zu ihren Füßen hatte fallen lassen. Erst jetzt betrachtete Rahel diesen Gegenstand genauer: Es war eine Mütze, wie sie der Oberförster zu tragen pflegte.

Sie beugte sich zu dem Tier herab. „Wo kommst du her? Und was ist das für eine Mütze?“

Doch Rex konnte ihr leider keine Antwort geben. Er stieß sie nur mit der Nase an, jaulte zum Steinerweichen, lief einige Schritte den Weg entlang, den er gekommen war, und kehrte dann bellend wieder zu ihr zurück.

Hilflos sah Rahel zu Trine, die auf ihren kurzen Beinen herbeigewackelt kam. „Was ist nur mit dem Hund? Sehen Sie, wie er sich benimmt! Und er trägt eine Mütze bei sich!“

Pustend kam Trine heran. „Heiliger Strohsack!“, rief sie aus. „Die Mütze des Herrn Oberförsters!“

Rahel griff nach der Kopfbedeckung. „Trine, sind Sie ganz sicher?“

„Ich kenne sie gut, sie hängt doch immer am Zapfenbrett im Flur.“

Das Mädchen spürte, wie eine Welle der Angst sie überrollte. Wie kam Rex an die Mütze? Musste da nicht etwas Ungewöhnliches geschehen sein?

„Trine? Kann es sein, dass der Oberförster seine Mütze irgendwo verloren und Rex sie gefunden hat?" Die Angst in Trines Augen war Rahel Antwort genug. „Sie glauben also auch, dass ein Unglück geschehen ist?"

„Ich hoffe es nicht. Jedenfalls hat Rex die Mütze gefunden, und wie ich den Hund kenne, wird er sich keine Ruhe gegönnt haben, bis er auch den Herrn Oberförster gefunden hat."

Rahel beugte sich zu dem immer wilder umherspringenden Tier hinab. „Wenn du nur reden könntest!"

Winselnd sah er sie an, stieß sie wieder mit der Schnauze an und schien es beinahe selbst zu bedauern, sich nicht in menschlichen Worten äußern zu können.

„Er wird mit Sicherheit den Ort wiederfinden, an dem er die Mütze und vielleicht auch den Herrn Oberförster gefunden hat", sagte Trine langsam und sah das Mädchen dabei zweifelnd an.

Rahel verstand sofort. Hatte Trine sie eben noch aus Angst vor der Gefahr nach Hause schicken wollen, schien jetzt die Angst um den Oberförster zu überwiegen. „Sie meinen, ich soll ihm folgen?"

„Ich würde es ja selbst tun, gnädiges Fräulein, allein meine alten Beine tragen mich nicht mehr so weit."

Sofort raffte Rahel sich auf. „Ich gehe. Sogleich. Und er wird sein Herrchen wirklich finden?"

„Davon bin ich überzeugt. Nur – gnädiges Fräulein, fürchten Sie sich nicht? Es kann gefährlich sein, und wenn Ihnen etwas geschähe – nicht auszudenken!"

Rahel zögerte nicht einen Augenblick. „Ich gehe", wiederholte sie. „Komm, Rex."

Der Hund schien zu verstehen. Unverzüglich lief er den Weg zurück, den er gekommen war, immer die Nase an der Erde. Er lief so schnell, dass Rahel ihm kaum zu folgen vermochte.

Sie raffte ihre langen Kleider und rief: „So warte doch, Rex!"

Er blieb stehen und wartete, dass sie näherkam, um dann sogleich wieder davonzuschießen.

Bald schon merkte Rahel die ersten Ermüdungserscheinungen, und mit ihnen kamen auch die Zweifel. Würde der Hund sie wirklich an den rechten Ort führen? Und war dem Oberförster wirklich etwas zugestoßen? Vielleicht hatte der Fund der Mütze einen ganz anderen, banalen Grund, und der Oberförster würde sie nachher mit seinem Spott bedenken oder sogar böse werden, weil sie ihn bei seiner gefährlichen Aufgabe störte.

War es nicht ein wahnwitziger Einfall, einfach diesem Hund zu folgen? Was würden bloß ihre Eltern sagen? Ihr Vater war sehr auf Pünktlichkeit bedacht, und es würde ein wahres Donnerwetter geben, wenn sie nicht zum Frühstück erschien. Zudem wusste niemand, dass sie in den Wald gegangen war, weil sie gedacht hatte, rechtzeitig zurückzukehren.

Rahel blieb stehen und strich sich einige Haarsträhnen zurück, die ihr an der Stirn klebten. Ihre Füße begannen zu schmerzen, weil ihre feinen Schuhe mit den Absätzen zum schnellen Gehen völlig ungeeignet waren. Irgendwo vor sich hörte sie Rex bellen. Sie wusste überhaupt nicht, wo sie war, denn der Hund hatte irgendwelche Pfade gewählt, die sie nicht kannte, die aber ihre Schuhe und den Saum ihres Kleides ruiniert hatten, weil sie beinahe zugewachsen waren.

Plötzlich kam Rex wieder auf sie zugeschossen und sprang beinahe wütend an ihr empor. Er nahm sogar den Stoff ihres Kleides zwischen die Zähne und versuchte, sie daran voranzuziehen. Die offensichtliche Verzweiflung des Tieres, das scheinbar genau wusste, was es tat, ließen Rahels Zweifel und den Schmerz in ihren Füßen verblassen.

„Ich komme ja schon, Rex“, murmelte sie, raffte ihr Kleid und lief weiter.

Rex war schon wieder einige Ellen voraus, kehrte aber sogleich zu ihr zurück. Er war sich wohl nicht sicher, ob sie ihm wirklich folgte.

Aber Rahel folgte ihm, auch wenn sie manchmal über Baumwurzeln stolperte und raue Äste ihr Kleid zerrissen. Ihr Haar, das sie heute Morgen nur lose aufgesteckt hatte, löste sich und fiel ihr über den Rücken.

Endlich schien der schmale Weg ein Ende zu nehmen, denn vor sich sah sie die Bäume zurücktreten. Sie erreichte eine Lichtung und war überrascht, die Ruinen der Altenburg zu sehen.

Da hörte sie plötzlich Rex' Bellen, dann kam er wieder auf sie zu, stupste sie mit seiner Schnauze an die Waden, um dann bellend wieder vorauszulaufen. Sollten sie ihr Ziel erreicht haben?

Rahel beschleunigte ihre Schritte und lief über die Lichtung. Irgendetwas Unförmiges, das wie ein Geweih aussah, ragte aus dem hohen Gras. Sie steuerte darauf zu, bis sie plötzlich mit einem Aufschrei stehen blieb. Vor ihr im Gras lag eine ausgestreckte Gestalt in der grünen Uniform der Forstbeamten. Nur auf der Brust war die Uniform nicht mehr grün, sondern zeigte einen großen, dunklen Fleck.

Schaudernd starrte Rahel auf den Mann. Erst hatte sie geglaubt, den Oberförster vor sich zu haben, doch jetzt stellte sie fest, dass sie diesen Mann nicht kannte. Am liebsten wäre sie schreiend davongelaufen, doch gerade als sie sich abwenden wollte, kam Rex wieder auf sie zu und schob sie winselnd zum Waldrand.

Welch grausiger Fund mochte dort auf sie warten? Der Mann auf der Wiese war offensichtlich tot, das wachsbleiche Gesicht und die starren Augen redeten eine deutliche Sprache. Sollte sie jetzt auf eine zweite Leiche stoßen?

Nur zögerlich folgte sie dem Hund, der sie unablässig an ihrem Kleid zog und sie manchmal wütend anbellte, wenn sie zu lange brauchte. Wäre Rex nicht gewesen, sie wäre gewiss Hals über Kopf davongelaufen, aber sie wusste nicht, wie das Tier reagierte, wenn sie umkehren würde.

Sie hatten den Waldrand erreicht und Rex eilte auf eine weitere Gestalt zu, die zwischen den Stämmen auf dem Waldboden lag. Winselnd leckte er die Hand des Liegenden, während Rahel sich an einen Baum lehnen musste und tief durchatmete.

Ja, das war er, der Oberförster. Auch sein grüner Uniformrock wies einen dunklen Fleck auf der linken Brustseite auf, doch bemerkte Rahel beim genaueren Hinsehen, dass seine Brust sich langsam hob und senkte. Er lebte noch!

Da war sie mit zwei Schritten bei ihm und beugte sich zu ihm herab. Sein sonst von Sonne und Wind gebräuntes Gesicht wirkte seltsam gelblich, scheinbar hatte er viel Blut verloren, und seine Augen waren geschlossen. Rex versuchte mit allen Mitteln, seinen

Herrn zu wecken, indem er ihn mit der Nase anstieß und ihm mit der Zunge über das Gesicht schleckte, aber seine Bemühungen waren vergeblich.

Zuerst war Rahel völlig kopflos und wusste nicht, was sie tun sollte. Bald aber kam ihr die Besinnung wieder. Glücklicherweise floss die Wölfel in der Nähe vorüber, und kaltes Wasser sollte doch Bewusstlose aufwecken. Kurzerhand riss sie von ihrem ohnehin beschädigten Unterrock einen breiten Streifen ab.

„Bleib du hier, Rex, und gib gut auf ihn acht. Ich bin gleich wieder zurück."

Der Hund schien sie zu verstehen, denn er setzte sich brav neben Grüning nieder, während sie zum Fluss eilte und den Stoffstreifen in das eiskalte Wasser tauchte. Damit kehrte sie zurück und legte ihn dem Verwundeten auf die Stirn.

Es dauerte noch eine Weile, ehe die Lider des Oberförsters zu flattern begannen und er endlich die Augen aufschlug. Sein verwirrter Blick traf das Mädchen, dann wollte er sich plötzlich aufrichten. „Warum liege ich auf der Erde?"

Vorsichtig drückte Rahel ihn nieder. „Herr Oberförster!"

Jetzt schien er sie zu erkennen. „Fräulein von Bredow! Was tun Sie hier?"

„Rex führte mich zu Ihnen. Was ist geschehen?"

„Schulze!", flüsterte er. „Muss dort auf der Wiese liegen. Und die Wilddiebe ..."

Sie strich mit der Hand sanft über sein kurzes Haar. „Hat der Wilddieb auf Sie geschossen?"

„Ja, erinnere mich. Sie waren dort vorne im Eingang zum Verlies." Nur mühsam formte Grüning die Worte. „Als ich endlich einen ausmachen konnte, schoss er schneller."

„Was mache ich jetzt mit Ihnen? Ich kann Sie doch unmöglich ins Forsthaus bringen!" Langsam kroch Panik in dem Mädchen hoch. Um Grüning zu retten war sie viel zu schwach, aber sie konnte ihn auch nicht allein hier liegen lassen! Und dann war da noch die grausige Leiche auf der Wiese ...

„Die Verwundung scheint nicht allzu schwer zu sein", versuchte Grüning sie zu beruhigen. „Ist nur der Blutverlust, der mich schwächt. Gehen Sie ins Dorf und lassen Sie die Gendarmerie in Habelschwerdt benachrichtigen. Vielleicht kommt auch einer meiner Jäger hierher. Sie müssten die Schüsse gehört haben.“ Diese lange Rede schien ihn sehr angestrengt zu haben, denn er schloss wieder kurz die Augen.

„Ich soll Sie allein hier liegen lassen?“

„Rex ist ja da.“ Er tastete mit der Hand nach dem Kopf des Hundes. „Treues Tier! – Er hat Sie geführt, nicht wahr?“

„Ja, er kam mit Ihrer Mütze zum Forsthaus gelaufen.“

„War noch bei Bewusstsein, als er mich fand. Drückte ihm die Mütze ins Maul und schickte ihn zur Trine.“

Rahel legte ihren Arm um den schlanken Hundekörper. „So hat er Ihnen wohl das Leben gerettet.“

„Wird auch jetzt gut auf mich achtgeben. Gehen Sie nur, Fräulein von Bredow.“

Rahel schob ihm seine Mütze unter den Kopf, damit er etwas bequemer lag, und erhob sich zögerlich. Ihr gefiel es nicht, ihn hier liegen zu lassen, aber es blieb ihr wohl keine andere Wahl.

Sie legte Rex die Hand auf den Kopf und schärfte ihm Wachsamkeit ein, ehe sie langsam auf die Lichtung zurückkehrte. Um die Leiche des erschossenen Jägers machte sie einen großen Bogen, dann eilte sie auf den Waldweg, der zum Dorf hinunterführte.

Schon bald begegnete ihr ein junger Mann in Forstuniform mit einem Gewehr auf dem Rücken, dem das schweißnasse Haar an den Schläfen klebte. Er hielt sie sogleich an und fragte keuchend: „Gnädiges Fräulein, haben Sie die drei Schüsse gehört? Konnten sie feststellen, woher sie kamen?“

„Sie müssen zur Altenburg“, japste Rahel ebenso außer Atem. „Der Oberförster ist angeschossen und …“

Weiter hörte der Jäger gar nicht zu, sondern stürmte schon davon, während Rahel nach Wölfelsgrund hinabstieg, um von dort aus jemand zur Gendarmerie zu schicken.

* * *

Der Vormittag war schon fortgeschritten, als Rahel von Bredow das Hotel *Zum gelben Dragoner* erreichte. Glücklicherweise gelang es ihr, ungesehen in ihre Suite zu gelangen, um eilig ihr zerrissenes Kleid gegen ein einfaches Hauskleid zu tauschen. Dann suchte sie den Speisesaal auf, wo ein einsames Gedeck sie darauf hinwies, dass alle anderen Hotelgäste bereits gefrühstückt hatten. Da ihr der Appetit durch die Erlebnisse im Hochwald ohnehin vergangen war, trank sie nur ein Glas Milch und ging dann in den Hotelgarten, wo sie ihre Eltern vermutete.

Ihre Mutter hatte ihren Rollstuhl in die Sonne schieben lassen, und ihr Vater saß neben ihr, hinter einer weit ausladenden Zeitung verborgen; nur die regelmäßig aufsteigenden blauen Rauchwölkchen bewiesen ihr, dass es sich tatsächlich um ihren Vater handelte.

Zögernden Schrittes näherte Rahel sich ihren Eltern und richtete ihren Blick zuerst auf ihre Mutter, die sie bereits erspäht hatte.

Frau von Bredow zog die Stirn in Falten und machte eine Kopfbewegung in die Richtung ihres Vaters, die Rahel so verstand, dass ihr von hinter der Zeitung ein Donnerwetter drohte.

Viktor von Bredow schien die Bewegung seiner Gattin bemerkt zu haben, denn er ließ die Zeitung sinken und nahm die Zigarre aus dem Mundwinkel. „Rahel!“, sagte er mit gefährlich leiser Stimme. „Es freut mich, dass es dir beliebt, wieder im Hotel zu erscheinen.“

Rahel wollte soeben zu einer Entgegnung ansetzen, als ihre Mutter ihre Hand ergriff und sie neben sich auf einen Liegestuhl zog.

„Was ist dir, mein Kind?“, fragte sie und strich ihr über das immer noch gelöste Haar. „Du siehst völlig verstört aus!“

„Oh Mutter, es war schrecklich!“ Rahel fasste die Hand ihrer Mutter und drückte sie an ihre Wange. „Denke dir nur, ich habe im Hochwald einen toten Jäger und den schwer verletzten Oberförster gefunden!“

„Oh du meine Güte!“, stammelte Frau von Bredow, während ihr Vater die Zeitung beiseite schleuderte und rief: „Was faselst du da? Was fällt dir überhaupt ein, bereits zu so früher Stunde das

Hotel zu verlassen, noch dazu ohne Begleitung und ohne uns eine Nachricht zu hinterlassen?"

„Ich musste zum Herrn Oberförster, weil ich von ihm ein Körbchen für meine Blumen geborgt hatte. Als ich ihn nicht antraf ..."

Herr von Bredow sprang von seinem Stuhl auf und baute sich vor dem Mädchen auf. „Ich höre wohl nicht recht? Du suchst ohne jede Begleitung dieses – dieses dubiose Subjekt von Oberförster auf? Jeder hier im Dorfe weiß um den schlechten Ruf dieses Mannes, der offensichtlich keine blütenreine Vergangenheit hat. Gerade gestern berichtete mir der Hotelier Behrendt noch von den Gerüchten, die über ihn im Umlauf sind – und du läufst einfach hinauf in den Wald und besuchst ihn! Ich bin fassungslos!"

„Aber Viktor, echauffiere dich nicht!", versuchte Frau von Bredow ihren Gatten zu beruhigen.

„Ach was, echauffieren! Wenn dieses Kind durch sein unüberlegtes Handeln unseren guten Ruf aufs Spiel setzt!"

Rahel schlug die Hände vors Gesicht. Wie gerne hätte sie ihren Eltern von ihren Erlebnissen im Wald erzählt! Sie benötigte jetzt unbedingt jemanden, dem sie alles erzählen konnte – stattdessen wurde sie mit Vorwürfen überhäuft!

„Es war so schrecklich", murmelte sie.

Wieder streichelte ihre Mutter ihr über den Kopf. „Nun erzähle der Reihe nach, was geschehen ist, Rahel."

Aber dazu kam Rahel kaum. Als sie von ihrem Gang zum Forsthaus berichtete, wurde sie schon wieder von ihrem Vater unterbrochen. „Hast du diesen Oberförster etwa schon öfter getroffen?"

„Einmal traf ich mit ihm auf dem Turme der Altenburg zusammen. Dann musste ich ihm den Turmschlüssel zurückbringen, und heute war es das Blumenkörbchen, das ich ihm wiederbringen musste."

Herr von Bredow schlug sich mit der flachen Hand auf den Schenkel, dass es klatschte. „Dieser Intrigant! Hast du denn nicht bemerkt, dass er dich immer wieder ins Forsthaus gelockt hat, zuerst mit dem Schlüssel, dann mit dem Korb?"

„Aber Vater, ich musste mir den Schlüssel und das Körbchen doch von ihm erbetteln!"

„Sei still! Du weißt ja gar nicht, wie die Männer sind, erst recht nicht dieser *einsame Sonderling aus dem Hochwald*. Schamlos nutzt er deine Unerfahrenheit aus, und du merkst es nicht einmal!"

„Vater! Das ist nicht wahr!"

„Und ob es wahr ist! – Aber was sagtest du: Grüning wurde erschossen?"

Rahel spürte, wie ihr die Tränen in die Augen stiegen. „Einer seiner Jäger wurde von dem Wilddieb erschossen, der Oberförster ist schwer verletzt. Ich fand ihn an der Altenburg, nachdem sein Hund mich zu ihm geführt hatte."

„Sein Hund? Du hast dich also von einem Köter durch den Wald führen lassen, um den Oberförster zu finden?" Von Bredow schleuderte den Stummel seiner Zigarre weit von sich, dass die Funken stoben. „Und an die Gefahr, die von dem Wilddieb ausging, hast du gar nicht gedacht?"

„Doch, später schon. Aber ich konnte doch nicht einfach nach Hause gehen und ihn einem ungewissen Schicksal überlassen!"

Er näherte sein Gesicht dem ihren, und Rahel konnte seinen nach Zigarrenqualm stinkenden Atem spüren. „Mädchen, mache mir nichts vor. Keiner begibt sich für einen wildfremden, dazu noch grantigen Menschen in Lebensgefahr." Er fasste sie an den Schultern und schüttelte sie. „Was ist zwischen euch vorgefallen? Rede!"

Rahel merkte, wie ihr die Tränen über die Wangen liefen. „Nichts, Vater, gar nichts! Er war in Not, und da *musste* ich ihm helfen!"

„Pah!" Er ließ ihre Schultern los. „Das kannst du mir nicht weismachen."

„Viktor, bitte!", schaltete sich nun ihre Mutter wieder ein. „Lass Rahel doch endlich von ihren schlimmen Erlebnissen erzählen!"

„Es wird Zeit, dass das Mädchen unter die Haube kommt! Nichts als Scherereien hat man mit ihr! – Höre Töchterchen: Ohne

Begleitung gehst du nicht mehr in den Wald, und in den nächsten drei Wochen gehst du gar nicht mehr dorthin."

„Vater, bitte!"

„Du brauchst gar keine Tränen zu vergießen, damit erreichst du bei mir nichts. Es bleibt dabei! Und ich werde heute noch mit deinem Onkel Hermann reden, dass du möglichst bald mit Lothar verheiratet wirst."

Rahel antwortete nichts mehr darauf, sondern ließ ihren Tränen freien Lauf. Nun durfte sie nicht einmal nach dem verletzten Oberförster sehen!

Doch sie hörte, wie ihre Mutter sagte: „Hermann wirst du nicht antreffen. Er hinterließ eine Nachricht, dass er kurzfristig nach Breslau zurück muss, um sich um die Besetzung eines Postens zu kümmern. Er wird aber in wenigen Tagen zurückkehren."

„Zu dumm", knurrte von Bredow. „Aber glaube nur nicht, dass sich deine Situation dadurch ändern wird, Fräulein. Sobald Hermann zurückkehrt, werden wir alle nötigen Schritte in die Wege leiten. Und wehe, ich erwische dich im Hochwald!" Mit dieser Drohung stapfte er davon.

Da warf sich Rahel aufschluchzend in die Arme ihrer Mutter, die ihr liebevoll über den Rücken strich. „Weine dich nur aus, Rahel, und dann erzähle mir, was heute Morgen geschehen ist."

Kapitel 10

Mit wohlgefälligem Lächeln sah Hermann Wittemann seiner Sekretärin zu, wie sie Kaffeetassen, Aschenbecher und Zigarillos auf dem Besprechungstisch arrangierte. Zwar war seine Nichte Rahel eindeutig schöner als Fräulein Jahn, aber was hatte er davon, wenn sie ihn nicht an sich herankommen ließ. Da lobte er sich doch Fräulein Jahn, die ihm einen warmen Empfang in der Hauptstadt bereitet hatte.

Sie strich sich eine Haarsträhne aus der Stirn und sah ihn an. „Ist es so recht, Herr Wittemann?"

Er kniff ein Auge zusammen und betrachtete sie. „Fräulein Emma, ich reise morgen bereits nach Wölfelsgrund zurück. Bitte berichten Sie mir eingehend, wie Herr Obermüller seine Aufgaben wahrnimmt."

„Es soll alles zu Ihrer Zufriedenheit geschehen." Sie schenkte ihm ihr strahlendes Lächeln.

„Ich verlasse mich auf Sie." Wittemann legte ihr vertraulich die Hände auf die Schultern und sah ihr in die Augen. „Und heute Abend – Sie werden kommen?"

Es war erstaunlich, dass die junge Frau immer noch erröten konnte. Trotzdem wandte sie den Blick nicht ab. „Ich halte mein Versprechen." Sie zwinkerte verheißungsvoll.

Seitdem er für sie sorgte, schlug sie ihm keine Bitte ab. Da konnte Rahel noch einiges von ihr lernen.

„Pst, Herr Wittemann, ich höre Schritte im Vorzimmer."

Blitzschnell zog er seine Hände zurück und trat einen Schritt von ihr weg. „Es wird Obermüller sein. Lassen Sie ihn ein."

Fräulein Jahn verließ sein Büro, um kurz darauf mit einem hochgewachsenen Herrn zurückzukehren, dessen athletische Gestalt von der Uniform noch unterstrichen wurde.

„Herr Ministerialdirektor – Herr Obermüller." Seine Sekretärin knickste.

„Danke, Fräulein Jahn. – Bitte sorgen Sie dafür, dass wir nicht gestört werden!“

„Sehr wohl, Herr Ministerialdirektor.“ Sie knickste erneut und ging hinaus.

Als sie die Tür geschlossen hatte, wies Wittemann auf den Besprechungstisch. „Herr Obermüller, vielen Dank, dass Sie sich herbemüht haben. Nehmen wir doch Platz.“

Obermüller zupfte an seinem Schnurrbart. „Wie ich hörte, unterbrachen Sie nur meinetwegen Ihren Erholungsurlaub, Herr Ministerialdirektor.“ Seine Stimme schnarrte wie die eines Offiziers auf einem preußischen Kasernenhof.

„Möchten Sie rauchen?“ Wittemann schob seinem Gast die Zigarillos hinüber, ehe er sich selbst eins ansteckte. „Herr Obermüller, wie Sie wissen, sind Ihr Vater und ich gute Bekannte.“

„Und Sie hatten die Güte, meinem Vater anzudeuten, dass meine Karriere in Ihrer Nähe eine erfreuliche Entwicklung nehmen könnte“, schnarrte Obermüller und steckte sich ebenfalls sein Zigarillo an.

„Hmm.“ Dieser geschniegelte, aufstrebende Beamte kam direkt zur Sache, peilte schnörkellos sein Ziel an. Er schien der richtige Mann für ihn zu sein. „Leider musste ich kürzlich meinen fähigsten Mitarbeiter, Herrn Ministerialrat Knauer, an das Ressort für Landwirtschaft abgeben. Bei der Neubesetzung der Stelle dachte ich an Sie.“

„Vielen Dank.“ Obermüller blies kleine Kringel in die Luft.

„Ich dachte aus einem bestimmten Grunde an Sie. Wie Sie sicher wissen, wären andere Beamte vor Ihnen an der Reihe, auf diesen Posten befördert zu werden. Ich lege allerdings Wert darauf, an dieser Stelle einen Mann zu haben, der mein besonderes Vertrauen genießt.“

„Ich werde mich sicherlich dieses Vertrauens würdig erweisen.“

Wittemann schmunzelte. Schon allein das äußere Erscheinungsbild sprach für diesen Mann: Der wie mit einem Lineal gezogene Scheitel, der sorgfältig getrimmte Schnurrbart und die tadellose Uniform vermittelten das Bild eines angepassten, auf seine Karriere bedachten Beamten.

„Eigentlich hatte ich mir für Sie schon eine herausfordernde Aufgabe überlegt, mit der Sie Ihre Eignung gleich unter Beweis stellen können. Doch leider zog der unfähige Oberförster, um den es ging, vor, sich von einem Wilddieb erschießen zu lassen." Wittemann wischte sich über die Augen. Er konnte immer noch nicht glauben, dass Prussak ihm seinen ausgeklügelten Racheplan zerschossen hatte. „Stattdessen wird es jetzt darum gehen, dessen Nachfolge zu regeln ... und gleichzeitig einen seiner etwas zu ehrgeizigen Jäger ruhig zu stellen. Sie werden in Kürze meine Anweisungen erhalten."

„Es wird mir ein Vergnügen sein."

„Wenn Sie sich konsequent an meine Weisungen halten, könnte Ihre Karriere tatsächlich eine erfreuliche Entwicklung nehmen."

„Ich kann Ihnen versichern, dass ich alles zu Ihrer Zufriedenheit ausführen werde", erklärte Obermüller eifrig.

„Das Wichtigste auf Ihrem neuen Posten wird die Kooperation mit mir sein. Sollten Sie meinen Entscheidungen nicht folgen oder sie hinterfragen ..." Wittemann legte eine kunstvolle Pause ein. „Sie können sich denken, dass es für Ihre Karriere nicht förderlich sein wird."

Obermüller klopfte die Asche von seinem Zigarillo. „Was sollte mich dazu bringen, Ihre Anweisungen zu hinterfragen oder gar zu missachten? Sie sind mein Vorgesetzter und ich werde gewiss nichts tun, was meiner Karriere schaden könnte."

„Ich sehe, dass wir uns verstehen." Wittemann legte ein Lächeln auf. „Ich werde also alles in die Wege leiten, um Sie als Nachfolger Knauers einzusetzen. Sie können damit rechnen, schon in der nächsten Woche Ihre Ernennung zum Regierungsrat zu erhalten."

„Herr Ministerialdirektor, ich bin Ihnen sehr zu Dank verpflichtet." Obermüller erhob sich.

„Danken Sie mir, indem Sie meine Anweisungen befolgen." Auch Wittemann stand auf und reichte ihm die Hand. „Auf eine gute Zusammenarbeit."

Als der angehende Regierungsrat sein Büro verließ, nickte er lächelnd vor sich hin. Obermüller würde sicher einfacher zu steuern sein als Knauer. Wie einfach, das würde sich in Kürze erweisen, wenn es darum ging, Prussak aus dem Weg zu räumen.

* * *

Viktor von Bredow ging im Konferenzzimmer seiner Suite auf und ab und sah dabei ständig nach der Uhr. Sein Schwager war bereits vor ein paar Stunden wieder im Hotel angekommen und hatte versprochen, ihn unverzüglich aufzusuchen. Es wurde Zeit, dass sie endlich ihre weiteren Pläne besprachen, da Rahel immer mehr gegen ihn opponierte – wobei sie leider auch noch von ihrer Mutter unterstützt wurde.

Endlich klopfte es und Wittemann trat ein. „Verzeih mir, Viktor, ich traf deine Tochter auf dem Gang, und da ließ ich es mir nicht nehmen, eine Weile mit ihr zu plaudern."

Von Bredow ließ ein wissendes Grinsen sehen. „Solche Gelegenheiten lässt du dir nie entgehen, nicht wahr? Treibe es nur nicht zu arg, sonst wird sie noch aufsässiger."

„So kenne ich deine heilige Jungfrau gar nicht, sie war doch immer ein gefügiges Mädchen!" Wittemann sank in einen Sessel und zündete sich ein Zigarillo an.

Von Bredow setzte sich ihm gegenüber. „Deshalb müssen wir unbedingt miteinander beraten, Hermann. Es gibt einige Dinge, dir mir Sorgen bereiten."

„Ich hoffe nicht, dass du dich in neue Schulden gestürzt hast?"

Er war froh, dass er Wittemann über diesen Punkt beruhigen konnte. „Nein, Hermann, dein Vorschuss hat mich aus den ärgsten Nöten befreit. Es ist eher unser Plan in Bezug auf Rahel, der mir Sorgen bereitet."

Wittemann verschränkte die Arme hinter dem Kopf und lehnte sich zurück. „Viktor", sagte er ruhig, aber in dieser Ruhe lag ein drohender Unterton, „du willst doch unser Geschäft nicht platzen lassen?"

„Wo denkst du hin! Ich tue alles dafür, diese Heirat in die Wege zu leiten, aber ich verstehe meine Tochter nicht mehr. Sie widersetzt sich meinem Willen!"

„Selbstverständlich unterstützt von meiner Schwester, nehme ich an. Wilhelmine war mit ihrem frommen Gehabe schon immer reichlich weltfremd. Aber erzähle, Viktor, was ist vorgefallen?"

Von Bredow griff nach einer Zigarre und setzte sie in Brand. „An dem Tag, an dem du nach Breslau gereist bist, sind einige Dinge ans Licht gekommen. Rahels Spaziergänge durch den Hochwald waren nicht so harmlos, wie es den Anschein hatte. Sie traf dort mehrfach mit einem Manne zusammen. Und zwar mit diesem zwielichtigen Oberförster."

„Schockschwerenot!" Wittemann sprang aus seinem Sessel auf und stieß dabei mit seinem Kopf an die Lampe, die über dem Tisch hing. „Immer dieser Grüning!"

„Du kennst ihn?", fragte von Bredow erstaunt.

Wittemann ballte die Fäuste. „Kennen ist gar kein Ausdruck. Eigentlich hätte ich mit diesem Oberförster noch ein Hühnchen zu rupfen, doch leider zog er es vor, sich niederschießen zu lassen."

„Du weißt davon?"

„Selbstverständlich. Ich erfuhr im Ministerium, dass der Oberförster und einer seiner Jäger von Wilddieben erschossen wurden."

Von Bredow kniff ein Auge zu und beobachtete sein Gegenüber scharf. Da stimmte etwas nicht. Grüning hatte überlebt, und es war nicht davon auszugehen, dass ein fehlerhafter Bericht an das Ministerium gegangen war. Überhaupt war es interessant, dass Hermann die Vorgänge im Wald kannte, obwohl er von Wölfelsgrund abgereist war, bevor die ersten Gerüchte von der Schießerei das Dorf erreichten. „So so, du erfuhrst also im Ministerium, dass die beiden Forstbeamten tot sind?"

„Ja ja, ich bekam den Bericht gerade vor meiner Abreise noch auf den Tisch. Aber was hat das alles mit Rahel zu tun?"

„Einen Augenblick." Von Bredow saugte an seiner Zigarre. „Du bist also tatsächlich auf dienstlichem Wege darüber unterrichtet worden, dass der Oberförster Grüning und sein Jäger tot sind?"

„Was fragst du so angelegentlich? Selbstverständlich! Ich musste mich bereits nach Nachfolgern umsehen."

Von Bredow lächelte. Jetzt hatte er seinen schlauen Schwager auch einmal gefangen. Wittemann war bequem in der eigenen Kutsche nach Breslau gefahren. Da der offizielle Bericht aber auf die Postkutsche warten musste, die Wölfelsgrund nur einmal wöchentlich verließ, konnte sein Schwager ihn während seines kurzen Aufenthalts in der Hauptstadt nicht gelesen haben. Und weil das abgelegene Dorf noch nicht an das Telegrafennetz angeschlossen war, konnte er auch nicht telegrafisch über den Vorfall unterrichtet worden sein. Er musste also auf andere Weise davon erfahren haben. Und es musste einen wichtigen Grund geben, warum er ihm dies verheimlichen wollte.

„Grüning lebt." Es machte von Bredow diebische Freude, den einen kurzen Satz in den Raum zu werfen.

Wittemann fiel sein Zigarillo aus der Hand, an dem er gerade ziehen wollte. „Was faselst du?"

Innerlich krümmte sich von Bredow vor Lachen. Es gelang ihm viel zu selten, seinen intelligenten Schwager zu überlisten. „Grüning ist nicht tot. Er wurde nur angeschossen."

„Das ist unmöglich!", stotterte Wittemann und sammelte sein Zigarillo auf. „Es wurde mir doch berichtet, dass er tot sei und ich für einen Nachfolger sorgen solle!"

Von Bredow legte seinem erregten Schwager die Hand auf die Schulter. „Hermann, spiele mir kein Theater vor. Die letzte Postkutsche hatte Wölfelsgrund bereits verlassen, bevor das Unglück im Hochwald geschah. Der Bericht an dich konnte also erst mit der Postkutsche befördert werden, die gestern nach Breslau abging. Trotzdem hast du Kenntnis von den Vorfällen im Wald ..."

Wittemann entzog sich seinem Griff und trat ans Fenster.

„Hermann, woher kennst du Albert Grüning? Und was weißt du von der Schießerei im Wald?"

„Das geht dich nichts an", lautete die schroffe Antwort vom Fenster.

„Bisher mochte mich das tatsächlich nichts angehen. Aber seitdem ich weiß, dass Rahel diesen Oberförster mehrfach im Wald getroffen hat, muss ich dich um Aufrichtigkeit bitten."

„Grüning", knirschte Wittemann und wandte sich um. „Die Geschichte wird immer schöner, mein lieber Viktor."

Von Bredow merkte, dass sein Schwager die Frage umgehen wollte, woher er von dem Schuss auf Grüning wisse. Aber diesen Triumph wollte er ihm nicht gönnen. „Hermann, ich sehe, dass du ein Geheimnis vor mir hast, das sich augenscheinlich um diesen Grüning und dich spinnt. Rede: Was ist vorgefallen?"

Wittemann saugte an seinem Zigarillo, als würde er in seinem ganzen Leben keines mehr bekommen. Eine Weile blieb es still zwischen ihnen, ehe er sich zu einer Antwort durchrang. „Vor vielen Jahren kannte ich Albert Grüning recht gut, und jetzt habe ich Pläne, die sich auf diesen Mann beziehen. Sollten unsere Pläne bezüglich der Heirat von Rahel und meinem Sohn da hineinspielen, muss ich dich allerdings einweihen. Aber bitte berichte mir zuerst, was zwischen Rahel und Grüning vorgeht."

Von Bredow wiegte den Kopf. „Mir wäre lieber, du würdest mir zuerst etwas über den Oberförster erzählen."

Da trat Wittemann plötzlich nahe vor ihn hin. „Viktor, ich warne dich. Du bist mein Schwager und ich habe dir in deinen pekuniären Nöten geholfen. Aber verlange nicht zu viel von mir, sonst lege ich dir deine Schuldscheine schneller wieder vor, als dir lieb ist."

„Beruhige dich, Hermann. Es geht mir doch gerade darum, meinen Teil der Vereinbarung zu erfüllen. Also höre denn: Der Oberförster hat Rahel immer wieder in seine Nähe gelockt, indem er ihr Dinge mitgab, die sie später wieder bei ihm abzugeben hatte. Zuerst war es der Schlüssel zu einem Turm, dann ein Korb, in dem sie ihre gepflückten Blumen transportieren sollte."

„Dieser unverbesserliche Lüstling!" Wittemann ballte die Faust.

Von Bredow erschrak. „Was willst du damit sagen?"

„Berichte erst zu Ende, dann teile ich dir mit, was ich von dem Förster weiß."

Zwar hätte von Bredow lieber sofort eine Erklärung von seinem Schwager erhalten, doch er hielt es für besser, ihm jetzt nicht noch einmal zu widersprechen. „An dem Tag, an dem du in die Stadt gereist bist, fand sie den Oberförster verletzt an der Altenburg und informierte die Gendarmerie."

Wütend aufstampfend marschierte Wittemann auf und ab. „Grüning! Immer wieder Grüning! – War Rahel seitdem wieder bei ihm?"

„Selbstverständlich nicht. Ich untersagte ihr jeglichen Gang in den Wald."

„Und daran hält sie sich?"

„Bis jetzt gab sie mir keinen Grund, daran zu zweifeln. Jedenfalls hielt sie sich immer im Hotel auf."

Wittemann schien sich etwas beruhigt zu haben, denn er trat jetzt vor seinen Schwager hin. „Deine Tochter schwebt in großer Gefahr."

„Was ist dieser Grüning für ein Mann? Hier im Dorf hört man nichts Gutes von ihm – was weißt *du* über ihn?"

„Er hat schon einmal ein Mädchen seinen Lüsten geopfert – das Mädchen, das mir eine gute Frau und Lothar eine noch bessere Mutter geworden wäre. Sie war die beste Freundin meiner verstorbenen Frau. Aber lassen wir das. Ich werde nun endlich meine Rache an ihm nehmen."

„Hermann, wir arbeiten zusammen, ich muss wissen, was gespielt wird." Von Bredow wollte sich nicht mit mageren Informationen abspeisen lassen. „Was ist damals geschehen?"

„Ich werde es dir ein anderes Mal erzählen. Aber dadurch, dass Grüning Rahel verführen will, haben die Dinge eine Wendung genommen, die ich nicht dulden werde. Wir müssen Grüning in unsere Pläne einbinden."

„Einbinden? Du willst ihn einweihen?"

„Natürlich nicht, Dummkopf! Wir müssen ihn erledigen – und Rahel so schnell wie möglich mit Lothar verheiraten, bevor ein Unglück geschieht."

„Was hast du mit Grüning vor?", fragte von Bredow besorgt. „Du willst ihn ...?"

„Ja, genau das will ich. Gib acht, Viktor: Ich bin der Wilddieb."

Jetzt fuhr von Bredow aus seinem Sessel hoch. „Hermann, du scherzt!"

„Durchaus nicht. Du kennst meine Leidenschaft für die Jagd ..."

„Deine Jagd bezog sich zumeist auf schöne Mädchen“, versuchte von Bredow einen Spaß. Denn was Wittemann ihm soeben eröffnet hatte, konnte – nein, durfte einfach nicht wahr sein!

„Nicht nur, Viktor. Als ich entdeckte, dass mein alter Feind Albert Grüning hier Oberförster ist, entschloss ich mich, ihm als Wilderer Schwierigkeiten zu bereiten und ihm vom Ministerium aus mit der Amtsenthebung drohen zu lassen. Meine kleine Rache.“ Wittemann lachte hart auf. „Da er sich jetzt aber auch an Rahel vergreift, muss ich eine andere Gangart anschlagen.“

„Der untadelige Herr Ministerialdirektor als Wilddieb – unglaublich!“ Von Bredow schüttelte fassungslos den Kopf. „Und du hast den Jäger erschossen und Grüning verletzt? Ich vermag es nicht zu glauben!“

„Nein. Das war mein Begleiter. Es entsprach nicht meinem Plan, und ich bin erleichtert, dass Grüning noch lebt. Denn er soll mir nicht so leichten Kaufs davonkommen. Erst soll er noch ein wenig leiden, ehe er ...“

Von Bredow schauderte. „Du willst ihn tatsächlich ...?“

„Sprich es nur aus: Ich will ihn umbringen, ja.“

„Hermann, das ist Mord!“

Wittemann zuckte die Achseln. „Was sollen die großen Worte. Dieser Mann hat nichts anderes verdient.“

Da warf von Bredow seine Zigarre in den Ascher. „Nein, Hermann, dazu kann ich meine Hand nicht bieten. Setze ihn meinetwegen als Oberförster ab, tue was du willst – aber ein Mord? Nein, ohne mich.“

„So, dann willst du ihm deine Tochter also kampflos überlassen?“

„Es gibt auch andere Wege, Rahel von ihm fernzuhalten, notfalls reisen wir ab. Aber sie geht jetzt ohnehin nicht mehr in den Hochwald, und wenn sie erst mit deinem Sohn verheiratet ist, kann ihr dieser Grüning nichts mehr anhaben.“

„Pah! Du hast ja keine Ahnung. Eher stirbt Rahel.“

„Hermann! Du wirst doch meiner Tochter nichts antun!“ Von Bredow war entsetzt, als er das von Hass verzerrte Gesicht seines Schwagers sah.

„Nicht ich, Viktor, aber *er*, Albert Grüning. Er hat es schließlich schon einmal getan.“

Da sank von Bredow in seinen Sessel. Dieser Albert Grüning schien tatsächlich ein gemeingefährlicher Mensch zu sein. Aber sollte er sich deswegen gleich an einem Mord beteiligen? Dieser Gedanke behagte ihm überhaupt nicht!

„Hermann, ich bitte dich, muss Grüning denn wirklich sterben?“

„Er muss! Und ich sage dir“ – bei diesen Worten packte Wittemann ihn mit beiden Händen an den Schultern – „wenn du irgendetwas dagegen unternehmen wirst, dann kannst du deine Villa versteigern und mit deiner Familie betteln gehen – hast du mich verstanden?“

Von Bredow sackte zusammen. Er hatte geahnt, dass diese Drohung kommen würde. Und früher oder später würden die Taler, die er Wittemann abgeluchst hatte, verbraucht sein und er würde neues Geld brauchen, wenn er nicht bankrott gehen wollte. Dieser vor Zorn bebende Mann hatte ihn in der Hand!

„Es ist gut, Hermann, ich werde selbstverständlich meinen eigenen Schwager nicht verraten. Und ich werde dich selbstverständlich soweit unterstützen, wie es zum Schutze Rahels nötig ist.“

Ein durchdringender Blick traf ihn aus Wittemanns dunklen Augen. „Meinetwegen. Dazu müssen wir zuerst ein Auge auf Rahel und den Förster haben. Sie dürfen sich nicht wieder begegnen.“

„Ich werde scharf darauf achten, dass sie nicht wieder in den Wald geht.“

Immer noch spürte von Bredow Wittemanns Blick. „Ich hoffe, ich kann mich auf dich verlassen. Und sei dir sicher, dass ich Rahel nötigenfalls auch selbst überwachen werde. Ich werde mir meine Pläne von niemand, auch nicht von dir, durchkreuzen lassen.“

Von Bredow wischte sich seine feuchten Handflächen an der Hose ab. „Ich werde mich danach richten.“

„Gut“, antwortete Wittemann nur.

Von Bredow fühlte sich alles andere als gut.

Kapitel 11

Als Franz Marwitz das einsame Forsthaus vor sich sah, blieb er aufatmend stehen und tupfte sich mit seinem Schnupftuch den Schweiß von der Stirn. Sollte dieser wunderliche Mann doch Recht behalten? Alles in ihm bäumte sich gegen diesen Gedanken auf, und doch – sahen die Umstände nicht ganz danach aus?

Marwitz deckte die Hand über die Augen und schüttelte den Kopf. Er wollte einfach nicht weiter darüber nachdenken, aber er konnte die Gedanken nicht abwehren, die ihn immer wieder einholten.

Ob Grüning der Richtige war, um sein Herz auszuschütten? Würde er sich nicht nur in seiner Ablehnung jeder Frau gegenüber bestärkt fühlen? Doch dieser *einsame Sonderling aus dem Hochwald* war sein bester Freund.

Marwitz setzte sich wieder in Bewegung und klopfte kurz darauf an die grüngestrichene Haustür, die ihm wenig später von Trine geöffnet wurde.

„Herr Marwitz! Wie lange Sie nicht hier gewesen sind! Da wird sich der Herr Oberförster aber freuen!"

„Seit wann sollte er sich über Gäste ohne Invitation freuen?", gab Marwitz zurück.

Über Trines kugelrundes Gesicht stahl sich ein Lächeln. „Über Ihren Besuch freut er sich gewiss, zumal er so lange das Bett hüten musste."

„Das Bett hüten? Albert ist krank?" Marwitz schüttelte den Kopf. Das war unerhört, Grüning war noch nie krank gewesen.

Trine sah ihn mit großen Augen an. „Haben Sie denn nicht von dem schrecklichen Unglück an der Altenburg gehört, Herr Marwitz?"

Marwitz riss die Augen auf. „Ein Unglück? Ich habe in den letzten Tagen kaum mein Haus verlassen. Wovon reden Sie?"

„Oh, es war schrecklich! Auf einer Trage haben sie ihn hergebracht."

Marwitz packte die Frau bei den Schultern. „Bitte explizieren Sie sich genauer. Was ist geschehen?“

„Erschossen wurde er“, jammerte Trine. „Von einem Wilddieb regelrecht erschossen.“

„Trine! – Er ist tot?“

„Nein, nein, er sitzt ja drinnen an seinem Schreibtisch. Was war das eine Aufregung ...“

Marwitz hörte nicht weiter zu, sondern schob die breite Haushälterin beiseite und stürmte auf Grünings Arbeitszimmer zu. Doch vor der Tür blieb er stehen, denn er erinnerte sich daran, dass es unklug war, unangemeldet in das Refugium des Oberförsters einzudringen. Sachte klopfte er an.

Das Brummen, das von innen ertönte, interpretierte er als die Grüning'sche Variante eines Herein und betrat das Arbeitszimmer. Doch an der Tür blieb er erschrocken stehen.

„Was starrst du mich an, Franz? Tu nicht, als hättest du einen Kranken vor dir.“

Marwitz trat an den Schreibtisch und reichte dem Freund die Hand. „Du siehst allerdings arg malträtiert aus, Albert. Was machst du bloß für Geschichten?“

„Bah, Kleinigkeit. Bin wieder gesund.“

„So siehst du allerdings nicht aus.“ Marwitz war ehrlich erschrocken. Das sonst so wettergebräunte Gesicht des Försters sah grau aus, und er war schmaler geworden. Hätte er von den Vorfällen gewusst, hätte er seinen Freund längst aufgesucht. Aber wegen Amanda hatte er sich noch weniger als sonst für den Dorftratsch interessiert.

„Du kommst allein?“, unterbrach Grüning seine Gedanken. „Wagt sich deine Braut nicht zu ihrem Vetter?“

Marwitz sank in das zerschlissene Ledersofa. „Ich konnte sie nicht mitbringen, Albert.“ Eigentlich sollte er sich zuerst nach Grünings Erlebnissen erkundigen, doch jetzt konnte er nicht mehr an sich halten. „Amanda ist krank.“

„Oh, was hat sie nur?“ In Grünings Stimme lag eine Spur Belustigung. „Hat sie sich während der letzten regnerischen Tage verkühlt?“

„Wenn es nur das wäre“, seufzte Marwitz.

„Der sorgende Bräutigam“, grinste Grüning. „Frauen stellen ihre Krankheiten stets schlimmer dar, um Mitleid zu erheischen.“

„Albert, in ihrer Heimatstadt ist Typhus ausgebrochen!“

„Typhus? In Wilhelmsthal?“, brummte der Oberförster. „Sicher? Die Leute geraten immer gleich in Panik.“

„Es ist sicher. Als die ersten Krankheitsfälle auftraten, ließ ich sie sogleich zu mir kommen, um sie vor Ansteckung zu schützen.“ Marwitz senkte den Kopf.

„Zu spät?“, klang es vom Schreibtisch.

Marwitz nickte nur. Der Gedanke an seine kranke Braut beraubte ihn der Sprache. Auch der Oberförster war verstummt.

Endlich fuhr Marwitz fort: „Es begann schon in der letzten Woche. Ich musste mich um Amanda kümmern, weshalb die Nachricht über deine Verwundung offenbar nicht zu mir vordrang. Sonst hätte ich dich doch längst besucht.“

„Schon gut.“ Trotz der Kürze der Worte lag in der Stimme des Försters eine Wärme, die Marwitz sonst vergeblich darin suchte. „Dass du nun gekommen bist – bedeutet es, dass …?“

„Nein. Sie lebt. Aber ich musste einmal hinaus aus der Krankenstube und mit einem Menschen reden.“ Marwitz verbarg das Gesicht in den Händen. „Es begann mit Kopfschmerzen und Fieber, das jetzt so hoch gestiegen ist, dass sie öfters ohnmächtig wird.“

Er wartete auf eine Reaktion, doch Grüning wusste wohl nichts zu sagen.

„Ich wollte erst nicht von ihrem Bett fort, doch der Arzt drängte mich fast mit Gewalt, weil ich schon seit Tagen und Nächten bei ihr wache.“

„Siehst tatsächlich nicht aus, als kämest du aus einem Erholungsurlaub.“

Marwitz winkte ab. „Was liegt an mir! Wenn nur sie wieder gesund wird!“

„So ernst?“

„Das Fieber dauert nun bereits eine Woche an. Der Arzt befürchtet, dass eine Meningitis hinzutreten könnte.“

Zuerst schwieg der Förster, ehe er die Worte schwer wie Bleikugeln in den Raum fallen ließ: „Was habe ich gesagt, als du dich gerade verlobt hattest?“

Marwitz stöhnte laut auf. „Ich weiß es noch genau: Frauen hätten die Angewohnheit, entweder krank zu werden oder uns Männer kommandieren zu wollen.“

„*Hierin hast du töricht gehandelt.* Sage also nicht, du seiest nicht gewarnt gewesen.“

„Albert! Ist das dein einziger Trost?“

„Was willst du? Soll ich sagen, es wird alles wieder gut? Oder gar von Gottvertrauen faseln?“

Marwitz‘ Herz krampfte sich bei diesen Worten zusammen. Es war wohl doch kein guter Gedanke gewesen, bei Grüning Verständnis zu suchen. „Nur Gott kann mir jetzt noch helfen.“

„Gott! Als ob der sich um dich kümmern würde – falls es ihn geben sollte.“

Mühsam stieß sich Marwitz aus dem durchgesessenen Sofa hoch. „Ich war gekommen, um mit einem Freunde zu reden. Doch ich sehe ein, dass *dieser* Freund mir nicht helfen kann.“

„Musst dir eben einen anderen suchen.“

An der Tür drehte Marwitz sich noch einmal um und sah auf den von seiner Verwundung gezeichneten Mann am Schreibtisch. „Den besten Freund habe ich im Himmel, Albert. Und den wirst auch du noch brauchen.“

* * *

Ohne anzuklopfen drückte Wittemann die Klinke der Haustür hinunter. Wie er vermutet hatte, war die Tür der Oberförsterei unverschlossen. Doch ehe er weiterstürmen konnte, mussten sich seine Augen an den dämmrigen Flur gewöhnen. Irgendwoher klang das bedrohliche Knurren eines Hundes an sein Ohr, doch es flößte ihm keine Furcht ein, sondern wies ihm den Weg. Wo der Hund war, konnte der Oberförster nicht weit sein.

Er ging den Flur entlang bis zu der Tür, woher jetzt wütendes Bellen klang, das von der Stimme Grünings unterbrochen wurde.

Diese Stimme würde er immer und überall wiedererkennen – der Hass hatte sie in ihm lebendig erhalten.

Vor der Tür blieb er noch einmal stehen, um diesen Augenblick auszukosten. Jetzt war der Zeitpunkt gekommen, Grüning nicht nur als der unbekannte Wilddieb und der strenge Herr vom Ministerium, sondern auch als sein alter Feind Hermann Wittemann gegenüberzutreten. Dass diese drei Personen identisch waren, sollte Grüning allerdings noch nicht erfahren.

Drinnen war wieder die Stimme des Försters zu vernehmen, der seinen Hund zu beruhigen versuchte. „Was soll der Lärm, Rex! Wird nur die Trine mit den Einkäufen sein."

Wittemann stieß die Tür auf, dass sie mit lautem Krachen gegen die Wand flog. „Irrtum!"

„Schockschwerenot!" Der Oberförster fuhr aus seinem Schreibtischsessel auf. „Wittemann!"

Donnerwetter, schoss es ihm durch den Kopf, *Grüning hat mich offensichtlich auch nicht vergessen.* „Ha, Er kennt mich also noch."

Jetzt überzog eine fahle Blässe das sonst so gebräunte Gesicht des Forstbeamten.

„Mein Kommen überrascht Ihn wohl?"

„Wo ... wo kommt Er plötzlich her?", stotterte Grüning.

Wittemann lachte über den erschrockenen Förster. Allein dieser Anblick entschädigte ihn für vieles. „Ich wollte meinen alten Freund gerne einmal besuchen, nachdem ich Ihn so viele Jahre nicht sah."

Grüning straffte sich und trat hinter seinem Schreibtisch hervor. „Was will Er, Wittemann?"

„Seine Flucht ist beendet, Albert Grüning." Der Förster hatte sich schneller gefasst, als Wittemann erwartet hatte. „Oder will Er etwa leugnen, dass es die Flucht vor der Vergangenheit war, die Ihn in den Hochwald getrieben hat?"

Grüning wies den immer noch knurrenden Rex auf seine Decke vor dem Kamin und richtete sich dann zu seiner vollen Größe auf. „Wenn Er nur gekommen ist, alte Dinge wieder aufzuwärmen, kann Er gleich wieder gehen."

Wittemann trat einen Schritt zurück, damit er den Kopf nicht so in den Nacken legen musste, wenn er Grüning ansah. „Er macht es sich sehr einfach. Er flieht vor Seiner Vergangenheit, zieht sich in die Einsamkeit zurück und meint, damit sei alles erledigt. Aber so einfach erledigt sich der Tod eines Mädchens nicht!"

Grüning lehnte sich mit dem Rücken gegen seinen Schreibtisch. „Bin nicht bereit, darüber zu reden. Schon gar nicht mit Ihm."

„Er wird aber müssen, Grüning. Ich habe Ihn nicht wiedergefunden, damit Er jetzt ungeschoren mit ein paar billigen Ausreden davonkommt."

Grüning atmete tief durch und richtete seine dunklen Augen fest auf seinen Feind. „Höre Er, Wittemann: Glaube Er nicht, dass die Ereignisse spurlos an mir vorübergegangen seien. Habe wahrscheinlich mehr gelitten als Er."

Wittemann lachte. „Er will wohl auf die Tränendrüsen drücken? Das verfängt bei mir nicht! Warum hat Er Katharina denn in den Tod gejagt, wenn Er nachher so sehr darunter gelitten hat?"

Grüning wich dem Blick Wittemanns nicht aus. „Geht Ihn einen Dreck an."

„So." Wittemann gab seiner Stimme einen gefährlichen Klang. „Und damit ist die Sache für Ihn erledigt? Für mich aber nicht! Er wird mich jetzt nicht mehr los, Grüning, wohin Er sich auch zurückziehen mag."

Der Förster zuckte die Achseln. „Ist das alles, was Er zu sagen hat?"

„Was für Absichten hat Er in Bezug auf Rahel von Bredow?" Das Zusammenzucken des Försters registrierte Wittemann mit Genugtuung.

Doch Grüning hatte sich schnell wieder in der Gewalt. „Was geht Ihn Rahel von Bredow an?"

Überlegen wie ein Kartenspieler, der seines Sieges gewiss ist, warf Wittemann seinen nächsten Trumpf hin. „Sie ist meine Nichte. Und ich will nicht, dass Er mit ihr verkehrt."

„Kenne sie ohnehin nur flüchtig."

„Tatsächlich?" Wittemann sprach langsam und betonte jedes

Wort. „Ich will, dass Er sie in Zukunft gar nicht mehr kennt! Hat Er mich verstanden?"

„Wer ist Er, dass Er mir Befehle erteilen will?"

„Ich bin mehr dazu berechtigt, als Er ahnt. Jedenfalls wird Er nicht das gleiche Spiel mit Rahel treiben wie dazumal mit Katharina."

Grüning stieß sich vom Schreibtisch ab und trat ans Fenster. „Er kann gehen."

Dieser Grüning ist zäh, stellte Wittemann mit innerer Wut fest. Nicht nur, dass er sich von der Schussverletzung erstaunlich schnell erholt hatte, er ließ sich auch von seinen Drohungen nicht unterkriegen. Was wäre es für eine Genugtuung gewesen, wenn er wie ein getretener Hund um Gnade gewinselt hätte, aber ihm wurde klar, dass dies bei Albert Grüning so schnell nicht geschehen würde.

„Er wird so nicht davonkommen, Grüning. Auch wenn ich Ihn jetzt verlasse – wir werden uns noch einmal gegenüberstehen."

„Lasse Er Seine Drohungen", antwortete Grüning vom Fenster.

„Aber meine Rache lasse ich nicht!", schnaubte Wittemann und verließ das Arbeitszimmer. Krachend warf er die Tür hinter sich ins Schloss.

Kapitel 12

Einige Tage später nahm Albert Grüning seine Gänge durch den Wald wieder auf. Er hatte es satt, in seiner Stube zu sitzen, während draußen der Wilddieb weiterhin sein Unwesen trieb. Der Zwischenfall, bei dem er fast gestellt worden war, hatte ihn offenbar völlig unbeeindruckt gelassen. Zwar hatte er seitdem keinen nennenswerten Schaden mehr angerichtet, aber die Schüsse und hier und da ein liegen gelassenes Reh oder Kaninchen verrieten die rege Tätigkeit des Wilderers.

Am vergangenen Abend hatte der Wilddieb im Revier des Jägers Kisserow wieder einen Schuss abgegeben, und Grüning machte sich auf den Weg, um nach Spuren zu suchen. Bei dieser Gelegenheit würde er dort endlich damit beginnen, Bäume zu kennzeichnen, die gefällt werden mussten, ehe die bald einsetzenden Herbststürme dies übernehmen würden. Eigentlich hätte er sich schon vor Wochen darum kümmern sollen.

Grüning wickelte sich enger in seinen Uniformrock und zog die Diensthandschuhe an. Normalerweise genoss er einen Gang durch die Kühle eines Septembermorgens ebenso wie seine regelmäßigen Bäder in der eiskalten Wölfel, doch offenbar hatte ihn die Verletzung mehr geschwächt, als er bisher bereit gewesen war, sich einzugestehen. Glücklicherweise war der Weg nicht weit, denn die Gänge durch den Wald strengten ihn noch an, obwohl er von Tag zu Tag bemerkte, dass die alten Kräfte langsam zurückkehrten. Er konnte sich gar nicht erinnern, wann er zuletzt krank gewesen war. Ein umso ungeduldigerer Patient war er in den letzten Wochen gewesen. Auch heute hatte Trine ihn durchaus nicht gehen lassen wollen, aber warum sollte er auf ein Weibsbild hören!

Bald schon verließ er den Hauptweg und drang in das Unterholz ein, denn hier musste nach Kisserows Beschreibung in der Nacht gewildert worden sein. Ein günstiger Platz übrigens, der Wilddieb und sein Komplize kannten sich wirklich gut im Forst aus.

Immer noch grübelte er, wer wohl der zweite Mann war, der mehr Kenntnisse über den Schneeberger Forst hatte als andere Menschen. Sollte einer seiner Jäger oder Forstgehilfen ein Verräter sein? Dem stillen Kisserow traute er so etwas überhaupt nicht zu. Prussak war zwar ein undurchsichtiger Mensch, der hin und wieder gegen ihn zu opponieren versuchte, aber er erfüllte seine Dienstobliegenheiten zumeist zuverlässig. Blieben nur noch die Forstgehilfen, die er allerdings nur wenig kannte, weil sie direkt den Jägern unterstellt waren. Ob einer von ihnen ein Verräter war?

Plötzlich hielt Grüning inne. An dieser Stelle trat der nackte Waldboden zutage und war nicht von Blättern, Ästen oder Farnen bedeckt. Und genau hier hatte ein Mensch mehrere Fußabdrücke hinterlassen. Es handelte sich um genagelte Schuhe, von denen der rechte neun, der linke zehn Nägel hatte. Das waren genau die Fußspuren, von denen Schulze mehrfach berichtet hatte. Es war also tatsächlich die Spur des Wilddiebs.

Doch diese Erkenntnis brachte ihn nicht weiter. Seitdem der Schuss am vergangenen Abend gefallen war, war viel Zeit vergangen. Und er konnte die Spur auch nicht weiter verfolgen, weil sie im Unterholz nicht zu erkennen war.

„Es hilft uns nichts“, sagte er zu seinem Hund, der sich ins weiche Moos geschmiegt hatte. „Wir wissen, dass er hier war, aber mehr auch nicht.“

Noch eine Weile durchsuchte er das Waldstück nach weiteren Spuren, bis er endlich zum Weg zurückkehrte und dort auf einen gefällten Baumstamm niedersank. Es war alles vergeblich. So fand er den Wilddieb nie.

Grüning zog seine Handschuhe aus und steckte sie sorgfältig gefaltet in die Tasche. Rex streckte sich zu seinen Füßen aus und legte den Kopf auf die Vorderpfoten, während Grüning die Butterbrote, die Trine ihm eingepackt hatte, aus dem Papier wickelte. Missmutig kaute er vor sich hin, während er sein Gehirn zermarterte, wie er den Wilddieb fangen könnte.

Er wurde durch Rex in seinen Gedanken gestört, der plötzlich den Kopf hob. Zuerst begann er zu knurren, dann sprang er auf, stieß ein kurzes Bellen aus und schoss davon.

„He! Bleibst du wohl hier!“, rief Grüning ihm nach, doch das sonst so folgsame Tier setzte unbeirrt seinen Weg fort. „Ungezogenes Biest!“, schimpfte Grüning und stand ebenfalls auf, um Rex nachzugehen.

Doch da entdeckte er am Ende des Waldweges, noch weit entfernt zwischen den Stämmen, eine hell gekleidete Gestalt. Abrupt blieb er stehen und starrte der schlanken Frau im weißen Sommerkleid entgegen. Auch wenn er sie noch nicht erkennen konnte, sein Herz verriet ihm, wer sich dort näherte: Rahel von Bredow.

Seitdem er an der Altenburg angeschossen worden war und sie ihn gefunden hatte, hatte er sie nicht mehr gesehen. Im Stillen hatte er immer darauf gewartet, dass sie einmal käme und sich nach seinem Wohlbefinden erkundigte.

Energisch wandte er sich um und setzte sich wieder auf den Baumstamm. Seit wann wünschte er sich Besuch? Noch dazu von einem Frauenzimmer? Wahrscheinlich wäre es besser gewesen, er hätte sie nie kennengelernt.

Doch trotz seiner abwehrenden Gedanken gelang es ihm nicht, seine Blicke von der sich nähernden Gestalt abzuwenden. Rex hatte sie erreicht und machte gewaltige Freudensprünge um sie herum, während sie sich hin und wieder zu ihm herabbeugte, seinen Kopf tätschelte und etwas zu ihm sagte. Den Sonnenhut, der eigentlich ihren Teint schützen sollte, hatte sie über den Arm gehängt, und wahrscheinlich hatte sie ihn wieder mit den letzten Blumen des Sommers gefüllt. Wenn das Sonnenlicht durch die Baumwipfel brach, leuchtete ihr Haar kurzzeitig auf wie eine goldene Krone, was sie schöner machte, als aller Schmuck der Welt es vermocht hätte.

Mit Gewalt wandte Grüning den Blick ab und fuhr sich mit der Hand an die Schläfe, wo das Haar bereits grau wurde. Er war 44 Jahre alt, schon allein deshalb ging ihn dieses Mädchen überhaupt nichts an. Doch gegen seinen Willen suchten seine Augen sie wieder.

Von Schmetterlingen umgaukelt kam sie näher und schenkte ihm ihr bezauberndes Lächeln. „Herr Oberförster! Wie schön, dass ich Sie wohlauf wiedersehe!“

Er erhob sich und legte die Hände hinter dem Rücken zusammen, um einer Begrüßung zu entgehen. Doch als sie ihm ihre kleine Hand entgegenstreckte, vermochte er nicht zu widerstehen und ergriff sie kurz mit einer angedeuteten Verbeugung.

„Bitte verzeihen Sie mir, dass ich Sie nicht aufsuchte, um mich nach dem Fortschritt ihrer Genesung zu erkundigen. Mein Vater war furchtbar erbost, als er von meinem Abenteuer erfuhr, und verbot mir jeden Gang in den Wald."

„Tut mir leid, dass Sie meinetwegen Unannehmlichkeiten hatten", erwiderte er steif.

Sie antwortete mit einem Lachen, das in seinen Ohren so schön klang wie das Zwitschern der Vögel im Frühling. „Ich habe es überlebt. Auch jetzt dürfte ich gar nicht ohne Begleitung hier sein, aber meine Eltern sind heute in der Kutsche zur Maria-Schnee-Kapelle gefahren, sodass ich ungesehen aus dem Hotel entfliehen konnte."

Er nickte nur. Was sollte er auch sagen? Dass sie besser ihrem Vater gehorcht und im Hotel geblieben wäre? Oder im Gegenteil, dass er sich über ihren Besuch freute? Selbst wenn es wahr wäre, würde er es niemals zugeben.

Sie ließ sich unbefangen auf dem Baumstamm nieder, wo er selbst eben gesessen hatte, und Rex, der nicht von ihrer Seite wich, machte es sich zu ihren Füßen bequem.

„Ich hoffe nur, dass Sie mich meinem Vater nicht verraten", plauderte sie unbefangen weiter. „Sonst würde ein wahres Donnerwetter auf mich niedergehen."

Er zog seine Pfeife hervor und nestelte an seinem Tabaksbeutel. „Kenne Ihren Vater nicht."

„Ja, das ist gut. – Aber wollen Sie weiter so steif wie ein preußischer Grenadier stehen bleiben? Vor mir müssen Sie nicht Haltung annehmen!" Lächelnd zog sie einen Apfel hervor und schnitt ihn mit ihrem Messer in zwei Hälften.

Da setzte auch er sich wieder auf den Stamm, allerdings nicht ohne einen ausreichenden Abstand zu ihr einzuhalten.

Rahel hielt ihm eine Hälfte des Apfels hin. „Mögen Sie auch etwas essen?"

Grüning schüttelte den Kopf, riss stattdessen ein Streichholz an und setzte seine Pfeife in Gang.

„Nun erzählen Sie endlich, wie es Ihnen ergangen ist. Ich war die ganzen Wochen über voller Unruhe Ihretwegen." Erwartungsvoll sah sie ihn aus ihren strahlend blauen Augen an und biss in eine der Apfelhälften.

„Bin wieder gesund", brummte er tabakschmauchend vor sich hin.

„Das sehe ich allerdings auch!", lachte sie kauend. „Sonst lägen Sie noch im Bett und ließen sich von Ihrer Trine pflegen. Sind Sie schnell gefunden worden? Und mussten Sie operiert werden? Hatten Sie arge Schmerzen?"

Er nahm die Pfeife aus dem Mund. „Zu viele Fragen."

Das Lachen wich nicht aus ihrem Gesicht und ihre Augen strahlten noch immer so, als habe er ihr soeben ein wunderschönes Kompliment gemacht. „Also gut, ich werde die Fragen einzeln wiederholen. Aber ich werde nicht eher schweigen, als bis ich auf jede eine Antwort bekommen habe." Erneut biss sie in ihren Apfel. „Wie lange mussten Sie warten, bis Sie gefunden wurden?"

„Neun Minuten und achtunddreißig Sekunden."

„Sie sind unverbesserlich."

„Weiß ich. Geben Sie sich keine Mühe."

Sie drohte lachend mit dem Finger. „Oh, warten Sie, ich werde Ihnen schon beibringen, wie ein Mann mit einer Dame umzugehen hat! Aber ich lasse mich dadurch nicht von meinen Fragen ablenken. Musste die Kugel herausoperiert werden?"

„Ja."

„So waren Sie wohl gar im Hospital?"

„War ich noch nie."

„Sie waren die ganze Zeit über im Forsthaus? Dann ist es also niemandem gelungen, Sie zur Vernunft zu bringen?"

„Bah, wegen dieser Kleinigkeit." Fasziniert betrachtete er die Grübchen in ihren Wangen, die zum Vorschein kamen, wenn sie lächelte. Und sie lächelte immer noch, wiewohl er sich alle Mühe gab, ihr Lächeln oder noch besser sie selbst zu verscheuchen.

„Aber die Schmerzen waren gewiss sehr schlimm, nicht wahr?“

War es wieder Mitempfinden, das in ihren Augen stand? Es war jedenfalls der gleiche Blick, mit dem sie ihn schon bei ihrer ersten Begegnung auf dem Turm angesehen hatte. Er fühlte, wie sein Widerstand mehr und mehr dahinschmolz – dieses immer freundliche und immer fröhliche Mädchen nahm ihn gegen seinen Willen für sich ein. Würde seine knappe Art sie denn niemals in Rage bringen? Es kam auf einen Versuch an.

„Nein“, lautete deshalb seine an Kürze nicht zu überbietende Antwort.

„Ich bin froh, dass es Ihnen wieder gut geht, Herr Oberförster.“ Sie schob sich den Rest ihres Apfels in den Mund. „Aber was geschieht jetzt mit dem Wilddieb?“

„Werde ihn fangen.“

Rahel verschluckte sich beinahe an ihrem Apfelstück. „Das heißt, dieser Mörder läuft noch frei herum? Wird er nicht die nächste Gelegenheit ergreifen, erneut auf Sie zu schießen?“

„Oder ich auf ihn. Der Schnellere wird den anderen ins Jenseits befördern.“

Jetzt war es ihm gelungen. Das Lächeln schwand, das Strahlen ihrer Augen ließ nach.

„Wie schrecklich“, murmelte sie. „Ich werde in steter Angst um Sie sein.“

Er lachte bitter auf. „Wem liegt schon an mir.“

Da sah sie ihn voll an, ein warmes Leuchten traf ihn aus dem tiefen Blau ihrer Augen. „So dürfen Sie nicht sprechen, Herr Oberförster. Ich mag so etwas nicht hören.“

Die Wärme ihrer Stimme umschmeichelte ihn wie die weiche Hand einer Mutter, die ihrem trotzigen Kind über den Kopf strich. „Bleibt trotzdem wahr, auch wenn es Ihnen nicht gefällt.“

Leise schüttelte sie den Kopf. Alle Fröhlichkeit war aus ihren Zügen gewichen. „Wenn Sie doch nur glauben könnten, dass Gott Sie liebt. Ihm ist kein Mensch gleichgültig, schließlich sandte Er aus Liebe zu uns Menschen Seinen einzigen Sohn Jesus Christus.“

Er stellte eine undurchdringliche Wand aus Tabakswolken

zwischen sie. Das fromme Gefasel hatte ihm gerade noch gefehlt. „Habe von Gottes Liebe noch nichts bemerkt."

„Das kann nicht sein. Hat Er Ihnen doch so viel gegeben: Gesundheit, eine schöne Heimat hier im Wald, Ihren Beruf ..."

„Gott gibt nur, um mit hämischem Vergnügen alles wieder zu nehmen", unterbrach er sie.

Wieder schüttelte Rahel den Kopf. „Nein, Gott ist gut. Jede gute Gabe und jedes vollkommene Geschenk kommt von Ihm. Wenn Sie das nicht glauben, verstehe ich Ihre Bitterkeit."

„Die Erfahrung lehrt mich etwas anderes. Kann es nicht mehr glauben. Und will es nicht mehr glauben."

In ihrer Stimme schwang Trauer mit. „Herr Oberförster, wenn Sie vor Gott davonlaufen, dürfen Sie sich nicht wundern, wenn Seine Geschenke Sie nicht erreichen. Er hält alles für Sie bereit, sogar Vergebung für Dinge, mit denen Sie nicht fertigwerden."

„Was hat man Ihnen erzählt?", fuhr Grüning auf.

Mit verwirrtem Blick sah sie ihn an. „Wie bitte?"

„Will wissen, was man über mich erzählt hat."

„Sie wissen selbst, dass Sie im Dorf *der einsame Sonderling aus dem Hochwald* genannt werden." Rahel von Bredow schüttelte den Kopf. „Ich gebe nichts auf Gerüchte, aber dass in Ihrer Vergangenheit etwas geschehen ist, das Sie bitter gemacht hat, lehrt mich schon allein Ihr Verhalten."

„Ihr Onkel, nicht wahr?"

„Onkel Hermann? Was ist mit ihm?"

„Hat er Ihnen alles erzählt?"

„Sie kennen Onkel Hermann?"

„Tut nichts zur Sache."

„Ich habe mit meinem Onkel noch nie über Sie gesprochen."

Unbehagen machte sich in ihm breit. Sagte sie die Wahrheit? Hatte Wittemann tatsächlich noch nichts über ihre Bekanntschaft verlauten lassen? Ein Blick in Rahels blaue Augen ließ seine Zweifel schwinden. Nein, dieses Mädchen log nicht. Sie wusste tatsächlich nichts.

„Sprechen Sie nie wieder von meiner Vergangenheit, Fräulein von Bredow."

„Ich verspreche es Ihnen. Ich werde nicht auf dieses Thema zurückkommen, bis Sie mir vielleicht selbst einmal davon berichten."

Er lachte hart auf. „Darauf können Sie bis zum Sankt-Nimmerleins-Tag warten."

Wie kam es nur, dass sich schon wieder ein Lächeln auf ihr Gesicht stahl? Was gab ihr die Kraft, immer freundlich zu ihm zu sein und nie ihre Fröhlichkeit zu verlieren?

Doch urplötzlich erstarrte ihr Lächeln und die Farbe wich aus ihrem Gesicht. „Dort kommt er."

Grüning fuhr herum. Sofort sah er die gedrungene Gestalt Hermann Wittemanns um die Wegbiegung kommen. „Verflixt", murmelte er. „Nun werden Sie doch verraten."

Rahels Gesicht wirkte bekümmert. „Ich hatte gedacht, mein Onkel wäre mit meinen Eltern gefahren. Offenbar hat er sich anders entschlossen."

Grüning erhob sich, um seinem Feind gegenüberzutreten. Den knurrenden Rex beruhigte er mit einer Handbewegung.

Über Wittemanns Gesicht zog ein aufgesetztes Lächeln, als er nähertrat. „Oh, Herr Oberförster, störe ich Sie bei Ihrem Rendezvous?"

Ehe Grüning etwas erwidern konnte, sprang Rahel auf und wollte den Arm ihres Onkels ergreifen. „Onkel Hermann, lass dir erklären ..."

Sofort verschwand das Lächeln aus Wittemanns Zügen. „Du schweigst!" Er schüttelte das Mädchen ab und wandte sich wieder Grüning zu. „Was fällt Ihnen ein, sich heimlich mit meiner Nichte zu treffen?"

Grüning richtete sich hoch auf und sah von oben auf seinen Gegner herab. „Bin ein freier Mann. Kann tun, was mir beliebt."

Wieder wollte Rahel eingreifen, doch Wittemann wehrte sie grob ab. „Verschwinde, du lasterhafte Göre! Du solltest dich schämen, dich hinter dem Rücken deiner Eltern mit einem Mann zu treffen – und auch gerade noch mit *diesem* Mann!"

Rahel sank wieder auf den Baumstamm und schlug die Hände vors Gesicht. Rex näherte sich ihr und legte den Kopf auf ihren Schoß, als wollte er sie trösten.

Der Anblick des traurigen Mädchens brachte Grüning in Wut. „Sie wagen es, das gnädige Fräulein zu beleidigen?“

„Allein Ihre Anwesenheit ist eine Beleidigung für jeden rechtschaffenen Menschen!“, spie Wittmann ihm förmlich entgegen. „Ich warnte Sie kürzlich, dass Sie die Finger von meiner Nichte lassen sollen!“

„Sie wollen mir Befehle erteilen? Selbst wenn unsere Begegnung keine zufällige gewesen wäre, könnte mir niemand verwehren ...“

„Sie unverschämter Strolch!“, schrie Wittemann. „Sie haben bereits einmal die Frau getötet, die ich liebte. Dass Sie dies zum zweiten Male nun an meinem Sohn versuchen, werde ich zu verhindern wissen! Rahel ist kein Spielzeug für Sie!“

Grüning spürte, wie die Wut in ihm kochte. Kurz überlegte er, ob er Wittemann niederschlagen sollte, doch er befürchtete, dass er von seiner Verwundung noch zu geschwächt war, um sich auf einen Faustkampf einzulassen.

Da durchzuckte ihn plötzlich ein Gedanke. Wie hatte Wittemann ihn gerade genannt? Einen Strolch? Für diese Beleidigung konnte er Genugtuung verlangen, doch stand zu befürchten, dass Wittemann die Satisfaktion ablehnte.

Kurz fiel sein Blick auf Rahel, die die streitenden Gegner mit weit geöffneten Augen anstarrte. Sie war Zeugin, sodass Wittemann ihm die Satisfaktion nicht verweigern konnte, selbst wenn er es wollte. Und dann hatte er zumindest die Möglichkeit, diesen Feind zu beseitigen.

Er nestelte in der Tasche seines Uniformrocks herum, wo seine Diensthandschuhe steckten, während der wütende Wittemann immer noch seine Schimpftiraden über ihn ergoss. Jetzt musste er nur noch den richtigen Augenblick abpassen. Fest richtete er seinen Blick auf Rahels Onkel, der ihn soeben mit einem ellenlangen Fluch bedachte.

Blitzschnell trat Grüning einen Schritt vor, dass Wittemann erschrocken verstummte. „Wittemann, Sie sind ein Schuft!“, donnerte er ihm entgegen und versetzte ihm gleichzeitig mit seinen Handschuhen einen Schlag ins Gesicht.

Da sprang Rahel auf und stieß einen spitzen Schrei aus. „Nein!“

Keuchend standen sich die beiden Männer gegenüber und starrten sich in die Augen. Wittemanns Zähne knirschten aufeinander, was bei Grüning eine gute Portion Schadenfreude auslöste. Jetzt hatte er seinen Feind gezwungen, sich ihm zu stellen.

Er hatte bewusst den Schlag ins Gesicht gewählt, weil für diese Beleidigung höchsten Grades unbedingt Satisfaktion verlangt werden musste. Wittemann wollte sich offenbar an ihm rächen, ihm aber dabei keine Möglichkeit zur Verteidigung geben – jetzt aber hatte Grüning die einmalige Möglichkeit, seinen Gegner auszuschalten. Und sollte Wittemann sich doch weigern, die unvermeidliche Forderung auszusprechen, war er für den Rest seines Lebens in den Augen aller Mitmenschen ein ehrloser Schuft, aber er konnte sich kaum denken, dass Wittemann dies in Kauf nehmen würde.

Scheinbar durchschaute Wittemann diesen Plan, denn in seinen Augen stand blanke Wut und seine Zähne mahlten knirschend aufeinander. Sicher ging er jetzt alle Möglichkeiten durch, wie ein Duell noch zu vermeiden wäre, aber Grüning wusste, dass es keinen Ausweg gab. Schließlich war die Beleidigung vor einer Zeugin geschehen – noch dazu vor Wittemanns Nichte.

Endlich öffnete Wittemann den Mund. „Sie werden von mir hören“, zischte er. Dann wandte er sich Rahel zu. „Und du kommst jetzt mit.“

Aus Rahels Gesicht war alle Freude gewichen, aber Grüning konnte sich nicht darüber freuen. In dem Blick, den sie ihm zuwarf, lagen Angst und Unverständnis. Scheinbar wollte sie noch etwas sagen, doch er wandte sich ruckartig um, packte seine Sachen und marschierte davon, ohne sich noch einmal umzusehen.

Hatte er mit seinem Schachzug, Wittemann zum Duell zu zwingen, Rahels Vertrauen zu ihm zerstört? Aber wieso behagte ihm dieser Gedanke nicht? Schließlich hatte er mit aller Macht versucht, das Mädchen zu verscheuchen. Dann sollte er sich doch eher darüber freuen.

Mühsam riss er seine Gedanken von dem Mädchen los und

versuchte sich über seinen gelungenen Winkelzug zu freuen. Doch vielleicht verkehrte sich sein Plan auch ins Gegenteil. Er hatte die *Möglichkeit*, Wittemann zu beseitigen – aber es konnte auch umgekehrt enden.

* * *

Franz Marwitz hielt ihre Hände umfasst und sah immer wieder auf das gerötete Gesicht, das von schweißnassen Locken umrahmt war. Schon seit Tagen war Amanda nicht mehr aus ihrer Ohnmacht erwacht, und das Fieber wollte einfach nicht sinken. Am Vormittag war Doktor Selle noch einmal hier gewesen, doch er hatte nur schnell einige Mittel verschrieben und war wieder davongestürmt.

Marwitz hatte sich so sehr beeilt, sie zu sich kommen zu lassen, als in Wilhelmsthal Typhus ausbrach. Doch scheinbar hatte sie die Erreger schon in sich getragen, denn kaum war sie bei ihm angelangt, als sich die ersten Anzeichen bei ihr zeigten. Seitdem lag sie im Haus seiner Eltern, sodass er sie täglich sehen und betreuen konnte.

Das Gefürchtete war geschehen: Eine Hirnhautentzündung war zu der ohnehin schon gefährlichen Typhuserkrankung getreten und raubte seiner Braut die letzten Lebenskräfte. Marwitz spürte ihre glühenden Hände in den seinen. Wenn sie doch wenigstens noch einmal aufwachen würde! Aber sie wurde von Tag zu Tag schwächer und schien sich heimlich und lautlos aus dem Leben zu schleichen.

Dieser Gedanke kam ihm ungeheuerlich vor. Sollte sein Glück tatsächlich nur etwas mehr als drei Monaten gedauert haben? Wie konnte Gott, der sich doch der *Gott der Liebe* nannte, so etwas zulassen? Machte es Ihm etwa Spaß, die Menschen zu ärgern und zu quälen? Was hatte Amanda verbrochen, dass sie nun so leiden und vielleicht sogar sterben musste? Sie war doch ein gottesfürchtiges Mädchen – hätte Gott nicht besser auf sie achtgeben können?

Und er selbst hatte doch auch lange und aufrichtig gebetet, bevor er sich mit Amanda verlobt hatte. Er war sich so sicher, dass dies der richtige Weg war – warum nun das? Er konnte die Wege Gottes nicht begreifen und schüttelte nur den Kopf. Aber er wollte den Glauben nicht aufgeben, denn was hätte er dann noch?

Er sank vor dem Bett auf die Knie und betete: „Herr Jesus, ich kann es nicht begreifen, warum Amanda so krank ist. Ich weiß nicht, warum Du es zulässt, aber hilf mir, dass ich nicht in meinem Glauben wankend werde. Ich möchte weiter Dir vertrauen, auch wenn ich Dich nicht verstehe. Hilf mir, daran zu glauben, dass Deine Wege höher sind als meine Wege – und immer gut für mich sind."

Er schmeckte Salz auf den Lippen und merkte erst jetzt, dass ihm Tränen das Gesicht herabliefen und sich in seinen Mundwinkeln sammelten. Es war unendlich schwer, an die Güte und Liebe des Herrn zu glauben, wenn die eigene Braut todkrank daniederlag. Wie einen schwarzen Stollen sah er die Zukunft vor sich, und am Ende dieses Stollens leuchtete ihm kein Licht. Und doch wollte er daran glauben, dass Gott mit dem Leid auch den Ausgang geschaffen hatte. Irgendwann würde er alles verstehen – und sei es erst dann, wenn er seinem Heiland im Himmel gegenüberstehen würde.

Trotz seiner Tränen musste er lächeln. Dann würde der Herr Jesus selbst ihm erklären, warum Amanda krank werden musste, und er würde begreifen, dass auch die harten Wege gut gemeint waren.

Aber er wollte sich nicht die letzte Hoffnung nehmen lassen. Zwar hatte der Arzt seine Braut wohl aufgegeben, er aber wollte trotzdem auch jetzt noch auf die Hilfe dessen hoffen, dem alles möglich ist.

„Herr Jesus", betete er weiter, „vielleicht gefällt es Dir auch, Amanda wieder gesund zu machen. Kannst Du sie mir nicht noch erhalten?" Er wusste, dass dazu ein Wunder nötig war, aber wenn er nicht mehr an Wunder glaubte, konnte er das Beten einstellen.

Er erhob sich und setzte sich neben Amanda auf die Bettkante. Unter schwachen Atemzügen hob und senkte sich ihre Brust, doch ihre Augen blieben geschlossen. Sanft tupfte er mit seinem Schnupftuch die Schweißperlen von ihrer Stirn, aber sie zeigte keine Reaktion.

Als es an der Tür klopfte, schien Amanda auch das nicht zu bemerken. Marwitz stand auf und öffnete.

„Was gibt es?“, fragte er seine ältliche Mamsell.

„Es ist ein Herr da, der Sie zu sprechen wünscht. Sein Name ist Grüning.“

* * *

Grüning konnte sich nicht mehr erinnern, wann er zuletzt im Haus seines Freundes gewesen war. Nach der gewohnten Schlichtheit seines Forsthauses fühlte er sich von der prunkvollen Einrichtung im Haus des Kommerzienrats Marwitz beinahe erdrückt.

Überhaupt gefiel es ihm nicht, wenn die Häuser so dicht nebeneinander standen. Zwar war es nur ein Dorf, aber er war eben nur Bäume rings um sich gewohnt, und wenn er hier aus dem Fenster sah, erblickte er nur die graue, von Pferdeäpfeln übersäte Straße und gegenüber gleich die nächste Hauswand.

Endlich betrat Marwitz den Salon und musterte ihn mit erstaunten Blicken. „Albert, welchem Umstande verdanke ich deinen überraschenden Besuch?“

Gerade wollte Grüning zu einer Erklärung ansetzen, als ihm das abgehärmte Aussehen Marwitz‘ auffiel. Die Krankheit der Braut seines Freundes hätte er unter dem Eindruck der eigenen Erlebnisse beinahe vergessen.

„Es geht ihr schlecht?“

Franz Marwitz wies auf die Sessel und sie ließen sich nieder. „Es steht nicht gut. Das Fieber ist immer noch sehr hoch, und es ereilte sie noch eine Meningitis.“

Grüning wusste zwar nicht genau, was eine Meningitis war, aber es hörte sich schlimm an. „Keine Hoffnung mehr?“

„Ich hoffe auf meinen wunderbaren Gott. Ihm ist alles möglich.“

Grüning lachte auf. „Eher stürzt der Himmel ein, als dass Gott ein Wunder tut. Mach dich nicht zum Narren, indem du die Augen vor der Wirklichkeit verschließt.“

„Gott ist Realität“, erwiderte Marwitz fest. „Und wenn Er es will, wird Er Amanda heilen.“

„*Wenn Er will*“, wiederholte Grüning. Er spie die Worte beinahe aus. „Sein einziger Wille ist, uns armselige Menschlein zu quälen. Scheint ihm Freude zu bereiten, etwas zu geben, um es nach kurzer Zeit auf grausame Weise wieder zu nehmen.“

Marwitz schüttelte den Kopf. „*Nicht von Herzen plagt und betrübt er die Menschenkinder, sondern wenn er betrübt hat, erbarmt er sich nach der Menge seiner Gütigkeiten.*“

„Warum tut er es dann überhaupt? Warum lässt er uns nicht in Frieden?“

„Warum mussten wir in der Schule Klausuren schreiben? Der Lehrer wollte uns nicht ärgern, sondern wir sollten etwas lernen. So ist auch unser Gott. Wir sind in Seiner Schule und sollen durch die Prüfungen etwas lernen – und näher zu Ihm kommen.“

„Frommes Geschwafel.“ Wie waren sie bloß auf dieses Thema gekommen? Es gelang ihm doch sonst immer, allem religiösen Gerede aus dem Weg zu gehen! „Glaub, was du magst. Wenn Amanda tot ist, wirst du anders reden.“

„Gott möge mich davor bewahren“, murmelte Franz und wischte sich über die Augen.

Grüning schüttelte sich. Marwitz war ansonsten ein halbwegs vernünftiger Mensch, doch wenn es um seinen Glauben ging, war er unausstehlich. Er musste das Thema wechseln. „Franz, ich benötige deine Hilfe.“

„Was ich in meiner derzeitigen Situation tun kann, will ich gerne tun.“

„Musst mir sekundieren.“

„Was faselst du?“ Marwitz sprang auf, dass sein Sessel bedenklich ins Wanken geriet. „Albert, bist du nicht mehr bei Trost?“

„Der Sekundant meines Gegners war bereits heute Morgen bei mir. Ich verwies ihn an dich.“

„Albert, was ist in dich gefahren?“, keuchte Marwitz.

„Sagt dir der Name Wittemann etwas?“

„Nein. Ist er dein Kontrahent?“

Grüning nickte. Ihm gefiel es nicht, dass er jetzt dazu gezwungen war, seinem Freund zu berichten, warum es zu diesem Duell kam. Aber wenn er nicht zumindest ein wenig preisgeben würde,

würde Marwitz ihm niemals sekundieren. „Wittemann ist ein alter Feind aus meiner Jugendzeit."

„Aber weswegen fordert er Satisfaktion? Was hast du getan?"

„Schlug ihm in Gegenwart einer Dame ins Gesicht."

„Ja bist du denn wahnsinnig geworden?" Marwitz tupfte sich den Schweiß von der Stirn. „Das ist eine Beleidigung dritten Grades: Er *musste* dich fordern."

„Eben."

„Wie?" Marwitz blieb vor ihm stehen. „Jetzt verstehe ich gar nichts mehr."

Grüning seufzte. Er musste Marwitz noch mehr erzählen. „Kürzlich drohte Wittemann mir seine Rache an. Das Duell bietet mir die Möglichkeit, mich zu wehren und ihn auszuschalten."

„Deshalb provoziertest du ihn? Und wenn er dich trifft?"

„Magst du dann göttliche Gerechtigkeit nennen. Für mich ist es Pech."

Wild mit den Armen gestikulierend lief Marwitz auf und ab. „Was ist damals geschehen, dass ihr euch so hasst?"

Diese Frage hatte Grüning erwartet. Die gefürchtete Frage, auf die er keine Antwort geben wollte. „Nimm zur Kenntnis, dass wir uns hassen. Von uns kann nur einer leben."

„Ich verstehe nicht. Es muss doch einen anderen Ausweg geben."

„Gibt es nicht." Nun erhob sich auch Grüning und sah seinem Freund in die Augen. „Franz, es ist das erste Mal, dass ich dich um einen Freundesdienst bitte. Sei mein Sekundant."

„Und Amanda? Ich kann sie unmöglich allein lassen!"

„Immer diese Weibsbilder!", knurrte Grüning. „Wird nicht lange dauern, und sie wird nicht gerade sterben, während du abwesend bist."

Marwitz trat ans Fenster und sah hinaus. Offenbar kämpfte er mit sich selbst. Als er sich wieder umwandte, war sein Gesicht sehr ernst. „Albert, ich sekundiere dir – unter einer Bedingung."

Der Oberförster ahnte nichts Gutes. Bedingungen waren noch nie nach seinem Geschmack. „Welche?"

„Nenne mir den Grund eurer Feindschaft."

Grüning wandte sich ab und trat nun seinerseits ans Fenster. Gerade diese Bedingung wollte er nicht erfüllen. Im Geist ging er seine wenigen Bekannten durch, ob er jemandem das verantwortungsvolle Amt des Sekundanten anvertrauen konnte. Einer seiner Jäger? Nein, ausgeschlossen. Sie sollten nicht erfahren, dass ihr Dienstvorgesetzter sich schlug – schließlich waren Duelle bei Strafe verboten. Hier im Dorf hatte er niemanden – außer Franz Marwitz. Es blieb ihm also keine andere Wahl.

„Eine Frau."

Seine Antwort war nur gebrummt, aber Marwitz hatte sie doch verstanden. „Du duellierst dich wegen einer Frau?", fragte er atemlos vor Erstaunen.

„Eine Jugendtorheit." Er wandte sich wieder zu seinem Freund um. „Genügt dir das jetzt?"

„Eine Frau – und zwei Männer, die sie haben wollten?", bohrte Marwitz nach.

„Verflixt nochmal! Dein Preis ist hoch!", schimpfte Grüning. „Einer hatte sie und der andere wollte sie. Mehr erfährst du nicht."

Marwitz streckte ihm die Hand entgegen. „Ich halte mein Wort, Albert: Ich bin dein Sekundant."

Grüning schlug nicht ein. Er war ärgerlich, weil er für seinen Geschmack viel zu viel hatte erzählen müssen. „Ich habe nur eine Bedingung: Pistolen auf nicht mehr als 25 Schritt."

„Eine Beleidigung dritten Grades zieht unausweichlich ein Pistolenduell nach sich."

„Aber Wittemann will sich an mir rächen ohne Gefahr für sich. Wünscht er einen Faust- oder Degenkampf oder eine Distanz von mehr als 25 Schritt, werde ich ihn als ehrlosen Feigling bekannt machen. Richte es ihm aus."

„Du bringst dich dabei selbst in Gefahr, Albert. Willst du nicht wenigstens in 30 oder 35 Schritt einwilligen?"

„Ausgeschlossen. Kommerzienrat Behrendt, der Inhaber des *Gelben Dragoners*, wird meinem Gegner sekundieren. Wird dich wahrscheinlich noch heute aufsuchen."

Marwitz stand kopfschüttelnd vor ihm. „Mir gefällt diese ganze Angelegenheit überhaupt nicht."

„Braucht sie auch nicht. Und nun scher dich zu deinem kranken Weib. Sehe doch, wie du die ganze Zeit über nach der Tür schielst."

Ehe Marwitz noch antworten konnte, verließ Grüning den Salon, um auf kürzestem Wege in seinen Wald zurückzukehren.

Kapitel 13

Das warme Licht der Abendsonne fiel auf Amandas Gesicht und erinnerte Marwitz daran, dass er unbedingt aufbrechen musste, wenn er nicht zu spät kommen wollte. Dass Grüning ihn aber auch so zur Unzeit zu einem Freundesdienst benötigte! Und dann auch noch zu einem dieser Art!

Er wischte seiner Braut die schweißnassen Locken aus der Stirn. Wie würde er sie antreffen, wenn er zurückkehrte? Würde er sie überhaupt noch antreffen? Dass er sie gerade jetzt verlassen musste!

Er tunkte ein Tuch in den Wasserkrug, der neben ihrem Bett stand, und tupfte damit den Schweiß von ihrer Stirn. „Manda, ich bin bald zurück."

Sie gab keine Antwort.

Er rief seine Mamsell herein. „Lisa, geben Sie gut auf das gnädige Fräulein acht. Ich hoffe, dass ich in zwei Stunden zurückkehren werde."

Die Mamsell knickste und nahm seinen Platz am Krankenlager ein.

Ein Blick auf die Uhr belehrte ihn, dass es höchste Zeit war. Krampfhaft überlegte er, was er mit dem Sekundanten der Gegenpartei besprochen hatte. Richtig, die Pistolen besorgte Kommerzienrat Behrendt. Marwitz hatte den Arzt abzuholen.

In rasender Eile warf er seinen Frack über und stülpte den Zylinder auf den Kopf. Jetzt noch die Handschuhe – wo waren sie nur gleich?

Während er sich suchend in der Kammer umsah, fiel sein Blick auf den Wasserkrug an Amandas Bett. – Natürlich. Das hätte er beinahe vergessen. Der Arzt hatte ihn doch gebeten einen Krug Wasser für die Behandlung von Verwundeten mitzubringen. Und jetzt war es bereits zu spät, um noch einen Krug frischen Wassers am Brunnen holen zu lassen. Also nahm er am besten diesen Krug mit, einer der Hausangestellten konnte dann einen neuen Krug für Amanda holen.

Da fand er endlich auch seine Handschuhe auf seiner Kommode und steckte sie schnell ein. Einen kurzen Augenblick verharrte er noch am Lager seiner Braut, dann riss er sich los und stürmte, den Wasserkrug in der Hand, davon.

* * *

„Hermann, ich begreife immer noch nicht, dass du dich auf diesen Unfug eingelassen hast." Sorgfältig legte Viktor von Bredow das Paar Duellpistolen zurück in den Koffer. „Auch nach dem, was du mir gestern Abend über den damaligen Vorfall zwischen dir und Grüning erzählt hast – auf ein Duell hätte ich mich niemals eingelassen!"

„Zum Kuckuck, Viktor, bei dem Duell geht es nicht um die Ereignisse vor zwanzig Jahren!" Wittemann schlug die Krempe seines Chapeaus Claque gegen die Handfläche, dass die Röhre sich – getreu ihrem Namen – mit vernehmlichen Klack entfaltete. „Er hat mich vor wenigen Tagen vor den Augen deiner Tochter ins Gesicht geschlagen!"

„Du hättest dich weigern sollen, ihn zu fordern. Ich hätte schon dafür gesorgt, dass Rahel nichts verlauten lässt."

„Du kennst Grüning nicht, Viktor. Er hätte die Geschichte sogleich öffentlich gemacht, und dann wäre ich für alle Zeiten erledigt gewesen."

Mit dumpfen Schlag ließ von Bredow den Pistolenkoffer zufallen. „Dafür begibst du dich jetzt in Todesgefahr! Dieser Grüning wird ohne Zweifel ein guter Schütze sein."

„Du vergisst, dass auch ich ein guter Schütze bin." Wittemann stülpte den Zylinder auf den Kopf. Er wollte gar nicht wissen, wie gut Grüning schießen konnte.

„Man könnte dem Glück doch ein wenig nachhelfen", schlug von Bredow vor. „Warum solltest du dich erschießen lassen?"

„Du meinst also Manipulation?" Wittemann lachte. Er wusste, dass sein Schwager nur Angst um seine finanzielle Absicherung hatte, denn bei seinem Tod war es ungewiss, ob sein Sohn auch weiter für die Bedürfnisse von Bredows sorgen würde. „Nein, lieber Viktor, bei einem Duell sollte man die Finger davonlassen. Der gegnerische Sekundant hätte dann die Pflicht, mich vor Gericht zu belangen."

„Wenn er es bemerkt."

„Richtig. Bemerkt er es, muss ich mit einer jahrelangen Zuchthausstrafe rechnen – wenn es nicht noch schlimmer kommt. Handle ich aber ehrenhaft, kann es sein, dass ich erschossen werde, vielleicht aber werde ich nur leicht oder gar nicht verwundet und kann meinen Gegner töten. Es ist also vorteilhafter, in diesem Fall den ehrenhaften Weg zu gehen."

Von Bredow machte eine wegwerfende Handbewegung. „Es ist selten vorteilhaft, ehrenhaft zu handeln. Du hättest ohnehin nicht auf die scharfen Bedingungen Grünings eingehen sollen."

„Hatte ich eine andere Wahl? Bei einer Beleidigung dritten Grades *muss* es um Leben und Tod gehen, wenn ich mich nicht dem Gespött der Gesellschaft aussetzen will. Außerdem wählte ich bewusst das Duell mit festem Standplatz und freiem Schuss innerhalb von 30 Sekunden, so bleibt nicht viel Zeit zum Zielen."

Von Bredow zuckte die Achseln. „Wenn du mich fragst, hat dich dieser Förster mit seinem Schlag ins Gesicht hereingelegt. Er wollte nur das Duell, um dich töten zu können."

„Aber er gibt auch mir die Gelegenheit, ihn zu töten." Von der nahen St.-Joseph-Kirche dröhnten sechs Schläge. „Es ist an der Zeit, Viktor. Ich sollte aufbrechen, um nicht zu spät zu kommen. Bis zum Osterfelder Kopf habe ich noch eine Strecke zu fahren."

„Mir behagt es nicht, dich gehen zu lassen. Ich hätte dir lieber selbst sekundiert."

„Du weißt, dass dies nicht möglich ist, Viktor. Sekundanten dürfen niemals verwandt sein."

„Ich weiß, ich weiß", brummte von Bredow. „Aber du kennst diesen Kommerzienrat Behrendt nur wenig, jedenfalls zu wenig für diese vertrauensvolle Aufgabe."

„Oh, wir haben uns in der Zeit meines Aufenthalts gut angefreundet. Ich bin mir sicher, dass er diesen Ehrenhandel gewissenhaft leiten wird. Nun aber muss ich wirklich aufbrechen, der Wagen fährt bereits vor." Wittemann reichte seinem Schwager noch einmal die Hand, um dann rasch die Suite zu verlassen, den Pistolenkoffer unter dem Arm.

Als er aus dem Hotel trat, musste er kurz die Augen schließen, weil die Sonne bereits tief stand und ihm genau in die Augen schien. Sein Zweispänner stand bereit, und der Hotelier wartete schon auf ihn. Kurz begrüßten sich die beiden Männer und Wittemann reichte seinem Sekundanten den Pistolenkoffer.

„Gustl, Er braucht uns heute nicht zu fahren", rief er dem Kutscher zu. „Ich werde selbst lenken."

Gehorsam sprang der Kutscher vom Bock, und Wittemann wollte soeben aufsteigen, als er plötzlich seinen Namen rufen hörte. Er wandte sich um.

„Donnerwetter, Prussak, was wollen Sie hier?"

Der Jäger ließ ein verschlagenes Lächeln durch sein Bartgewirr dringen. „Freuen Sie sich nicht, Ihren Freund wiederzusehen?"

Wittemann trat von der Kutsche weg zu dem Jäger hin, damit Behrendt nicht hören konnte, was sie miteinander besprachen. „Ich habe Wichtigeres zu tun, als mich jetzt mit Ihnen zu unterhalten, Prussak."

„Es gibt für mich nichts Wichtigeres, als bald Oberförster zu werden. Sie halten mich bereits viel zu lange hin."

Wittemann stöhnte. Der Jäger hätte kaum zu ungelegenerer Zeit kommen können! „Was fällt Ihnen überhaupt ein, mich hier am Hotel aufzusuchen? Wir hatten doch vereinbart, dass wir nicht zusammen gesehen werden sollen!"

„Mein lieber Freund, ich hatte solche Sehnsucht nach Ihrem Anblick, dass ich nicht warten wollte, bis Sie endlich die Güte hätten, mein bescheidenes Heim mit dem Glanz Ihrer Gegenwart zu erhellen."

Wittemann ballte die Faust. Dieser Kerl machte sich auch noch lustig über ihn! Am besten ließ er ihn einfach stehen, das Duell duldete keinen Aufschub. „Wir sprechen ein anderes Mal, Prussak. Ich habe einen dringenden Termin."

Prussaks dreckiges Lachen hielt ihn zurück. „So entkommen Sie mir nicht. Ich will endlich eine verbindliche Zusage haben, wann ich den Posten bekomme."

„Sie bekommen ihn ja, Prussak, das verspreche ich Ihnen." Wittemann machte ein paar Schritte zur Kutsche. „Ich bin wirklich in Eile!"

„Das sollten Sie auch. Ich werde jetzt nämlich den Herrn Oberförster aufsuchen und ihm berichten, wer ihm die besten Hirsche wegschießt."

Wittemann erstarrte in seiner Bewegung. Dieser Kerl war wirklich ein Schuft! Es war ihm zuzutrauen, dass er seine Drohung tatsächlich ohne Rücksicht auf sich selbst wahrmachen wollte. Nur würde er dafür heute leider zu spät kommen – denn bis Prussak oben im Forsthaus ankam, war Grüning hoffentlich bereits tot. Oder er selbst. Aber das konnte und wollte er ihm nicht erklären.

Jetzt musste er nur zusehen, dass er diesen lästigen Jäger schnell loswurde. „Machen Sie sich nicht lächerlich, Prussak. Wenn Sie Grüning alles verraten, werden Sie niemals Oberförster werden. Und das wollen Sie doch, nicht wahr?"

Der Jäger trat näher zu ihm heran. „Ich will nicht mehr warten, Herr Wittemann!"

„Es ist schon sehr bald so weit. Spätestens aber zum Jahreswechsel. Bis dahin ist Grüning ausgeschaltet."

„Das sind noch über drei Monate!"

Dieser Kerl ließ nicht locker! Wenn er ihn nicht vielleicht noch brauchte – falls Grüning das Duell überlebte –, würde er ihn einfach niederschlagen! Er zog seine prall gefüllte Börse heraus und warf sie ihm zu. „Das ist für die Zeit bis zum Jahresende. Und jetzt verschwinden Sie."

„Aber länger als bis zum Jahresende warte ich nicht!", sagte Prussak und schob die Börse grinsend in seine Tasche.

Wittemann sprang in den Wagen und ergriff die Zügel. „Es wird höchste Zeit!"

* * *

„Mutter, ich weiß nicht, was ich denken soll." Rahel nahm einen Stuhl und setzte sich neben ihre Mutter. „Was ist mein Onkel für ein Mensch?"

Frau von Bredow seufzte. „Dein Onkel Hermann hat sich – soweit ich weiß – leider nie zum Herrn Jesus bekehrt, sehr zum Kummer unserer Eltern."

„Aber früher mochte ich ihn recht gerne. Weiß du noch, wie er mir immer Geschenke von seinen Reisen mitgebracht hat? Aber in letzter Zeit fürchte ich mich vor ihm."

„Ja, ich habe auch bemerkt, dass er sich verändert hat." Frau von Bredow sah bekümmert aus. „Der jahrelange Kampf um die hohe Position beim Ministerium hat ihn geprägt."

„Aber da ist noch mehr." Rahel musste an den Streit zwischen Grüning und ihrem Onkel denken, den sie im Hochwald miterleben musste. „Kennst du den Oberförster Grüning?"

„Ich habe hier im Dorf von ihm gehört, aber ich kenne ihn nicht."

„Aber Onkel Hermann kennt ihn."

„Ja, du hast mir von ihrem Disput erzählt."

„Irgendetwas muss zwischen ihnen vorgefallen sein, etwas, das schon sehr lange zurückliegt." Rahel ließ dieses Streitgespräch keine Ruhe. Waren die Anschuldigungen gegen den Oberförster berechtigt?

„Ich weiß leider nur wenig davon, Rahel. Wahrscheinlich war ich zu dieser Zeit bereits verheiratet. Es muss sich um ein Mädchen handeln, dass mein Bruder gerne heiraten wollte. Wie ich einmal hörte, war sie wohl die beste Freundin von Lothars verstorbener Mutter. Irgendwie ist dann ein anderer Mann, vermutlich also Albert Grüning, dazwischengetreten. Aber ob das wirklich der Grund für diese bittere Feindschaft ist, vermag ich dir nicht zu sagen."

„Aber irgendjemand muss mir doch sagen können, was zwischen Onkel Hermann und dem Oberförster vorgefallen ist! Er hat ihn einen Mörder genannt, er habe das Mädchen getötet, das er liebte und – oh, es war so schrecklich!" Rahel schlug die Hände vors Gesicht. Die Anschuldigung, dass Grüning nun dasselbe mit ihr vorhabe, wagte sie nicht zu wiederholen.

Sie fühlte, wie sich die Hand ihrer Mutter weich auf ihren Scheitel legte. „Ich habe auch schon manches über den Oberförster gehört, aber ich weiß auch, dass dein Onkel nicht immer bei der Wahrheit bleibt."

„Aber der Oberförster hat nichts dagegen gesagt! Sollte es tatsächlich wahr sein, dass er – ein Mörder ist?" Rahel schauderte bei diesem Gedanken.

Frau von Bredow ließ ein feines Lächeln sehen. „Wäre das denn so schlimm?"

Verblüfft sah Rahel ihre Mutter an. Was hatte diese Frage zu bedeuten? „Es kann mir doch nicht gleichgültig sein, ob dieser Mann ein Mörder ist!"

„Ein Mann, den du erst wenige Male gesehen hast und den du wahrscheinlich nur noch selten sehen wirst? Könnte es sein, dass dir dieser Mann nicht gleichgültig ist?"

Rahel schloss erschrocken die Augen. Dieser Gedanke machte sie schwindelig. Sie hatte sich noch überhaupt keine Rechenschaft über ihre Gefühle gegeben. „Ich wollte ihm nur helfen", flüsterte sie. „Er ist so einsam, so bitter, er hat niemanden, der zu ihm steht und der ihm ein wenig Licht in sein Leben bringt. Und ist das nicht unsere Aufgabe als Christen?"

„Ja, Rahel, wenn es mehr nicht ist. Aber ich habe Sorge, dass dieser Mann dir mehr bedeuten könnte."

Rahel versuchte ein Lachen. „Aber bedenke doch, Mutter, er ist mehr als doppelt so alt wie ich! Und er glaubt auch nicht an den Herrn Jesus."

Doch trotz ihrer Antwort sah sie plötzlich die dunklen Augen des Försters vor sich. War der Gedanke ihrer Mutter so abwegig? Sie musste zugeben, dass er sie trotz seines rauen Tons mehr faszinierte, als vielleicht gut für sie war.

Der Blick Frau von Bredows blieb zweifelnd. „Ich bete für dich, mein Kind", sagte sie. „Die Wege des Herrn sind manchmal wunderbar. Es scheint irgendein geheimnisvolles Band zwischen unserer Familie und dem Oberförster zu geben. Aber was in der Vergangenheit geschah, weiß ich nicht."

„Ob ich von Onkel Hermann die Wahrheit erfahre?"

„Er ist vor wenigen Minuten ausgefahren. Und ob er die Wahrheit sagen würde – ich weiß es nicht."

„Es muss etwas Tragisches geschehen sein. So aufgebracht habe ich Onkel Hermann noch nie gesehen. Doch der Oberförster wehrte sich kaum – sollte das ein Eingeständnis seiner Schuld sein? Oder war er zu stolz, auf die Anschuldigungen zu reagieren?" Rahel sah ihre Mutter an, doch die wusste tatsächlich nichts. Gedankenvoll wand sie das Ende ihres langen Haares um den Mittelfinger. „Glaubst du, dass es tatsächlich zum Duell kommen wird?"

„Ich wünschte, es könnte verhindert werden." Frau von Bredow griff nach ihrem Wasserglas. „Aber der Schlag ins Gesicht, von dem du mir erzählt hast, zieht immer ein Duell nach sich. Eine fürchterliche Sitte."

Rahel nickte. Ihre Gedanken weilten bei Albert Grüning. Er hatte ihren Onkel ganz bewusst mit dem Handschuh ins Gesicht geschlagen, und er wusste doch, dass dies ein Duell zur Folge hatte. War sein Hass so groß, dass er ihn unbedingt töten wollte?

War er so ein Mann, dem es auf ein Menschenleben nicht ankam? Aber sie hatte doch einen ganz anderen Eindruck von ihm, glaubte sie doch hinter seiner rauen Fassade einen verwundeten Menschen gesehen zu haben! Ob *er* ihr die Wahrheit sagen würde, wenn sie ihn fragte? „Mutter, ich werde den Oberförster fragen."

„Kind!" Frau von Bredow warf vor Schreck ihr Wasserglas um, das sie gerade wieder abstellen wollte. „Was fällt dir ein!"

Rahel sprang auf und tupfte mit ihrem Spitzentaschentuch die Wasserlache auf, die sich auf dem Tischchen bildete. „Mutter, ich *muss* Gewissheit haben! Ist Albert Grüning ein Schuft? Oder mein Onkel? Oder beide? Bedenke: Ich soll Onkel Hermanns Sohn heiraten!"

„Das solltest du niemals tun, Rahel. Du siehst an mir, wie unglücklich eine Ehe macht, wenn man den Glauben an den Herrn Jesus nicht als gemeinsame Grundlage hat."

„Ich weiß es, Mutter." Sie strich ihr über die faltigen Wangen – Spuren ihrer unglücklichen Ehe. „Trotzdem möchte ich gerne Gewissheit haben. Stelle dir nur vor, ich erführe, dass Onkel Hermann ein Schuft ist, dann könnte ich mich erfolgreich gegen meinen Cousin zur Wehr setzen."

Frau von Bredows fragende Augen richteten sich ernst auf das Mädchen. „Ist es nur deshalb, Rahel?"

„Nein, Mutter. Ich habe den Oberförster nun einmal kennengelernt, und ich bin der festen Überzeugung, dass Gott ihn mir in den Weg geführt hat. Vielleicht hat Er mir mit ihm eine Aufgabe vor die Füße gelegt, und ich möchte Ihm doch so gerne dienen. Und jetzt stelle dir nur vor, dieser ohnehin schon verbitterte Mann würde unschuldig mit Vorwürfen überhäuft! Müsste ihn das nicht in noch tiefere Verzweiflung stürzen?"

Ganz überzeugt schien Frau von Bredow nicht zu sein. Ihr Blick blieb zweifelnd. „Rahel, du bist ein gutes Kind, und es ist schön, dass du deinem Herrn, der für dich gestorben ist, dienen möchtest. Ich habe nur ein wenig Sorge, dass dieser Oberförster dir gefährlich wird."

„Ich werde schon achtgeben, Mutter. Bitte lass mich zu ihm gehen."

„Noch heute Abend?"

„Ich werde den Einspänner nehmen, dann bin ich rasch wieder zurück. Sorge dich nicht, Mutter." Rahel war schon an der Tür.

„Ich werde für dich beten, mein Kind."

Rasch eilte Rahel noch einmal zu ihrer Mutter zurück und gab ihr einen Kuss, ehe sie den Salon verließ.

Als sie eben aus dem Hotel trat, um sich den Einspänner anspannen zu lassen, kam ihr der Kutscher ihres Onkels entgegen. „Gustl, was machen Sie hier? Ich dachte, Sie fahren meinen Onkel?"

Der Kutscher machte eine tiefe Verbeugung. „Der gnädige Herr wollte selbst lenken."

Erstaunt sah Rahel den Mann an. Seit wann lenkte ihr Onkel den Wagen selbst? Das hatte er noch nie getan, es war doch unter seiner Würde, die Zügel in die Hand zu nehmen. „Gab er einen Grund dazu an, Gustl?"

„Nein, gnädiges Fräulein."

„Sonderbar." Was das nur für eine neue Laune war? „Gustl, sagen Sie bitte unserem Kutscher, er solle den Einspänner fertig machen und mich dann zur Oberförsterei hinauffahren."

„Sehr wohl, gnädiges Fräulein."

Kapitel 14

Die unscheinbare Wanduhr, die sich in Grünings Arbeitszimmer zwischen den Geweihen versteckte, verkündete mit leisem Pingping die sechste Abendstunde. Grüning spritzte die Feder aus und ließ Streusand auf das Dokument rieseln, das er soeben geschrieben hatte.

„Trine!“

Pustend schob sich die Haushälterin herein und blieb vor seinem Schreibtisch stehen. „Herr Oberförster wünschen?“

Gewissenhaft faltete Grüning das Papier zusammen, dann ließ er Siegellack daraufttropfen und drückte sein gewichtiges Siegel in die rote, harzige Masse.

„Sicher aufbewahren“, sagte er und reichte ihr den Brief.

Zögernd griff Trine danach. „Für mich?“

Grüning verdrehte die Augen. „Nein. Sollen ihn aufbewahren. Habe jetzt einen Gang zu tun.“ Er stand auf und warf sich seinen Rock über.

„Sie wollen noch fort? Es ist wohl wegen des Wilddiebes?“

„Muss noch zum Osterfelder Kopf. Kann sein, dass ich heute nicht zurückkehre. Sollte Franz Marwitz erscheinen, übergeben Sie ihm dieses Schreiben.“

„Soll ich es unter mein Kopfkissen legen, zu meinem Sparstrumpf? Oder lieber im Garten unter dem Apfelbaum vergraben, wo Ihr Herr Vorgänger zu Napoleons Zeiten das Silberbesteck vergrub?“

„Meinetwegen stecken Sie es zwischen Ihre Unterröcke“, grunzte Grüning. „Rex, musst heute Abend hierbleiben.“

Der Hund sah ihn mit traurigen Augen an, ließ den Schwanz hängen und machte es sich wieder vor dem Kamin bequem.

Grüning setzte seinen Hut auf und ging zur Haustür. Als er die Klinke schon in der Hand hatte, rief Trine hinter ihm her: „Herr Oberförster mögen verzeihen, Sie haben Ihr Gewehr vergessen.“ Sie wies mit ihrer fetten Hand auf das Zapfenbrett, wo seine Flinte hing.

„Brauche kein Gewehr.“ Dröhnend zog er die Tür hinter sich zu und wanderte in den sinkenden Abend hinein.

Der Altweibersommer brachte wunderbare Tage. Am tiefblauen Himmel war keine einzige Wolke zu erblicken, und die Bäume standen in majestätischem Schweigen da, kein Lüftchen regte ihre Äste.

Einen Augenblick blieb Grüning stehen und lauschte auf die tiefe Stille, die nur durch das Piepsen eines Vogels oder ein Rascheln im Unterholz unterbrochen wurde. Noch wenige Wochen, dann würde es im Hochwald unruhig, wenn die Oktoberstürme durch die Wipfel brausten und die Hirsche mit machtvollem Röhren die Brunftzeit verkündeten. Würde er die schönste Jahreszeit des Jägers noch erleben?

Unwillig schüttelte er den Kopf und verließ den Forsthof. Was sollten die Gedanken an den Tod. Das Leben hatte doch ohnehin keinen Reiz für ihn. Und wenn er heute Abend erschossen würde, wäre es eben vorbei, ewiger Schlaf, ewige Ruhe, und nichts weiter.

Und doch hing er an diesem armseligen Leben, das ihm nur Enttäuschungen gebracht hatte. Lag es daran, dass er sich doch nicht sicher war, dass mit dem Tod alles zu Ende war? Er hatte von seinen Eltern viel aus der Bibel gehört und wusste, dass diese an den Himmel und die Hölle glaubten. Er glaubte das zwar nicht, jedenfalls nicht mehr seit jenen traumatischen Ereignissen vor zwanzig Jahren, aber was wäre, wenn seine Eltern doch recht gehabt hatten?

Für ihn stand der Himmel jedenfalls nicht bereit, sondern nur diese andere Möglichkeit, an die er lieber gar nicht denken wollte. Aber das war ja alles Unfug, Glaube für kleine Kinder und alte Leute und für solche wie Franz Marwitz, die noch kein Leid erfahren hatten. Wenn seine Amanda erst tot wäre, würde er zu der gleichen Erkenntnis kommen wie er selbst und seine Bibel samt seinem Glauben daran ins Feuer werfen.

Und Rahel von Bredow? Plötzlich stand dieses junge Mädchen vor seinen Augen. Sie hatte nur wenige Worte über ihren Glauben verloren, aber die Art, wie sie davon gesprochen hatte, hatte ihm klar gemacht, dass es nicht nur Worte waren.

Überhaupt war Rahel anders. Sie redete nicht viel von Gott, aber ihr Leben redete lauter, als Worte es konnten. Es gelang ihm bei allen Menschen, sie mit seiner schroffen Art aus der Ruhe zu bringen, aber Rahel blieb immer freundlich zu ihm, ja, sie schien ihm umso mehr Freundlichkeit erweisen zu wollen, je unfreundlicher er war. Was gab ihr die Kraft dazu?

Grüning blieb stehen, nahm den Hut vom Kopf und wischte sich über die Stirn, als könnte er so die lästigen Gedanken beiseiteschieben. Doch Rahels Bild blieb. Er sah sie noch vor sich, wie sie auf seinem Pumpentrog saß und Rex liebkoste. Und er sah sie im lichten Sommerkleid, von Schmetterlingen umgaukelt, zwischen den dunklen Stämmen der Bäume erscheinen, als wäre sie ein Sonnenstrahl, der sich in den düsteren Wald verirrt hatte.

Schluss jetzt! Energisch stülpte er den Hut wieder über den Kopf, dass er sich die Krempe beinahe in die Augen drückte. Vielleicht wäre es am besten, wenn Wittemann ihm gleich eine Kugel durch das Herz jagte, dann wären die bohrenden Gedanken für immer vorbei.

Aber dann würde er sie nie mehr wiedersehen. Ob sie noch an ihn denken würde? Wahrscheinlich nicht, ihr Onkel würde ihr schon das Richtige über ihn erzählen, dass sie sich – wenn überhaupt – nur noch mit Verachtung an ihn erinnern würde.

Grüning atmete tief ein. Hatte er den vereinbarten Treffpunkt, an dem ihn Franz Marwitz mit dem Wagen abholen wollte, immer noch nicht erreicht? Denn dann würde er hoffentlich auf andere Gedanken kommen. Dort vorne sah er endlich die kleine Lichtung, wo der alte Waldfriedhof lag. *Allerdings ein passender Treffpunkt*, stellte er ironisch fest.

Von Marwitz war nichts zu sehen, aber er war auch zu früh. Das Gatter des Waldfriedhofs quietschte, als er es öffnete und hineinging. Langsam schritt er zwischen den Gräberreihen umher, bis er die Kapelle erreichte. Nein, diese würde er nicht betreten. Nicht nachdem Gott ihm so vieles angetan hatte.

Doch unwillkürlich las er den Spruch, der über der Tür eingemeißelt war. Wer hatte sich so etwas bloß einfallen lassen? Den ersten vier Zeilen stimmte er durchaus zu, aber die letzten beiden Zeilen sollte man besser übertünchen lassen.

Ach, falsch ist und nichtig das irdische Glück,
nur Kummer und Herzeleid lässt es zurück;
zuletzt kommt der Tod noch und ruft dich hinaus
und alles entschwindet und alles ist aus.
Suchst Ruh du und Frieden und himmlisches Glück,
so lenke zu Jesus nur aufwärts den Blick.[3]

Unwillig wandte er sich ab. Den Treffpunkt hatte er wirklich ungünstig gewählt. Konnte dieser Jesus ihm denn heute nicht mehr aus dem Sinn gehen?

Als er vom Weg her Hufschlag vernahm, hob er den Kopf und spähte hinüber. Das musste Franz Marwitz sein.

Rasch verließ er den stillen Ort des Todes und zog das Gatter hinter sich zu. Wieder schallte das Quietschen laut zwischen den Bäumen. Da hielt der Wagen auch schon vor ihm an und Marwitz sprang herab. Doktor Selle, der Arzt des Dorfes, den Marwitz bestellt hatte, blieb sitzen und nickte dem Oberförster nur kurz zu.

Trotz seiner ernsten Gedanken fiel Grüning sogleich das düstere Gesicht seines Freundes auf. „Franz?“, fragte er nur.

„Ihr Zustand hat sich noch weiter verschlimmert. Ich hoffe, dass ich sie nach meiner Rückkehr noch lebend antreffe.“

„Da hast du deinen lieben Gott.“ Hart schleuderte Grüning ihm die Worte entgegen. „Komm, wollen aufsteigen. Sollten pünktlich am Osterfelder Kopf erscheinen.“

Marwitz nickte. „Du bist also noch immer fest entschlossen?“ Er schnalzte mit der Zunge und der Wagen setzte sich in Bewegung.

„Welche Frage!“

„Und dann, Albert?“

„Wie: Und dann?“

„Wo wirst du sein, wenn Wittemann dich trifft?“

„Will nichts davon hören!“ Fing das schon wieder an? Die-

3 Verfasser unbekannt

ses fromme Gefasel fiel ihm gehörig auf die Nerven! Es war doch schließlich seine Sache, was er glaubte oder nicht!

Marwitz' besorgtes Gesicht schob sich vor seine Augen. „Albert, eine Wahrheit wird nicht dadurch unwahr, dass man sie verdrängt."

„Und eine Sache wird nicht dadurch wahr, dass man sie ständig wiederholt."

„Willst du dich nicht angesichts des Todes noch einmal an das erinnern, was du in deinem Elternhause gelernt hast? Du weißt doch alles!"

„Das Leben hat alles widerlegt, was ich gelernt habe." Grüning machte eine wegwerfende Handbewegung. „Warum macht es Gott Spaß, mich zu quälen?"

„Wie? Auf einmal gibt es Ihn?" Marwitz legte sachte die Hand auf seinen Arm. „Wenn du dich zu Ihm bekehren sollst, leugnest du Ihn, aber wenn dir unangenehme Dinge widerfahren, dann ist genau dieser Gott schuld, den es nach deiner Meinung gar nicht gibt."

„Habe genug davon!" Unwirsch schüttelt Grüning die Hand ab. „Habe dich als Sekundant, nicht als Beichtvater engagiert!"

„Möge Gott verhüten, dass du heute tödlich getroffen wirst. Mir graust vor deinem Ende, Albert! Es ist schrecklich, unversöhnt in die Hände des lebendigen Gottes zu fallen."

„Was stört das *dich*? Dir blüht dieses Schicksal doch nicht."

„Du verstockter, bockbeiniger Kerl!"

Marwitz schaffte es also nicht, so ruhig zu bleiben, wie es Rahel immer gelang. Rahel! Schon wieder drängte sie sich in seine Gedanken.

Doch jetzt hatten sie zum Glück die Lichtung auf dem Osterfelder Kopf erreicht. Es war noch kein zweiter Wagen zu sehen. Ob Wittemann sich noch im letzten Moment drücken wollte?

Der Sanitätsrat ergriff seinen Instrumentenkoffer und den Wasserkrug. „Ich hoffe inständig, dass wir diese Dinge nicht benötigen werden, Herr Marwitz."

Marwitz nickte und stieg vom Bock.

Auch Grüning sprang vom Wagen und sah sich auf der Lichtung um, die er aus seinen dienstlichen Obliegenheiten gut kannte. Sie war wie geschaffen für Ehrenhändel, da sie abseits der Hauptwege lag und sich selten ein Mensch hier herauf verirrte. Und zu dieser Jahreszeit war die Sonne bereits hinter den Baumwipfeln verschwunden, sodass keiner der Gegner geblendet wurde.

Hier also sollte sich nun sein Schicksal entscheiden. Würde es ihm gelingen, seinen Todfeind auszuschalten? Auf 25 Schritt sollte es eigentlich möglich sein, schließlich war er ein ausgezeichneter Schütze. Aber wenn Wittemann ihm zuvorkam?

Das Rollen eines Wagens unterbrach seine Gedanken. Hermann Wittemann erschien mit seinem Sekundanten, Kommerzienrat Behrendt. Dem Duellkodex gemäß begrüßten sich die Kontrahenten höflich, um dann abseits zu warten, bis die Sekundanten ihre Standplätze markiert hatten.

Grüning wischte sich die Hand, die er Wittemann soeben gereicht hatte, an der Hose ab und schüttelte sich. Dieser Mann hatte nur Elend und Leid über ihn gebracht. Er hatte sein Glück, seine Hoffnung, sein Leben zerstört. Wenn es ihm doch nur gelänge, ihn tödlich zu treffen!

Jetzt winkte Marwitz ihn zu sich heran. „Willst du dich nicht doch bei Wittemann entschuldigen, Albert? Dann könnte noch alles vermieden werden!"

„Nein! Sind hier, um zu kämpfen." Versöhnung kam überhaupt nicht in Frage. Wittemann musste sterben!

Marwitz seufzte. „Dann werden wir jetzt die Standplätze auslosen."

Er trat zu Behrendt, und Grüning beobachtete, wie sie eine Münze warfen. Daraufhin öffnete Behrendt den Koffer mit den Pistolen, die dann von den Sekundanten geladen wurden – er hoffte, dass dies mit der notwendigen Sorgfalt geschah.

Marwitz trat wieder zu ihm. „Ich werde dich jetzt zu deinem Standplatz führen, Albert."

Gemeinsam schritten sie über die Wiese bis zu dem mit Stöcken markierten Platz nahe bei den Wagen, die sie auf die Lichtung gefahren hatten, damit ein Verletzter schnell abtransportiert werden konnte.

Unwillkommene Gedanken schossen ihm dabei durch den Kopf. Waren dies die letzten Schritte, die er tat? Würde dieser Platz, den er jetzt einnahm, der Ort seines Todes sein? Wo würde er sein, wenn die Kugel ihn tatsächlich tödlich träfe?

Glücklicherweise durchbrach Marwitz‘ Stimme seine Gedanken. „Herr Kommerzienrat Behrendt wird jetzt die Duellbedingungen verlesen, ehe ich dir die Pistole übergebe."

Grüning sah Wittemann ebenfalls auf seinem Standplatz stehen, während Behrendt das Protokoll entfaltete. „Meine Herren, ich bitte Sie, die Bedingungen dieses Duells genau zu beachten. Die Distanz zwischen Ihnen beträgt 25 Schritt. Es ist ein einmaliger Kugelwechsel vereinbart. Wenn wir Ihnen die Waffen übergeben, wenden Sie bitte einander den Rücken zu. Ich werde das Kommando *Schießen!* geben, dann wenden Sie sich um, spannen den Hahn und haben 30 Sekunden Zeit, Ihren Schuss abzugeben. Die Sekunden werde ich laut mitzählen. – Haben Sie alles verstanden?"

Beide antworteten mit „Ja".

Marwitz trat wieder zu Grüning. „Jetzt drehe dich um, und ich werde dir die Waffe überreichen."

Grüning gehorchte. Das Holz des Pistolenschafts fühlte sich warm in seiner Hand an, aber als er den Lauf berührte, spürte er die Kälte des Stahls an seinen Fingern.

„Sorgfältig geladen?", fragte er.

„Ich selbst habe gewissenhaft geladen und auch Herrn Behrendt genau beobachtet. Bitte halte den Lauf zu Boden gesenkt, bis das Kommando ertönt."

Grüning wiegte die Pistole in der Hand. An dieser kleinen Waffe hing nun sein Schicksal. Wenn alles gut ging, hatte Wittemann gleich die Kugel, die jetzt noch im Lauf steckte, im Herzen.

Marwitz reichte ihm noch einmal die Hand. „Albert, ich flehe zu Gott, dass du nicht getötet wirst."

„Spar dir deine Gebete!", brummte Grüning und entzog ihm die Hand. Konnte er denn nie mit diesem frommen Geschwafel aufhören?

Da zog sich Marwitz endlich zu dem anderen Sekundanten und dem Arzt zurück und ließ Grüning allein.

Der Förster sah hinauf zu den Baumwipfeln, die sich leicht im gerade aufkommenden Abendwind neigten. Dies war die einzige Liebe, die ihm geblieben war: die Liebe zu seinem Wald. An einzelnen Bäumen begannen sich die Blätter bereits gelb zu färben, und die rötlichen Strahlen der untergehenden Sonne küssten die Wipfel, dass sie golden aufleuchteten. Bald schon würde der Wald in allen Farben des Herbstes brennen. Einige schwankende Äste lenkten die Aufmerksamkeit des Försters auf ein Eichhörnchen, das emsig von Zweig zu Zweig sprang, offenbar in der Absicht, einen Vorrat an Winterspeise anzulegen.

„Meine Herren, Achtung auf mein Kommando!"

Grüning schrak aus seinen Betrachtungen auf und fasste den Schaft der Pistole fester. Der sich färbende Wald, die untergehende Sonne, das Eichhörnchen – alles rückte schlagartig in weite Ferne. Im Geist sah er schon die Brust des Gegners vor sich, auf die er zielen würde.

Tief atmete er ein und wieder aus, um sein rasend klopfendes Herz zu beruhigen. Sein Arm durfte nicht zittern. Wann gab Behrendt denn endlich das Kommando? Seine Nerven waren zum Zerreißen gespannt und er presste die Zähne knirschend aufeinander.

„Schießen!", hallte es plötzlich über die Wiese.

Blitzschnell wandte Grüning sich um und nahm die Seitwärtsstellung ein, die dem Gegner möglichst wenig Angriffsfläche bot, während der leitende Sekundant die Sekunden zu zählen begann. „Eins, zwei ..."

Grüning hob die Waffe. Das Knacken des Hahns schien ihm schon so laut zu sein wie ein Pistolenschuss. Das Blut rauschte in seinen Ohren, er spürte, wie seine Hand bebte.

Wieder atmete er tief ein und aus und fasste seinen Gegner fest ins Auge.

„... sieben, acht ...", zählte Behrendt.

Wenn seine Hand nur ruhig wäre! Er hatte sich vorgenommen, mit seinem Schuss dem Schuss Wittemanns zuvorzukommen, um ihn auszuschalten, ehe er selbst getroffen werden konnte.

Er visierte seinen Gegner an, der ebenfalls die Seitwärtsstellung eingenommen hatte und somit nur ein schmales Ziel bot.

„... dreizehn, vierzehn, fünfzehn ..."

Die Hälfte der Zeit war schon verstrichen. Langsam begann Grüning den Finger am Abzug zu krümmen, als er spürte, wie ihm ein Schweißtropfen von der Stirn in die Augenbrauen lief. Rasch wischte er ihn mit der Linken weg, bevor er in die Augen tropfen konnte und ihm die Sicht nahm. Wieder waren wertvolle Sekunden verstrichen.

„... neunzehn, zwanzig ..."

Endlich wurde seine Hand ruhiger. Jetzt war der Augenblick gekommen. Er hatte nur noch Wittemann im Blick.

Doch plötzlich nahm er aus den Augenwinkeln am Waldrand rechts neben seinem Gegner eine Bewegung wahr. *Jetzt nur nicht ablenken lassen!* „... vierundzwanzig, fünfundzwanzig ..."

Grüning krümmte den Finger und zog den Abzug durch.

* * *

Die Lichtung des Forsthauses lag noch im vollen Abendsonnenschein, weil im Westen die Bäume weit zurücktraten und das Licht ungehindert einfallen ließen. Rahel kam das Haus in der weichen Beleuchtung wie ein Zauberschloss vor.

Ehe der Kutscher ihr helfen konnte, sprang sie vom Wagen und klopfte an die Haustür. Innen ließ sich Rex' Bellen vernehmen und bald darauf die schweren Schritte der Trine, die ihr öffnete.

„Oh, das gnädige Fräulein!", rief sie mit einem Gesicht, das vor Freude wie der Vollmond strahlte. „Wie schön, dass Sie das Forsthaus wieder mit Ihrem Besuch beehren."

Rahel streichelte Rex, der schwanzwedelnd an ihr emporsprang, den Kopf. „Ich danke Ihnen. Ist der Oberförster daheim?"

„Gnädiges Fräulein mögen verzeihen, der Herr Oberförster ist ausgegangen."

Enttäuscht senkte Rahel den Kopf. Sie hatte gar nicht an die Möglichkeit gedacht, dass Grüning nicht daheim sein könnte. Was sollte sie jetzt tun? Sollte sie unverrichteter Dinge umkehren? Ohne auf ihre brennenden Fragen eine Antwort erhalten zu haben?

„Können Sie mir sagen, wohin er gegangen ist?"

Trine legte die fette Hand an die Stirn. „Er sagte etwas, ich kann mich nur gerade nicht darauf besinnen. Er war ohnehin merkwürdig heute Abend. Denken Sie nur, er hat mir einen Brief gegeben, den ich zwischen meinen Unterröcken aufbewahren soll, bis er wiederkommt."

„Wie bitte?", lachte Rahel. Da hatte die gute Trine wohl etwas falsch verstanden. „Und seinen Hund hat er auch nicht mitgenommen. Will er wieder dem Wilddieb auflauern?"

„Nein, das glaube ich nicht." Trine schüttelte den Kopf. „Denn auch seine Flinte, die er sonst immer bei sich trägt, hängt noch am Zapfenbrett."

Rahel sah auf das Gewehr, das tatsächlich dort hing. Kein Hund, keine Waffe – sollte Grüning etwa nur einen einfachen Abendspaziergang unternehmen? Aber was hatte es mit dem sonderbaren Brief auf sich, den er Trine eingehändigt hatte?

„Hat der Herr Oberförster etwas verlauten lassen, wann er zurückzukehren gedenkt?"

„Er sagte nur, dass es möglich wäre, dass er heute nicht zurückkehrt. Und wenn sein Freund, der Herr Marwitz, hier erscheint, solle ich ihm den Brief aushändigen."

Rahel wurde es sonderbar zumute. In ihr keimte ein Verdacht auf, der sich mit jedem Wort Trines mehr verdichtete. Grüning ging ohne Gewehr und Hund in den Wald, vertraute seiner Haushälterin ein offenbar wichtiges Dokument an, würde vielleicht heute nicht zurückkehren – gleichzeitig fuhr ihr Onkel davon, ganz gegen seine Gewohnheit ohne Kutscher ...

„Trine! Wohin, sagte der Oberförster, wollte er gehen?"

Die runde Frau sah sie aus erstaunten Kugelaugen an. „Wollen Sie ihn suchen?"

„Trine! Bitte geben Sie mir sofort Antwort! Es kann sonst ein furchtbares Unglück geschehen!" Rahel fasste sie bei den Schultern. Dabei gellten ihr immer wieder die Worte ihrer Mutter in den Ohren: *Ein Schlag ins Gesicht zieht immer ein Duell nach sich.* „Trine, bitte erinnern sie sich!"

„Ein Unglück? Was für ein Unglück?"

„Bitte, Trine, ich darf keine Zeit verlieren!"

„Ja, er sagte etwas. Er sagte, er hätte noch einen Gang zu tun. – Ja, jetzt fällt es mir wieder ein!“ Trines Gesicht strahlte wie die untergehende Sonne, die durch die offenstehende Tür in den sonst so dämmrigen Flur fiel. „Er wollte zum Osterfelder Kopf.“

„Wo ist das? Wie komme ich dorthin?“ Nervös wickelte Rahel eine Schleife ihres Kleides um den linken Mittelfinger.

„Der Osterfelder Kopf ist ziemlich abgelegen, es kommt nur selten ein Mensch dorthin.“

Beinahe hätte Rahel die Schleife zerrissen. Tief atmete sie durch, um nicht die Geduld zu verlieren. „Trine, bitte beschreiben Sie mir den Weg zu diesem Osterfelder Kopf. Es geht um Leben und Tod!“

„Aber was ist denn geschehen?“

„Ich habe jetzt keine Zeit, alles zu erklären, sonst könnte es zu spät sein!“

Endlich, kurz bevor Rahel die Geduld vollends verlor, begann die Haushälterin, den Weg umständlich zu beschreiben. Als Rahel schon den Fuß in den Speichen hatte, um sich zu dem Kutscher auf den Bock zu schwingen, hielt sie noch einmal inne. „Wann ist der Oberförster gegangen?“

„Es mag gegen sechs Uhr gewesen sein.“

Rahel sah auf ihre Uhr. Es war jetzt wenige Minuten vor sieben Uhr. Mit einem Satz saß sie neben dem Kutscher. „Hans, jetzt fahren Sie, wie Sie noch nie gefahren sind! Ich werde Ihnen den Weg sagen.“

Das Pferd bäumte sich kurz auf und flog dann aus dem Forsthof hinaus, als habe es gar keinen Wagen zu ziehen. Nun ging es die schmalen Waldwege hinauf. Hans musste sein ganzes Können aufbieten, um das Fahrzeug sicher zwischen den Bäumen hindurchzusteuern.

Krampfhaft hielt Rahel sich am Bock fest, um nicht heruntergeschleudert zu werden. Über das Rasseln des Wagens musste sie beinahe schreien, um dem Kutscher die Richtung anzugeben.

Der Weg, den Trine gewiesen hatte, führte ständig bergan, und bald schon flogen dem Pferd die Schaumflocken ums Maul. Der Kutscher griff zur Peitsche, um es zu einer letzten Kraftanstrengung anzufeuern, denn nach Trines Beschreibung mussten sie ihr Ziel fast erreicht haben.

Mit bohrenden Blicken versuchte Rahel die Dämmerung zwischen den Stämmen zu durchdringen. Mittlerweile war sie sicher, dass heute Abend das Duell stattfand. Was Trine ihr berichtet und was sie über die Abfahrt ihres Onkels vom Hotel gehört hatte, deutete nur zu gewiss darauf hin.

Sie gab sich selbst keine Rechenschaft darüber, warum sie diese halsbrecherische Fahrt unternahm. Und doch trieb es sie mit aller Macht hinauf zum Osterfelder Kopf, wo sich zwei Männer gegenüberstanden, bereit, einander zu töten. Oder kam sie schon längst zu spät? War schon alles geschehen und einer der beiden bereits verwundet – oder gar tot?

Wieder kamen ihr Worte ihrer Mutter in den Sinn, die sie erst heute Abend zu ihr gesprochen hatte: *Oder könnte es sein, dass dir dieser Mann nicht gleichgültig ist?* Was empfand sie wirklich für Albert Grüning? War es etwa doch mehr als nur Hilfsbereitschaft und Mitgefühl?

Sie schüttelte die Gedanken ab, schließlich musste sie sich darauf konzentrieren, den Ort zu finden, wo sich ihr Onkel und Albert Grüning vermutlich gegenüberstanden.

Rahel gab dem Kutscher einen Wink, die Geschwindigkeit zu drosseln. Rechts des Weges sah sie durch einen dünnen Baumgürtel Tageslicht dringen, dort musste also eine Lichtung sein. Und täuschten sie ihre Augen oder standen dort zwei Gespanne und mehrere Gestalten auf der Wiese?

Sie griff dem Kutscher in die Zügel. „Halten Sie an!"

Die Kutsche schlingerte und die Hufe wirbelten Dreck auf, als das Pferd abrupt stehen blieb. Rahel raffte ihr Kleid und sprang behände vom Bock. Mit zusammengekniffenen Augen lugte sie durch die Stämme hindurch und versuchte zu erkennen, was auf der Lichtung vor sich ging.

Tatsächlich sah sie dort fünf Männer. Zwei standen einige Ellen voneinander entfernt und wandten einander den Rücken zu, während die übrigen drei mit dem Rücken zu ihr am Waldrand standen. Jetzt rief einer der drei letzteren etwas, was sie nicht verstehen konnte.

Nur einen kurzen Augenblick zögerte sie und legte die Hand auf ihr Herz, das wie ein wildgewordenes Pferd galoppierte. Dann sprang sie über den Graben am Wegesrand ins Unterholz. Es war ihr gleichgültig, dass der Saum ihres Kleides von Ästen und Dornen zerrissen wurde, sie wollte nur auf kürzestem Wege die Wiese erreichen, um den Zweikampf zu verhindern.

Unendlich lang kam ihr der Weg durch den Baumstreifen vor, obwohl es nur einige Schritte waren. Aber immer wieder schlangen sich Ranken um ihre Beine und wollten sie zu Fall bringen. Ihr Kleid verfing sich in stacheligen Brombeersträuchern, doch sie kämpfte sich vorwärts.

Von der Wiese her klang jetzt ein kurzer Ruf, wie ein Befehl. Sie sah, wie die beiden Männer sich herumdrehten und den rechten Arm hoben. Ein anderer begann zu zählen. „Eins, zwei, drei ..."

Rahel jagte noch schneller voran, wenn dies überhaupt möglich war. Jetzt ging es um Sekunden!

„... vierzehn, fünfzehn, sechzehn ..."

Endlich hatte sie das Unterholz hinter sich. Sie erkannte ihren Onkel, der nur wenige Schritte vom Waldrand entfernt stand und eine Pistole schussbereit gehoben hatte.

„... dreiundzwanzig, vierundzwanzig ..."

Rahel sprang auf ihn zu, die kurze Strecke flog sie beinahe. „Onkel Hermann, nein!", schrie sie.

Doch im selben Augenblick donnerten beinahe gleichzeitig zwei Schüsse über die Lichtung, vom Gebirge her rollte das Echo.

Zuerst stand Rahel steif wie ein Pfahl, in ihren Ohren sauste und brauste es. – Dann erst spürte sie den brennenden Schmerz, der wie eine glühende Nadel durch ihren Körper stach.

Kapitel 15

Albert Grüning ließ die rauchende Pistole sinken und starrte entgeistert auf das Bild, das sich ihm bot. Die Sekundanten und der Sanitätsrat waren hinübergeeilt und beugten sich mit Wittemann über das in die Knie gesunkene Mädchen. Dann schien es zwischen Wittemann und seinem Sekundanten einen kurzen Disput zu geben, ehe beide plötzlich zu ihrem Wagen liefen.

Endlich schüttelte auch Albert Grüning die Schreckstarre ab. Er warf die Pistole weg und rannte die 25 Schritt in einer Geschwindigkeit hinüber, die er sich selbst nie zugetraut hätte.

„Fräulein von Bredow!", rief er und beugte sich, den Arzt unsanft beiseiteschiebend, über sie.

Sie richtete den Blick auf ihn.

Ein Seufzer der Erleichterung kam zwischen seinen zusammengepressten Lippen hervor. Sie war also nicht ohnmächtig oder gar tot. Er ging neben ihr auf die Knie und legte den Arm um ihre Schultern. „Fräulein von Bredow! Wo kommen Sie her?"

Ihr sonst immer freundliches Gesicht war schmerzverzerrt, in ihren blauen Augen spiegelte sich der ungeheure Schreck. „Herr Grüning", stammelte sie. „Nun ist alles gut."

Gewaltsam wollte Doktor Selle wieder seines Amtes walten, doch Grüning wich nicht von der Seite des Mädchens, und auch Rahel wies ihn ab: „Warten Sie, Herr Doktor."

„Es ist alles gut?", fragte Grüning ungläubig. „Gnädiges Fräulein, Sie sind verletzt! Und das durch mich!"

Sie versuchte ein Lächeln. „Immerhin sind *Sie* unverletzt."

„Aber Sie! Wo hat es Sie getroffen?"

Sie wies mit der Hand an ihre rechte Seite, wo ihr helles Sommerkleid zerrissen und blutig war. „Der Sanitätsrat meint, es sei nur ein Streifschuss, aber es tut ungeheuerlich weh!"

„Wie sind Sie hierhergekommen?" Grüning hatte noch immer den Arm um sie gelegt. „Woher wussten Sie, dass Sie uns hier finden würden?"

„Ich wollte Sie heute Abend aufsuchen, aber Sie waren kurz vorher gegangen. Da Sie sich ebenso wie mein Onkel so sonderbar verhalten hatten, war mir rasch klar, was heute Abend geschehen sollte. Ich bat Trine, mir den Weg zu beschreiben."

„Und dann sind Sie gleich hierhergeeilt?"

Sie ergriff seine Hand und richtete sich etwas auf. „Ich wollte das Schlimmste verhindern."

„Und dabei sind Sie nun selbst verletzt worden."

Jetzt erschienen immerhin schon die Grübchen in ihren Wangen, wie Grüning zu seiner Erleichterung feststellte, obwohl ihr Lächeln immer noch gequält wirkte. „Sie konnten ja nicht ahnen, dass ich plötzlich aus dem Unterholz springen würde."

„Ich sah Sie allerdings erst, als ich bereits abgedrückt hatte."

Das Lächeln verschwand aus ihrem Gesicht, und ihr Blick wurde sehr ernst. „Warum hassen Sie meinen Onkel so sehr, dass Sie ihn sogar erschießen wollten?"

Grüning hatte eine solche Frage befürchtet. Und hatte sie nun nicht ein Recht auf eine Antwort? Wahrscheinlich schon, aber er konnte doch nicht diesem fremden Mädchen ...? – War sie ihm denn wirklich noch so fremd? War sie nicht wie ein fröhlicher Schmetterling in sein graues Leben geflattert, aus dem er sie kaum noch wegdenken konnte? Doch trotzdem: Sollte er ihr seine Lebensgeschichte anvertrauen?

„Sie sollten sich verbinden lassen, Fräulein von Bredow." Er stand auf und wandte sich an Doktor Selle, der ungeduldig auf- und abging. „Bitte, Herr Sanitätsrat."

Grüning trat zurück und machte dem Arzt Platz, der die Wunde mit dem Wasser aus dem Krug auswusch und Rahel auch davon zu trinken gab.

Unterdessen trat Marwitz zu ihm hin. „Albert? Was hat es mit diesem Mädchen auf sich?"

Nun sollte er schon wieder etwas erklären, was er nicht erklären wollte! „Ist Wittemanns Nichte."

Doch Marwitz gab sich damit nicht zufrieden. „Aber du kennst sie doch auch?"

„Kennen? Ist zu viel gesagt."

Zweifelnd sah ihn sein Freund an. „Mir scheint es schon so zu sein."

„Willst du nicht nach Amanda sehen? Brauche dich nicht mehr."

„Albert, du kannst nicht dauerhaft vor allen unangenehmen Fragen davonlaufen. Auch dieses Mädchen hat ein Recht zu wissen, was hier geschehen ist."

Grüning sah sich um. „Wo sind Wittemann und Behrendt?"

„Sie befürchteten, die Demoiselle sei nicht allein gekommen. Wegen des Duellverbotes wollten sie jede Entdeckung vermeiden und ergriffen die Flucht."

„Elende Feiglinge", knurrte Grüning. „Lässt dieser Schuft seine verletzte Nichte zurück und flieht."

„Er befahl sie der Obhut des Sanitätsrates an." Marwitz hielt einen Augenblick inne. „Albert, du bist nicht besser als diese beiden Herren. Auch du bist auf der Flucht, auf der Flucht vor deiner Vergangenheit."

„Schweig!", donnerte Grüning so laut, dass sich der Arzt und Rahel nach ihnen umsahen. „Kümmere dich um deine Braut!" Er kehrte Marwitz den Rücken zu.

„So schnell wirst du mich nicht los. Ich warte auf Doktor Selle und das Fräulein und werde beide mit ins Dorf nehmen."

Ehe Grüning die grobe Erwiderung, die ihm auf der Zunge lag, aussprechen konnte, trat der Arzt zu ihm. „Das gnädige Fräulein wünscht Sie zu sprechen. Ich werde mit Herrn Marwitz am Wagen warten." Er lüftete den Hut und schritt mit Marwitz davon.

Zögernd ging Grüning zu Rahel hinüber, die an einen Baum gelehnt dasaß. „Gnädiges Fräulein?"

„Nein, nicht diese Anrede."

Er verbeugte sich knapp. „Wie Sie befehlen, Fräulein von Bredow."

„Auch das gefällt mir nicht viel besser, Herr Oberförster."

„Sie sind wählerisch."

Rahel versuchte sich aufzurichten. Erst als er ihr bei ihren vergeblichen Bemühungen eine Weile zugeschaut hatte, sah er die Notwendigkeit ein, ihr helfen zu müssen.

Sie stützte sich auf seinen Arm und lehnte sich an ihn. „Herr Oberförster, wissen Sie, warum ich Sie im Forsthaus aufsuchen wollte? Ich wollte Sie nach dem Grund des Disputs mit meinem Onkel fragen."

„Hm", brummte er, während er Marwitz beobachtete, der den Arzt allein bei dem Wagen stehen ließ und zum Waldweg hinüberging.

„Und jetzt frage ich Sie hier: Was ist der Grund? Auch für das Duell?"

Albert Grüning wurde es eigentümlich zumute, als er auf das blonde Mädchen herabsah, das sich vertrauensvoll an ihn lehnte. Sollte er sich einen Ruck geben und sich alles von der Seele reden? „Sie wissen doch bestimmt alles schon von Ihrem Onkel", wandte er ein.

Sie schüttelte den Kopf. „Nein. Ich habe ihn nicht gefragt, und er hat mir nichts erzählt."

„Warum fragen Sie nicht ihn?"

„Ich möchte es gern von Ihnen erfahren." Sie senkte den Blick und drehte die Spitzen ihres langen Haares um den linken Mittelfinger. „Ich weiß nicht, ob mein Onkel mir die Wahrheit sagen würde", flüsterte sie.

„Von mir aber glauben Sie dies zu wissen?"

Scheinbar schien sie diese Frage zu verwirren, denn sie hob den Kopf nicht und gab auch keine Antwort.

„Sie sind noch jung, Fräulein von Bredow. Die Ereignisse, die zu diesem Zusammenstoß führten, liegen ungefähr so weit zurück wie Ihre Geburt."

„Aber sie haben Auswirkungen bis in die heutige Zeit. Und sie betreffen nun auch mich." Ihr Blick wanderte zu dem Verband.

Er wusste nur zu gut, dass sie recht hatte. Irgendwann würde sie ohnehin alles erfahren, und wenn Wittemann davon berichtete, würde sie einen völlig verzerrten Bericht erhalten. Ob er es ihr doch sagen sollte? Wenn es ihm nur nicht so unendlich schwerfallen würde!

Scheinbar bemerkte sie seinen Kampf, denn sie legte auch die andere Hand auf seinen Arm und schlug die seelenvollen Augen zu ihm auf. „Herr Oberförster, ich werde bestimmt alles für mich behalten und sie auch niemals verachten für das, was vorgefallen ist."

Ihre weiche Stimme schmeichelte sich in sein Herz, und er musste alle Kraft aufwenden, um ihren Wünschen nicht nachzugeben. „Fräulein von Bredow, es ist sicherlich nicht recht, wenn ich Ihnen gegenüber schlecht über Ihren Onkel rede."

„Sind das nicht Ausflüchte? Mein Verhältnis zu meinem Onkel ist nicht gerade innig zu nennen. Sie werden mir also nicht mein gutes Bild von ihm zerstören können. Herr Oberförster, ich bitte Sie so sehr!"

Als er eine einsame Träne an ihren Wimpern hängen sah, schmolz sein Widerstand dahin. „Ist gut." Er ärgerte sich über sich selbst, als er sich diese Worte sagen hörte. Sogar ihm, dem harten, unnahbaren Oberförster, war es unmöglich, diesem Mädchen eine weitere abschlägige Antwort zu geben. „Aber nicht heute", fügte er hinzu. „Erst müssen Sie sich von dem Schrecken und dem Blutverlust erholen."

„Aber Sie versprechen mir, dass ich von Ihnen alles erfahre?"

Er atmete tief ein. Es blieb ihm keine andere Wahl mehr. „Ich verspreche es."

Ein freudiger Strahl brach aus ihren Augen. „Ich danke Ihnen! Ich werde Sie in den nächsten Tagen aufsuchen. Werden Sie dort, wo wir uns neulich trafen, noch länger zu tun haben?"

„Ja. Habe noch einige Bäume zu markieren."

„Ich werde Sie sicher aufsuchen. Noch diese Woche. – Bringen Sie mich nun zum Wagen?"

Auf seinen Arm gestützt legte sie den Weg zurück und ließ sich von ihm und dem Sanitätsrat hineinhelfen. Gerade als Rahel abfahrbereit war, kam auch Marwitz zurück, der berichtete, dass er den Kutscher der von Bredows mit dem Wagen ins Dorf zurückgeschickt habe. Marwitz bedeutete Grüning ebenfalls einzusteigen, doch er wehrte ab. „Werde zu Fuß gehen."

Er wandte sich abrupt um und stieg über die kaum erkennbaren Jägerpfade vom Osterfelder Kopf herab, unzufrieden mit sich selbst, weil er sich verpflichtet hatte, seine Vergangenheit zu offenbaren. Oder mischte sich in seine Unzufriedenheit auch ein wenig Erleichterung? Weil dort ein Mensch war, der aufrichtiges Interesse an ihm zeigte?

Bah, was hatte er davon. Bald waren auch die letzten Sommertage vorüber, dann würde sie abreisen und sie würden sich niemals wiedersehen. Es wäre besser gewesen, er hätte dieses Versprechen nicht gegeben, aber ihren bittenden Augen hatte er einfach nicht widerstehen können.

Kapitel 16

Gewissenhaft malte Grüning einen roten Punkt auf die Eiche, die die Forstgehilfen demnächst fällen sollten. Schon seit einigen Tagen war er ausschließlich mit dieser Aufgabe an dem Ort beschäftigt, wo er vor kurzem mit Rahel zusammengetroffen war.

Der Wilddieb hatte nun über eine Woche stillgehalten. Sollte er ihm doch den Gefallen getan haben und in ein anderes Revier gewechselt sein? Seit dem Vorfall an der Altenburg hatte die Aktivität des Wilddiebs mehr und mehr nachgelassen, und er wünschte sich dringend, dass es endlich so blieb.

Beinahe zwanzig Jahre war sein Leben zwar einsam, aber ruhig verlaufen, doch mit jenem Morgen, als er beim Bad in der Wölfel den ersten Schuss des Wilddiebs gehört hatte, häuften sich die Unannehmlichkeiten. Zuerst der Wilddieb, dann sein Freund Marwitz, mit dem seit seiner Verlobung noch weniger anzufangen war als zuvor, dann trat plötzlich Rahel von Bredow in sein Leben – und er wusste nicht, ob er sich darüber freuen oder ärgern sollte – und zu guter Letzt tauchte sein alter Feind auf und bedrohte sein Leben. Warum konnte das Leben nicht einfach so weitergehen wie die Jahre zuvor?

Er trat an den Weg und ließ sich auf dem Baumstamm nieder, auf dem er vor über einer Woche mit Rahel gesessen hatte. Die Abendsonne malte goldene Kringel auf den Waldboden und auf Rex' Fell, dass er fast wie ein Leopard aussah. Doch den Hund schien das wenig zu stören, er schnarchte vor sich hin. Nur hin und wieder fuhr er kläffend auf – dann träumte er wohl von der Verfolgung des Wilddiebs.

Grüning aber sah immer wieder den Weg hinab. Aus dieser Richtung war sie gekommen, umgaukelt von bunten Schmetterlingen, Sonnenfunken im goldenen Haar. Jeden Tag seit dem Duell wartete er auf sie und fürchtete doch, sie könnte tatsächlich kommen. Zwar war inzwischen fast eine Woche verstrichen, aber sie würde es sich bestimmt nicht nehmen lassen, seine Geschichte zu erfahren, nachdem sie ihn so hartnäckig deswegen bearbeitet hatte. Oder hatte sich ihre Verwundung später doch noch als schwerer herausgestellt, als zunächst angenommen? Aber wahrscheinlich waren nur ihre Eltern und ihr Onkel schuld, die sie nach den Vorfällen anlässlich des Duells nicht gehen lassen wollten.

Einerseits spürte er eine gewisse Erleichterung. Wenn sie nicht käme, bräuchte er ihr auch nichts zu erzählen. Er könnte sein Leben weiterführen wie bisher und sie aus seinen Gedanken streichen. Doch die Erleichterung hielt nicht lange an, er spürte im Gegenteil einen Stich in der Herzgegend, wenn er daran dachte, sie möglicherweise nie wiederzusehen.

Rahel war ganz anders als die Menschen, die ihm sonst begegneten. Widerwillig musste er sie bewundern, weil sie stets ruhig und freundlich blieb, wie unfreundlich er auch war. Alle anderen hatten nur Vorwürfe für ihn und wussten ganz genau, was er im Leben falsch gemacht hatte und was er nun besser machen sollte; dabei war jeder andere selbstverständlich besser als er, weil nur er eine dunkle Vergangenheit hatte, die er durch seine Flucht in den Wald verdrängt hatte.

Nur dieses blonde Mädchen hatte ihn anders behandelt. Zwar fing auch sie hin und wieder mit ihrem frommen Geschwafel an, aber bei ihr empfand er wirkliches Mitgefühl ohne Vorbehalte. Sie ertrug seine grantige Laune, und manchmal ertappte er sich dabei, dass er sich von ihrem Frohsinn anstecken lassen wollte. Rahel war der einzige Mensch, in dessen Gegenwart er sich wohlfühlte.

Und wenn sie nun nicht käme? Er würde sie tatsächlich vermissen. Zwar konnte er dann seine Geheimnisse für sich behalten, aber der Preis dafür – nämlich Rahel zu verlieren – war hoch.

Gleichzeitig fragte er sich aber auch, was aus diesem seltsamen Verhältnis werden sollte. Sie war eine Sommerfrischlerin aus reichem Hause, die bald wieder aus seinem Leben verschwinden würde, wahrscheinlich ohne jemals zurückzukehren.

Zum ersten Mal tauchte in ihm der Gedanke an eine Verbindung mit Rahel von Bredow auf, jedoch verwies er ihn sofort ins Reich der Fabeln. Nach seinen Erlebnissen vor zwanzig Jahren war es völlig undenkbar, dass er sich noch einmal an ein Mädchen band. Ganz zu schweigen von seinem Alter, seiner Stellung als schlichter Oberförster und seinem Ruf.

Er schüttelte den Kopf. Er hatte den Weg der Einsamkeit gewählt und würde ihn bis zum Ende gehen – allen Rahel von Bredows der Welt zum Trotz.

Und doch wandte sich sein Blick immer wieder suchend dem Weg zu, ob sich nicht ein lichtes Sommerkleid von den dunklen Stämmen löste. Aber es war nichts zu sehen. Nur in den Wipfeln der Bäume war das uralte Lied des Hochwaldes zu hören, als der Abendwind sie mit sanfter Hand streichelte. Auf dem Weg erloschen nach und nach die goldenen Ringe, und auch Rex' Fell wurde wieder zu einem herkömmlichen Hundefell.

Erneut ging ein Tag zu Ende, und Rahel war nicht gekommen. Warum blieb sie aus? Lag es nur an ihren Eltern, oder wagte sie sich nach den schlimmen Vorfällen nicht mehr in seine Nähe? Sicherlich hatte Wittemann ihr Aufklärung über das Duell gegeben, und danach wollte sie wahrscheinlich nichts mehr mit ihm zu tun haben. So musste es sein: Sie kam nicht, weil sie erfahren hatte, was damals angeblich geschehen war. Sie hielt ihn für einen Schuft, vielleicht gar für einen Mörder, dachte jetzt nur noch mit Abscheu an ihn – wenn sie ihn nicht schon ganz aus ihren Gedanken verbannt hatte.

Schwerfällig erhob sich Grüning und stieß einen leisen Pfiff aus, um Rex zu wecken. „Komm", sagte er und strich seinem treuen Begleiter über den Kopf. „Es ist aus. Sie wird nicht mehr wiederkommen. Was hat man davon, wenn man sein Herz an einen Menschen, noch dazu an eine Frau hängt? – Enttäuschung!"

Noch einmal wandte Albert Grüning sich um. Zwischen den Stämmen zog die Dämmerung herauf und vertrieb die letzten Sonnenstrahlen des Tages aus dem Hochwald.

„Nur du bleibst mir treu, Rex."

Der Hund hob die Schnauze und leckte ihm die Hand. Gerade wollte Grüning sich in Bewegung setzen und zum Forsthaus zurückkehren, als der Knall eines Schusses zwischen den Bergen hallte. Starr blieb der Oberförster stehen. Das hatte ihm gerade noch gefehlt: Der Wilddieb war also doch nicht weitergezogen.

Er seufzte. „Komm, Rex. Uns erwartet eine unruhige Nacht."

* * *

Steif und durchfroren kehrte Grüning kurz vor Mitternacht ins Forsthaus zurück. Trine hätte wenigstens das Feuer im Kamin unterhalten sollen, aber das sägende Geräusch, das unüberhörbar die Treppe herabschallte, ließ keinen Zweifel daran, welcher Tätigkeit sie stattdessen nachging.

Nun stand er in seiner kalten Stube und beobachtete Rex, der sich auf seiner Decke zusammenrollte und binnen weniger Sekunden eingeschlafen war. Wer es doch so gut hätte wie dieser Hund! Der brauchte nur mit seinem Herrn zu laufen und legte sich nachher einfach hin und schlief. Für ihn aber blieb wieder die heißgeliebte Aufgabe, einen Bericht an das Ministerium aufzusetzen.

Nachdem er dem Hall des Schusses gefolgt war, hatte er nach einigem Suchen die Stelle gefunden, wo er gefallen war. Der kapitale Bock, den der Wilddieb geschossen und wieder liegen gelassen hatte, war kaum zu übersehen gewesen.

Ihm war dies alles ein Rätsel. Stundenlang war er durch den Wald gelaufen, um den Halunken zu finden, aber in der Dunkelheit war keine Spur zu entdecken gewesen.

Er sollte es seinem Hund gleichtun und versuchen ein wenig Schlaf zu finden. Der Bericht an das Ministerium konnte auch bis morgen warten.

Kapitel 17

„Ich kann leider nicht bis zum Ende bei Ihnen bleiben, Herr Marwitz.“ Doktor Selle schüttelte den Kopf.

Marwitz reichte dem Arzt aufseufzend die Hand. „Ist ihr noch irgendwie Erleichterung zu verschaffen? Und werde ich mich noch von ihr verabschieden können?“

„Ich fürchte, dass sie einfach hinüberdämmern wird. Doch wenn Sie Glück haben, wacht sie noch einmal kurz auf. Mehr kann ich leider nicht tun.“

„Ich danke Ihnen für alles, was Sie getan haben, Herr Sanitätsrat.“ Marwitz begleitete ihn zur Tür und kehrte dann an das Bett seiner Verlobten zurück.

Wie abgemagert Amanda war! Sie war kaum wiederzuerkennen, so sehr hatte die schwere Krankheit an ihr gezehrt. Hohl und eingefallen waren die einst runden Wangen, auf denen das hohe Fieber seine Röte hinterlassen hatte. Ihre früher so strahlenden Augen waren geschlossen und lagen tief in den Höhlen. Hätte nicht ein leichtes Heben und Senken der Decke über ihrer Brust das Leben verraten, er hätte geglaubt, dort läge eine Tote.

Marwitz sank wieder auf den Stuhl an ihrer Seite und vergrub das Gesicht in den Händen. Nicht einmal ihre Eltern waren da. Sie weilten bereits seit Wochen in Afrika, weil Herr Wertheim als Naturforscher die Fauna des Nils zu ergründen suchte. Nur seine eigenen Eltern sahen regelmäßig herein und übernahmen aus Schicklichkeitsgründen zur Nacht die Wache, während er im Vorsaal schlief, um gleich bei der Hand zu sein, falls eine Veränderung eintreten sollte.

Der Besuch des Sanitätsrats hatte ihm nun die letzte Hoffnung genommen. Immer hatte er gebetet und gehofft, doch jetzt war der Augenblick gekommen, wo ihm klar wurde, dass Gott einen anderen Weg für besser hielt.

Amandas Herzschlag war nur noch schwach und unregelmäßig, das Fieber hatte sie aller Kräfte beraubt. Selbst Marwitz – in

Krankheitsdingen unerfahren – erkannte, dass dieses Leben nur noch nach Stunden zählte.

Warum ließ Gott das zu? Wäre es für Ihn nicht eine Kleinigkeit, Amanda wieder gesund zu machen? Warum musste es gerade seine Braut treffen? Er hatte doch so viel und anhaltend gebetet – hatte Gott ihn etwa nicht gehört?

Es fielen ihm Sätze ein, die er von seiner Kindheit auf kannte: *Gottes Wege und Gedanken sind höher als unsere; wenn Gott unsere Gebete nicht erhört, dann hat er Besseres mit uns vor.* Er hatte immer daran geglaubt, aber da jetzt die Not an ihn selbst kam, fiel es ihm schwer, diese Aussagen auf sich selbst anzuwenden. Amanda sollte sterben! Es war einfach zu ungeheuerlich!

Er fühlte, wie sein Glaube herausgefordert wurde. Würde er weiterhin an Gottes Liebe glauben, daran, dass Seine Wege immer gut waren? Wie ein Ertrinkender klammerte er sich daran: *Gott ist gut!* Auch wenn Seine Wege ihm hart erschienen, Er ihm den Wunsch versagte, den er so flehentlich erbeten hatte, er wollte daran festhalten: *Gott ist gut!*

Eine Bewegung Amandas riss ihn aus seinen Gedanken. Wie suchend glitt ihre schmale Hand über die Decke, ihre Augenlider begannen zu flattern. Marwitz fasste ihre Hand und kniete an ihrem Bett nieder. „Amanda! Kannst du mich hören?“, flüsterte er.

Es schien ihm, als würde sie mit ihrer letzten Kraft gegen die Ohnmacht ankämpfen, als wollte sie noch ein letztes Mal erwachen.

„Amanda“, flehte er, „wache nur noch ein einziges Mal auf! Bitte gehe nicht so ohne Abschied von mir!“

Hatte sie seine Rufe gehört? Ganz langsam schlug sie die Augen auf. Zuerst ging ihr Blick irr durch das Zimmer, ehe er an seinem Gesicht hängen blieb. Da zog der Schein eines Lächelns über ihre abgehärmten Züge.

„Amanda!“ Marwitz drückte ihre Hand noch fester.

Das Lächeln vertiefte sich auf ihrem Gesicht und spiegelte sich in ihren trüben Augen. Mit großer Mühe formten ihre Lippen seinen Namen: „Franz!“

Tränen strömten über sein Gesicht. „Dass du noch einmal aufwachst!“

„Ich – ich bin – wohl noch nicht – im Himmel?“

„Nein, Manda, du bist bei mir!“

„Bleibe bei mir, Franz, bitte – lass mich nicht allein!“

„Nein, ich bin und bleibe bei dir.“ Er drückte ihre Hand, und sie schaffte es sogar, den Druck zu erwidern.

„Franz, ich fühle es – ich muss dich verlassen.“

Er legte seinen Kopf in ihren Schoß, und sie fuhr mit ihren Fingern in sein dichtes Haar.

„Ich weiß“, stammelte sie, „wir hatten es uns – anders gedacht.“

„Ja, Manda!“ Der ganze Schmerz brach sich bei ihm Bahn. „Leben sollst du, leben mit mir! Manda, du kannst mich doch nicht einfach allein lassen!“

„Unser himmlischer Vater – hat anderes – mit uns vor. Franz, halte fest an Seiner Güte – auch wenn Er uns auseinanderreißt!“

Er hielt den Kopf ganz still, während sie mit ihren Fingern schwach in seinem Haar wühlte. „Es ist so ungeheuer schwer! Warum, oh warum?“

„Ich weiß es nicht. Franz, bitte gib – deinen Glauben nicht auf!“

„Nein, ich verspreche es dir.“

„Unser himmlischer Vater – meint es immer gut mit uns – auch wenn wir Seine Wege – nicht verstehen.“

Marwitz konnte nichts erwidern, zu sehr überrollte ihn der Schmerz. Nun musste seine sterbende Braut ihm Trost zusprechen! Sollte nicht eigentlich er derjenige sein, der ihr half in ihren letzten Minuten? Aber er fühlte keine Kraft mehr in sich. Dieser Augenblick des Abschieds warf ihn um, wie der Sturm einen Baum fällte, der nicht tief in den Boden wurzelte.

„Franz?“, hauchte sie.

Er hob den Kopf und sah, wie sie nach Atem rang. Rasch schob er seinen Arm unter ihren Rücken und richtete sie etwas auf. Kraftlos lag sie in seinen Armen, aber ihr Blick war noch voll Bewusstsein auf ihn gerichtet.

„Franz, wir werden – uns wiedersehen.“

Er nickte nur, sprechen konnte er nicht, zu sehr würgte der Kloß in seiner Kehle.

Doch Amanda versuchte weiter, ihm zu helfen. „Halte dich an unseren guten Hirten. Nur Güte und Huld werden dir folgen – alle Tage deines Lebens.“ Ihre Stimme wurde schwächer und sie klammerte sich an seinen Arm. „Ich aber – ich werde wohnen – im Haus des Herrn – auf immerdar.“

Franz drückte den ausgemergelten Körper seiner Braut an seine Brust. Er konnte nur immer wieder ihren Namen stammeln. Mit aller Kraft wollte er daran denken, dass sie sich wiedersehen würden.

Da hob sie noch einmal den Kopf von seiner Brust und sah ihn an. Aber es schien ihm, als ginge ihr Blick durch ihn hindurch. Ein Lächeln verklärte ihr Gesicht, dass es ihm beinahe überirdisch schön erschien. Ihre Augen strahlten, als sähe sie bereits die Herrlichkeit des Paradieses.

Aber ihre Gedanken kehrten noch einmal zu dem Irdischen und zu ihrem Bräutigam zurück. „Franz, wir sehen uns wieder!“ Beinahe wie einen Triumph rief sie diese Worte mit letzter Kraft heraus. Dann sank ihr Kopf an seine Brust, die Hand, die seinen Arm umfasste, wurde schlaff.

Eine Weile hielt er sie so fest, als wollte er das Schreckliche nicht wahrhaben, ehe er sie sanft in die Kissen zurücklegte. Fassungslos starrte er in ihre gebrochenen Augen, dann drückte er sie vorsichtig zu.

Jetzt, da es eingetreten war, konnte er nicht mehr weinen, er war wie erstarrt und sah nur auf das tote Mädchen. Seine Amanda war wirklich von ihm gegangen. Die düstere Prophezeiung Albert Grünings war Wahrheit geworden.

Kapitel 18

Albert Grüning stürzte den Kaffee in sich hinein wie ein Verdurstender. Dann knallte er die leere Tasse auf seinen Schreibtisch und setzte seine Pfeife in Brand.

Leise trat Trine ein. „Wünschen der Herr Oberförster noch einen weiteren Kaffee?“

Er saugte intensiv an seiner Pfeife. „Was haben Sie bloß für einen Tabak gekauft, Trine?“

„Herr Oberförster mögen verzeihen, es ist der gleiche Tabak wie immer.“

„Können mir nicht weismachen, dass dieses Kraut orientalischer Pfeifentabak ist!“ Er hielt ihr die Pfeife entgegen. „Das Zeug können Sie selber rauchen.“

Erschrocken wies Trine die qualmende Pfeife zurück. „Ich bitte Sie, Herr Oberförster, ich werde doch nicht rauchen! Den Tabak habe ich wie immer beim Kolonialwarenhändler besorgt.“

„Hat Ihnen der alte Lümmel wohl einen billigen Virginia eingepackt.“ Grüning wühlte in den unergründlichen Tiefen seiner Schreibtischschubladen und zog bald darauf einen Beutel Tabak hervor, mit dem er eine neue Pfeife stopfte. „Post schon da?“

„Herr Oberförster mögen verzeihen, es ist erst zehn Uhr; die Post kommt für gewöhnlich erst gegen halb elf Uhr.“

„Kommt auch jeden Tag später“, brummte er und entzündete seine Pfeife. „Lassen Sie mich jetzt allein.“

Trine nahm die Kaffeetasse und wuchtete ihren massigen Körper aus dem Zimmer.

Grüning stand auf und trat ans Fenster. Anfang Oktober war es bereits kühl, weshalb er die Flügel geschlossen und ein Feuer im Kamin entzündet hatte. Der Herbst hielt mit Macht Einzug im Hochwald und malte die Blätter in allen nur erdenklichen Farbschattierungen zwischen braun, rot und gelb an. Morgens lag bereits eine Schicht Raureif auf den Schindeln des Forsthauses und irgendwo in der Tiefe des Waldes hatte Grüning schon einen Hirsch gehört, der zaghaft probiert hatte, ob er noch ebenso majestätisch zu röhren verstand wie im vergangenen Herbst.

Wo war der Sommer geblieben? An den letzten warmen Tagen Ende September hatte er die Bäume zum Fällen markiert und dort Tag für Tag auf Rahel gewartet. Sein Warten war vergeblich gewesen, nie war Rahel gekommen, obwohl er sich länger dort aufgehalten hatte, als es dienstlich notwendig gewesen wäre. Auch hier im Forsthaus hatte sie ihn nie aufgesucht. Einmal hatte er sich sogar ein Herz gefasst und Trine gefragt, ob Fräulein von Bredow nicht nach ihm gefragt hätte. Trine hatte ihn erstaunt angeblickt, ihm dann aber sagen müssen, dass Rahel seit dem Duellabend nicht mehr hergekommen war.

Sollte ihre Verletzung doch schlimmer gewesen sein, als der Arzt vermutet hatte? Schon tausendmal hatte er sich diese Frage gestellt und sich ebenso oft einen Toren gescholten. Warum gaukelte er sich vor, Rahel hätte Interesse an ihm und seinem Schicksal? Vor dem Duell hätte das vielleicht der Fall sein können, doch seitdem er ihrem Onkel mit der Waffe in der Hand gegenübergestanden hatte, war jede Beziehung abgebrochen. Es war alles vorbei, sie würde niemals wiederkommen, und ihm blieb nur die Erinnerung an einen Sommer, der ihm neben vielerlei Ungemach doch ein paar Sonnenstrahlen gebracht hatte.

Albert Grüning wandte sich vom Fenster ab und sank wieder in seinen Sessel am Schreibtisch. Sein Blick fiel auf die Vase, deren Wasser längst verdunstet war, und auf die Wiesenblumen, die nur noch braunes Kraut waren. Wie lange war es her, dass Rahel von Bredow diesen Strauß gepflückt und ihm auf den Schreibtisch gestellt hatte? Drei Monate? Vier Monate?

„Trine!"

Die Haushälterin rauschte herein. „Herr Oberförster wünschen?"

„Weg damit." Er wies auf die Blumen.

„Aber Herr Oberförster mögen verzeihen, Sie hatten doch immer verboten ..."

„Will keine verwelkten Blumen auf meinem Schreibtisch."

„Sehr wohl, Herr Oberförster." Trine ergriff die Vase und trug sie aus dem Arbeitszimmer.

Grüning verfiel wieder ins Grübeln. Und immer kreisten seine Gedanken um dieses Mädchen, um Rahel von Bredow. Sie war der einzige Sonnenstrahl in diesem Sommer gewesen, aber mit Beginn des Herbstes war sie verschwunden, wie die Sonne von den Herbstnebeln verschluckt wurde.

Er richtete sich auf. Es war auch gut so. Dieses Mädchen hatte in seinem Leben nichts zu suchen. Und doch kam ihm sein Leben so düster und trostlos vor wie nie zuvor.

Grüning war beinahe froh, als Trine mit der Post eintrat. „Es ist heute nicht viel, Herr Oberförster, nur ein Schreiben vom Ministerium." Sie reichte ihm den Brief mit dem gewaltigen Siegel.

Am liebsten hätte Grüning ihn gleich ins Kaminfeuer geschleudert. Das war sicherlich schon die Antwort auf seinen Bericht über den gewilderten Bock.

Mit einer ungeduldigen Handbewegung schickte er Trine hinaus und brach das Siegel mit einem kräftigen Ruck. Unterzeichnet hatte wieder dieser neue Regierungsrat Obermüller, der schon die letzten beiden Schreiben verfasst hatte.

Grüning klopfte seine Pfeife aus und rüstete sich, erneut ein geharnischtes Schreiben zu lesen. Regierungsrat Obermüller schien ein scharfer Hund zu sein, schärfer noch als der ehemalige Regierungsrat Knauer.

Doch dieses Mal schienen Grünings Befürchtungen noch übertroffen zu werden. Das Wort *Vorladung* sprang ihm beinahe ins Gesicht.

Waren die Herren in Breslau denn wahnsinnig geworden? Er wusste aus Tagungen, an denen auch die Oberförster anderer Reviere teilgenommen hatten, dass sich Wilddiebe oftmals mehrere Jahre in einem Revier aufgehalten hatten, bis sie endlich gestellt wurden oder von selbst verschwanden. Aber noch nie hatte er gehört, dass ein Oberförster bereits nach wenigen Monaten zum Rapport ins Ministerium bestellt wurde.

Warum ging man gerade in seinem Fall so streng vor? Er hatte doch wirklich alles getan, um den Wilderer zu fangen, sogar sein

Leben hatte er dabei aufs Spiel gesetzt. Und vor dem Auftreten des Wilddiebs hatte er seinen Forst jahrelang sauber gehalten. Konnte man diese Verdienste nicht einmal honorieren?

Wütend knüllte er den Brief zusammen und warf ihn klatschend an die Wand, dass Rex, der bisher vor dem Kamin geschnarcht hatte, erschrocken auffuhr. Zum Kuckuck mit diesen geschniegelten Schreibtischhengsten aus Breslau! Sollten sie doch selbst in den Wald kommen und den Wilddieb fangen, der skrupellos auf alles schoss, was sich ihm in den Weg stellte! Vom Schreibtisch aus hatten sie leichtes Reden und Schreiben. Er bezweifelte, dass einer von ihnen jemals einem Wilddieb gegenübergestanden hatte.

Er hob das Schreiben auf und glättete es kopfschüttelnd. *Vorladung*. Immer wieder musste er dieses Wort lesen. Am 30. Oktober sollte er im Ministerium bei Herrn Regierungsrat Obermüller erscheinen. Zweifellos wollte dieser ihn wegen des Wilddiebs befragen und ihm wichtigtuerische Anweisungen geben, wie er vorzugehen habe. Lächerlich! Als ob dieser Obermüller irgendeine Ahnung davon hätte, wie ein Wilddieb zu stellen war!

Allerdings sollte er sich hüten, dem Regierungsrat seine Ahnungslosigkeit ins Gesicht zu sagen. Er konnte ihn nur darauf verweisen, wie viel er bereits unternommen hatte: die verstärkten Hegegänge der Jäger unter Zuhilfenahme der Jagdgehilfen; dazu seine eigenen Revisionen, für die er viele Nächte geopfert hatte; dann das Auflauern an der Altenburg, das ihn beinahe und dem Jäger Schulze tatsächlich das Leben gekostet hatte. All diese Bemühungen sollten doch wirklich genügen, selbst einen strengen Vorgesetzten zufriedenzustellen.

Allerdings waren diese Tatsachen aufgrund seiner Berichte im Ministerium bekannt. Warum er nun eigens dorthin reisen sollte, um es mündlich noch einmal vorzutragen, blieb ihm ein Rätsel. Scheinbar hatte der Herr Regierungsrat Langeweile und wollte von seinem Oberförster ein wenig unterhalten werden. Dann hätte er das ganze Schreiben aber auch etwas freundlicher verfassen können. Es klang beinahe wie die Vorladung zu einem Gerichtstermin.

Sonderbar nur, dass überhaupt kein Grund angegeben war,

warum sie mit ihm sprechen wollten. Aber um was anderes als den Wilddieb sollte es schon gehen. Immerhin hätte es der Herr Regierungsrat der Form halber erwähnen können.

Er warf den Brief auf den Tisch. Es blieb ihm wohl nichts anderes übrig, als dieser Vorladung Folge zu leisten. Er hatte zwar überhaupt kein Interesse, in die laute und stinkende Stadt zu reisen, aber er konnte dem Ministerium schlecht absagen.

„Komm Rex", sagte er und stand auf, „auf diesen Schreck gehen wir in den Wald."

Doch in diesem Augenblick erklangen Stimmen im Hausflur und kurz darauf betrat Franz Marwitz sein Arbeitszimmer.

* * *

Nach der frischen Waldluft hatte Marwitz das Gefühl, als liefe er vor eine Wand, als er Grünings verqualmtes Arbeitszimmer betrat.

Was wollte er eigentlich bei seinem wunderlichen Freund? Glaubte er etwa bei ihm Trost zu finden? Aber Marwitz hatte es nicht mehr im Dorf ausgehalten, er musste hinaus aus den engen Mauern, und Grüning war wenigstens ein Mensch, der ihm zuhörte, auch wenn er wahrscheinlich keinen Zuspruch für ihn haben würde.

„Franz! Wie schaust du aus?" In dem wettergebräunten Gesicht des Försters malten sich Verwunderung und Schrecken.

Marwitz warf das in die Stirn gefallene Haar zurück. „Wie jemand ausschaut, der das Liebste verloren hat."

Grüning, der gerade um den Schreibtisch herum auf ihn zukommen wollte, hielt inne. „Tot?"

Was für ein fürchterliches Wort! Gut, dass er wusste, dass Amanda *entschlafen* war, dass sie zu ihrem Herrn gegangen war, an den sie geglaubt hatte. „Es ist vorbei." Er erschrak selbst über seine dumpfe Stimme.

Grüning schien tatsächlich fassungslos zu sein, denn er sagte kein Wort. Aber was sollte er auch sagen? Was sollte der eingefleischte Junggeselle zu dem Tod einer Braut sagen?

Marwitz sank in das zerschlissene Ledersofa. „Du kannst es nicht ermessen, Albert. Ich glaube, es gibt nichts Schlimmeres."

Der Förster angelte eine Pfeife vom Regal und steckte sie an. „Hatte es doch gleich bei der Verlobung gesagt. Stößt deiner Braut etwas zu, ist das Geschrei groß."

Wenig tröstliche Worte. Niemals hatte Marwitz gedacht, dass Grünings sonderbarer Glückwunsch sich so rasch erfüllen würde. Allerdings, jetzt war das Geschrei groß – aber wollte er stattdessen die schöne Zeit mit Amanda missen?

„Es ist wahr, Albert, der Schmerz ist beinahe unerträglich. Aber die Zeit mit ihr war schöner, als die Trennung von ihr schlimm sein kann."

Grüning schüttelte unwirsch den Kopf. „Verliebter Tor."

„Nein, Albert. Du kennst die Liebe nicht. Du sprichst von ihr wie ein Tauber von dem Klang einer Sinfonie. Die Zeit mit ihr war kurz, viel zu kurz – aber das Schönste, das ich je erlebt habe."

Grünings hartes Lachen ließ Marwitz aufblicken. Der Blick seiner braunen Augen war von einer Härte, die ihn erschrecken ließ. „Scheinst mich ja bestens zu kennen, da du meinst, ich kennte die Liebe nicht."

„Willst du etwas anderes behaupten? Wer so wie du von der Liebe spricht, kann sie noch nie erlebt haben."

Immer noch war Grünings Blick stahlhart, und Marwitz glaubte in seinem Gesicht einen großen Schmerz zu lesen. „Gerade *weil* ich sie erlebt habe, spreche ich so."

„Albert, du? Du hättest einmal geliebt?" Marwitz sprang auf und ging ein paar Schritte auf den Förster zu. Und dann fiel es ihm wieder ein. „Die Frau, wegen der du dich mit Wittemann ...?"

Mit einer brüsken Handbewegung unterbrach ihn Grüning. „Weiß aus Erfahrung wovon du sprichst."

„Erzähl mir, was du erlebt hast, Albert." Marwitz ergriff den Freund am Arm, um ihn mit sich auf das Sofa ziehen, doch Grüning schüttelte ihn unwillig ab.

„War schlimmer als bei dir." Grüning trat ans Fenster.

Marwitz schüttelte den Kopf. Er konnte nicht begreifen, was er gerade vernommen hatte. Was für ein traumatisches Erlebnis hatte seinen Freund dahin gebracht, solch ein Frauenhasser zu werden? „Gibt es überhaupt etwas Schlimmeres, als den Tod der Braut in der Verlobungszeit?"

Grüning kehrte ihm den Rücken zu. „Gibt es", kam die brummige Antwort zwischen zwei Zügen aus seiner Pfeife.

Marwitz sank wieder ins Sofa. „Was könnte das sein?"

„Wird dir nicht helfen, es zu wissen." Grüning drehte sich um und nahm die Pfeife aus dem Mundwinkel. „Das sogenannte große Glück zerbricht nur zu leicht. Dann bleibt dir nichts, als die Scherben zusammenzukehren und auf den Kehrichthaufen zu werfen. Wirst dich dabei an den Scherben verletzen. Und die Wunden bleiben – ein Leben lang."

Das war eine ungeheuer lange Rede für den schweigsamen Oberförster. Nachdenklich sah Marwitz ihn an. „Aber es gibt einen, Albert, dessen Hände heilen wollen. *Er bereitet Schmerz und verbindet, er zerschlägt, und seine Hände heilen.*"

„Warum zerschlägt er erst? Könnte sich das Heilen sparen."

„Vielleicht, um uns näher zu sich zu bringen. Damit wir Ihn und Sein Erbarmen besser kennenlernen. Und uns selbst."

„Pfaffengeschwafel." Grüning hüllte sich in eine undurchdringliche Wolke aus blauem Tabaksqualm. „Möchte wissen, ob dazu Amandas Tod nötig war?"

„Ich verstehe es ebenfalls nicht, Albert. Aber es wird auch nicht leichter, wenn wir es verstehen. Ich weiß mich in Gottes guter Vaterhand. Er macht keinen Fehler, auch wenn ich Sein Tun nicht begreife."

„Schalte du meinetwegen den Verstand aus, Franz. Für mich ist das nichts."

„Ich möchte aber nicht so ein verbitterter, freudloser Mensch werden wie du, Albert. Du siehst doch an dir selbst, wohin es führt, wenn man vor Gott und Seiner Liebe flieht."

„Gottes Liebe? Lachhaft! Habe noch nichts von dieser Liebe gespürt."

„Muss Gott Seine Liebe denn immer neu beweisen?" Marwitz spürte, wie ihn der Widerstand Grünings dazu brachte, sich immer mehr an seinen Gott und Vater zu klammern. „Gott hat Seine Liebe in offensichtlicher Weise gezeigt, als Er Seinen einzigen, geliebten Sohn auf die Erde sandte und Ihn am Kreuz wegen unserer Sünden gestraft hat. Wenn das kein Beweis Seiner Liebe ist, was dann?"

Grüning trat einige Schritte auf Marwitz zu, seine Stimme klang wie Donnergrollen. „Franz, ich *will* keinen Gott, der die, die er angeblich liebt, leiden lässt."

„Und dann wunderst du dich, dass der Gott, den du so vehement ablehnst, sich nicht um dich zu kümmern scheint? Albert, gib deine sinnlose Flucht auf! Du solltest wieder anfangen zu beten!"

„Wozu das? Komme gut allein klar."

„Und was ist mit Rahel von Bredow? Mir scheint nach den Erlebnissen am Duellabend, dass dir dieses Mädchen etwas bedeutet."

„Schweig! Habe sie seitdem nicht mehr gesehen."

„Ich weiß auch warum: Sie hat ebenfalls Typhus."

Grünings eherne Züge wurden aschfahl und ein Zittern lief durch seine hohe Gestalt. Vor Schreck ging ihm die Pfeife aus, er legte sie achtlos in den Ascher. „Wo hat sie sich angesteckt?"

Marwitz starrte auf den Boden. „Selbst Doktor Selle ist unsicher. Denn Amanda war seit Langem die einzige Typhuspatientin in Wölfelsgrund, und sie sind sich nie begegnet."

„Hmm", brummte Grüning. Jetzt hatte er sich wieder in der Gewalt, drehte sich zum Fenster und schwieg.

„Albert, wenn dir Rahel von Bredow tatsächlich etwas bedeutet, dann solltest du beten. Und du solltest bereinigen, was damals vorgefallen ist. Ich weiß nicht, was es war ..."

„Wirst du auch nie erfahren."

Marwitz seufzte. Diesem Mann war einfach nicht zu helfen; er *wollte* sich nicht helfen lassen. „Willst du denn bis an dein Lebensende diese Last mit dir herumschleppen?"

„Bist doch nur neugierig. Und willst im Dorf mit deinem Wissen prahlen. Dass es dir gelungen ist, etwas aus dem schweigsamen Sonderling herauszupressen."

„Albert, das ist nicht wahr!" Marwitz musste sich Mühe geben, nicht ärgerlich zu werden. „Und das weißt du auch selbst."

„Wenn du es unbedingt wissen willst, wende dich an meine

plaudersüchtige Schwester Rosina. Wird alles bis ins kleinste Detail erzählen. Dann hast du deine Ruhe. Und ich auch."

Marwitz erhob sich und trat neben Grüning ans Fenster. „Albert, wenn ich mir vorstelle, in meiner jetzigen Situation meinen Gott nicht zu haben – es müsste fürchterlich sein! Und wenn du wirklich noch Schlimmeres erlebt hast – wie hast du das ohne Gott durchgestanden?"

„Wie du siehst offensichtlich erfolgreich."

Marwitz ließ den Kopf hängen. Es hatte keinen Sinn. Es blieb ihm nichts, als wieder zu gehen und allein die Nähe und Gemeinschaft seines himmlischen Vaters zu suchen. „Lebe wohl, Albert. Ich dachte, hier einen Freund zu finden, der mein Leid zu teilen bereit ist. Doch ich finde nur einen hartherzigen Mann."

Grüning zuckte die Achseln. „Musst eben weitersuchen."

Kopfschüttelnd verließ Marwitz das Arbeitszimmer des Oberförsters. War dieser Mann wirklich ein hoffnungsloser Fall?

„Herr Jesus", betete er still, „nur Du kannst bei Albert Grüning noch etwas bewirken. Ich weiß nicht, was ich noch tun soll."

* * *

„Hermann, wir müssen hier weg." Viktor von Bredow klopfte nervös auf seine Zigarre. Die Sorgen wuchsen ihm langsam über den Kopf.

„Du hast wohl Angst, selbst krank zu werden?" Wittemann lachte. „Du solltest viel mehr um das Leben deiner Tochter bangen."

„Mir ist es unerklärlich, dass sie so plötzlich an Typhus erkrankte. Wie mir der Hotelier berichtete, gab es in ganz Wölfelsgrund nur einen Krankheitsfall – im Hause Marwitz."

„Im Hause Marwitz sagst du? So hieß doch der Sekundant Grünings. Sollte er an jenem Abend die Krankheit übertragen haben?"

„Schon wieder Grüning." Langsam entwickelte sich dieser Name auch für von Bredow zu einem roten Tuch. Sollte dieser Förster mitschuldig an Rahels Krankheit sein? „Dieser Grüning und seine Freunde bringen nur Unglück über uns", knirschte er.

„Ah, du merkst also, warum ich ihn hasse."

„Es wird mir mehr und mehr verständlich." Aber das hieß für ihn nicht, dass er sich an einem Mord beteiligen wollte. Am wichtigsten war zunächst, dass Rahel genas, aus der Nähe des Försters entfernt wurde und Lothar Wittemann heiratete, sonst wusste er nicht, ob sein Schwager ihn noch unterstützen würde. „Sobald es Rahel besser geht, müssen wir in die Stadt zurückkehren."

„Du solltest beten, dass sie gesund wird. Du weißt, was für dich davon abhängt."

Von Bredow hatte das Gefühl, als würde ihm der Boden unter den Füßen weggezogen. Seine Befürchtungen waren also begründet. „Willst du etwa sagen, dass unsere Vereinbarung ..."

„Die ganze Angelegenheit dauert mir ohnehin schon viel zu lange." Wittemann brannte sich ein Zigarillo an. „Du hast meine Taler dankbar eingestrichen und ich stehe immer noch mit leeren Händen da. Wo ist denn die Gegenleistung? Sind wir der Verheiratung unserer Kinder auch nur einen Schritt näher gekommen?"

„Bitte, Hermann, echauffiere dich nicht!" Von Bredow sog heftig an seiner Zigarre. „Daran ist doch nur dieser verdammte Oberförster schuld, der dem Mädchen den Kopf verdreht hat."

„Dann ist es deine Aufgabe, ihr den Kopf wieder zurechtzurücken!", ereiferte sich Wittemann. „Bist du ihr Vater oder ein Hampelmann?"

Von Bredow hätte gern seinem Schwager den Kopf zurechtgerückt, doch er dachte an seine pekuniäre Situation, die sich nicht eben rosig entwickelt hatte – ein Grund mehr, den Hotelaufenthalt abzubrechen und sich in Breslau wieder um seine Geschäfte zu kümmern. Durch die Revolution in Berlin im letzten Jahr und die derzeitigen Aufstände im Großherzogtum Baden war die wirtschaftliche Lage schwierig, und seine Investitionen erwiesen sich erneut als Fehlschläge.

„Wir müssen diesen Ort verlassen, Hermann. Dann ist sie in sicherer Entfernung von Grüning und wird ihn schnell wieder vergessen."

Wittemann lachte spöttisch auf. „Ihre Widersetzlichkeit

kommt doch nicht nur von ihrer Bekanntschaft mit Grüning. Auch vorher schon wollte sie von dieser Ehe nichts wissen."

„Ich bin mir sicher, dass sie einlenken wird, wenn wir erst in Breslau sind."

„Dazu muss sie aber zuerst gesund werden."

„Rahel ist noch jung, sie wird die Krankheit überstehen", erwiderte von Bredow mit mehr Überzeugung in der Stimme, als er selber fühlte. Rahel durfte nicht sterben, schon allein wegen der Pläne, deren Gegenstand sie war.

„Ich wünschte, du hättest recht." Wittemann verschränkte die Arme hinter dem Kopf. „Meinetwegen reisen wir ab, ich muss mich ohnehin dringend wieder einmal im Ministerium sehen lassen. Aber ich erwarte, dass Rahel binnen kurzer Zeit mit Lothar verheiratet wird. Ich habe deine hinhaltenden Versprechungen satt!"

„Sicherlich wird Rahel selbst einsehen, dass es am besten ist, sich zu fügen. Sobald sie reisefähig ist, kehren wir nach Breslau zurück, und alles wird in gute Bahnen gelenkt."

„Vielleicht ist es wirklich besser, sich vor der Krankheit zu schützen, schließlich hatte ja auch ich mit diesem Marwitz zu tun. Aber ich werde wiederkommen und meine Rache an dem Oberförster vollenden."

Von Bredow betrachtete seinen Schwager zweifelnd. Ihm behagte diese Geschichte mit der Rache überhaupt nicht. Der blinde Hass Wittemanns könnte leicht zu einer Gefahr werden. Doch er wollte ihn lieber nicht noch mehr reizen.

Kapitel 19

Die Herbststürme orgelten durch den Hochwald. Wie Wotans wilde Jagd zogen sie durch den Forst und rissen den Bäumen ihren goldenen Schmuck von den Zweigen. Am Forsthaus klapperten die Schlagläden und der Sturm warf ganze Hände voll bunten Laubes gegen die Fensterscheiben.

Als Albert Grüning mit seinem Hund aus der Tür trat, zog er die Mütze tief ins Gesicht, damit der Wind sie nicht entführte. Er hörte Trines eilige Schritte hinter sich und wandte sich um. „Was denn?"

„Herr Oberförster mögen verzeihen, Ihr Gewehr hängt noch am Zapfenbrett", brachte sie keuchend hervor.

„Brauche kein Gewehr." Er schob die qualmende Pfeife in den Mundwinkel. „Komm, Rex."

Mit lautem Rumms warf er die Tür hinter sich zu und stapfte davon, den treuen Hund an seiner Seite.

Eigentlich liebte er den wilden Herbst, wenn tief im Forst die Hirsche röhrten und die toten Äste krachend zu Boden sausten. Heute jedoch weckte der Herbst nur traurige Gefühle in ihm. Der Sommer war endgültig vorbei, der Sommer, der zwar viel Verdruss, aber auch manches Schöne gebracht hatte – wie er sich widerstrebend eingestehen musste. Vor seinem inneren Auge bekamen die Bäume wieder ihr frisches Grün, die stillen Waldwiesen prangten im Schmuck der Frühlingsblumen. Und auf der Wiese kniete ein blondes Mädchen und legte die gepflückten Blumen in ihren Hut ...

Grüning riss seine Mütze vom Kopf und fuhr sich mit der Hand durchs Haar. Es war vorbei. Einen kurzen Sommer lang gab es für ihn noch einmal einen Traum – aber eben auch nur einen Traum. An dessen Erfüllung hatte er ohnehin nie geglaubt, und es eigentlich auch gar nicht gewollt. Zu tief saßen die Schrecken der Erinnerung. Und doch tat es weh, dass diese schöne Zeit nur einen Sommer lang gedauert hatte.

Nun wollte er wenigstens Gewissheit haben, was aus Rahel von Bredow geworden war. Deshalb hatte er sich nach langem Ringen entschlossen, ins Dorf hinabzusteigen und im Hotel *Zum gelben Dragoner* nach ihr zu fragen. Er hielt es nicht mehr aus, immer bohrte die Frage in ihm: *Lebt sie noch? Oder hat der Typhus auch sie dahingerafft?*

Seitdem er Marwitz gebeten hatte, sein Sekundant beim Duell zu sein, hatte er diesen Weg nicht mehr unter die Füße genommen. Was hatte er auch im Dorf verloren? Die Menschen staunten ihn ohnehin nur an wie ein vorsintflutliches Riesentier, wenn er dennoch einmal dort auftauchte. Deswegen blieb er lieber in seinem Wald und ging allen neugierigen Blicken aus dem Weg.

Aber heute war das Verlangen nach Gewissheit stärker als seine Menschenscheu. Er hoffte nur, dass ihm nicht der fette Hotelier Behrendt begegnete. Dieses wandelnde Klatschmagazin von Wölfelsgrund hatte bestimmt nichts Besseres zu tun, als ihn bezüglich des Duells auszuquetschen.

Unendlich lang und beschwerlich kam ihm der Weg heute vor. Und auch Rex schien der Weg nicht geheuer zu sein. Er stupste ihn des Öfteren mit der Nase an, als wollte er ihn fragen, was denn das Ziel war. Aber Grüning hatte keine Lust zum Reden, auch nicht mit Rex. So stellte das Tier das Schwanzwedeln ein und trottete neben ihm her.

Als sich die Bäume lichteten, blieb Grüning stehen. Es waren nur noch wenige Schritte bis ins Dorf hinab. Ein Teil von ihm wäre am liebsten sofort umgekehrt, doch er dachte an Rahel und setzte seinen Weg fort.

Er hatte einen unglücklichen Tag erwischt: Es war Markttag und dementsprechend fast das ganze Dorf auf den Beinen. Als sie ihn erblickten, steckten sie gleich die Köpfe zusammen und wiesen auf ihn. Grüning glaubte beinahe ihre Worte zu verstehen: „Was will *der einsame Sonderling aus dem Hochwald* hier unten? Soll er mit seiner undurchsichtigen Vergangenheit doch bleiben wo er ist!"

Der Förster stopfte die Pfeife neu und lenkte seine Schritte zum Hotel. Rex versuchte zunächst, alle ihm unbekannten Menschen anzubellen, und Grüning machte sich nicht die Mühe, ihn daran zu hindern. Aber bald gab der Hund auf, es waren zu viele Menschen unterwegs.

Albert Grüning war froh, als er endlich das Hotel vor sich sah. Eine kleine Brücke führte über die Wölfel, die nahe am Hotel vorüberfloss. Grüning musste wider Willen die Umsicht Behrendts bewundern, der das Haus sogar mit einem kleinen Damm gegen die häufigen Überflutungen gesichert hatte.

Rex blieb an jeder Ecke stehen, um zu schnuppern, und Grüning musste ihn kurz an die Leine nehmen. Das Tier war nur seinen Wald gewöhnt.

In der Eingangshalle sah Grüning sich erstaunt um. So nobel hatte er sich das Hotel nicht vorgestellt. Hermann Wittemann schien sein Glück gemacht zu haben, wenn er es sich leisten konnte, hier wochenlang zu wohnen.

Der Portier in seiner marineblauen Livree eilte auf ihn zu, und Rex hielt es für angezeigt, ihm seine Anwesenheit durch ein grimmiges Knurren kundzutun.

Erschrocken wich der Portier einige Schritte zurück. „Oh bitte, beruhigen Sie doch Ihren Hund! Unsere Gäste sind solch wilde Bestien nicht gewöhnt!"

Grüning hatte schon eine scharfe Entgegnung auf der Zunge, aber er schaffte es gerade noch, sich zu beherrschen – schließlich wollte er von dem Portier eine Auskunft erhalten.

„Rex, sitz." Er strich ihm über den Kopf. „Gefällt mir ebenso wenig wie dir, werden es schnell hinter uns bringen."

Er richtete sich wieder auf. „Mein Herr, sind Sie Bediensteter hier?"

„Ich bin der Portier", kam die genäselte Antwort. „Sie wünschen?"

„Auskunft." Grüning paffte dicke Wolken vor sich hin.

„Entschuldigen Sie, Herr Förster, wir sind keine Auskunftei."

Grüning schlug mit der flachen Hand auf den Tresen, dass die darauf stehenden Figuren tanzten. „Bitte mir mehr Höflichkeit aus! Wünsche Auskunft über einige Gäste."

„Ich weiß nicht, ob es mir gestattet ist, Ihnen eine solche zu geben. Schließlich sind wir im Hotelgewerbe zur Diskretion verpflichtet."

Der Oberförster spürte, wie die Wut in ihm kochte. Aber wenn er sich jetzt gehen ließ, würde er erst recht nichts erfahren. „Wünsche lediglich jemanden von der Familie von Bredow zu sprechen."

„So. Seit wann verkehren Sie denn mit solch hochgestellten Persönlichkeiten, Herr Förster?"

„Auch im Forstdienst des Königs ist man zur Diskretion verpflichtet", ahmte Grüning die näselnde Stimme des Portiers nach. „Nennen Sie mir die Zimmernummer."

„Bedauere. Familie von Bredow beliebte abzureisen."

„Abgereist? Aber Rah – das gnädige Fräulein war doch erkrankt."

„Diese Nachricht ist sogar bis in Ihr Forsthaus gedrungen? Was haben Sie denn mit dem gnädigen Fräulein zu schaffen?"

Grüning wollte diesem selbstgefälligen Portier am liebsten eine Ohrfeige geben, doch er riss sich zusammen. „Darf aus der Abreise also schließen, dass das gnädige Fräulein genesen ist?"

„Darüber kann ich Ihnen keine Auskunft geben." Der Portier legte eine Kunstpause ein. „Hier im Hotel hatten wir jedenfalls keinen Todesfall."

Grüning atmete auf und vergaß darüber sogar seinen Ärger. Rahel war also nicht gestorben. Und wenn die Familie abgereist war, lag die Vermutung nahe, dass Rahel auf dem Weg der Besserung, jedenfalls doch reisefähig war. „Ging ihr also besser?"

„Sind Sie deshalb aus ihrem Hexenhaus herabgestiegen, um mich über den Gesundheitszustand des gnädigen Fräuleins zu befragen?" Der Portier lachte. „Ihr Interesse an jungen Mädchen ist mir neu." Er beugte sich vertraulich etwas vor. „Bitte bedenken Sie doch Ihr Alter, Herr Förster."

Grüning donnerte seine Faust auf den Tresen, dass eine der Figuren – sie stellte die Liebesgöttin Venus dar – in tausend Scherben ging. „Donnerwetter! Geht Sie gar nichts an. Bin außerdem *Ober*förster!" Er wollte seine Schimpftirade gerade fortsetzen, als von hinten eine Stimme erklang, die er am wenigsten zu hören wünschte.

„Oh, welch seltener Gast in unseren Mauern!“ Der wohlbeleibte Kommerzienrat Behrendt eilte herbei. „Wünschen der Herr Oberförster ein Zimmer?“

„Der Herr Oberförster wünschen ein Rendezvous mit einer Dame, die bei uns zu Gast war“, warf der Portier grinsend ein. Grüning wäre ihm beinahe an die Kehle gesprungen.

„Ist das wahr? Herr Oberförster gehen auf Freiersfüßen?“ Der Hotelier hielt sich den umfangreichen Bauch vor Lachen.

Am liebsten hätte Grüning den beiden seinen Rex auf den Hals gejagt.

Doch ehe er etwas erwidern konnte, fuhr der Portier fort: „Ja, denken Sie nur, Herr Behrendt, der Herr Förster wollen hoch hinaus. Für diesen vornehmen Herrn ist nur eine junge Dame von Adel standesgemäß, schließlich ist er ja *Ober*förster.“

„Ah, darum also ging es bei dem Renkontre!“ Behrendts Hängebacken tanzten beim Lachen auf und ab. „Fräulein von Bredow, nicht wahr? Für dieses Mädchen würde auch ich zur Waffe greifen.“

„Genug!“ Grünings donnernde Stimme hallte von der hohen Decke der Eingangshalle wider. Er trat nahe vor den Portier hin, der erschrocken zurückwich, bis er mit dem Rücken gegen den Tresen stieß. „Sagten Sie nicht soeben, das Hotelgewerbe sei zur Diskretion verpflichtet?“

Ruckartig wandte er sich zu dem Hotelier um. „Nun gehen Sie schon hinaus, Sie fetter Geldsack, und berichten Sie allen Dörflern die kolossale Neuigkeit. Für die Tageszeitung auf zwei Beinen gibt es doch kein größeres Vergnügen.“

Er zog Rex an der Leine mit sich und verließ im Sturmschritt das Hotel. Der Wind riss ihm beinahe die Eingangstür aus der Hand und brachte sie mit lautem Krachen wieder ins Schloss zurück.

* * *

Der Wind trieb die abgerissenen Blätter der Alleebäume vor sich her durch die Straßenschluchten Breslaus. Rahel von Bredow zuckte immer wieder erschrocken zusammen, wenn der Schlagladen heftig gegen die Außenmauer donnerte. Aber sie war zu müde, um den Laden zu befestigen oder einen Diener zu rufen. In eine Decke gewickelt ruhte sie auf ihrer Chaiselongue nahe am Kamin, denn infolge ihrer Erkrankung fror sie immer noch.

Die Rückreise von Wölfelsgrund nach Breslau war ihr nicht gut bekommen. Doch jetzt war sie so weit genesen, dass sie aufstehen konnte, obwohl sie noch rasch ermüdete; das lang anhaltend hohe Fieber hatte an ihren Kräften gezehrt.

Rahel schloss die Augen. Wie oft waren in den vergangenen Wochen ihre Gedanken zurückgeschweift, wie oft hatte sie den Sommer im Hochwald noch einmal neu erlebt. Immer wieder erschien das einsame Försterhaus vor ihren Blicken, vom Sonnenlicht übergossen. Aber noch öfter erschien ihr dessen Bewohner. Bis ins Detail hätte sie das markante Gesicht Albert Grünings nachmalen können, so tief hatte es sich in ihre Seele geprägt.

Seit jenem Abend auf dem Osterfelder Kopf, als er sie in seinen Armen gehalten hatte, weil sie verwundet worden war, machte sie sich nichts mehr vor: Sie hatte dort oben im Hochwald ihr Herz verloren an diesen rauen, unnahbaren Förster. Unzählige Male hatte sie sich darauf hingewiesen, dass diese Liebe völlig aussichtslos war, denn Grüning würde sich niemals aus einem Frauenfeind in einen liebevollen Ehemann verwandeln. Und was noch entscheidender war: Er lehnte den Glauben an Jesus Christus, der ihr Lebensinhalt war, vehement ab.

Und doch – Rahel hörte nicht auf, für diesen verbitterten Mann zu beten. War es ihr am Ende nicht doch gelungen, die fest verschlossenen Pforten seiner Seele um einen Spalt – einen winzigen Spalt – zu öffnen? Was wäre alles möglich gewesen, wenn sie nicht plötzlich erkrankt wäre und hätte abreisen müssen!

Es bedrückte sie, dass sie ihr Versprechen, ihn noch einmal im Hochwald aufzusuchen, nicht mehr hatte wahr machen können. Was würde er nur von ihr denken! Sicherlich meinte er, sie misstraute ihm oder sei von ihrem Onkel gegen ihn beeinflusst worden. Tatsächlich hatte ihr Vater, als es ihr gerade anfing besser zu gehen, versucht, ihr die Hintergründe des Duells zu erläutern. Doch sie hatte sich die Ohren zugehalten und sich geweigert, etwas darüber zu hören. Grüning selbst sollte es ihr erzählen – und wenn es nicht persönlich ging, musste er es eben in einem Brief tun.

Wieder donnerte der Laden gegen die Hauswand und ließ Rahel zusammenfahren. Mühsam richtete sie sich auf und schleppte sich hinüber zur Klingelschnur, um den Diener mit der Befestigung des Ladens zu beauftragen.

Ob sie heute stark genug war, um einen Brief an Albert Grüning zu verfassen? Schon lange trug sie sich mit dem Gedanken, ihn darüber aufzuklären, warum sie ihn nicht hatte aufsuchen können. Nur war sie bisher immer noch zu schwach gewesen, aber heute meinte sie, dass es vielleicht möglich sei.

Der Diener erschien und befestigte den Laden, während sie sich an ihrem Schreibpult niederließ. Sie wartete, bis der Diener sich wieder entfernt hatte, und holte dann ihr feines Briefpapier hervor, auf dem über ihrem Namen die fünfzackige Adelskrone prangte.

Nein, dieses Papier taugte nicht für den Oberförster. Mit dem feinen Briefmesser schnitt sie den oberen Streifen mit der Krone ab und tauchte dann gedankenvoll die Feder in das Tintenfass.

Doch schon bei der Anrede hielt sie inne. Wie sollte sie ihn anreden? *Sehr geehrter Herr Oberförster*? Nein, das klang zu amtlich. Aber sie konnte unmöglich *Lieber Herr Grüning* schreiben.

Grübelnd kaute sie an der Feder. Am unverfänglichsten war wahrscheinlich doch *Sehr geehrter Herr Oberförster*, dann konnte ihr jedenfalls niemand etwas nachsagen.

Als sie einmal begonnen hatte zu schreiben, flossen ihr die Worte wie von selbst aus der Feder. Sie bat ihn um Entschuldigung, dass sie ihr Versprechen nicht hatte einhalten können und legte ihm die Gründe dar. Als sie alles erklärt hatte, beendete sie den Brief mit den Worten:

> *Sie werden sich kaum denken können, wie sehr ich den Hochwald vermisse. Wie gerne wäre ich dort, um Ihren Wald im Herbstschmuck kennenzulernen. Dabei weiß ich noch nicht einmal, ob ich jemals wiederkehre.*

Auch wenn wir uns nicht ordentlich verabschieden konnten, hoffe ich doch, dass Sie noch hin und wieder denken an Ihre

Rahel von Bredow

Erneut klingelte sie dem Diener. Sie würde ihn beauftragen, den Brief unauffällig zur Post zu tragen. Nicht auszudenken, was geschehen würde, wenn ihr Vater etwas davon mitbekäme!

Während sie auf den Diener wartete, faltete sie das Papier sorgfältig zusammen und versiegelte den Brief. Als sie hörte, dass die Tür geöffnet wurde, sagte sie ohne aufzusehen: „Bitte besorgen Sie mir diesen Brief umgehend zur Post, Waldemar."

„Welchen Brief denn, mein Kind?"

Die Stimme ließ Rahel herumfahren. Wo kam ihr Vater plötzlich her? Es kam zwar häufig vor, dass er sie aufsuchte, um sich nach ihrem Wohlergehen zu erkundigen, aber heute war Dienstag, da hatte er für gewöhnlich seinen Kegelabend.

„Vater!", stammelte sie. „Gehst du heute nicht zum Kegeln?"

Von Bredow scheuchte den herbeieilenden Diener mit einer Handbewegung fort. „Nein, das Kegeln fiel heute aus. – Du scheinst dich ja recht kräftig zu fühlen, wenn du schon Briefe schreibst."

Krampfhaft hielt sie den verräterischen Brief in ihren zitternden Fingern. „Ja, es geht mir heute recht gut." Wenn er nur nicht fragte, an wen sie geschrieben hatte! Denn was sollte sie dann antworten?

Doch die gefürchtete Frage blieb nicht aus. „Wen wolltest du denn mit deiner Korrespondenz beglücken?"

„Ich schrieb an – an – an – ", stotterte sie. Ihre schlanken Finger ballten sich um den Brief. Sie brachte es einfach nicht fertig zu lügen, aber auch die Wahrheit brachte sie nicht über ihre Lippen. So blieb sie stumm.

„Nun? Es scheint ja außerordentlich geheimnisvoll zu sein. Zeige doch mal her."

Ihre Finger schlossen sich fester um den Brief, doch ihr Vater packte ihr Handgelenk und drückte es zusammen. Mit einem leisen Wehlaut öffnete sie die Finger und ließ den Brief zu Boden fallen. Sie war zu schwach, sich rasch genug danach zu bücken, um ihrem Vater zuvorzukommen. Schon hielt er das Papier in Händen.

Sie musste ihn nicht ansehen, um zu wissen, dass sein Gesicht vor Wut verzerrt war. Eine Weile blieb es still – unheimlich still. Dann war das leise Knistern des Papieres zu hören, das zwischen seinen Fingern zerknüllt wurde.

„So.“ Wie ein Klotz aus Eis fiel dieses eine Wort in den Raum.

Rahel schauderte zusammen.

„So ist das also.“ Beängstigend ruhig war die Stimme ihres Vaters. Doch plötzlich schlug er mit der Faust auf ihr Schreibpult, dass das Tintenfass umfiel und seinen Inhalt über ihren Schlafrock ergoss. „Bist du wahnsinnig geworden?“, schrie er.

Rahel sagte nichts, sie hob nicht einmal den Kopf. Sie spürte nur, wie es ihr heiß in die Augen stieg. Was gäbe sie darum, wenn sie jetzt zu *ihm* in den Hochwald fliehen könnte! Oder wenn wenigstens ihre Mutter bei ihr wäre!

Ihr Vater schleuderte ihr den Knäuel, den er aus ihrem Brief gemacht hatte, vor die Füße. „Elende Schlange! In meinem Haus muss ich erleben, dass meine eigene Tochter ihrem Galan heimliche Briefe schreibt! Wie viele hast du ihm schon geschrieben, während du dich noch zu schwach stelltest, um aufzustehen? He? Antworte mir!“ Er schüttelte sie an den Schultern.

Eine Träne kitzelte ihre Wange, das Schluchzen saß ihr im Hals. Ihre Kehle war wie zugeschnürt, sie vermochte keine Antwort hervorzubringen.

„Ich werde zu verhindern wissen, dass du die Hure dieses Mörders wirst! Du weißt gar nicht, auf was für einen Menschen du dich einlässt! Er hat schon einmal …“

„Vater! Ich will es nicht hören!“

„Du wirst mich jetzt anhören, du schnödes Weibsstück! Er hat bereits einmal einem anderen die Braut ausgespannt und zu seiner eigenen Verlobten gemacht, um ihn zu kränken. Und dann hat er sie kaltblütig umgebracht! Und weißt du, wer jener andere war?“

Sie wollte es gar nicht wissen. Wie konnte sie ihren Vater zum

Schweigen bringen, um die Verleumdungen gegen Albert Grüning nicht weiter anhören zu müssen? Mühsam stand sie auf, sie spürte, wie ihre Knie zitterten. „Vater, bitte!"

„Jener andere war Hermann Wittemann, dein Onkel! Und jetzt will er es mit dir und seinem Sohn ebenso tun. So ist er, dein feiner Herr Oberförster!"

Rahel musste sich an das Schreibpult lehnen, die Knie drohten ihr einzuknicken. „Lass mich bitte allein, Vater. Ich – ich kann nicht mehr."

„Ach, jetzt spielst du wieder mitleiderheischend das kranke Mädchen. Das verfängt bei mir nicht mehr. Ich will, dass du an diesen Schurken nicht einmal mehr denkst! Ist das klar?"

Mit schwankenden Schritten durchquerte sie den Raum und erreichte mühsam die Verbindungstür zu ihrem Schlafgemach. Am Rahmen musste sie sich erneut festhalten, weil sich der Raum um sie herum zu drehen begann. „Vater, ich ..."

Plötzlich wurde alles schwarz und sie spürte nichts mehr.

Kapitel 20

Grüning konnte sich nicht erinnern, wann er zuletzt in der Hauptstadt gewesen war. Es musste jedenfalls schon Jahre her sein. Die prachtvolle Ausstattung seines Hotels gefiel ihm überhaupt nicht. Wie schön war doch dagegen sein dämmriger Hausflur! Selbst die unförmige Trine schien ihm ein erfreulicherer Anblick als die geschminkten Gesichter der Hotelmädchen zu sein.

An der Rezeption blieb er stehen. „Bitte diesen Brief besorgen."

Der Portier las neugierig den Namen der Empfängerin. „Verzeihen Sie, es fehlt die Adresse."

Grüning trommelte mit den Fingern auf den Tresen. „Werden doch in der Lage sein, die Anschrift des Fräuleins von Bredow hier in Breslau herauszufinden."

Der Portier machte einen Bückling. „Sehr wohl, Herr ... Herr ..."

„Oberförster. Kann mich also auf Sie verlassen?"

„Selbstverständlich, Herr Oberförster."

Grüning machte auf dem Absatz kehrt und verließ das Hotel. Nun konnte er es nicht mehr rückgängig machen. Der Brief an Rahel war aufgegeben. Dabei spürte er eine seltsame Mischung aus Erleichterung und Unbehagen.

Vor dem Hotel blieb er kopfschüttelnd stehen. Zu Hause empfing ihn stets das Rauschen seines Waldes, hier aber dröhnte ihm das unentwegte Rattern der Kutschen in den Ohren. Hoffentlich würde er bald wieder zurück in seinen Wald dürfen! Aber eine Nacht musste er mindestens noch hier zubringen, die nächste Postkutsche in Richtung Glatz ging erst morgen ab.

Tief durchatmend lenkte er seine Schritte zum Ministerium für Landwirtschaft, Domänen und Forsten. Er vermisste den harzigen Geruch seines Waldes, denn hier stiegen ihm die Ausdünstungen der Großstadt in einem seltenen Gemisch aus Kaminrauch, Pferdeäpfeln und dem fischigen Gestank der Oder in die Nase.

Schauderhaft! Rex hätte wahrscheinlich einen Erstickungsanfall bekommen.

Auf der Lessingbrücke, die die Oder überquerte, blieb er stehen und sah auf das imposante Gebäude der Königlichen Regierung. Der rote Bau mit seinen fünf Giebeln und den Türmchen auf den Ecken flößte ihm unwillkürlich Respekt ein. Er spürte ein unbehagliches Gefühl in der Magengegend. Hier also sah er seinem weiteren Schicksal entgegen. Aber schließlich konnten die Herren dort auch nicht mehr von ihm verlangen, als er ohnehin schon getan hatte.

Er richtete seine Uniform, legte die letzten Schritte bis zum Regierungsgebäude zurück und stieg dort die Freitreppe zur gewaltigen Eingangstür empor. In der Eingangshalle mit der hohen, stuckverzierten Decke wurde er gleich von einem Uniformierten in Empfang genommen. „Sie wünschen?"

Grüning nahm die Mütze ab und strich sich das Haar glatt. „Bin zu Regierungsrat Obermüller bestellt."

„Name?"

Die knappe Art dieses kleinen Lichts im preußischen Beamtenapparat ärgerte ihn. Er richtete sich hoch auf und sah auf den kleinen Mann herab. „Wer sind denn Sie?"

„He! Was fällt Ihnen ein? Ich muss doch wissen, wen ich melden muss."

„Und ich muss wissen, ob Sie dazu berechtigt sind."

Der verdutzte Blick des kleinen Beamten brachte Grüning beinahe zum Lachen – wenn ihm danach zumute gewesen wäre. „Meyer, Obersekretär."

„Donnerwetter, haben sich gewaltig hochgedient. – Bin Oberförster Grüning. Werde von Regierungsrat Obermüller erwartet."

Schüchtern sah der Beamte zu Grüning auf. „Dann bitte ich Sie, sich in den zweiten Stock zu bemühen, dort befindet sich das Ministerium für Landwirtschaft, Domänen und Forsten. Das Büro des Herrn Regierungsrats Obermüller finden Sie im linken Flügel."

Grüning tippte kurz mit den Fingerspitzen an die Schläfe und stieg die Treppe hinauf. Noch einmal glättete er seine Uniform, ehe er im zweiten Stock nach links abbog. Die endlosen Flure wirkten bedrückend auf ihn, da er nur die sonnendurchfluteten Alleen seines Hochwaldes gewöhnt war.

Wieder wurde er von einem Uniformierten angeredet. „Werden Sie erwartet?“

„Von Regierungsrat Obermüller.“

„Dann sind Sie Herr Oberförster Grüning?“ Als Grüning nickte, deutete der Beamte eine Reverenz an. „Bitte folgen Sie mir.“

Er führte ihn bis zum Ende des Ganges und klopfte dann links an eine Tür. „Bitte hier hinein“, sagte er und öffnete.

Als Grüning eintrat, schien ihm die Vormittagssonne geradewegs in die Augen. Er blinzelte in den hohen Raum, während der Beamte die Tür hinter ihm schloss. Grüning trat ein wenig zur Seite in den Schatten, um etwas erkennen zu können.

Ein prachtvolles Büro mit stuckverzierter Decke, weichem Teppich und großen Fenstern. Der eigentlich massige Schreibtisch wirkte in dem großen Raum beinahe zierlich. An der dem Schreibtisch gegenüberliegenden Wand hing freundlich lächelnd Seine Majestät König Friedrich Wilhelm IV. Das Antlitz des Monarchen schien Grüning aufmunternd zuzunicken.

Als sich der Mann hinter dem Schreibtisch erhob, merkte Grüning, wie er sich anspannte. Genauso hatte er sich diesen Regierungsrat Obermüller vorgestellt: Penibel gescheiteltes Haar, sorgfältig getrimmter Schnurrbart, tadellose Figur, die von der Uniform noch unterstrichen wurde, und die Augen kalt wie Eis. Die Stimme schnarrte wie die eines Offiziers auf einem preußischen Kasernenhof. „Grüning?“

Grüning trat einige Schritte näher und legte die Hacken zusammen. „Oberförster Grüning aus dem Schneeberger Forst, melde mich gehorsamst zur Stelle.“

„Danke.“ Der Regierungsrat läutete, worauf ein hübsches, blondes Mädchen erschien.

„Herr Regierungsrat wünschen?“

„Fräulein Jahn, bitte bringen Sie uns Kaffee und einige Zigarren. Und lassen Sie bitte den Herrn Ministerialdirektor wissen, dass Grüning eingetroffen ist.“

„Sofort, Herr Regierungsrat.“ Das Mädchen huschte davon.

Erstaunlich hübsches Personal hatten sie hier im Ministerium. Grüning hatte nicht gewusst, dass sich die Herren so charmant bedienen ließen.

„Nehmen Sie Platz, Herr Grüning." Obermüller wies auf einen Stuhl vor dem Schreibtisch und ließ sich selbst wieder auf der anderen Seite in seinen Sessel sinken. „Ich danke Ihnen, dass Sie meiner Einladung Folge geleistet haben."

Grüning verzog das Gesicht. Als *Einladung* konnte man die schriftliche Vorladung wohl kaum bezeichnen. Es war ihm gar keine andere Wahl geblieben als herzukommen. Aber das sagte er lieber nicht. Er sollte seine Zunge im Zaum halten. Dieser aalglatte Regierungsrat war bestimmt nicht so leicht zu beeindrucken wie der Obersekretär Meyer in der Eingangshalle.

„Ich habe einige Dinge mit Ihnen zu besprechen, Herr Grüning, die ich nicht auf schriftlichem Wege verhandeln möchte."

Er unterbrach sich, als Fräulein Jahn eintrat und zwei Tassen Kaffee brachte, deren aromatischer Duft sogleich das Büro erfüllte. Während sie einige Zigarren auf dem Schreibtisch zurechtlegte, warf sie dem Oberförster neugierige Blicke zu. Ob sie noch nie einen echten Förster gesehen hatte?

„Der Herr Ministerialdirektor befindet sich in seinem Büro", meldete sie mit einem Knicks. „Sollten Schwierigkeiten auftreten, wird er Sie gerne unterstützen."

Obermüller lächelte. „Danke, Fräulein Jahn."

Als die junge Frau den Raum wieder verlassen hatte, räusperte sich Obermüller und griff nach den Zigarren. „Möchten Sie rauchen, Herr Grüning?"

„Danke, verzichte."

„Schade, es sind echte Havannas. Aber Sie gestatten mir doch?", sagte Obermüller, während er bereits ein Streichholz anriss.

„Bitte."

Der Regierungsrat brannte sich eine Zigarre an und blies kunstvolle Kringel ins Sonnenlicht. „Ich bin froh, Sie persönlich kennenzulernen, Herr Grüning. Es sind mir Dinge zu Ohren gekommen, über die ich Sie gerne befragen möchte."

„Habe Ihnen über alle Vorfälle in meinem Forst schriftlich Bericht erstattet, Herr Regierungsrat."

„Leider mussten Sie mir viele Berichte schreiben – zu viele für meinen Geschmack."

Das künstliche Lächeln Obermüllers brachte Grüning in Rage. Eigentlich war es kein Lächeln, sondern er zog nur die Mundwinkel nach oben und ließ seine tadellos weißen Zähne unter dem Schnurrbart hervorblitzen. Die Augen aber glitzerten wie Eis.

„Können mir glauben, dass es auch für mich kein Vergnügen ist, Berichte dieser Art an das Ministerium zu schreiben", antwortete Grüning und sah auf seine Stiefelspitzen hinab.

„Möglich." Obermüller legte seine Zigarre in den Ascher. „Dann sollten Sie schleunigst dafür sorgen, dass solche Berichte unnötig werden."

„Wie ich Ihnen darlegte, tat ich alles in meiner Macht Stehende, den Wilddieb dingfest zu machen. Habe die Forstgehilfen in die Hegegänge eingebunden, war selbst tage- und nächtelang ..."

„Haben Sie uns wirklich alles berichtet?", unterbrach ihn Obermüller.

Grüning sah überrascht auf. Warum sollte er nicht alles berichtet haben? Er hatte seine dienstlichen Obliegenheiten doch immer gewissenhaft erfüllt. „Selbstverständlich. Meine Briefe sollten doch vorliegen."

Obermüller lehnte sich zurück und legte die Fingerspitzen zusammen. Ein klein wenig kniff er die Augen zusammen, als wollte er gleich den entscheidenden Streich gegen ihn tun. „Wirklich alles? Überlegen Sie gut, Herr Grüning, ob Sie nicht doch etwas ausgelassen haben."

Was konnte er nur von ihm wollen? Er war sich keinerlei Schuld bewusst. Er hatte jeden geschossenen Hirsch und jedes Reh, sogar jeden Hasen gemeldet, und auch die Schüsse, die scheinbar ohne Erfolg geblieben waren, hatte er in seinen Berichten erwähnt. Und den Tod des Jägers Schulze hatte er trotz seiner eigenen Verwundung so schnell wie möglich gemeldet. „Nein, Herr Regierungsrat, bin bei meinen Berichten sehr gewissenhaft gewesen. Würde mir nicht einfallen, Sie in irgendeiner Form hintergehen ..."

„Es wäre besser für Sie, wenn Sie mir freiwillig alles erzählten. Wir im Ministerium wissen mehr, als in Ihren Berichten stand."

„Unmöglich, Herr Regierungsrat! Muss sich um ein Gerücht handeln."

„Schade. Ich hatte gehofft, Sie würden selbst ein Geständnis ablegen. Dann hätte ich die Folgen für Sie noch mildern können. So sehe ich leider keine andere Möglichkeit, als den Weg des Gesetzes zu gehen."

Fassungslos schüttelte Grüning den Kopf. Er konnte sich nicht denken, was dies alles zu bedeuten hatte. Es musste auf einem Irrtum beruhen.

Obermüller griff wieder zur Zigarre. „Über Ihre erfolglosen Bemühungen, den Wilddieb zu fangen, haben Sie uns ausführlich berichtet. Aber anderweitig haben wir auch über Ihre sonstigen Aktivitäten erfahren."

„Habe mich in den zurückliegenden Monaten beinahe ausschließlich um den Wilddieb gekümmert. Hätte dabei um ein Haar mein Leben verloren."

„Machen wir doch diesem unwürdigen Spiel ein Ende." Obermüller saugte an seiner Zigarre. „Oder wollen Sie etwa leugnen, dass Sie im September an einem Duell beteiligt waren?"

Grüning spürte, wie ihm der Schweiß auf die Stirn trat. Darauf also wollte Obermüller hinaus! Das war allerdings eine äußerst unangenehme Geschichte. „Woher wissen Sie ...?"

„Das Ministerium hat seine Augen und Ohren überall. Ich stelle also fest, dass Sie diesen Ehrenhandel eingestehen."

Es hatte keinen Sinn, es abzustreiten. Der Regierungsrat war offenbar bestens informiert. Wortlos sah er seinen Vorgesetzten an.

„Ihnen dürfte bekannt sein, dass Duelle verboten sind", fuhr Obermüller fort. „Es kann dem König nicht gleichgültig sein, wenn seine Beamten sich schlagen und dabei entweder selbst getötet werden oder andere töten."

„Gehe davon aus, dass Ihnen bekannt ist, dass Ehrenhändel dennoch an der Tagesordnung sind. War in meiner Situation unumgänglich."

„Die Hintergründe sind mir gleichgültig. Es zählt nur, dass Sie in ein Duell verwickelt waren. Ich sehe mich genötigt, den Weg einzuschlagen, den das Gesetz dafür vorsieht."

Es war Grüning unerklärlich, wie das Ministerium von dem Duell erfahren hatte. Alle Duellteilnehmer waren zu größter Verschwiegenheit verpflichtet, und selbst seinem ärgsten Feind Wittemann traute er kaum zu, diese Verschwiegenheit zu durchbrechen. Und selbst wenn Wittemann geplaudert haben sollte, erklärte das immer noch nicht, wie Obermüller davon erfahren hatte. Oder sollte Wittemann bewusst seine vorgesetzte Behörde informiert haben? Das wäre allerdings eine infame Niederträchtigkeit, barg für Wittemann aber die Gefahr, wegen seiner eigenen Beteiligung angeklagt zu werden. Und darüber hinaus wäre seine Ehre für alle Zeiten beschmutzt, weil er den Duellkodex missachtet hatte.

Dann war der Verrat eher noch vom Hotelier Behrendt zu erwarten. Doch welche Verbindung hatte der zum Ministerium? Nein, das war ebenfalls undenkbar.

Grüning stand vor einem Rätsel. Tatsache war aber, dass Obermüller alles wusste und dass er nun die Folgen zu tragen hatte. Aber konnte man im Ministerium wirklich ein Interesse daran haben, dass einer der eigenen Beamten wegen eines Duells angeklagt würde? „Ich meine, dass man abwägen sollte, wodurch dem Ruf des Ministeriums der geringste Schaden entstünde."

„Höre ich recht, Grüning?" Obermüller legte die Stirn in Falten. „Wenn wir im Ministerium uns nicht an die Gesetze halten, wer dann?"

„Sprach nicht davon, Gesetze zu missachten, sondern dass bei der Anwendung die Umstände und Folgen berücksichtigt werden sollten", bemühte sich Grüning erneut einen Ausweg aufzuzeigen.

Die eisigen Augen musterten ihn spöttisch. „Sie meinen, *ich* sollte das berücksichtigen – nach dem, was in den letzten Monaten in Ihrem Forst vor sich ging?"

„Habe mein Möglichstes getan", versuchte Grüning ihn zu überzeugen. „Sogar unter Einsatz meines Lebens."

„Es war dennoch erfolglos und hat einem Ihrer Untergebenen tatsächlich das Leben gekostet." Der Regierungsrat schüttelte den

Kopf. „Wenn Sie diese Angelegenheit offen gestanden hätten, hätte ich vielleicht Gnade vor Recht ergehen lassen können."

Grüning seufzte. Er sah eine Reihe von Gerichtsterminen und am Ende vielleicht sogar eine Haftstrafe auf sich zukommen. „Sollten bedenken, dass ich von meinem Forst gerade unter den derzeitigen Verhältnissen unmöglich längere Zeit abwesend sein kann."

„Ihre Anwesenheit hat bisher auch nicht den gewünschten Erfolg gebracht", schnarrte Obermüller. „Sie werden mich nicht überzeugen, Grüning."

Am liebsten hätte Grüning diesem eiskalten Regierungsrat ins Gesicht gebrüllt, was er von ihm dachte, doch er erinnerte sich rechtzeitig daran, dass er seine Lage dadurch nicht verbesserte. Der erfolgversprechendere Weg wäre ohne Zweifel, sich an einen guten Rechtsanwalt zu wenden.

„Ich werde die Angelegenheit dem zuständigen Staatsanwalt übergeben." Obermüller erhob sich und deutete mit der Hand an, dass Grüning entlassen sei.

Als der Oberförster wieder auf der Straße stand, kam es ihm vor, als habe er schlecht geträumt. Doch das Erlebte war nur zu wahr. Was sollte denn noch alles über ihn hereinbrechen? Verzweifelt grübelte er darüber nach, wer ihn angeschwärzt hatte und wie er den Folgen des Duells ausweichen könnte. Doch als er im Hotel ankam, war ihm noch immer keine Lösung eingefallen.

* * *

Hermann Wittemann stand am Fenster seines Büros und starrte in das düstere Novemberwetter. Die Bäume reckten ihre kahlen Äste zum grau verhangenen Himmel, aus dem wie ein grauer Schleier der Nieselregen niedersank. Da sich die Sache mit seiner Nichte Rahel so verzögerte, war an solchen Tagen Fräulein Jahn sein einziger Lichtblick. Doch heute war sie erkrankt, sodass ihm sogar diese erfreuliche Abwechslung versagt blieb.

Er ging zum Schreibtisch und zündete sich ein Zigarillo an. Sein Schwager ließ sich wieder einmal Zeit. Schon vor einer halben

Stunde hatte er hier sein wollen, weil ihm Rahels Widersetzlichkeit erneut Schwierigkeiten bereitete. Scheinbar wusste er allein nicht mehr weiter. Endlich klopfte es an seine Tür und der Erwartete trat ein.

„Bitte entschuldige meine Verspätung, Hermann, eines der Kutschpferde lahmte."

Wittemann winkte ab. „Ich bin es doch gewöhnt, dass sich bei dir alles verspätet. Rahel ist auch noch immer nicht meine Schwiegertochter."

„Bitte, du musst verstehen, Hermann ..."

„Lass das jetzt." Für ein nutzloses Streitgespräch mit seinem Schwager hatte er keine Zeit. Obwohl er von Bredow noch einmal wegen der Hochzeit drängen musste. „Nehmen wir Platz, Viktor. Zum Glück gibt es noch Dinge, die sich rasch und nach unseren Wünschen entwickeln."

Von Bredow atmete hörbar auf. Wittemann schmunzelte. Offenbar stand sein Schwager mächtig unter Druck. Bereitete ihm wirklich nur Rahel Probleme, oder steckte er schon wieder in finanziellen Schwierigkeiten?

„Gute Nachrichten sind immer willkommen, Hermann."

„Wir haben sie auch nötig – du bekommst deine Tochter ja nicht in den Griff." Wittemann konnte es nicht lassen, er musste bei von Bredow noch einen feinen Nadelstich anbringen.

„Wir müssen uns Gedanken machen, wie wir ihren Widerstand brechen." Von Bredow zog eine Zigarre aus der Westentasche und starrte sie grimmig an. „Denke dir, dieser verruchte Oberförster beginnt nun sogar, ihr Briefe zu schreiben!"

„Wie bitte?", fuhr Wittemann auf. Was erdreistete sich Grüning eigentlich! Bestand tatsächlich eine so enge Beziehung zwischen ihm und Rahel?

„Ja, es ist ungeheuerlich." Von Bredow schnitt seine Zigarre an. „Schon vor einigen Wochen ertappte ich Rahel, als sie einen Brief an ihn schrieb. Seitdem überwache ich strengstens alle Post."

Wittemann ballte die Faust. Scheinbar war Grüning ein Gegner, den er ernster nehmen musste, als er erwartet hatte. „Sie stehen miteinander in Korrespondenz?"

„Nein. Dieser Oberförster hat offenbar keinen anderen Brief von ihr erhalten, denn er erkundigte sich in seinem Brief nach ihrem Wohlergehen, weil er seit dem Duell nichts mehr von ihr gehört habe."

Wittemann atmete erleichtert aus. „Grüning wird es bitter büßen. Er wird ins Gefängnis wandern."

„Wie bitte? Habe ich recht gehört?" Von Bredow, der gerade ein Streichholz angerissen hatte, um die Zigarre anzustecken, hielt inne.

„Es erstaunt dich wohl, was dein Schwager alles möglich macht", lachte Wittemann. „Aber wenn du nicht achtgibst, wirst du dir gleich die Finger verbrennen."

Da zuckte von Bredow auch schon zusammen und warf das Zündholz mit einem Fluch in den Ascher. „Hermann, du musst dich genauer erklären. Grüning soll ins Gefängnis? Hast du ihm die Wilddieberei anhängen können?"

„Das kommt vielleicht im zweiten Schritt. Genau genommen handelt es sich nur um eine Festungsstrafe, aber die wird ihn schon hart genug treffen."

„Ah, mir dämmert etwas." Jetzt gelang es von Bredow, die Zigarre in Brand zu setzen. „Das Duell?"

„Du bist ja doch ein schlauer Fuchs!"

Von Bredow lehnte sich in seinem Sessel zurück, zog kräftig an seiner Zigarre und schüttelte dann bedächtig den Kopf. „Aber ob das so schlau von dir war, Hermann? Du warst doch selbst an dem Duell beteiligt. Solltest du da straffrei bleiben?"

Wittemann lehnte sich ebenfalls zurück und verschränkte die Arme hinter dem Kopf. „Ich gebe zu, dass ich etwas va banque gespielt habe, als ich selbst dafür sorgte, dass Grüning angezeigt wurde."

„Und wenn er dich nun seinerseits anzeigt?"

Wittemann lächelte über die Angst seines Schwagers. Von Bredow war noch nie mutig gewesen, während er selbst das Spiel mit dem Feuer liebte. „Grüning weiß nicht, wer ihn angezeigt hat. Ich ließ alles über meinen neuen Mann im Ministerium laufen, der mir treu ergeben ist."

„Aber Hermann, du wirst kindisch! Grüning kann sich an drei Fingern ausrechnen, wer ihn verpfiffen hat, schließlich waren außer ihm bei dem Duell nur drei Personen zugegen, und Marwitz scheidet von vornherein aus."

„Du unterschätzt mich immer noch." Wittemann bereitete es Vergnügen, seinen Schwager in Angst zu versetzen und ihm dann seinen brillanten Plan zu offenbaren. „Erstens glaube ich nicht, dass Grüning mich jemals verraten würde."

Von Bredow lachte auf. „Diese Sicherheit kann ich nicht mit dir teilen."

„Weil du ihn nicht kennst." Wittemann sog genussvoll an seinem Zigarillo und ließ den scharfen Rauch langsam durch die Nase entweichen. „Grüning ist ein äußerst korrekter und zuverlässiger Mann, der viel auf seine Ehre hält. Wer aber seinen Duellgegner verrät, ist kein Ehrenmann."

„Womit du dein eigenes Urteil gesprochen hast."

„Das ist der zweite Punkt: Grüning wird mir kaum zutrauen, ihn zu verraten, weil er glaubt, ich würde meine Ehre nicht aufs Spiel setzen. Ich vermute, dass er eher den geschwätzigen Hotelier Behrendt im Verdacht hat."

„Gewagte Vermutungen." Von Bredow klopfte gleichmäßig auf seine südamerikanische Importierte. „Wer hat denn ein Interesse daran, dass Grüning leiden soll? Du, Hermann, nicht Behrendt."

„Gut, nehmen wir also an, er hat mich tatsächlich im Verdacht. Grüning ist aber viel zu gewissenhaft, um sich auf mein ehrloses Niveau herabzulassen – wenn wir das Kind beim Namen nennen wollen."

„Darauf verlässt du dich? Auf die Ehrenhaftigkeit deines Todfeindes? Du glaubst, Grüning ließe sich diese einmalige Möglichkeit entgehen, dich in ernsthafte Schwierigkeiten zu bringen?"

„Ich glaube es tatsächlich. Das Ehrgefühl lässt manche Männer die unsinnigsten Dinge tun. Oder ist es nicht an sich schon unsinnig, wegen eines Ehrenhandels beim Duell sein Leben zu wagen?"

In den Augen von Bredows spiegelte sich sein Entsetzen über

Wittemanns vermeintlichen Leichtsinn. „Hermann, dein Rachedurst raubt dir den klaren Blick. Das ist ein Hasardspiel um alles oder nichts!“

„Russisch Roulette[4]? Wie du meinst.“ Wittemann zuckte die Achseln. Er zögerte seinen letzten Trumpf noch etwas hinaus. „Aber ich weiß, wo die Kugel steckt.“

Der verwirrte Blick von Bredows amüsierte ihn. Sein Schwager konnte ihm einfach nicht das Wasser reichen. „Sollte Grüning tatsächlich auf den Gedanken kommen, mich mit hineinreißen zu wollen, sitze ich immer noch am längeren Hebel.“

„Ich verstehe nicht. Was willst du dann tun?“

„Doktor Goltzin, der Mann meiner Cousine, ist der zuständige Staatsanwalt. Wir haben uns schon mehrfach gegenseitig einen Dienst erwiesen.“ Wittemann spürte eine innere Genugtuung, dieses Ass aus dem Ärmel zu schütteln.

Von Bredow zischte leise durch die Zähne. „Jetzt begreife ich. Du würdest also jedenfalls straffrei ausgehen?“

„So ist es.“

„Dann kannst du dem Kommenden allerdings gelassen entgegensehen. – Und es steht bereits fest, dass Grüning verurteilt wird?“

„Beinahe.“ Wittemann drückte sein Zigarillo in den Ascher. „Die Schlussverhandlung ist kurz vor Weihnachten. Einige Wochen oder sogar Monate Festungshaft stehen im Raum.“

„Hm, von mir aus dürfte es noch länger sein. Leider kannst du ihn aufgrund des Duells und der Haft nicht aus dem Dienst entlassen, da eine Festungshaft[5] nicht entehrend ist.“

„Trotzdem wird es Grüning empfindlich treffen, seinen Wald verlassen und in einer Festung einsitzen zu müssen.“ Wittemann rieb sich voll Vorfreude auf Grünings Pein die Hände. Dieser dumme Förster hatte mit dem Duell seine Rachepläne durchkreuzen

4 Ein potentiell tödliches Glücksspiel mit einem Revolver, in dessen Trommel sich nur eine Kugel befindet, deren Position unbekannt ist. Die Spieler setzen die Waffe an die Schläfe und drücken ab, wobei sich ein Schuss lösen kann oder nicht.

5 Die Festungshaft war die übliche Haftstrafe für Duellanten. Von allen Einsperrungen war dies die mildeste Strafe. Der Inhaftierte durfte sich in den Wohnräumen der Festung frei bewegen und mit Erlaubnis des Kommandanten sogar Kurzreisen unternehmen.

wollen und damit einen wahren Pyrrhussieg errungen. „Wenn er dann wieder in seinen Hochwald zurückgekehrt ist, werde ich zum letzten Schlag gegen ihn ausholen, der ihn endgültig vernichten wird."

„Hermann, bringe uns nicht beide in Gefahr." Wieder klopfte von Bredow auf seine Zigarre.

„Du und deine Angst, Viktor. Du siehst, dass ich alles gewissenhaft plane – und meine Pläne werden aufgehen."

„Und doch gehst du ein gewisses Risiko ein."

„Was wäre das Leben ohne Gefahr? Es wäre fade wie ein langweiliger Roman."

„Mir behagt es nicht. Du musst bedenken, Hermann, dass ich mit dir untergehe, wenn du einen Fehlschlag landest."

„Es wird keinen Fehlschlag geben. Auch nicht in Bezug auf deine Tochter." Wittemann konnte es nicht lassen, er musste von Bredow noch einen Stich versetzen. „Ich hoffe, du hast mittlerweile einen Plan, wie du sie in den Griff bekommst."

Von Bredow beschleunigte die Frequenz, mit der er auf seine Zigarre klopfte. „Dein gegenwärtiger Schlag gegen Grüning unterstützt mich. Es wird Rahel kaum gefallen, dass Grüning inhaftiert wird. Sie muss ja nicht wissen, dass es sich nur um eine Festungshaft handelt."

„Der Ansatz mag gut sein", entgegnete Wittemann. „Aber es hilft nicht, nur Grüning in ihren Augen herabzusetzen. Es geht doch nicht darum, dass sie sich Grüning aus dem Kopf schlägt, sondern dass sie meinen Sohn heiratet!"

Wenn er ehrlich war, hatte er auch keine rechte Ahnung, wie dies zu bewerkstelligen war, und sein Schwager scheinbar noch viel weniger. Er wusste nur, dass Rahel seine Schwiegertochter werden musste. Der passende Plan dazu würde ihm bei Gelegenheit schon noch einfallen.

Kapitel 21

Grüning hasste es, ständig nach Breslau zu reisen. Nicht nur die Termine vor Gericht erforderten seine Anwesenheit, sondern auch die Gespräche mit dem unverschämt teuren Rechtsanwalt, den er sich gegönnt hatte, zwangen ihn regelmäßig, seinen Wald zu verlassen. Doch scheinbar war alles umsonst. Nichts deutete darauf hin, dass er freigesprochen würde.

Soeben verließ er das Hotel, das er schon viel zu oft hatte bewohnen müssen. Er winkte eine Droschke heran, nannte dem Kutscher die Adresse seines Anwalts Doktor Nowak und warf sich in die Polster der Kutsche.

Immer noch erfüllte ihn grimmige Wut gegen denjenigen, der dem Ministerium die Nachricht über das Duell zugesteckt hatte. Es blieben nur zwei Möglichkeiten: Wittemann oder Behrendt. Mittlerweile tendierte er sogar eher zu Wittemann. Behrendt war zwar ein Schwätzer, aber nicht boshaft. Die Einzelheiten seines Prozesses deuteten jedoch darauf hin, dass hinter allem eine boshafte Absicht steckte. Der Staatsanwalt jedenfalls schien es sich zur festen Aufgabe gemacht zu haben, ihn einsperren zu lassen, und das sogar für möglichst lange Zeit. Doktor Nowak hatte ihm gesagt, dass die Forderungen und Argumentationen des Staatsanwaltes für einen Duellprozess ungewöhnlich scharf seien.

Sollte tatsächlich ein Plan dahinterstecken, dann konnte dieser nur von Wittemann ausgehen. Wer sonst hatte ein Interesse daran, ihn zu malträtieren? Behrendt spottete zwar wie alle anderen Bewohner von Wölfelsgrund ständig über ihn, aber er hatte auch nicht mehr gegen ihn als andere. Von Wittemann allerdings wusste er genau, dass er ihn vernichten wollte, jedoch nicht, ob er irgendwelchen Einfluss auf das Ministerium oder die Justiz in Breslau hatte. Der Plan, ihn in Haft zu bringen, wäre Wittemann jedenfalls ohne Weiteres zuzutrauen.

Als Grüning unsanft gegen die Wand der Kutsche geworfen wurde, fluchte er über das schlechte Pflaster. Heute hatte er den letzten Termin bei Doktor Nowak, ehe kurz vor Weihnachten das Urteil gesprochen werden sollte. Ob dem Anwalt endlich der zündende Gedanke gekommen war?

Schon seit Wochen grübelte Grüning darüber nach, ob er seinen Gegner verraten sollte. Das wäre allerdings eine Gelegenheit, wie sie sich ihm nur selten bieten würde. Zwar wusste er nicht, welche Stellung Wittemann bekleidete, aber eine Haftstrafe, selbst wenn es nur Festungshaft war, traf jeden Menschen empfindlich.

Manchmal lockte es ihn mit unwiderstehlicher Gewalt, dann wiederum schämte er sich vor sich selbst wegen dieser Gedanken. Nein, er würde – wenn es nicht zu umgehen war – seine Haft absitzen, aber über seinen Gegner Stillschweigen bewahren. Das war er seiner eigenen Ehre schuldig.

Schließlich hielt die Droschke vor dem herrschaftlichen Haus des Anwalts. Und wenig später saß Grüning dem grauhaarigen Männlein mit der Nickelbrille gegenüber, der abwesend in den zahllosen Papieren, die den Schreibtisch bedeckten, wühlte. Dagegen war der Schreibtisch in seinem Forsthaus ein Musterbeispiel für Ordnungsliebe!

Grüning drehte ungeduldig seinen Hut zwischen den Händen. Endlich sah Doktor Nowak auf. „Ah, Herr Oberförster, verzeihen Sie. Ich werde ihre Unterlagen bald gefunden haben."

Der Anwalt wühlte weiter, während Grüning eine Begleitmusik dazu mit den Fingern auf die Schreibtischplatte trommelte.

Endlich zog Doktor Nowak eine Akte hervor. „Hier habe ich den Vorgang gefunden", strahlte er. Doch sein Strahlen verschwand rasch. „Herr Oberförster, ich habe keine guten Nachrichten für Sie."

Grüning stellte das Trommeln ein. Warum hatte er sich überhaupt noch Hoffnung gemacht. Das Geld für den Anwalt war offensichtlich verschwendet.

„Ich habe dem Herrn Staatsanwalt Doktor Goltzin noch einmal alle Argumente für eine Strafmilderung oder für einen Freispruch zukommen lassen, doch er besteht auf seiner Ansicht, dass ein Duell unnachsichtig eine Freiheitsstrafe nach sich ziehen muss."

„Hat darüber der Staatsanwalt zu entscheiden? Dachte, der Richter hätte das letzte Wort."

„Richtig." Doktor Nowak rückte an seiner Nickelbrille. „Unglücklicherweise ist der Richter dafür bekannt, ein strikter Duellgegner zu sein. Ich bedaure, Ihnen dies mitteilen zu müssen. Ich habe schon zahllose Klienten in Prozessen wegen Duellvergehen vertreten. Wenn Doktor von Arnim der zuständige Richter war, endete es immer mit Festungshaft."

„Heißt also, dass ich mein Geld sinnlos verschleudert habe?"

„Nun, es gelingt mir vielleicht, die Haftstrafe möglichst kurz zu halten. Jedenfalls werde ich alles dafür tun."

Grüning zerdrückte seinen Hut zwischen den Händen. „Für das horrende Honorar, das ich Ihnen zahle, ist das erbärmlich wenig." Er erhob sich und schob polternd seinen Stuhl zurück. Seine letzte Hoffnung war damit auch zunichte.

„Nehmen Sie es nicht so schwer, Herr Oberförster", versuchte ihn der Anwalt zu trösten. „Es werden wahrscheinlich nur ein paar Wochen Festungshaft sein. Bei diesem eingefleischten Duellgegner ist das schon ein großer Erfolg."

Grüning schlug mit der flachen Hand auf den Tisch, dass der Anwalt aus seinem Sessel auffuhr. „Wozu haben Sie Jura studiert, wenn Sie mit einem Duell bereits überfordert sind?"

Die Augen des Anwalts schienen nur noch durch die Nickelbrille in ihren Höhlen gehalten zu werden. „Herr Oberförster, ich muss doch sehr bitten!"

„Bin nur von unfähigen Menschen umgeben, ob Hausangestellte, Jäger oder Anwalt", polterte Grüning und stampfte missmutig zur Tür. „Habe Sie nicht engagiert, um verurteilt zu werden."

Doktor Nowak wollte noch etwas erwidern, aber Grüning ließ ihn nicht mehr dazu kommen. Krachend warf er die Tür hinter sich ins Schloss.

Als er auf der Straße stand, fiel ihm ein, dass er den Anwalt nach der Adresse der Familie von Bredow hatte fragen wollen. Aber nach diesem Disput lohnte es nicht umzukehren. Von Doktor Nowak würde er heute sicher keine Auskunft mehr erhalten.

Vielleicht wäre es ohnehin sinnvoller, statt zu den von Bredows zum Staatsanwalt zu fahren. Wer weiß, ob Doktor Nowak nicht nur sein Honorar einstrich, ohne einen Finger dafür zu krümmen. Immerhin wäre es einen Versuch wert, selbst mit dem Staatsanwalt zu reden.

Aber nicht mehr heute. Seine Postkutsche nach Wölfelsgrund ging erst morgen Nachmittag ab, also konnte er diesen allerletzten Versuch auch noch am nächsten Vormittag unternehmen. Zuerst musste er sich wieder beruhigen und genügend Argumente zurechtlegen.

Missmutig winkte er eine Droschke heran. Er würde sich jetzt zur Villa der von Bredows fahren lassen. Der Kutscher kannte sich bestimmt bestens in der Stadt aus und würde das Ziel auch ohne Straßenangabe finden.

Doch der Kutscher sah ihn nur verwirrt von seinem Bock herunter an. „Von Bredow? Sie müssen mir schon die Straße nennen."

„Dann finden Sie sie eben heraus!", schnauzte Grüning und stieg in die Droschke. Zwar hatte Rahel nie auf seinen Brief geantwortet, aber er wollte doch einmal das Haus sehen, in dem sie wohnte. Vielleicht gelang es ihm sogar, einen Blick auf sie selbst zu erhaschen.

Tatsächlich zogen die Pferde einen Moment später an. Sicher hatte der Kutscher irgendwelche Kontakte, über die er die Adresse der von Bredows erfahren konnte.

Grüning war noch so sehr in seinen Ärger über den unfähigen Anwalt vertieft, dass er nicht darauf achtete, wohin die Fahrt ging. Erst als die Droschke nach geraumer Zeit anhielt, sah er auf. Prachtvolle Häuser, die ihm unwillkürlich Respekt einflößten, säumten die Straße.

„Villa von Bredow", rief der Kutscher.

„Biegen Sie in die nächste Nebenstraße." Er musste nicht unbedingt von jemandem gesehen werden – auch nicht von Rahel.

Als die Droschke erneut anhielt, sprang Grüning hinaus. „Warten Sie hier."

Zu Fuß kehrte er zur Hauptstraße zurück, bis er das Haus sehen konnte, vor dem die Kutsche eben gehalten hatte. Eine bombastische Freitreppe wurde von acht dorischen Säulen gesäumt, auf denen ein mit vielen Figuren verzierter Balkon ruhte. Diese Villa erschien Grüning die mit Abstand prächtigste in der ganzen Straße zu sein. Es war mehr ein Palast als eine Villa.

Abrupt wandte Grüning sich um. Nein. Er sollte dieses Mädchen so schnell wie möglich aus seinen Gedanken verbannen. Wenn er an sein schlichtes Forsthaus dachte und es mit diesem Palast verglich – undenkbar. Die Trauben hingen zu hoch.

* * *

Am nächsten Morgen stieg Grüning die Freitreppe zur Staatsanwaltschaft hinauf. Noch einmal kontrollierte er den Sitz seiner Uniform und des Ordens, den er nach dem Gefecht auf dem Sundewitt erhalten hatte. Für gewöhnlich trug er ihn nicht, doch wenn es galt, Eindruck zu machen, heftete er ihn an seine Brust.

Nachdem die Musterung zu seiner Zufriedenheit ausgefallen war, betrat er das massige Gebäude. Er hielt einen vorübereilenden Uniformierten an. „Wo finde ich das Büro des Staatsanwalts Doktor Goltzin?"

„Dritter Stock rechts."

Grüning nahm den Hut ab und stieg die Treppe hinauf. Die ganze Nacht hatte er sich Argumente zurechtgelegt, mit denen er den Staatsanwalt überzeugen wollte. Es musste doch möglich sein, das Strafmaß wenigstens auf eine Geldstrafe herabzusetzen.

Im dritten Stock wandte er sich nach rechts und fand bald eine Tür, neben der ein Türschild mit der Aufschrift *Doktor Goltzin, Staatsanwalt* hing. Er straffte seine Gestalt, strich ein letztes Mal die Uniform glatt und klopfte dann an die Tür.

Wenig später öffnete ihm ein junger Mann, der ihm kaum bis zu den Schultern reichte. „Sie wünschen?"

Hinter der windigen Gestalt des Justizangestellten sah Grüning den älteren Herrn mit gepflegtem Schnurrbart am Schreibtisch sitzen, den er von den Gerichtsverhandlungen kannte. „Doktor Goltzin …"

„Aber der Herr Staatsanwalt ...“, versuchte der Angestellte ihn aufzuhalten.

Grüning schob das Männlein beiseite und betrat das Büro. Seine Stiefel versanken beinahe in dem weichen Teppich, aber Grüning ließ sich durch die Eleganz des Büros nicht einschüchtern. Mit wenigen Schritten stand er vor dem geschnitzten Schreibtisch und deutete eine Verbeugung an. „Herr Doktor Goltzin ...“

Der Staatsanwalt hob seinen grauen Kopf und nahm die Brille ab. „Wuttke? Was wünscht dieser Herr?“, fragte er den Uniformierten, der die Klinke der geöffneten Tür immer noch in der Hand hielt, als könnte er nicht fassen, dass Grüning ohne seine Erlaubnis die heiligen Hallen betreten hatte.

„Verzeihen Sie die Störung, Herr Staatsanwalt.“ Grüning nahm all seine Höflichkeit zusammen, die ihm einmal beigebracht worden war. „Mein Name ist Grüning, Oberförster. Bin wegen meines Falles hier.“

„Was fällt Ihnen ein?“ Der Jurist legte die Stirn in Falten. „Sie haben doch einen Rechtsanwalt?“

Grüning machte eine wegwerfende Handbewegung. „Unfähig. Ist besser, ich spreche selbst mit Ihnen.“

„So etwas ist mir noch nie vorgekommen.“ Der Staatsanwalt schüttelte den Kopf. „Grüning? Sie sind wegen eines Duells angeklagt, nicht wahr?“

Grüning zog sich einen Stuhl heran und setzte sich. „Sie kennen die Regeln der Gesellschaft, Herr Staatsanwalt. Es ist unmöglich, ein Duell zu verweigern.“

Doktor Goltzin zog die Schultern hoch. „Mich interessieren nicht die Regeln der Gesellschaft sondern das Gesetz. Und das fordert Strafe für Duelle.“

„Bitte zu bedenken, dass auch hochrangige Persönlichkeiten immer wieder in Duelle verwickelt sind“, brachte Grüning sein nächstes Argument vor.

„Herr Grüning, maßgeblich ist allein das Gesetz. Und jetzt bitte ich Sie ...“

Bevor der Staatsanwalt ihn des Büros verweisen konnte, unterbrach Grüning ihn: „Wenn unbedingt eine Strafe verhängt werden muss – wie wäre es mit einer Geldstrafe?“

Doktor Goltzin schlug mit der flachen Hand auf den Tisch. „Herr Grüning, es genügt. Das Gesetz verlangt eine Freiheitsstrafe, und daran werde ich mich halten.“

Grüning spürte, wie die Wut in ihm hochkochte. Dieser verknöcherte Beamte schien wirklich nichts anderes als seine Paragraphen zu kennen. Trotzdem riss er sich zusammen und unternahm er noch einen letzten Versuch. „Wäre bereit, eine hübsche Summe zu zahlen, wenn Sie die Haftstrafe umwandeln würden.“

Da schleuderte der Staatsanwalt seine Brille auf den Tisch, dass sie über die ganze Tischplatte glitt. „Herr Grüning, wenn Sie nicht augenblicklich mein Büro verlassen, werde ich Sie auch noch wegen Bestechungsversuches vor Gericht bringen! – Wuttke, führen Sie den Herrn hinaus.“

Der kleine Angestellte trat vor, aber Grüning erhob sich schon von selbst. Mühsam hielt er seine Wut im Zaum, denn er merkte, dass er mit jedem weiteren Wort seine Lage nur noch verschlimmern würde. Ehe ihm eine böse Bemerkung über den lebenden Paragraphen hinter dem Schreibtisch entfuhr, verließ er wortlos das Büro.

Als er wieder auf dem Flur stand, atmete er tief durch. Das einzige, was er erreicht hatte, war, dass der Staatsanwalt nun ganz sicher nicht mehr von seiner Forderung nach einer harten Strafe abrücken würde.

Kapitel 22

Wittemann sah aus dem Fenster seines Büros in das Gewirbel der fallenden Flocken, die den Schmutz der Stadt unter sich begruben. Es würde also doch noch weiße Weihnacht geben! Obwohl ihm trockener Frost lieber gewesen wäre – der Schnee wurde sowieso rasch zu Matsch und dieser wiederum zu widerlichem Dreck.

Vom Dom erklangen zwölf Schläge zu ihm herüber. Aufatmend wandte er sich vom Fenster ab und kehrte zu seinem Schreibtisch zurück. Es wurde Zeit, dass er seine Angestellten entließ, am Heiligen Abend sollte er sie nicht über Mittag hinaus festhalten. Außerdem wollte er selbst sich in einer Stunde mit seinem Schwager im *Wilden Mann* treffen, um den Sieg über Grüning zu feiern.

Er klingelte, worauf Fräulein Jahn eintrat. „Herr Ministerialdirektor wünschen?"

Wittemann betrachtete wohlgefällig lächelnd ihre grazile Erscheinung. Er hatte sie während ihrer Krankheitstage richtig vermisst. „Fräulein Emma, der Arbeitstag ist beendet. Bitte geben Sie den Leuten Bescheid, dass sie nach Hause gehen sollen, um mit ihren Familien Weihnachten zu feiern."

Die junge Frau knickste elegant. „Vielen Dank, Herr Wittemann."

Er griff nach einem kleinen Päckchen, das auf seinem Schreibtisch lag. „Ich möchte mich bei Ihnen für Ihre gute Arbeit bedanken."

Errötend nahm Emma Jahn das Geschenk entgegen. „Sie sind zu gütig."

„Packen Sie es heute Abend unter dem Lichterbaum aus", sagte er und legte den Arm um ihre Schultern. „Wir sehen uns nach den Feiertagen wieder."

Sie entzog sich seiner Berührung nicht. „Vielen Dank. Ich wünsche Ihnen frohe Weihnachten, Herr Wittemann."

„Frohe Weihnachten, Fräulein Emma." Er schob sie sanft zur Tür, obwohl er gerne noch mehr Zeit mit ihr verbracht hätte.

Er musste sie unbedingt noch einmal zu sich nach Hause einladen, schließlich ließ die Verbindung zu seiner Nichte viel zu lange auf sich warten. Nach dem Jahreswechsel würde sich bestimmt eine Gelegenheit dazu bieten.

Wittemann sah ihr nach, wie sie durch die Tür verschwand. Dann hüllte er sich in seinen Überzieher, stülpte den Zylinder auf den Kopf und verließ das Ministerium.

Der Tabaksqualm und der Geruch alkoholischer Getränke nahmen ihm fast den Atem, als er kurz darauf den *Wilden Mann* betrat. Durch den blauen Dunst konnte er seinen Schwager Viktor von Bredow kaum erkennen, der ihn an einen Tisch winkte. Erstaunlich, dass von Bredow heute einmal pünktlich war.

Wittemann schüttelte den Schnee von Hut und Mantel und nahm seinem Schwager gegenüber Platz. „Sauwetter", schimpfte er.

„Die Kinder freuen sich, dass es weiße Weihnachten gibt", erwiderte von Bredow.

Wittemann ließ sich ein Glas Bier kommen. „In der Stadt bleibt der Schnee nicht lange weiß. Ich hätte gut darauf verzichten können."

„Wie steht die Angelegenheit mit Grüning? Ist dein Plan aufgegangen?" Von Bredow stellte eine Wand aus Zigarrenqualm zwischen sie.

„Der Prozess endete vor drei Tagen." Wittemann nahm einen Schluck Bier. Allein der Gedanke an seinen Triumph über Grüning versetzte ihn immer wieder in Hochstimmung.

„Dein Gesicht verrät mir, dass dein Freund, der Staatsanwalt, erfolgreich war", grinste von Bredow.

Wittemann nickte. „Aber noch ist Grüning auf freiem Fuße, da die Strafe bis zum Jahresbeginn ausgesetzt wurde – vielleicht wollte ihm der Richter noch das Weihnachts- und Silvesterfest zu Hause gönnen."

„Wie lange sind wir vor ihm sicher?"

Wittemann legte die Hände um den Fuß seines Humpens und schmunzelte. „Grüning hat uns einen großen Gefallen getan, indem er selbst dafür gesorgt hat, dass die Strafe ziemlich lang ausgefallen ist. – Drei Monate."

Von Bredow pfiff durch die Zähne. „Tatsächlich eine harte Strafe. Wie kam es dazu?"

„Er hat versucht, meinen Freund zu einer milderen Strafe zu überreden – und hat ihm dazu sogar Geld angeboten."

Lachend schlug sich von Bredow auf die Schenkel. „Damit hat er wohl das Gegenteil erreicht. Man hat es ihm als Bestechungsversuch ausgelegt?"

„Er hat zwar versucht, sich damit herauszureden, dass es um die Höhe einer Geldstrafe gegangen sei, aber das hat ihm der Richter natürlich nicht geglaubt. Deshalb hat er drei Monate erhalten. – Und danach wird es ihm nicht besser ergehen." Wittemann beugte sich weiter vor und senkte seine Stimme. „Wenn Grüning aus der Haft entlassen ist, werde ich zum finalen Schlag ansetzen."

Misstrauisch sah von Bredow ihn an. „Was hast du vor, Hermann?"

„Gib acht, Viktor. Noch weiß Grüning nicht, wem er sein Ungemach zu verdanken hat. Ab dem Frühling, wenn er wieder in den Hochwald zurückkehrt, wird sich das ändern."

„Deine Rache macht mir Angst, Hermann. Wenn du Grüning gestehst, dass du der Wilddieb bist und dass er dir die Haft zu verdanken hat, wird er seinerseits versuchen, sich an dir zu rächen."

„Dafür wird es dann zu spät sein." Wittemann kostete seine Rache schon im Vorhinein aus. Es würde ein Vergnügen werden, nach diesen langen Jahren dem winselnden Grüning den Todesstoß zu versetzen.

„Aber – ein Mord?" Die Angst stand von Bredow ins Gesicht geschrieben.

„Ach was, Mord! Dieser Schuft hätte schon vor zwanzig Jahren gehängt werden müssen! Wenn ich ihn töte, erhält er nur seine längst überfällige Strafe." Wittemann nahm einen großen Schluck Bier. „Ich habe einen fantastischen Plan."

Die Zweifel im Blick seines Schwagers waren nur zu offensichtlich. „Ich wünschte, dein Plan würde ohne einen Mord auskommen."

„Ich habe Grüning nicht so lange gequält, um ihn am Ende laufen zu lassen. Nein, Viktor, er soll wissen, wem er seinen Verdruss zu verdanken hat ... und dann wird er sterben. Aber vorher soll er noch einmal deine Tochter wiedersehen."

„Wie bitte? Bist du völlig übergeschnappt?"

Wittemann lachte. „Er soll sie wiedersehen, damit er das Ziel seiner Sehnsucht noch einmal vor Augen hat. Wenn er dann sein Glück zum Greifen nahe wähnt, wird das Schicksal unbarmherzig zuschlagen."

„Dieses Schicksal bist wohl du?"

„Du begreifst außerordentlich schnell." Wittemann versetzte seinem Schwager einen Stoß. „Schau nicht so düster drein, Viktor. Für dich besteht überhaupt keine Gefahr."

„Ich fürchte schon. Bitte lass Rahel bei deinen Plänen aus dem Spiel. Geh meinetwegen in den Hochwald und führe deine Rache zu Ende – aber ohne mich und meine Tochter." Von Bredow trommelte auf seine Zigarre.

„So haben wir nicht gewettet, mein lieber Schwager." Wittemann fixierte sein Gegenüber. „Viktor, wie steht es übrigens um deine Finanzen?"

Von Bredow erbleichte. Sofort erkannte Wittemann, dass er ins Schwarze getroffen hatte. Der Mann seiner Schwester hatte noch nie sparen können, und es war nur eine Frage der Zeit, bis er erneut um einen Zuschuss bitten musste.

„Nun?", fragte er gedehnt. „Wie lange kannst du noch ohne eine weitere pekuniäre Spritze meinerseits leben? Zwei Wochen? Einen Monat?"

Von Bredow ließ den Kopf hängen. „Du kommst der Wahrheit erschreckend nahe." Die Worte waren nur geflüstert.

Innerlich krümmte sich Wittemann vor Lachen. Ihm war keiner gewachsen, Grüning nicht und schon gar nicht sein Schwager.

„Also?" Er zog seine Börse hervor. „Ich bin bereit, dir erneut unter die Arme zu greifen, obwohl du dein letztes Versprechen noch immer nicht eingelöst hast. Aber dann musst du mich mit deiner Tochter in den Hochwald begleiten. Und danach muss sie endlich meinen Sohn heiraten. Und zwar sofort. Wenn nicht ..." Er schob mit einer vielsagenden Geste die Börse wieder in seine Tasche.

Von Bredows Augen funkelten beim Anblick der prall gefüllten Geldtasche. „Dieses Argument könnte allerdings geeignet sein, mich zu überzeugen. Bloß – zu einem Mord werde ich meine Hand nicht reichen. Tu, was du willst. Ich werde dich mit Rahel in den Hochwald begleiten, aber deine Rache ist ganz allein deine Angelegenheit."

„Ich könnte einen Zauderer wie dich ohnehin nicht brauchen." Wittemann schüttete den Inhalt seiner Börse auf den Tisch, dass die Goldstücke tanzten. Doch sofort legte er seine Hand darüber. „Unsere Vereinbarung gilt also?"

Gierig sah von Bredow auf das schimmernde Gold. „Ja ja, du kannst dich auf mich verlassen."

Wittemann spürte nur noch Verachtung für seinen Schwager. Was für ein armseliger Mann, der für ein paar Goldstücke seine Meinung schneller änderte, als eine Wetterfahne dem umspringenden Wind folgte. Aber ihm sollte es recht sein. Blieb nur zu hoffen, dass von Bredow ihm nicht noch kurzfristig einen Strich durch die Rechnung machte. Ansonsten war sein Plan unübertroffen.

Mit kaum fassbarer Geschwindigkeit strich von Bredow die blinkenden Taler ein. Dann stürzte er den Rest seines Bieres hinunter und erhob sich. „Du verzeihst, Hermann, ich muss heim. Wir wollen noch ein Bäumchen schmücken für heute Abend. Du kommst doch wie versprochen mit Lothar zum Festmahl? Vielleicht kommen er und Rahel sich bei einem gemütlichen Zusammensein endlich näher."

„Vielleicht?" Wittemann zog die Stirn in Falten. „Ich will doch hoffen, dass du entsprechend vorgearbeitet hast."

„Aber ja ... natürlich ... selbstverständlich", stotterte von Bredow und griff hastig nach seinem Hut.

„Gut", nickte Wittemann. „Ich werde mir die Gelegenheit nicht entgehen lassen, mich selbst davon zu überzeugen, dass du meiner reizenden Nichte endlich die Flausen ausgetrieben hast."

Von Bredow hatte den Hut schon auf dem Kopf. Scheinbar fürchtete er, er könnte ihm die goldenen Taler wieder abnehmen. „Bis heute Abend, Hermann."

Kopfschüttelnd sah Wittemann ihm nach. „Was für ein erbärmlicher Mensch“, murmelte er und trank ebenfalls sein Bier aus.

* * *

Nur der Schnee knirschte unter den Stiefeln der beiden Männer, während sie zwischen den Gräbern hindurch auf die Pforte des stillen Kirchhofs zuschritten. Als sein Freund Albert das Tor öffnete, durchbrach ein lautes Quietschen jäh die Stille der Silvesternacht, sodass Marwitz zusammenzuckte.

Draußen blieben sie stehen. „Es war kein gutes Jahr“, sagte Marwitz leise.

„Nein, kein gutes Jahr“, murmelte Grüning und lehnte sich gegen das Tor.

Marwitz' Gedanken weilten noch bei seiner Braut, vor deren Grab sie soeben gestanden hatten. Über drei Monate waren vergangen, seit Amanda von ihm gegangen war. Ihm kam es vor, als sei es gestern gewesen. Seine Braut und ihre Liebe waren ihm noch so real, dass ihm der stille Hügel beinahe unwirklich vorkam.

„Verletzt du dich noch immer an den Scherben?“ Die Frage Grünings schreckte ihn aus seinen Gedanken auf.

„Wird es jemals aufhören zu schmerzen?“

„Nie.“ Heftig schüttelte Grüning den Kopf.

„Also verletzt auch du dich noch an den Scherben deines Glückes?“

In der schneehellen, vom Mond beleuchteten Silvesternacht konnte Marwitz das knappe Nicken Grünings erkennen. Wie traumverloren stand der einsame Mann am Kirchhofgatter und schien die Gegenwart vergessen zu haben. „War ebenfalls Silvester. Eine ebenso eisige Nacht. Wie heute mit Unmengen Schnee.“

Marwitz hielt den Atem an. Sollte endlich der Augenblick gekommen sein, dass Grüning seine Seele öffnete? Er wagte nichts zu sagen aus Angst, Grüning könnte es sich wieder anders überlegen.

„Saßen in der Wohnstube meines Elternhauses. Sogar die kleine Rosina war noch wach und spielte mit der Puppe, die ich ihr zu Weihnachten geschenkt hatte. In der Ofenröhre knallten und zischten die Bratäpfel, und mein Vater braute einen herrlich duftenden Punsch. Da klopfte es an unserer Haustür." Grüning hielt inne.

Marwitz starrte seinen vom Mond geisterhaft beleuchteten Freund an. Der gerade noch ungewöhnlich weiche Gesichtsausdruck wurde plötzlich hart, unnahbar wie immer. Das Schweigen wurde länger, drückend.

Es drängte Marwitz nachzufragen und Grüning zum Weiterreden zu bringen, doch befürchtete er, damit die Redebereitschaft seines Freundes endgültig zu zerstören. Wie eine Mauer hing die Stille zwischen ihnen.

Schließlich konnte Marwitz sich nicht länger zurückhalten. „Wer war es?"

Wie ein Erwachender sah der Förster ihn an. „Sie."

„Sie?", wiederholte Marwitz, als Grüning keine Anstalten machte, seine Erzählung fortzusetzen.

Der Oberförster stieß sich vom Gatter ab. „Lassen wir das. Die Silvesternacht verführte mich."

Marwitz biss die Zähne aufeinander. Er hätte schwören können, dass er gerade eine Tür ins Schloss fallen hörte. Dieser Mann machte ihn noch rasend! Warum brachte Grüning es nicht fertig, einmal sein Herz auszuschütten? Über Jahrzehnte quälte er sich mit seiner Vergangenheit herum, schien selbst das Bedürfnis zu spüren, sich auszusprechen, und doch fraß er alles in sich hinein.

„Komm ins Forsthaus. Wollen ein Glas Sekt trinken", lenkte Grüning ab.

„Du hast deine kleine Schwester Rosina wohl sehr geliebt, wenn du ihr damals eine Puppe geschenkt hast?", versuchte Marwitz noch einmal auf die Vergangenheit zu sprechen zu kommen.

„Rosina." Grüning spie den Namen beinahe aus. „Erwähne dieses Weibsstück nicht vor meinen Ohren."

Gleichmäßig knirschte der Schnee bei jedem Schritt, als sie den Weg zum Forsthaus einschlugen. „Ich lernte Rosina bei meiner Verlobung als ein sympathisches Mädchen kennen, Albert."

„Schweig!", unterbrach ihn Grüning brüsk. „Kann nichts anderes, als mir Vorwürfe zu machen."

„Gewiss meint sie es nicht so", versuchte Marwitz zu beruhigen.

„Dann soll sie es nicht so sagen."

Marwitz schüttelte den Kopf. Immer wieder kam er an den Punkt, wo er feststellen musste, dass mit seinem Freund nicht zu reden war.

„Werde übermorgen verreisen", wechselte Grüning plötzlich das Thema.

Hätte Grüning ihm erzählt, heute wäre der 14. Mai, Marwitz hätte nicht erstaunter sein können. „Was sagst du? Du willst verreisen? Dir macht es wohl Pläsir zu scherzen!"

„Ich muss. Drei Monate Festungshaft."

„Wie bitte?" Jetzt verstand er gar nichts mehr. „Wofür solltest du Arrest bekommen?"

„Das Duell."

„Ich begreife nicht. Wie sollte davon etwas publik geworden sein?"

„Ist mir auch ein Rätsel. Wurde ins Ministerium geladen, weil man von dem Duell erfahren hatte. Wurde vor Weihnachten verurteilt."

Es erschien Marwitz ungeheuerlich, dass sein Freund, der nur seinen Wald liebte, plötzlich eine Haftstrafe verbüßen musste. „Und was geschah mit Wittemann? Wurde er ebenfalls verurteilt?"

„Seine Teilnahme am Duell wurde nicht bekannt."

„Äußerst dubios. Das klingt für mich fast nach einem abgekarteten Spiel. Hast du denn nichts unternommen?"

„War in den letzten Monaten mehr in der Stadt als im Wald. Gerichtstermine, Anwaltstermine. Alles umsonst."

Bereits das musste für seinen Freund unerträglich gewesen sein. Er mochte sich den Waldmenschen gar nicht in der Stadt vorstellen, und nun gar noch in der Haft! „Es tut mir leid", sagte er. „Warum hast du mir nicht schon früher davon erzählt?"

„Hätte nichts geändert."

„Doch, Albert. Ich hätte für dich gebetet."

„Ich sagte: Hätte nichts geändert. Auch beten nicht."

„Es wäre auf eine Probe angekommen." Marwitz legte seinem Freund die Hand auf die Schulter. „Albert, ich weiß, wie schlimm das für dich sein muss. Zu dem Malheur hinzu, das du ohnehin schon durch den Wilddieb hattest."

„Hattest? Hat während meiner Termine in der Hauptstadt weiter sein Unwesen getrieben", knurrte Grüning. „Seit es so kalt ist, hält er zum Glück Ruhe. Bin neugierig, wie es meinem Vertreter Prussak in den nächsten Monaten ergehen wird."

Marwitz zuckte mit den Schultern. Er kannte diesen Jäger Prussak nur flüchtig. „Du hast recht, Albert, es war kein gutes Jahr für dich. Zu allem noch das Duell mit der Blessur des Fräuleins von Bredow ..."

„Lass das!" Es klang wie ein Schrei, sodass Marwitz erschrocken stehen blieb.

„Albert?"

„Willst du meine Wunden neu aufreißen?"

„Sie bedeutet dir viel, nicht wahr?" Marwitz legte dem Förster die Hand auf den Arm.

Unwirsch schüttelte Grüning die Hand ab und ging weiter. „Mir bedeutet niemand etwas. Habe weder Menschen noch Gott nötig."

„Das sagst du, dem die Komplikationen bald über den Kopf wachsen?"

„Bah, werde damit fertig."

Marwitz schüttelte den Kopf. Wie konnte ein Mensch nur so verstockt sein! Was musste denn noch alles geschehen, um Albert Grüning zur Räson zu bringen?

Die beiden Männer blieben stehen, als sie die Lichtung, auf der das Forsthaus stand, vor sich sahen. Weißes Mondlicht übergoss das einsame Haus, das unter seiner Schneelast beinahe zusammenzubrechen drohte. Aus Wölfelsgrund klangen wie aus weiter Ferne zwölf dumpfe Glockenschläge. Das neue Jahr brach an.

Stumm reichten sich die Freunde die Hand, und an dem festen Händedruck spürte Marwitz, dass Grüning trotz allem seine Freundschaft schätzte – auch wenn er es niemals zugegeben hätte.

„Ich bete, dass dich das neue Jahr glücklich macht, Albert."

Diesmal kam keine widerborstige Antwort. Stimmte der Jahreswechsel auch den rauen Oberförster weicher?

„Vielleicht hält das neue Jahr wenigstens für dich ein neues Glück bereit, Franz. Hättest es mehr verdient als ich."

„Glück kann man nicht verdienen. Es ist nur Gnade Gottes, der es uns schenkt."

Grüning zuckte mit den Schultern. „Komm hinein, Franz. Wollen anstoßen."

Gedankenvoll folgte Marwitz seinem Freund. Wenn er doch nur einmal erfahren könnte, was an jenem Silvesterabend vor zwanzig Jahren geschehen war. Aber Grüning schien sich ein Leben lang darüber ausschweigen zu wollen.

Kapitel 23

Albert Grüning stand an der Außenbefestigung der Festung Glatz. Er hatte sich eng in seinen Mantel gewickelt, denn der eisige Februarwind ging ihm beinahe bis auf die Knochen. Sehnsüchtig sah er über den Glatzer Kessel zu den weißen Gipfeln des Schneegebirges hinauf, die seine Heimat geworden waren. Irgendwo dort in der Ferne musste sein Schneeberger Forst sein.

Was gäbe er darum, wenn er dort sein könnte! Stattdessen fristete er hier ein Dasein, das ihm von Tag zu Tag unerträglicher wurde. Er galt auch hier schon als Sonderling, sodass ihn die Besatzung der Festung mied, was ihn aber nicht sonderlich störte. Der Festungskommandant schikanierte ihn zwar nicht, doch von den möglichen Erleichterungen ließ er ihm keine zugutekommen.

Da niemand mit ihm und er mit niemandem reden wollte, lief er, so oft das Wetter es zuließ, allein in den Außenanlagen umher. Wenn es ihm dort zu kalt wurde, kehrte er wieder in die ihm zugewiesenen Wohnräume zurück, wo er dann dumpf brütend vor dem Kamin saß.

Manchmal hatte er das Gefühl, den Verstand zu verlieren. Die Ereignisse des letzten Jahres kamen ihm wie ein Alptraum vor. Erst das Auftreten des Wilddiebs, dann sein verliebter Freund, das Wiedersehen mit Wittemann, das Duell, die Erkrankung Rahels, sein neuer unerbittlicher Vorgesetzter und schließlich der Prozess.

Wenn er, so wie jetzt, zu den Gipfeln des Schneegebirges hinüberschaute, mochte er gar nicht daran denken, wie es derzeit in seinem Forst aussah, da man Prussak gegen seinen Rat zu seinem Vertreter bestimmt hatte. Der Jäger war ihm ohnehin suspekt. Manchmal schien es ihm, als würde er auf seinen Posten spekulieren, obwohl ihm die dafür erforderliche Ausbildung fehlte.

Würde er jemals als Oberförster in den Schneeberger Forst zurückkehren? Man konnte nie wissen, wie die Herren im Ministerium entscheiden würden. Obwohl eine Festungshaft nicht entehrend war und viele berühmte Herren sie vor ihm bereits hatten ertragen müssen, war er im Ministerium seit Neuestem offenbar nicht mehr gut angesehen. Es könnte durchaus sein, dass die Herren die Gelegenheit nutzten, ihn aus dem Dienst zu entfernen.

„Nur das nicht“, murmelte er. Sein Beruf war das Letzte, das ihm geblieben war, das Einzige, woran sein Herz noch hing. Alles andere war ihm bereits verloren gegangen.

Unwillkürlich wanderten seine Gedanken wieder zu Rahel von Bredow. Sie hatte seinen Brief nie beantwortet. Ob sie ihn nicht beantworten wollte? Hatte sie die Tage im Hochwald bereits vergessen? Wahrscheinlich waren die Eindrücke in der Stadt daran schuld, dass sie nicht mehr an den einsamen Oberförster dachte. Was für ihn ein einschneidendes Erlebnis gewesen war, war für sie wohl nur eine unbedeutende Episode. Seit er die Villa ihrer Familie in Breslau gesehen hatte, kam Rahel ihm ohnehin unendlich weit entfernt vor.

Oder konnte sie nicht mehr schreiben? War die Krankheit doch zu schwer für sie gewesen? Grüning mochte diesen Gedanken nicht zu Ende denken. Seit er hier zur Untätigkeit verbannt war, kreisten seine Gedanken ständig um das blonde Mädchen.

Seitdem machte er sich auch nichts mehr vor: Er liebte Rahel von Bredow, wie er es nicht für möglich gehalten hatte, jemals wieder zu lieben. Wie hatte er sich gegen dieses Gefühl zur Wehr gesetzt! Aber in den letzten Wochen war ihm klar geworden, dass es nutzlos war.

Rahel von Bredow war der einzige Mensch, der ihn nicht mit Vorwürfen überschüttet und mit neugierigen Fragen gelöchert hatte. Und sie war der einzige Mensch, den er am liebsten immer um sich hätte. Schon damals, an jenem zauberhaften Juniabend, als sie sich auf dem Turm der Altenburg zum ersten Mal begegnet waren, hatte er gespürt, dass dieses Mädchen anders war als alle anderen Menschen. Warum nur war sie von ihm gegangen? Ohne Abschied, ohne ein einziges Lebenszeichen?

Grüning sah einem Bataillon Infanteristen nach, das aus der Festung ins Manöver zog. Beinahe beneidete er die Soldaten, weil sie aus diesem Gemäuer herauskamen, das ihn zu erdrücken drohte. Fünf lange Wochen lagen noch vor ihm, ehe er wieder frei wurde, um dann – wie er hoffte – in den Hochwald zurückkehren zu dürfen.

Aber selbst diese Aussicht bereitete ihm keine rechte Freude mehr. Was hatte er davon, wenn ihn doch alles nur an Rahel erinnerte? Der sonst so geliebte Beruf schien ihm auf einmal öde zu sein ohne sie. Und selbst wenn sie noch einmal zurückkehrte und er sie wiedersähe, würde ihm das vielleicht vorübergehend Freude bereiten, aber dass seine Liebe einmal Erfüllung finden würde, war völlig ausgeschlossen.

Rahel war mehr als zwanzig Jahre jünger als er, die Nichte seines Todfeindes und sollte überdies noch dessen Sohn heiraten. Außerdem verkehrte sie in gänzlich anderen Kreisen als er und lebte in einem prunkvollen Palast – konnte es noch mehr Hindernisse geben? Nein, es war aussichtslos, er würde sein Leben einsam und liebeleer beschließen, und musste sich dabei noch den Vorwurf gefallen lassen, dass er es selbst so gewollt hatte.

Unwillig wandte er sich um. Diese elende Grübelei brachte ihn noch um den Verstand. Er sollte Rahel vergessen und stattdessen den Kampf um seinen Beruf aufnehmen. Das war das Letze, was ihm noch blieb.

Er stapfte durch den Schnee zurück zu den Wohnräumen. Mittlerweile war er völlig durchfroren, aber auch das war ihm gleichgültig. Wahrscheinlich wäre es am besten, wenn er sich in der Kälte den Tod holte. Dann wäre alles vorbei. Es gäbe keinen Wilddieb mehr, kein Ministerium, keinen Wittemann, keine Erinnerung an Katharina Bücker, keinen Prussak, der ihm seinen Posten streitig machen wollte – und die bittersüße Erinnerung an Rahel von Bredow wäre auch vorbei.

Kapitel 24

Dass er wieder hier sein durfte! Grüning fühlte sich wie im Rausch. Er stand am geöffneten Fenster seines Arbeitszimmers und sah in den grünenden Hochwald. Rex erhob sich von seinem Platz vor dem Kamin, kam schwanzwedelnd zu ihm hinüber und schmiegte sich an seine Beine. Der Hund hatte beim gestrigen Wiedersehen einen Freudentanz aufgeführt, der dem Russischen Staatsballett alle Ehre gemacht hätte.

Die vergangenen drei Monate erschienen Grüning wie ein böser Traum, den er am liebsten aus seiner Erinnerung gestrichen hätte. Aber auch jetzt fühlte er sich wie im Traum. Statt des muffigen Geruchs der Festung atmete er wieder würzige Waldluft, statt der gebrüllten Befehle an die Soldaten klang das Konzert der Vögel wie eine tausendstimmige Sinfonie an sein Ohr und statt der grauen Festungsmauern umgab ihn der Hochwald im zartgrünen Festgewand des anbrechenden Frühlings.

Aber der frühlingssprossende Hochwald weckte auch eine Sehnsucht in Albert Grüning, die alle Freude überlagerte. Fast zehn Monate waren vergangen, seit er Rahel von Bredow auf dem Turm der Altenburg getroffen hatte – und sieben lange Monate hatte er nichts von ihr gehört. Nach dem Brief an sie, der unbeantwortet geblieben war, und dem kurzen Blick auf die Villa von Bredow hatte er keinen weiteren Versuch unternommen, mit ihr in Kontakt zu treten. Wenn sie mit ihm korrespondieren wollte, hätte sie seinen Brief beantworten oder ihm von sich aus schreiben können. Da dies alles ausblieb, musste er annehmen, dass sie keinen Kontakt zu ihm wünschte, oder dass die Krankheit – nein, an diese Möglichkeit wollte er nicht denken.

Unwirsch schob er die Gedanken an das Mädchen beiseite. Es half ihm nicht, wenn er sich mit der Erinnerung quälte. Er sollte vielmehr die Rückkehr in seinen Wald genießen. Jetzt würden neue, bessere Zeiten beginnen. Denn wie Prussak ihm gestern Abend noch kurz berichtet hatte, war in den vergangenen drei Monaten kein einziger Schuss gefallen. Offenbar war der Wilddieb weitergezogen.

Heute nun erwartete er den Jäger, der ihn vertreten hatte, zu einem vollständigen Bericht über die Zeit seiner Abwesenheit. Und dann würde er sich mit neuem Schwung auf seine geliebte Arbeit stürzen.

Tief atmete Grüning die erfrischende Waldluft ein. Mit dem Verschwinden des Wilddiebs würde sein Leben endlich wieder ruhiger und geordneter verlaufen ...

Ein scharfer Knall zerriss jäh die Morgenstille.

„Verdammt!" Grüning donnerte seine Faust auf das Fensterbrett, dass der Schmerz ihn durchzuckte und Rex aufheulend zurückwich. Der Traum von einem ruhigen Leben blieb wohl wirklich nur ein Traum.

Der Schuss, dessen Herkunftsort er wegen des Echos aus dem Gebirge nicht zweifelsfrei bestimmen konnte, bewies ihm, dass der Wilddieb seine Aktivitäten doch nicht eingestellt hatte. Es war zum Verzweifeln! Kaum meinte er einmal, den Kopf heben und freier atmen zu können, ereilte ihn der nächste Rückschlag. Und das bereits am Tag nachdem er aus der Festungshaft zurückgekehrt war!

Kurz überlegte er, ob er sich auf die Suche machen sollte, aber bis er den Ort gefunden hätte, wo der Schuss gefallen war, wäre es ohnehin zu spät. Er würde erst einmal den Bericht von Prussak abwarten. Sollte ihm der Wilddieb doch heute gestohlen bleiben, er würde sich später um ihn kümmern und endlich dingfest machen.

Grüning langte nach einer Pfeife und stopfte Tabak in den Kopf. Es war doch außerordentlich seltsam, dass sich der Wilddieb in den drei Monaten seiner Abwesenheit still verhalten hatte, nun aber, da er kaum wieder als Oberförster in der Verantwortung stand, erneut in Erscheinung trat. Gut, in den bitterkalten Wintermonaten ging niemand freiwillig im tief verschneiten Hochwald auf die Jagd, aber wenigstens im März hätte die Möglichkeit zur Jagd bestanden. Warum war da nichts geschehen? Und warum fingen die Schwierigkeiten dann pünktlich mit seiner Heimkehr wieder an?

Er entzündete den Tabak und paffte mächtige Wolken in den

Raum. Was machte Prussak anders als er? Oder sollte dieser Mann mit dem Wilddieb unter einer Decke stecken? Schließlich war ihm schon öfter aufgefallen, dass der Wilderer erstaunlich gut informiert war. Sollte Prussak derjenige sein ...?

Nachdenklich sah Grüning den blauen Wölkchen aus seiner Pfeife nach. Der Gedanke war eigentlich ungeheuerlich, schließlich hatte der Jäger einen Diensteid abgelegt. Andererseits hatte er diesem undurchsichtigen Menschen nie getraut. Er würde ihm, wenn er gleich kam, einmal auf den Zahn fühlen.

Kurze Zeit später traf Prussak völlig außer Atem ein. „Herr Oberförster, haben Sie es auch gehört?"

„Den Schuss? Habe ihn gehört."

„Ich meine, er sei aus dem Wilhelmsthal gekommen, Kisserows Revier", keuchte Prussak. „Wollen wir dem Kameraden zur Hilfe eilen?"

Grüning sah den Jäger mit prüfenden Blicken an. „Warum so abgehetzt, Prussak?"

„Als ich den Schuss hörte, beeilte ich mich, zu Ihnen zu kommen, um mit Ihnen zusammen ..."

„Bleiben hier." Grüning wies auf das Sofa. „Nehmen Sie Platz." Er führte Rex, der den Jäger misstrauisch beschnüffelte, hinaus.

„Sie wollen also nicht tätig werden?" Die schwarzen Augen Prussaks richteten sich mit lauerndem Ausdruck auf den Oberförster.

„Heute nicht." Grüning zog sich seinen Schreibtischsessel heran. „Während meiner Abwesenheit war der Wilddieb also nicht tätig?"

„Nein. Ich habe sogar im tiefsten Winter den Forst täglich revidieren lassen. Zum Glück hat uns das Ministerium auf meine Bitte hin endlich einen neuen Jäger für den erschossenen Schulze geschickt."

Sonderbar. Er hatte mehrfach beim Ministerium angefragt und immer einen abschlägigen Bescheid erhalten. Prussak aber bekam sofort einen neuen Jäger?

„Der Wilddieb ist auch nicht ein einziges Mal aktiv geworden? Auch nicht im letzten Monat, als es nicht mehr ganz so kalt war?"

Prussak ließ unter seinem Bartgestrüpp ein höhnisches Grinsen erahnen. „Ich muss Sie enttäuschen, Herr Oberförster. Ich habe in der Zeit, in der ich Sie vertreten habe, die Arbeit des Wilderers unterbinden können."

Grüning beugte sich ein wenig vor und sah dem Jäger scharf in die Augen. „Prussak, haben Sie eine Erklärung, warum der Wilddieb während meiner Abwesenheit nicht wilderte? Und dass er offenbar genaue Kenntnisse über den Forst hat? Dass er scheinbar weiß, wo die Jäger gerade eingesetzt sind?"

„Diese Fragen müssten Sie sich selbst beantworten können, Herr Oberförster. Sie sollten doch am ehesten wissen, welche Informationen weitergegeben werden."

Grüning ließ sich durch die höhnischen Worte nicht aus der Ruhe bringen. „Prussak, Sie sollten vorsichtig sein. Ist auffällig, dass Ihr Revier fast immer verschont blieb. Und dass Sie auch als mein Vertreter verschont blieben."

„Wollen Sie mir etwa unterstellen, dass ich ..."

„Unterstelle nichts. Sage nur, was mir auffällt."

„Es ist eine Unverschämtheit, was Sie mir bieten!", fuhr Prussak auf. „Sie erweisen seit knapp einem Jahr ihre Unfähigkeit, den Wilderer zu fangen, und wollen mir, der ich mein Revier und während Ihrer Abwesenheit sogar den ganzen Forst vorbildlich sauber gehalten habe, die Schuld zuweisen!"

„Blasen Sie sich nicht auf wie ein Pfau, Prussak!"

Da sprang Prussak aus dem Sofa auf und baute sich vor Grüning auf. „Ich sage Ihnen eines, Herr Grüning: Es ist auch im Ministerium bekannt, dass Sie unfähig sind, den Wilderer zu fangen, während ich jedenfalls seine Tätigkeit unterbinde. Es wird nicht lange dauern, und Sie sind die längste Zeit Oberförster gewesen!"

Nun erhob sich auch Grüning aus seinem Sessel und baute sich in seiner ganzen beachtlichen Größe vor dem Jäger auf. „Ich wiederhole, Prussak: Sie sollten vorsichtig sein! Noch bin ich Oberförster im Schneeberger Forst und werde es auch bleiben! Werden sich früher oder später in dem Netz verstricken, mit dem Sie mich zu Fall bringen wollen. Verlassen Sie sich darauf."

Prussak ließ wieder ein höhnisches Grinsen durch sein Bartgestrüpp blinzeln. „Sie sollten sich nicht zu sicher sein. Sie halten mich nur für einen unbedeutenden Jäger, aber meine Verbindungen reichen weiter als Sie ahnen. Guten Morgen, Herr Oberförster." Mit diesen Worten verließ Prussak das Arbeitszimmer.

Überrascht sah Grüning ihm nach. Eines wusste er nun mit Sicherheit: Prussak, den er schon immer für undurchsichtig gehalten hatte, war sein Feind und trachtete nach seinem Posten. Um Prussaks Plan zu durchkreuzen, sollte er den Wilddieb so schnell wie möglich fangen. Und der Weg zum Wilddieb schien wiederum über den Jäger Prussak zu führen.

Wie könnte er Prussak und den Wilddieb zur Strecke bringen? Da er nun einen Verdacht hatte, könnte er Prussak genauer überwachen, als er es im letzten Jahr möglich war. Doch wen könnte er dann damit beauftragen, dem Wildschützen eine Falle zu stellen?

In Gedanken ging er nochmal alle Jäger, Jagdgehilfen und Forstarbeiter durch. Kisserow war offenbar der einzige, den er gut genug kannte und von dem er überzeugt war, dass er auf seiner Seite stehen würde. Also würde er Kisserow heimlich beauftragen, sich zu Zeiten, zu denen er offiziell dienstfrei hatte, an Stellen, die für einen Wilddieb besonders vielversprechend waren, auf die Lauer zu legen. Wenn Prussak tatsächlich der Verräter war, würde er den Wilddieb nicht warnen können, und Kisserow könnte die Überraschung nutzen, um den Delinquenten niederzustrecken – Pardon würde nun nicht mehr gewährt.

* * *

Viktor von Bredow nahm den Zylinder vom Kopf, als er das Ministerium betrat, und wischte sich mit dem Schnupftuch über die Stirn. Heute war der erste warme Frühlingstag, er musste sich erst daran gewöhnen. Er entledigte sich seines Überziehers und stieg dann die Treppe hinauf, die ihn zum Büro seines Schwagers führte.

Wenig später stand er im Vorzimmer bei Fräulein Jahn. „Ist der Herr Ministerialdirektor zu sprechen?"

Die Sekretärin machte einen anmutigen Knicks. „Einen Augenblick bitte, ich frage nach." Er kniff ein Auge zusammen und sah ihr nach. Sein Schwager hatte einen guten Geschmack. Er wäre auch nicht abgeneigt, dieses hübsche Fräulein den ganzen Tag um sich zu haben.

Da erschien sie schon wieder in der Tür zu Wittemanns Büro. „Der Herr Ministerialdirektor lässt bitten."

Er warf ihr sein freundlichstes Lächeln zu, als er an ihr vorüber durch die Tür ging.

„Viktor, was führt dich her? Meine guten Zigarren oder meine hübsche Sekretärin?"

Von Bredow sah zu Fräulein Jahn zurück, die errötend die Tür schloss. „Mit dir möchte ich wohl tauschen, Hermann. Und einer guten Zigarre bin ich auch nicht abgeneigt."

„Setzen wir uns." Wittemann wies auf die Sessel um den runden Tisch und kramte eine Zigarrenkiste aus seinem Schreibtisch hervor. „Ich habe noch einige Zigarren von deinem letzten Besuch."

Von Bredow nahm eine Zigarre entgegen und ließ sich nieder. Wie könnte er seinen Schwager nur wieder dazu bringen, etliche Goldtaler springen zu lassen? Es waren wieder einige Zinsen fällig, außerdem brauchte seine Frau dringend ein neues Kleid, dann stand der diesjährige Kuraufenthalt vor der Tür, der seine Familie nach Wittemanns Plan wieder nach Wölfelsgrund führen sollte – und er wusste beim besten Willen nicht, wie er das alles bezahlen sollte.

„Nun ist für deine Behaglichkeit gesorgt." Wittemann nahm ihm gegenüber Platz. „Was führt dich zu mir?"

Von Bredow schnitt die Zigarre an. „Wir müssen noch einmal über unsere Pläne bezüglich des Oberförsters reden."

„Was gibt es da zu reden?" Wittemanns Gesicht verdüsterte sich. „Wir haben doch alles besprochen. In der nächsten Woche reist ihr nach Wölfelsgrund ..."

„Es wird leider nichts daraus." Er riss ein Streichholz an und setzte die Zigarre in Brand.

Wittemann beugte sich vor und starrte ihn mit finsterem Blick an. „Was soll das heißen?“

„Du kennst meine pekuniären Schwierigkeiten. Ich kann mir den Aufenthalt in Wölfelsgrund unmöglich leisten.“ Gespannt beobachtete von Bredow seinen Schwager. Er wusste, wie wichtig ihm war, dass Rahel mit nach Wölfelsgrund reiste, weil er sie für seine Rachepläne benötigte. Da sollten einige Taler herauszukitzeln sein.

„Was machst du bloß mit deinem Geld? Ich habe dir kürzlich noch eine Unterstützung gewährt!“

„Die Hypotheken fressen alles auf“, antwortete von Bredow weinerlich.

Wittemann ballte die Faust. „Ihr *müsst* mich nach Wölfelsgrund begleiten.“

„Aber warum, Hermann? Du kannst deine Rache an dem Oberförster auch gut allein vollziehen.“

Scharf sah Wittemann ihn an. „Das ist wohl deine neue Methode, an mein Geld zu kommen?“

„Ich habe nicht verlangt, dass du mir den Aufenthalt bezahlst“, rechtfertigte sich von Bredow. Obwohl genau das sein Ziel war. „Wozu brauchst du mich bei deinem Rachefeldzug?“

„Ich brauche Rahel, das weißt du ganz gut. Der Oberförster soll das Objekt seiner Begierde noch einmal sehen, bevor es ihm für immer genommen wird.“ Mit hochgezogenen Augenbrauen sah Wittemann ihn an. „Also wie viel brauchst du?“

Von Bredow saugte genüsslich an seiner Zigarre. Für seine Rache tat sein Schwager alles – er würde sich das merken für weitere Fälle, wenn er Geld brauchte. „Fünfhundert Taler sollten ausreichen.“

Wittemann, der gerade seine Hand hob, um nach seiner Börse zu greifen, hielt inne. „Das ist mehr, als das Hotel kosten wird.“

„Ich sagte doch: die Hypotheken ...“

„Ich lasse mich von dir nicht überlisten, Viktor.“ Wittemann zog seine Börse hervor und wog sie in der Hand. „Ich gebe dir vierhundert Taler, das ist mehr als genug für das Hotel.“

„Ja, vierhundert werden vielleicht auch erst einmal genügen“, beeilte sich von Bredow zu sagen. Er fürchtete schon, dass sein Schwager seine Pläne ändern könnte und er leer ausginge.

„Dafür lässt du mir in Bezug auf Rahel und Grüning freie Hand.“

Von Bredow bemerkte, dass er schon wieder ständig auf seine Zigarre klopfte. Er warf sie so hastig in den Ascher, dass die Asche stäubte. „Ich möchte nicht, dass meine Tochter in deine Rachepläne einbezogen wird.“

„Es wird ihr schon nichts geschehen. Aber wenn es dir zu gefährlich ist ...“ Demonstrativ steckte Wittemann seine Börse wieder ein.

„Nein, nein! Ich verlasse mich darauf, dass ihr nichts geschehen wird – immerhin willst du, dass sie Lothar heiratet.“ Er musste jetzt alle Bedenken beiseite werfen. Ohne Wittemanns Geld müsste er auf viele Annehmlichkeiten verzichten.

„Gut.“ Wittemann lächelte triumphierend. Zu triumphierend für seinen Geschmack. Langsam zählte er ihm vierhundert Taler auf den Tisch.

Von Bredow ließ die Goldstücke in seiner Tasche verschwinden. „Dann bleibt es also doch dabei, dass wir nächste Woche nach Wölfelsgrund reisen.“

„Und du wirst mich in meinen Plänen nicht behindern.“

Von Bredow seufzte. Er hatte keine andere Wahl.

Kapitel 25

Amanda Wertheim. Warum musste dieser Name auf dem Grabstein stehen? Immer wieder betrachtete Franz Marwitz den kleinen Strich, der zwischen ihren Lebensdaten stand. Das war alles, was von ihrem Leben geblieben war – ein kleiner Strich. Und der stille Hügel, auf den er soeben einen Bund Rosen niedergelegt hatte. Warum musste sie so viel zu früh gehen?

Marwitz richtete sich auf und sah über die Bäume zum Himmel empor. Die Aprilsonne wärmte sein Gesicht. Er spürte, wie die wohlige Wärme bis in sein Herz strömte und dort gegen die kalte Leere ankämpfte.

„Vater, warum? Kannst Du es mir nicht erklären? Was hast Du für ein Ziel mit mir?"

Das verzweifelte Fragen hatte einem vertrauenden *Warum* Platz gemacht. Er wusste, dass der Weg seines himmlischen Vaters gut war – aber er verstand ihn nicht. Dennoch vertraute er Ihm, dass er das Ziel Gottes irgendwann begreifen würde.

Langsam wandte er sich ab und schlug den Weg zum Ausgang ein. Die Frauengestalt, die dort stand, nahm er erst wahr, als er beinahe vor ihr stand. „Pardon, Fräulein Grüning! Ich bemerkte Sie gar nicht!"

Rosina Grüning lächelte ihn an. „Das macht nichts. Ich wollte das Grab meiner Cousine besuchen, Sie aber nicht in Ihrer Erinnerung stören."

Marwitz blickte zum Grab zurück. „Ja, ich muss immer wieder zu diesem Grab zurückkehren."

„Es ist schwer, nicht wahr?", fragte sie mit weicher Stimme.

„Es gibt wohl kaum etwas Schwereres, als den Tod der Braut in der Verlobungszeit. Jedenfalls kann ich mir kaum etwas Schwereres denken. Und doch muss es einen Sinn haben, sonst hätte Gott es nicht so geführt."

Ihre dunkelbraunen Augen richteten sich warm auf ihn. Er empfand diese Wärme fast so wie die Sonnenstrahlen auf seinem

Gesicht. „Gewiss wird Gott Ihnen auch noch den Sinn Seiner Wege offenbaren."

„Ich glaube fest daran. Jedenfalls nimmt Er uns nichts Gutes weg, wenn Er nicht etwas noch Besseres für uns bereithält. Ich bin gespannt, was das in meinem Fall sein wird."

Sinnend sah Rosina ihn an. „Aus diesem Blickwinkel habe ich Gottes Wege noch nicht betrachtet. Aber wahrscheinlich haben Sie recht."

„Gott ist gut, Fräulein Grüning. Er nimmt uns nichts, um uns zu malträtieren, sondern weil Er es gut meint, auch wenn es hart erscheint. Darauf will ich vertrauen."

„Ihr Glaube ist groß, Herr Marwitz", sagte sie mit Bewunderung in der Stimme.

Er lächelte matt. „Ich wünschte, er wäre es. Es gibt Stunden, da zweifle ich an meinem Gott und Vater und dem Herrn Jesus. Dann schreie ich zu Ihm und will wissen, warum Er mir das angetan hat. Aber dann wird es auch wieder ganz still in mir. Wenn ich mir bewusst mache, dass Seine Liebe so groß war, dass Er Seinen eingeborenen Sohn gab, damit Er für mich starb – kann Liebe größer sein?

Und Seine Liebe ist immer noch genauso groß. Noch heute liebt Er mich so wie damals, als Er Seinen Sohn gab. Auch wenn Er mir Amanda nahm, der Beweis Seiner Liebe im stellvertretenden Tod Seines Sohnes ist größer. *Hieran ist die Liebe Gottes zu uns offenbart worden, dass Gott seinen eingeborenen Sohn in die Welt gesandt hat.* Nicht daran, dass Er alle unsere Lieben vor Krankheit und Tod bewahrt."

„Obwohl wir uns das manchmal wünschen." Rosina sah lächelnd zu ihm auf. „Ich sehe, dass Sie in der Hand unseres Gottes wohlgeborgen sind."

„So ist es. Dort fühle ich mich sicher." Er betrachtete ihr freundliches Gesicht, das durch das rötliche Licht der Sonne einen weichen Ausdruck bekam.

Er konnte gar nicht begreifen, dass Grüning stets mit seiner Schwester aneinandergeriet. Sie machte auf ihn gar nicht den Eindruck einer rächenden Amazone, die immer nur mit schweren Vorwürfen auf ihren Bruder einhieb. Wahrscheinlich war es Grüning, der sie mit seinen Provokationen in Rage brachte – und das konnte Marwitz gut verstehen.

„Sie haben wohl Ihren Bruder besucht, Fräulein Grüning?"

„Noch nicht. Ich fand noch nicht den Mut." Ein schmerzliches Lächeln breitete sich über ihr Gesicht. „Immer wenn ich ihn besuche, kommt es zum Streit. Ich will es nicht, aber ich kann zu seinen verbitterten Äußerungen nicht schweigen."

Marwitz nickte. „Ich verstehe Sie gut. Auch ich echauffiere mich leicht, wenn er jede Bemühung um ihn abweist, immer nur Böses dahinter wittert und es nicht schafft, seine Bitterkeit und sein Misstrauen zu überwinden. Sie brauchen viel Geduld mit ihm."

„Ich weiß", seufzte sie. „Gerade das ist nicht meine Stärke. Wenn er in seinem Zustand glücklich wäre, könnte ich mich damit abfinden, aber er macht sich doch selbst unglücklich."

„Das weiß er selbst ganz genau. Aber es gelingt ihm nicht, einmal Vertrauen zu einem Menschen zu fassen."

„Ich fürchte, dieses Eis kann nur die Liebe einer Frau zum Schmelzen bringen. Aber wie soll er in dieser Einsamkeit die Bekanntschaft einer Frau machen? Alle Aufforderungen, in die Stadt zurückzukehren, weist er strikt von sich."

Unwillkürlich musste Marwitz an Rahel von Bredow denken. Leider hatte er sie kaum kennengelernt, aber er hatte damals bei dem Duell den Eindruck gehabt, als sei dieses Mädchen seinem Freund nicht gleichgültig. Doch vielleicht täuschte er sich auch.

Rosina unterbrach seine Gedanken. „Haben Sie meinen Bruder in den letzten Tagen gesehen? Wie geht es ihm?"

Kurz überlegte Marwitz, ob sie wohl von Grünings Festungshaft wusste. Doch er konnte sich kaum vorstellen, dass Grüning seinen Verwandten davon berichtet hatte. Also war es wahrscheinlich besser, wenn auch er darüber schwieg, sonst stünde er Grüning gegenüber als Schwätzer da.

„Ich war in der letzen Woche bei ihm", berichtete er. „Wenn das überhaupt möglich ist, ist er noch mürrischer denn je. Ich konnte kaum ein vernünftiges Wort mit ihm wechseln. Ich fürchte, Sie werden eine Engelsgeduld benötigen."

„Oh weh! Ich würde ihm so gern helfen!“

Ihr besorgtes Gesicht ließ ihn Mitleid empfinden. „Ich weiß, dass Sie nur gute Absichten haben. Vielleicht haben Sie heute Glück und treffen ihn bei besserer Laune an.“

„Das wünsche ich mir sehr.“

„Ich werde für Sie beten, Fräulein Grüning.“

„Ich danke Ihnen.“ Sie streckte ihm die Hand entgegen. „Leben Sie wohl, Herr Marwitz. Vielleicht begegnen wir uns noch, ich wohne in Wölfelsgrund bei meiner Freundin Diana Hellmann.“

„Gestatten Sie, dass ich Ihnen dort meine Aufwartung mache? Dann können Sie mir gleich berichten, wie Ihre Visitation des Forsthauses ausgegangen ist.“

Ihr Lächeln spiegelte sich in ihren braunen Augen. „Ich würde mich darüber freuen.“

Mit einer Verbeugung trat er zur Seite und gab ihr den Weg frei. „Ich wünsche Ihnen viel Erfolg bei Ihrem Bruder.“

Sie lächelte ihn noch einmal an und ging dann den Weg, den er gerade gekommen war, auf Amandas Grab zu.

Sinnend sah Marwitz ihr nach. War es richtig, dass er ihr in den nächsten Tagen seine Aufwartung machte? Sollte er sich nicht nach dem Verlust, den er erlitten hatte, von jungen Frauen fernhalten? Irgendwie war es spontan über ihn gekommen, dass er sie gern wiedersehen würde – durfte er dies? Nur sieben Monate nach dem Tod seiner Braut?

Er sah zu Amandas Grab hinüber, vor dem nun Rosina stand. „Ich werde dich nie vergessen, Manda“, murmelte er. „Aber die Begegnung mit Rosina Grüning hat mir gutgetan.“

* * *

Rosina glaubte, den Klopfer an der grüngestrichenen Haustür gar nicht betätigen zu müssen, weil das Wummern ihres Herzens bestimmt bis ins Arbeitszimmer ihres Bruders zu hören war. Am liebsten wäre sie wieder umgekehrt, doch sie glaubte, es ihm schuldig zu sein, ihn wenigstens einmal aufzusuchen, wenn sie schon bei ihrer Freundin in Wölfelsgrund weilte.

Ihre schlanken Finger zitterten, als sie nun doch nach dem Klopfer griff. Noch einen Augenblick zögerte sie, ehe sie ihn fallen ließ. Dumpf dröhnte der Schlag durch das Haus. Wie ein Echo erklangen von der Sankt-Joseph-Kirche im Dorf die Glockenschläge für die dritte Nachmittagsstunde.

Hinter der Tür ertönten schwere Schritte, dann füllte statt der Tür die massige Gestalt Trines den Rahmen. Rex versuchte, sich an ihr vorbeizudrängen, um Rosina zu beschnuppern, und als ihm dies nicht gelang, erhob er ein wütendes Gebell.

Rosina musste über den Hund lachen, der sich immer wieder in den Röcken der Haushälterin verfing. „Trine, erkennen Sie mich noch?"

Die wuchtige Person strahlte über das ganze kugelförmige Gesicht. „Wie sollte ich die Schwester des Herrn Oberförsters nicht erkennen!? Wie schön, Sie noch einmal zu sehen, Fräulein Grüning! Ich glaube, Ihr Besuch wird Ihrem Herrn Bruder gut tun."

„Ich muss gestehen, dass ich mich ein wenig vor ihm fürchte. Es gab bisher immer nur Streit, wenn ich ihn besuchte."

„Das liegt nicht an Ihnen, Fräulein Grüning", versuchte Trine zu trösten. „Er hat mit fast jedem Menschen Streit, auch mit denen, die ihn nicht besuchen. Gehen Sie nur zu ihm, er wird Ihnen nicht den Kopf abreißen."

Trine trat einen Schritt zur Seite, und Rex nutzte die Gelegenheit, den seltenen Gast ausgiebig zu beschnuppern. Dann kläffte er sie einmal kurz an, um darauf im diffusen Licht des Hausflurs zu verschwinden.

„Wie geht es meinem Bruder? Hat er Ihnen das Leben nicht zu schwer gemacht?"

Trine stemmte die Hände in die gepolsterten Hüften. „Wenn ich nicht wüsste, dass er im Grunde ein bedauernswerter Mann ist, hätte ich meinen Dienst schon längst gekündigt. In den letzten Tagen ist er beinahe unerträglich. Es war ihm ja nie etwas recht zu machen, aber seit seiner Haft macht er den Mund nur noch auf, um zu schimpfen und zu mäkeln."

„Wie bitte? Was haben Sie gerade gesagt? Mein Bruder war in Haft?"

„Ach, Sie wussten nichts davon?“

„Woher denn schon?“, fragte Rosina bitter. „Es wäre überaus erstaunlich, wenn mein Bruder uns informiert hätte. Was hat er denn verbrochen?“

„Habe nichts verbrochen.“

Rosina zuckte zusammen, als sie die tiefe, grollende Stimme ihres Bruders vernahm. „Albert! Ich bemerkte dich gar nicht.“

Seine hohe Gestalt schritt durch den dämmrigen Hausflur auf sie zu. „Kein Wunder bei deinem Redeschwall.“

Schon bei diesen ersten Worten Albert Grünings spürte Rosina, wie die Wut in ihr hochstieg. Doch sie dachte an Marwitz‘ Worte, dass sie eine Engelsgeduld nötig habe, und bezwang sich.

Sie trat ihm einige Schritte entgegen und streckte ihm die Hand hin. „Verzeih. Ich möchte dich zuerst begrüßen.“

Grüning hatte die Hände auf dem Rücken zusammengelegt und machte keine Anstalten, ihre Hand zu nehmen. „Bist du wieder gekommen, um mich zu bekehren?“

Ehe Rosina antworten konnte, mischte sich Trine ein. „Bitte gehen Sie doch ins Arbeitszimmer, dort ist es sicher gemütlicher als hier im Hausflur.“

Grüning warf einen grimmigen Blick auf seine Haushälterin, wandte sich dann aber wortlos um, und Rosina folgte ihm in sein Arbeitszimmer.

Kapitel 26

Von der Sankt-Joseph-Kirche verkündete der Glockenschlag die dritte Nachmittagsstunde, als Rahel von Bredow Wölfelsgrund verließ und in den Hochwald hinaufwanderte. Sie konnte kaum glauben, dass sie nach so vielen Monaten endlich wieder hier war. Vorgestern war sie mit ihren Eltern im Hotel *Zum gelben Dragoner* eingezogen, und ihr Onkel Hermann war gestern Abend ebenfalls schon, einige Tage früher als geplant, in Wölfelsgrund angekommen. Sie hatte ihn noch nicht getroffen, aber sie mochte auch noch gar nicht daran denken, was es bedeuten würde, wenn er wieder ständig in ihrer Nähe war.

In den letzten Wochen und Monaten war sie ihm wegen seiner Ambitionen, sie zu seiner Schwiegertochter zu machen, so weit wie möglich aus dem Weg gegangen. Und nur noch selten war von der geplanten Vermählung mit Lothar die Rede gewesen, sodass Rahel Hoffnung schöpfte, dass ihr Vater und ihr Onkel von ihrem Plan Abstand nehmen würden. Würden sie sie nun erneut mit ihren Plänen konfrontieren?

Rahel blieb stehen und sah zu den Wipfeln der Bäume empor, die sich in frisches Grün kleideten. Tief atmete sie die würzige Waldluft ein. Sie liebte den harzigen Geruch, der so anders war als die verqualmte Stadtluft. Wie hatte sie den Wald vermisst! In Breslau gurrten nur die plumpen Tauben auf den Dächern, ab und zu krächzte vielleicht einmal eine Krähe, nun aber klangen wieder hunderte von Vogelstimmen, die sie gar nicht auseinanderhalten konnte, an ihr Ohr. Sicherlich hätte ihr der Oberförster viel über die Vögel erzählen können.

Albert Grüning. Da war sie wieder an dem Punkt angekommen, zu dem ihre Gedanken immer wieder zurückkehrten. Die ganzen langen Monate hindurch hatte sie ihn nicht vergessen, obwohl sie es eine Zeit lang versucht hatte. Ständig sah sie das braungebrannte Gesicht des Försters vor sich, die ernsten, braunen Augen, die oft einen harten, unnahbaren Ausdruck hatten, sie aber auch voll Güte ansehen konnten.

Sicherlich hatte er sie längst vergessen, sonst hätte er vielleicht versucht, Kontakt zu ihr aufzunehmen. Sie hatte es schließlich ebenfalls versucht, wenn auch leider erfolglos. Aber warum sollte er sich auch mit einem jungen Mädchen befassen, das aus seiner Sicht beinahe noch ein Kind war? Wie kam sie überhaupt auf den vermessenen Gedanken, er könne irgendein Interesse an ihr haben?

Doch wenn sie in ihren Überlegungen an diesen Punkt kam, musste sie unwillkürlich an das letzte Zusammentreffen anlässlich des Duells denken. Da hatte er sie zum ersten und einzigen Mal in seinen Armen gehalten, und noch heute fühlte sie dieses Prickeln in sich, das sie damals durchströmt hatte. Da hatte sie in den sonst so harten Augen einen Ausdruck entdeckt, der sie gleichzeitig erschreckt und beglückt hatte. Damals hatte sie fest daran geglaubt, dass sie ihm nicht gleichgültig war, aber je mehr Zeit verging, umso größer wurden ihre Zweifel.

Und jetzt war sie wieder auf dem Weg zum Forsthaus. Was dachte sie sich eigentlich dabei, ihn einfach so aufzusuchen? Aber sie konnte nicht widerstehen, wie ein Magnet zog das einsame Forsthaus sie an – oder vielmehr der ebenso einsame Bewohner dieses Hauses. Sie war sich bewusst, dass es sich für ein Mädchen nicht schickte, ohne jeden Anlass einen alleinstehenden Herrn zu besuchen, noch dazu ohne Begleitung. Doch selbst diese Bedenken konnten sie nicht davon abhalten. Wenn sie ihm schon so nahe war, musste sie ihn wiedersehen.

Ob er immer noch so verbittert war? Oder hatte er sich in den sieben Monaten geändert? Sie wünschte sehr, dass es ihm endlich gelungen war, die Schatten der Vergangenheit zu überwinden, um wieder ein glücklicher Mensch zu werden. Jeden Tag hatte sie für ihn gebetet und war nun gespannt, wie sie ihn antreffen würde.

Als sie das Forsthaus durch die Stämme schimmern sah, blieb sie stehen. Ihr Herz galoppierte wie ein wildgewordener Araberhengst, und sie wünschte und fürchtete gleichzeitig, der Oberförster könnte plötzlich aus einem Nebenweg auftauchen. Doch es waren weder Schritte noch Rex' Bellen zu hören.

Unsicher ging sie weiter, bis sie am Rand der stillen Lichtung stand und freien Blick auf das Forsthaus hatte.

* * *

Als Rosina das Arbeitszimmer ihres Bruders betrat, hatte sie das Gefühl, als liefe sie vor eine Wand, so dicht hing der Tabaksqualm im Raum.

„Albert, du musst unbedingt frische Luft hereinlassen!"

„Ist frisch genug." Und wie zur Bestätigung seiner Worte zündete sich Grüning eine Pfeife an.

Rosina schüttelte den Kopf. Sie fragte sich, wie man in diesem Dunst leben konnte. Ihr jedenfalls legte sich der Qualm bereits jetzt beengend auf die Lungen.

Sie ging zum Ledersofa und wollte Platz nehmen. „Was ist denn mit deinem Sofa geschehen? Du solltest dir dringend ein neues anschaffen! Es dauert nicht mehr lange, so werden die Federn herausspringen."

„Wem mein Sofa nicht gefällt, der kann zu Hause bleiben." Grüning lehnte am Schreibtisch und war durch den Qualm nur schemenhaft zu erkennen. „Muss wieder hinaus, meine Jäger kontrollieren. – Also fang an und fass dich kurz."

Vorsichtig setzte sich Rosina auf das Sofa und sah fragend zu ihm auf. „Womit soll ich anfangen?"

„Hast doch sicherlich eine Menge Vorwürfe und guter Ratschläge mitgebracht."

„Albert, was hast du verbrochen? Ich bin so erschrocken, als Trine erwähnte, du seiest in Haft gewesen."

„Muss man dazu etwas verbrechen?"

Diese Frage verwirrte Rosina. Konnte ihr Bruder denn nicht eine ihrer Fragen einfach nur beantworten? „Du willst meiner Frage ausweichen. – Ohne ein Verbrechen begangen zu haben, kommt man nicht ins Gefängnis. Oder warst du etwa wegen einer guten Tat eingesperrt?"

Grüning zuckte die Achseln. „Hast dein Urteil wie immer schnell zur Hand."

Rosina wollte auffahren. Was bildete er sich überhaupt ein! Was sollte sie denn anderes denken, wenn sie hörte, er sei im Gefängnis gewesen? Da brauchte es doch nicht viel Zeit, um sich ein Urteil zu bilden! Aber sie dachte an Marwitz' Worte und bezwang sich.

„Albert", bat sie ruhig, „willst du mir nicht erzählen, was vorgefallen ist?"

Grüning trat ans Fenster und schien angelegentlich hinauszuschauen. „Warum?"

„Ich bin doch deine Schwester! Du kannst mir doch sagen, was geschehen ist!"

„Neugierig?"

Dieser Mann konnte sie tatsächlich um ihre Fassung bringen. „Ist es etwa eine Zumutung, dass ich wissen möchte, was mein Bruder erlebt hat?"

„Weißt du doch schon."

„Wie sollte ich? Du hast mir noch nichts berichtet." Es fiel ihr immer schwerer, geduldig zu bleiben.

„Ist ja nicht nötig. Steht doch schon fest bei dir, dass ich etwas verbrochen habe."

„Sonst wärst du wohl kaum im Gefängnis gewesen. Aber *was*, Albert, *was* hast du verbrochen?"

Vom Fenster kam keine Antwort. Es stiegen nur immerwährend neue Rauchwolken auf.

„Du willst mir doch nicht erzählen, du seiest unschuldig gewesen?"

Das Schweigen hielt an.

Rosina wusste sich keinen Rat mehr, wie sie ihren Bruder zum Reden bringen sollte. Sie wurde einfach nicht klug aus ihm. Was hatte sie denn jetzt wieder falsch gemacht, dass er sie ignorierte?

„Albert, bitte gib mir doch eine Antwort", bat sie so sanft wie möglich.

Er wandte sich langsam um. Rosina erschrak über den Ausdruck der Mutlosigkeit und Hoffnungslosigkeit in seinem Gesicht. Was bedrückte ihn so sehr? „Wozu eine Antwort? Hat keinen Sinn, Rosina. Besser, du gehst."

Sollte sie wirklich unverrichteter Dinge wieder gehen? „Merkst du denn immer noch nicht, wohin dein Weg dich führt?“, fragte sie, ihre ganze Sanftmut zusammennehmend. „Du hast deine Familie und deinen Gott verlassen und dich in deine Bitterkeit vergraben. Jetzt führt dich dein Weg gar ins Gefängnis! Albert, wo soll das enden? Ich habe Angst um dich!“

„Unnötig!“

„Nein, gar nicht unnötig.“ Sie merkte, wie sie sich ereiferte. „Ich wünsche so sehr, dass du auf den rechten Weg zurückkehrst, ich bete jeden Tag für dich. Aber ich muss feststellen, dass du auf deiner abschüssigen Bahn immer weitergehst! Jetzt bist du schon im Gefängnis gewesen! Mein Bruder ein Verbrecher!“

„Ja, wie wirst du in der Stadt bloß angesehen, wenn das bekannt wird“, sagte er mit vor Hohn triefender Stimme.

„Darum geht es doch gar nicht. Ich möchte nur, dass du nicht noch tiefer in den Sumpf gerätst.“ Langsam konnte Rosina ihren Ärger nicht mehr zügeln. „Bist du denn blind für die Folgen deiner Wege? Bist du so selbstgerecht, dass du sogar nach einer Haftstrafe noch an deiner Unschuld festhältst?“

Grüning hatte sich wieder abgewandt und paffte blaue Wolken vor sich hin. Und er schwieg.

„Warum verteidigst du dich nicht, wenn du gerecht bist?“

„Habe ich das nötig?“

Am liebsten hätte Rosina ihn an den Schultern gepackt und geschüttelt. War er denn gar nicht zur Räson zu bringen? „Du bist offenbar nicht dazu in der Lage, sonst würdest du es doch tun. Aber du schweigst zu den Anklagen. Weder über die Geschehnisse vor zwanzig Jahren noch über das, was dich ins Gefängnis gebracht hat, willst du reden. Wenn du unschuldig bist, dann erkläre es mir doch! Aber dein Schweigen kommt einem Geständnis gleich.“

Im Stillen ärgerte Rosina sich, dass sie sich wieder so sehr aufregte, aber seinem Verhalten gegenüber konnte sie sich nicht mehr beherrschen.

„So also ist das.“ Er wandte sich wieder um und kam auf sie zu. „Rosina.“ Seine Stimme war gefährlich ruhig. „Besser, du gehst.“

„Du kannst die Wahrheit wohl nicht ertragen?", schleuderte sie ihm entgegen.

„Genug." Er öffnete die Tür. „Bitte."

Fassungslos starrte sie ihn an. Sie traute ihren Sinnen nicht. Wies er sie tatsächlich hinaus? „Albert, ist das dein Ernst? Du verweist deine eigene Schwester des Hauses?"

„Sehe keine Schwester."

Sie sprang auf und blieb vor ihm stehen. „Was bist du bloß für ein Mensch! Kann man nicht einmal *ein* Wort vernünftig mit dir reden?"

„Dann solltest *du* anfangen, vernünftig zu reden." Seine dunklen Augen blitzten sie an. „Du hast wieder alles richtig gemacht, nicht wahr? Und der böse Albert war ungehobelter als je. Wer ist nun der Selbstgerechte von uns beiden?"

Wie einen Stich spürte Rosina die Wahrheit in seinen Worten. Aber dies ihrem Bruder gegenüber einzugestehen, ging ihr gegen die Natur.

„Du willst mich als selbstgerecht hinstellen?", schrie sie ihn an. „Was fällt dir überhaupt ein? Du solltest froh sein, dass du nur im Gefängnis einsitzen musstest!"

Grüning ballte die Faust. Seine ganze Haltung verriet, dass er sich am liebsten auf sie gestürzt hätte. „Hinaus!"

„Mit Vergnügen!", keifte sie. „Ich will mit einem Menschen wie dir nichts zu tun haben!"

„Umso besser."

Das waren die letzten Worte, die sie von ihm hörte, ehe er die Tür hinter ihr zuwarf, dass die Wände erzitterten.

Im Flur begegnete ihr Trine. Sie wollte wohl noch etwas sagen, aber Rosina drängte sich an ihr vorüber und rannte fluchtartig aus dem Haus.

* * *

Rahel ließ den friedlichen Anblick des Forsthauses auf sich wirken. Es sah noch genauso aus wie vor sieben Monaten. Niemand hatte dieses Haus aus seinem Dornröschenschlaf geweckt. Wie kam es, dass es ihr viel besser gefiel als die Villa ihrer Familie in der Hauptstadt?

Zögernd näherte sich das Mädchen dem Gatter, das den Forsthof umgab. Dort blieb sie stehen und legte die Hand auf das hämmernde Herz. Sollte sie es wirklich wagen hier einzudringen? Wie würde Grüning sie empfangen? War ihm nicht jeder Besuch – und ganz besonders der von Frauen – verhasst? Zwar war er zu ihr meistens höflich, manchmal sogar freundlich gewesen, aber ob es ihm gefiel, wenn sie plötzlich vor ihm stand? Wäre es nicht besser, wenn sie wieder umkehrte und auf eine zufällige Begegnung im Wald hoffte? Dann könnte es allerdings noch Tage dauern, bis sie sich begegneten.

Während sie noch überlegend am Gatter stand, wurde plötzlich die grüngestrichene Haustür aufgerissen und eine junge Frau stürmte wie gehetzt heraus. Sie spürte ein beengendes Gefühl in der Brust, als ihr Herz für einen Augenblick aussetzte. Seit wann verkehrte der Oberförster mit jungen Damen? Wer war diese vornehme Erscheinung?

Jetzt bemerkte das fremde Mädchen auch sie und trat zu ihr. „Sie wollen zum Oberförster?“

„Ja, ich wollte – ich möchte ...“, stotterte Rahel.

„Vergessen Sie es. Sie sollten besser nicht hineingehen.“

„Wie bitte? Warum nicht?“ Das errötete Gesicht und die unwirschen Bewegungen verrieten Rahel die Erregung des Mädchens.

„Wahrscheinlich wird er sie ebenfalls hinauswerfen.“

Einen Augenblick war Rahel sprachlos. Grüning war zwar nie sonderlich höflich zu Fremden gewesen, aber dass er eine junge Dame aus seinem Haus warf, hätte sie ihm doch nicht zugetraut. „Er hat Sie hinausgeworfen? Wie konnte so etwas geschehen?“

Das Mädchen zuckte die Achseln. „Ich versuchte mit ihm über seine Schuld zu sprechen.“

„Der Oberförster hat Schulden gemacht?“, fragte Rahel erschrocken.

„Wenn es nur das wäre. Er hat seine Braut umgebracht. Und dann musste er auch noch ins Gefängnis.“

Nun verschlug es Rahel endgültig die Sprache. Was sie da hörte, ging über ihr Begriffsvermögen. Sollte tatsächlich wahr sein, was ihr Vater erzählt hatte? War Albert Grüning wirklich ein Mörder? Sogar der Mörder seiner eigenen Braut? Doch was konnte dieses Mädchen, das kaum älter sein mochte als sie selbst, darüber wissen? Das, was ihr Vater ihr erzählt hatte, musste etwa zwanzig Jahre zurückliegen. Und wie konnte Grüning dann andererseits bereits seit Jahren der Oberförster dieses Waldes sein? Bei Mord kam man doch nicht mit ein paar Jahren Zuchthaus davon? Da musste man mit der Todesstrafe oder lebenslänglicher Zuchthausstrafe rechnen.

Gerade wollte Rahel danach fragen, als die junge Frau sich zum Gehen wandte. „Gehen Sie also besser nicht hinein", wiederholte sie und ließ Rahel stehen.

Unschlüssig verharrte sie am Gatter. Diese ungeheuerliche Nachricht musste sie erst einmal verarbeiten. Was sollte sie tun? Umkehren, wie dieses Mädchen ihr geraten hatte? Oder dennoch hineingehen?

* * *

Nachdem Grüning die Tür hinter seiner Schwester ins Schloss geworfen hatte, trat er ans Fenster. Gerade wollte er einen Flügel öffnen, um doch ein wenig Luft hereinzulassen, als er erstarrte.

Sah er richtig? Oder gaukelten ihm seine Augen ein Trugbild vor? Er fasste sich an den Kopf, schloss kurz die Augen und öffnete sie wieder – aber das Bild blieb.

Da stand doch tatsächlich *das* Mädchen vor seinem Forsthaus, dessen Gegenwart er wider seinen Willen herbeigesehnt hatte: Rahel von Bredow.

Die Freude überrollte ihn wie eine Woge und ließ ihn den Streit mit Rosina vergessen. Doch sogleich wurde er wieder daran erinnert, denn eben ging Rosina über den Hof auf Rahel zu.

Er hatte schon die Hand am Fenstergriff, um Rahel etwas zuzurufen, aber dann hielt er inne. Erst sollte seine Schwester außer Hörweite sein. Seine Zuneigung zu Rahel von Bredow ging sie nichts an.

Doch Rosina blieb bei dem Mädchen stehen und sprach mit ihr. Er sah, wie Rahel erschrocken zurückprallte, wie sie voll Verwirrung immer wieder zum Forsthaus blickte, die Augen weit aufgerissen. Dann sagte Rosina noch etwas und ging davon.

Nun würde Rahel sicher gleich eintreten und zu ihm kommen, aber sie blieb am Gatter stehen. Warum wagte sie sich nicht weiter? Schließlich war sie doch schon bis hier herauf gekommen!

Wie angewurzelt stand Grüning, die Hand immer noch am Fenstergriff, aber er brachte es nicht fertig, den Flügel zu öffnen. Wie gebannt starrte er auf das Mädchen, das ganz offensichtlich mit sich selbst kämpfte. Mal legte sie ihre Hand auf den Knauf des Gatters, als wollte sie eintreten, dann zog sie sie wieder zurück. Was hatte Rosina ihr bloß gesagt, dass sie so lange überlegte? Hatte Rosina es nun auch noch fertig gebracht, dass sich sogar Rahel von ihm abwandte? Dass dieses Weibsbild auch niemals schweigen konnte!

Wieder blickte Rahel zum Forsthaus herüber. Grüning war schon sicher, dass sie jetzt kommen würde. Doch dann wandte sie sich langsam um und ging mit schleichenden Schritten davon – zum Weg hinüber, der ins Dorf führte.

Da zerbrach etwas in dem einsamen Förster. Er drehte dem Fenster den Rücken zu und barg das Gesicht in den Händen. Es war endgültig vorbei. Rahel hatte sich von ihm abgewandt. Sie würde niemals zurückkommen. Der Traum, der ohnehin schon längst ausgeträumt war, hatte soeben den Todesstoß erhalten.

Grüning sank in seinen Sessel. Warum tat es so unglaublich weh? Er hatte sich doch in den vergangenen Monaten damit abgefunden, dass er sie nie wiedersehen würde. Aber als er sie dort stehen sah, war alles wieder aufgebrochen. Da hatte er gehofft, das Glück des vergangenen Sommers würde noch einmal wiederkehren – leider hatte diese Hoffnung kaum einige Minuten gewährt.

Als die Tür unsanft aufgestoßen wurde, fuhr Albert Grüning erschrocken auf. Sollte Rahel ...?

Doch vor seinem Schreibtisch stand nicht die zierliche Gestalt des Mädchens, sondern die breite Figur des Jägers Kisserow. Keuchend blieb der Mann stehen und stützte sich auf den Schreibtisch.

„Herr Oberförster!“, japste er.

Grüning sprang auf und betrachtete den wüst zugerichteten Mann. Die Uniform war zerrissen, die Kappe fehlte, stattdessen hing ihm das Haar wirr ins Gesicht. Erst jetzt bemerkte Grüning, dass der Jäger seinen linken Arm festhielt und dass aus dem Uniformärmel Blut tropfte.

„Was ist geschehen?“

„Der Wilddieb. Ich habe ihn verfolgt.“

„Erwischt?“ Kisserow war zwar verwundet, aber vielleicht hatte er den Wilderer dennoch zur Strecke gebracht.

„Er hat mich erwischt.“ Keuchend musste der Jäger innehalten. „Ich habe ihn durchs Unterholz verfolgt. Um ein Haar hätte ich ihn gefangen, da schoss er auf mich.“

„Also entkommen.“

Kisserow ließ den Kopf hängen. „Ja, Herr Oberförster.“

„Verdammt!“ Grüning wanderte im Raum auf und ab. „Warum haben Sie nicht geschossen?“

„Das habe ich, doch leider habe ich ihn verfehlt.“

„Ist denn keiner meiner Jäger in der Lage, diesen Kerl zu erwischen?“ Mit geballten Fäusten blieb er vor seinem Untergebenen stehen. „Haben Sie ihn wenigstens erkannt?“

„Es tut mir leid, Herr Oberförster. Ich konnte nur die untersetzte Gestalt wahrnehmen.“

„Zum Donnerwetter! Sind doch alle miteinander unfähig!“, schimpfte der Förster und trat ans Fenster.

Es war kaum zu glauben! Hatte dieser Kisserow den Wilddieb einmal vor der Flinte, ließ er sich von ihm anschießen, statt ihn selbst zu erschießen oder wenigstens eine Personenbeschreibung liefern zu können! Wie stand er bloß im Ministerium da, wenn er erneut so etwas berichten musste!

„Herr Oberförster“, ließ sich leise die Stimme des Jägers vernehmen, „hätten Sie vielleicht ein Glas Wasser für mich? Und einen Verband?“

Grüning wandte sich um. Er hatte gar nicht daran gedacht, dass Kisserow versorgt werden musste. „Werde die Trine holen“, sagte er und verließ das Arbeitszimmer.

Kapitel 27

Rahel von Bredow saß auf einem Mauerrest der Altenburg und ließ sich von der warmen Frühlingssonne bescheinen. Seit ihrem Gang zum Forsthaus waren nun schon einige Tage vergangen und seitdem hatte sie den Hochwald regelrecht gemieden. Einerseits hatte sie beinahe Angst, dem Oberförster zu begegnen, und andererseits hatte es viel geregnet, sodass es nicht sehr verlockend gewesen war, in den Wald zu gehen.

Inzwischen war es Mai geworden und heute schien die Sonne so schön, dass sie nicht widerstehen konnte. Wie mit unsichtbaren Seilen zog es sie zur Altenburg, wo sie ihn vor fast einem Jahr zum ersten Mal getroffen hatte. Heute fürchtete sie eine Begegnung mit ihm, sehnte sie jedoch gleichzeitig herbei, weil sie die Fragen, die zwischen ihnen standen, gern ausgeräumt hätte. Schließlich waren die Ereignisse um das Duell immer noch ungeklärt.

Rahel blickte über die Lichtung, die von Frühlingsblumen übersät war. Sie dachte daran zurück, wie sie im letzten Jahr einen großen Strauß gepflückt hatte, damit ins Forsthaus gegangen war und dort dem Oberförster einen Blumengruß aus seinem Wald auf den Schreibtisch gestellt hatte. Damals war er so freundlich zu ihr gewesen! Fast hatte sie geglaubt, er würde sie mögen und es könnte ihr gelingen, Zugang zu seinem Herzen zu finden.

Doch die Worte des fremden Mädchens hatten alles verändert. Zwar wusste sie nicht, ob tatsächlich alles der Wahrheit entsprach, aber sie konnte sich auch nicht vorstellen, dass alles frei erfunden war. Warum sollte ihr diese fremde Person Lügen über den Oberförster auftischen? Aber war es wirklich möglich, dass dieser Mann, der zwar eine undurchsichtige Vergangenheit hatte, aber sonst ein korrekter Mann zu sein schien, ein Mörder war? Sogar der Mörder seiner Braut? Und doch hatte diese junge Frau ihr das Gleiche erzählt wie ihr Vater.

Sie konnte das alles nicht verstehen. Aber sollte sie nun nicht endlich aufhören über Albert Grüning nachzudenken? Gab es außer der Liebe zum Wald noch irgendetwas, das sie mit ihm verband? Sie spürte, wie ihr die Tränen in die Augen schossen. In diesen Tagen wurde ihr erst so recht bewusst, wie sehr sie den Förster liebte. Jetzt, wo sie alle Hoffnungen, alle Wünsche endgültig begraben musste, schmerzte es sie, wie sie es sich nie hatte vorstellen können. Das Beste wäre wahrscheinlich, dass sie dem Willen ihres Vaters folgte und Lothar Wittemann heiratete.

Eine Träne kitzelte ihre Wange, aber sie wischte sie nicht fort. Es brachte nichts, es kamen ohnehin ständig neue. Nur noch verschwommen nahm sie die im duftigen Maienschmuck daliegende Umgebung wahr, aber die Schönheit des Frühlings tat ihr dieses Jahr ohnehin nur weh. Sie erinnerte sie an das vergangene Jahr ... Da schlug sie die Hände vors Gesicht und ließ ihren Tränen freien Lauf.

Sie wusste nicht, wie viel Zeit vergangen war, als sie plötzlich am Knie angestupst wurde. Erschrocken sah sie auf. Durch die Tränen blinzelnd erkannte sie, dass ein Hund vor ihr stand.

„Rex!“, entfuhr es ihr. „Wo kommst du so heimlich her?“

Sonderbar, dass er nicht gebellt hatte, denn sonst musste er seine Freude doch immer durch viel Lärm kundtun. Oder hatte er gar bemerkt, dass sie traurig war und sich deshalb leise vor sie hingesetzt?

Sie nahm seinen Kopf zwischen ihre Hände, während er eifrig mit dem Schwanz wedelte. Über Rex hinweg schielte Rahel durch den Tränenschleier in die Richtung, aus der sie den Oberförster erwartete, denn wo sein Hund war, konnte er selbst nicht weit sein.

Und siehe da, dort tauchte seine hohe Gestalt schon auf. Er schien sie nicht zu bemerken, sondern ging zur Wölfel hinab, die auch in diesem Jahr wieder weit über die Ufer getreten war. Dann sah er sich um, offenbar auf der Suche nach seinem Rex, und blieb wie angewurzelt stehen.

Auch Rahel vermochte sich nicht zu rühren. Sie sah nur den Mann dort stehen, der sie sieben Monate lang Tag und Nacht durch ihre Träume verfolgt hatte.

Endlich kam wieder Leben in die Gestalt des Försters und er schritt langsam auf sie zu. Rex hatte den Kopf in ihren Schoß gelegt und ließ sich von ihren weichen Händen streicheln, aber Rahel tat es nur mechanisch, um das Zittern ihrer Finger zu unterdrücken.

Sie senkte den Kopf, damit er nicht sah, dass sie geweint hatte. Aber ihre Ohren lauschten dem feinen Rascheln des Grases unter seinen Füßen, bis es verstummte. Nur zaghaft hob sie den Blick – und sah geradewegs in seine braunen Augen. Sie blickten ernst, beinahe traurig.

„Verzeihung, gnädiges Fräulein, wollte nicht stören“, sagte er mit einer knappen Verbeugung. „Wollte nur nach dem Wasserstand der Wölfel sehen.“

Sie konnte ihn nur ansehen, eine Antwort fand sie nicht. Sein Blick offenbarte ihr hinter seiner rauen Schale die verwundete Seele.

Doch da wandte er sich bereits um. „Komm, Rex.“

Der Hund hob den Kopf und sah seinen Herrn an, scheinbar unschlüssig, ob er gehorchen sollte. Und Rahels Seele schrie: *Bleib! Gehe nicht so von mir!* Doch noch immer brachte sie kein Wort über die Lippen.

Da kam ihr Rex zur Hilfe, indem er beschloss, seinem Herrn nicht zu gehorchen. Er legte den Kopf wieder in ihren Schoß und sah sie an, als wollte er sagen: *Herrchen ist nicht recht bei Trost.*

„Rex!“ Grünings Stimme klang wie fernes Donnergrollen.

Der Hund reagierte nicht, doch Rahel brachte es endlich fertig zu flüstern: „Bitte gehen Sie nicht!“

Ihre Worte waren nicht mehr als ein Hauch, und doch schien er sie gehört zu haben. „Haben Sie das wirklich gesagt?“

„Ja. Bitte, bleiben Sie!“

„Dachte, meine Gegenwart wäre Ihnen unangenehm.“

Wie kam er auf diesen Gedanken? „Warum denken Sie so etwas?“

Da wandte er sich ihr plötzlich zu, seine Augen umfassten sie mit einem flammenden Blick. „Sie sind umgekehrt, als Sie kürzlich beim Forsthaus waren. Sah Sie am Gatter stehen. – Warum sind Sie nicht hereingekommen?“

Rahel erschrak darüber, wie er diese lange Rede hervorstieß.

Es musste ihn tief getroffen haben. Sie spürte, wie ihr wieder Tränen in die Augen schossen, obwohl sie jetzt unter keinen Umständen weinen wollte.

„Es ... es tut mir so leid, Herr Oberförster", stammelte sie. „Bitte, wollen Sie sich nicht zu mir setzen? Dann erkläre ich Ihnen alles ... und Sie können mir vielleicht auch einige Dinge erklären."

Grüning sah sie einen Augenblick lang an, einen Augenblick, der ihr so lang wie eine Ewigkeit vorkam. Wenn er jetzt ging, dann war es für immer vorbei. *Oh Herr,* flehte sie, *lass ihn nicht gehen!*

Schließlich trat er dicht vor sie hin und sah sie scharf an. „Sie haben geweint."

Sie konnte nicht verhindern, dass ihr eine Träne von den Wimpern herabpurzelte.

Da ließ er sich neben ihr auf dem Mauerrest nieder und reichte ihr sein Schnupftuch. Auf einmal klang seine Stimme gar nicht mehr gefährlich grollend, sondern fürsorglich. „Nun sagen Sie mir, was Sie so bekümmert."

Sie schniefte in sein riesiges Taschentuch. „Ach Herr Oberförster, ich hatte mich so gefreut, Sie wiederzusehen." Sie hielt inne. Was hatte sie gerade gesagt? Das geziemte sich doch nicht für eine junge Dame! Aber sein warmer Blick zerstreute ihre Sorge. „Ich wollte tatsächlich zu Ihnen ins Forsthaus kommen. Aber dann kam mir jene Dame entgegen."

„Rosina."

Rahel erschrak über den eisigen Ton in seiner Stimme. „Wer ist die junge Frau?"

Sein Gesichtsausdruck war wieder hart und verschlossen. „Meine Schwester. Was hat sie gesagt?"

Rahel musste sich erneut die Tränen abwischen. „Sie hat gesagt, dass Sie im Gefängnis waren."

„Elendes Weibsstück! Kann nicht schweigen."

„Ist es also die Wahrheit?"

„War nur Festungshaft. – Hat sie noch mehr gesagt?"

Rahel sah zu Boden. Sie wagte kaum auszusprechen, was die junge Dame ihr noch mitgeteilt hatte. „Sie sagte, Sie ... Sie ... ach, es ist zu schrecklich!"

Ein Schauer jagte durch ihren Körper, als er auf einmal seinen Arm um ihre Schultern legte. Damit hatte sie nicht gerechnet!

„Sagen Sie mir alles, Fräulein Rahel." Wie weich seine Stimme klingen konnte! „Mich kann kein Gerede mehr aus der Fassung bringen."

„Sie hätten ... Sie hätten Ihre Braut ..."

„... ermordet?"

Sie nickte nur. Die Tränen drohten ihre Stimme zu ersticken.

Aber auch Albert Grüning sagte nichts. Vorsichtig schielte sie zu ihm hinüber. Er hatte den Kopf gesenkt, in seinem Gesicht arbeitete es.

„Ist ... ist es wahr?", stieß sie schließlich hervor.

Ruckartig nahm er den Arm von ihrer Schulter und sprang auf. „Ja." Dann wandte er sich ab und drehte ihr den Rücken zu.

Rahel saß da wie erschlagen. Es war also tatsächlich alles wahr. Sogar, dass er seine Braut umgebracht hatte. Wie konnte nur so etwas Schreckliches passiert sein? Was hatte ihn bloß dazu gebracht, so etwas Unvorstellbares zu tun?

Eine ganze Weile hing das Schweigen wie ein schwerer Vorhang zwischen ihnen. Bis er sich jäh umwandte. „Sie sind ja immer noch hier, gnädiges Fräulein."

Erstaunt sah sie zu ihm auf. „Wohin sollte ich gegangen sein?"

„Die Verachtung hätte Sie forttreiben können ... wie all die anderen."

„Wie sollte ich Sie verachten, da ich doch so gut wie nichts weiß?"

Da näherte er sich ihr wieder und beugte sich zu ihr herab. „Fräulein Rahel, Sie sind der erste Mensch, der so etwas zu mir sagt. Alle anderen verachten mich einfach nur, ohne die Hintergründe zu kennen."

„Haben Sie ihnen denn die Hintergründe erzählt?"

„Nein. Haben nie danach gefragt. Hatten ihr Urteil schon fertig, ehe ich etwas sagen konnte."

Das also war der Grund seiner Verbitterung. „Wollen Sie mir nicht sagen, was geschehen ist?"

„Damit Sie mich dann auch verachten?"

Oh Gott, bitte hilf mir jetzt, die richtigen Worte zu finden! Und hilf ihm, seine Scheu zu überwinden. „Es steht mir nicht zu, Sie zu verachten", wisperte Rahel mit tränenerstickter Stimme, „denn ich bin sicher kein besserer Mensch als Sie. Aber ich möchte Sie gerne verstehen. Und das kann ich nur, wenn Sie mir Ihre Geschichte erzählen."

Sie sah ihm den Kampf an, den er mit sich selbst ausfocht. Wenn er sein Misstrauen *jetzt* nicht überwand, würde es ihm dann jemals gelingen?

Endlich setzte er sich wieder neben sie und faltete die Hände zwischen den Knien. „Fräulein Rahel, da Sie der erste Mensch sind, der kein Urteil fällen willen, ohne meine Geschichte zu kennen, sollen Sie auch der erste Mensch sein, der sie erfährt."

Aus Rahels Herzen stieg ein lautloses Dankgebet zu ihrem himmlischen Vater empor.

„Und was die Haft betrifft ..." Er atmete tief durch. „Jemand hat das Duell verraten. Bekam drei Monate Festungshaft."

Rahel begann zu verstehen. Die Haftstrafe hatte also überhaupt nichts mit dem Tod seiner Braut zu tun. „Sie haben damals bei dem Duell versprochen, mir zu erklären, wie es dazu kommen konnte. Leider haben wir uns dann nicht mehr gesehen."

„Ich hörte, Sie seien krank geworden." Dieser Satz klang wie eine Frage.

„Ja. Als es mir etwas besser ging, reisten wir sofort ab. Ich versuchte später von Breslau aus, Ihnen einen Brief zu schreiben, doch er fiel meinem Vater in die Hände."

„Und mein Brief? Haben Sie ihn erhalten?"

Rahel schüttelte den Kopf. Also hatte er sie doch nicht vergessen. „Wahrscheinlich hat mein Vater ihn abgefangen."

Er seufzte. „Dann muss ich jetzt wohl das Versäumte des letzten Sommers nachholen."

„Es fällt Ihnen schwer, nicht wahr?"

„Ist nicht schön, bittere Erfahrungen der Vergangenheit wieder zum Leben zu erwecken."

„Aber manchmal ist es unerlässlich, sich der Vergangenheit zu stellen."

„Ist es das?“ Aufmerksam sah er sie an.

Rahel bekam Angst. Sollte er in letzter Sekunde doch wieder zurückschrecken? „Die Vergangenheit holt uns immer ein. Oder vielleicht sollte ich besser sagen: Gott holt uns immer ein.“

Sie wusste, dass sie viel riskierte, indem sie Gott ins Spiel brachte, weil er darauf stets reagierte wie der Stier auf ein rotes Tuch. Aber sie wusste auch, dass sie von Gott nicht schweigen durfte.

„Mag sein, dass Sie recht haben“, brummte er zu ihrer Erleichterung. „Befinde mich tatsächlich seit zwanzig Jahren auf der Flucht vor der Vergangenheit – und doch hat sie mich eingeholt. Sie glauben wahrscheinlich, dass ich meine Flucht beenden sollte?“

„Ich kann Ihnen nicht versprechen, dass sich die Menschen ändern und Sie nicht mehr so schnell verurteilen werden. Aber Gott gegenüber ist Aufrichtigkeit immer angemessen. Und es ist jedenfalls Ihre Gelegenheit, mich daran zu hindern, dass auch ich falsche Schlüsse ziehe.“

Sie sagte es mit einem feinen Lächeln, und er erwiderte dieses beinahe freundlich. *Wie gut er aussieht, wenn er lächelt*, schoss es Rahel durch den Kopf. *Wie ein Sonnenstrahl, der durch die Wolken bricht.*

„Sie sind geschickter als alle, die bisher etwas aus mir herauszukitzeln versuchten, Fräulein Rahel. Wäre wirklich schrecklich, wenn auch Sie die falschen Schlüsse zögen.“

„Ich fürchte, Ihnen wurde bereits viel zu viel Unrecht angetan. Ich möchte mich dieser Reihe nicht anschließen.“

„Sie *sind* anders als alle anderen“, murmelte er nickend. Dann holte er tief Luft, und Rahel war schon überzeugt, er würde nun endlich beginnen, als er noch einmal innehielt und sie zweifelnd ansah. „Und wenn Sie meine Geschichte kennen, laufen Sie sogleich zur Oberschlesischen Volkszeitung?“

„Glauben Sie das wirklich von mir?“

Sein Blick schien bis in ihre Seele zu dringen. Dann sah er plötzlich zum Himmel auf. „Vielleicht können Sie es sich nicht vorstellen, Fräulein Rahel, aber auch ich war einmal ein Jüngling. Ohne graue Haare an den Schläfen, ohne bittere Erfahrungen. Das

Leben lag vor mir wie ein sonniger Garten, zu dem ich nur das Tor öffnen musste, um im Paradies zu sein. Ich war ein unbeschwerter, fröhlicher Mensch, der an das große Glück im Leben glaubte." Er lachte bitter auf. „Es erscheint mir, als spräche ich von einem fremden Menschen."

„Es liegt in Gottes Macht, dass Sie wieder so ein unbeschwerter, fröhlicher Mensch werden."

Er zog nur die Augenbrauen in die Höhe, ehe er fortfuhr: „Ich war junger Forstassessor, als ich ein Mädchen aus Oppeln kennenlernte. Katharina Bücker. Es war Liebe auf den ersten Blick – jedenfalls glaubte ich damals noch daran. Sie sah ein wenig aus wie Sie – doch innerlich war sie grundverschieden von Ihnen. Sie war ein Wirbelwind, dem kein Pferd zu wild und ein Galopp noch zu langsam war. Als ich sie fragte, ob sie meine Frau werden wollte, fiel sie mir mit den Worten um den Hals, sie habe schon lange auf mich gewartet. So wurden wir ein Paar. Wie ich glaubte, das glücklichste der Welt."

Gespannt sah Rahel ihn an. Sie konnte sich kaum vorstellen, dass dieser lebensfrohe junge Albert Grüning das Mädchen, das er offenbar sehr geliebt haben musste, umgebracht hatte.

„Und hier kommt Ihr Onkel ins Spiel", fuhr er fort. „Ich kannte ihn von der Universität, da er ebenfalls ein Studium der Forstwissenschaften absolviert hatte. Hermann Wittemann war genau wie ich unsterblich in Katharina Bücker verliebt."

„Daher also rührt Ihre Feindschaft mit ihm."

„Ja. Unsere Verlobung war natürlich ein Schock für ihn, zumal Katharina auch noch die beste Freundin seiner verstorbenen Frau war und ein gutes Verhältnis zu Wittemanns kleinem Sohn Lothar hatte. Also versuchte er mit allen Mitteln, einen Keil zwischen uns zu treiben, aber Katharina hielt zu mir und nahm seine Attacken nicht ernst.

Mich hingegen plagte die Eifersucht. Wittemann war ein gut aussehender junger Mann, stammte zudem aus reichem Hause und hatte sein Studium einige Zeit vor mir so erfolgreich abgeschlossen, dass ihm eine glänzende Karriere bevorstand. Ich hingegen war nur ein armer Forstassessor mit schmalem Gehalt.

Ich sprach oft mit Katharina über Wittemanns Avancen. Sie aber lachte mich aus. Er sei nur der Mann ihrer besten Freundin gewesen und ich sähe Gespenster.“ Er bedeckte das Gesicht mit den Händen. „Ich wünschte, es wären Gespenster gewesen.“

Rahel empfand namenloses Mitleid mit dem Mann neben ihr, der nun schon zwanzig Jahre lang unter den Erlebnissen der Vergangenheit litt. Wie gern hätte sie ihm mit der Hand durchs Haar gestrichen, aber sie wagte es nicht. Und sie wagte auch nicht, ein Wort zu sagen, aus Angst, sie könne etwas Falsches sagen, etwas, das ihn verstummen ließ.

„Ich redete ihr oftmals ins Gewissen“, fuhr er fort. „Am Ende so oft, dass es ihr auf die Nerven ging. *Muss ich jeder Laune deiner Eifersucht nachgeben?*, fragte sie mich, als ich sie aufforderte, sich klar von Wittemann zu distanzieren.

Doch leider konnte meine Familie nicht schweigen, und so machte in Neiße, wo ich wohnte, bald das Gerücht die Runde, dass es zwischen Katharina und mir Missstimmungen gäbe. Und wie es bei Gerüchten üblich ist, gelangen sie immer zu dem, der sie am allerwenigsten hören sollte. Das war in diesem Fall Hermann Wittemann.“

Rahel hielt den Atem an. Sie ahnte, dass nun eine dunkle Tat ihres Onkels folgte, die zu einer Katastrophe geführt hatte.

„Er nutzte das Gerede gewissenlos aus. Über die Weihnachtstage war Katharina mit ihrer Familie bei uns in Neiße zu Besuch, und da ließ er das Gerücht verbreiten, man habe ihn und Katharina im Park erwischt, wie sie heiße Küsse getauscht hätten. Er kannte meine Eifersucht und hatte mich an meinem wunden Punkt getroffen. Selbstverständlich glaubte ich dem Gerücht, da ich ohnehin misstrauisch war. Ich war überzeugt, dass Katharina mir tatsächlich die Treue gebrochen habe, und geriet in wahnsinnige Wut. Wir stritten uns heftig und danach entschied Katharinas Vater, dass sie mit ihrer Familie wieder nach Oppeln zurückreiste, bis wir uns beruhigt hätten.“

Jetzt konnte Rahel nicht länger widerstehen. Sie legte ihre Hand auf seine Schulter und sagte sanft: „Es muss furchtbar für Sie gewesen sein.“

Er stöhnte. „Das Furchtbare kommt erst noch. Mein Glaube an Gott, den meine Eltern mich gelehrt hatten, zerbrach in dieser Zeit, von da an hat mich offenbar der Teufel geritten. Ich schickte Katharina einen bitterbösen Brief hinterher, in dem ich sie erneut der Untreue bezichtigte und ihr den Laufpass gab. Und dann kam der Silvesterabend."

Wieder ließ er ein bedrücktes Stöhnen hören, das Rahel beinahe das Herz zerriss. „Es war eine eisige Nacht mit Unmengen Schnee. Unsere ganze Familie war im Wohnzimmer versammelt, meine kleine Schwester Rosina spielte hingebungsvoll mit der Puppe, die ich ihr zu Weihnachten geschenkt hatte, und in der Ofenröhre knallten und zischten die Bratäpfel. Die Stimmung war wegen meines Streits mit Katharina bedrückt, denn mein Vater hatte schon damals Zweifel an dem Gerücht geäußert. Doch ich war blind vor Wut und ließ mich von ihm nicht zur Vernunft bringen.

Meine Mutter goss mir soeben ein Glas Punsch ein, als an unserer Haustür die Glocke gezogen wurde. Erstaunt sahen wir uns an und dann winkte mir mein Vater, dass ich gehen und nachsehen solle, und so öffnete ich die Tür. Vor mir stand – Katharina Bücker."

„Sie war gekommen, um sich zu versöhnen?", fragte Rahel atemlos.

Er nickte. „Ich hatte überhaupt nicht mit ihr gerechnet, denn bei dem Frost und Schnee musste es von Oppeln bis Neiße ein mörderischer Ritt gewesen sein. Es war ein Wunder, dass sie überhaupt lebend angekommen war. Aber es war typisch für sie – sie hatte einen Entschluss gefasst und setzte ihn gegen alle Widerstände um.

Lassen Sie es mich kurz machen: Sie hatte meinen Brief erhalten und wollte sich bei mir entschuldigen, dass sie meinen Vorstellungen kein Gehör geschenkt hatte. Doch ich wies sie mit harten Worten ab. Ich konnte – oder wollte – ihr nicht mehr glauben. Sie hat wirklich alles versucht. Als sie dann merkte, dass sie mich nicht überzeugen würde, bat sie mich um ein Nachtquartier oder wenigstens um ein frisches Pferd, weil sie mit ihrem den Rückweg niemals schaffen würde. Ich sah wohl, dass das Tier völlig abgetrieben war und die mörderische Kälte nicht überleben würde, aber ich verweigerte ihr auch diesen Wunsch."

Rahel flossen die Tränen über die Wangen. Was hatte ihr Onkel da angerichtet!

„Noch einmal", fuhr er tonlos fort, „sah sie mich mit ihren sonst so strahlenden Augen an. Dieser Blick verfolgt mich bis heute. Es lag kein Vorwurf darin, keine Bitterkeit, nur grenzenlose Liebe. Liebe zu mir, der ich ihr auch das Letzte versagte. *Albert, es ist ein großer Irrtum*, sagte sie mit tränenerstickter Stimme. Das waren ihre letzten Worte an mich. Was sie noch weiter sagen wollte, hörte ich nicht mehr, denn ich schlug ihr die Tür vor der Nase zu."

Grünings großes Schnupftuch war mittlerweile von Rahels Tränen durchnässt. Tief erschüttert sah sie ihn an.

„Wutentbrannt schloss ich mich in meiner Stube ein und redete mir ein, ich hätte richtig gehandelt. Meine Mutter begehrte Einlass, aber ich wies sie ab. Es verging geraume Zeit, bis ich zu meiner Familie zurückkehrte und den Hergang erzählte. Die Folge waren natürlich heftigste Vorwürfe. Aber in diesem Augenblick verbitterten sie mich nur noch mehr."

„Das verstehe ich gut. Vorwürfe helfen uns niemals weiter, so berechtigt sie sein mögen."

„Bei mir bewirkten sie das Gegenteil von dem, was meine Mutter bezweckte. Beinahe noch wütender als zuvor kehrte ich in meine Stube zurück. Ich weiß nicht, wie lange ich dort saß, bis ich endlich der Stimme meines Herzens Gehör schenkte. Es müssen Stunden gewesen sein. Irgendwann, als mein Zorn verrauchte, kam ich zur Einsicht und erkannte, in welch tödliche Gefahr ich Katharina geschickt hatte.

Mitten in der Neujahrsnacht machte ich mich auf den Weg. Zuerst suchte ich ihre Bekannten in Neiße auf und fragte, ob sie bei ihnen untergekommen sei. Doch dort war sie nirgends, sie hatte sich also tatsächlich auf den Rückweg gemacht.

Ich trieb mein Pferd auf den Weg, den sie genommen haben musste. Inzwischen hatte es wieder begonnen, heftig zu schneien, die Kälte bohrte sich wie Nadelstiche durch meine Kleidung. Doch noch mehr stach mich mein Gewissen, weil ich Katharina in diese tödliche Kälte hinausgejagt hatte."

Der Oberförster schwieg einen Augenblick. Er schien die Ereignisse erneut zu durchleben. „Nach langer Suche traf ich auf ihr Pferd. Es lahmte, war völlig am Ende seiner Kräfte – und der Sattel war leer. Katharina lag in der Nähe unter einem Wegkreuz, schon von einer leichten Schneeschicht zugedeckt. Erst dachte ich, sie schliefe nur, doch ich kam zu spät. Sie war in der Kälte und dem Schnee erfroren – durch meine Schuld."

„Wie schrecklich", flüsterte Rahel. Sie fühlte sich angesichts dieser Tragödie unbeschreiblich hilflos. Wie sollte sie diesem Mann, der dieses furchtbare Erlebnis nie verwunden hatte, helfen? Ein stummer Schrei ihrer Seele ließ sie aufblicken zu ihrem himmlischen Vater und Ihn um Hilfe bitten.

„Ich weiß kaum noch, was danach in dieser Nacht geschah", fuhr Grüning fort. „Dass Hermann Wittemann der Urheber des verhängnisvollen Gerüchts war, erfuhr ich erst viel später. Seit jener Nacht aber foltern mich die Selbstanklagen. Hinzu kamen die unentwegten Vorwürfe meiner Familie und Hermann Wittemanns. Deshalb zog ich mich in die Einsamkeit des Waldes zurück."

„Und seitdem befinden Sie sich auf der Flucht?"

„Hatte ich eine andere Wahl? Meine Schuld quälte mich schon genug, warum sollte ich mich auch noch von Menschen quälen lassen?"

„Sie haben recht. Aber es gibt einen, der Sie nicht quälen, sondern von Ihrer Schuld befreien will." Rahel fürchtete, er würde auffahren, weil sie das Gespräch wieder auf Gott lenkte. Aber Heilung gab es für ihn nur beim Herrn Jesus.

Doch Albert Grüning brauste nicht auf. „Sie sprechen von Gott, nicht wahr? Wenn Sie Ihn so gut kennen, Fräulein Rahel, dann erklären Sie mir eines: Warum hat er diese Tragödie zugelassen? Warum hat er Katharina Bücker sterben lassen?"

Sie sah ihn ernst an. Wollte er sie mit dieser Frage nur provozieren? Doch der Ausdruck in seinen Augen machte ihr klar, dass ihm heute jeglicher Spott fernlag. Sie sandte ein weiteres Stoßgebet zum Himmel, ehe sie antwortete.

„Es ist schwierig für mich, auf diese Frage zu antworten, Herr Grüning. Ich möchte Sie unter keinen Umständen verletzen."

Über sein verhärmtes Gesicht breitete sich ein warmes Lächeln. „Ich weiß, dass Sie mich nicht verletzen wollen. Bitte sagen Sie mir unverblümt die Wahrheit – aus Ihrem Munde werde ich sie ertragen."

Sie lächelte zurück. Wie ganz anders Albert Grüning sein konnte! War das die eigentliche Natur hinter seiner harten Schale? „Merken Sie, wie Sie durch Ihre Frage die Schuld an Katharinas Tod von sich wegschieben wollen? Das ist nur allzu menschlich, niemand nimmt gerne Schuld auf sich. Aber Sie versuchen, Gott für das Geschehene verantwortlich zu machen."

In seinem Gesicht spiegelte sich Betroffenheit. „Steht Gott denn nicht über allem? Hätte er das Unglück nicht verhindern können?"

„Das hätte Er sicherlich. Aber Gott lässt uns frei entscheiden, was wir tun. Wir sind nicht Seine Marionetten. Und das bedeutet auch, dass wir die Konsequenzen selbst tragen müssen." Rahel atmete tief durch. „Es war nicht Gott, der Ihre Braut wieder in die Nacht hinausgeschickt hat. Das haben Sie selbst getan, obwohl Sie die Möglichkeit hatten, sie hereinzubitten."

„Sie glauben kaum, wie sehr ich mein Tun bereue."

„Dann sagen Sie doch bitte nicht, Gott trage die Schuld daran. Oder Ihre Familie oder mein Onkel. In Bezug auf meinen Onkel mag es wahrscheinlich sogar stimmen, aber Sie werden nie von Ihrer Schuld frei, wenn Sie sie auf andere oder gar auf Gott schieben."

Albert Grüning starrte vor sich hin. Rahel fürchtete schon, sie habe zu viel gesagt und er würde sich wieder in seine Verbitterung zurückziehen. Doch dann hob er den Kopf und sah sie an. „Und wie werde ich meine Schuld los? Sie drückt mich mehr, als ich Ihnen sagen kann."

„Wenn Sie aufhören, sich selbst zu rechtfertigen und Ihre Schuld auf Gott zu schieben, dann tut Gott genau das, was Sie im eigenen Bemühen niemals schaffen. Dann zeigt er Ihnen, dass der Herr Jesus Ihre Schuld tatsächlich auf sich geladen hat und die

Strafe, die Sie verdient haben, getragen hat. Und dann brauchen Sie sich nicht mehr selbst rechtfertigen – dann tut Er es. Ist das nicht ungleich wirkungsvoller als Ihre eigenen Bemühungen?"

„Das kenne ich von Kind auf, Fräulein Rahel. Schon oft habe ich gehört, dass Jesus Christus auf Golgatha für die Schuld anderer gestorben ist."

„Aber haben Sie es jemals für sich selbst in Anspruch genommen? Haben Sie dem Herrn Jesus *Ihre* Sünden bekannt?"

Er schüttelte den Kopf. „Wahrscheinlich fühlte ich mich nie schuldig genug. Und jetzt ist meine Schuld viel zu groß, als dass sie vergeben werden könnte."

„Ist das vielleicht ein Grund, warum die Tragödie geschehen musste? Weil Sie immer glaubten, für das Erlösungswerk des Herrn Jesus zu gut zu sein? Jetzt sind Sie selbst überzeugt, dass auch Sie schuldig sind, dass Sie ein Sünder sind."

„Das habe ich allerdings erkannt – gründlicher, als es mir lieb ist."

Sie lächelte. „Und dabei sind Sie zu einer merkwürdigen Ansicht über den Herr Jesus gekommen. Früher glaubten Sie, Sie seien zu gut – also ist Er nur für die schlechten Menschen gestorben. Jetzt, da Sie sich selbst als schlechten Menschen erkannt haben, fühlen Sie sich zu schlecht – also meinen Sie, Er sei nur für die nicht ganz so Bösen gestorben. Merken Sie, dass dann kaum noch Menschen übrig bleiben, die Erlösung empfangen können?"

Da musste auch Albert Grüning lächeln. „Sie scheinen Ihren Gott gut zu kennen, Fräulein Rahel." Doch sofort wurde er wieder ernst. „Sie sind also überzeugt, dass Gott mich noch einmal annehmen würde? Nachdem ich so viele Jahre vor ihm davongelaufen bin?"

„Hätte Er sonst Seinen einzigen, geliebten Sohn gegeben? Der Preis, den Er bezahlt hat, ist so unendlich hoch – er reicht aus, um jede noch so große Schuld zu bezahlen. – Kennen Sie den Apostel Paulus? Er hatte unzählige Menschenleben auf dem Gewissen, weil er die Christen verfolgt hat. Und doch hat Gott ihn angenommen und ihn sogar zu einem ganz außergewöhnlichen Diener gemacht."

Flehend sah Rahel ihn an. „Herr Grüning, der Herr Jesus hat

Ihre Schuld auf Golgatha bezahlt – Sie müssen es nur noch annehmen! Er hält Ihren Schuldschein in der Hand und will ihn zerreißen – wenn Sie nur *Ja* sagen."

Er seufzte. „Es ist schwer, nach Jahrzehnten der Flucht vor Gott plötzlich als reumütiger Sünder zu ihm zurückzukriechen."

Rahel spürte, dass der Oberförster an einem entscheidenden Punkt in seinem Leben angekommen war. Würde er seinen Stolz und seine Enttäuschung über Gott überwinden? Sie flehte zu ihrem Herrn, dass Er dies bei ihm bewirken möge.

„Zögern Sie trotzdem nicht, Herr Grüning, auch wenn es Ihnen widerstrebt. Oder wollen sie Ihr Leben weiterführen wie bisher? Auf der Flucht vor Gott?" Mit diesen Worten erhob sie sich. Es war besser, wenn sie ihn jetzt allein mit Gott ließ, damit Er an ihm wirken konnte.

„Sie wollen mich verlassen?", fragte er, und Rahel glaubte beinahe, Angst in seiner Stimme mitschwingen zu hören.

„Ich werde für Sie beten, damit Sie endlich Ihre Schuld bei Gott abladen. Aber ich werde wiederkommen. Und dann werde ich nicht wieder am Gatter kehrtmachen."

Auch er stand auf und sah ihr tief in die Augen. „Ich danke Ihnen, Fräulein Rahel, für alles, was Sie für mich getan haben. Können Sie mir nun, da Sie wissen, was ich getan haben, noch die Hand reichen?"

Ohne zu zögern legte sie ihre Rechte in seine dargebotene Hand. „Sie haben genug Verachtung ertragen, Herr Grüning. Wenn Gott Sie nicht zurückweisen wird, warum sollte ich es tun? Vor Ihm sind wir ohnehin alle gleich – alle Sünder."

Sein Händedruck schmerzte sie beinahe, so fest fasste er zu. Im Stillen hatte sie gehofft, er würde sie zurückhalten, um zusammen mit ihr zu Gott zu beten, aber er ließ sie gehen. So blieb ihr nichts anderes, als zu beten, dass er diesen Tag nicht vorübergehen ließ, ohne seine Schuld vor Gott zu bekennen. Ob er sonst noch einmal so eine Gelegenheit wie heute bekommen würde?

Kapitel 28

Grüning sah Rahels zierlicher Gestalt so lange nach, bis er ihr buntes Sommerkleid nicht mehr zwischen den Stämmen erkennen konnte. Was war bloß mit ihm geschehen, dass er plötzlich alle Vorbehalte aufgegeben und sich diesem Mädchen anvertraut hatte? Und dass er sich gegen das vernehmliche Pochen Gottes an seine Herzenstür kaum noch wehrte?

Er sah zum tiefblauen Himmel empor. Das letzte Jahr hatte ihn mürbe gemacht. Erst der Wilddieb, dann das Auftauchen Wittemanns, die Trennung von Rahel und ihre Krankheit, die Angst um seinen Posten, die Festungshaft – all das hatte ihm mehr zugesetzt, als er sich eingestehen wollte. Er merkte, dass er sein Leben allein nicht mehr meistern konnte, zu viel war in den letzten Monaten gegen ihn gelaufen.

Jäh wurde er aus seinen Gedanken gerissen, als er raschelnde Schritte im Gras hörte und gleich darauf Rex den Kopf hob und zu knurren begann. Hermann Wittemann kam auf ihn zu. Er wollte seinen Augen kaum trauen – wo kam sein Feind so plötzlich her?

Über das bartlose Gesicht Wittemanns legte sich ein hämisches Grinsen. „Mit mir hatte der Herr Oberförster wohl nicht gerechnet."

Grüning stand auf und straffte seine hohe Gestalt. „Was will Er?"

„Kommen Sie, setzen wir uns doch auf die Mauerreste. Ich würde gerne so gemütlich mit Ihnen plaudern, wie Sie es soeben mit meiner Nichte getan haben."

Grüning setzte eine undurchdringliche Miene auf. „Kein Interesse."

„Oho, der Herr Oberförster ist wieder äußerst liebenswürdig", spottete Wittemann. „Doch Er wird mich nicht davon abhalten, mit Ihm zu reden. Ich habe Ihm Wichtiges mitzuteilen."

„Wieder leere Drohungen?"

„Ich werde meine Drohungen wahr machen, sogar schon sehr

bald. Und bis dahin wird Er die Finger von meiner Nichte lassen."

Grüning zuckte die Achseln. „Er hat mir nichts zu befehlen."

„Da irrt Er sich gewaltig, mein Lieber." Wittemann lachte hart auf. „Da fällt mir ein, dass ich bei unserem letzten Zusammentreffen verabsäumt habe, mich vorzustellen. – Sie gestatten, dass ich das Versäumnis heute nachhole: Hermann Wittemann, Ministerialdirektor im Ministerium für Landwirtschaft, Domänen und Forsten in Breslau."

Mit einem Schlag wurde Grüning vieles klar, was er sich nicht hatte erklären können. Daher also kamen die scharfen Drohbriefe vom Ministerium, daher war dem Ministerium auch das Duell bekannt geworden.

„Sie werden ahnen können", fuhr Wittemann im höflichen Plauderton fort, „dass Ihre Zeit als Oberförster in Kürze abgelaufen ist."

Es wunderte Grüning eigentlich, dass Wittemann nicht schon eher den Sack zugemacht und ihn aus dem Dienst entlassen hatte. Wahrscheinlich hatte er ihn nur noch etwas quälen wollen – was ihm, wie er zugeben musste, durchaus gelungen war.

„Es sei denn, Er schwört mir jetzt und hier, dass Er Rahel niemals wiedersehen wird, geschweige denn ein Wort mit ihr reden wird."

Scharf fixierte Grüning seinen Todfeind. Wittemann würde ihn ohnehin nicht im Dienst belassen, selbst wenn er dieses Versprechen gäbe. Er vermutete vielmehr, dass es ihm zuletzt sogar ans Leben gehen sollte. „Verspreche nichts."

Wittemann trat nahe vor ihn hin. Verächtlich sah Grüning auf diese kleine Person mit dem großen Geltungsbedürfnis herab.

„Er wird Rahel nicht bekommen!", zischte Wittemann. „Sobald mein Urlaub zu Ende ist, wird Er vom Dienst suspendiert! Der Wilddieb bietet mir allen Grund dazu!"

Grüning pfiff leise durch die Zähne. Diese Bemerkung ließ ihn stutzen. Der Wilddieb passte ausgezeichnet in die Pläne Wittemanns – zu gut, als dass es Zufall sein könnte. Sollte er etwa selbst ...? Unwillkürlich wanderte Grünings Blick zu dessen Füßen – genagelte Schuhe.

Doch Wittemann konnte unmöglich jedes Mal hier gewesen sein und selbst geschossen haben. Und dennoch konnte er dabei seine Finger im Spiel haben. Er sollte ein scharfes Auge auf seinen Feind haben, vielleicht gelang es ihm noch rechtzeitig, ihn in seinem eigenen Netz zu fangen.

„Hat Er gehört, was ich sagte?" Wittemann hatte den gemütlichen Plauderton vergessen und gab seiner Stimme eine gefährliche Note, sodass Rex ihn misstrauisch beäugte. „Er wird mir nicht noch einmal entrinnen. Er hat noch für das zu bezahlen, was vor zwanzig Jahren geschehen ist."

Grüning kamen unwillkürlich Rahels Worte in den Sinn: *Der Herr Jesus hat Ihre Schuld auf Golgatha bezahlt – Sie müssen es nur noch annehmen! Er hält Ihren Schuldschein in der Hand und will ihn zerreißen – wenn Sie nur Ja sagen.* Er brauchte also gar nicht mehr selbst für diese Schuld zu bezahlen. Von oben herab sah er Wittemann an. „Werden sehen, wer gewinnt."

„Wer anders als ich?" Wittemann lachte. „Gegen mich kann Er nur verlieren."

„Oder gewinnen. Les jeux sont faits.[6]" Mit diesen Worten ließ Grüning seinen Feind stehen und ging davon, Rex an seiner Seite.

Er würde sich noch mehr in Acht nehmen müssen, denn diesem Mann war alles zuzutrauen. Sollte Wittemann tatsächlich etwas mit dem Wilddieb zu tun haben, dann musste er ihn schnell überführen, ehe Wittemann seinerseits zuschlug. Denn dann wäre es für ihn für immer zu spät.

* * *

Als Wittemann nach der Auseinandersetzung mit Grüning das Hotel *Zum gelben Dragoner* erreichte, suchte er sogleich seinen Schwager Viktor von Bredow auf.

„Viktor, ich habe sie erwischt", rief er, nachdem er sich vergewissert hatte, dass es keinen Lauscher gab. „Ich habe sie in flagranti erwischt!"

---

6 Les jeux sont faits (frz.): Es ist gesetzt und kann nicht mehr geändert werden. (Begriff aus dem Roulette.)

Von Bredow zog die Augenbrauen hoch, dass die Angst in seinen Augen Wittemann buchstäblich entgegensprang. „Was ist geschehen?“

„Grüning und Rahel trafen sich an der Altenburg und führten ein beinahe endloses Gespräch miteinander.“

„Was besprachen sie? Rede schon!“, drängte von Bredow.

Wittemann gestand nur ungern ein, dass er von dem Gespräch nicht ein Wort hatte verstehen können.

„Ich war leider zu weit entfernt und konnte nicht wagen, näher heranzugehen. Der Hund hätte mich sonst sicher verraten.“ Er zündete sich ein Zigarillo an. „Ich konnte aber sehen, dass Rahel in Tränen aufgelöst war. Jedenfalls wischte sie sich des Öfteren das Gesicht mit einem großen Schnupftuch.“

„Dass die Weiber immer so schnell heulen müssen“, brummte Rahels Vater.

„Und einmal konnte ich beobachten, wie sie ihre Hand auf seine Schulter legte.“

„Unerhört! Was hat sie den Kerl anzufassen! Ich werde ihr ernst ins Gewissen reden!“

Wittemann lachte. „Ich habe ihn mir schon zur Brust genommen.“ Dass der Disput mit Grüning überhaupt nicht nach seinem Geschmack verlaufen war, musste er ja nicht erzählen. Es hatte ihn gewundert, dass Grüning so ruhig blieb und sich von seinen Drohungen kaum beeindrucken ließ. „Ich habe ihm klargemacht, dass ich ihn als Oberförster absetzen werde, wenn er seine Finger nicht von deiner Tochter lässt.“

„Und? Wie reagierte er?“

„Er wollte dennoch nicht auf den Kontakt zu Rahel verzichten.“

„Dieser Hund! Er scheint tatsächlich ernste Absichten zu haben.“

„Die wir ihm durchkreuzen werden.“ Es hatte auch sein Gutes, dass Grüning nicht so leicht einzuschüchtern war. Das hielt den Druck auf seinen Schwager hoch. Wittemann verschränkte die Hände hinter dem Kopf. „Meine Drohung werde ich gleichwohl *nicht* wahr machen.“

„Wie bitte? Du willst ihn nicht aus dem Dienst entlassen?"

„Nein. Dann taucht er irgendwo unter und ich finde ihn nie mehr wieder. Wir lassen ihn noch ein paar Tage um Rahel kämpfen – ehe er für immer aus dem Dienst ausscheidet." Wittemann zog genüsslich an seinem Zigarillo. „Als Leiche", fügte er gleichmütig hinzu und ließ eine gewaltige Rauchwolke aus seinem Mund entweichen.

Er sah, wie von Bredow blass wurde. „Hermann! Dein Hass treibt dich zu weit! Da mache ich nicht mit." Mit zitternden Fingern zündete er sich eine Zigarre an.

„Beruhige dich. Es wird völlig harmlos aussehen. Ein Schusswechsel mit dem Wilddieb oder das Hochwasser der Wölfel – ich werde schon eine geeignete Lösung finden."

„Aber wir müssen meine Tochter vor ihm warnen." Von Bredow rutschte auf die Vorderkante seines Sessels und klopfte notorisch auf seine Zigarre. „Sie darf nicht mehr mit ihm verkehren, sonst tut er ihr noch etwas an!"

Wittemann überlegte kurz. Einerseits wollte er Grüning gern in dem Glauben lassen, dass er doch noch etwas gegen ihn ausrichten könne, um dann eiskalt zuzuschlagen. Aber es hatte auch seinen Reiz, Grüning dadurch zur Verzweiflung zu bringen, dass Rahel ihm fernblieb.

„Wir sollten ihr erzählen, was er vor zwanzig Jahren getan hat", schlug er daher vor. „Dann wird sie sich ihn von selbst aus dem Kopf schlagen."

„Ich habe es vor ein paar Monaten schon mal versucht, da hat sie mir gar nicht zugehört. – Aber wenn du als Betroffener selbst dabei bist ... Natürlich müssen wir es ihr mit der richtigen Akzentuierung erzählen."

„Selbstverständlich. Ich werde Albert Grüning gewiss nicht in gutem Licht dastehen lassen. Willst du sie rufen?"

Von Bredow erhob sich und verließ die Suite, ehe er kurz darauf mit seiner Tochter zurückkehrte.

Sie wird von Tag zu Tag schöner, schoss es Wittemann durch den Kopf. Wenn Grüning beseitigt war, gäbe es wohl wirklich kein Hindernis mehr, dass sie endlich seine Schwiegertochter würde –

damit er sie jeden Tag genießen könnte. Gegen Rahels schlichte Schönheit verblasste sogar Emma Jahn. Sie hatte das lange, blonde Haar in der Mitte gescheitelt, und die Sonne, die durch die großen Fenster hereinfiel, verlieh ihm einen goldenen Schimmer.

„Bitte, nimm bei uns Platz“, sagte Wittemann in höflichem Ton. Es war an der Zeit, dass er sie mit seinem Charme umgarnte.

Rahel setzte sich auf die Kante eines Sessels und wickelte das Ende ihrer Haare um ihren linken Mittelfinger. „Was wünscht ihr von mir?“

Er setzte sein freundlichstes Lächeln auf. „Du brauchst dich nicht vor uns zu fürchten, liebe Nichte. Wir haben nur dein Bestes im Sinn und möchten deshalb etwas mit dir besprechen.“ Er nahm einen Zug aus seinem Zigarillo. „Wir sprachen soeben über den Herrn Oberförster Grüning – du kennst ihn sicherlich?“

Er sah, wie das Mädchen zusammenzuckte. Sie zögerte kurz, ehe sie antwortete: „Ja – ja, ich kenne ihn.“

„Aber ich fürchte, du kennst ihn nicht gut genug. Sonst würdest du dich von ihm fernhalten.“

Rahels Reaktion überraschte ihn. „Onkel Hermann, du brauchst mir nichts über ihn erzählen“, entgegnete sie mit fester Stimme. „Ich werde dir ohnehin kein Wort glauben!“

„Aber Rahel!“, rief von Bredow. „Wie redest du mit deinem Onkel!“ In wildem Staccato trommelte er auf seine Zigarre.

Wittemann winkte ab. „Lass nur. – Wir machen uns große Sorgen um dich, Rahel. Der Oberförster ist gefährlicher, als du anzunehmen scheinst.“

Noch nie hatte Wittemann aus den Augen der sanftmütigen Rahel solche Blitze schießen sehen. „Ich glaube, du selbst bist gefährlicher, als ich immer angenommen habe. Du willst mir wohl bis in alle Details erzählen, wie Albert Grüning vor zwanzig Jahren seine Braut ermordet hat? Aber wirst du mir auch erzählen, dass du ihn dazu provoziert hast?“

Fassungslos starrte Wittemann seine Nichte an. Woher wusste sie das alles? Sollte Grüning ihm zuvorgekommen sein? Aber das war unmöglich, der verbitterte Einsiedler würde doch niemals über seine Vergangenheit sprechen!

Er sah zu seinem Schwager hinüber, doch auch ihm stand das Erstaunen ins Gesicht geschrieben. „Rahel, was redest du da?“, stotterte Wittemann.

Sie erhob sich. „Nur die Wahrheit. Ihr braucht mich wohl nicht mehr?“

Kopfschüttelnd sah Wittemann von Bredow an. Der Plan, Rahel auf diese Weise von Grüning fernzuhalten, war jedenfalls gründlich missraten. Er sah ihr nach, als sie durch die Tür ging. Das golden schimmernde Haar und ihre tadellose Figur erinnerten ihn daran, um welchen Preis es ging – ganz abgesehen von seiner Rache. Er würde nicht aufgeben. Dann musste Grüning eben noch schneller sterben.

Kapitel 29

Nach dem Gespräch mit Rahel von Bredow kam Grüning einfach nicht zur Ruhe. Nachts konnte er kaum ein Auge zutun und tagsüber lief er stundenlang rastlos durch seinen Wald. Immer wieder pirschte er sich dabei an Prussak heran, um ihn vielleicht bei einer Schurkerei zu ertappen. Doch der Jäger erledigte seine Aufgaben stets ohne Fehl und Tadel.

Bei seinen Gängen durch den Wald wandte er nun größte Vorsicht an, da er stets fürchtete, dass Wittemann ihm auflauern könnte. Er hatte Rex eingeschärft, gut achtzugeben, damit ihn der Hund vor jeder Gefahr warnte, die er selbst nicht wahrnahm. Zusätzlich zu seinem Gewehr, das sein steter Begleiter war, hatte er auch seine Pistole umgeschnallt – er wollte nicht unvorbereitet auf Wittemann treffen. Zwar hatte dieser nur mit seiner Absetzung als Oberförster gedroht, doch Grüning ahnte, dass er letztlich seinen Tod wollte.

Grüning hatte gehofft, mit der Zeit würde sich der Eindruck, den Rahels Worte hinterlassen hatten, abschwächen, doch er sah sich in dieser Hoffnung getäuscht. Eine Woche war bereits vergangen, und noch immer hallten sie in ihm nach.

Heute schlug er den Weg zur Altenburg ein, weil er wieder nach dem Hochwasser sehen wollte. Es hatte einige Tage geregnet, und im Gebirge musste die Schneeschmelze nun vollends eingesetzt haben, sodass die Wölfel wahrscheinlich noch weiter angestiegen war. Ob die alte Holzbrücke unterhalb der Altenburg auch in diesem Jahr noch einmal den Wassermassen trotzen würde? Es war wirklich an der Zeit, dass der Staudamm im Gebirge fertiggestellt würde, damit dieser jährliche Wahnsinn endlich ein Ende hätte.

Doch Grünings Gedanken weilten nur kurz bei dem Hochwasser. Immer wieder kehrten sie zu jenem Gespräch zurück, in dem Rahel ihm die Augen über sich selbst geöffnet hatte. Was er nie für möglich gehalten hatte, war eingetreten: Er hatte sich einem Menschen anvertraut. Und was noch unvorstellbarer gewesen war,

war ebenfalls eingetreten: Er fühlte sich erleichtert, wie Marwitz und seine Schwester ihm vorhergesagt hatten.

Immer wieder fragte er sich, wie Rahel es geschafft hatte, sein Vertrauen zu gewinnen, und er hatte nur eine Erklärung dafür – sie war anders als alle anderen Menschen. Bei ihr war es nicht Neugierde gewesen, sondern echtes Interesse an seinem Schicksal – nicht nur an dem vergangenen, sondern auch an dem zukünftigen. Und sie hatte sich kein Urteil über ihn gebildet, ehe sie nicht alles von ihm selbst erfahren hatte.

Er musste an Rosina denken, die immer schon zu einem Urteil kam, ehe er überhaupt die Möglichkeit gehabt hatte, sich zu erklären. Wie ganz anders war Rahel!

Grüning hatte den Abzweig zur Altenburg erreicht. Rex lief unbeschwert neben ihm her, es schien ihm also keine Gefahr zu drohen. Schon jetzt übertönte das Rauschen der Wölfel das Säuseln des Windes in den Bäumen.

Als er die Lichtung erreichte, sah er, dass die Wiesen teilweise schon überschwemmt waren. Durch den schneereichen Winter fiel die Schneeschmelze stärker aus als in den vergangenen Jahren. Ob der halbfertige Staudamm dem Andrang des Wassers gewachsen war? Nun, ihm konnte es gleichgültig sein, bis zu seinem Forsthaus drang die Wölfel niemals vor. Aber die Menschen im Dorf könnten wieder nasse Füße bekommen.

Grüning sah zur Altenburg hinüber, deren Mauern nahe an der Wölfel lagen. Die Herren von Altenburg hatten dazumal einen Deich gebaut, der verhinderte, dass die Wasser bis an das Gemäuer kamen; scheinbar hatte es auch vor mehreren Jahrhunderten bereits regelmäßig Überschwemmungen gegeben.

Als er seinen Blick flussabwärts richtete, stellte er fest, dass die altersschwache Holzbrücke noch immer dem Ansturm der Wellen standhielt. Sie war wohl solider gebaut, als es den Anschein hatte.

Unwillkürlich sah er zu der Stelle hinüber, wo er mit Rahel gesessen hatte. Mit unwiderstehlicher Gewalt zog es ihn dorthin. Noch jetzt spürte er ein leises Prickeln in sich, wenn er an ihre Berührung dachte, als sie ihre Hand auf seine Schulter gelegt hatte. Er wusste, dass er von diesem Mädchen nicht mehr loskommen würde. Und er würde versuchen, sie zu erringen, allen Widerständen zum Trotz.

Doch vorher musste und wollte er mit Gott ins Reine kommen. Widerstrebend hatte er sich eingestanden, dass er sich mit dem Versuch, vor Gott davonzulaufen, selbst unglücklich gemacht hatte. Ein Leben wie bisher wollte er nicht weiterführen. Und bei allen Schwierigkeiten, die sich häuften, wäre es gut, den Allmächtigen auf seiner Seite zu haben. Wie weit er mit seiner eigenen Kraft kam, war ihm im Lauf des letzten Jahres nur zu deutlich geworden.

Er setzte sich wieder auf den Mauerrest und sah zum grauen Himmel empor. Eigentlich war es so einfach, zu Gott zu kommen. Und doch fiel es ihm unsagbar schwer. Zwanzig Jahre war er vor ihm davongelaufen – und nun sollte er plötzlich zugeben, dass er zwanzig Jahre auf dem falschen Weg gewesen war? Ja, dass er zwanzig Jahre umsonst gelebt hatte? Aber sollte er jetzt den falschen Weg weitergehen, nur weil er zu stolz war, seinen Irrtum zu bekennen?

Albert Grüning wusste, dass er an einem Scheideweg stand. Er musste sich *jetzt* entscheiden. Für oder gegen Gott. War es wirklich so, wie Rahel gesagt hatte, dass Gott die ganze Zeit auf ihn wartete? Würde er ihn tatsächlich jetzt noch annehmen? Würde Gott wirklich nicht sagen: *Jetzt, wo du in Not bist, kommst du plötzlich angekrochen. Du hattest zwanzig Jahre Zeit dazu, jetzt ist es zu spät!*

Er wusste, was Rahel darauf antworten würde: *Dafür hat Er Ihnen doch die Not geschickt, damit Sie endlich zu Ihm kommen.* Ja, Gottes Liebe schien tatsächlich größer zu sein als die Liebe der Menschen – aber dafür war er schließlich auch Gott.

Lange kämpfte Albert Grüning mit sich selbst und seinem Stolz, bis sich endlich das erste zaghafte Gebet aus seiner Seele rang. „Oh Gott, Du weißt, wie schwer es mir fällt, jetzt zu Dir zu kommen, nachdem ich zwanzig Jahre nichts von Dir wissen wollte. Aber mir scheint, dass Du mich trotzdem noch nicht aufgegeben hast."

Er hielt inne. Die Natur schien den Atem anzuhalten, nur die Wölfel rauschte tosend an ihm vorbei. Der nächste Satz wollte ihm kaum über die Lippen: „Es war falsch, dass ich vor Dir davongelaufen bin. Und es war falsch, dass ich Dir die Schuld an Katharinas Tod zuschieben wollte. Es war mein Jähzorn – es war *meine* Schuld. Und all das viele andere, das ich getan habe, das Dir nicht gefallen hat. Wie habe ich der Trine oftmals das Leben schwer gemacht. Ich war unfreundlich, griesgrämig und vieles andere mehr."

Er überlegte, ob er Gott alles, was ihm einfiel, bekennen sollte. Es war doch so viel, das sich angehäuft hatte! „Ich danke Dir, dass Du dafür Deinen Sohn gegeben hast, und dass Er auch meine Schuld auf sich geladen hat, sodass ich von ihr befreit werde, wenn ich sie Dir bringe."

Er sah wieder zum Himmel empor, dessen graue Wolken neuen Regen verhießen. „Bitte, nimm mich an, auch nach so langer Zeit der Flucht."

In diesem Augenblick wusste Albert Grüning, dass seine Flucht ihr Ende gefunden hatte. Jetzt hatte er einen Starken auf seiner Seite, der ihn niemals verlassen würde. Seine Probleme waren dadurch zwar nicht gelöst, schließlich gab es noch vieles mit seiner Familie und anderen Menschen zu bereinigen, und auch Wittemann war nicht aus der Welt geschafft. Aber er stand jetzt nicht mehr allein. Und sollte er doch dem Tod ins Auge sehen müssen, dann brauchte er das nicht mit Ungewissheit zu tun wie damals bei dem Duell, sondern er wusste nun, dass Gott ihn halten würde, auch über den Tod hinaus.

„Danke, dass Du mich angenommen hast. Und dass Du jetzt mein Vater bist."

Kapitel 30

Am ersten Tag nach ihrem Gespräch mit Albert Grüning blieb Rahel im Hotel. Einerseits wollte sie bei ihrem Vater und ihrem Onkel keinen Verdacht erwecken, andererseits sollte der Oberförster Zeit haben, sein Leben in Ordnung zu bringen. Als sie dann gern zu ihm gegangen wäre, gab es einige Regentage, sodass sie sich in Geduld üben musste. Gott wusste sicher warum.

Heute aber war bereits der dritte Tag in Folge, an dem sie wieder in den Hochwald hinaufwanderte. Bisher hatte sie es nicht gewagt, ins Forsthaus zu gehen, weil sie nicht aufdringlich erscheinen wollte, sondern hatte vielmehr auf eine zufällige Begegnung gehofft.

Doch jetzt war sie fest entschlossen, Grüning aufzusuchen. Sie musste endlich Gewissheit haben, wie er sich entschieden hatte. Sie hatte in den vergangenen Tagen unentwegt für ihn gebetet und hoffte inständig, dass er diese Gelegenheit nicht hatte verstreichen lassen. Ob Gott noch einmal so vernehmlich bei ihm um Einlass bitten würde?

Rahel war aber auch ehrlich genug zu sich selbst, um zuzugeben, dass ihr Wunsch nach Albert Grünings Bekehrung nicht ganz uneigennützig war. Es konnte keine Verbindung zwischen ihr und ihm geben, wenn er nicht zu Gott umkehrte. Für sie war es ausgeschlossen, einen ungläubigen Mann zu heiraten, selbst wenn sie ihn noch so sehr liebte. Sollte der Oberförster aber tatsächlich diesen Schritt tun und sich bekehren – Rahel blieb stehen und breitete die Hände aus. Ihr war der Altersunterschied gleichgültig, auch der Standesunterschied machte ihr nichts aus, im Gegenteil. Sie wäre froh, der hohlen Gesellschaft zu entfliehen und hier im Hochwald an der Seite eines liebenden Mannes eine neue Heimat zu finden.

Träumerisch ging sie weiter und malte sich aus, wie es sein würde, wenn er sie wirklich zu seiner Frau machen würde. Die ganze lange Zeit der Trennung hatte sie von ihm geträumt, und seit sie seine wahre Geschichte kannte, wusste sie, dass sie niemals einem anderen Mann gehören wollte als nur Albert Grüning. Es würde mit diesem eigensinnigen Mann bestimmt nicht leicht werden, aber Rahel hatte auch die andere Seite seines Charakters kennengelernt: seine Freundlichkeit, seine Verwundbarkeit und seine Ehrlichkeit.

Je näher sie dem Forsthaus kam, desto langsamer wurden ihre Schritte. Ein wenig fürchtete sie sich davor, ihm wieder unter die Augen zu treten, schließlich hatte sie ihm manche unangenehme Wahrheit gesagt. Und was, wenn er den Eindruck des Gesprächs von sich geschoben hatte und weiterlebte wie bisher? Rahel mochte gar nicht an diese Möglichkeit denken, aber schließlich war es trotz ihres Flehens nicht ausgeschlossen.

Als sie an einer Buchenschonung vorüberkam, blieb sie stehen. Die Sonne, die vom heute ausnahmsweise einmal wolkenlosen Himmel strahlte, durchbrach das lichtgrüne Laubdach und ließ die Stämme silbrig schimmern. Dieser Anblick erinnerte Rahel an eine Zeile aus einem Lied von Franz Schubert:

Ich schnitt es gern in alle Rinden ein:
Dein ist mein Herz und soll es ewig, ewig bleiben.[7]

Ob sie es auch einmal wagen sollte, dem verschwiegenen Hochwald ihr Geheimnis anzuvertrauen? Rahel sah sich um, aber es war wie meistens im Wald kein Mensch zu erblicken. So raffte sie ihre Röcke, sprang über den Graben neben dem Weg und ging weit ins Unterholz hinein. Es wäre ja undenkbar, was geschehen würde, wenn der Oberförster sie hier entdeckte! Immer wieder schaute sie sich um, aber nun glaubte sie, weit genug vom Weg entfernt zu sein, um nicht gesehen zu werden. Bald fand sie eine Buche, die einen besonders glatten Stamm aufwies. Sie zog ihr feines Messer hervor und begann ihre heimliche Arbeit.

* * *

7 Gedicht von Wilhelm Müller (1794-1827)

Albert Grüning musste über Trines erstaunten Gesichtsausdruck lachen, als sie das Tablett mit seinem Frühstück hinaustrug. Er hatte sich gerade bei ihr bedankt, weil der Kaffee immer so stark war, wie es ihm gefiel, und sie die Brötchen nach seinen Wünschen schön knusprig backte. Sie hatte entgegen ihrer sonstigen Gewohnheit kein Wort erwidert, sondern ihn nur mit großen Augen angestarrt, ehe sie den Raum verließ.

Grüning fühlte sich so befreit wie noch nie in seinem Leben. Selbst nach seiner Entlassung aus der Festungshaft hatte er sich nicht so frei gefühlt wie jetzt. Manchmal wollte sich noch die Sorge wegen Hermann Wittemann wie ein Bleigewicht auf sein Herz legen. Doch dann erinnerte er sich daran, dass er nun zu einem Vater im Himmel beten konnte und er Ihn auf seiner Seite hatte.

Und auch seine Zuneigung zu Rahel von Bredow brachte ihn immer wieder ins Gebet. Bei jedem Gang durch den Wald hoffte er, sie wiederzusehen, immer, wenn er im Forsthaus war, lauschte er, ob sie nicht an die Tür klopfte. Doch er wartete Tag für Tag vergebens. Was hielt sie davon ab, ihr Versprechen einzulösen?

Er hatte an der Altenburg bemerkt, wie viel ihr an ihm lag, dass es ihr ein Herzensanliegen war, ihn auf den rechten Weg zu bringen. Also war er ihr bestimmt nicht wenige Tage danach schon wieder gleichgültig geworden. Er sorgte sich nur, dass ihr Vater oder ihr Onkel sie hinderten. Oder waren sie vielleicht wieder überstürzt abgereist, um sie aus seiner Nähe zu verbannen? Dann sollte er allerdings auf Wege sinnen, wie er mit ihr in Kontakt treten könnte. Eine so lange Trennung wie beim letzten Mal wollte er nicht noch einmal erleben.

Grüning nahm sein Gewehr vom Zapfenbrett und stülpte die Dienstmütze auf den Kopf. Rex stand erwartungsvoll neben ihm, kannte er doch die Rituale, wenn sein Herr sich anschickte, in den Wald zu gehen.

„Willst mich wohl begleiten? Nun, meinetwegen." Grüning strich ihm über den Kopf. „Trine, werde pünktlich zum Mittagessen zurückkehren. Sollte Besuch kommen ..."

Aus der Küchentür schob sich Trines breite Gestalt. „Herr Oberförster mögen verzeihen, Sie erwarten Besuch?" Die kleinen

Schweinsäuglein der Haushälterin verschlangen ihn beinahe vor Neugierde.

Er zuckte die Achseln. „Vielleicht. Man kann nie wissen." Im Stillen amüsierte er sich, weil er wusste, dass er mit dieser Äußerung Trines Neugierde auf den Höhepunkt trieb.

„Aber der Herr Oberförster erhalten doch sonst kaum Besuch. Wer sollte schon kommen?"

„Auch das kann man nicht wissen", erwiderte er vieldeutig. „Wenn aber tatsächlich Besuch kommen sollte, dann bitten Sie ihn, bis zum Mittag zu warten."

Mit offenem Mund starrte sie ihn an. Ehe sie ihn aber mit weiteren Fragen löchern konnte, rief er Rex zu sich. „Komm, Rex. – Trine, wünsche Ihnen einen angenehmen Vormittag."

Er zog die Haustür hinter sich ins Schloss. Nun hatte Trine etwas zu grübeln. Aber er wünschte sich tatsächlich sehnlich, dass Besuch da wäre, wenn er nach Hause käme.

Mit festen Schritten verließ er den Forsthof. „Wollen sehen, ob wir Prussak heute ertappen oder gar etwas vom Wilddieb entdecken", sagte er zu seinem Hund. Schon seit der Verletzung Kisserows hatte der Wilderer kein Lebenszeichen mehr von sich gegeben. Ob ihm das Pflaster zu heiß geworden war?

Er befürchtete allerdings, dass dies ein Wunschtraum war. Früher oder später würde der Wilddieb wieder zuschlagen, zumal er mittlerweile fest davon ausging, dass Hermann Wittemann dabei seine Finger im Spiel hatte, sei es als Auftraggeber oder sogar als Wilderer selbst.

Zuerst lenkte er seine Schritte zur Altenburg. Offiziell musste er den Wasserstand kontrollieren, aber gleichzeitig zog es ihn immer wieder an den Ort, wo er Rahel zum ersten Mal getroffen und beim letzten Zusammentreffen das entscheidende Gespräch mit ihr hatte. Vielleicht hatte er so viel Glück, dass Rahel heute wieder auf dem Mauerrest saß wie letztens, als Rex sich an sie herangeschlichen hatte.

Grüning war manchmal erstaunt über die Klugheit seines Tieres. Er hatte offenbar ein gutes Empfinden für die Stimmungen der Menschen, die er liebte. Wenn Grüning schlechter Laune war, trottete Rex mit hängendem Kopf neben ihm her, richtete er aber ein freundliches Wort an ihn, wurde sein Gang beschwingter und sein Schwanz setzte sich in Bewegung. Und so reagierte er auch auf Rahel: Als er sie weinend auf dem Mauerrest erblickt hatte, hatte er statt seines sonst üblichen Freudengeheuls nur den Kopf in ihren Schoß gelegt.

Grüning beugte sich zu seinem Hund hinab und kraulte ihm den Nacken. „Vielleicht gelingt es mir, dieses Mädchen zu deiner Herrin zu machen – wärest du damit einverstanden?"

Rex wedelte sich beinahe den Schwanz aus dem Gelenk. Mit wie wenig Aufmerksamkeit das Tier doch glücklich zu machen war! Er klopfte Rex noch einmal den Hals und richtete sich wieder auf.

Gerade wollte er seinen Weg fortsetzen, als Rex plötzlich ein leises Knurren von sich gab. Grüning hielt inne und wandte den Blick in die Buchenschonung zu seiner Rechten, der auch Rex den Kopf zugewandt hatte. Tatsächlich meinte er dort eine Bewegung erkennen zu können und bedeutete Rex, still zu sein. Rex reagierte sofort auf die Anspannung seines Herrn, stellte das Schwanzwedeln ein und rührte sich nicht mehr.

Vorsichtig ging Grüning in die Hocke und nahm das Gewehr von der Schulter. Er war ganz sicher, dass sich weit hinten zwischen den silbrig schimmernden Stämmen etwas bewegt hatte. Und wer anders als der Wilderer sollte sich so weit ab vom Weg durch den Wald bewegen?

Mit äußerster Vorsicht übersprang der Oberförster den Graben am Wegesrand und drückte sich an den umfangreichen Stamm einer Buche. Er befahl Rex, still sitzen zu bleiben. Der Hund gab keinen Laut von sich.

Grüning nahm das Gewehr in Anschlag. Er würde kein langes Federlesen mehr machen. Ein wohlgezielter Schuss und das Wilddieb-Problem wäre endgültig gelöst.

Rasch sprang Grüning zum nächsten Baum und lugte dahinter hervor. Nichts war zu sehen. Sollte er sich doch getäuscht haben? Aber er war ganz sicher, einen hellen Punkt ausgemacht zu haben. Sonderbar eigentlich, weil doch ein Wilddieb dunkle Kleidung tragen würde, um nicht aufzufallen.

Von Baum zu Baum pirschte sich Grüning vor, immer weiter in die Richtung, in der er seinen Widersacher vermutete. Seine Hand umklammerte den Lauf der Flinte. Jetzt sah er tatsächlich vor sich eine hellgekleidete Gestalt, die sich an einem Baumstamm zu schaffen machte.

Angestrengt schaute er zu der Person hinüber, ließ dann aber plötzlich die Waffe sinken, während sich ein Lächeln auf sein Gesicht legte. Diese schlanke Figur im geblümten Sommerkleid war allerdings kein Wilddieb. Wenn ihn seine scharfen Augen nicht täuschten, hatte er den Inhalt seiner Träume und Sehnsüchte vor sich: Rahel von Bredow.

Aber was trieb sie dort? Was hatte sie so weit abseits des Hauptweges zu suchen? Er blickte zu Rex zurück, der noch immer regungslos einige Ellen hinter ihm saß, und huschte dann weiter von Baum zu Baum, bis er so nahe war, dass er jede ihrer Bewegungen genau erkennen konnte.

Sie schnitzte. Deutlich sah er das Messer in ihrer Hand. Sie schien ganz vertieft in ihre Arbeit zu sein. Nur was sie dort schnitzte, konnte er leider nicht erkennen.

Da trabte Rex leise heran. Offenbar hatte er die Nähe seiner Freundin gewittert. Allerdings schien er sich noch an die Befehle seines Herrn zu erinnern, denn er verhielt sich weiter still, statt in sein Begrüßungsgeheul auszubrechen. Aber lange würde er seine Freude nicht mehr bändigen können.

Also entschloss sich Grüning, Rahel zu überraschen, ehe Rex dies für ihn übernahm. Er ließ ein kaum hörbares Zischen vernehmen, für Rex das Zeichen, dass er sich ruhig zu verhalten habe, dann trat er hinter seinem Baum hervor und lief die wenigen Schritten hinüber, bis er direkt hinter Rahel stand. „Sie sind ja sehr vertieft, gnädiges Fräulein.“

Kapitel 31

„Verdammt nochmal! Ich habe das ewige Warten satt!“ Prussak packte Wittemann am Revers. „Ein Jahr lang versprechen Sie mir bereits, dass ich Oberförster werden soll, und was ist geschehen? Nichts!“

Wittemann sah sich um. Glücklicherweise hatten sie sich in einer wenig begangenen Gegend des Hochwaldes getroffen. „Schreien Sie doch nicht so laut, dass man es bis Berlin hört, Prussak! Ich hätte zwar allen Grund meine Zusage wegen ihrer fehlerhaften Auskünfte, die mich kürzlich fast das Leben gekostet hätten, zurückzunehmen ...“ – Wittemann setzte sein freundlichstes Lächeln auf – „... aber ich will Gnade vor Recht ergehen lassen. Die Erfüllung Ihres Wunsches steht kurz bevor.“

Prussak ließ ihn los. „Das sollte es auch, wenn Sie nicht noch einmal in eine Falle laufen wollen“, knurrte er. „Grüning ist noch immer in Amt und Würden und führt ein herrliches Leben, und Ihre Versprechungen haben sich ein Jahr lang als völlig wertlos erwiesen.“

Wittemann fixierte den schwarzen Jäger. Dieser Mann kannte keinerlei Skrupel. Hatte er ihn bewusst in die Falle laufen lassen, um Grünings Absetzung zu beschleunigen? Prussak wäre sogar zuzutrauen, dass er ihn kurzerhand umlegen würde, wenn seine Wünsche nicht in Erfüllung gingen. Immerhin konnte er sich auch einige Lorbeeren verdienen, indem er ihn – den Wilddieb – aus dem Weg räumte. Wittemann musste also äußerste Vorsicht anwenden, um diesem gewissenlosen Menschen nicht zum Opfer zu fallen.

Allerdings konnte sich Prussaks Skrupellosigkeit auch zum Vorteil wenden, wenn es ihm gelang, diese in die richtige Bahn zu lenken. Schließlich war es nun so weit, dass Grüning beseitigt werden musste, und von Bredow wollte sich partout nicht an einem Mord – wie er es zu nennen pflegte – beteiligen. Doch wenn er Prussaks Zorn auf Grüning lenken könnte, würde ihm von dieser Seite keine Gefahr drohen, während er gleichzeitig Unterstützung bei der Durchführung seines eigenen Plans fände.

„Meine Versprechen sind niemals wertlos“, korrigierte er. „Sind Sie bereit zum finalen Schlag gegen Grüning?“

„Das fragen Sie mich? Wenn es nach mir ginge, würde er schon lange nicht mehr auf dieser Erde herumspazieren.“

„Ich brauche Ihre Hilfe. Zwar wäre es der einfachste Weg, ihn heimlich zu erschießen, doch was nützt es uns, wenn er nicht einmal weiß, wem er dies zu verdanken hat?“

Unter Prussaks Bartgewirr ließ sich ein Grinsen vermuten. „Wenn es darum geht, unterstütze ich Sie mit Freuden. Meine Bedingung kennen Sie.“

„Der Posten als Oberförster, ich weiß. – Haben Sie einen guten Gedanken, wie wir ihn angemessen, aber ohne große Gefahr für uns beseitigen können?“

Prussak lehnte sich gegen einen Baum. „Man müsste sich etwas sehr Schönes ausdenken. Ein einfacher Schuss geht natürlich viel zu schnell.“

Wittemann triumphierte innerlich. Es war ihm tatsächlich gelungen, die kriminellen Energien Prussaks von sich weg auf Grüning zu lenken. Blieb nur noch die Frage, wie er anschließend das Problem Prussak beseitigen könnte. Denn dass dieser Mann, der viel zu viel von ihm wusste, niemals Oberförster werden würde, stand fest. Immerhin könnte Prussak auf die Idee kommen, als erste Amtshandlung den Wilddieb dingfest zu machen. Womit könnte er sich beim Ministerium besser einführen und für noch höhere Aufgaben empfehlen?

Plötzlich schnippte Prussak mit dem Finger. „Ich habe einen grandiosen Gedanken! Das Verlies! Erinnern Sie sich an den Gang, in dem wir uns versteckten, als Grüning und Schulze uns beim Wildern ertappten?“

„Sicher!“ Wittemann konnte Prussaks Gedanken erahnen. „Sie kennen sich in dem Gewölbe aus?“

Prussak lächelte beinahe mitleidig. „Ohne Frage. Der Gang verläuft etwa fünfzig Ellen unter der Erde und mündet in das Verlies. Grüning hat vor einiger Zeit eine Tür anbringen lassen, damit sich da unten kein Gesindel einnisten kann.“

Wittemann pfiff durch die Zähne. „Und Sie besitzen einen Schlüssel?“, fragte er atemlos.

„Als Stellvertreter des Oberförsters – selbstverständlich. Außer mir hat nur Grüning einen Schlüssel."

„Das wird ihm dann aber auch nichts nützen." Wittemann lachte auf.

„Sollte wohl keine Schwierigkeit sein, ihm den abzunehmen, wenn wir ihn erst überwältigt haben", bestätigte Prussak.

„Die perfekte Möglichkeit, den Schuft verschwinden zu lassen. Das Verlies ist doch nicht gemeinhin bekannt?"

„Kaum. Grüning hat den Gang erst bei der Restaurierung des Turms wiederentdeckt. Und wann kommt schon einmal jemand außer dem Oberförster zur Altenburg?"

Der Jäger schien wirklich an alles zu denken. „Aber Grüning kommt des Öfteren zur Altenburg?", erkundigte sich Wittemann weiter.

„Jedenfalls jetzt zur Zeit der Schneeschmelze. Dann revidiert er dort regelmäßig den Wasserstand der Wölfel."

Auch das passte wunderbar in ihren Plan. Sie mussten ihm also nur an der Altenburg auflauern, ihm seinen Schlüssel abnehmen, ihn in das Verlies schaffen und die Tür verschließen. Alles andere würden Hunger und Durst erledigen.

Doch reichten für diesen Überfall der Jäger Prussak und er aus? Grüning war als Gegner nicht zu unterschätzen und wenn es ihm gelang zu entkommen, würde es brenzlig. Vielleicht wäre es bei diesem Plan besser, einen dritten Mann zu haben. Aber ob von Bredow sich beteiligen würde?

Nun, es war doch eigentlich gar kein Mord, da Grüning nur eingesperrt wurde. Dass Grüning das Verlies nie wieder verlassen würde, musste sein ängstlicher Schwager nicht erfahren. Blieb ihm nur noch, von Bredow zu überzeugen, dass ihm nach Grünings Freilassung kein Ungemach drohte. Aber da würde er sich irgendetwas ausdenken, denn von Grünings Seite drohte – wenn alles nach Plan lief – tatsächlich keine Rache mehr.

Und es galt noch etwas zu bedenken. Da er Prussak nicht traute, wäre es sicherer, wenn sein Schwager dabei wäre und ihm im Fall der Fälle den Rücken frei halten könnte.

„Ihr Plan ist hervorragend, Prussak." Er zog seine Börse hervor. „Nehmen Sie dies als extra Gratifikation."

Ohne ein Wort des Dankes steckte Prussak die Börse ein. „Sie wissen, dass Sie das Schicksal Grünings teilen werden, wenn ich nicht sofort nach dessen Tod Oberförster werde."

„Lassen Sie die Drohungen, Prussak. Sie werden Ihren Lohn bekommen." Allerdings würde dieser Lohn ganz anders aussehen, als Prussak glaubte.

Eigentlich hätte er sich das Verlies der Altenburg gern vorher angesehen, aber die Gefahr schien ihm doch zu groß. Er wollte nicht selbst in der Falle landen, die für Albert Grüning bestimmt war – immerhin war die Drohung des Jägers kaum misszuverstehen.

So verabschiedete er sich von Prussak und begann bereits während des Heimweges einen Plan zu entwerfen, wie er den gefährlichen Jäger loswerden könnte, wenn er ihn nicht mehr brauchte.

* * *

Rahel fuhr herum, als wäre sie von einer Natter gebissen worden. Äffte sie ein Spuk oder war das wirklich die Stimme des Oberförsters?

Nein, es war kein Spuk. Da stand er vor ihr, ein kaum merkliches Lächeln auf dem sonst so ernsten Gesicht. Rex stand neben ihm und wedelte so heftig mit dem Schwanz, als wollte er seinem Herrn Luft zufächeln.

Mit klopfendem Herzen lehnte sich Rahel gegen den Baumstamm, um die Buchstaben *A.G.* und das Herz darum zu verbergen. Sie spürte, wie ihr nach der ersten Blässe die verräterische Röte wie eine Flamme ins Gesicht schlug.

Wie hatte er sie nur entdecken können? Sie war doch so weit entfernt vom Weg! Oder hatte Rex sie entdeckt? Der ließ sich jedenfalls nicht mehr von seinem Herrchen halten, sondern stürmte zu ihr, um sie mit einem Tanz zu begrüßen, der die Geschwindigkeit einer schnellen Polka hatte. Rahel wagte kaum, sich zu ihm herabzubeugen, weil sie fürchtete, dadurch den Blick auf ihre Schnitzerei freizugeben.

Grüning stand unbeweglich da und sah sie an, und sein Lächeln vertiefte sich mehr und mehr. Sie wusste, dass sie wahrscheinlich einer flammenden Mohnblüte glich und er ihr das Schuldbewusstsein ansehen musste.

Endlich brachte sie es fertig zu stammeln: „Ich hörte Sie gar nicht kommen."

„Sie waren so in Ihre Arbeit vertieft. – Was tun Sie überhaupt hier, so weit abseits des Weges?"

„Ich ... ich ..." Was sollte sie nur sagen? Sie konnte ihm doch nicht erzählen, dass sie aus Furcht, von ihm erwischt zu werden, so weit in den Wald hineingegangen war. „Ich wollte ... ich sollte ..."

Da ließ er ein leises Lachen hören. Unwillkürlich fragte sich Rahel, ob sie ihn schon jemals hatte lachen hören.

„Wissen Sie, dass ich Sie für den Wilddieb hielt? Ich hatte schon das Gewehr auf Sie angelegt."

„Sie scheinen es mit Ihren Schusswaffen auf mich abgesehen zu haben", versuchte sie zu scherzen, um ihre Verlegenheit zu verbergen. Doch sie nahm sogleich wahr, dass dies eine unpassende Bemerkung war, denn das Lächeln verschwand aus Grünings Gesicht.

„Tut mir leid", sagte er. „Habe mir schwere Vorwürfe gemacht."

„Bitte verzeihen Sie mir." Wie gern wäre sie jetzt zu ihm gegangen, weil sie merkte, dass sie ihn durch ihre Äußerung an unangenehme Dinge erinnert hatte. Aber dazu hätte sie sich von dem Baumstamm lösen müssen! „Ich wollte Sie nicht daran erinnern. Bitte vergessen Sie diese Bemerkung."

Der freundliche Gesichtsausdruck kehrte zurück, und Rahel wunderte sich, wie warm seine braunen Augen sie anschauen konnten. „Kleben Sie eigentlich an dem Stamm fest?", fragte er. „Buchen sind doch für gewöhnlich nicht harzig, dass man nicht mehr von ihnen loskommen könnte."

Auch wenn seine Worte sie in neue Verlegenheit stürzten, musste sie sich eingestehen, dass ihm der Schalk in seinen Augen gut stand. Was aber sollte sie ihm antworten? Vergeblich suchte sie nach Worten, da sie aber keine fand, blieb sie stumm.

Da trat er ganz nahe vor sie hin. Sein männlicher Geruch nach

Waldluft und Tabaksduft umwehte sie wie ein Hauch des Glücks. Und winkte nicht in seinen Augen, die so intensiv leuchten konnten, die Verheißung einer glücklichen Zukunft?

„Rahel." Seine Stimme klang unbeschreiblich sanft. „Vertraust du mir so wenig?"

Seine Nähe, die Wärme in seiner Stimme – all das verschlug ihr die Sprache. Sie presste sich nur mit dem Rücken gegen den Baumstamm. Was würde er bloß von ihr denken, wenn er ihr Schnitzwerk bemerkte!

„Ich habe es doch längst gesehen."

Fassungslos starrte Rahel ihn an. Er hatte gesehen, was sie geschnitzt hatte? Am liebsten hätte sie sich in ein Mauseloch verkrochen oder wäre gleich Philippus nach seiner Begegnung mit dem Kämmerer irgendwohin entrückt worden. Doch weder der eine noch der andere Wunsch wurde ihr erfüllt.

„Du hättest es hier gar nicht mehr in die Rinde zu schneiden brauchen", sagte er bedächtig. „Komm, ich will dir etwas zeigen."

Er wandte sich um, pfiff Rex zu sich und ging voran. Wie unter einem Bann musste sie ihm folgen. Was meinte er damit, dass sie es gar nicht hätte einzuschneiden brauchen?

Schon nach wenigen Schritten blieb er vor einer anderen Buche stehen. „Nur zehn Ellen hättest du weitergehen müssen", lächelte er.

Rahel glaubte, ihr Herz und ihr Verstand blieben stehen. Deutlich sichtbar stand nur ein Wort in der Rinde: *Rahel*. „Wer ... wer hat das ...?"

„Sicherlich nicht Lothar Wittemann. Es scheint mir derselbe zu sein, dessen Initialen du mit einem so schönen Herz umgeben hast. Oder sollte das *A.G.* etwa für Anton Graff stehen?"

Da musste sie unwillkürlich lachen. Wie er nur auf den großen Maler des letzten Jahrhunderts kam! „Nein. Ich wusste gar nicht, dass Sie ..."

„Immer noch das *Sie*, Rahel?", fragte er. Er trat wieder nahe vor sie hin und ergriff ihre Hand. „Soll ich dich etwa wieder *gnädiges Fräulein* nennen?"

Sofort erinnerte sie sich an ihre erste Begegnung auf dem

Turm, als sie ihm das *gnädige Fräulein* ausgetrieben hatte. Damals hätte sie sich nicht träumen lassen, dass sie einmal angenehme Schauer durchrieseln würden, wenn er ihre Hand hielt. Sollte jetzt der Augenblick gekommen sein, den sie herbeigesehnt hatte, und den sie auch gleichzeitig fürchtete? Sofort war die Angst wieder da: Hatte er den Weg zu Gott eingeschlagen? Glaubte er an den Herrn Jesus?

Er schien den Schatten zu bemerken, der ihre offenen Gesichtszüge verdunkelte. Dass es ihr aber auch nie gelang, ihre Gefühlsregungen zu verbergen!

„Ich weiß, was du denkst", sagte er. „Ich will dir deine Frage beantworten, die du noch gar nicht ausgesprochen hast: Ja, ich habe Frieden mit Gott gefunden und glaube nun an den Herrn Jesus."

Rahel schossen Tränen in die Augen. Aus von Dank überquellendem Herzen stieg ein stummer Lobpreis zu ihrem himmlischen Vater empor, der ihr Flehen erhört hatte. Und unwillkürlich vergaß sie das *Sie*.

„Albert – Albert!" Mehr brachte sie nicht hervor.

Da nahm er seine Dienstmütze vom Kopf und beugte mitten im Unterholz das Knie vor ihr. „Rahel, ich kann dir nicht viel bieten. Du bist einen Palast in Breslau gewohnt, ich habe nur ein einsames Forsthaus und ein bescheidenes Einkommen. Du weißt, dass ich kein einfacher Mensch bin – nein, bitte, lass mich ausreden", sagte er, als sie ihn unterbrechen wollte. „Du bist noch so blutjung, und ich bin mehr als doppelt so alt wie du. Rahel, überlege es dir gut."

Sie nahm seine Worte kaum wahr. Sie hörte nur das, was sie so gern hören wollte: dass er ihr sein Herz und seine Hand anbot. Sie kniete vor ihm nieder. „Albert, du weißt, dass ich auf Reichtum nicht viel gebe und lieber heute als morgen der Stadt entfliehen möchte. Aber das ist es nicht. Ich möchte bei dir sein. Am liebsten hier im Hochwald, aber meine Heimat ist da, wo du bist."

Er fasste ihre beiden Hände. Sie hatte es kaum für möglich gehalten, dass die rauen Försterhände so zart sein konnten. „Rahel, du hast einen anderen Menschen aus mir gemacht."

„Nein, Albert, Gott hat es getan."

„Ja, und du warst Sein Werkzeug. Trotzdem bleibe ich der alte Albert Grüning. Du wirst bestimmt den griesgrämigen Oberförster hin und wieder erleben, so sehr ich mich auch mühen werde, dich auf Händen zu tragen."

Wie liebte sie diesen Mann für seine Ehrlichkeit! Er versprach ihr nicht das Blaue vom Himmel, er warnte sie vielmehr vor sich selbst. „Albert, ich werde dich immer so lieben, wie du bist. Ich habe dich schon geliebt, als ich dich nur als den griesgrämigen Oberförster kannte – wie viel mehr jetzt!"

„Rahel, dich hat mir fürwahr der Himmel geschickt! – Und so frage ich dich, Rahel von Bredow: Willst du meine Frau werden?"

Rahel zögerte keine Sekunde. „Ja, Albert, ich will."

Da zog er sie fest in seine Arme. Für Rahel versank die Welt um sie herum. Sie wusste nur, dass sie jetzt den Platz gefunden hatte, wo Gott sie hinstellen wollte: an die Seite dieses Mannes, den sie liebte und der ihre Liebe brauchte. Ein nicht enden wollender Kuss besiegelte die Verlobung im Unterholz des Schneeberger Forstes, dann entließ er sie aus seinen Armen und sah sie eindringlich an.

„Ich vermag es nicht zu glauben, Rahel, dass Gott mir noch einmal ein so großes Glück beschert. Ich habe es nicht verdient."

„Niemand hat es verdient – deswegen nennen wir es Gnade."

„Ja, Seine Gnade ist grenzenlos."

Hand in Hand standen sie da, und Rahel konnte an nichts anderes denken, als daran, dass sie jetzt verlobt war.

Da drang seine Stimme plötzlich in ihr Glück: „Was werden deine Eltern sagen?"

Mit keinem Gedanken hatte sie daran gedacht. Aber Alberts Worte legten sich wie eine Wolke auf ihr Glück. Zwar wusste sie ihre Mutter auf ihrer Seite, doch ihr Vater würde niemals seine Zustimmung geben. Aber darüber mochte sie in diesem Augenblick nicht nachdenken.

„Albert, lass uns nicht gleich in den ersten Minuten darüber sprechen."

„Du hast recht. Ich will dich nun lieber zu meiner Trine bringen, sie hat bestimmt ein herrliches Mittagessen für uns."

Er legte den Arm um ihre Schultern und führte sie auf verschlungenen Jägerpfaden, die nur der Oberförster kannte, zu seinem Forsthaus.

Kapitel 32

Der Abend nahte schon, als Rahel ins Hotel *Zum gelben Dragoner* zurückkehrte. Sie war froh, dass sie ihrem Vater nicht begegnete, denn sie fürchtete, dass er ihr die Freude sofort ansehen würde. Also huschte sie zu ihrer Mutter ins Zimmer. Sie saß am Fenster und strickte.

Rasch schloss Rahel die Tür hinter sich und lehnte sich aufatmend von innen dagegen.

Erschrocken ließ Frau von Bredow ihre Stricknadeln sinken und schaute zu ihr auf. „Rahel! Du siehst aus, als wäre dir ein Engel begegnet!"

Rahel ging zum Rollstuhl ihrer Mutter hinüber und nahm ihre Hand. „So fühle ich mich auch, Mutter."

Sie legte die Hand an Rahels Wange. „Du glühst ja! Aber deine Augen strahlen wie der Frühlingshimmel. Kind, was ist dir begegnet?"

Rahel lächelte. „Das Glück."

„Das Glück?" Frau von Bredow legte ihr Strickzeug beiseite. „Komm, erzähle mir."

„Ich kann es selbst noch kaum glauben, Mutter. Es kam so plötzlich – so überraschend!"

„Aber was denn, Kind?"

„Der Oberförster." Mit träumerischem Blick sah Rahel aus dem Fenster zum Hochwald hinauf.

„Ich verstehe dich nicht. Was ist mit dem Oberförster?"

Rahels Blick kehrte zu ihrer Mutter zurück. „Wir werden heiraten."

Sie spürte, wie ihre Mutter zusammenzuckte. „Kind, was sprichst du da?"

Frau von Bredow sah sie mit weit aufgerissenen Augen an, doch Rahel war sich sicher, dass sie bei ihr Verständnis finden würde.

„Man hört hier im Dorf so mancherlei über den Oberförster – wie kannst du nur daran denken, ihn zu heiraten?"

„Ich gebe nichts auf das, was über ihn erzählt wird. Niemand von den Leuten, die so über ihn reden, kennt ihn wirklich."

„Aber du hast doch immer gesagt, dass du keinen Ungläubigen heiraten willst?"

„Das stimmt, Mutter." Rahel war erleichtert, dass sie ihre Mutter darin beruhigen konnte. „Albert Grüning hat sich vor wenigen Tagen bekehrt."

„Ist das wahr?" Frau von Bredow wiegte den Kopf und sah ihre Tochter ernst an. „Es hat sich schon mancher *bekehrt*, nur um die Frau zu bekommen, die er haben wollte."

„Ich dachte mir, dass du so etwas sagen würdest. Aber bei ihm ist es echt."

„Ich erwartete auch nicht, dass du etwas anderes sagen würdest", lächelte ihre Mutter. „Aber wie willst du das prüfen?"

Rahel überlegte. Eigentlich zweifelte sie nicht daran, dass Albert sich wirklich bekehrt hatte. „Ich kann deine Zweifel verstehen, Mutter. Aber sein Verhalten zeigt mir, dass er nun tatsächlich an den Herrn Jesus glaubt."

„Nun, dass er sich dir gegenüber von seiner besten Seite zeigt, wundert mich nicht", gab Frau von Bredow zu bedenken.

„Trine, seine Haushälterin, erzählte mir aber auch von seiner Wandlung. Er nörgle nicht mehr über den Kaffee und die Brötchen, sondern sei zufrieden und danke ihr sogar für ihre Mühen." Rahel sah zu ihrer Mutter auf. „Du solltest ihn kennenlernen!"

„Das möchte ich allerdings." Sie strich Rahel über den Kopf. „Wenn es wirklich so ist, wie du sagst, dann bin ich die Letzte, die sich nicht mit dir freut. Aber ich habe auch Angst um dich wegen all der schrecklichen Dinge, die man über den Oberförster hört."

„Er hat mir seine ganze Geschichte erzählt, und du kannst mir glauben, dass er sich dabei nicht geschont hat." So sehr Rahel die abwartende Haltung ihrer Mutter nachvollziehen konnte, so wirkte sie doch wie ein Guss kalten Wassers auf ihre Freude. Sie konnte nur hoffen, dass Albert selbst ihre Mutter überzeugen konnte.

„Und dann ist da noch dein Vater", fuhr Frau von Bredow fort. „Du weißt, dass er niemals sein Einverständnis geben wird. Ganz zu schweigen von deinem Onkel Hermann, der toben wird."

„Ich weiß es. Aber soll ich lieber in Vaters Pläne einwilligen? Das ist doch bestimmt nicht, was du willst."

„Nein. Ich wollte dir nur bewusst machen, dass auf euch viele Kämpfe warten, wenn ihr heiraten wollt."

„Dessen bin ich mir bewusst", sagte Rahel mit fester Stimme. „Aber kein Kampf wird mich je von ihm trennen. Nur möchte ich gerne dein Einverständnis erhalten."

„Ich will es auch gern geben, wenn ich Albert Grüning kennengelernt habe. Es tut mir leid, wenn ich dich enttäusche, weil ich mich nicht so mit dir freue, wie du es vielleicht erwartest."

„Ich verstehe dich ja, Mutter, auch wenn ich es mir tatsächlich anders gewünscht habe." Rahel richtete ihren Blick zu Boden.

Erneut strich Frau von Bredow ihr über den gesenkten Kopf. „Nun erzähle mir alles von Anfang an. Wie kam es, dass dieser eingefleischte Junggeselle, wie er mir beschrieben wurde, plötzlich um deine Hand anhielt?"

Rahel zog sich einen Schemel heran und setzte sich darauf. Und dann berichtete sie von dem Wiedersehen mit Albert Grüning an der Altenburg, von seinem Geständnis und wie sie ihm den Weg zu Gott gewiesen hatte.

Frau von Bredow schien beeindruckt von dem, was sie hörte. „Ich finde es beachtlich, Rahel, dass du es gewagt hast, ihm so klar die Wahrheit vorzustellen. Du wusstest doch nicht, wie dieser unberechenbare Mann reagieren würde."

„Nein, das wusste ich allerdings nicht. Aber ich konnte nicht anders. Er hat mir sein ganzes Herz ausgeschüttet, und ich ahnte, dass sich so eine Gelegenheit niemals wieder ergeben würde. Ich durfte nicht schweigen."

„Ich freue mich, dass deine Bemühungen offenbar von Erfolg gekrönt waren. Du hast deine Liebe aufs Spiel gesetzt."

Rahel öffnete soeben den Mund, um nun auch noch von den heutigen Ereignissen zu berichten, als plötzlich die Tür aufflog.

„Viktor!", entfuhr es Frau von Bredow, und Rahel sprang von ihrem Schemel auf.

„Vater, wo kommst du so plötzlich her?"

Herr von Bredow betrachtete die beiden Frauen mit zusammengezogenen Brauen. Rahel konnte das Misstrauen beinahe greifen, das sich in seinem Gesicht spiegelte. Wie lange hatte er wohl schon vor der Tür gestanden? Und was hatte er bei seinem Eintritt noch mitbekommen?

„Was geht hier vor?“, fragte er barsch.

„Ich ... wir ...“, stotterte Rahel.

„Ihr seht doch aus, als habe ich euch auf frischer Tat ertappt!“ Von Bredow funkelte sie an. „Heraus mit der Sprache!“

„Ist es nicht erlaubt, dass ich mich mit meiner Tochter unterhalte?“ Rahel war von der sanften Stimme ihrer Mutter überrascht, die sich offenbar nicht aus der Ruhe bringen ließ.

„Ihr intriganten Weibsbilder heckt doch wieder etwas aus.“ Von Bredow trat nahe vor sie hin, dass Rahel seinen nach Zigarrenqualm stinkenden Atem riechen konnte. „Ich mag es nicht, wenn jemand gegen mich konspiriert, schon gar nicht meine Frau und meine Tochter!“

„Viktor.“ In der Stimme Frau von Bredows schwang Trauer mit. „Mutter und Tochter haben manchmal Dinge miteinander zu bereden, die Männer nicht verstehen können.“

Rahels Vater wandte sich zur Tür, warf ihnen aber noch einen Blick zu, der sie wohl das Fürchten lehren sollte. „Am Ende werde ich ohnehin gewinnen. Merkt euch das.“ Mit diesen Worten verließ er den Raum.

Mutter und Tochter sahen sich erschrocken an. „Meinst du, er weiß, wovon wir sprachen?“

„Ich glaube nicht, sonst hätte er anders reagiert“, versuchte Frau von Bredow zu beruhigen. „Aber du siehst, wie vorsichtig wir sein müssen.“

„Wie soll ich Albert bloß zu dir bringen? Denke dir nur, Vater würde uns überraschen, wenn er hier ist!“

„Da müssen wir allerdings achtgeben.“ Rahels Mutter sah überlegend zur Zimmerdecke hinauf. „Er müsste am Donnerstagabend kommen, denn dann pflegen dein Vater und dein Onkel zum Kegelabend in die Wirtschaft zu gehen.“

„Ja, das wäre eine Möglichkeit. Sie dürfen nur nicht gegen ihre Gewohnheit früher zurückkehren.“

„Das ist bisher noch nie vorgekommen."

„Gut, ich werde es Albert sagen." Rahel sah wieder aus dem Fenster zum Hochwald hinauf. Warum musste alles so schwierig sein? Warum konnten ihre Eltern nicht einfach einwilligen und sie ihren Weg gehen lassen? Sie war glücklich über die Bereitschaft ihrer Mutter, Albert zu empfangen, aber es machte ihr arg zu schaffen, dass es scheinbar keinen anderen Weg gab, als ihren Vater zu hintergehen.

* * *

Albert Grüning versuchte den Pfützen auf dem Weg auszuweichen, als er mit einem Regenschirm bewaffnet zum Dorf hinunterlief. Doch diesem Versuch war wenig Erfolg beschieden, dafür regnete es nun schon zu lange. Schon am Tag nach seiner Verlobung hatte es erneut begonnen und seitdem nur für kurze Zeit einmal aufgehört.

Rahel hatte ihn trotz der Nässe ein paar Mal besucht, und sie hatten besprochen, dass er sich am heutigen Donnerstagabend bei ihrer Mutter vorstellen sollte.

Ärgerlich sah er auf seine Stiefel. Eigentlich wollte er heute Abend einen guten Eindruck hinterlassen und nicht wie ein Wildschwein erscheinen, das sich gerade im Schlamm gesuhlt hatte. Aber seine Mühe, die Stiefel auf Hochglanz zu polieren, hätte er sich sparen können. Sogar die frisch gebügelte Hose war bereits mit vielen Spritzern übersät.

Als er am Abzweig zur Altenburg vorüberkam, fühlte er sich versucht, dort noch einmal nach dem Wasserstand der Wölfel zu sehen. Da es gleichzeitig lang anhaltend regnete und die Schneeschmelze in vollem Gange war, fürchtete er, dass die Überschwemmung bisher unerreichte Ausmaße annehmen würde. Der unvollendete Staudamm würde bei diesen Wassermassen kaum Entlastung bringen.

Ein Blick auf seine Uhr belehrte ihn aber, dass er besser ohne Umweg ins Dorf hinabgehen sollte, zumal er erst noch einen Kurzbesuch bei seinem Freund Marwitz machen wollte, um ihm von seiner Bekehrung und Verlobung zu berichten. Es machte bestimmt keinen guten Eindruck, wenn er zu seinem Antrittsbesuch bei seiner zukünftigen Schwiegermutter zu spät käme. Dann würde er eben auf dem Rückweg an der Altenburg nach der Wölfel schauen. In seinem Wald kannte er sich schließlich gut genug aus, um sich auch bei Dunkelheit zurechtfinden und den Wasserstand bestimmen zu können.

Die Nähe des Dorfes legte sich beklemmend auf sein Gemüt. Durch den Regenschleier wirkte es ungemein trostlos. Wären die Bäume nicht voll frischen Laubs gewesen, hätte er diesen Tag für einen Novembertag gehalten.

Vorsichtig sah er sich in den Gassen um, damit er nicht unversehens Rahels Vater oder Onkel begegnete. Zwar war Rahel sicher gewesen, dass beide heute Abend zum Kegeln wären, doch konnte man nie wissen.

Glücklicherweise lag sein erstes Ziel, das Haus seines Freundes Marwitz, auf der dem Hochwald zugewandten Seite des Dorfes, sodass er es nicht komplett durchqueren musste. Was Marwitz wohl für Augen machen würde, wenn er ihm die Neuigkeiten verkündete? Er freute sich jetzt schon auf die Überraschung seines Freundes.

Auf sein Läuten öffnete ihm eine ältliche Mamsell. „Wünsche Herrn Marwitz zu sprechen."

Das Fräulein knickste. „Bitte zu verzeihen, der gnädige Herr sind ausgegangen."

„Zu dumm", brummte Grüning.

„Soll ich dem gnädigen Herrn etwas bestellen?"

„Ja. – *Ich war hier.* – Das genügt." Eine Antwort wartete Grüning gar nicht ab, sondern stapfte davon. Jetzt musste er noch ungesehen den *Gelben Dragoner* erreichen.

Das Hotel lag im Zentrum des Dorfes, und er versuchte es durch einige Nebenstraßen zu erreichen. Obwohl er dadurch einen Umweg gemacht hatte, erkannte er bald schon die Brücke, die vor dem Kurdomizil die Wölfel überquerte.

Dort blieb er kurz stehen und sah erschrocken auf den Fluss. Es waren nur noch wenige Zoll, bis das Wasser die Krone des

Dammes, der zum Schutz des Hotels aufgeschüttet war, erreichen würde. So hoch und reißend hatte er die sonst eher träge dahinfließende Wölfel noch nicht gesehen. Wie würde es wohl an der Altenburg aussehen?

Doch dann erinnerte er sich daran, dass er sich nicht länger als eben nötig auf der Straße zeigen sollte, und überquerte rasch die Brücke, die zum Hoteleingang führte. Klatschend schüttelte er seinen Schirm aus.

„Herr Grüning! Welch seltener Besuch!"

Beim Klang der Stimme erstarrte Grüning. Dass ausgerechnet der Hotelier Behrendt in der Eingangshalle stehen und ihn überraschen musste! Jetzt war zu befürchten, dass nicht nur Wittemann und von Bredow, sondern gleich das ganze Dorf umgehend über seinen Besuch im Hotel unterrichtet würde.

Behrendt kugelte auf ihn zu und zeigte auf den Schirmständer. „Bitte, wollen Sie Ihr Parapluie hier abstellen. Darf ich erfahren, was Sie herführt?"

„Wenn es weiterhin so regnet, werden Sie bald nasse Füße bekommen", versuchte Grüning abzulenken.

„Ja, ich hatte gehofft, der Staudamm wäre rechtzeitig fertig. Aber wie ich hörte, gab es Verzögerungen bei der Lieferung des Baumaterials, sodass er bis jetzt nur teilweise vollendet werden konnte. Wir können nur hoffen, dass das Provisorium hält, sonst gibt es eine Katastrophe."

„Im Gebirge lag in diesem Winter außergewöhnlich viel Schnee, und der Mai ist sehr verregnet", bemühte sich Grüning weiter Konversation zu betreiben, um den neugierigen Behrendt von dem eigentlichen Zweck seines Kommens abzulenken. „Kein Wunder also, dass die Wölfel über alle Ufer geht."

„Sie haben gut reden. Sie werden in ihrem Forsthaus niemals nasse Füße bekommen."

„Liege dazu weit genug von der Wölfel entfernt. Werde aber nachher noch an der Altenburg nachsehen, wie hoch sie dort bereits gestiegen ist."

Behrendt nickte fachmännisch. „Kann ich Ihnen nun behilflich sein, Herr Oberförster? Was steht zu Diensten?"

„Danke, kenne mich aus." Es hatte keinen Sinn, jetzt noch die Flucht zu ergreifen. Behrendt würde ohnehin berichten, dass er hier gewesen war. Zum Glück hatte Rahel ihm genau beschrieben, wo er die Suite ihrer Eltern finden würde, sodass er nicht auf eine Auskunft des geschwätzigen Hoteliers angewiesen war.

Kapitel 33

Albert Grüning fühlte sich ein wenig beklommen, als er an die Tür klopfte. Doch als sie von innen geöffnet wurde und Rahel ihm ihr strahlendes Gesicht entgegenstreckte, kehrte sein Mut zurück. Er würde um dieses Mädchen kämpfen, kein Preis war ihm zu hoch.

„Albert, komm schnell herein! Es hat dich hoffentlich niemand gesehen?"

Er schloss sie in seine Arme und raubte sich zuerst einen Kuss, bevor er antwortete: „Leider doch. Die zweibeinige Tageszeitung des Dorfes begegnete mir in der Eingangshalle."

„Behrendt? Oh nein! Dann werden Vater und Onkel Hermann es schneller erfahren, als uns lieb ist!"

Er strich ihr über den blonden Scheitel. Es faszinierte ihn immer wieder aufs Neue, wie golden ihr Haar schimmerte. „Ich konnte es leider nicht verhindern. Aber wir können unsere Verlobung ohnehin nicht dauerhaft geheim halten."

Rahel schmiegte sich an ihn. „Ich fürchte mich, Albert. Mein Vater wird toben, und was mein Onkel dir antun wird – ich mag gar nicht daran denken!"

„Wir stehen in Gottes Hand – muss *ich* dich daran erinnern, Rahel?", fragte er lächelnd.

„Du hast recht. Gegen Ihn kommt auch der stärkste Feind nicht an. – Komm, wir wollen zu meiner Mutter gehen."

Rahel ging voran ins Nebenzimmer, wo Albert Grüning eine weißhaarige Frau am Kamin sitzen sah, die mit einer Handarbeit beschäftigt war. Sie mochte ungefähr fünfzig Jahre alt sein, aber scheinbar hatte das lange Leiden sie vorzeitig altern lassen.

Als Frau von Bredow aufsah, hatte er den Eindruck, als sähe er in Rahels blaue Augen, so sehr glichen sie denen ihrer Tochter. Er machte eine artige Reverenz, wobei ihm erneut auffiel, wie schmutzig seine Stiefel waren. Doch ihr freundliches Lächeln, das ihn abermals an Rahel erinnerte, ließ seine Sorge verfliegen.

„Sie sind also Herr Oberförster Albert Grüning“, sagte sie mit freundlicher Stimme, die Grüning sogleich sympathisch war. „Ich habe schon viel von Ihnen gehört.“

Er verbeugte sich erneut. „Gnädige Frau, ich bin erfreut, Sie kennenzulernen.“ Fast wunderte er sich über sich selbst, dass er die Regeln des guten Tons noch beherrschte. „Ich hoffe, Sie hörten nicht nur negative Dinge über mich.“

Sie lächelte ihn an. „Seitdem Rahel mir von Ihnen erzählt, höre ich nur noch Gutes.“

Rahel, die soeben drei Gläser auf den Tisch stellte, hielt inne und errötete. „Aber Mutter!“

* * *

Als sich die Tür öffnete, sprangen von Bredow und Wittemann auf. Voller Erwartung starrten sie auf den rundlichen Hotelier.

„Und? Ist er tatsächlich eingetroffen?“, fragte von Bredow atemlos.

„Er ist da.“

Von Bredow packte ihn an den Schultern. „Reden Sie schon!“

„Nun, er traf vor wenigen Augenblicken ein und ging dann in den Trakt, in dem Ihre Suite liegt.“

„Dieser Frechling!“ Wutentbrannt raste von Bredow zur Tür, fühlte sich aber sogleich am Arm festgehalten.

„Nicht doch“, klang Wittemanns ruhige Stimme. „Verdirb jetzt nicht alles, Viktor. Wir wollen erst hören, was Herr Behrendt noch zu berichten hat.“

Rahels Vater wandte sich wieder zu dem Hotelier um. „Konnten Sie noch mehr von ihm erfahren?“

„Für den Fall, dass Sie sich später noch einmal unter Männern mit ihm unterhalten wollen ...“ Behrendt kniff ein Auge zu. „Er gab mir eine interessante Information über seinen Rückweg. Er will an der Altenburg noch nach dem Hochwasser sehen.“

„Besser geht es kaum“, frohlockte Wittemann. „Ich danke Ihnen, Herr Behrendt, Sie haben uns sehr geholfen.“

„Sie wissen, dass ich für gute Gäste alles tue“, antwortete

der Dicke mit einem Bückling. „Und diesen dubiosen Oberförster mochte ich noch niemals leiden. Es wäre gut, wenn er endlich aus unserer Gegend verschwände." Noch einmal machte Behrendt eine Reverenz und verließ den Raum.

Grimmig sah von Bredow dem Hotelier nach. „Wie gut, dass ich alles hörte, als Rahel es Wilhelmine erzählte. Ich ahnte gleich, dass sie etwas vor mir zu verbergen hatte, als Rahel sich in das Zimmer ihrer Mutter drückte."

„Grüning, jetzt geht es dir an den Kragen!" Wittemann lachte. „Für diesen Fang verzichte ich sogar mit Vergnügen auf unseren Kegelabend."

„Aber du kennst meine Bedingung!" Von Bredow traute seinem Schwager nicht recht, und er wollte keinesfalls in einen Mord verwickelt werden.

„Ich weiß." Wittemann winkte ab. „Ich habe dir doch von dem Verlies in der Altenburg erzählt. Dort werden wir ihn für eine Weile einsperren, bis er von seinen Ambitionen auf deine Tochter kuriert ist."

„Aber wie willst du verhindern, dass er nicht umgehend Anzeige erstattet, wenn du ihn wieder freilässt?" Die Pläne seines Schwagers gefielen ihm nicht. Wittemann wagte zu viel.

„Auch das habe ich dir doch bereits erklärt." Wittemann klopfte genervt auf seine Zigarillodose. „Ich habe Beziehungen in höchsten Kreisen, gegen die ein kleiner Oberförster nichts unternehmen kann. Außerdem werde ich ihm drohen, ihn selbst als Wilddieb anzuklagen, falls er uns verpfeifen sollte."

Von Bredow seufzte. Zu dumm, dass er wieder in finanziellen Schwierigkeiten war, sonst würde er sich gar nicht auf die Pläne seines Schwagers einlassen. Aber er durfte es sich nicht mit ihm verscherzen. Also blieb ihm nur zu hoffen, dass tatsächlich alles so glatt gehen würde, wie Wittemann es sich vorstellte.

Unterdessen war der Bruder seiner Frau schon an der Tür. „Bitte entschuldige mich. Ich muss jetzt unbedingt Prussak informieren, damit er rechtzeitig auf seinem Posten ist."

* * *

„Bitte, Herr Grüning, nehmen Sie doch Platz." Frau von Bredow wies auf einen Sessel. „Ich bin sehr gespannt, den Mann kennenzulernen, den meine Tochter zu ihrem Bräutigam erkoren hat."

Grüning setzte sich in den gewiesenen Sessel. „Ich bedauere sehr, dass ich nicht in aller Form bei Ihnen um die Hand Ihrer Tochter angehalten habe. Die besonderen Umstände zwangen mich ..."

„Es ist gut, sorgen Sie sich deshalb nicht. Mir kommt es weniger auf die Form der Werbung an als auf den, der um Rahel wirbt."

Rahel goss Wasser in die bereitgestellten Gläser und setzte sich dann neben Grüning in einen Sessel. „Ich versichere dir, Mutter, er ist der beste Mann der Welt."

Grüning musste lachen und griff nach Rahels Hand. „Wollen deine Mutter nicht mit Übertreibungen überzeugen. Ich bin sicher, dass es in dieser Welt bessere Männer gibt als mich."

„Aber diese vermeintlich besseren Männer lieben mich nicht – und ich liebe sie nicht."

Er sah ihr tief in die Augen. Ihre schlichte Antwort freute ihn mehr, als er sagen konnte.

„Es ist offensichtlich, dass Sie meine Tochter aufrichtig lieben, Herr Grüning", stellte Frau von Bredow fest. „Aber haben Sie auch an die Gefahren gedacht, die auf Sie zukommen werden? Sie wissen, dass mein Mann niemals seine Zustimmung geben wird, dass er im Gegenteil alles tun wird, um diese Verbindung zu verhindern. Und über meinen Bruder Hermann Wittemann muss ich Sie wohl kaum aufklären."

„Kenne ihn allerdings gut genug." Er konnte kaum glauben, dass diese freundliche Frau und sein Feind Wittemann Geschwister waren.

„Und Sie wollen den Kampf aufnehmen? Es kann ein Kampf werden, der härter wird, als Sie sich jetzt vorstellen."

Offen sah Grüning der Frau in die Augen. „Es geht nicht um mich, gnädige Frau. Es geht um Ihre Tochter. *Sie* soll glücklich werden." Er wandte sich Rahel zu, die gespannt das Gespräch verfolgte. „Du hast gehört, was deine Mutter gesagt hat. Ich kann dir keinen sicheren Weg in die Ehe bieten, sondern nur Kampf und Gefahr. Willst du es mit mir wagen?"

„Was für eine Frage! Mit dir gehe ich, wohin du willst, wie gefahrenreich der Weg auch sein mag."

Grüning lächelte Frau von Bredow an. „Sie sehen, Ihre Tochter ist nicht zu überzeugen." Doch sofort wurde er wieder ernst. „Gnädige Frau, ich möchte etwas anderes mit Ihnen besprechen. Es geht um meine Vergangenheit. Sie haben wahrscheinlich manches über mich gehört, das Ihnen nicht gefällt."

„Ich hörte aber auch, was Sie Rahel erzählt haben."

„Ich habe meiner Mutter deine Geschichte erzählt, Albert", fügte Rahel erklärend hinzu. „Ich hoffe, du bist mir deshalb nicht böse."

„Nein, natürlich nicht." Er wandte sich wieder ihrer Mutter zu. „Dann wissen Sie also bereits, was geschehen ist. – Können Sie trotzdem Vertrauen zu mir haben? Ich möchte nicht, dass Sie in dauernder Sorge um Ihre Tochter sind."

„Ich könnte Vertrauen zu Ihnen fassen, Herr Grüning – unter einer Voraussetzung."

Gespannt sah Grüning sie an. Was mochte sie noch für Vorbehalte haben?

„Es geht mir nicht um Ihr Alter, Herr Grüning. Zwar sind Sie viel älter als Rahel, aber wenn sie Sie wahrhaft liebt, will ich nicht über solche Nichtigkeiten wie das Alter oder Ihre gesellschaftliche Stellung reden. Aber in einem Punkt müssen Sie zu meiner Tochter passen: Das ist Ihr Glaube."

Grüning warf einen raschen Blick zu Rahel hinüber. Hatte sie denn ihrer Mutter nicht erzählt, dass er sich bekehrt hatte?

„Ich habe es in vielen Jahren Ehe kennengelernt, wie es ist, mit einem ungläubigen Mann verheiratet zu sein. Es scheint mir schlimmer zu sein, als unverheiratet zu bleiben. Deshalb ist mir dieser Punkt so wichtig, dass ich Sie darauf ansprechen muss, obwohl Rahel mir bereits versichert hat, dass Sie nun auch an den Herrn Jesus glauben."

„Ich verstehe Sie, gnädige Frau." Er zwinkerte Rahel, auf deren Gesicht sich ein siegesgewisses Lächeln zeigte, zu. „Ich bin

Ihrer Tochter unendlich dankbar, dass sie mir den Weg zu Gott gezeigt hat. Ich habe mich noch tagelang gegen den Eindruck, den ihre Worte bei mir hinterlassen haben, gewehrt. Doch letztlich bin ich vor Gott zusammengebrochen und habe Ihm meine Schuld bekannt. Jetzt weiß ich, dass Er mir aufgrund des stellvertretenden Todes Seines Sohnes Jesus Christus vergeben hat."

„Damit sind meine Bedenken ausgeräumt." Strahlend streckte Frau von Bredow ihm ihre Hand entgegen. „Lassen Sie nun bitte die *Gnädige Frau* beiseite und nennen Sie mich – *Mutter*."

Mit einem Freudenschrei sprang Rahel auf und kniete vor dem Rollstuhl ihrer Mutter nieder. „Du gibst uns also deinen Segen?"

Grüning kniete sich neben seine Braut. „Ich bin Ihnen sehr dankbar, Mutter."

„Meines Segens könnt ihr gewiss sein", antwortete sie und legte ihre Hände auf die gesenkten Köpfe. „Aber Rahels Vater wird niemals zustimmen."

Grüning und Rahel erhoben sich und fassten sich an den Händen. „Mit Gottes Hilfe werden wir auch das durchstehen", sagte er. „Haben Sie einen Rat für uns, Mutter?"

Frau von Bredow wiegte den Kopf. „Ich habe schon lange darüber nachgedacht. Viktor kann sehr rücksichtslos sein, vor allem, wenn er unter Hermanns Einfluss steht. Ich fürchte, dass die Gefahr für euch beide sehr groß ist."

„Aber es *muss* einen Weg geben!", rief Rahel.

„Ihr solltet so schnell wie möglich heiraten, dann kann er euch nichts mehr anhaben. Allerdings wird es hier in Wölfelsgrund unmöglich sein, solange Viktor und Hermann anwesend sind."

„In Neiße wohnt meine Familie", meinte Grüning. „Ich muss sie ohnehin besuchen, um die Dinge der Vergangenheit zu bereinigen. Rahel könnte mich begleiten und wir würden dort heiraten."

„Mir ist alles recht, wenn ich nur bei dir bin und deine Frau werde", antwortete Rahel und lehnte sich an ihn. „Es sollte nur bald geschehen, da Behrendt dich hat kommen sehen."

„Der Hotelier? Das ist allerdings gefährlich." Frau von Bredow faltete die Hände. „Es wäre am sichersten, wenn Sie noch in dieser Nacht mit Rahel aufbrechen würden. Doch das wird Ihres

Dienstes wegen wohl kaum möglich sein? “ Sie sah ihn fragend an.

Grüning nickte. „Ich muss erst einige Vorbereitungen treffen und meinen Vertreter einweisen.“

„Aber Sie müssen unbedingt in den nächsten Tagen mit Rahel abreisen, bevor mein Bruder und mein Mann etwas unternehmen können.“

„Ich werde meine dienstlichen Obliegenheiten so rasch wie möglich regeln, benötige dazu aber wenigstens einen Tag.“ Grüning legte den Arm um seine Braut. „Im Vertrauen auf Gott wird es uns dennoch gelingen. Wollen wir gemeinsam dafür beten?“

Frau von Bredow war sogleich einverstanden. Und so knieten Grüning und Rahel nieder, und obwohl es ihm noch schwerfiel und die Worte nur stockend über seine Lippen kamen, brachte der Förster ihre Sorgen und Pläne im Gebet vor ihren Gott und befahl sie Seiner Fürsorge und Führung an.

Nach dem *Amen* umarmte Grüning seine künftige Schwiegermutter, und als er sich wieder seiner Braut zuwandte, sah er Tränen in deren Augen.

„Ich hätte mir niemals träumen lassen, dass der grimmige Herr Oberförster einmal mit mir und meiner Mutter beten würde“, sagte sie und wischte sich eine Träne aus dem Augenwinkel.

Er zog sie in seine Arme. „Gott tut auch heute noch Wunder. Er hat mich nicht einfach laufen lassen, sondern hat sich mir nach meiner jahrelangen Flucht schließlich selbst in den Weg gestellt.“

„Bitte, Albert, nehmen Sie noch ein Weilchen bei uns Platz“, versuchte Frau von Bredow die gerührte Stimmung zu überbrücken. „Ich werde Champagner kommen lassen – schließlich soll trotz aller Schwierigkeiten die Verlobung meiner einzigen Tochter ein wenig gefeiert werden.“

Kurz darauf perlte der Schaumwein in den Gläsern, doch Grüning konnte den traulichen Abend mit Braut und Schwiegermutter nicht recht genießen. Die drohende Gefahr durch Viktor von Bredow und Hermann Wittemann machte ihn unruhig, wobei er weniger an sich selbst als vielmehr an Rahel dachte, die wahrscheinlich mehr von ihrem Vater zu erdulden hatte als er.

Nachdenklich schlürfte er den edlen Champagner. Es war

wirklich ärgerlich, dass Behrendt ihn gesehen hatte. Ohne die Entdeckung würden sie nicht so überstürzt handeln müssen, um zu verhindern, dass Herr von Bredow noch gegen seine Verbindung mit Rahel einschreiten könnte. So aber würde der Kampf spätestens morgen beginnen – wenn nicht sogar schon heute Abend.

Kapitel 34

Als Grüning sich erhob, um sich endlich auf den Weg in den Hochwald zu machen, hielt Rahel seine Hand fest. „Albert, es ist schon so dunkel. Kannst du nicht hier im Dorf bei Franz Marwitz übernachten?“

Er lachte. „Aber Rahel, ich muss doch dringend zurück, um unsere Abreise vorzubereiten. Außerdem ist der Wald mein guter Freund, auch wenn es dunkel ist. Was soll schon geschehen?“

„Ich habe ein ungutes Gefühl. Was ist, wenn du meinem Vater und Onkel Hermann begegnest?“

Er strich ihr über den blonden Scheitel. „Deine Mutter hat uns doch versichert, dass sie donnerstags nie früher als um Mitternacht zurückkehren. Jetzt ist es gerade neun Uhr. Bleibt mir also noch reichlich Zeit, das Dorf zu verlassen. Ich habe vielmehr Angst um dich!“

„Um mich?“ Das Erstaunen in ihren geweiteten Augen war unübersehbar. „Was sollte mir schon geschehen?“

„Schließlich bist du es, die deinem Vater zuerst begegnen und seinen Wutausbruch zu ertragen haben wird.“

„Ich ertrage meinen Vater bereits mein Leben lang“, erwiderte sie mit schmerzlichem Lächeln. „Aber ich mag nicht daran denken, was Onkel Hermann und Vater mit dir tun, wenn sie dich erwischen.“

„Ich werde vorsichtig sein. Wenn morgen die Sonne wieder scheint, wirst du die Schrecken der Nacht vergessen haben.“ Es war für ihn ein völlig neues Gefühl, dass sich ein Mensch um ihn sorgte. Aber er musste sich eingestehen, dass es ihm gefiel.

„Albert, ich möchte dir etwas schenken“, flüsterte sie und nestelte an ihrem Pompadour. Erst konnte er nicht erkennen, nach was sie suchte, bis sie ihm einen schmalen silbernen Ring reichte. „Ich weiß, dass er viel zu eng für dich ist und du ihn deshalb nicht tragen kannst“, lächelte sie verlegen. „Aber ich möchte, dass du ihn an dich nimmst, bis wir einen Trauring tragen – als Zeichen unserer Liebe.“

Ehrfürchtig nahm er den zierlichen Reif entgegen. Er konnte ihn tatsächlich noch nicht einmal an seinen kleinen Finger stecken, weil er für Rahels schlanke Finger gedacht war. Grüning steckte ihn in seine Tasche und umfasste ihre beiden Hände. Er fand keine Worte, so überwältigt war er von ihrer Liebe. Aber er brauchte keine Worte, er wusste, dass sie ihn auch so verstand.

Nach einem langen Abschiedskuss verließ er endlich das Hotel. Es hatte noch immer nicht aufgehört zu regnen, sodass er seinen Schirm wieder aufspannen musste.

Schon nach kurzer Zeit ließ er die Häuser des Dorfes hinter sich und stieg den Weg zum Hochwald empor. Der Regen rauschte auf das Laubdach hernieder und der Wind heulte in den Baumkronen. Jetzt kam sogar ihm der Wald unheimlich vor, obwohl er die nächtlichen Gänge gewohnt war. Wie riesige schwarze Männer standen die Bäume um ihn herum – und unwillkürlich musste er an die eisstarrenden Bäume denken, die damals seinen Weg gesäumt hatten, als er auf der Suche nach Katharina Bücker gewesen war.

Vor zwanzig Jahren hatte seine Liebe in einer Katastrophe geendet. Würde es diesmal anders sein? Schon jetzt zeichneten sich scheinbar unüberwindliche Gefahren ab. Würde ihre Liebe diese Kämpfe bestehen? Oder war er dazu verdammt, immer dann, wenn er das Glück zu finden glaubte, zu unterliegen? Doch jetzt kannte er den, an den er sich wenden durfte, und ein stummes Gebet löste sich aus seiner Seele und stieg zum Himmel empor.

Als er den Abzweig zur Altenburg erreichte, überlegte er, ob er heute wirklich noch nach dem Hochwasser sehen sollte. Es war schon spät, dunkel und überdies war er trotz des Regenschirms nass geworden, sodass er am liebsten ohne Umweg sein Forsthaus aufgesucht hätte.

Aber er musste, bevor er mit Rahel abreisen konnte, unbedingt noch einmal an der Altenburg nach dem Rechten sehen und morgen würde er wegen der Reisevorbereitungen nicht dazu kommen. Denn er musste noch dringende Post erledigen, seine Jäger für die Zeit seiner Abwesenheit instruieren, und morgen früh hatte er noch den Termin mit dem Direktor der Sägemühle in Breslau

– für das Hochwasser blieb ihm da keine Zeit. Also überwand er sich und bog zur Altenburg ab.

Schon bald drang ein gewaltiges Rauschen an sein Ohr, das das eintönige Plätschern des Regens und das Heulen des Windes übertönte. Das war die Wölfel, die an der Altenburg steil zu Tal donnerte. Wenn das Flüsschen hier schon so laut zu hören war, musste es wirklich bedrohlich angeschwollen sein. Ob die alte Holzbrücke noch hielt?

Von der Altenburg aus würde er sie wegen der Dunkelheit nicht sehen können. Also bog er rasch vom Weg ab und eilte zwischen den Bäumen hindurch die kurze Strecke zur Brücke hinüber. Seine Befürchtungen bestätigten sich, denn der dort verlaufende Waldweg endete vor einem reißenden Strom. Von der Brücke schien nicht ein einziger Balken stehengeblieben zu sein. Wenn es bei der Altenburg ähnlich aussah, würde sein Forst schwere Schäden erleiden. In Ufernähe stehende Bäume könnten reihenweise umgerissen werden. Würde er unter diesen Umständen überhaupt verreisen können?

Er wandte sich um und lief zurück. Als er wieder auf den Weg zur Altenburg einbog, beschleunigte er seinen Schritt noch mehr, bis endlich die Lichtung vor ihm lag. Die Burg konnte er kaum als Schemen erkennen, so greifbar war die Finsternis. Aber da er mit seinen Stiefeln bereits durch flaches Wasser lief, musste also die ganze Lichtung bereits ein großer See sein. Ob der Damm, der in den vergangenen Jahren die Ruinen und den unterirdischen Gang mit dem Verlies vor Hochwasser geschützt hatte, noch intakt war, vermochte er nicht zu erkennen.

Albert Grüning wollte soeben weiterwaten, um nach dem Damm zu sehen, als ihn unvermittelt der Strahl einer Blendlaterne traf. Im gleichen Moment legte sich ein Arm wie ein Schraubstock um seinen Hals und an seinem Ohr hörte er die gezischten Worte: „Haben wir dich endlich, du Schuft!“

Nur einen Moment lang war er vor Überraschung wie gelähmt, dann erwachte sein Kampfeswille. Obwohl er nichts sehen konnte, schlug er mit dem Regenschirm in die Richtung, wo er seinen Angreifer vermutete. Ein wütender Fluch zeigte ihm, dass er getroffen hatte.

Der Griff um seinen Hals lockerte sich für einen Augenblick, und Grüning ließ frische Luft in seine Lungen strömen. Doch da erhielt er aus einer anderen Richtung einen Schlag in die Magengrube, dass er sich zusammenkrümmte. Scheinbar hatte er es mit mehreren Angreifern zu tun.

„Elendes Schwein!“ Das war Wittemanns Stimme. „Jetzt erfährst du, wie es dem ergeht, der meinem Sohn die Braut ausspannen will!“

Ein erneuter Schlag in den Bauch, den Grüning auch mit seinem Schirm nicht abwehren konnte, ließ ihn zu Boden gehen. Die eiskalte Nässe des Wölfelwassers drang durch seine Uniform. Wie ein Blitz durchzuckte ihn der Schmerz, als er einen derben Stiefeltritt in die Rippen bekam.

„Meine Tochter wirst du nie bekommen, auch wenn du dich bei ihrer Mutter einschmeichelst, verstanden?“ Das musste also Herr von Bredow sein. Wie hatten sie nur so schnell von seinem Besuch im Hotel erfahren? Und wie kamen sie darauf, ihn gerade an der Altenburg zu überfallen?

„Aufstehen!“, brüllte eine dritte Stimme. Gleichzeitig traf ihn ein weiterer Tritt am Kopf. „Los, krümm dich nicht auf dem Boden wie eine Schlange, du lächerliches Abbild eines Oberförsters! Steh auf, wenn du ein Mann bist!“

Prussak! Vieles, das er bisher nur geahnt hatte, wurde mit einem Mal zur Gewissheit. – Prussak war also tatsächlich der Verräter aus seiner nächsten Umgebung, vielleicht sogar der Wilddieb selbst. Und dass Wittemann bei all dem seine Hände im Spiel hatte, war nun auch offensichtlich.

„He! Hörst du nicht, was dir befohlen wurde?“ Das war wieder Wittemanns Stimme. „Du sollst aufstehen!“

Mühsam richtete sich Grüning auf. Sein Kopf drohte zu zerspringen und durch seine rechte Seite schoss eine Welle des Schmerzes. Wahrscheinlich waren seine Rippen gebrochen. Endlich hatte er es geschafft und stand auf seinen Füßen. Der Schein der Laterne erhellte die Gesichter der drei Männer, die ihn mit höhnischem Grinsen ansahen.

Prussak trat vor und gab ihm eine schallende Ohrfeige, dass

sein Kopf zur Seite flog. „Der Tag der Abrechnung ist da, Albert Grüning." Es folgte eine weitere Ohrfeige, diesmal auf die rechte Wange, dass Grüning tausend Blitze vor seinem Auge sah. „Dein Spiel ist aus, Oberförsterlein."

Wittemann zog den Jäger an der Schulter zurück. „Es ist gut, Prussak. Du schlägst ihn sonst ohnmächtig, und dann könnte es geschehen, dass er nicht mitbekommt, was wir noch mit ihm tun. – Und das wäre doch äußerst schade, nicht wahr, lieber Freund?" Er näherte sein Gesicht dem des Försters, dass er den nach Zigarilloqualm stinkenden Atem riechen konnte.

Grüning wandte den Kopf ab.

„Sieh mich gefälligst an, wenn ich mit dir rede!", donnerte Wittemann ihm entgegen und riss Grünings Kopf herum.

Am liebsten hätte Grüning in dieses höhnisch lächelnde Gesicht geschlagen, doch von Bredow hielt seine Arme von hinten fest. Also tat er das, was ihm niemand verwehren konnte: Er spuckte seinem Feind in die grinsende Fratze.

Für einen Augenblick erstarrte Wittemann, als könne er diese Tat nicht fassen. Doch dann versetzte er ihm einen Schlag ins Gesicht, dass Grüning in die Knie gesackt wäre, wenn von Bredow ihn nicht von hinten festgehalten hätte.

Wie aus weiter Ferne hörte er die Stimme Wittemanns schreien: „Los, weg mit ihm."

Von Bredow riss ihn mit sich. Grüning hätte beinahe aufgestöhnt, weil wieder der stechende Schmerz durch seine rechte Seite schoss, doch sein Stolz hielt die Äußerung des Schmerzes zurück. Prussak und Wittemann nahmen ihn zwischen sich und stießen ihn vorwärts in den See hinein, der sich um die Altenburg gebildet hatte.

Was hatten sie mit ihm vor? Würde Wittemann seine Drohung wahrmachen und ihn tatsächlich töten? Scheinbar schreckten diese drei Männer wirklich nicht vor einem Mord zurück. Für einen kurzen Augenblick dachte er an Rahel. Würde er sie noch einmal wiedersehen? Doch die Flüche und rauen Stöße der Männer brachten ihn schnell wieder in die Gegenwart zurück.

Sie gingen mit ihm auf die Altenburg zu. Er war froh, dass

er seine hohen Stiefel trug, denn aus den Flüchen seiner Angreifer schloss er, dass ihnen das Wasser bereits oben in die Stiefel lief. Aber je mehr sie sich der Ruine näherten, desto flacher wurde es, da die Burg leicht erhöht lag. Sie führten ihn an dem Gemäuer vorbei, und bald ahnte er das Ziel. Sie näherten sich dem Eingang des unterirdischen Ganges, der zum Verlies der Burg führte.

Der Eingang lag etwas höher, sodass er wahrscheinlich noch aus dem Wasser ragte und daher auch der Gang noch trocken sein musste. Wenn sie ihn dorthin brachten, würden sie ihn wahrscheinlich nicht sofort töten, hoffte er. Immerhin besaß er einen Schlüssel zu der Tür, aber die Männer waren bestimmt nicht so dumm, ihm diesen zu lassen. Fieberhaft überlegte er, ob es nicht noch eine andere Möglichkeit gab, aus dem Verlies zu entkommen.

Als sie sich dem Eingang näherten, spürte er tatsächlich nur noch den aufgeweichten Boden unter seinen Füßen. Sie hatten den überspülten Teil der Lichtung verlassen.

„So, Freund Grüning, wir haben ein wunderschönes Hotelzimmer für dich gebucht, wo du mit deiner Braut Hochzeit feiern kannst." Wittemann lachte dreckig.

Von Bredow lachte mit. „Nur dazu muss sie dich erst finden. Und das wird ihr nicht gelingen."

Prussak leuchtete Grüning mit der Blendlaterne ins Gesicht. „So, und nun gib den Schlüssel her."

Grüning rührte sich nicht. Sollten sie ihn doch selbst suchen, vielleicht ergab sich dadurch eine Möglichkeit zur Flucht.

„Antworte! Wo ist der Schlüssel?" Prussak trat ihm brutal vors Schienbein, dass er die Zähne aufeinanderbeißen musste, um nicht laut aufzustöhnen.

„So kommen wir nicht weiter. Er gibt ihn ohnehin nicht freiwillig her." Wittemann ergriff Grünings Arm und drehte ihn beinahe aus dem Gelenk. „Los, durchsuchen."

Von Bredow packte seinen anderen Arm, während Prussak sich vorbeugte und begann, seine Taschen abzutasten. Grüning sah seine letzte Möglichkeit gekommen. Er nahm alle Kraft zusammen, biss auf die Zähne und rammte Prussak sein Knie in den Bauch. Gleichzeitig riss er seine Arme nach vorne, um sich aus dem Griff der beiden anderen Männer zu befreien. Bei von Bredow gelang es ihm um ein Haar, aber Wittemann umklammerte seinen Arm wie ein Schraubstock.

„Schön hiergeblieben.“ Wittemann gab ihm einen Schlag in die verletzte Seite, dass ihm die Luft wegblieb.

Doch auch Prussak keuchte. Mit wutverzerrten Gesicht baute er sich vor ihm auf. Und dann rammte er Grüning plötzlich ebenfalls sein Knie in den Unterleib, dass er vor Schmerz beinahe ohnmächtig wurde.

Kraftlos hing er in den Armen seiner Peiniger, während Prussak erneut seine Taschen durchfingerte. Wie in Trance fürchtete er nur noch, dass er ihm auch Rahels Ring wegnehmen würde, aber er suchte offenbar nur nach dem unförmigen Schlüssel, den er kurz darauf hervorzog und triumphierend schwenkte.

„Los jetzt, fort mit ihm.“ Wittemann riss ihn herum und zog ihn Richtung Gang.

Prussak stieg zuerst hinein, Wittemann und von Bredow folgten mit Grüning. Unsanft stießen sie ihn vorwärts, bis sie vor der eisernen Tür standen. Prussak rasselte mit den Schlüsseln, als er die Tür öffnete.

„So, mein Herr, darf ich bitten?“ Er machte eine übertriebene Verbeugung. „Und bitte gestatten Sie mir, dass ich die Gelegenheit wahrnehme, mich Ihnen vorzustellen: Valentin Prussak, der neue Oberförster des Schneeberger Forstes.“

Grüning würdigte ihn keines Blickes. Kurz überlegte er, ob er sich noch einmal dagegen wehren sollte, hier eingesperrt zu werden, aber in seinem Zustand hatte er ohnehin keine Aussicht auf Erfolg gegen die Übermacht der drei Männer. Und er wollte nicht riskieren, noch mehr Verletzungen zu erleiden. Also ließ er sich in das Verlies stoßen, gab aber dem Bedürfnis nicht nach, sofort auf die Erde zu sinken. Aufrecht blieb er stehen und sah seine Peiniger an.

„Haben wir nicht eine exquisite Suite für Sie erkoren?“, höhnte Wittemann. „Ich bin überzeugt, dass Eure Exzellenz sich hier wohlfühlen werden.“

„Sollten Sie ein Bedürfnis haben, klopfen Sie einfach an die

Tür“, setzte von Bredow fort. „Vielleicht haben Sie Glück, und es erscheint ein dienstbarer Geist.“

„Ehrenwerte Exzellenz mögen verzeihen, dass wir Sie nun allein lassen müssen, aber es ist schon spät. Gewiss wünschen Sie in Ihrem Alter den nötigen Schlaf.“ Prussak trat zur Tür und rasselte mit den Schlüsseln wie ein Kerkermeister.

Von Bredow und Wittemann machten eine tiefe Verbeugung. „Grämen Sie sich nicht, dass niemand Ihr Logis mit Ihnen teilt“, grinste Wittemann. „Sie haben ja lange genug im Forsthaus allein gelebt, sodass es Ihnen nicht schwerfallen dürfte.“

Lachend zogen sich die drei Männer in den Gang zurück, dann fiel die Tür donnernd ins Schloss und der Schlüssel wurde zweimal herumgedreht. Die Stimmen der drei Männer verhallten und ihn umgab nur noch das Donnern der Wölfel.

* * *

Wittemann, von Bredow und Prussak verließen den Gang und kehrten durch den See, den die Wölfel um die Altenburg gebildet hatte, auf den Weg zum Dorf zurück. Wittemann rieb sich schadenfroh die Hände. Der Plan war besser geglückt, als er zu hoffen gewagt hatte. Der Förster hatte kaum noch Gelegenheit zur Gegenwehr gefunden und saß jetzt sicher in seinem Verlies, aus dem kein Entrinnen möglich war.

Er hörte Prussak leise lachen.

„Nun, verehrter Herr Oberförster in spe, sind Sie endlich überzeugt, dass ich mein Wort halte?“, fragte er.

„Es hat aber reichlich lange gedauert“, antwortete Prussak brummend.

Wittemann atmete tief durch. Dieser Jäger konnte scheinbar nie zufrieden sein. Es wurde Zeit, dass er ihn ebenfalls unschädlich machte.

„Wie lange soll Grüning nun im Kerker schmachten?“, fragte von Bredow.

Wittemann gab Prussak rasch einen Stoß mit dem Ellenbogen, damit dieser ihn nicht verriet. „Ich denke, einige Tage werden genügen, Viktor", gab er zur Antwort. Er durfte seinen ängstlichen Schwager nicht mit seiner wahren Absicht vergraulen.

„Diese Tage werden ihm guttun", lachte von Bredow. „Was fällt diesem Fatzke überhaupt ein, sich meiner Tochter zu nähern!"

Im unsicheren Schein der Blendlaterne versuchte Wittemann, Prussak zu beobachten, doch konnte er dessen Gesichtszüge nicht erkennen. Offenbar hatte er den Rippenstoß richtig gedeutet, denn er blieb still.

„Es ist ein fantastisches Gefühl, diesen Mistkerl in gutem Gewahrsam zu wissen", freute sich Wittemann. „Wenn wir ihn nicht lassen, wird er nie wieder dort herauskommen."

„Wenn es nach mir ginge, würde er dort verrotten", knurrte Prussak.

Weder von Bredow noch Wittemann entgegneten etwas darauf, und so legten die drei Männer den weiteren Weg nach Wölfelsgrund schweigend zurück.

Wittemann genoss diesen Weg trotz der Nässe. Die Überwältigung Grünings hatte in ihm ein Hochgefühl ausgelöst, das er sich so schön gar nicht vorgestellt hatte. Jetzt musste er nur darauf achtgeben, dass sein Schwager nicht herausfand, dass Grüning im Kerker sterben sollte. Sonst könnte es geschehen, dass er durch eine unbedachte Handlung seinen fein ausgeklügelten Racheplan zunichtemachte. Obwohl er von Bredow noch finanziell in der Hand hielt, war es sicher besser, ihn ohne dieses Druckmittel bei Laune zu halten.

Als sie in die Nähe des Hotels *Zum gelben Dragoner* kamen, hielt Prussak ihn zurück. „Noch ein Wort, Herr Wittemann."

„Geh nur voran, Viktor", sagte er zu seinem Schwager und blieb bei dem Jäger stehen. Er ahnte schon, was dieser wollte. „Warten Sie, Prussak." Er sah von Bredow nach, bis dieser im Hotel verschwunden war. „Jetzt können wir reden. Es geht um Grüning, nicht wahr?"

Prussaks Zähne knirschten aufeinander. „Grüning muss sterben."

„Und er wird sterben. Machen Sie sich darüber keine Sorgen."

„Ihre Worte klangen eben anders."

Wittemann wies mit dem Kopf zum Hotel. „Dieser Weichling wagt es nicht, einen Menschen vom Leben zum Tode zu befördern. Ich musste ihm versprechen, dass wir Grüning nicht töten, damit er uns begleitete."

„Ich werde dafür sorgen, dass dieses Versprechen nicht eingehalten wird."

„Dafür brauchen Sie nicht zu sorgen. Das erledigen Hunger und Durst auf viel elegantere Weise."

Unvermittelt packte der Jäger ihn am Kragen. „Ich warne Sie." Seine Stimme klang gefährlich leise. „Sollte ich erfahren, dass Grüning überlebt, überleben Sie nicht."

Wittemann spürte, dass Prussak es ernst meinte. „Es liegt ganz in Ihrer Hand, dass Grüning diesen Kerker nicht mehr lebend verlassen wird. Immerhin sind Sie im Besitz beider Schlüssel."

„Ich lasse mich nicht zum Narren halten. Wenn Sie unbedingt wollen, kommen Sie auch ohne Schlüssel in den Kerker." Er stieß ihn mit der Faust zurück. „Aber bevor das passiert, steige ich in das Verlies und drehe Grüning eigenhändig den Hals um. Seit Jahren verweigert er mir die fällige Beförderung – dafür werde ich ihn befördern. Und zwar zur Hölle."

„Machen Sie keinen Unsinn, Prussak. Gehen Sie nicht allein zum Verlies. Es könnte sein, dass der verzweifelte Förster Sie überwältigt und entflieht. Dann wird es nichts mit Ihrem neuen Posten."

„Ich werde dafür sorgen, dass Grüning nicht entkommt. So wie Sie mir nicht entkommen werden, wenn Grüning überlebt. Gute Nacht." Der Jäger drehte sich auf dem Absatz um und verschwand in der Dunkelheit.

Wittemann fluchte leise vor sich hin. Er hasste es, bedroht zu werden und nachgeben zu müssen. Zwar wollte auch er nichts anderes als Grünings Tod, aber Prussak hatte ihm nicht vorzuschreiben, was und wie er das tat.

Kapitel 35

Die engen Mauern des Kerkers legten sich schwer auf Grünings Gemüt. Es waren erst wenige Minuten vergangen, seitdem die Tür hinter seinen drei Peinigern ins Schloss gefallen war, aber er spürte schon, wie die Verzweiflung an ihm zu nagen begann. Er wusste, durch diese Tür war kein Entrinnen möglich. Trotzdem musste er seiner Verzweiflung Luft machen. Mit beiden Fäusten hämmerte er gegen das kalte Metall der Tür, obwohl ihm klar war, dass ihn niemand hören würde. Wann kam schon einmal ein Mensch zur Altenburg? Selten genug, und noch seltener bei Nacht und Regen. Und selbst wenn dieser glückliche Zufall eintreten würde, würden seine Schreie doch vom Tosen der Wölfel übertönt.

Er wandte sich von der Tür ab und lief in dem engen Raum auf und ab. Er kannte das Verlies gut genug, um trotz der Dunkelheit zu wissen, dass es keine Fluchtmöglichkeit gab. Der Turm war rund und maß etwa fünf Ellen im Durchmesser. In ungefähr sechs Ellen Höhe befand sich eine kleine Licht- und Luftöffnung, die außen knapp über der Erdoberfläche mündete. Allerdings war sie unmöglich zu erreichen, denn die Wände waren aus glattem Stein gemauert und boten keinen Halt, um an ihnen emporzuklettern. Die einzige Möglichkeit, vom Boden aus ein wenig in die Höhe zu kommen, war ein großer Felsblock, den die Erbauer der Burg wohl nicht hatten beiseite räumen können. Doch die Luke konnte er von dort aus noch lange nicht erreichen, und außerdem war sie sehr eng, wahrscheinlich zu eng, als dass er sich hindurchzwängen könnte.

Es war sinnlos, über eine Flucht nachzudenken. Er war gefangen wie der ärmlichste Söldner des Mittelalters. Seine einzige Hoffnung blieben seine Feinde. Was mochten sie mit ihm vorhaben? Würden sie noch einmal zurückkehren? Wenn sie ihn umbringen wollten, wie Wittemann ihm angedroht hatte, warum hatten sie ihn dann nicht einfach erwürgt und in die Wölfel geworfen? Dann wäre er irgendwo angespült worden, und jedermann hätte geglaubt, er sei vom Hochwasser mitgerissen worden und ertrunken.

Ob sie ihn doch nur ein paar Stunden oder schlimmstenfalls Tage einsperren und Todesängste ausstehen lassen wollten, um ihn dann wieder laufen zu lassen? Er konnte sich allerdings nicht vorstellen, dass sich der von Hass erfüllte Wittemann damit zufriedengeben würde. Was könnte es dann sein? Vielleicht würden sie noch einmal wiederkommen, um ihn zu quälen. Dann könnte es vielleicht sogar eine Fluchtmöglichkeit für ihn geben. Oder sie ließen ihn einfach hier verrotten, ohne dass ihn jemals ein Mensch finden würde. Das wäre allerdings die einfachste Lösung, ihn zu beseitigen, ohne dass sie sich die Finger schmutzig machen mussten.

Grüning nahm seine Wanderung durch den Kerker wieder auf. So sehr er auch grübelte, er fand keinen Ausweg. Er konnte sich nicht erinnern, jemals in einer solch aussichtslosen Lage gewesen zu sein. Ob im Krieg oder bei dem Duell oder bei der Verfolgung des Wilddiebs – er hatte sein Schicksal immer noch bis zu einem gewissen Maß selbst in der Hand gehabt. Jetzt aber musste er dem Tod ins Auge sehen, und zwar einem quälend langsamen Tod, ohne die geringste Möglichkeit zur Gegenwehr zu haben.

Er lehnte sich an die feuchte Wand des Kerkers und starrte in die Finsternis. Rahels Bild tauchte vor ihm auf, und er spürte, wie ihm warm ums Herz wurde. Sollte es eben am Hotel ein Abschied für immer gewesen sein? Hätte er doch auf sie gehört und bei Marwitz übernachtet! Aber wie konnte er so etwas ahnen!

Rahel und ihre Mutter hatten Wittemann und von Bredow in der Wirtschaft vermutet – woher hatten sie alles so unglaublich schnell erfahren? Und wie hatten sie ihn dann auch noch so schnell im Wald gefunden? Sollte Behrendt etwa mit ihnen unter einer Decke stecken? Er meinte, sich erinnern zu können, diesem gegenüber eine Bemerkung fallen gelassen zu haben, dass er noch an der Altenburg nach dem Hochwasser schauen wollte. Wenn Behrendt auch dieses Detail an Wittemann weitergegeben hatte, wäre es jedenfalls erklärlich, warum sie ihn ausgerechnet hier überfallen hatten.

Grüning ballte die Fäuste. Ihn packte eine ohnmächtige Wut, dass er so hilflos hier saß und nur auf den Tod warten konnte.

Aber war er wirklich hilflos? Beinahe schämte er sich, dass er erst jetzt an seinen Gott dachte, der ihn auch aus ausweglosen Lagen befreien konnte. Warum hatte er sich erst selbst den Kopf zermartert, bevor er seine Schwierigkeit zu Gott brachte?

Er faltete die Hände und richtete den Blick nach oben, auch wenn er in der Dunkelheit nichts sehen konnte. Aus seinem Herzen stieg ein Hilfeschrei zu seinem himmlischen Vater hinauf. Zwar änderte sich seine Lage nicht, aber er wusste, dass er seine Angst abgeben durfte und sich nun ein anderer um ihn kümmerte.

* * *

Viktor von Bredow erwachte am nächsten Morgen spät und herrlich ausgeschlafen. Der Sieg über den Oberförster hatte ihn sogar in seine Träume begleitet, aber seine Freude wuchs, als ihm beim Erwachen klar wurde, dass es Wirklichkeit war. Grüning steckte im Kerker, und er würde mit seiner Familie in den nächsten Tagen heimwärts reisen, ehe der Förster wieder freigelassen wurde.

Er wusste nicht genau, wie Wittemann verhindern wollte, dass Grüning sie nach seiner Freilassung verriet. Aber wahrscheinlich hatte er als angesehener Ministerialdirektor Möglichkeiten genug dazu. Er sollte sich besser nicht so viele Gedanken darüber machen, denn das war Sache seines Schwagers. *Seine* Aufgabe war, Rahel beizubringen, dass Grüning tot sei. Das wollte er gleich als erstes hinter sich bringen – aber nach dem Frühstück. Mit leerem Magen ließ sich so etwas nicht erledigen.

Im Speisesaal des Hotels erfuhr er, dass seine Frau und Tochter bereits vor zwei Stunden gefrühstückt hatten. Kein Wunder, da es fast zehn Uhr war. So begann er den Tag allein, aber mit knusprigen Brötchen, Rührei und einem ordentlich gezuckerten Kaffee, der ihn stärkte für die Taten, die heute vollbracht werden mussten.

Nun, mit Rahel würde er schon fertig werden. Zwar hatte er ihr den Oberförster nicht aus dem Kopf schlagen können, aber wenn sie nun von seinem Tod erfuhr, konnte sie unmöglich weiter an ihm festhalten. Er hatte sich eine schöne Geschichte zurechtgelegt, unter welchen Umständen Grüning zu Tode gekommen sei

– und diese Geschichte ließ den Förster selbstverständlich nicht im besten Licht erscheinen.

Rahel würde ihm seine Mitteilungen zweifellos glauben, gutgläubig wie sie war, und es gab niemanden, der etwas anderes erzählen konnte. Denn die einzigen, die wussten, dass Grüning noch lebte, waren Prussak, Wittemann und er selbst.

Von Bredow schlürfte den Rest seines Kaffees, zündete sich eine Zigarre an und stolzierte aus dem Speisesaal. Sein Triumphgefühl verlieh ihm Flügel, jedenfalls hatte er den Eindruck, als schwebe er durch die Flure des Hotels. Er hielt vor der Tür zu den Räumen seiner Frau inne, weil er Rahel – wie zumeist an regnerischen Vormittagen – bei ihrer Mutter vermutete.

Ohne anzuklopfen, öffnete er und trat rasch ein. Der blonde und der weißhaarige Kopf fuhren hoch. Vor den beiden Frauen lag ein dickes Buch auf dem Tisch.

„Ihr habt wohl wieder nichts Besseres zu tun, als in der albernen Bibel zu lesen?“, spottete er.

Frau von Bredow legte ihre Hand auf die Seiten. „Es ist Gottes heiliges Wort, Viktor“, erwiderte sie.

„Pah, wer glaubt denn dieses Märchen noch!“ Er stellte eine Zigarrenwolke in den Raum. „Ich habe mit dir zu reden, Rahel.“

Er bemerkte, wie ihre Augen sich weiteten. Im Stillen genoss er ihre Angst. Offenbar hatte sie ein schlechtes Gewissen wegen des gestrigen Abends und fragte sich wohl, ob er bereits etwas wusste. Also beschloss er, sie ein wenig auf die Folter zu spannen.

„Aus deiner Verlobung wird nichts“, sagte er und zog sich einen Stuhl heran.

„Meine Verlobung?“ Entsetzen, gemischt mit Erstaunen malte sich auf ihren Zügen ab.

Frau Wilhelmine griff nach der Hand ihrer Tochter. „Das ist sehr gut, Viktor. Lothar Wittemann wäre nicht der richtige Mann für Rahel.“

Von Bredow ließ ein hintergründiges Lächeln sehen. Seine Frau hatte gut gekontert, aber er ließ sich nicht ins Bockshorn jagen. „*Diese* Verlobung meine ich nicht“, entgegnete er. „Meine

Tochter beliebte sich hinter meinem Rücken anderweitig zu verloben. Aber daraus wird nichts."

„Woher weißt du ...?", entfuhr es Rahel.

„Aha, du gibst es also zu", fiel er ihr triumphierend ins Wort. Seine Tochter hatte sich noch nie gut verstellen können. „Du glaubtest also wirklich, mit diesem dahergelaufenen Unhold durchbrennen zu können?"

„Vater, ich begreife nicht ..."

Er lachte. „Ich weiß alles, merke dir das. Vor mir kannst du nichts verbergen." Die erschrockenen Blicke von Rahel und seiner Frau machten ihm Spaß. Er sah ihnen förmlich an, wie sie grübelten, wie viel er wusste. Also beschloss er, ihnen noch nicht alles zu verraten. „Du bist also tatsächlich entschlossen, diesen Förster zu heiraten?"

Eine ganze Weile blickte Rahel zu Boden, als wüsste sie nicht, was sie von dieser Frage halten sollte. Er sah ihr den inneren Kampf an, ob sie ihre Wünsche vor ihm aufdecken sollte, oder ob es besser wäre, zu schweigen. Endlich hob sie den Kopf und sah ihn mit ihren klaren, blauen Augen an. Er konnte nicht anders, er musste diesem Blick ausweichen.

„Ja, Vater. Ich will Albert Grüning heiraten." Rahels Stimme klang ungewöhnlich fest.

Er wusste, dass sie jetzt einen Wutausbruch von ihm erwartete, aber diesen Gefallen tat er ihr nicht. Er nickte nur gewichtig und sagte ruhig: „Daraus wird nichts."

„Ich weiß, dass du es mit allen Mitteln verhindern willst, Vater. Aber du wirst mich nicht davon abhalten."

„Das ist auch nicht mehr nötig." Er seufzte theatralisch. „Wie hat dir dein zukünftiger Schwiegersohn gefallen, Wilhelmine?", wandte er sich an seine Frau.

Als sie schwieg und ihn nur erstaunt ansah, lachte er wieder. „Du wunderst dich? Ich sagte bereits: Ich weiß alles! Auch, dass Grüning gestern hier war, um sich vorzustellen."

„Woher ...?", stammelte Frau Wilhelmine.

„Genug, ich weiß es. Dass ihr es ein für allemal wisst: Ich lasse mich nicht hintergehen!" Er saugte genüsslich an seiner Importierten, bevor er seinen großen Trumpf ausspielte. Durchdringend sah er zuerst seine Frau, dann seine Tochter an, ehe er die Worte wie Hammerschläge in den Raum fallen ließ: „Albert Grüning ist tot."

Rahel schrie auf und starrte ihn mit vor Entsetzen weit aufgerissenen Augen an. „Vater!"

Er gab sich Mühe, sich seinen Triumph nicht anmerken zu lassen. „Solch ein Ende habe ich ihm tatsächlich nicht gegönnt. Aber es war abzusehen."

Fassungslos schüttelte Frau Wilhelmine den Kopf. „Wie konnte das geschehen?"

Von Bredow sagte nur ein Wort: „Selbstmord."

„Das ist nicht wahr!", schrie Rahel und umklammerte den Arm ihres Vaters. „Das würde Albert niemals tun."

„Er hat es bereits in der vergangenen Nacht getan. Dein Onkel Hermann traf ihn gestern Abend auf dem Weg nach Hause."

„Er hat ihn umgebracht!"

„Werde nicht hysterisch, Rahel", versuchte er zu beruhigen. „Du weißt, dass er so etwas nicht tun würde. Dein Onkel konfrontierte ihn noch einmal mit seiner Vergangenheit und versuchte, bei ihm ein Einsehen zu bewirken. Dabei geschah es."

Rahel schüttelte den Kopf. „Ich kann das nicht glauben", murmelte sie.

„Es tut mir leid, dass ich der Überbringer dieser Nachricht sein muss." Er betrachtete sie scharf. Es war wichtig, dass sie zumindest glaubte, dass Grüning tot war. Wenn sie ihm die Geschichte des Selbstmordes abkaufte, umso besser, denn dann würde sie ihn endgültig vergessen.

„Tatsache ist, dass Grüning am Ende des Gesprächs äußerst niedergeschlagen war", fuhr er fort. „Etwas unterhalb der Altenburg überquerten sie die Wölfel – du kennst bestimmt die alte Holzbrücke über den Fluss. Unversehens sprang Grüning über das Geländer. Dein Onkel wollte ihn halten, doch der Förster rief noch etwas von seiner großen Schuld und stürzte sich in die Wölfel."

Da schnellte Rahel empor. „Wenn das stimmen sollte, werde ich ihn suchen. Vielleicht hat er den Sprung überlebt."

Von Bredow hatte diese Reaktion erwartet und sich eine Antwort dafür zurechtgelegt. „Es ist umsonst, Rahel. Grüning wurde kurz unterhalb der Brücke gegen einen Felsen geschleudert. Dein Onkel hörte den Aufprall und Grünings Schrei. Er alarmierte umgehend die Gendarmerie, die ihn unterhalb des Dorfes am Wölfelsfall aus dem Wasser zog. Tot."

Rahel stützte sich auf den Tisch. „Ich kann es nicht glauben", wiederholte sie.

„Du solltest deinen Onkel fragen, er kann es dir in allen Einzelheiten berichten."

Er sah den Unglauben in ihren Augen. War seine Geschichte doch zu unwahrscheinlich? Er hatte wirklich damit gerechnet, dass sie ihm alles glauben würde. Was, wenn sie bei der Gendarmerie nachfragte und erfuhr, dass niemand aus der Wölfel geborgen worden war? Es blieb ihm nur eines übrig: Sie mussten unverzüglich abreisen, ehe Rahel sich von ihrem Schock erholt hatte und wieder klar denken und Nachforschungen anstellen könnte.

„Es tut mir leid", murmelte er und verließ dann rasch den Raum, um Vorbereitungen für die Abreise zu treffen.

Vor der Tür blieb er stehen und ballte die Fäuste. Was war bloß in seine gutgläubige Tochter gefahren, dass sie an seiner Geschichte zweifelte? Jetzt blieb ihm wirklich nichts anderes, als auf die unverzügliche Abreise zu drängen.

Er stürmte aus dem Hotel. „Hans!" Wo steckte der Kutscher nur wieder?

Gerade wollte er zu den Stallungen laufen, als sein Blick auf die Wölfel fiel. Es war unfassbar, wie hoch der Fluss seit gestern gestiegen war! Das Wasser leckte bereits an der Krone des Dammes, der das Hotel gegen Überschwemmungen schützen sollte. Wie mochte es dann erst oben an der Altenburg aussehen?

Von Bredow schauderte. Wenn dort das Wasser auch so angestiegen war, würde das Verlies nicht lange trocken bleiben, und dann musste Grüning eines grausamen Todes sterben. Das durfte nicht geschehen! Wenn die Leiche gefunden würde und die Gendarmerie einmal Ermittlungen aufnahm, konnte er schnell in die größten Schwierigkeiten geraten.

Überhaupt war es leichtsinnig von ihm gewesen, sich darauf

zu verlassen, dass Wittemann und Prussak Grüning nach seiner Abreise aus dem Kerker ließen. Plötzlich fielen ihm die Worte des Jägers wieder ein, die er bei der Gefangennahme Grünings gesagt hatte: *Wenn es nach mir ginge, würde er dort verrotten!* Dummerweise war Prussak der einzige, der einen Schlüssel zum Verlies besaß. Und was hatten die beiden noch miteinander besprochen, als sie am Hotel ankamen und ihn vorausgeschickt hatten?

Von Bredow schwante nichts Gutes. So eilig die Abreise auch war – Grüning musste sofort aus dem Kerker befreit werden. Er würde nicht zulassen, dass ihn dieser finstere Jäger und sein Schwager gegen seinen Willen in einen Mord verwickelten.

Er ließ den Kutscher, der gerade aus irgendeinem Dienstboteneingang herbeigelaufen kam, einfach stehen, und machte sich eilig auf den Weg zur Suite Hermann Wittemanns. Hoffentlich kam er nicht zu spät.

Kapitel 36

In der Nacht hatte Albert Grüning so gut wie gar nicht geschlafen. Daran war nicht nur der harte Boden des Verlieses schuld. Auch seine gebrochene Rippe stach ihn bei jeder falschen Bewegung. Aber vielmehr als das waren es die quälenden Gedanken, die ihn wach gehalten hatten. Zwar wandte er sich immer wieder im Gebet an Gott, den er nun endlich auch als seinen Vater kannte, trotzdem kreisten seine Grübeleien ständig um seine ausweglose Lage und um seine Braut.

Als das Morgenlicht seinen Kerker schwach erhellte, zog er den Ring hervor, den sie ihm geschenkt hatte, als er sich gestern Abend von ihr verabschiedet hatte. Niemals wäre er auf den Gedanken gekommen, dass dies ihr Abschiedsgeschenk sein könnte. Und jetzt war dieses Schmuckstück der einzige Gegenstand, der ihm von ihr geblieben war – und seine Erinnerung.

In der Dämmerung des Kerkers betrachtete er den schmalen, silbernen Ring. Spielerisch versuchte er ihn an den Finger zu stecken, obwohl er wusste, dass er viel zu eng war. Rahel musste erstaunlich zarte Finger haben, dass er ihr passte!

Grüning steckte den Ring wieder in die Rocktasche und rutschte an der Kerkerwand hinunter, bis er in eine sitzende Stellung gelangte. Zwar drang die Kälte des Bodens unangenehm durch seine feuchte Kleidung, aber er konnte auch nicht die ganze Zeit stehen.

Aufstöhnend schlug er die Hände vor das Gesicht. „Mein Gott, willst du mich wirklich elend in diesem Loch verrotten lassen?“

Der Gedanke, hier qualvoll zu Grunde zu gehen, marterte ihn ungeheuerlich. Und gerade jetzt! Wenn er noch der alte, verbitterte Oberförster wäre, ohne Gott und ohne Liebe, dann hätte er es vielleicht als Gottes Strafe verstehen können. Aber warum ließ Gott ihn den Kelch des Glückes an die Lippen setzen, um ihm diesen dann sogleich wieder aus der Hand zu schlagen, wenn er daran nippte? Wozu hatte er sich bekehrt, wenn Gott ihn nun im Stich ließ? Wieso hatte er sich mit Rahel verlobt, wenn es nur für wenige Stunden war? Als einsamer Junggeselle wäre ihm der Abschied leichter gefallen!

„Oh Gott, warum?“, so fragte er immer wieder. Es ergab doch keinen Sinn! Machte es Gott Freude, ihn zu quälen, ihn gerade in dem Augenblick zu Boden zu schmettern, da er meinte, befreit den Kopf heben zu dürfen?

Plötzlich saß er in Gedanken wieder auf dem Mauerrest der Altenburg, vom warmen Sonnenschein beschienen, neben ihm Rahel von Bredow. Er hatte ihr gerade seine ganze Vergangenheit gebeichtet, als sie ihn sanft und freundlich darauf hinwies, dass er immer wieder Gott die Schuld für alles Geschehene gab. Und jetzt tat er es erneut. Er setzte Gott auf die Anklagebank. Aber hätte Gott den Überfall durch die drei Männer denn nicht verhindern können? Warum hatte Er es nicht getan?

„Gott, warum muss alles so schwierig sein? Ich weiß nicht, warum ich hier eingesperrt wurde. Muss ich jetzt noch büßen für das, was ich damals getan habe? Oder willst Du mich einfach nur prüfen, ob meine Bekehrung und mein Vertrauen zu Dir echt sind? Oder ob ich gleich wieder anfange zu murren und Dich anzuklagen?“ Sollte es das sein? Wollte Gott die Echtheit seines Glaubens prüfen? „Dann bitte gib meinem Glauben Kraft, dass ich nicht an Dir zweifle. Auch wenn ich Dich nicht verstehe.“

Plötzlich merkte Albert Grüning, dass ihm Wasser in den Kragen lief. Erschrocken fuhr er aus seiner sitzenden Stellung auf. Wieder durchfuhr ihn der stechende Schmerz und er fasste sich nach Luft schnappend an die Seite. Er hatte nicht an seine verletzte Rippe gedacht.

Aber woher kam die plötzliche Feuchtigkeit? Er besah sich die Mauer, an der er eben noch gelehnt hatte. Von oben her floss kaum merklich Wasser an der Wand herab. Vermutlich kam es durch die Lichtöffnung oben im Turm, die sich außen knapp über der Erdoberfläche befand.

Jetzt sah er es deutlich: Durch die Öffnung rieselte Wasser herein, manchmal weniger, manchmal etwas mehr. Offenbar hatte der kleine Damm, den die Herren von Altenburg vor langer Zeit errichtet hatten, dem Wasserdruck nicht standgehalten. Nun war das Wasser draußen so hoch gestiegen, dass es die Lichtöffnung im Turm erreichte und ihm einen feuchten Morgengruß spendete.

Fassungslos schüttelte Grüning den Kopf. Was bedeutete das für sein Gefängnis? Innerhalb kurzer Zeit würde er nasse Füße bekommen. Immerhin trug er seine hohen Stiefel, aber es würde kalt werden, denn das Wasser aus dem Gebirge war Schmelzwasser.

Und wenn das Wasser im Verlies noch weiter stieg? Dann gab es auch noch den Felsbrocken in seinem Verlies, aber würde dessen Höhe ausreichen? Und was, wenn der noch nicht fertiggestellte Staudamm im Gebirge nicht hielt? Grüning mochte gar nicht weiter darüber nachdenken. Diese Aussichten waren mehr als fürchterlich.

Mit Grausen betrachtete er das Wasser, dass in seinen Kerker floss, zwar langsam, aber stetig. Auf dem Boden bildete sich bereits eine kleine Lache. Musste denn zu allem Unglück auch noch so etwas passieren?

Er dachte wieder an Rahel. Immer mehr wurde ihm bewusst, dass er sie wahrscheinlich nie mehr in seine Arme schließen würde. Er versuchte, sich ihr Gesicht, ihre sanften, blauen Augen vorzustellen, aber es wollte ihm nicht gelingen. Ihr Bild war verschwommen und undeutlich.

„Wenn ich dich nur noch ein einziges Mal wiedersehen dürfte! Wenn ich dir nur noch ein einziges Mal sagen dürfte, dass ich dich grenzenlos liebe!“

Er tastete wieder nach ihrem Ring. Er war das letzte Zeichen ihrer Liebe. Was würde sie von ihm denken, wenn er so spurlos verschwand? Sicherlich würden Wittemann und von Bredow ihr eine passende Geschichte erzählen, warum er nicht wiederkam. Würde sie an ihm zweifeln? Oder würde sie ihm vertrauen, auch wenn sie niemals die Wahrheit erführe?

Aber das alles brachte ihm auch nichts mehr. Ob sie sich von ihm abwandte oder zu ihm stand – er würde nichts davon bemerken. Weil er hier entweder ertrunken oder erfroren, verdurstet oder verhungert war – nichts davon war eine angenehme Vorstellung.

„Ich will noch nicht sterben!“, rief er laut, sodass es unheimlich von der hohen Decke widerhallte. „Bitte, mein Gott, hol mich hier heraus! Bring mich zurück zu meiner Braut! Lass mich nicht so elend verkommen!“

Hatte Gott seinen Hilfeschrei gehört? Er wollte es glauben, denn wenn er jetzt den Glauben verlöre, würde ihn in Kürze die Verzweiflung übermannen. Der Glaube an ein Wunder Gottes war das Letzte, was ihm noch geblieben war. Schaudernd wandte er sich von dem eindringenden Wasser ab. Er mochte gar nicht sehen, wie die Lache auf dem Boden immerfort größer wurde.

* * *

Als die Tür mit lautem Krachen hinter ihrem Vater ins Schloss fiel, schlug Rahel die Hände vors Gesicht und begann haltlos zu weinen. Die Nachricht kam zu überraschend, zu brutal. Alles hätte sie erwartet, jeden Widerstand von ihrem Vater und ihrem Onkel, aber nicht so etwas.

Albert sollte tot sein! Und nicht allein das, er sollte sogar seinem Leben mit eigenem Willen ein Ende gesetzt haben! Es war einfach ungeheuerlich! Ihr Herz krampfte sich zusammen und sie meinte, ihren Tränen nie wieder Einhalt gebieten zu können. Was war ihr Leben ohne ihn? Leer. Einsam. Inhaltslos.

Da legte sich plötzlich eine Hand auf ihren Kopf. Durch ihre Tränen hindurch sah sie ihre Mutter, die mit ihrem Stuhl zu ihr gerollt war und ihr über den Scheitel strich. Sie sagte kein Wort, aber die sanfte Berührung tat ihr unbeschreiblich gut. Hier war noch ein Mensch, der sie liebte, der mit ihr trauerte und der ihr helfen wollte.

Minutenlang ließ sie ihren Tränen freien Lauf, ehe sie mit erstickter Stimme sagte: „Es ist unbegreiflich, Mutter, ich kann es einfach nicht glauben. Und doch hat Vater gesagt, dass er tot ist!“ Bei diesen Worten verstärkte sich ihr Schluchzen. „Ich werde Albert nie wiedersehen. Warum hat er das getan? Hat er gar nicht an mich gedacht?“

Immer noch strich Frau von Bredow ihr über den Kopf. Als

Rahel wieder aufsah, sah sie in den gütigen Augen ihrer Mutter Mitgefühl und Liebe.

„Mutter, ich kann nicht ohne ihn leben."

Endlich begann Frau von Bredow zu sprechen. „Rahel, traust du deinem Bräutigam wirklich zu, dass er so etwas getan hat?"

Verständnislos sah sie ihre Mutter an. „Was meinst du damit, Mutter?"

„Glaubst du wirklich, Albert würde sich umbringen? Würde er freiwillig in die Wölfel springen, jetzt, da er dich gerade erobert hat? Sieht es diesem Mann ähnlich, dass er sich durch Vorhaltungen und Drohungen deines Onkels so sehr einschüchtern lässt, dass er sich das Leben nimmt?"

„Aber Vater hat es doch gerade selbst gesagt!" Rahel konnte nicht begreifen, dass ihre Mutter diese Fragen stellte. Ihr Vater würde sich diese Geschichte doch nicht ausgedacht haben!

Doch wenn sie genauer nachdachte, passte das nicht zu Albert. Im letzten Sommer hatte sie ihn im Disput mit ihrem Onkel erlebt. Da war er allerdings nicht einzuschüchtern gewesen. Wie viel weniger sollte das nach seiner Bekehrung, nachdem seine Schuld von Gott vergeben war, möglich sein!

„Ja, dein Vater hat es gesagt", erwiderte ihre Mutter. „Aber gerade er ist es doch, der das stärkste Interesse daran hat, Albert und dich auseinanderzubringen."

Das stimmte allerdings. Ihr Vater war derjenige, der sie mit Lothar Wittemann zusammenbringen und sie deshalb von Albert Grüning trennen wollte.

„Glaubst du, mein Vater würde mich so schamlos belügen?" Sie flüsterte die Frage nur, weil sie sie kaum zu stellen wagte.

Frau von Bredow seufzte. „Rahel, es tut mir unendlich leid, dass ich so über deinen Vater sprechen muss. Aber ich muss leider gestehen, dass ich ihm solche Gaunereien tatsächlich zutraue."

Rahel traute ihren Ohren kaum. Sie kannte ihren Vater selbst gut und wusste, dass er kein Kind Gottes war und zum Erreichen seiner Ziele auch krumme Wege ging. Aber ihr zu erzählen, Albert Grüning habe Selbstmord begangen, wenn es nicht stimmte, das hatte sie ihm nicht zugetraut.

„Ist mein Vater ein so schlechter Mensch?“

Wieder seufzte ihre Mutter. „Aus seiner Sicht will er sicher nur Gutes für dich und uns, indem er dich mit Lothar verheiratet. Dass es für dich unerträglich wäre, kann er sich nicht vorstellen. Aber um seine Ziele zu erreichen, kann er rücksichtlos sein. Da ist ihm jedes Mittel recht.“

Rahel spürte leise Hoffnung in sich aufkeimen. Wäre es möglich, dass alles nur eine Erfindung ihres Vaters war? „Wenn Vater wirklich ...“, flüsterte sie. „Dann könnte Albert doch noch leben!“

Frau von Bredow lächelte. „Es ist nicht schwer, das herauszufinden. Die Gendarmerie ist zwar in der Kreisstadt Habelschwerdt, aber wenn du den Wagen nimmst, bist du in einer knappen Stunde dort.“

Sie sah ihre Mutter an und nickte langsam. Da ihr Vater erzählt hatte, die Gendarmen hätten Grüning am Wölfelsfall tot aus dem Fluss geborgen, war es naheliegend, bei der Gendarmerie nachzufragen.

„Du könntest auch hinauf in den Hochwald gehen und im Forsthaus nachsehen. Vielleicht sitzt er dort und wartet auf dich“, machte Frau von Bredow einen weiteren Vorschlag.

Rahel musste durch ihre Tränen lächeln. Vielleicht war es wirklich so. Sie grämte sich wegen seines Todes, und er wunderte sich, dass sie nicht zu ihm kam! „Was soll ich nun tun? Die Gendarmerie aufsuchen oder zum Forsthaus gehen?“

Ehe ihre Mutter noch antworten konnte, wurde die Tür aufgerissen und Herr von Bredow stürzte in den Raum. „Ich muss euch bitten, sofort zu packen, wir werden noch heute abreisen.“

„Aber Viktor!“, rief Wilhelmine von Bredow. „Was ist denn in dich gefahren?“

„Geschäftliche Dinge machen meine sofortige Anwesenheit in Breslau erforderlich. Spätestens heute Nachmittag werden wir reisen. Ich muss also um Beeilung bitten.“ Damit war er auch schon wieder aus der Tür.

Zuerst sah Rahel ihre Mutter betroffen an, bis diese sagte: „Wir werden uns beeilen. Aber anders als er denkt. Dein Vater hat deine Frage beantwortet, Rahel. Wir müssen unverzüglich handeln, bevor dein Vater uns von hier wegbringt.“

„Was denkst du? Wo soll ich hin?“

„Selbstverständlich zu ihm. Wenn er noch lebt, wird er dafür sorgen, dass du beschützt wirst. Bestimmt weiß er einen Ausweg, damit ihr nicht getrennt werdet. Denn bist du erst einmal in der Stadt, wird alles ungleich schwieriger.“

„Du sprichst, als wärst du ganz sicher, dass er noch lebt. Wenn er aber nicht mehr lebt?“ Rahel konnte noch immer nicht glauben, dass ihr Vater sie dermaßen hintergehen würde.

Ihre Mutter ließ den Kopf hängen. „Das müssen wir dem Herrn überlassen.“

„Wenn er tot ist, ist ohnehin alles gleichgültig.“ Rahel kamen erneut die Tränen. Was sollte sie sich noch gegen die Pläne ihres Vaters wehren, wenn Albert nicht mehr lebte?

„Noch weißt du nicht, ob die Geschichte deines Vaters stimmt. Womit könnte er dich am einfachsten von Albert losbringen, wenn nicht dadurch, dass er ihn für tot erklärt? Darauf folgt die überstürzte Abreise, damit du keine Nachforschungen anstellen kannst.“ Frau von Bredow wiegte den Kopf. „Das gibt mir zu denken.“

Rahel musste zugeben, dass die Argumente ihrer Mutter sie mehr und mehr überzeugten. Es konnte jedenfalls nicht schaden, wenn sie sich trotz des Wetters auf den Weg zum Forsthaus machte. Vielleicht traf sie ihn tatsächlich zu Hause an, zumindest würde Trine ihr sagen können, ob er gestern Abend nach Hause gekommen war.

Aber was war, wenn ihr Vater sie nicht belogen hatte? Und Albert nicht aufrichtig gewesen war? Wenn nur diese grässlichen Zweifel nicht wären!

„Ich habe Angst, Mutter. Was ist, wenn Albert gelogen hat?“

Ernst sah Frau von Bredow sie an. „Rahel, du wusstest vorher von seiner Vergangenheit. Als er dir alles erzählt hat, hast du ihm uneingeschränkt geglaubt. Wo soll es hinführen, wenn du bei jeder kleinen Unsicherheit an ihm zu zweifeln beginnst?“

Rahel wischte sich die Tränen von den Wangen. „Es fiel mir nicht schwer, ihm zu glauben, als er mir seine Vergangenheit offenlegte. Und als Vater und Onkel Hermann mir ihre Version der Geschichte auftischen wollten, hatte ich auch keinerlei Zweifel. Aber jetzt weiß ich nicht mehr, was ich glauben soll. Dass sie ihn vor mir schlechtmachen wollen, weiß ich. Aber dass Vater ihn fälschlicherweise für tot erklärt, kann ich mir nur schwer vorstellen."

Der Gesichtsausdruck ihrer Mutter wurde beinahe streng. „Wem glaubst du denn mehr? Deinem leider immer noch ungläubigen Vater oder deinem Bräutigam, von dem du selbst mir voller Überzeugung berichtet hast, dass er sich bekehrt habe?"

Da legte sich trotz der Tränen ein Lächeln auf Rahels Gesicht. „Danke, Mutter, ich habe verstanden. Ich werde mich also sofort auf den Weg in den Hochwald machen."

„So ist es recht." Frau von Bredow reichte ihr ein Spitzentaschentuch, damit sie sich die Tränen abwischen konnte. „Du solltest den Hinterausgang nehmen, damit dein Vater dich nicht sieht. Und obwohl du in Eile bist, musst du auf den Wagen verzichten, er könnte es bemerken und dich an der Fahrt hindern."

„Wie traurig ist das alles! Wie ein Dieb muss ich mich aus dem Haus schleichen, um zu erfahren, ob mein Vater mir in Bezug auf meinen Bräutigam die Wahrheit erzählt hat."

„Ja, es ist zum Weinen. Aber nun rasch, mein Kind, ehe dein Vater uns wegen der Abreise bedrängt."

„Was wirst du ihm sagen, wenn er abreisen will und ich nicht hier bin?"

„Mache dir deswegen keine Sorgen. Ich werde schon eine Antwort finden. Und trotz aller Eile – lass uns zusammen beten, bevor du gehst."

Rahel ging vor dem Rollstuhl ihrer Mutter auf die Knie, und Frau von Bredow brachte in schlichten Worten ihre Anliegen vor den großen Gott und bat Ihn um Wegweisung.

Als sich Rahel erhob, umarmte sie ihre Mutter. „Danke."

Sie gab ihr einen Kuss auf die faltigen Wangen und suchte dann rasch ihr Zimmer auf, um sich zum Ausgehen fertigzumachen. Wenig später schlüpfte sie heimlich durch die Hintertür aus dem Hotel.

Kapitel 37

Durch die Luftöffnung drang mattes Tageslicht in das Verlies und erhellte es nur notdürftig. Und unaufhörlich floss Wasser herein. Waren es anfangs dünne Rinnsale gewesen, die an der Mauer herunterliefen, so übertönte das Plätschern des hereindringenden Wassers mittlerweile das eintönige Rauschen des Regens und der Wölfel.

Albert Grüning stand da und starrte nach oben, wo das Verhängnis mit nicht enden wollender Stetigkeit hereinströmte. Über knöcheltief stand es bereits auf dem Boden des Kerkers. Scheinbar stieg der Pegel draußen immer noch weiter, denn er konnte zusehen, wie die Menge des hereinfließenden Wassers zunahm. Ab und zu gab es einen Schwall, der rauschend hereinschoss, offenbar immer dann, wenn eine Welle die Luke erreichte.

Grüning stand kurz davor, den Verstand zu verlieren. Wenn nicht irgendein Wunder geschah, würde er in diesem Verlies ertrinken oder erfrieren, denn das Wasser stieg zwar kaum merklich, aber doch mit tödlicher Gleichmäßigkeit. Und er saß hier fest und hatte keine Möglichkeit zu entkommen.

Immer wieder schrie er zu seinem Gott und flehte um ein Wunder. Doch bis jetzt blieb es aus. Um mit Gott zu hadern, fehlte ihm mittlerweile die Kraft. Er wusste, dass seine einzige Hilfe nur noch aus dem Himmel kommen konnte, und daran klammerte er sich mit aller ihm noch zur Verfügung stehenden Energie. Wenn er jetzt das Vertrauen zu seinem Gott verlor, war nur noch Verzweiflung da.

Hilflos war er den Naturgewalten ausgeliefert. Er konnte nur zusehen, wie das Wasser an ihm in die Höhe stieg: bis zu den Knien, bis zur Hüfte, zur Brust, zu den Schultern – und dann war er wahrscheinlich längst erfroren.

Schon jetzt spürte er, wie die Kälte seine Kleidung durchdrang, denn das eiskalte Schmelzwasser ließ die Lufttemperatur im Verlies drastisch sinken. Zwar war er durch das regelmäßige

Baden in der Wölfel abgehärtet, aber irgendwann würde ihm auch das nichts mehr nützen. Das einzige, das ihm blieb, war, seinen Todeskampf zu verlängern, indem er auf den Felsblock kletterte, der einen Teil des Bodens einnahm. So würde er wenigstens für einige Zeit dem Wasser entrinnen – bis es so weit gestiegen war, dass es ihn auch dort erreichte. Jedenfalls würde es seinen kalten Füßen guttun, aus dem Wasser zu kommen. Eine Erleichterung auf Zeit.

Bei jedem Schritt plätscherte das Wasser zu seinen Füßen, als er sich auf den Felsen zubewegte. Allzu lange würde ihn dieser auch nicht vor dem Wasser retten, denn er war nur knapp zwei Ellen hoch. Trotz seiner schmerzenden Rippe kostete es ihn wenig Mühe, hinaufzugelangen. Auf der halbwegs ebenen Oberfläche fand er einen Platz, wo er zwar nicht bequem, aber doch schmerzfrei sitzen konnte. Er hüllte sich enger in seinen Mantel und schlang die Arme um seinen Körper, denn er fror erbärmlich. Unablässig bewegte er die Zehen in seinen Stiefeln und knetete mit den Fingern seine Arme, um sich aufzuwärmen.

Nun saß er da und wartete – auf den Tod. Oder zuerst darauf, dass der Wasserstand so hoch stieg, dass er erneut nasse Füße bekam. Aber dann gab es keine Möglichkeit mehr, noch höher zu steigen, denn die Wände waren so glatt, dass er unmöglich an ihnen hinaufsteigen konnte. Dieser Felsblock war also seine letzte Galgenfrist, ehe ihn der nasse und kalte Tod endgültig einholte.

Wie musste sich Katharina Bücker damals gefühlt haben, als sie sich in den Schnee legte und wusste, dass es mit ihr zu Ende ging? Hatte auch sie gerufen und gefleht, dass jemand käme und sie fände? Oder hatte sie auf ihn, ihren Bräutigam, geschimpft, ihm geflucht? Oder hatte sie Gott angeklagt? Und wie hatte sie dem eisigen Tod ins Auge geblickt, als sie spürte, dass er nach ihr griff? Hatte sie Angst gehabt?

Wie war es wohl zu erfrieren? Ging es schnell oder dauerte es qualvoll lange? Und das Ertrinken? Wie viel würde er davon mitbekommen? Oder würde er vorher ohnmächtig und dann im Paradies wieder aufwachen? – Was das für ein Erwachen gäbe!

Auch wenn sich alles in ihm gegen den Tod und gegen diese Art des Todes sträubte, hatte er doch keine Todesangst. Angst vor dem Vorgang des Ertrinkens im eiskalten Wölfelwasser schon, aber danach würde es herrlich sein. Wenn nur der Abschied von Rahel nicht wäre! Wenn er sie doch wenigstens noch einmal sehen dürfte!

„Herr Jesus“, betete er, „ich weiß, dass der Tod mich aus diesem Kerker in Deine Gegenwart bringen wird. Aber trotzdem fällt es mir schwer. Du hast mir erst vor wenigen Tagen eine Braut gegeben. Warum dann jetzt so schnell der Tod? Willst Du mich nicht doch noch retten?“

Mit einer Welle stürzte ein neuer Schwall Wassers durch die Luke, dass Grüning von einem Regen aus feinen Tröpfchen überstäubt wurde. Schaudernd versuchte er sich noch enger in seinen Mantel zu wickeln. Er sah nach oben, wo das Wasser unaufhaltsam hereinströmte. Es schien ihm, als flösse noch mehr hinein als vor wenigen Minuten. Als er nach unten sah, stellte er fest, dass der Pegel deutlich sichtbar gestiegen war. Mittlerweile würden seine hohen Stiefel schon nicht mehr genügen, und wenn er ganz genau hinsah, konnte er beobachten, wie sich das Wasser langsam, aber unaufhaltsam mit gierigen Fingern an seinem Felsblock hinauftastete. Es würde nicht mehr lange dauern, bis auch diese letzte Zuflucht vom eiskalten Wölfelwasser überspült wurde.

* * *

Franz Marwitz ließ sich durch den triefenden Hochwald bergan fahren. Er hatte den geschlossenen Wagen genommen, um vor den Tropfen, die überall von den Bäumen fielen, geschützt zu sein. Es war wirklich ein irrsinniger Gedanke, bei dem Dauerregen zum Forsthaus hinaufzufahren. Wahrscheinlich traf er Grüning ohnehin völlig übellaunig an, denn dieses Regenwetter war selbst für einen Förster aus Leidenschaft äußert ungemütlich.

Aber seit seine Mamsell ihm gestern ausgerichtet hatte, *der einsame Sonderling aus dem Hochwald* habe ihn besuchen wollen, war er in merkwürdiger Unruhe. Bisher hatte Grüning ihn nur ein einziges Mal aufgesucht – damals war es zum Duell mit Hermann Wittemann gekommen. Wenn Grüning also zu ihm kam, musste schon Außerordentliches geschehen sein. Und das bedeutete bei seinem Freund meist nichts Gutes.

Doch nicht nur das trieb Marwitz in den Wald. Schon lange hatte er das Bedürfnis, wieder einmal aus Wölfelsgrund herauszukommen. Er musste fort aus dem Haus, in dem ihn alles an Amanda erinnerte. Diese Erinnerung war einerseits schmerzlich, aber es kamen noch andere Gedanken in ihm auf, die er auf der Fahrt durch den Wald ordnen wollte.

Seit er damals auf dem Friedhof Rosina Grüning getroffen hatte, kreisten seine Gedanken immer wieder um die Schwester seines Freundes. Danach hatte er sie noch ein paar Mal wiedergesehen, als er dienstlich in Neiße zu tun hatte. Und dabei hatte er nicht widerstehen können, hin und wieder im Hause Grüning vorzusprechen.

Manchmal bereitete es ihm Gewissensbisse, dass Amandas Bild mehr und mehr verblasste. Zwar bereitete ihr Tod ihm immer noch Schmerz, aber mehr und mehr schob sich Rosinas Bild dazwischen. War es falsch, dass nach einem knappen Jahr eine andere sein Herz zu erobern begann? War es Verrat an Amanda? Aber sicherlich verlangte niemand von ihm, sein Leben lang um seine Braut zu trauern. Es war nur der Zeitpunkt, der ihm Mühe bereitete. War es zu früh, sich für eine neue Liebe zu öffnen?

Als er am Abzweig zur Altenburg vorüberkam, überlegte er kurz, dorthin abzubiegen, weil seine Mamsell ihm, als sie vom Einkaufen zurückkam, erzählt hatte, dass im Dorf Trümmerteile angespült worden waren, die möglicherweise von der Brücke unterhalb der Altenburg stammten. Gerne hätte er nachgesehen, ob die Brücke nun doch zerstört worden war, nachdem sie so viele Jahre dem Hochwasser getrotzt hatte.

Aber seine Unruhe und Besorgnis waren größer. Er musste unbedingt erfahren, was Grüning bei seinem gestrigen Besuch von ihm wollte. Also ließ er sich auf direktem Weg zum Forsthaus fahren.

Während der Wagen weiter bergan rollte, fragte er sich, ob es sich lohnte mit Grüning auch über Rosina zu sprechen. Einen Rat konnte ihm der eingefleischte Junggeselle ohnehin nicht geben. Er würde nur sagen: „Hast du immer noch nichts gelernt? Frauen bringen nur Kummer. Ist besser, man hält sich von ihnen fern."

Unwillkürlich musste Marwitz lächeln. Er meinte, die harte Stimme Grünings zu hören, und sah den verschlossenen Gesichtsausdruck förmlich vor sich. Aber wenn Grüning ihm auch keinen sinnvollen Rat geben konnte, so war er immerhin ihr Bruder. Es würde ihm schon allein Freude machen, in den Zügen des Oberförsters Ähnlichkeiten mit seiner reizenden Schwester herauszufinden.

Endlich sah er das Forsthaus vor sich auf der Lichtung liegen. Es sah so trübe aus wie der gesamte Wald. Nur eine kleine Rauchfahne kringelte sich aus dem gemauerten Kamin, und von dem strohgedeckten Dach triefte das Wasser.

Als er an die Haustür klopfte, stellte er fest, dass Grünings Regenfass längst überlief. Sollte er so nachlässig sein oder war er gar nicht daheim? Letzteres wäre allerdings ungewöhnlich, pflegte er doch das regnerische Wetter für seine Schreibarbeit zu nutzen.

Wo Trine nur so lange blieb? Sollte etwa auch sie nicht daheim sein? Er klopfte erneut, dieses Mal fester, damit es Albert Grüning notfalls sogar in seinem Arbeitszimmer hörte, wenn er denn zu Hause wäre. Doch im Haus blieb alles still. Nur das Plätschern der Tropfen in der Traufe war zu hören, untermalt von dem eintönigen Rauschen des Regens auf dem Blätterdach.

Noch einen dritten Versuch unternahm er; bei diesem Schlag sollte eigentlich das ganze Haus aufwachen. Doch immer noch regte sich nichts. Da wurde es ihm zu bunt. Er drückte die Klinke herunter und stellte fest, dass die Haustür wie gewöhnlich unverschlossen war. Er schob sie auf, klopfte gewissenhaft seine Stiefel auf der Matte ab und trat in den dämmrigen Hausflur.

„Albert? Bist du da?", rief er.

Es antwortete ihm nur eine drückend wirkende Stille.

Er tastete sich durch den Flur vorwärts. „Finsteres Loch, dieses Forsthaus", schimpfte er vor sich hin, als er mit dem Kopf an eines der vielen an der Wand hängenden Geweihe stieß. „Das ist ja lebensgefährlich, man wird sogar noch von toten Hirschen aufgespießt!"

Er tappte weiter, bis er irgendein Gefäß aus Porzellan – er konnte in der Dämmerung nicht feststellen, um was es sich handelte – von einer Kommode stieß. Das laute Klirren zerriss die Stille des Hauses wie die Explosion einer Granate.

„Parbleu!“ Grünings Laune würde sich durch den Anblick des zerbrochenen Gefäßes jedenfalls nicht bessern.

Nachdem sein Schädel auch noch mit dem ausgestopften Kopf eines Wildschweines – oder war es ein Elch? – Bekanntschaft geschlossen hatte, erreichte er endlich die Tür zu Grünings Arbeitszimmer. Er klopfte auch hier noch einmal an, obwohl es nach dem Lärm, den er im Flur veranstaltet hatte, höchst unwahrscheinlich war, Grüning anzutreffen. Schließlich öffnete er auch diese Tür ohne Einladung und betrat das leere Arbeitszimmer.

Marwitz sah sich im Raum um. Offenbar war Grüning schon länger fort, denn der übliche Pfeifenqualm hatte sich verzogen, es roch sogar nach frischer Luft. Überhaupt war manches sonderbar. Als erstes fiel ihm das alte, braune Ledersofa ins Auge. Seit wann kam Grüning auf den Gedanken, die Abnutzung mittels einer Decke zu kaschieren?

Er trat an den Schreibtisch, und sein Erstaunen steigerte sich beinahe ins Unermessliche. Was war nur in seinen Freund gefahren? Sonst hatten sich hier Briefe und andere Schriftstücke getürmt. In diesem Wust hatte das Siegel an einem unauffindbaren Ort seinen Platz gehabt. Und gewöhnlich waren ganze Berge von Streusand über den Tisch verteilt gewesen und unübersehbare Tintenflecke hatten Tischplatte und Papiere geziert.

Heute aber standen alle Dinge fein säuberlich nebeneinander: Die Streusandbüchse fand sich in Gesellschaft des Tintenfasses und des Siegels geordnet am hinteren Ende des Schreibtisches. Links gab es zwei Körbchen, die mit Schriftstücken gefüllt waren, auf denen *in Bearbeitung* und *erledigt* stand. Eigenartig war auch die Schrift auf diesen Körbchen. Das waren definitiv nicht Grünings steile Buchstaben, sondern eher die zierliche Handschrift einer Frau, doch der plumpen Trine traute er solch edle Schriftzüge nicht zu.

„Immens dubios“, murmelte Marwitz. War bei Albert Grüning die Ordnungswut ausgebrochen? Oder war er etwa versetzt worden und hatte sich davongemacht, ohne ein Wort zu sagen? Das sähe ihm allerdings ähnlich. Aber nein, seine Pfeifen hingen wie immer frisch gestopft an der Wand, Rex' Wassernapf stand gefüllt vor dem Kamin – es war tatsächlich noch das Arbeitszimmer Albert Grünings. Aber was hatten diese Veränderungen zu bedeuten?

Kopfschüttelnd kehrte Marwitz zum Schreibtisch zurück. Dort stand auch noch ein Strauß frischer Frühlingsblumen. Er konnte sich nur erinnern, dass im vergangenen Jahr einmal ein völlig vertrockneter Strauß auf dem Tisch gestanden hatte. Was war hier geschehen? Es war trotz der Unordnung immer ein behagliches Zimmer gewesen, aber jetzt wirkte es geradezu anheimelnd.

Plötzlich quietschte die Tür zum Arbeitszimmer leise in den Angeln, dass Marwitz erschrocken zusammenfuhr. Dann erklang ein leichter Schritt, der jäh verstummte. Marwitz wandte sich um und starrte fassungslos auf das junge Mädchen, das so unerwartet vor ihm stand. Offenbar war er so in seine Betrachtungen vertieft gewesen, dass er sie im Flur nicht gehört hatte.

„Wer sind Sie?“, stammelte sie, scheinbar ebenso überrascht wie er selbst.

Marwitz machte eine tadellose Verbeugung. „Gestatten, gnädiges Fräulein, Franz Marwitz, der beste und wohl auch einzige Freund des Oberförsters.“

„Franz Marwitz! Verzeihen Sie, dass ich Sie nicht sogleich wiedererkannte.“ Das Antlitz des Mädchens hellte sich sichtbar auf. „Ich bin froh, Sie zu treffen.“

Marwitz' Erstaunen wuchs. Wer war dieses Mädchen? Augenscheinlich waren sie sich schon einmal begegnet, aber wo? Und warum freute sie sich ihn zu sehen?

„Bitte verzeihen Sie, gnädiges Fräulein, sollte mir in effectu entfallen sein, wo ich bereits einmal die Ehre hatte, Ihnen zu begegnen?“

Sie lächelte. „Rahel von Bredow. – Vielleicht erinnern Sie sich an das Duell des Herrn Oberförsters.“

„Sollten Sie das Mädchen – pardon! – die Dame sein, die damals einschritt? Bitte verzeihen Sie, ich erkannte Sie nicht wieder."

Das war also jene Rahel von Bredow? Er hatte sie völlig anders in Erinnerung. Wahrscheinlich lag es daran, dass ihre Frisur vom Regen ruiniert und ihre Kleidung nass und verschmutzt war. Überhaupt hatte er das verletzte Mädchen nicht mehr recht vor Augen. Aber was trieb sie nun ins Forsthaus?

„Es wundert mich nicht, dass Sie mich nicht erkennen, es ist ja schon beinahe ein Jahr her."

„Was aber – gestatten Sie mir die Frage – bringt Sie dazu, hier im Forsthaus zu weilen?" Ihm war das alles noch ein Rätsel. Weder von Grüning noch von Trine und Rex war eine Spur zu sehen, stattdessen tauchte dieses fremde Mädchen auf!

Sie strahlte ihn an, und auf ihr Gesicht legte sich ein glückliches Lächeln, obwohl ihre Augen rot waren, als habe sie geweint. „Ich bin die Braut des Oberförsters."

Wenn Rahel ihm erzählt hätte, Albert Grüning hätte sich auf dem Mond einquartiert, um seine Einsamkeit zu erhalten, hätte ihn das nicht so sehr erstaunt wie diese einfache Aussage. Die Braut des Oberförsters? Die beiden Wörter *Braut* und *Oberförster* passten so wenig zusammen wie Katze und Hund!

Sie schien seine grenzenlose Überraschung zu bemerken, denn sie fragte: „Es erscheint Ihnen unglaublich, nicht wahr? Aber Sie haben schon recht gehört."

„Wie ... wie ist das möglich?", stammelte er. „Albert Grüning soll sich verlobt haben?"

„Bitte entschuldigen Sie, Herr Marwitz, ich bin gerne bereit, Ihnen darüber Auskunft zu erteilen. Aber hätte das ein wenig Zeit? Ich muss vorher unbedingt erfahren, wo Albert ist."

„Wie? Das wissen Sie nicht? Ich dachte, ich könnte es nun von Ihnen erfahren!"

„Er ist also nicht hier im Forsthaus?"

Marwitz sah die Sorge und Unruhe in ihrem Gesicht. Irgendetwas schien hier tatsächlich nicht zu stimmen. „Nein, hier ist er nicht. Auch Trine und Rex scheinen absent zu sein."

Da tropften Tränen aus den blauen Augen des Mädchens. „Dann ist es also doch wahr."

„Was ist wahr? So reden Sie doch!“

„Er ist tot“, brachte sie schluchzend hervor.

Jetzt verstand Marwitz überhaupt nichts mehr. Hatte dieses Mädchen Wahnvorstellungen? „Gnädiges Fräulein, Sie berichten mir eine Impossibilität nach der anderen. Erst soll Albert Grüning mit Ihnen verlobt sein, und jetzt plötzlich tot?“

Weinend sank Rahel auf das Sofa. „Mein Vater sagte es mir. Er soll gestern am späten Abend aus Verzweiflung in die Wölfel gesprungen sein.“

Marwitz stand beinahe der Verstand still. Nun also auch noch Selbstmord! Welch böse Überraschung sollte er wohl als nächstes erleben? „Sie behaupten also, Albert Grüning habe Suizid begangen? Ich kann Ihnen versichern, dass er das niemals tun würde.“

„Das habe ich auch erst gesagt.“ Stockend und unter Weinen berichtete die junge Frau was passiert war. Marwitz wurde von einem Erstaunen ins nächste gestürzt. Da war Grünings Bekehrung, seine Verlobung mit Rahel von Bredow, der Besuch gestern Abend im Hotel *Zum gelben Dragoner*, der Widerstand vonseiten ihres Onkels Hermann Wittemann und ihres Vaters, und letztlich die Nachricht, dass er auf dem Rückweg in die Wölfel gesprungen sei.

Entgeistert starrte Marwitz das Mädchen an, das ihm diese ungeheuerlichen Dinge erzählte. Er wollte ihr kaum glauben, aber ihre Tränen und überhaupt die ganze Person Rahels überzeugten ihn, dass sie die Wahrheit sprach.

Jetzt verstand er auch die Veränderung, die mit Grünings Arbeitszimmer vor sich gegangen war. Es war die ordnende Frauenhand, die hier für liebevolle Behaglichkeit gesorgt und den Förster dazu gebracht hatte, das Chaos auf seinem Schreibtisch zu beseitigen. Und nun saß da vor ihm die Braut seines Freundes, weinte zum Herzerweichen, während er nicht wusste, wie er ihr helfen konnte.

Einerseits war es eine unbestreitbare Tatsache, dass Albert Grüning nicht zu Hause war, und das bei einem Wetter, bei dem man ihn meist im Forsthaus antraf. Andererseits konnte seine Abwesenheit auch einen ganz natürlichen Grund haben. Und das, was Rahel von ihrem Vater erzählt worden war, passte so gar nicht zu dem Albert Grüning, den er kannte. Dass er sich aus purer Verzweiflung in die Wölfel gestürzt haben sollte, erschien ihm so unwahrscheinlich wie seine Verlobung. Aber an letztere musste er glauben, da seine Braut vor ihm saß, und welchen Grund sollte sie haben, ihm einen solchen Bären aufzubinden?

Noch immer weinte Rahel haltlos vor sich hin. Für sie schien die Abwesenheit Grünings der unzweifelhafte Beweis zu sein, dass die Geschichte ihres Vaters stimmte.

„Gnädiges Fräulein“, begann er zaghaft, „weinen Sie doch nicht so sehr. Dass Albert nicht im Forsthaus ist, bedeutet noch lange nicht, dass er sich suizidiert hat. Vielleicht sollten Sie hier warten, bis er zurückkehrt.“

Doch er schien nicht zu ihr durchzudringen. Sie reagierte nicht auf seine Worte und schien nur noch mehr zu weinen. Wie konnte er dem verzweifelten Mädchen bloß helfen? Schließlich war sie Albert Grünings Braut, und als sein einziger Freund durfte er sie nicht in diesem Zustand allein lassen.

Da kam ihm ein rettender Gedanke. „Gnädiges Fräulein, sagten Sie nicht, die Gendarmen hätten ihn am Wölfelsfall aus dem Fluss gezogen? Waren Sie denn schon bei der Gendarmerie und haben rekognosziert, ob das wahr ist?“

Sie schüttelte den Kopf. „Nein. Ich wollte mich zu ihm flüchten, weil mein Vater unverzüglich abreisen will. Deshalb machte ich mich sogleich auf den Weg zum Forsthaus.“

„Dann sollten Sie auch nicht ins Dorf zurückkehren. Bleiben Sie hier und gehen Sie meinetwegen durch den Wald, vielleicht treffen Sie dort auf Albert. Ich aber werde sogleich mit meinem Wagen in die Kreisstadt fahren, um bei der Gendarmerie Erkundigungen einzuholen.“

Unter Tränen sah Rahel zu ihm auf. „Würden Sie das für mich tun, Herr Marwitz? Ich bin Ihnen unendlich dankbar!“

„Ich werde die Braut meines Freundes nicht im Stich lassen, gnädiges Fräulein. Aber wir wollen keine Zeit verlieren. Wenn Albert wirklich etwas zugestoßen sein sollte, müssen wir uns beeilen. Eines will ich Ihnen jedenfalls versichern: Er hat sich bestimmt nicht suizidiert, wie Ihr Vater behauptet. Ich kenne ihn gut genug, und er mag viele Fehler haben. Das aber täte er niemals.“

„Ich wünschte so sehr, Sie hätten recht!“

Er wollte ihr auch nicht zu viel Hoffnung machen, deshalb sagte er nichts darauf. „Ich kehre von Habelschwerdt direkt ins Forsthaus zurück. Ich denke, dass ich in drei Stunden wieder hier sein kann. Wollen Sie mich hier erwarten?“

„Ich werde ihn im Hochwald suchen, aber in drei Stunden wieder hier sein, um zu erfahren, was Ihre Nachforschungen ergeben haben.“ Sie schwieg einen Augenblick, ehe sie fragte: „Können Sie beten, Herr Marwitz?“

Er lächelte. „Ja, gnädiges Fräulein.“

„Wollen wir dann gemeinsam beten?“

Marwitz faltete die Hände und brachte die Angst um den Bräutigam und Freund ihrem großen und gütigen Herrn. Dann eilte er davon, um kurz darauf aus dem Forsthof zu preschen.

Kapitel 38

„Was ist denn hier geschehen?“, brummte Wittemann und blieb stehen. Das Wasser auf der Lichtung der Altenburg war beträchtlich gestiegen, seit sie in der Nacht den Förster im Verlies zurückgelassen hatten.

Prussak zuckte mit den Schultern. „Das übliche Hochwasser. Nur etwas mehr als im letzten Jahr.“

Unbehaglich sah Wittemann seine Begleiter an. Zwar ragte der Eingang zum unterirdischen Gang noch aus dem schmutzig grauen See, aber ihm gefiel der Gedanke gar nicht, bei dieser Überschwemmung in den Gang zu steigen.

Er wollte gerade vorschlagen, wieder umzukehren, als von Bredow sagte: „Wir müssen den Förster rasch herausholen, sonst erreicht ihn das Wasser noch in seinem Verlies.“

„Das schadet ihm nicht“, knurrte Prussak.

Wittemann war der gleichen Ansicht wie der Jäger, doch von Bredow ließ keine Ruhe. Er schien furchtbare Angst davor zu haben, am Tod dieses Menschen schuldig zu werden, um den es doch nun wirklich nicht schade war. Deshalb hatten sich Prussak und er selbst auch nur widerwillig auf den Weg gemacht, als von Bredow sie aufgefordert hatte, Grüning entgegen ihrem Plan heute bereits wieder freizulassen. Wahrscheinlich befürchtete er, dass sie den Förster nach seiner Abreise doch nicht wieder herausließen.

Er musste seinen Schwager bis zu dessen Abreise unter Kontrolle halten, denn sonst war der noch imstande, auf eigene Faust zu handeln und damit seinen schönen Rachefeldzug, der kurz vor der Krönung stand, zu zerstören.

„Denken Sie an unsere Abmachung“, sagte von Bredow. „Ich habe meine Hand nur unter der Bedingung geboten, dass ich nicht in einen Mord verwickelt werde.“

„Wir wissen es“, antwortete Prussak mit genervt klingender Stimme.

„Willst du trotz der Überschwemmung in den Gang steigen?“,

gab Wittemann zu bedenken. „Mir erscheint dies sehr gefährlich zu sein."

„Was soll schon geschehen", gab von Bredow ärgerlich zurück und schritt in den See hinein. „Vielleicht bekommen wir ein wenig nasse Füße, aber sonst ist keine Gefahr dabei."

Prussak zuckte mit den Schultern. „Gehen wir", raunte er Wittemann zu. „Hinein kommen wir doch nicht. Ich habe den Schlüssel *vergessen.*"

Hermann Wittemann konnte sich eines Schmunzelns nicht erwehren. Gewieft war der Jäger ohne Frage. Ob Prussak nun den Schlüssel wirklich nicht mitgenommen hatte oder dies nur vortäuschen wollte ... seinem Schwager blieb jedenfalls nicht mehr genug Zeit, die Freilassung Grünings abzuwarten, wollte er durch eine verzögerte Abreise nicht Gefahr laufen, dass Rahel den Schwindel durchschaute.

„Also gut." Wittemann atmete tief durch. „Dann machen wir uns noch einen kleinen Spaß mit unserem Freund Grüning."

Langsam schritten auch Prussak und Wittemann ins Wasser hinein. Der Turm der Altenburg und seine unmittelbare Umgebung ragten wie eine Insel aus dem See. Konnten sie gestern Abend noch bequem hindurchwaten, stellte sich bald heraus, dass selbst die hohen Stiefel, die Wittemann nach der gestrigen Erfahrung heute angezogen hatte, nicht mehr ausreichten. Fluchend blieb er stehen, als eine Welle seine Stiefel überspülte.

Prussak drehte sich lachend um. „Es hilft nichts. Für das Vergnügen müssen wir tatsächlich nasse Füße in Kauf nehmen."

Wittemann bedeutete ihm zu schweigen. „Wir sollten umkehren, Viktor", rief er seinem Schwager nach.

Doch dieser hörte nicht auf ihn, sondern schritt unbeirrt weiter voran, sodass Wittemann und Prussak nichts anderes übrig blieb, als ihm zu folgen.

Als sie sich dem Hügel näherten, auf dem der Turm stand, sank der Wasserspiegel wieder, und als sie den Eingang des Ganges erreichten, hatten sie zwar nassen, aber festen Grund unter den Füßen.

Noch einmal versuchte Wittemann, seinen Schwager umzustimmen. „Es wäre besser, Grüning noch eine Weile hierzulassen, Viktor. Wir wollen doch sicherstellen, dass er seine Lektion verstanden hat und uns später nicht noch Ärger bereitet."

„Du hast doch gesagt, du hättest genug Druckmittel, um ihn am Reden zu hindern", wandte von Bredow ein.

Das hatte er allerdings behauptet, jedoch nur, um von Bredow zu überreden, beim Überfall auf Grüning mitzumachen. Aber die sicherste Methode, ihn zum Schweigen zu bringen, war eben, ihn hier einfach verrotten zu lassen.

„Es gibt viele Unwägbarkeiten", erwiderte Wittemann daher. „Man weiß nie, ob alles so geht, wie wir es geplant haben."

„Wir haben besprochen, dass wir Grüning unter der Maßgabe wieder freilassen, dass er diese Gegend verlässt und für immer auf Rahel verzichtet. Für sein Stillschweigen wolltest du Sorge tragen."

Wittemann seufzte. Dieser Feigling! Auch Prussak verdrehte die Augen. Von Bredow machte es ihnen allen schwerer, als es nötig war. Er hätte den Überfall trotz aller Risiken doch mit Prussak allein durchführen sollen.

„Gehen wir also." Von Bredow zündete eine Laterne an, bog die Büsche beiseite und stieg in den Stollen. Widerwillig folgte Wittemann, allein durch den Gedanken getröstet, dass Prussak behauptet hatte, den Schlüssel nicht bei sich zu haben und dass er dem widerlichen Förster so noch einige Nettigkeiten sagen konnte. Der Jäger bildete das Schlusslicht.

Zuerst war der felsige Boden des Ganges noch trocken, sodass Wittemann hoffte, seine Befürchtungen seien umsonst gewesen. Doch als sie dem abschüssigen Gang folgten, sah er schon bald die Lichtreflexe der Laterne auf dem Boden, und dann spürte er auch bei jedem Schritt, dass er immer tiefer in das im Gang stehende Wasser hineinschritt.

Von Bredow blieb stehen und wandte sich um. „Die Tür zum Verlies ist sicher nicht dicht. Wir müssen also davon ausgehen, dass innen das Wasser ebenso hoch steht wie hier im Gang."

Prussak ließ von hinten ein dreckiges Lachen hören. „Es schadet dem Förster nicht, wenn er ein wenig nasse Füße bekommt."

Wittemann lachte nur leise vor sich hin. Sein Plan ging besser auf, als er sich hatte träumen lassen! Das Hochwasser kam gerade zur rechten Zeit und verschlimmerte Grünings Lage um ein Vielfaches. Die Verzweiflung des Försters musste bereits an einem Höhepunkt angelangt sein. Nicht nur den Hungertod, sondern sogar den Tod des Ertrinkens vor Augen zu haben, ließ selbst den stärksten Mann nicht kalt.

Das Wasser lief Wittemann schon wieder von oben in die Stiefel, aber jetzt konnte dieses Ungemach sein Hochgefühl nicht trüben. Die Qualen, die Grüning ertragen musste, versetzten ihn beinahe in einen Rausch, sodass er das eisige Wasser nicht fühlte. Als sie die eiserne Tür erreichten, stand ihnen das Wasser bis an die Hüften.

„Den Schlüssel bitte!“, rief von Bredow.

„Einen Augenblick noch!“ Wittemann trat vor und hämmerte mit der Faust an die Tür. „Können Sie mich hören, hochwürdiger Herr Oberförster?“ Von innen war nichts zu hören. Vielleicht war die Tür zu dick oder das Rauschen des Wassers und dessen Echo im Gang übertönte die Hilfeschreie des Försters. „Hat Ihnen etwa die Angst die Sprache verschlagen?“, höhnte Wittemann weiter.

„Lass das jetzt, Hermann!“, wies von Bredow ihn zurecht. „Kommen Sie lieber mit dem Schlüssel, Prussak, ich will wieder aus diesem Gang heraus!“

„Gemach!“ Prussaks Stimme klang eine Strecke weit entfernt. „Ich weiß nicht, wohin ich den Schlüssel gesteckt habe.“

„Jetzt sagen Sie nur nicht, dass Sie ihn unterwegs verloren haben“, schimpfte von Bredow.

„Bitte mache den Mann nicht noch nervöser, als er schon ist“, mahnte Wittemann. „Kommen Sie doch in den Schein der Laterne, Prussak. Dann sehen Sie eher etwas.“

Er hatte vorhin schon bemerkt, dass Prussak etwas zurückblieb und offensichtlich in seinen Taschen wühlte. Er wollte sein Erstaunen über das Fehlen des Schlüssels wohl für von Bredow glaubhaft machen.

Wittemann donnerte wieder an die Tür. „He! Sind Eure Exzellenz eingeschlafen? Wollen Sie nicht die Güte haben und Ihren Gästen öffnen?“

Prussak ließ ein Lachen hören. „Grüning war noch nie ein höflicher Mensch und legte auch keinen Wert auf Besuche."

„Was ist nun mit dem Schlüssel, Prussak?", drängte von Bredow.

„Ich kann ihn nicht finden, ich muss ihn ..." Plötzlich verstummte der Jäger. Dann wandte er sich plötzlich um und rannte davon, so schnell es das Wasser, die Dunkelheit und die Enge des Ganges zuließen.

„He! Prussak! Was ist in Sie gefahren?", rief Wittemann ihm nach, als er im Dunkel verschwand.

Plötzlich krallte sich von Bredow mit beiden Händen an Wittemanns Arm. „Hermann, hörst du es auch?"

„Was hast du? Siehst du Gespenster?"

„Hermann, hörst du denn nicht, dass das Rauschen lauter wird?"

Jetzt lauschte auch Wittemann. Er benötigte nur einen Augenblick, um Prussaks Flucht zu begreifen. „Viktor – der Damm!!!"

* * *

Als Grüning das Hämmern an der Verliestür hörte, lauschte er gespannt. Sollte wider alle Erwartung doch noch Rettung nahen?

Gerade wollte er von seinem Felsblock herunter ins Wasser springen, das seine letzte trockene Zuflucht inzwischen beinahe erreichte, da erkannte er auf der anderen Seite der Tür die Stimme Hermann Wittemanns. Wegen des Rauschens des Wassers, das eintönig zu seiner Luke hereinströmte, konnte er die Worte nicht verstehen.

Kam Wittemann etwa, um ihn wieder freizulassen? Er konnte sich kaum vorstellen, dass sein Feind solch menschliche Anwandlungen hatte. Ihm erschien es wahrscheinlicher, dass er ihn nur etwas quälen wollte, um ihn dann endgültig seinem Schicksal zu überlassen.

Kurz überlegte er, ob er die Rufe Wittemanns beantworten sollte. Doch niemals würde er um Gnade winseln, nur um sich dem höhnischen Gelächter seines Feindes auszusetzen. Im Gegenteil könnte durch sein Schweigen die Neugier Wittemanns angestachelt werden, sodass er den Kerker betrat, um nachzusehen, warum er nicht antwortete. Vielleicht ergäbe sich eine Möglichkeit zur Flucht, wenn die Tür erst einmal geöffnet war.

Noch immer hörte er die Rufe. Ihm schien es, als seien mehrere Männer im Gang. Sollte Wittemann seine Komplizen wieder mitgebracht haben? Dann wäre eine Flucht allerdings kaum möglich. Gegen drei Männer würde er sich nicht durchsetzen können, durchfroren wie er war und mit der schmerzenden Rippe.

Wieder wurde an die eiserne Tür gepocht, und Grüning meinte Worte wie „Exzellenz“ und „eingeschlafen“ zu verstehen. Offenbar war Wittemann tatsächlich nur gekommen, um ihn zu verhöhnen. Also blieb er bei seinem Schweigen.

Das eintönige Rauschen des durch die Luke hereinströmenden Wassers machte ihn mittlerweile beinahe verrückt. Er bemühte sich, nicht auf den stetig steigenden Wasserspiegel in seinem Kerker zu achten, doch es hatte keinen Sinn. Immer wieder überlegte er, wann das Wasser ihn auch auf seinem Felsen erreichen würde – und was dann? Sollte er beginnen zu schwimmen? Aber das würde er in dem kalten Gebirgswasser ohnehin nicht lange aushalten und seine Qual damit nur unnötig verlängern. Blieb ihm aber eine andere Wahl? Er konnte doch nicht hier sitzen bleiben und warten, bis er ertrank!

Am liebsten wäre er aufgesprungen und hätte seine Feinde auf der anderen Seite der Tür beschworen, ihn freizulassen. Ihm grauste vor diesem langsamen, qualvollen Tod! Doch es hatte keinen Sinn. Wittemann und seine Komplizen würden niemals Mitleid mit ihm haben.

Ein neues Geräusch ließ den Förster plötzlich in die Höhe schnellen. Dabei fasste er sich stöhnend an die rechte Seite, weil er wieder nicht an seine Rippe gedacht hatte. Aber was er hörte, ließ ihn den Schmerz vergessen.

Zuerst war es ein fernes Grollen wie von einem Gewitter, doch es kam immer näher, wurde immer lauter, schwoll an zu einem rauschenden Orkan, vermischt mit Bersten, Krachen und Splittern.

Der Strahl, der durch die Luke drang, wurde dicker, kräftiger, während das Rauschen des Wassers zu einem Brüllen wurde, das Grüning unmissverständlich klarmachte, was geschehen war: Der halbfertige Damm im Gebirge war gebrochen!

* * *

Als Rahel von Bredow das Forsthaus verließ, fühlte sie sich einsam und verlassen. Zwar war sie dankbar, dass Franz Marwitz in die Kreisstadt fuhr, aber sie benötigte auch jemanden, der bei ihr blieb und ihr beistand. Sie richtete ihren Blick durch die Wipfel der Bäume zum grau verhangenen Himmel hinauf und ein wortloses Gebet fand seinen Weg zu ihrem Vater im Himmel.

Ziellos lief sie durch den Wald. Sie wusste nicht, wo sie mit ihrer Suche beginnen sollte. Wenn doch wenigstens Rex da wäre, auf seine gute Nase hätte sie sich verlassen können. So aber war sie nur auf sich selbst angewiesen in einem Wald, den sie zwar von ihren Spaziergängen einigermaßen kannte, aber dessen Schlupfwinkel ihr dennoch unbekannt waren.

Je mehr die Nässe ihre Schuhe durchweichte, desto mehr sank ihr Mut. Es hatte doch keinen Sinn. Ohne Hilfe würde sie Albert in diesem endlosen Wald niemals finden. Am besten wäre es, sie kehrte ins Forsthaus zurück und wartete dort auf Franz Marwitz.

Mit hängenden Schultern machte sie sich auf den Rückweg. Der Regen, der ihr unablässig ins Gesicht tropfte, vermischte sich mit ihren Tränen. Bestimmt würde sie ihren Bräutigam nie wieder sehen. Die einzigen Menschen, die wussten, was wirklich geschehen war, würden ihr niemals die Wahrheit verraten. Oder hatten sie ihr vielleicht doch die Wahrheit gesagt? Marwitz' feste Überzeugung, dass sein Freund keinesfalls Selbstmord begangen habe, hatte auch ihren Glauben an Albert wieder gestärkt. Doch in der Einsamkeit des regendurchströmten Hochwaldes nagten die Zweifel erneut an ihr.

Als sie den Abzweig zur Altenburg passierte, blieb sie unvermittelt stehen. Wenigstens diesen Ort wollte sie noch aufsuchen, wo sie so oft mit ihm zusammengetroffen war. Also folgte sie dem windschiefen Wegweiser und bog zur Burg ab.

Bald mischte sich in das Rauschen des Regens das Gurgeln des Flusses. Beim Gedanken an das Hochwasser, das gerade an der Altenburg große Ausmaße annahm, wie sie von Albert wusste, wurde ihr etwas beklommen zumute. Doch sie raffte ihren Mut zusammen und schritt vorwärts, jenem schicksalsträchtigen Ort entgegen.

Je mehr sie sich der Burg näherte, umso mehr verschlang das Tosen der Wölfel das Geräusch des Regens. Hoffentlich brachte sie sich nicht in Gefahr, wenn sie sich dem weit über die Ufer getretenen Fluss näherte. Aber es ging um ihren Bräutigam, also wies sie jeden Gedanken an die Gefahr zurück.

Als sie schon den Burgfried durch die Bäume schimmern sah, drang plötzlich noch ein anderes Geräusch an ihr Ohr. Es klang wie ein fernes Grollen, als zöge ein Gewitter herauf. Aber als das Donnerrollen kein Ende nehmen wollte, wurde ihr klar, dass es etwas anderes sein musste. Erschrocken blieb sie stehen und lauschte. Statt abzuebben, nahm der Donner immer mehr an Lautstärke zu, ja, schien geradewegs auf sie zuzukommen. Ein bedrohliches Krachen und Bersten mischte sich hinein, schwoll an zu einem brüllenden Inferno.

Rahel legte die Hand auf ihr galoppierendes Herz. „Oh mein Gott, was ist das?"

Sie wagte keinen Schritt mehr voranzugehen. Unwillkürlich schaute sie nach oben, ob der Himmel einstürzen würde, doch aus ihm rieselte nach wie vor der Regen hernieder.

Langsam dämmerte ihr, dass an der Wölfel ein Unglück geschehen sein musste. Das Donnerrollen schien sich nun zum Tal hin zu verziehen. Sollte etwa der Staudamm im Gebirge gebrochen sein? Sie erinnerte sich, dass Albert einmal seine Sorge über die Stabilität des unfertigen Damms geäußert hatte. War das Gefürchtete nun eingetreten?

„Gnädiges Fräulein, was tun Sie denn hier?"

Rahel fuhr herum. „Trine?"

Ein leichter Jagdwagen hielt hinter ihr, wegen des Getöses hatte sie ihn wohl nicht kommen hören. Sie spürte, wie die Erleichterung sie von den Zehenspitzen bis zu den Haarwurzeln durchströmte. Trine saß im Wagen, der von einem fremden Herrn gelenkt wurde, und Rex stürzte heraus und sprang mit einem Freudengeheul, das das Toben der Wölfel übertönte, an ihr empor.

„Haben Sie es auch gehört?", fragte Rahel und strich dem aufgeregten Tier über den Kopf.

Der Herr auf dem Bock knallte mit der Peitsche. „Das muss der Staudamm gewesen sein, gnädiges Fräulein."

Ehe Rahel sich erkundigen konnte, wer dieser Herr war, kugelte Trine aus dem Wagen und glitt auf dem durchweichten Waldweg beinahe aus. „Haben Sie unseren Herrn Oberförster gesehen?"

„Nein." Rahel merkte, wie ihr der Mut sank. „Ich dachte, Sie wüssten ..."

„Wir waren im Dorf, weil er heute Morgen mit dem Direktor der Sägemühle verabredet war", berichtete Trine und deutete auf den Herrn auf dem Kutschbock. „Und es sieht ihm gar nicht ähnlich, einen Termin zu vergessen. Doch im Dorf will ihn niemand gesehen haben."

„Gestern Abend war er bei uns im Hotel. Kehrte er danach denn noch zurück?"

„Nein." Trines Mondgesicht sah bekümmert aus. „Ich hoffte, Sie wüssten etwas."

Rahel schossen schon wieder die Tränen in die Augen. „Dann stimmt es wohl doch, was mein Vater mir erzählt hat."

„Sie haben also etwas von dem Herrn Oberförster gehört?"

„Er ist tot. Am Wölfelsfall haben sie ihn aus dem Fluss gezogen."

Trine fielen beinahe die Augen aus den Höhlen. „Tot?» Sie dehnte das Wort unendlich in die Länge. „Aber davon hätte mir im Dorf doch etwas erzählt werden müssen! Was soll denn geschehen sein?"

„Er soll gestern Abend in die Wölfel gesprungen sein. So sagte mein Vater." Rahel schniefte in ihr völlig durchnässtes Spitzentaschentuch.

„Nein! Unmöglich!" Trine stemmte die Hände in die Hüften. „Der Herr Oberförster mag ja früher ein schlimmer Mensch gewesen sein, aber Selbstmord? Und ausgerechnet jetzt, nachdem er sich geändert hat? Niemals!"

„Ich wünschte so sehr, Sie hätten recht!"

„Dafür kenne ich ihn gut genug! Außerdem hätte solch ein Skandal im Dorf längst die Runde gemacht."

„Aber nachdem ich ihn im Forsthaus nicht fand, laufe ich nun bereits seit Stunden durch den Wald und finde ihn nirgends." Rahel versuchte, sich die Tränen abzutupfen, doch es war ein nutzloses Bemühen.

Trine legte ihr mütterlich den Arm auf die Schulter. „Sie sollten ins Forsthaus zurückkehren, gnädiges Fräulein. Sie sind ja völlig durchnässt und zittern am ganzen Körper." Tief durchschnaufend sah sie zu dem Herrn auf dem Kutschbock auf. „Der Herr Direktor und ich werden zum Osterfelder Kopf hinauffahren und nachsehen, ob dort eine Spur des Herrn Oberförsters zu finden ist. Eigentlich wollten wir zur Altenburg fahren, weil er dort oft nach dem Wasserstand sieht. Aber wenn wirklich der Damm gebrochen ist, ist da nun ohnehin alles überschwemmt."

Rahel hatte keine Kraft zu widersprechen. Zwar wäre sie gerne mit zum Osterfelder Kopf gefahren oder hätte trotzdem noch an der Altenburg nachgesehen. Aber hatte das Suchen überhaupt noch einen Sinn? Albert war verschwunden, vielleicht schon längst tot, und wenn er wirklich an der Altenburg gewesen war, würden dort nach dem Dammbruch keine Spuren mehr zu finden sein.

„Vielleicht ist der Herr Oberförster mittlerweile auch zurückgekehrt", hörte sie den Herrn von der Sägemühle sagen.

Rahel glaubte es zwar nicht, aber immerhin bestand die vage Möglichkeit. „Lassen Sie mich Rex mitnehmen", bat sie, damit sie nicht ganz allein war.

Rex wich ohnehin nicht von ihrer Seite. Er schien froh zu sein, wenn er schon sein Herrchen vermisste, wenigstens seine beste Freundin gefunden zu haben.

Trine wuchtete sich pustend in den Wagen. „Wir werden ihn schon finden, gnädiges Fräulein. Vielleicht fahren wir auch noch weiter bis zur Maria-Schnee-Kapelle, sorgen Sie sich also nicht, wenn es etwas länger dauert."

Rahel wollte noch etwas erwidern, doch der Direktor ergriff schon die Zügel und setzte das Pferd in Bewegung.

„Wenigstens du bist jetzt bei mir“, sagte sie zu Rex, der schwanzwedelnd seine Schnauze gegen ihre Wade drückte. Sie warf noch einen Blick Richtung Altenburg, doch wagte sie keinen Schritt weiter dorthin. Zwar schien die Flutwelle vorüber zu sein, aber das Gurgeln des Flusses war zu einem Tosen wie von einem Wasserfall geworden.

Sie wandte sich um. „Komm, Rex.“ Gehorsam trabte der Hund neben ihr her.

Es war beruhigend, dass auch Trine nicht an einen Selbstmord glauben mochte, aber gleichzeitig beunruhigend, dass auch sie nichts über den Verbleib Alberts wusste.

Kapitel 39

Prussak war etwas hinter Wittemann und von Bredow zurückgeblieben, um so zu tun, als ob er den Schlüssel hervorkramen wollte, den er entgegen seiner Behauptung doch bei sich trug. Dabei hörte er die sich heranwälzende Flutwelle eher als die beiden anderen Männer und wandte sich geistesgegenwärtig zur Flucht, ohne Zeit durch eine Warnung zu verlieren.

Er wusste, dass es um jede Sekunde ging. Kurz schoss ihm durch den Kopf, dass er nicht mehr Oberförster würde, wenn Wittemann starb, aber dieser undurchsichtige Ministerialdirektor war es nicht wert, dass er für ihn sein Leben aufs Spiel setzte.

Seine eigene Flucht gestaltete sich schon schwierig genug. Das tiefe Wasser schlang sich wie Fangseile um seine Beine, und bald musste er sich mühsam durch die Dunkelheit tasten, weil der Lichtschein von von Bredows Laterne nicht mehr bis zu ihm vordrang.

Er hörte noch die Stimmen der beiden Männer hinter sich, doch wegen des Tosens draußen konnte er kein Wort verstehen. Bald verschlang das donnernde Inferno alle anderen Geräusche.

Endlich spürte er, dass der Gang aufwärts ging und das Wasser nicht mehr so hoch stand. Trotzdem kam er wegen seiner mit Wasser gefüllten Stiefel nur langsam voran. Aber immerhin gewahrte er vor sich nun das schwache Tageslicht, das durch den Eingang hereinfiel. Nur noch wenige mühsame Schritte, dann war er gerettet.

Keuchend legte er die letzten Ellen zurück. Die dumpfe Luft im Gang legte sich wie Bleigewichte auf seine Lungen, dass er meinte, das letzte ansteigende Stück nicht mehr zu schaffen. Doch die Angst um sein Leben peitschte ihn vorwärts. Endlich erreichte er den Ausgang und drängte sich durch die davorstehenden Büsche hinaus. Als er im Freien stand, blieb er mit fliegendem Atem stehen und sog die frische Luft ein wie ein Verdurstender das frische Wasser einer Quelle.

Aber was er sah, trieb ihn aufs Neue an. Die Wölfel schwoll

sichtbar an, und weiter flussaufwärts sah er eine gewaltige Flutwelle, die alles mit sich fortriss. Bäume knickten wie Strohhalme im Wind, wurden von der schäumenden Wölfel fortgeschwemmt, schlugen gegen andere Bäume oder Felsen und zersplitterten wie Streichhölzer.

Blitzschnell überdachte er seine Möglichkeiten. Zu Fuß die Flucht durch den in der Zwischenzeit noch größer gewordenen See auf der Lichtung der Altenburg zu ergreifen war wegen seiner mit Wasser gefüllten Stiefel aussichtslos. Zog er die Stiefel zuerst aus, verlor er zu viel Zeit.

Sein Blick fiel auf den Burgfried. Er war hoch genug und sollte auch Festigkeit genug besitzen, um dem Anprall der Woge standzuhalten. Jetzt war er froh, dass er seine Schlüssel nicht wirklich zu Hause vergessen hatte. Aber würde er es schaffen, den Turm zu erreichen, aufzuschließen und hinaufzusteigen, ehe die Flut ihn verschlang? Die Flucht durch den See würde jedenfalls länger dauern. Es blieb ihm also keine andere Wahl.

Sofort lief er los, so schnell es die schweren Stiefel und das weiter ansteigende Wasser zuließen.

Das Getöse schwoll an, überall war das Bersten von Ästen und das Splittern von brechenden Bäumen zu hören. Zwischendurch erklangen Schreie von Menschen, die von den Fluten erfasst worden waren; bestimmt waren viele Arbeiter, die an dem Staudamm beschäftigt waren, mitgerissen worden. Und auch das Blöken von Kühen und das klägliche Meckern von Ziegen drang an Prussaks Ohr, während er vorwärts hastete. Doch er wandte sich nicht um. Es ging um sein eigenes Leben.

Das Wasser rings um die Altenburg stieg rasend schnell an. Wo es den drei Männern vorhin noch bis zu den Knöcheln gegangen war, erreichte es jetzt schon seine Knie. Doch er kämpfte sich weiter, er musste den Turm erreichen. Das Wasser wurde immer tiefer, jetzt reichte es ihm schon bis an die Hüften. Die Eingangstür zum Turm war bereits zur Hälfte unter der Wasseroberfläche verschwunden, und die Lichtöffnung zu Grünings Verlies war ebenfalls zu einem großen Teil nicht mehr sichtbar. Es mussten ungeheure Wassermassen in den Kerker fließen.

Doch dieser Gedanke hatte für Prussak keine Befriedigung mehr. Es ging ums nackte Überleben! Das Krachen der fallenden Bäume kam immer näher, das Tosen brüllte in seinen Ohren. Bis zur Brust stand er bereits im Wasser, jeder Schritt wurde mühsamer, kaum noch näherte er sich dem rettenden Turm. Er spürte, wie seine Kräfte erlahmten, doch die Todesangst mobilisierte seine letzten Reserven. Noch drei Schritte, noch zwei bis zum Turm.

Jeden Augenblick erwartete er, von der Welle erfasst oder von einem umgerissenen Baum erschlagen zu werden. Noch ein Schritt durch das gurgelnde Wasser, das ihm nun fast bis zur Brust reichte.

Da stand er an der Eingangstür zum Turm. Er rüttelte daran, doch natürlich war sie vorschriftsmäßig verschlossen. Prussak griff in seine Rocktasche. Wo war bloß der Schlüssel? Unter Wasser fingerte er durch alle seine Taschen, während die Wölfel brüllte, dass es seine Ohren betäubte.

Da bekam er die Schlüssel zu fassen. Verzweifelt zerrte er an ihnen, als sie sich in seiner Kleidung verfingen. Von einem Fluch begleitet, zog er sie endlich heraus.

Das Schloss lag bereits tief unter der Wasseroberfläche. Mit den Fingern tastete er an der Tür herum. Es blieben ihm nur noch wenige Sekunden, jeden Augenblick musste die Wölfel über ihn hereinbrechen. Seine Finger zitterten, aber endlich fand er das Schloss. Jetzt nur noch den Schlüssel hinein.

Aber der wollte nicht passen. Hatte er den falschen erwischt? Unter Wasser tastete er die verschiedenen Schlüssel durch, doch er hatte kein Gefühl mehr in den eiskalten Fingern. Mühsam hob er die Hände über die Wasseroberfläche, um die Schlüssel sehen zu können – da entglitten sie seinen bebenden Fingern.

Ihm entfuhr ein ellenlanger Fluch. – *Das war sein Ende.*

In diesem Augenblick erreichte die Flutwelle die Lichtung der Altenburg und riss Prussak mit sich zu Tal. Sein verzweifelter Schrei wurde vom Toben der Elemente verschluckt.

* * *

Noch immer krallte sich von Bredow an Wittemanns Arm. „Der Damm? Du glaubst ...?“

Wittemann versuchte, seinen Schwager abzuschütteln, um dem Jäger Prussak nachzulaufen. „Lass mich los, Viktor! Wenn die Flutwelle uns hier im Gang erreicht, ist es aus mit uns!“

Das Tosen draußen konnte nichts anders bedeuten: Der halbfertige Staudamm im Gebirge musste gebrochen sein, und jetzt wälzte sich eine ungeheure Flutwelle zu Tal.

Endlich gelang es ihm, sich von seinem Schwager loszureißen. Sofort begann er zu laufen. Am Schein der Laterne, die von Bredow in der Hand hielt, erkannte er, dass ihm dieser unmittelbar folgte.

„Hermann, das ist Gottes Strafgericht!“

„Unsinn! Fasel mir nichts von Gott!“ Wittemann wollte nicht zugeben, dass ihn der gleiche Gedanke durchzuckt hatte. Keuchend lief er voraus, doch es ging ihm viel zu langsam, denn das bis an die Hüften reichende Wasser ließ ihn ständig stolpern, während die schweren Stiefel ihn wie Bleigewichte nach unten zogen.

„Lauf doch schneller, Hermann!“, hörte er von Bredows Kreischen hinter sich.

Sein Schwager gab ihm von hinten einen Stoß. Wittemann verlor das Gleichgewicht und fiel platschend ins eiskalte Wasser. Von Bredow stolperte über ihn und schlug ebenfalls lang hin. Schlagartig umgab sie dichteste Finsternis, als die Laterne mit leisem Zischen erlosch.

Fluchend rappelte Wittemann sich auf und wischte sich das Wasser aus den Augen. Dennoch sah er nicht mehr als vorher: Tiefste Schwärze umgab ihn.

Pustend tauchte nun auch von Bredow wieder auf. „Verdammt! Kannst du nicht schneller laufen?“

„Was fällt dir ein, mich von hinten zu stoßen!?“, schrie Wittemann zurück. „Komm jetzt, sonst erreicht uns die Flutwelle!“

Nachdem die Augen sich an die Dunkelheit gewöhnt hatten, konnte er vor sich den Ausgang als schwachen Lichtschimmer ausmachen. Er tastete sich mit beiden Händen an den Wänden entlang und stolperte so schnell wie möglich vorwärts. An den in unregelmäßigen Abständen ausgestoßenen Flüchen erkannte er, dass von Bredow ihm auf dem Fuß folgte.

Derweil schwoll das Tosen und Rauschen zu einem gewaltigen Donnern an. Wittemann konnte es förmlich spüren, wie die todbringende Welle sich mit rasender Geschwindigkeit heranwälzte, um ihn zu verschlingen. Verzweifelt versuchte er, in dem nun ansteigenden Gang und dadurch nur noch knöcheltiefen Wasser schneller zu laufen, doch seine bis obenan mit Wasser gefüllten Stiefel hinderten ihn am raschen Vorankommen wie die Eisenkugeln, die man Gefangenen früher an die Füße gekettet hatte. Das Licht am Ende des Ganges wurde heller, es lagen nur noch dreißig Ellen vor ihm. Nur vorwärts! Weiter, ehe es zu spät war!

War es tatsächlich Gottes Strafgericht? Wittemann war sich wohl bewusst, dass er Grüning in seinem Hass grundlos verfolgt hatte. Das einzige, was er Grüning vorwerfen konnte, war, dass es ihm gelungen war, Katharina Bückers Herz zu erobern, während er selbst mit leeren Händen danebenstand. In seinem Rachedurst hatte er dann jene Tragödie heraufbeschworen und sich Grünings Charakterschwäche – den Jähzorn und die Eifersucht – zunutze gemacht. All das schoss ihm jetzt, im Angesicht des Todes durch den Kopf. Noch einmal erschien das Bild Katharinas vor seinen Augen.

„Lauf doch!“, schrie von Bredow hinter ihm und riss ihn aus seinen Gedanken. War er langsamer geworden? Noch fünfzehn Ellen trennten ihn vom rettenden Ausgang.

Jetzt war es seine Nichte Rahel, deren Bild er vor sich sah, dann folgten in rascher Folge all die jungen Mädchen, mit denen er im Lauf seiner kurzen Ehe seine Frau betrogen oder später ein unverbindliches Vergnügen gesucht hatte. Als er an die letzte dachte, Emma Jahn, seine verführerische Sekretärin, merkte er plötzlich, wie das Wasser im Gang rasch zu steigen begann.

Wieder schrie von Bredow etwas, aber Wittemann konnte ihn wegen des Getöses nicht mehr verstehen. Nur noch wenige Ellen, und der Ausgang war erreicht. Das Tageslicht drang schwach bis zu ihm herein, aber in dem Licht sah er auch das einströmende Wasser. Nun war auch der Hügel, auf dem der Gang mündete, überspült.

Das infernalische Donnern übertönte nun alles andere. Wittemann kämpfte sich gegen das eindringende Wasser voran. Nur noch wenige Schritte trennten ihn von der Rettung – da stürzte eine Flutwelle durch den Ausgang hinein, stieß wie ein Rammbock auf ihn und schleuderte ihn zurück. Er hatte nicht einmal mehr Zeit für einen letzten verzweifelten Schrei.

* * *

Wie gebannt starrte Albert Grüning auf die Luke. Langsam nahm der Wasserstrahl an Intensität zu, aber noch hatte die Flutwelle den Turm nicht erreicht. Würde das jahrhundertealte Gemäuer dem Stoß standhalten?

Während sich draußen das Toben der Wölfel ins Unermessliche steigerte und der Förster angespannt die Flutwelle erwartete, kam ihm ein neuer Gedanke: Wenn das Wasser im Kerker schnell genug stieg, konnte er schwimmend die Luke erreichen, bevor er erfroren war. Sie war zwar schmal, aber vielleicht konnte es ihm trotzdem gelingen, sich durch die Luke aus seinem Gefängnis zu befreien. Sollte es möglich sein, dass das Wasser, das ihn zu ertränken drohte, das Mittel zu seiner Rettung wurde?

Er sandte ein Stoßgebet zum Himmel empor. Während er mit fliegenden Fingern die Stiefel von den Füßen zog, schoss ihm ein Bibelvers, den er als Kind von seiner Mutter gelernt hatte, durch den Kopf: *Wenn du durchs Wasser gehst, ich bin bei dir, und durch Ströme, sie werden dich nicht überfluten.* An diese Zusage Gottes klammerte er sich nun.

Rasch entledigte er sich auch seines Mantels, der ihn – ebenso wie die Stiefel – nur beim Schwimmen hindern würde. Das Wasser leckte schon an seinen Füßen, die Vorboten der großen Flutwelle erreichten bereits die Altenburg.

Plötzlich erzitterte das alte Gemäuer in seinen Grundfesten. Grüning befürchtete schon, der Turm würde ihn unter sich begraben. Doch die Herren von Altenburg hatten solide Arbeit geleistet, der Turm hielt stand. Durch die Luke aber schoss ein Wasserstrahl, der die gesamte Öffnung ausfüllte.

Entsetzen packte Grüning, als er sah, wie das Wasser an ihm in die Höhe kletterte: Erst erreichte es die Knöchel, stieg bis an die Waden, bis an die Knie. Schon nach kurzer Zeit spürte er seine Füße kaum noch, obwohl er sie mit den Händen rieb und ständig in Bewegung hielt. Zwar war er kalte Bäder gewohnt, aber er fürchtete, dass *dieses* Bad selbst für seinen abgehärteten Körper zu lang war.

Hatte er gerade noch mit Entsetzen das steigende Wasser beobachtet, konnte es ihm jetzt nicht schnell genug steigen. Je eher er die Luftöffnung erreichte, umso größer war die Möglichkeit, dass er noch nicht erfroren war und noch die Kraft besaß, sich gegen das einströmende Wasser herauszuarbeiten.

Nun erreichten die Fluten seine Hüften. Was wohl mit den Männern im Gang geschehen war? Hatten sie das heraneilende Verhängnis früh genug bemerkt, oder hatte die Flutwelle sie überrascht? Er hatte jedenfalls nichts mehr von ihnen gehört, allerdings übertönte das Brausen der Wölfel auch jedes andere Geräusch.

Zähneklappernd stand Grüning da. Mittlerweile reichte ihm das Wasser bis zur Brust, bald bis zu den Schultern. Wie feine Nadelstiche empfand er die Kälte am ganzen Körper. Er zweifelte daran, dass er lange durchhalten würde, aber immerhin war es einen Versuch wert. So konnte er doch noch gegen das Verhängnis ankämpfen und brauchte nicht tatenlos auf seinen Tod zu warten.

Als ihm das Wasser bis zum Hals stand, stieß Grüning sich von dem Felsen ab und begann zu schwimmen.

Der Strahl, der durch die Luke schoss, hatte inzwischen etwas abgenommen, denn die Flutwelle war vorübergezogen. Mit Sorge betrachtete Grüning den schwächer werdenden Strahl. Je langsamer das Wasser stieg, umso geringer wurde seine Hoffnung, dass er lebend die Luke erreichte, ehe ihn Kälte und Entkräftung untergehen ließen.

Seine Gedanken wanderten zu seiner Braut. So hatte er sich den Kampf um sie nicht vorgestellt. Vielleicht eine abenteuerliche Flucht, eine heimliche Hochzeit – aber ein Kampf gegen das Ertrinken? Und doch bereute er es nicht. Wenn es auch vielleicht nur wenige Tage des Glücks waren, so hatten ihn diese wenigen Tage doch gelehrt, dass der Kampf um die Liebe von dem Glück der Liebe mehr als aufgewogen wurde, selbst wenn es ihn das Leben kosten sollte.

Aber er würde sein Leben nicht so einfach aufgeben. Solange noch eine Möglichkeit zur Rettung bestand, würde er kämpfen – für sein Glück, für seine Liebe, für Rahel. Doch er merkte rasch, dass dieser Kampf hart würde. Seine Glieder wurden in dem eisigen Gebirgswasser schnell steif, und es kostete ihn viel Kraft, sich über Wasser zu halten. Die Luke aber war noch weit entfernt.

Kapitel 40

Völlig durchnässt und durchfroren erreichte Rahel das Forsthaus. Rex machte es sich sogleich auf seinem Stammplatz vor dem Kamin bequem, während Rahel die Glut neu anfachte und einige Scheite auflegte.

Rex schien sich jedoch nicht behaglich zu fühlen. Kaum legte er einmal den Kopf auf die Vorderpfoten, sah er wieder zu Rahel auf. Offenbar spürte er ihre Unruhe und vermisste sein Herrchen.

Rahel setzte sich auf das mit der Decke verschönerte Ledersofa nahe am Kamin. Sie öffnete ihre durchnässten Haare, damit sie besser trockneten, und rieb sich die klammen Hände.

Wenn doch nur Franz Marwitz bald zurückkäme! Rahel vermochte die Ungewissheit kaum noch zu ertragen. Bis jetzt schien es so, als habe ihr Vater ihr die Wahrheit erzählt, denn Grüning war tatsächlich spurlos verschwunden – auch wenn weder Marwitz noch Trine an einen Selbstmord glauben mochten.

Von Marwitz aber würde sie die endgültige Gewissheit erhalten. Wenn die Gendarmen ihn aus dem Wasser gezogen hatten, dann konnte sie davon ausgehen, dass die Geschichte ihres Vaters stimmte, wenn aber nicht, dann gab es wenigstens noch Hoffnung. Marwitz war nun schon fast drei Stunden fort, sie konnte ihn also in Kürze zurückerwarten.

Rahel legte den Kopf zurück und schloss die Augen. Sah so der Kampf um die Liebe aus? Musste es unbedingt ein Kampf auf Leben und Tod sein? Sie hatte geglaubt, diesen Kampf Seite an Seite mit ihrem Bräutigam auszufechten, aber dass sie in den schwersten Stunden ihres Lebens ganz allein stand, hatte sie nicht erwartet. Aber stand sie wirklich allein? Hatte sie nicht den mächtigsten Helfer auf ihrer Seite?

„Ich danke Dir, Herr Jesus, dass Du mich nicht allein lässt. Und lass doch bitte Albert zurückkehren."

Wie eine Antwort auf ihr Gebet erklang im Forsthof das Rollen eines Wagens. Rex sprang auf und knurrte.

„Sei still“, befahl Rahel und legte ihm die Hand auf den Kopf. „Bestimmt ist es Herr Marwitz, der uns etwas über den Verbleib deines Herrchens berichten wird.“

Der Hund wich nicht von ihrer Seite, als sie ans Fenster trat. Soeben sprang Marwitz vom Wagen und eilte zur Haustür.

Schon wenige Augenblicke später stand er bei ihr in Alberts Arbeitszimmer. Mit atemloser Spannung sah Rahel zu ihm auf.

„Und?“ Mehr brachte sie nicht heraus.

Trotz seiner Eile vergaß Marwitz nicht die korrekte Verbeugung. „Gnädiges Fräulein, ich war soeben in Habelschwerdt bei der Gendarmerie.“

„Ja, ich weiß es“, drängte sie. „Was haben Sie herausgefunden?“

„Die Beamten haben weder in der Nacht noch am Morgen einen Toten aus der Wölfel geborgen.“

Rahel sank auf das Sofa. „Dann ist es also nicht wahr.“

„Haben *Sie* etwas gefunden? Ich sehe, dass Rex aufgetaucht ist.“

„Ich traf auf Trine und einen Herrn vom Sägewerk, mit dem Albert heute Morgen einen Termin hatte. Von ihnen erhielt ich den Hund. Aber von Albert gibt es keine Spur.“

Marwitz fuhr sich mit allen zehn Fingern durch das Haar. „Gnädiges Fräulein, unterwegs fiel mir auf, dass Sie mir nicht berichteten, wo genau Albert in die Wölfel gesprungen sein soll. Hat Ihr Vater einen Ort explizit erwähnt?“

Aufmerksam sah Rahel zu ihm auf. „Er sprach von der Holzbrücke kurz unterhalb der Altenburg.“

Marwitz schlug sich mit der flachen Hand an die Stirn. „Mince alors! Ich hätte die Frage eher stellen sollen!“

„Warum?“ Rahel wickelte die Spitzen ihrer Haare um den linken Mittelfinger. „Herr Marwitz, haben Sie eine Spur?“

„Gnädiges Fräulein, hätten Sie die Güte, mich zur Altenburg zu begleiten? Ich habe von meiner Mamsell ein Gerücht gehört, dem ich nachgehen möchte.“ Sogleich sprang Rahel auf, band notdürftig ihr Haar zusammen und warf den Mantel über. „Ich bin bereit. Um was für ein Gerücht ...“

„Kommen Sie." Er schien es plötzlich so eilig zu haben, dass er sie nicht ausreden ließ.

Rahel rief Rex zu sich, dass er sie begleite. Dann verließ sie mit Franz Marwitz das Forsthaus und trat in den strömenden Regen hinaus. „Mögen Sie mir auch den Hinweis verraten, den sie von ihrer Mamsell erhielten?"

Stürmischen Schrittes eilte Marwitz auf seinen Wagen zu, dass sie ihm kaum zu folgen vermochte. „Es handelt sich um eine Unstimmigkeit in der Geschichte Ihres Vaters", rief er ihr über die Schulter hinweg zu.

Rahel raffte ihren langen Rock, der vom Umherirren im Wald noch immer nass war, und ließ sich von ihm in die Kutsche helfen. Rex sprang schwanzwedelnd hinterher. Ihm schien das Abenteuer einer Kutschfahrt zu gefallen.

Marwitz sprang zu seinem Kutscher auf den Bock, stieß ihn zur Seite und ergriff selbst die Zügel. Mit halsbrecherischer Geschwindigkeit jagte er aus dem Forsthof, dass Rahel jede weitere Frage im Hals stecken blieb. Er schlug den Weg zur Altenburg ein.

Seitdem Marwitz von der Gendarmerie zurückgekehrt war, wusste Rahel gar nicht mehr, was sie glauben sollte. Offenbar hatte ihr Vater sie tatsächlich belogen, aber andererseits musste auch irgendetwas Wahres an seiner Geschichte sein, denn Albert war und blieb verschwunden. Lebte er noch und wartete irgendwo verletzt auf Hilfe? Oder war er auf andere Weise ums Leben gekommen, und ihr Vater wollte ihn durch den erfundenen Selbstmord nur schlecht in ihren Augen machen? War es dann ein Unfall gewesen oder war Albert sogar ermordet worden? Und hatte ihr Vater dabei womöglich noch seine Hände im Spiel? – So schlecht mochte sie gar nicht von ihrem Vater denken, aber ihrem Onkel traute sie eine solch ruchlose Tat nach den Erfahrungen der letzten Monate durchaus zu. Es war alles viel zu verwirrend, und sie konnte nur zu ihrem Herrn rufen, dass Er alles zu einem guten Ende führen möge.

Als sie nicht mehr weit von der Altenburg entfernt waren, hielt Marwitz den Wagen an und half Rahel beim Aussteigen.

„Verzeihen Sie, gnädiges Fräulein, dass ich so sehr eile. Aber ich fürchte, Sie wurden Opfer eines horriblen Komplotts."

Sie wischte sich das Wasser und gleichzeitig eine Haarsträhne aus der Stirn, die sich aus ihrer lockeren Frisur gelöst hatte. Gerade wollte sie fragen, was Marwitz mit dem Besuch der Altenburg bezwecke, als er bereits im Sturmschritt voraneilte. Unverzüglich folgte sie mit Rex dem Freund ihres Bräutigams, der für sie wie ein Geschenk des Himmels war. Was hätte sie in dieser Situation bloß allein tun sollen?

Als sie sich der Burg näherten, drang schon sehr früh ein kräftiges Rauschen zu ihnen herüber. Marwitz blieb stehen.

„Schon von hier aus hört man die Wölfel?", fragte er ungläubig. „Dann muss sie ja eklatant gestiegen sein!"

Auch Rahel lauschte. „Als ich vorhin im Wald nach Albert suchte, hörte ich ein schweres Tosen, wie eine Flutwelle. Der Direktor des Sägewerks meinte ..."

„Es wird doch nicht ..."

Mehr hörte Rahel nicht, denn der Mann stürmte schon wieder weiter. Ihr blieb nichts anderes übrig, als ihm zu folgen. Bald sah sie die Lichtung der Altenburg vor sich – aber es war nur noch ein einziger großer See, aus dem noch einige Mauerreste und der Turm herausragten. Die Wölfel aber brüllte und schäumte vorüber und führte Äste und sogar ganze Bäume mit sich.

Sie sah zu ihrem Begleiter hinüber, der mit vor Schreck geweiteten Augen das Schaupiel betrachtete.

„Der Staudamm im Gebirge muss gebrochen sein", japste er. „Das ist eine Katastrophe von exorbitanter Dimension! Unser armes Dorf!"

Rahel konnte sich von dem Anblick der Wölfel nicht losreißen, die sich als rauschender Strom zu Tal wälzte.

„Es muss eine ungeheure Flutwelle gegeben haben", erklärte Marwitz. „Sehen Sie nur, wie weit vom Flussbett entfernt noch die Bäume geknickt sind und der Schlamm getragen wurde!"

Doch Rahel hatte genug von der Überschwemmung gesehen. Es ging um ihren Bräutigam, und davon ließ sie sich nicht ablenken. „Herr Marwitz, was wollten Sie mir zeigen?"

Marwitz ging einige Schritte in den See hinein, damit er an der Altenburg vorbei einen besseren Blick wölfelabwärts hatte. „Jetzt ist sie natürlich nicht mehr da."

„Wer ist nicht mehr da?"

„Die alte Holzbrücke, von der Albert in den Fluss gesprungen sein soll."

Rahel stand am Rand der überschwemmten Lichtung und beugte sich vor. „Dann wurde sie wohl von der Flutwelle weggeschwemmt", antwortete sie mutlos. Sie verstand immer noch nicht, was sie hier an der Altenburg sollte.

„Nein, gnädiges Fräulein. Die Brücke war alt und morsch und hielt dem Hochwasser wohl bereits vorher schon nicht mehr stand. Jedenfalls erzählte mir meine Mamsell, dass im Dorf Trümmer angespült worden seien, die wahrscheinlich von der Brücke stammten. Als Albert hier in die Wölfel gesprungen sein soll, gab es vermutlich bereits keine Brücke mehr."

Also auch das stimmte nicht. Nicht nur, dass Albert nicht aus dem Fluss gefischt worden war, er war auch gar nicht hineingesprungen. Rahel verspürte Erleichterung, weil ihr Bräutigam von dem schlimmen Verdacht des Selbstmords befreit war.

Doch sogleich war die Sorge wieder da. Was war dann mit ihm geschehen? Was hatten ihr Onkel und vielleicht auch ihr Vater mit ihm gemacht? Da offenbar sonst niemand etwas über Albert wusste, konnte es nur noch so sein, dass ausgerechnet ihre nächsten Verwandten beim Verschwinden ihres Bräutigams die Finger im Spiel hatten.

„Wo ist Albert dann?", fragte sie so leise, dass sie schon fürchtete, Marwitz würde sie über dem Brüllen der Wölfel nicht verstehen.

Doch er sah sie an und schüttelte den Kopf. „Ich weiß es nicht. Ich stehe vor einem Mysterium."

Rahel spürte, wie ihr die Tränen in die Augen schossen. Was halfen ihnen die Unstimmigkeiten in der Geschichte ihres Vaters, wenn sie Albert dennoch nicht fanden?

Glücklicherweise war ihr Gesicht vom Regen schon so nass, dass Marwitz ihre Tränen bestimmt nicht bemerken konnte; sie wollte jetzt nicht schwach erscheinen. Und doch sehnte sie sich so sehr nach der starken Schulter ihres Bräutigams, wo sie sich einfach ausweinen konnte.

Während Marwitz sich umwandte und auf trockenen Grund zurückkehrte, starrte Rahel auf die Ruinen der Burg. Was war hier in der letzten Nacht geschehen? War es überhaupt *hier* geschehen? Oder hatte ihr Vater die Brücke an der Altenburg nur ganz zufällig genannt?

„Albert“, flüsterte sie vor sich hin, „wo bist du? Was haben sie dir angetan?“

* * *

Albert Grüning spürte seine Beine nicht mehr, trotzdem gelang es ihm noch immer, sich durch Schwimmbewegungen über Wasser zu halten. Mehrfach war er kurz davor aufzugeben, doch genauso oft siegte sein Lebenswille. Schließlich hob ihn das nun gleichmäßig in einem kräftigen Strahl hereinschießende Wasser Zoll für Zoll zu der rettenden Luke hinauf.

Unaufhörlich rief er zu seinem Gott, dass Er ihm die Kräfte erhalten möge. Einerseits versuchte er sich mit so wenig Bewegungen wie möglich über Wasser zu halten, um seine Kräfte zu schonen, hin und wieder machte er aber auch stärkere Bewegungen, um die steifen Glieder zu wecken. Dann spürte er jedoch, wie schnell er müde wurde. Ob er dieses Spiel noch lange durchhalten würde? Er zweifelte mehr und mehr daran, vor allem wenn er daran dachte, dass er sich noch gegen den Wasserdruck durch die Öffnung schieben musste. Und doch kämpfte er weiter, um sich die Möglichkeit noch zu erhalten – es ging schließlich um Rahel!

Endlich konnte er die Luke mit den Händen fassen, aber noch lag sie zu hoch, um sich hochzuziehen. Das Mauerwerk des Turms war ungefähr eineinhalb Ellen dick, und als Grüning so weit gestiegen war, dass er einen Blick in die Luke werfen konnte, sah er, dass der Wasserstrahl ungefähr bis zur Hälfte ihrer Höhe reichte. Wenn er lang genug warten könnte, bis der Wasserstand im Turm dem draußen angeglichen war, musste er also nicht mehr gegen das einfließende Wasser ankämpfen.

Er stütze die Ellenbogen auf das Mauerwerk und versuchte, einen Blick nach draußen zu erhaschen. Aber das noch immer hereinströmende Wasser verwehrte ihm den Blick. Sollte er jetzt schon einen Ausstiegsversuch wagen?

Vorsichtig, jede unnötige Belastung seiner schmerzenden Rippe vermeidend, legte er den Oberkörper in die Luke und schob sich langsam voran. Das einströmende Wasser rauschte ihm ins Gesicht, und er ließ sich prustend zurückfallen. Unglücklicherweise wurde die Öffnung nach außen hin schmaler, und er war sich nicht sicher, ob es ihm tatsächlich gelingen würde, seinen Körper hindurchzuzwängen. Wenn nicht, dann war er verloren.

Endlich war das Wasser so hoch gestiegen, dass der Gegendruck nachließ. Wieder zog sich Grüning in die Luke und schob sich langsam vorwärts, der Freiheit entgegen. Zwar bereitete ihm die Rippe rasende Schmerzen, aber darauf konnte er keine Rücksicht nehmen. Es ging um sein Leben!

Tief atmete er die frische Luft ein, die ihm entgegenschlug. Dabei verschluckte er einen Schwall Wassers. Er musste heftig husten und seine Rippe schmerzte dadurch noch mehr – beinahe unerträglich, fast bis zur Ohnmacht.

Völlig erschöpft blieb er einen Augenblick liegen. Seine Arme waren taub, seine Beine fühlten sich wie leblose Gestelle an.

Aber er raffte sich noch einmal auf, kroch voran, bis er die Arme und dann den Kopf durch die Öffnung schob – er passte so eben hindurch! Das gab ihm Mut und Hoffnung, dass er es doch noch schaffen würde.

Jetzt die Schultern. Wenn sie nur nicht so breit wären! Er stütze sich mit den Händen außen am Turm ab und versuchte sich vorwärts zu ziehen, aber es wollte nicht gelingen. Könnte er doch nur seine Füße irgendwo gegenstemmen, sodass er sich vorwärts schieben könnte, aber sie hingen noch im Verlies. Und auf die Knie konnte er sich nicht aufrichten, weil dazu die Öffnung nicht hoch genug war.

Kraftlos ließ er die Arme hängen. Nun war er schon so weit gekommen, sollte er jetzt noch scheitern? Nur weil seine Schultern nicht durch die Öffnung passten?

„Oh Gott, jetzt hast Du mir schon so weit geholfen, bitte hole mich auch hier noch heraus!“, flehte er.

Erneut stemmte er sich mit aller verbliebenen Kraft mit den Armen gegen die Turmmauer, um seine Schultern durch die Luke zu pressen. Mit den Beinen machte er unkontrollierte Schwimmbewegungen, soweit sie dazu noch in der Lage waren. Aber es brachte alles nichts. Er bekam seine Schultern nicht durch die Öffnung.

Noch einmal versuchte er es unter Aufbietung seiner letzten Kräfte. Doch er war schon zu schwach, er blieb unwiderruflich stecken.

Halb draußen, halb drinnen, so hing Albert Grüning da. Es war zwecklos. Er konnte nicht mehr. Mit der Rettung vor Augen musste er aufgeben.

Kapitel 41

„Kommen Sie“, sagte Marwitz und legte Fräulein von Bredow die Hand auf den Arm. „Gehen wir zum Wagen zurück.“

Gerade als sich das Mädchen von der Ruine der Altenburg abwandte und ihn mit verweinten Augen ansah, sprang Rex plötzlich wie ein lauernder Luchs auf und schoss ins Wasser. Schon nach wenigen Sprüngen verlor er den Grund unter den Pfoten und begann zu schwimmen.

„Rex! So komm doch zurück! Was soll der Unfug?“, rief Rahel von Bredow hinter ihm her.

Doch das sonst so folgsame Tier ließ sich nicht beirren und schwamm geradewegs auf den Turm der Altenburg zu. Was hatte der Hund nur?

Die junge Frau eilte Rex ein paar Schritte nach bis ins Wasser hinein und sah scharf zum Turm hinüber.

Marwitz konnte dort nichts Auffälliges entdecken, nur dass die Eingangstür bis über die Hälfte ihrer Höhe im Wasser stand.

„Lassen Sie uns umkehren, der Hund wird schon nachkommen“, sagte er und wandte sich um.

Gerade wollte er zum Wagen gehen, als das Mädchen aufschrie. „Herr Marwitz! Sehen Sie dort!“

Erschrocken fuhr er herum.

Aufgeregt fuchtelte sie mit dem Arm und wies zum Turm der Altenburg. Er blickte in die angegebene Richtung, doch er sah dort nur den Hund, der auf den Turm zuschwamm. Sonst war nichts zu entdecken. „Was gibt es denn?“

„Sehen Sie doch nur, Herr Marwitz! Rechts neben der Eingangstür ist eine Öffnung in der Turmmauer. Dort ist ein Mensch!“

Nun sah es auch Marwitz. Aus der Öffnung ragten zwei Arme und ein Kopf. Sollte jemand im Turm stecken? Er wusste gar nicht, dass es dort noch einen Raum gab, er kannte nur die Treppe, die zur Aussichtsplattform führte.

Jetzt fing der Mensch an, mit den Armen zu zappeln, als wollte er sich durch die Öffnung schieben, aber es schien ihm nicht zu gelingen, denn er ließ die Arme ins Wasser sinken.

„Dort ist jemand in größter Not!“, rief Rahel von Bredow ihm zu. „Wir müssen ihm helfen!“

Marwitz zögerte nicht. Mit langen Schritten eilte er wieder in den See hinein. Zuerst war das Wasser nicht tief, doch je mehr er sich der Burg näherte, umso mehr musste er gegen die Wassermassen ankämpfen. Vor allem durfte er der Wölfel nicht zu nahe kommen, um nicht von der Strömung erfasst zu werden. Aber Rex war es auch gelungen, den Turm schwimmend zu erreichen, also konnte die Strömung nicht so stark sein.

Bald schon reichte Marwitz das Wasser bis weit über die Hüften, und die junge Frau, die es sich nicht nehmen ließ, ihm zu folgen, verschwand schon bis fast an die Brust im braunen Wasser. Marwitz versuchte sich die Lichtung ohne Hochwasser vorzustellen und überlegte, ob es irgendwo eine Bodenwelle oder eine Vertiefung gab, die ihn sogar zum Schwimmen zwingen würde, aber er konnte sich an nichts Derartiges erinnern.

Plötzlich hielt Rahel von Bredow inne. „Herr Marwitz!“

Der Klang ihrer Stimme alarmierte ihn. Sie schrie nicht, aber der Tonfall verriet ihm, dass sie sich in höchster Aufregung befand.

„Gnädiges Fräulein?“

„Es ist Albert!“, rief sie und eilte wieder voran, so schnell das hochstehende Wasser und ihr langes Kleid es zuließen.

Marwitz sah erneut scharf zum Turm hinüber, der nicht mehr weit entfernt war. Das Fräulein schien recht zu haben, der dunkle Kopf, der aus der Öffnung ragte, könnte tatsächlich zu Albert Grüning gehören. Offenbar hatte auch Rex ihn längst erkannt. Er schwamm jetzt wieder Rahel von Bredow entgegen, als wollte er sie auffordern, sich zu beeilen, um Rettung zu bringen. Da hastete auch Marwitz die letzten Schritte vorwärts.

Grüning hob matt den Kopf. Immerhin lebte er noch, schien aber äußerst schwach zu sein, denn er brachte kein Wort heraus. Er hatte die Arme voraus und dann den Kopf durch die Luke gebracht, hing jetzt aber mit seinen Schultern fest, weil die Öffnung zu schmal war.

Marwitz hoffte, dass es ihnen mit vereinten Kräften gelingen würde, Grüning herauszuziehen, und dass er nur wegen seiner schwindenden Kräfte gescheitert war.

Das Fräulein scheuchte den aufgeregten Rex fort, der sie nur hinderte, und griff dann einen Arm des Försters, jedoch nicht ohne ihm vorher liebevoll über den Kopf gestreichelt zu haben. Zeigte sich da ein Lächeln auf Grünings Gesicht? Marwitz jedenfalls schien es so.

„Albert, wir werden dich hier herausholen. Vielleicht tut es etwas weh, aber du wirst es überleben", erklärte Marwitz und ergriff Grünings anderen Arm. Der Förster wollte scheinbar etwas erwidern, doch gab er den Versuch auf, als Marwitz und Rahel von Bredow unverzüglich begannen, an seinen beiden Armen zu ziehen.

Marwitz sah, wie der Förster die Lippen aufeinanderpresste, offenbar verursachten sie ihm große Schmerzen. Aber sie hatten keine andere Möglichkeit, ihn zu befreien.

Er stemmte einen Fuß gegen die Außenmauer des Turms, denn der Boden war glitschig und er fand keinen rechten Halt. Grünings Braut erging es ebenso. Plötzlich rutschte sie aus und fiel in das schlammige Wasser. Grüning stöhnte auf, doch sie tauchte sofort wieder auf, strich sich das nasse Haar aus dem Gesicht und fasste erneut entschlossen zu.

„Stemmen Sie sich mit einem Fuß gegen die Mauer", riet Marwitz. „Und dann ziehen Sie! Albert ist aus hartem Holz, er wird notfalls auch einige Zerrungen und Brüche ertragen!"

Rahel von Bredow strömten die Tränen über das Gesicht – oder waren es nur die Regentropfen? Marwitz konnte es nicht unterscheiden, aber er verstand gut, dass sie Tränen der Verzweiflung vergoss. Hier klemmte ihr Bräutigam, völlig entkräftet, wahrscheinlich auch völlig unterkühlt, und sein Leben hing von wenigen Zoll Mauerwerk ab. Was wäre, wenn es ihnen nicht gelingen würde, ihn herauszuziehen? Marwitz mochte gar nicht darüber nachdenken.

„Wir müssen versuchen, ihn ein wenig auf die Seite zu drehen", rief Marwitz seiner Begleiterin zu. „Die Luke hat mehr Höhe als Breite, dann geht es sicher besser."

An den Oberarmen versuchten sie, den schweren Körper zu drehen, dann zogen sie erneut – bis sie hintenüber ins Wasser fielen.

Prustend wischte sich Marwitz die Brühe aus den Augen. Grünings Schultern waren tatsächlich durch die Öffnung gerutscht, nun steckte er noch mit der Hüfte fest. Aber immerhin konnten sie ihn nun unter den Achseln greifen. Marwitz half Rahel von Bredow auf, die sich in ihrem langen Rock verfangen hatte, dann ergriffen sie den Förster erneut.

„Es wird uns gelingen, Albert", rief er seinem Freund zu. „In deinem Arbeitszimmer brennt schon ein lustiges Feuer im Kamin, dort wirst du dich aufwärmen können. Und deine Braut wird nichts lieber tun, als dich zu pflegen."

Um die blauen Lippen des Försters irrte ein Lächeln. Marwitz nickte der jungen Frau zu, dann zogen sie mit aller Kraft, bis sie wieder im Wasser lagen – aber dieses Mal zu dritt.

So schnell wie möglich tauchte Marwitz auf und richtete die reglose Gestalt des Oberförsters auf. Er wollte ihn auf die Beine stellen, doch die Knie seines Freundes sackten durch.

„Meine Beine", murmelte er mit steifen Lippen.

Inzwischen stand auch Rahel von Bredow wieder auf ihren Füßen. Bei ihrem Anblick musste Marwitz unwillkürlich schmunzeln. Die ohnehin nur notdürftige Frisur hatte sich gelöst und das lange Haar hing nass und schwer an ihr hernieder. Über das hübsche Gesicht rannen braune Rinnsale.

„Gnädiges Fräulein, bitte helfen Sie mir, Albert zum Wagen zu bringen. Seine Beine scheinen ihn nicht mehr zu tragen."

Er musste die Tapferkeit des Fräuleins bewundern. Sie lamentierte nicht, verschwendete auch keine Zeit für ausgiebige Liebkosungen, sondern ergriff ihren Bräutigam unter einer Achsel.

„Gleich bist du im Trockenen und Warmen, Albert", ermunterte sie ihren Bräutigam.

„Meine – meine Rippe!", stammelte der entkräftete Förster.

Vorsichtig befühlte Marwitz den Brustkasten Grünings. An einer Stelle spürte er tatsächlich eine Schwellung, und Grüning verzog auch schmerzlich das Gesicht.

„Es tut mir leid, Albert, ich wusste nicht, dass du verletzt bist. Wir werden vorsichtig mit dir sein.“

Willig ließ Grüning alles mit sich geschehen. Er presste nur die Lippen aufeinander, als Marwitz und Rahel ihn so sachte wie möglich aus dem Wasser zogen.

Kapitel 42

Einige Tage später saß Grüning in Decken gehüllt am Kamin, in dem ein Feuer flackerte. Rex war immer an der Seite seines Herrn, er bewies seine Freude über die Rückkehr Grünings mit noch größerer Anhänglichkeit.

Auch Rahel wich kaum aus dem Forsthaus. Das Hotel *Zum gelben Dragoner* war durch die Überschwemmung unbewohnbar geworden, und so war Rahel mit ihrer Mutter zu Franz Marwitz übergesiedelt, dessen Haus etwas erhöht lag und verschont geblieben war. Aber die Tage verbrachte Rahel bei ihrem Bräutigam.

Grüning spürte warme Freude in sich aufsteigen, als sie mit einer dampfenden Tasse Tee zu ihm hereinkam.

„Albert, der Arzt hat gesagt, du sollst weiterhin viele heiße Getränke zu dir nehmen“, sagte sie und stellte die Tasse neben ihm ab.

Er lächelte. „Dieser Quacksalber! Erst dachte er, ich würde die Unterkühlung nicht überleben, und jetzt wundert er sich, dass ich es so gut überstehe.“

Rahel strich ihm über das kurze Haar. „Wir wollen Gott danken, dass Er dir eine so robuste Natur gegeben hat, Albert.“

Er ergriff ihre Hand. „Du hast recht, Rahel. Wir können Ihm nicht genug danken, dass Er uns noch einmal zusammengeführt hat. Mir ist es, als seiest du mir neu geschenkt worden.“

Sie setzte sich auf die Lehne seines Sessels und legte den Arm um seine Schultern. „So geht es mir auch. Er hat tatsächlich alles wunderbar geführt.“

Draußen war das Rollen eines Wagens zu hören, und kurz darauf öffnete sich die Tür.

„Dürfen wir hereinkommen?“, erklang eine weibliche Stimme, die Grüning sofort als die seiner Schwester erkannte.

Er spürte Unruhe in sich aufkommen. Wie oft war er mit Rosina aneinandergeraten! Nun war es an der Zeit, dass er sie um Entschuldigung bat. „Ja, kommt nur herein.“

Es war tatsächlich Rosina, und ihr folgte Franz Marwitz.

„Albert! Wie froh bin ich, dich wieder so wohlauf zu sehen!" Seine Schwester eilte ihm entgegen und ergriff seine Hand.

Grüning lächelte. „Rosina. Ich freue mich dich zu sehen." Diese Worte hörte sie gewiss zum ersten Mal von ihm. Er hielt ihre Hand fest. „Kannst du mir verzeihen, kleine Schwester, dass ich immer so grob zu dir war? Es tut mir leid."

Er sah Tränen in ihren Augen blinken. „Albert!" Sie schlang die Arme um seinen Hals. „So ist es tatsächlich wahr, was Herr Marwitz mir berichtet hat! Du bist ein anderer geworden."

„Durch die Gnade des Herrn Jesus, ja", antwortete Grüning bewegt.

„Aber verzeihe auch du mir, Albert", bat Rosina, und er spürte ihre Tränen an seinem Hals. „Ich hätte dir keine Vorwürfe machen dürfen und nicht aufbrausen sollen."

Er strich ihr mit der Hand über den Rücken. „Ist gut, kleine Schwester."

„So hast du mich auch früher immer genannt, als ich noch ein kleines Mädchen war", sagte sie. Trotz der Tränen auf ihren Wangen hockte in ihren Mundwinkeln ein Lächeln.

Als sich Rosina von ihm löste, winkte er Marwitz heran. „Auch dir muss ich Abbitte leisten, Franz. Es ist unbegreiflich, dass du mir als Freund immer die Treue gehalten hast, obwohl ich dir die Freundschaft nie vergolten habe. Vergib mir meine Grobheiten."

Marwitz' fester Händedruck sagte ihm mehr als eine Antwort. Und als er in die strahlenden Augen seiner Braut sah, freute er sich, dass er seinen Stolz überwunden und um Vergebung gebeten hatte.

„Wenn ich ganz genesen bin, müssen wir nach Neiße reisen", sagte er zu ihr. „Mein alter Vater wartet auch auf eine Versöhnung."

„Zu diesem Zweck reise ich gerne mit dir nach Neiße, Albert." Rahel legte ihre Finger zwischen die seinen.

„Ich werde die Reise allerdings nicht ohne dich antreten", lächelte er. „Schließlich möchte ich dich dort heiraten."

In ihren Augen ging die Sonne auf. „Albert, das ist wunderbar!"

Er legte den Arm um sie und sah zu seinem Freund auf. „Franz, wirst du uns begleiten? Als mein Trauzeuge?"

Marwitz strahlte über das ganze Gesicht. „Wenn ich dir vor einem Jahr gesagt hätte, du würdest mich darum bitten, dein Trauzeuge zu sein, hättest du mich wahrscheinlich wutentbrannt aus dem Hause geworfen."

Albert stimmte in das Gelächter der anderen mit ein. „Diese Veränderung hast du diesem Mädchen zu verdanken."

Doch Rahel wies das Lob zurück. „Es ist die Gnade unseres Herrn. Ihm allein gebührt die Ehre."

Grüning griff nach der Tasse und schlürfte an seinem Tee, sonst würde Rahel ihn in Kürze darauf hinweisen, dass er heiß getrunken werden musste. Er genoss es, von ihr umsorgt zu werden.

Als er die Tasse geleert hatte, wandte er sich wieder an Marwitz. „Hast du mittlerweile etwas über die drei Übeltäter in Erfahrung bringen können?"

Marwitz setzte sich neben Rosina auf das Ledersofa. „Ich war heute Morgen bei der Gendarmerie. Auf deine Hinweise hin haben sie den Gang zum Verlies rekognosziert, sobald der Wasserspiegel einigermaßen gesunken war."

„Haben sie etwas gefunden?", fragte Rahel und wickelte eine Haarsträhne um ihren Finger.

„Es tut mir leid, gnädiges Fräulein, dass ich keine bessere Nachricht für Sie habe. Man fand Ihren Onkel und Ihren Vater. Sie wurden offenbar, wie Albert vermutet hatte, von der Flutwelle überrascht und ertranken."

Fürsorglich legte Grüning den Arm um Rahels Schultern. Wittemann und von Bredow waren zwar ausgemachte Bösewichte gewesen, aber sie waren dennoch ihr Vater und ihr Onkel. Er wusste, dass Rahel trotz allem um sie trauern würde. Sie lächelte ihn nur schwach an, ohne etwas zu sagen, aber sie verstanden sich ohne Worte.

„Dem Jäger Prussak", fuhr Marwitz fort, „ist es scheinbar gelungen, aus dem Gang zu entkommen. Dennoch muss er von der Welle erfasst worden sein, denn er wurde in der Nähe des Dorfes schwer verletzt aus der Wölfel gezogen. Als er vernehmungsfähig war, stritt er zuerst alles ab, verstrickte sich dann aber in Widersprüche. Als er erfuhr, dass du noch lebst, Albert, seine Komplizen aber tot sind, gestand er alles.“

„Wird er überleben?“, fragte Grüning. In ihm regte sich sein Gewissen, denn sicherlich hatte er den Rachedurst des Jägers – jedenfalls zu einem Teil – mit verschuldet.

„Wahrscheinlich schon. Wusstest du, dass Wittemann der eigentliche Wilddieb war, Prussak ihm aber assistiert und ihn gelegentlich vertreten hat, wenn Wittemann in Breslau sein musste?“

„Ich dachte mir, dass beide zusammenarbeiteten. Wir wollen nicht mehr an sie denken. Es gibt schönere Dinge, mit denen wir uns jetzt beschäftigen dürfen.“

„Das ist wahr!“, rief Rosina. „Denn was ist schöner, als eine Hochzeit auszurichten?“

„Da seid ihr Frauen wieder in eurem Element“, lachte Grüning. „Aber ich weiß noch etwas Schöneres, als eine Hochzeit auszurichten: nämlich an dieser Hochzeit als Bräutigam teilzunehmen.“

„Oder als Braut“, fügte Rahel mit glücklichem Lächeln hinzu.

Epilog

Mit weicher Hand strich der Sommerwind über die Wipfel der Bäume und spielte auch mit Rahels langem, blondem Haar. Fasziniert betrachtete Grüning die Lichtreflexe, die die rötliche Abendsonne darin hervorzauberte und es mal hellblond, mal golden aufleuchten ließ. Sie standen auf dem Turm der Altenburg und beobachteten das immer wieder beeindruckende Schauspiel des Sonnenuntergangs. Der Nordwesten färbte sich orange, und der rote Ball der Sonne sandte seine letzen Strahlen wie Feuergarben über die grünen Hügel des Hochwaldes.

Grüning legte den Arm um Rahel und zog sie näher an sich heran. „Rahel Grüning", flüsterte er in ihr Ohr.

Sie lächelte zu ihm auf. „Ich bin stolz darauf."

Erst vor wenigen Tagen waren sie aus Neiße zurückgekehrt, und Marwitz hatte es offenbar nicht ertragen, das glückliche Paar nur als Trauzeuge in die Ehe zu geleiten. So war er selbst als Bräutigam heimgekommen und hatte in Neiße eine glückstrahlende Rosina als seine Braut zurückgelassen.

„Ich meine", scherzte Grüning, „Rahel von Bredow habe besser geklungen."

Über Rahels Gesicht huschte ein schmerzlicher Schein, und Grüning bedauerte seine Worte sogleich. „Der Name *von Bredow* hat keinen guten Klang mehr." Sie senkte den Kopf und wickelte die Enden ihres Haares um den linken Mittelfinger.

„Verzeih, dass ich dich daran erinnerte", bat er und strich ihr über den schimmernden Scheitel.

„Es ist nicht der Rede wert." Der Ausdruck ihres Gesichtes wurde wieder froh. „Ich habe schon seit dem letzten Sommer davon geträumt, deinen Namen zu tragen."

Versonnen sah er in die Ferne. Über ein Jahr war es nun her. Ein zauberhafter Juniabend, ebenfalls auf dem Turm der Altenburg – da war Rahel von Bredow in sein Leben getreten. Wer hätte damals geahnt, dass sie rund ein Jahr später als Ehepaar hier stehen würden!

Grüning musste lächeln, als er daran dachte, wie er sich über die Störung durch das junge Mädchen geärgert hatte. „Wie froh bin ich, dass du damals keine Angst vor meinem Rex hattest, als du auf den Turm kamst.“

„Oh, Angst hatte ich schon“, korrigierte sie und strich dem Hund über den Kopf, der heute so friedlich zu ihren Füßen lag. „Aber der Reiz des Sonnenuntergangs war größer als die Angst.“

„Jetzt denke dir nur, du wärest damals umgekehrt!“

„Dann hätte Gott einen anderen Weg gefunden, uns zusammenzuführen, Albert.“

Er nahm ihre Hand und drehte spielerisch an dem Ehering, den sie am rechten Ringfinger trug. „Ja, das glaube ich auch.“

Immer tiefer sank die Sonne und berührte schon die Spitzen der Bäume. Die Farbe des Horizonts vertiefte sich zu einem flammenden Rot, und für Grünings scharfe Augen schon erkennbar leuchtete der Abendstern vom Westen herüber. Vorsichtig lugend lösten sich zwei Rehe vom Waldrand und traten mit grazilen Schritten auf die Lichtung. Sie brauchten nun keine Angst mehr vor einem Wilddieb zu haben, und so senkten sie die Köpfe und begannen zu äsen.

„Wir stehen am Beginn eines neuen Lebens“, sagte Rahel sinnend.

„Und wir dürfen wissen, dass Gott bei uns sein wird, wie Er es bis hierher war.“

„Ja. Und ich bin gespannt, was Er für uns bereithält und wie Er uns weiter führen wird.“

Hand in Hand stieg das Försterehepaar vom Turm hinab und wanderte durch den rauschenden Hochwald dem Forsthaus zu.

Richard Kilian
Auf getrennten Wegen

ISBN 978-3-942258-00-5: Paperback, 499 Seiten
ISBN 978-3-942258-50-0: eBook, ePub-Format

Sie sind jung. Sie sind Freunde und Pflegebrüder. Und sie teilen eine Leidenschaft: die Naturwissenschaften. Doch während der eine ein überzeugter Christ ist, lehnt der andere den Glauben strikt ab.

Als der Zweite Weltkrieg sie plötzlich auseinanderreißt, setzen beide alles daran, den anderen wiederzufinden. Aber unschuldig angeklagt und von Freunden hinters Licht geführt, sind ihre Bemühungen vergeblich.

Doch ihre alte Leidenschaft ist ungebrochen. Und so nimmt die Karriere als Naturwissenschaftler bald alle Aufmerksamkeit in Anspruch. Denn dabei geht es um nichts weniger als den Beweis, dass die eigene Überzeugung auch in Leben und Forschung standhält. Ist der Glaube des Christen stark genug, um alle Krisen zu meistern? Wird der Verstand des Atheisten ausreichen, um die Rätsel der Natur zu knacken? Und werden sich die Wege der beiden je wieder kreuzen?

Terri Blackstock
Gefährliche Zuflucht
Cape Refuge-Reihe Band 1

ISBN 978-3-942258-01-2: Paperback, 384 Seiten
ISBN 978-3-942258-51-7: eBook, ePub-Format

Der brutale Doppelmord an den tiefgläubigen Owens erschüttert Cape Refuge, eine kleine Insel vor der Küste Georgias. Alles deutet darauf hin, dass Polizeichef Cades bester Freund, der hitzköpfige Schwiegersohn der Opfer, der Täter ist. Aber Cade ist nicht überzeugt, denn die Owens führten ein Übergangshaus für entlassene Strafgefangene, das weit fragwürdigere Gestalten beherbergt.

Und auch Blair, die Tochter der Ermordeten, gibt sich nicht mit einfachen Antworten zufrieden. Zusammen mit ihrer Schwester will sie den Dingen auf den Grund gehen. Wer steckte wirklich hinter dem Mord? Wo war Gott, als ihre Eltern ermordet wurden? Was soll nun aus dem Übergangshaus werden? Und ... hat der Mörder es auch noch auf Blair und ihre Schwester abgesehen?